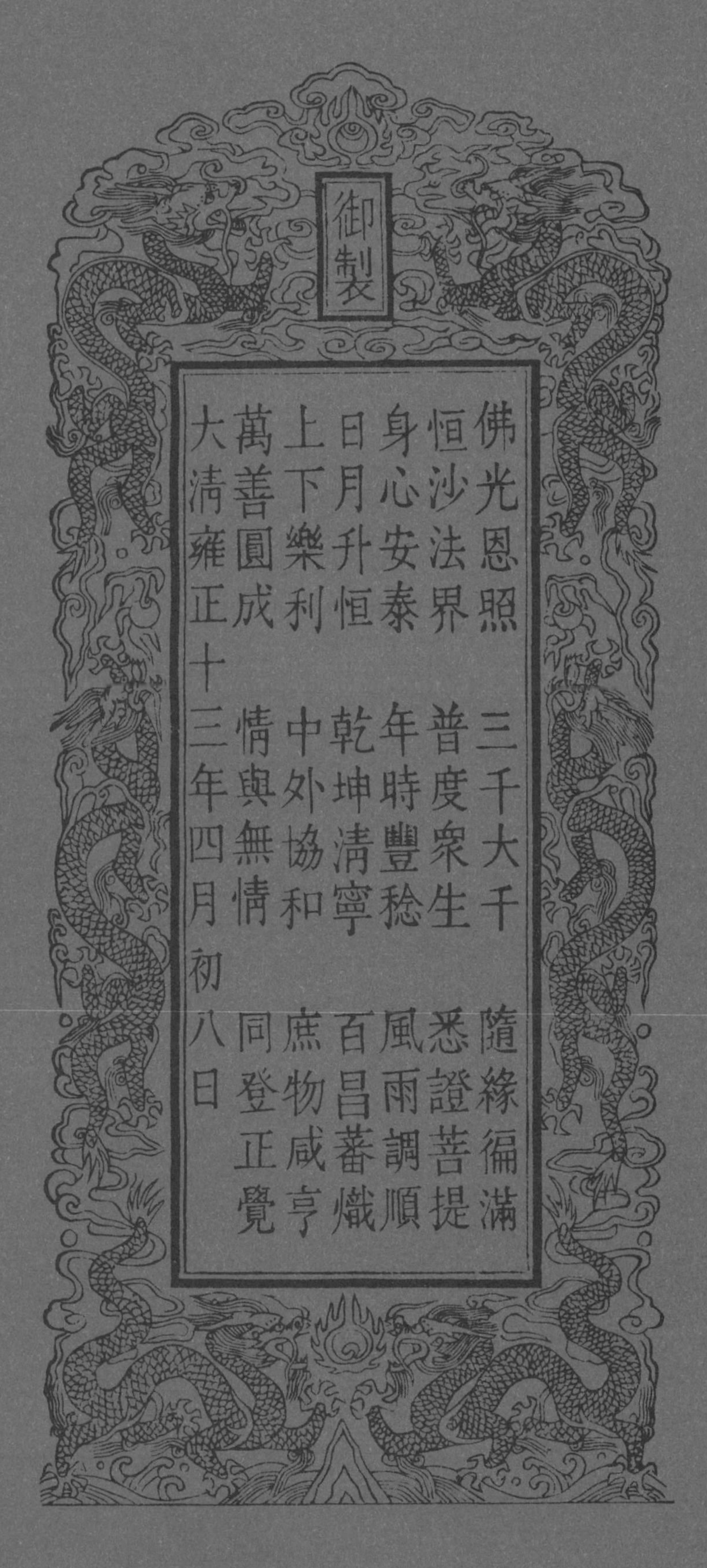

御製

佛光恩照　三千大千　隨緣徧滿
恒沙法界　普度衆生　悉證菩提
身心安泰　年時豐稔　風雨調順
日月升恒　乾坤清寧　百昌蕃熾
上下樂利　中外協和　庶物咸亨
萬善圓成　情與無情　同登正覺

大清雍正十三年四月初八日

第九七册　小乘論（九）

阿毗達磨俱舍論
唐三藏法師玄奘奉　詔譯

清刻龍藏佛說法變相圖

阿毗達磨俱舍論卷第一

尊者世親造

唐三藏法師玄奘奉　詔譯

分別界品第一之一

諸一切種諸冥滅　拔衆生出生死泥
敬禮如是如理師　對法藏論我當說

論曰今欲造論爲顯自師其體尊高超諸聖衆故先讚德方申敬禮諸言所表謂佛世尊此能破闇故稱冥滅言一切種諸冥滅者謂滅諸境一切品冥以諸無知能覆實義及障眞見故說爲冥唯佛世尊得永對治於一切境一切種冥證不生法故稱爲滅聲聞獨覺雖滅諸冥以染無知畢竟斷故非一切種所以者何由於佛法極遠時處及諸義類無邊差別不染無知猶未斷故已讚世尊自利德

滿次當讃佛利他德圓拔衆生出生死泥者由彼生死是諸衆生沉溺處故難可出故所以譬泥衆生於中淪沒無救世尊哀愍隨授所應正法教手拔濟令出已讃佛德次申敬禮敬禮如是如理師者稽首接足故稱敬禮諸有具前自他利德故云如是如實無倒教授誡𠢕名如理師如理師言顯利他德能方便說如理正教從生死泥拔衆生出不由威力與願神通禮如理師欲何所作對法藏論我當說者敎誡學徒故稱爲論其論者何謂對法藏何謂對法頌曰

淨慧隨行名對法　及能得此諸慧論

論曰慧謂擇法淨謂無漏淨慧眷屬名曰隨行如是總說無漏五蘊名爲對法此則勝義阿毗達磨若說世俗阿毗達磨即能得此諸慧及論慧謂得此有漏修慧思聞生得慧及隨行論謂傳生無漏慧教此諸慧論是彼資糧故亦得名阿毗達磨釋此名者能持自相故名爲法若勝義法唯是涅槃若法相法通四聖諦此能對向或能對觀故稱對法已釋對法何故此論名對法藏頌曰

攝彼勝義依彼故　此立對法俱舍名

論曰由彼對法論中勝義入此攝故此得藏名或此依彼從彼引生是彼所藏故亦名藏是故此論名對法藏何因說彼阿毗達磨誰復先說阿毗達磨而今造論恭敬解釋頌曰

若離擇法定無餘　能滅諸惑勝方便

由惑世間漂有海　因此傳佛說對法

論曰若離擇法無勝方便能滅諸惑諸惑能令世間輪轉生死大海因此傳佛說彼對法

欲令世間得擇法故離說對法弟子不能於諸法相如理揀擇然佛世尊處處散說阿毗達磨大德迦多衍尼子等諸大聲聞結集安置猶如大德法救所集無常品等鄔柁南頌毗婆沙師傳說如此何法名爲彼所揀擇因此傳佛說對法耶頌曰

有漏無漏法　除道餘有爲　於彼漏隨增
故說名有漏　無漏謂道諦　及三種無爲
謂虛空二滅　此中空無礙　擇滅謂離繫
隨繫事各別　畢竟礙當生　別得非擇滅

論曰說一切法略有二種謂有漏無漏有漏法云何謂除道諦餘有爲法所以者何諸漏於中等隨增故緣滅道諦諸漏雖生而不隨增故非有漏不隨增義隨眠品中自當顯說已辯有漏無漏云何謂道聖諦及三無爲何等爲三虛空二滅二滅者何擇非擇滅此虛空等三種無爲及道聖諦名無漏法所以者何諸漏於中不隨增故於略所說三無爲中虛空但以無礙爲性由無障故色於中行擇滅即以離繫爲性諸有漏法遠離繫縛證得解脫名爲擇滅擇謂揀擇即慧差別各別揀擇四聖諦故擇力所得滅名爲擇滅如牛所駕車名曰牛車略去中言故作是說一切有漏法同一擇滅耶不爾云何隨繫事別謂隨繫事量離繫事亦爾若不爾者於證見苦所斷煩惱滅時應證一切所斷諸煩惱滅若如是者修餘對治則爲無用依何義說滅無同類依滅自無同類因義亦不與他故作是說非無同類已說擇滅永礙當生得非擇滅謂能永礙未來法生得滅異前名非擇滅得不

因擇但由闕緣如眼與意專一色時餘色聲香味觸等謝緣彼境界五識身等住未來世畢竟不生由彼不能緣過去境緣不具故得非擇滅於法得滅應作四句或於諸法唯得擇滅謂諸有漏過現生法或於諸法唯非擇滅謂不生法無漏有爲或於諸法俱得二滅謂彼不生諸有漏法或於諸法不得二滅謂諸無漏過現生法如是已說三種無爲前說除道餘有爲法是名有漏何謂有爲頌曰

又諸有爲法　謂色等五蘊　亦世路言依有離有事等

論曰色等五蘊謂初色蘊乃至識蘊如是五法具攝有爲衆緣聚集共所作故無有少法一緣所生是彼類故未來無妨如乳如薪此有爲法亦名世路已行正行當行性故或爲無常所呑食故或名言依言謂語言此所依者即名俱義如是言依具攝一切有爲諸法若不爾者應違品類足論所說彼說言依十八界攝或名有離離謂永離即是涅槃一切有爲有彼離故或名有事以有因故事是因義毗婆沙師傳說如此如是等類是有爲法差別衆名於此所說有爲法中頌曰

有漏名取蘊　亦說爲有諍　及苦集世間見處三有等

論曰此何所立謂立取蘊亦名爲蘊或有唯蘊而非取蘊謂無漏行煩惱名取蘊從取生故名取蘊如草糠火或蘊屬取故名取蘊如帝王臣或蘊生取故名取蘊如花果樹此有漏法亦名有諍煩惱名諍觸動善品故損害自他故諍隨增故名爲有諍猶如有漏亦名

爲苦違聖心故亦名爲集能招苦故亦名世間可毀壞故有對治故亦名見處見住其中隨增眠故亦名三有有因有依三有攝故如是等類是有漏法隨義別名如上所言色等五蘊名有爲法色蘊者何頌曰

色者唯五根　五境及無表

論曰言五根者所謂眼耳鼻舌身根言五境者即是眼等五根境界所謂色聲香味所觸及無表者謂無表色唯依此量立色蘊名此中先應說五根相頌曰

彼識依淨色　名眼等五根

論曰彼謂前說色等五境識即色聲香味觸識彼識所依五種淨色如其次第應知即是眼等五根如世尊說苾芻當知眼謂內處四大所造淨色爲性如是廣說或復彼者謂前所說眼等五根識即眼耳鼻舌身識彼識所依五種淨色名眼等相是眼等識所依止義如是便順品類足論如彼論說云何眼根眼識所依淨色爲性如是廣說已說五根次說五境頌曰

色二或二十　聲唯有八種　味六香四種
觸十一爲性

論曰言色二者一顯二形顯色有四青黃赤白餘顯是此四色差別形色有八謂長爲初不正爲後或二十者即此色處復說二十謂青黃赤白長短方圓高下正不正雲煙塵霧影光明暗有餘師說空一顯色第二十一此中正者謂形平等形不平等名爲不正地水氣騰說之爲霧日焰名光月星火藥寶珠電等諸焰名明障光明生於中餘色可見名影

翻此爲闇餘色易了故今不釋或有色處有顯無形謂青黃赤白影光明暗或有色處有形無顯謂長等一分身表業性或有色處有顯有形謂所餘色有餘師說唯光明色有顯無形現見世間青等色處有長等故如何一事具有顯形由於此中俱可知故此中有者是有智義非有境義若爾身表中亦應有顯智已說色處當說聲處聲唯八種謂有執受或無執受大種爲因及有情名非有情名差別爲四此復可意及不可意差別成八執受大種爲因聲者謂言手等所發音聲風林河等所發音聲名無執受大種爲因有情名聲謂語表業餘聲則是非有情名有說有聲通有執受及無執受大種爲因如手鼓等合所生聲如不許一顯色極微二四大造聲亦應爾已說聲處當說味處味有六種甘醋鹹辛苦淡別故已說味處當說香處香有四種好香惡香等不等香有差別故本論中說香有三種好香惡香及平等香已說香處當說觸處觸有十一謂四大種滑性澀性重性輕性及冷饑渴此中大種後當廣說柔輭名滑麤强爲澀可稱名重翻此爲輕煖欲名冷食欲名饑飲欲名渴此皆於因立果名故作如是說如有頌言

諸佛出現樂　演說正法樂　僧衆和合樂
同修勇進樂

於色界中無饑渴觸有所餘觸彼界衣服別不可稱聚則可稱冷觸於彼雖無能損而有能益傳說如此此中已說多種色處有時眼識緣一事生謂於爾時各別了別有時眼識

緣多事生謂於爾時不別了別如遠觀察軍衆山林無量顯形珠寶聚等應知耳等諸識亦爾有餘師說身識極多緣五觸起謂四大種滑等隨一有說極多總緣一切十一觸起若爾五識總緣境故應五識身取共相境非自相境約處自相許五識身取自相境非事自相斯有何失今應思擇身舌二根兩境俱至何識先起隨境强盛彼識先生境若均平舌識先起食欲引身令相續故已說根境及取境相無表色相今次當說頌曰

亂心無心等　隨流淨不淨　大種所造性由此說無表

論曰亂心者謂此餘心無心者謂入無想及滅盡定等言顯示不亂有心相似相續說名隨流善與不善名淨不淨爲簡諸得相似相續是故復言大種所造毗婆沙說造是因義謂作生等五種因故顯立名因故言由此無表雖以色業爲性如有表業而非表示令他了知故名無表說者顯此是師宗言略說表業及定所生善不善色名爲無表既言無表大種所造大種云何頌曰

大種謂四界　即地水火風　能成持等業堅濕煖動性

論曰地水火風能持自相及所造色故名爲界如是四界亦名大種一切餘色所依性故體寛廣故或於地等增盛聚中形相大故或起種種大事用故此四大種能成何業如其次第能成持攝熟長四業地界能持水界能攝火界能熟風界能長長謂增盛或復流引業用既爾自性云何如其次第即用堅濕煖

動爲性 地界堅性水界濕性火界煖性風界動性由此能引大種造色令其相續生至餘方如吹燈光故名爲動品類足論及契經言云何名風界謂輕等動性復說輕性爲所造色故應風界動爲自性舉業顯體故亦言輕

云何地等地等界別頌曰

地謂顯形色　隨世想立名　水火亦復然
風即界亦爾

論曰地謂顯形色處爲體隨世間想假立此名由諸世間相示地者以顯形色而相示故水火亦然風即風界世間於動立風名故或如地等隨世想名風亦顯形故言亦爾如世間說黑風團風此用顯形表示風故何故此蘊無表爲後說爲色耶由變壞故如世尊說苾芻當知由變壞故名色取蘊誰能變壞謂手觸故即便變壞乃至廣說變壞即是可惱壞義故義品中作如是說

趣求諸欲人　常起於希望　諸欲若不遂
惱壞如箭中

色復云何欲所惱壞欲所擾惱變壞生故有說變礙故名爲色若爾極微應不名色無變礙故此難不然無一極微各處而住衆微聚集變礙義成過去未來應不名色此亦曾當有變礙故及彼類故如所燒薪諸無表色應不名色有釋表色有變礙故無表隨彼亦受色名譬如樹動影亦隨動此釋不然無變礙故又表滅時無表應滅如樹滅時影必隨滅有釋所依大種變礙故無表業亦得色名若爾所依有變礙故眼識等五應亦名色此難不齊無表依止大種轉時如影依樹光依珠

寶眼等五識依眼等時則不如是唯能爲作助生緣故此影依樹光依寶言且非符順毗婆沙義彼宗影等顯色極微各自依止四大種故設許影光依止樹寶而無表色不同彼依彼許所依大種雖滅而無表色不隨滅故是故所言未爲釋難復有別釋彼所難言眼識等五所依不定或有變礙謂眼等根或無變礙謂無間意無表所依則不如是故前所難定爲不齊變礙名色理得成就頌曰

此中根與境　許即十處界

論曰此前所說色蘊性中許即根境爲十處界謂於處門立爲十處眼處色處廣說乃至身處觸處若於界門立爲十界眼界色界廣說乃至身界觸界已說色蘊幷立處界當說受等三蘊處界頌曰

受領納隨觸　想取像爲體　四餘名行蘊

如是受等三　及無表無爲　名法處法界

論曰受蘊謂三領納隨觸即樂及苦不苦不樂此復分別成六受身謂眼觸所生受乃至意觸所生受想蘊謂能取像爲體即能執取青黃長短男女怨親苦樂等相此復分別成六想身應如受說除前及後色受想識餘一切行名爲行蘊然薄伽梵於契經中說六思身爲行蘊者由最勝故所以者何行名造作思是業性造作義强故爲最勝是故佛說若能造作有漏有爲名行取蘊若不爾者餘心所法及不相應非蘊攝故應非苦集則不可爲應知應斷如世尊說若於一法未達未知我說不能作苦邊際未斷未滅說亦如是是故定應許除四蘊餘有爲行皆行蘊攝即此

所說受想行蘊及無表色三種無爲如是七法於處門中立爲法處於界門中立爲法界已說受等三蘊處界當說識蘊并立處界頌曰

識謂各了別　此即名意處　及七界應知六識轉爲意

論曰各各了別彼彼境界總取境相故名識蘊此復差別有六識身謂眼識身至意識身應知如是所說識蘊於處門中立爲意處於界門中立爲七界謂眼識界至意識界即此六識轉爲意界如是此中所說五蘊取十二處并十八界謂除無表諸餘色蘊即名十處亦名十界受想行蘊無表無爲總名法處亦名法界應知識蘊即名意處亦名七界謂六識界及與意界豈不識蘊唯六識身異此說何復爲意界更無異法即於此中頌曰

由即六識身　無間滅爲意

論曰即六識身無間滅已能生後識故名意界謂如此子即名餘父又如此果即名餘種若爾實界應唯十七或十二六識與意更相攝故何緣得立十八界耶頌曰

成第六依故　十八界應知

論曰如五識界別有眼等五界爲依第六意識無別所依爲成此依故說意界如是所依能依境界應知各六界成十八若爾無學最後念心應非意界此無間滅後識不生非意界故不爾此已住意性故闕餘緣故後識不生此中蘊攝一切有爲取蘊唯攝一切有漏處界總攝一切法盡別攝如是總攝云何頌曰

總攝一切法　由一蘊處界　攝自性非餘
以離他性故
論曰由一色蘊意處法界應知總攝一切法盡謂於諸處就勝義説唯攝自性不攝他性所以者何法與他性恒相離故此離於彼而言攝者其理不然且如眼根唯攝色蘊眼處眼界若集諦等是彼性故不攝餘蘊餘處界等離彼性故若於諸處就世俗説應知亦以餘法攝餘如四攝事攝徒衆等眼耳鼻三處各有二何緣界體非二十一此難非理所以者何頌曰
類境識同故　雖二界體一
論曰類同者謂二處同是眼自性故境同者謂二處同用色爲境故識同者謂二處同爲眼識依故由此眼界雖二而一耳鼻亦應如是安立若爾何緣生依二處頌曰
然爲令端嚴　眼等各生二
論曰爲所依身相端嚴故界體雖一而兩處生若眼耳根處唯生一鼻無二穴身不端嚴此釋不然若本來爾誰言醜陋又猫鵄等雖生二處有何端嚴若爾三根何縁生二爲所發識明了端嚴現見世間閉一目等了別色等便不分明是故三根各生二處已説諸蘊及處界攝當説其義此蘊處界別義云何頌曰
聚生門種族　是蘊處界義
論曰諸有爲法和合聚義是蘊義如契經言諸所有色若過去若未來若現在若内若外若麤若細若劣若勝若遠若近如是一切略爲一聚説名色蘊由此聚義蘊義得成於此

經中無常已滅名過去若未已生名未來已生未謝名現在自身名内所餘名外或約處辯有對名麤無對名細或相待立若言相待麤細不成此難不然所待異故待彼爲麤未嘗爲細待彼爲細未嘗爲麤猶如父子苦集諦等染汙名劣不染名勝去來名遠現在名近乃至識蘊應知亦然而有差别謂依五根名麤唯依意根名細或約地辯毗婆沙師所說如是大德法救復作是言五根所取名麤色所餘名細色非可意者名劣色所餘名勝色不可見處名遠色在可見處名近色過去等色如自名顯受等亦然隨所依力應知遠近麤細同前心心所法生長門義是處義訓釋詞者謂能生長心心所法故名爲處是能生長彼作用義法種族義是界義如一山中

有多銅鐵金銀等族說名多界如是一身或一相續有十八類諸法種族名十八界此中種族是生本義如是眼等誰之生本謂自種類同類因故若爾無爲應不名界心心所法生之本故有說界聲表種類義謂十八法種類自性各别不同名十八界若言聚義是蘊義者蘊應假有多實積集共所成故如聚如我此難不然一實極微亦名蘊故若爾不應言聚義是蘊義非一實物有聚義故有說能荷果重擔義是蘊義由此世間說有名蘊物所聚故或有說者可分段義是蘊義故世有言汝三蘊還我當與汝此釋越經經說聚義是蘊義故如契經言諸所有色若過去等廣說如前若謂此經顯過去等一一色等各别名蘊是故一切過去色等一一實物各各名

蘊此執非理故彼經言如是一切略爲一聚說名蘊故是故如聚蘊定假有若爾應許諸有色處亦是假有眼等極微要多積聚成生門故此難非理多積聚中一一極微有因用故若不爾者根境相助共生識等應非別處是則應無十二處別然毗婆沙作如是說對法諸師若觀假蘊彼說極微一界一處一蘊少分若不觀者彼說極微即是一界一處一蘊此應於分假謂有分如燒少衣亦說燒衣何故世尊於所知境由蘊等門作三種說頌曰

愚根樂三故　說蘊處界三

論曰所化有情有三品故世尊爲說蘊等三門傳說有情愚有三種或愚心所總執爲我或唯愚色或愚色心根亦有三謂利中鈍樂亦三種謂樂略中及廣文故如其次第世尊爲說蘊處界三何緣世尊說餘心所總置行蘊別分受想爲二蘊耶頌曰

諍根生死因　及次第因故　於諸心所法受想別爲蘊

論曰諍根有二謂著諸欲及著諸見此二受想如其次第爲最勝因味受力故貪著諸欲倒想力故貪著諸見又生死法以受及想爲最勝因由耽著受起倒想故生死輪迴由此二因及後當說次第因故應知別立受想爲蘊其次第因隣次當辯何故無爲說在處界非蘊攝耶頌曰

蘊不攝無爲　義不相應故

論曰三無爲法不可說在色等蘊中與色等義不相應故謂體非色乃至非識亦不可說

爲第六蘊彼與蘊義不相應故聚義是蘊如前具說謂無爲法非如色等有過去等品類差別可略一聚名無爲蘊又言取蘊爲顯染依染淨二依蘊言所顯無爲於此二義都無義不相應故不立蘊有說如瓶破非瓶如是蘊息應非蘊彼於處界倒應成失如是已說諸蘊廢立當說次第頌曰

隨麤染器等　界別次第立

論曰色有對故諸蘊中麤無色中麤唯受行相故世說我手等痛言待二相麤男女等想易了知故行麤過識貪瞋等行易了知故識最爲細總取境相難分別故由此隨麤立蘊次第或從無始生死已來男女於色更相愛樂此由耽著樂受味故耽受復因倒想生故此倒想生由煩惱故如是煩惱依識而生此及前三皆染汙識由此隨染立蘊次第或色如器受類飲食想同助味行似廚人識喻食者故隨器等立蘊次第或隨界別立蘊次第謂欲界中有謂妙欲色相顯了色界靜慮有勝喜等受相顯了三無色中取空等相想相顯了第一有中思最爲勝行相顯了此即識住識住其中顯似世間田種次第是故諸蘊次第如是由此五蘊無增減過即由如是諸次第因離行別立受想二蘊謂受與想於諸行中相麤生染類食同助二界中强故別立蘊處界門中應先辯說六根次第由斯境識次第可知頌曰

前五境唯現　四境唯所造
餘用速速明　或隨處次第

論曰於六根中眼等前五唯取現境是故先

說意境不定三世無爲或唯取一或二三四所言四境唯所造者前流至此五中前四境唯所造是故先說身境不定或取大種或取造色或二俱取餘謂前四如其所應用遠速明是故先說謂眼耳根取遠境故在二先說二中眼用遠故先說遠見山河不聞聲故又眼用速先遠見人撞擊鐘鼓後聞聲故鼻舌兩根用俱非遠先說鼻者由速明故如對香美諸飲食時鼻先齅香舌後嘗味或於身中隨所依處上下差別說根次第謂眼所依最居其上次耳鼻舌身多居下意無方處有即依止諸根生者故最後說何緣十處皆色蘊攝唯於一種立色處名又十二處體皆是法唯於一種立法處名頌曰

爲差別最勝　攝多增上法　故一處名色

一名爲法處

論曰爲差別者爲令了知境有境性種種差別故於色蘊就差別相建立十處不總爲一若無眼等差別想名而體是色立名色處此爲眼等名所簡別雖摽總稱而即別名又諸色中色處最勝故立通名由有對故手等觸時即便變壞及有見故可示在此在彼差別又諸世間唯於此處同說爲色非於眼等又爲差別立一法處非於一切如色應知又於此中攝受想等衆多法故應立通名又增上法所謂涅槃此中攝故獨名爲法有餘師說色處中有二十種色最麤顯故肉天聖慧三眼境故獨立色名法處中有諸法名故諸法智故獨立法名諸契經中有餘種種蘊及處界名想可得爲即此攝爲離此耶彼皆此攝

如應當知且辯攝餘諸蘊名想頌曰
牟尼説法蘊　數有八十千　彼體語或名
此色行蘊攝
論曰諸説佛教語爲體者彼説法蘊皆色蘊
攝諸説佛教名爲體者彼説法蘊皆行蘊攝
此諸法蘊其量云何頌曰
有言諸法蘊　量如彼論説　或隨蘊等言
如實行對治
論曰有諸師言八萬法蘊一一量等法蘊足
論謂彼一一有六千頌如對法中法蘊足説
或説法蘊隨蘊等言一一差別數有八萬謂
蘊處界緣起諦食靜慮無量無色解脱勝處
遍處覺品神通無諍願智無礙解等一一教
門名一法蘊如實説者所化有情有貪瞋等
八萬行別爲對治彼八萬行故世尊宣説八
萬法蘊如彼所説八萬法蘊皆此五中二蘊
所攝如是餘處説蘊處界類亦應然頌曰
如是餘蘊等　各隨其所應　攝在前説中
應審觀自相
論曰餘契經中諸蘊處界隨應攝在前所説
中如此論中所説蘊等應審觀彼一一自相
且諸經中説餘五蘊謂戒定慧解脱解脱智
見五蘊彼中戒蘊此色蘊攝彼餘四蘊此行
蘊攝又諸經説十遍處等前八遍處無貪性
故此法處攝若兼助伴五蘊性故即此意處
法處所攝攝八勝處應知亦爾空識遍處空
無邊等四無色處四蘊性故即此意處法處
所攝五解脱處慧爲性故此法處攝若兼助
伴即此聲意法處所攝復有二處謂無想有
情天處及非想非非想處初處即此十處所

攝無香味故後處即此意法處攝四蘊性故又多界經說界差別有六十二隨其所應當知皆此十八界攝且彼經中所說六界地水火風四界已說空識二界未說其相爲即虛空名爲空界爲一切識名識界耶不爾云何

頌曰

空界謂竅隙　傳說是明闇　識界有漏識
有情生所依

論曰諸有門牕及口鼻等內外竅隙名爲空界如是竅隙云何應知傳說竅隙即是明闇非離明闇竅隙可取故說空界明闇爲體應知此體不離晝夜即此說名隣阿伽色傳說阿伽謂積集色極能爲礙故名阿伽此空界色與彼相隣是故說名隣阿伽色有說阿伽即空界色此中無礙故名阿伽即阿伽色餘礙相隣是故說名隣阿伽色諸有漏識名爲識界云何不說諸無漏識爲識界耶由許六界是諸有情生所依故如是諸界從續生心至命終心恒持生故諸無漏法則不如是彼六界中前四即此觸界所攝第五即此色界所攝第六即此七心界攝彼經餘界如其所應皆即此中十八界攝

阿毗達磨俱舍論卷第一 說一切有部

音釋

阿毗達磨 梵語也此云無比法毗頻眉切　俱舍 梵語也此云藏　鵄 赤脂切怪鳥也　荷 胡可切負也　鄔柁南 梵語也此云自說柁待可切　齅 許救切以鼻擷氣也　摽 卑遙切揭也

阿毗達磨俱舍論卷第二

尊者世親造

唐三藏法師玄奘奉詔譯

分別界品第一之二

復次於前所說十八界中幾有見幾無見幾有對幾無對幾善幾不善幾無記頌曰

一有見謂色　十有色有對　此除色聲八
無記餘三種

論曰十八界中色界有見以可示現此彼差別由此義准說餘無見如是已說有見無見唯色蘊攝十界有對對是礙義此復三種障礙境界所緣異故障礙有對謂十色界自於他處被礙不生如手礙手或石礙石或二相礙境界有對謂十二界法界一分諸有境法於色等境故施設論作如是言有眼於水有礙非陸如魚等眼有眼於陸有礙非水從多分說如人等眼有眼俱礙如畢舍遮室獸摩羅及捕魚人蝦蟇等眼有俱非礙謂除前相有眼於夜有礙非晝如諸蝙蝠鵂鶹等眼有眼於晝有礙非夜從多分說如人等眼有眼俱礙如狗野干馬豹豺狼猫狸等眼有俱非礙謂除前相此等名爲境界有對所緣有對謂心心所於自所緣境界所緣復有何別若於彼法此有功能即說彼爲此法境界心心所法執彼而起彼於心等名爲所緣云何眼等於自境界所緣轉時說名有礙越彼於餘此不轉故或復礙者是和會義謂眼等法於自境界及自所緣和會轉故應知此中唯就障礙有對而說故但言十有色有對更相障故由此義准說餘無對若法境界有對亦障

礙有對耶應作四句謂七心界法界一分諸相應法是第一句色等五境是第二句眼等五根是第三句法界一分非相應法是第四句若法境界有對亦所緣有對耶應順後句謂若所緣有對定是境界有對有雖境界有對而非所緣有對謂眼等五根此中大德鳩摩邏多作如是説

是處心欲生　他礙令不起　應知是有對
無對此相違

此是所許如是已説有對無對於此所緣十有對中除色及聲餘八無記謂五色根香味觸境不可記爲善不善性故名無記有説不能記異熟果故名無記若爾無漏應唯無記其餘十界通善等三謂七心界與無貪等相應名善貪等相應名爲不善餘名無記法界若是無貪等性相應等起擇滅名善若貪等性相應等起名爲不善餘名無記色界聲界若善不善心力等起身語表攝是善不善餘是無記已説善等十八界中幾欲界繫幾色界繫幾無色界繫頌曰

欲界繫十八　色界繫十四　除香味二識
無色繫後三

論曰繫謂繫屬即被縛義欲界所繫具足十八色界所繫唯十四種除香味境及鼻舌識除香味者段食性故離段食欲方得生彼除鼻舌識無所緣故若爾觸界於彼應無如香味境段食性故彼所有觸非段食性若爾香味類亦應然香味離食無別受用觸有別用持根衣等彼離食欲香味無用有根衣等故觸非無有餘師説住此依彼靜慮等至見色

聞聲輕安俱起有殊勝觸攝益於身是故此三生彼靜慮猶相隨逐香味不爾故在彼無若爾鼻舌彼應非有如香味境彼無用故不爾二根於彼有用謂起言說及莊嚴身若為嚴身及起說用但須依處何用二根如無男根亦無依處二根無者依處亦無於彼可無男根依處彼無用故鼻舌依處彼有用故離根應有有雖無用而有根生如處胞胎定當死者有雖無用而非無因彼從何因得有根起於根有愛發殊勝業若離境愛於根定然彼離境貪應無鼻舌或應許彼男根亦生若謂不生由醜陋者陰藏隱密何容醜陋又諸根生非由有用若有因力無用亦生男根於彼雖為醜陋設許有因於彼應起男根非有鼻舌應無若爾便違契經所說彼無支缺不減諸根隨彼諸根應可有者說為不減何所相違若不許然男根應有如是說者鼻舌二根於彼非無但無香味以六根愛依內身生非依境界而得現起其男根愛依婬觸生婬觸彼無男根非有故於色界十八界中唯十四種理得成立無色界繫唯有後三所謂意法及意識界要離色欲於彼得生故無色中無十色界依緣無故五識亦無故唯後三無色界繫已說界繫十八界中幾有漏幾無漏

頌曰

意法意識通　所餘唯有漏

論曰意及意識道諦攝者名為無漏餘名有漏法界若是道諦無為名為無漏餘名有漏餘十五界唯名有漏如是已說有漏無漏十八界中幾有尋有伺幾無尋唯伺幾無尋無

伺頌曰

五識有尋伺　後三二餘無

論曰眼等五識有尋有伺由與尋伺恒共相應以行相麤外門轉故顯義決定故說唯言後三謂是意法意識根境識中各居後故此後三界皆通三品意界意識界及相應法界除尋與伺若在欲界初靜慮中有尋有伺靜慮中間無尋唯伺第二靜慮以上諸地乃至有頂無尋無伺法界所攝非相應法靜慮中間伺亦如是尋一切時無尋唯伺無第二尋故但伺相應故伺在欲界初靜慮中三品不収應名何等此應名曰無伺唯尋無第二伺故但尋相應故由此故言有尋伺地有四品法一有尋有伺謂除尋伺餘相應法二無尋唯伺謂即是尋三無尋無伺謂即一切非相應法四無伺唯尋謂即是伺餘十色界尋伺俱無常與尋伺不相應故若五識身有尋有伺如何得說無分別耶頌曰

說五無分別　由計度隨念　以意地散慧

意識念爲體

論曰傳說分別略有三種一自性分別二計度分別三隨念分別由五識身雖有自性而無餘二說無分別如一足馬名爲無足自性分別體唯是尋後心所中自當辯釋餘二分別如其次第意地散慧諸念爲體散謂非定意識相應散慧名爲計度分別若定若散意識相應諸念名爲隨念分別如是已說有尋伺等十八界中幾有所緣幾無所緣幾有執受幾無執受頌曰

七心法界半　有所緣餘無　前八界及聲

無執受餘二

論曰六識意界及法界攝諸心所法名有所緣能取境故餘十色界及法界攝不相應法名無所緣義唯成故如是已說有所緣等十八界中九無執受前七心界及法界全此八及聲皆無執受所餘九界各通二門謂有執受無執受故眼等五根住現在世名有執受過去未來名無執受色香味觸住現在世不離五根名有執受若住現在非不離根過去未來名無執受如在身內除與根合髮毛爪齒大小便利洟唾血等及在身外地水等中色香味觸雖在現世而無執受有執受者此言何義心心所法共所執持攝爲依處名有執受損益展轉更相隨故即諸世間說有覺觸衆緣所觸覺樂等故與此相違名無執受

如是已說有執受等十八界中幾大種性幾所造性幾可積集幾非積集頌曰

觸界中有二　餘九色所造　法一分亦然　十色可積集

論曰觸界通二謂大種及所造大種有四謂堅性等所造有七謂滑性等依大種生故名所造餘九色界唯是所造謂五色根色等四境法界一分無表業色亦唯所造餘七心界法界一分除無表色俱非二種尊者覺天作如是說十種色處唯大種性彼說不然契經唯說堅等四相爲大種故此四大種唯觸攝故非堅濕等眼等所取非色聲等身根所覺是故彼說理定不然又契經說苾芻當知眼謂內處四大種所造淨色有色無見有對乃至身處廣說亦爾苾芻當知色謂外處四大

種所造有色有見有對聲謂外處四大種所造有色無見有對香味二處廣說亦爾觸謂外處是四大種及四大種所造有色無見有對如是經中唯說觸處攝四大種分明顯示餘有色處皆非大種若爾何故契經中言謂於眼肉團中若內各別堅性堅類乃至廣說彼說不離眼根肉團有堅性等無相違過入胎經中唯說六界爲士夫者爲顯能成士夫本事非唯爾所彼經復說六觸處故又諸心所應非有故亦不應執心所即心以契經言想受等心所法依止心故又亦說有貪心等故由此如前所說諸界大種所造差別義成如是已說大種性等十八界中五根五境十有色界是可積集極微聚故義准餘八非可積集非極微故如是已說可積集等十八界中幾能斫幾所斫幾能燒幾所燒幾能稱幾所稱頌曰

謂唯外四界　能斫及所斫　亦所燒能稱
能燒所稱諍

論曰色香味觸成斧薪等此即名爲能斫所斫何法名斫薪等色聚相逼續生斧等分隔令各續起此法名斫身等色根不名所斫非可全斷令成二故非身根等可成二分支分離身則無根故又身根等亦非能斫以淨妙故如珠寶光如能斫所斫體唯外四界所燒能稱其體亦爾謂唯外四界名所燒能稱身等色根亦非二事以淨妙故如珠寶光聲界總非不相續故能燒所稱有異諍論謂或有說能燒所稱體亦如前唯外四界或復有說唯有火界可名能燒所稱唯重如是已說能

所斫等十八界中幾異熟生幾所長養幾等流性幾有實事幾一刹那頌曰

内五有熟養　聲無異熟生　八無礙等流

亦異熟生性　餘三實唯法　刹那唯後三

論曰内五即是眼等五界有異熟生及所長養無等流者離異熟生及所長養無別性故異熟因所生名異熟生如牛所駕車名曰牛車略去中言故作是説或所造業至得果時變而能熟故名異熟果從彼生名異熟生彼所得果與因別類而是所熟故名異熟或於因上假立果名如於果上假立因名如契經説令六觸處應知即是昔所造業飲食資助眠睡等持勝緣所益名所長養有説梵行亦能長養此唯無損非別有益長養有續常能護持異熟相續猶如外郭防援内城聲有等流及所長養無異熟生所以者何隨欲轉故若爾不應施設論説善修遠離麤惡語故感得大士梵音聲相有説聲屬第三傳故雖由彼生而非異熟謂從彼業生諸大種從諸大種緣擊發聲有説聲屬第五傳故雖由彼生而非異熟謂彼業生異熟大種從此傳生長養大種此復傳生等流大種此乃生聲若爾身受從業所生大種生故應非異熟若受如聲便違正理八無礙者七心法界此有等流異熟生性同類遍行因所生者是等流性若異熟因所引生者名異熟生諸無礙法無積集故非所長養餘謂餘四色香味觸皆通三種有異熟生有所長養有等流性實唯法者實謂無爲以堅實故此法界攝故唯法界獨名有實意法意識名爲後三於六三中最後

說故唯此三界有一刹那謂初無漏苦法忍品非等流故名一刹那此說究竟非等流者餘有爲法無非等流苦法忍相應心名意界意識界餘俱起法名爲法界如是已說異熟生等今應思擇若有眼界先不成就今得成就亦眼識耶若眼識界先不成就今得成就亦眼界耶如是等問今應略答頌曰

眼與眼識界　獨俱得非等

論曰獨得者謂或有眼界先不成就今得成就非眼識謂生欲界漸得眼根及無色沒生二三四靜慮地時或有眼識先不成就今得成就非眼界謂生二三四靜慮地眼識現起及從彼沒生下地時俱得者謂或有二界先不成就今得成就謂無色沒生於欲界及梵世時非者俱非謂除前相等謂若有成就眼界亦眼識耶應作四句第一句者謂生二三四靜慮地眼識不起第二句者謂生欲界未得眼根及得已失第三句者謂生欲界得眼不失及生梵世若生二三四靜慮地正見色時第四句者謂除前相如是眼界與色界眼識與色界得成就等如理應思爲攝如是所未說義是故頌中總復言等如是已說得成就等十八界中幾內幾外頌曰

內十二眼等　色等六爲外

論曰六根六識十二名內外謂所餘色等六境我依名內外謂此餘我體既無內外根不我執依止故假說心爲我故契經說

由善調伏我　智者得生天

世尊餘處說調伏心如契經言

應善調伏心　心調能引樂

故但於心假說爲我眼等爲此所依親近故說名內色等爲此所緣疎遠故說名外若爾六識應不名內未至意位非心依故至意位時不失六識界未至意位亦非越意相若異此者意界唯應在過去世六識唯在現在未來便違自宗許十八界皆通三世又若未來現在六識無意界相過去意界亦應不立相於三世無改易故已說內外十八界中幾是同分幾彼同分頌曰

法同分餘二　作不作自業

論曰法同分者謂一法界唯是同分若境與識定爲所緣識於其中已生生法此所緣境說名同分無一法界不於其中已正當生無邊意識由諸聖者決定生心觀一切法皆爲無我彼除自體及俱有法餘一切法皆爲所緣如是所除亦第二念心所緣境此二念心緣一切境無不周遍是故法界恒名同分餘二者謂餘十七界皆有同分及彼同分何名同分彼同分耶謂作自業不作自業若作自業名爲同分不作自業名彼同分此中眼界於有見色已正當見名同分眼如是廣說乃至意界各於自境應說自用迦濕彌羅國毗婆沙師說彼同分眼但有四種謂不見色已正當滅及不生法西方諸師說有五種謂不生法復開爲二一有識屬二無識屬乃至身界應知亦然意彼同分唯不生法色界爲眼已正當見名同分色彼同分色亦有四種謂非眼見已正當滅及不生法廣說乃至觸界亦爾各對自根應說自用應知同分及彼同分眼若於一是同分於餘一切亦同分彼同

分亦如是廣說乃至意界亦爾色即不然於見者是同分於不見者是彼同分所以者何色有是事謂一所見亦多所見如觀月儛相撲等色眼無是事謂一眼根二能見色眼不共故依一相續建立同分及彼同分色是共故依多相續建立同分及彼同分如說色界聲香味觸應知亦爾聲可如色香味觸三至根方取是不共故一取非餘理應如眼等不應如色說雖有是理而容有共所以者何香等三界於一及餘皆有可生鼻等識義眼等不然故知色說眼等六識同分彼同分生不生法故如意界說云何同分彼同分義根境識三更相交涉故名爲分或復分者是已作用或復分者是所生觸同有此分故名同分與此相違名彼同分由非同分與彼同分種類分同名彼同分已說同分及彼同分十八界中幾見所斷幾修所斷幾非所斷頌曰

十五唯修斷　後三界通三　不染非六生
色定非見斷

論曰十五界者謂十色界及五識界唯修斷者此十五界唯修所斷後三界者意界法界及意識界通三者謂此後三界各通三種八十八隨眠及彼俱有法并隨行得皆見所斷諸餘有漏皆修所斷一切無漏皆非所斷豈不更有見所斷法謂異生性及招惡趣身語業等此與聖道極相違故雖爾此法非見所斷略說彼相謂不染法非六生色定非見斷其異生性是不染汙無記性攝已離欲者斷善根者猶成就故此異生性若見所斷苦法忍位應是異生六謂意處異此而生名非六

生是從眼等五根生義即五識等色謂一切身語業等前及此色定非見斷所以者何非迷諦理親發起故如是已說見所斷等十八界中幾是見幾非見頌曰

眼法界一分　八種說名見　五識俱生慧非見不度故　眼見色同分　非彼能依識傳說不能觀　被障諸色故

論曰眼全是見法界一分八種是見餘皆非見何等爲八謂身見等五染汙見世間正見有學正見無學正見於法界中此八是見所餘非見身見等五隨眠品中時至當說世間正見謂意識相應善有漏慧有學正見謂有學身中諸無漏見無學正見謂無學身中諸無漏見譬如夜分晝分有雲無雲覩衆色像明昧有異如是世間諸見有染無染學無學見觀察法相明昧不同何故世間正見唯意識相應以五識俱生慧不能決度故審慮爲先決度名見五識俱慧無如是能以無分別是故非見准此所餘染無染慧及諸餘法非見應知若爾眼根不能決度云何名見以能明利觀照諸色故亦名見若眼見者餘識行時亦應名見非一切眼皆能現見誰能現見謂同分眼與識合位能見非餘若爾則應彼能依識見色非眼不爾眼識定非能見所以者何傳說不能觀障色故現見壁等所障諸色則不能觀若識見者識無對故壁等不礙應見障色於被障色眼識不生識既不生如何當見眼識於彼何故不生許眼見者眼有對故於被障色無見功能識與所依一境轉故可言於彼眼識不生許識見者何緣不起

眼豈如身根境合方取而言有對故不見彼耶又頗胝迦瑠璃雲母水等所障云何得見是故不由眼有對故於被障色無見功能若爾所執眼識云何若於是處光明無隔於被障色眼識亦生若於是處光明有隔於被障色眼識不生識既不生故不能見然經說眼能見色者是見所依故說能見如彼經言意能識法非意能識以過去故何者能識謂是意識意是識依故說能識或就所依說能依業如世間說牀座言聲又如經言眼所識色可愛可樂然實非此可愛樂色是眼所識又如經說梵志當知以眼爲門唯爲見色故知眼識依眼門見亦不應言門即是見豈容經說以眼爲見唯爲見色若識能見誰復了別見與了別二用何異以即見色名了色故譬如少分慧名能見亦能揀擇如是少分識名能見亦能了別有餘難言若眼能見眼是見者誰是見用此言非難如共許識是能了別然無了者了用不同見亦應爾有餘復言眼識能見是見所依故眼亦名能見如鳴所依故亦說鐘能鳴若爾眼根識所依故應名能識無如是失世間同許眼識是見由彼生時識能見色不言識色毗婆沙中亦作是說若眼所得眼識所了說名所見是故但說眼名能見不名能識唯識現前說能識色譬如說日名能作晝經部諸師有作是說如何共聚摣掣虛空眼色等緣生於眼識此等於見孰爲能所唯法內果實無作用爲順世情假興言說眼名能見識名能了智者於中不應封著如世尊說方域言詞不應堅執世俗名想

不應固求然迦濕彌羅國毗婆沙宗説眼能見耳能聞鼻能齅舌能嘗身能覺意能了於見色時爲一眼見爲二眼見此無定准頌曰

或二眼俱時　見色分明故

論曰阿毗達磨諸大論師咸言或時一眼俱見以開二眼見色分明開一眼時不分明故又開一眼觸一眼時便於現前見二月等閉一觸一此事則無是故或時二眼俱見非所依別識成二分住無方故不同礙色若此宗説眼見耳聞乃至意了彼所取境根正取時爲至不至頌曰

眼耳意根境　不至三相違

論曰眼耳意根取非至境謂眼能見遠處諸色眼中藥等則不能覩耳亦能聞遠處聲響遍耳根者則不能聞若眼耳根唯取至境則修定者應不修生天眼耳根如鼻根等若眼能見不至色者何故不能普見一切遠有障等不至諸色如何磁石吸不至鐵非吸一切不至鐵耶執見至境亦同此難何故不能普見一切眼藥籌等至眼諸色又如鼻等能取至境然不能取一切與根俱有香等如是眼根雖見不至而非一切耳根亦爾意無色故非能有至有執耳根通取至境及不至境自耳中聲亦能聞故所餘鼻等三有色根與上相違唯取至境如何知鼻唯取至香由斷息時不齅香故云何名至謂無間生又諸極微爲相觸不迦濕彌羅國毗婆沙師説不相觸所以者何若諸極微遍體相觸即有實物體相雜過若觸一分成有分失然諸極微更無細分若爾何故相擊發聲但由極微無間生

故若許相觸擊石拊手體應相糅不相觸者聚色相擊云何不散風界攝持故令不散或有風界能有壞散如劫壞時或有風界能有成攝如劫成時云何三根由無間至名取至境即由無間名取至境謂於中間都無片物又和合色許有分故相觸無失由許此理毗婆沙文義善成立故彼問言諸是觸物爲是觸爲因故生爲非觸爲因故生諸非觸物爲問亦爾彼就此理爲不定答有時是觸爲因生於非觸謂和合物正離散時有時非觸爲因生於是觸謂離散物正和合時有時是觸爲因生於是觸謂和合物復和合時有時非觸爲因生於非觸謂向遊塵同類相續尊者世友說諸極微相觸即應住至後念然大德說一切極微實不相觸但由無間假立觸名此大德意應可愛樂若異此者是諸極微應有間隙中間既空誰障其行許爲有對又離極微無和合色和合相觸即觸極微如可變礙此亦應爾又許極微若有方分觸與不觸皆應有分若無方分設許相觸亦無斯過又眼等根爲於自境唯取等量速疾轉故如旋火輪見大山等爲於自境通取等量不等量耶頌曰

應知鼻等三　唯取等量境

論曰前說至境鼻等三根應知唯能取等量境如根微量境微亦然相稱合生鼻等識故眼耳不定謂眼於色有時取小如見毛端有時取大如暫開目見大山等有時取等如見蒲萄如是耳根聽蚊雷等所發種種小大音聲隨其所應小大等量意無質礙不可辯其

形量差别云何眼等諸根極微安布差别眼根極微在眼星上傍布而住如香荾花清徹膜覆令無分散有說重累如丸而住體清徹故如頗胝迦不相障礙耳根極微居耳穴内旋環而住如卷樺皮鼻根極微居鼻頞内背上面下如雙爪甲此初三根横作行度處無高下如冠華鬘舌根極微布在舌上形如半月傳說舌中如毛端量非爲舌根極微所遍身根極微遍住身分如身形量女根極微形如鼓顙男根極微形如指鞜眼根極微有時一切皆是同分有時一切皆彼同分有時一分是彼同分餘是同分乃至舌根極微亦爾身根極微定無一切皆是同分乃至極熱捺落迦中猛焰纏身猶有無量身根極微是彼同分傳說身根設遍發識身應散壞以無根境各一極微爲所依緣能發身識五識決定積集多微方成所依所緣性故即由此理亦說極微名無見體不可見故如前所說識有六種謂眼識界乃至意識爲如五識唯緣現在意識通緣三世非世如是諸識依亦爾耶不爾云何頌曰

後依唯過去　五識依或俱

論曰意識唯依無間滅意眼等五識所依或俱或言表此亦依過去眼是眼識俱生所依如是乃至身是身識俱生所依同現世故無間滅意是過去依此五識身所依各二謂眼等五是别所依意根爲五通所依性故如是說若是眼識所依性者即是眼識等無間緣耶設是眼識等無間緣者復是眼識所依性耶應作四句第一句謂俱生眼根第二句謂

無間滅心所法界第三句謂過去意根第四句謂除所說法乃至身識亦爾各各應說自根意識應作順前句答謂是意識所依性者定是意識等無間緣有是意識等無間緣非與意識爲所依性謂無間滅心所法界何因識起俱託二緣得所依名在根非境頌曰

隨根變識異　故眼等名依

論曰眼等即是眼等六界由眼等根有轉變故諸識轉異隨根增損識明昧故非色等變令識有異以識隨根不隨境故依名唯在眼等非餘何緣色等正是所識而名眼識乃至意識不名色識乃至法識頌曰

彼及不共因　故隨根說識

論曰彼謂前說眼等名依根是依故隨根說謂及不共者謂眼唯自眼識所依色亦通爲他身眼識及通自他意識所取乃至身觸應知亦爾由所依勝及不共因故識得名隨根非境如名鼓聲及麥芽等隨身所住眼見色時身眼色識地爲同不應言此四或異或同謂生欲界若以自地眼見自地色四皆自地若以初靜慮眼見欲界色身色欲界眼識初定見初定色身屬欲界三屬初定若以二靜慮眼見欲界色身色欲界眼屬二定識屬初定見初定色身屬欲界眼屬二定色識初定見二定色身屬欲界眼色二定識屬初定如是若以三四靜慮地眼見下地色或自地色如理應思生初靜慮若以自地眼見自地色四皆同地見欲界色三屬初定色屬欲界若以二靜慮眼見初定色三屬初定眼屬二定見欲界色身識初定色屬欲界眼屬二定見

二定色身識初定眼色二定如是若以三四靜慮地眼見自地色或下上色如理應思如是生二三四靜慮以自他地眼見自他地色如理應思餘界亦應如是分別今當略辯此決定相頌曰

眼不下於身　色識非上眼　色於識一切
二於身亦然　如眼耳亦然　次三皆自地
身識自下地　意不定應知

論曰身眼色三皆通五地謂在欲界四靜慮中眼識唯在欲界初定此中眼根望身生地或等或上終不居下色識望眼等下非上下眼不能見上色故上識不依下地眼故色望於識通等上下色識於身如色於識廣說耳界應知如眼謂耳不下於身聲識非上耳聲於識一切二於身亦然隨其所應廣如眼釋鼻舌身三總皆自地於中別者謂身與觸其地必同識望觸身或自或下自謂若生欲界初定生上三定謂之爲下應知意界四事不定謂意有時與身識法四皆同地有時上下身唯五地三通一切於遊等至及受生時隨其所應或同或異如後定品當廣分別爲捨繁文故今未辯前後再述用少功多傍論已周應辯正論今當思擇十八界中誰六識內幾識所識幾常幾無常幾根幾非根頌曰

五外二所識　常法界無爲　法一分是根
并內界十二

論曰十八界中色等五界如其次第眼等五識各一所識又總皆是意識所識如是五界各六識中二識所識由此唯知餘十三界一切唯是意識所識非五識身所緣境故十八

界中無有一界全是常者唯法一分無爲是常義准無常法餘餘界又經中說二十二根謂眼根耳根鼻根舌根身根意根女根男根命根樂根苦根喜根憂根捨根信根勤根念根定根慧根未知當知根已知根具知根阿毗達磨諸大論師皆越經中六處次第於命根後方說意根有所緣故如是所說二十二根十八界中內十二界法一分攝法一分者命等十一後三一分法界攝故內十二者眼等五根如自名攝意根通是七心界攝後三一分意意識攝女根男根即是身界一分所攝如後當辯義准所餘色等五界法界一分皆體非根

阿毗達磨俱舍論卷第二 說一切有部

音釋

鵂鶹 鵂許鳩切鶹力求切鵂鶹怪鳥也　洟 他計切　儛 文甫切與舞同

頞胝迦 梵語具云塞頞胝迦此云水玉胝張尼切　摣 側加切手取物也

拊 芳武切拍也　糅 女救切雜也　荽 宣隹切胡荽也　[illegible] 蘇朗切鼓匡木

韜 都合切指衣也

阿毗達磨俱舍論卷第三

尊者世親造

唐三藏法師玄奘奉詔譯

分別根品第二之一

如是因界已列諸根即於此中根是何義最勝自在光顯名根由此總成根增上義此增上義誰望於誰頌曰

傳說五於四　四根於二種　五八染淨中

各別爲增上

論曰眼等五根各於四事能爲增上一莊嚴身二導養身三生識等四不共事且眼耳根莊嚴身者謂若盲聾身醜陋故導養身者謂因見聞避險難故生識等者謂發二識及相應故不共事者謂能見色聞聲別故鼻舌身根莊嚴身者如眼耳説導養身者謂於段食能受用故生識等者謂發三識及相應故不共事者謂鼻嘗覺香味觸故女男命意各於二事能爲增上且女男根二增上者一有情異二分別異有情異者由此二根令諸有情女男類別分別異者由此二根形相言音乳房等別有説此於染淨增上故言於二所以者何本性損壞扇搋半擇及二形人無不律儀無間斷善諸雜染法亦無律儀得果離染諸清淨法命根二者謂於衆同分能續及能持意根二者謂能續後有及自在隨行能續後有者如契經言時健達縛於一心内隨一現前謂或愛俱或恚俱等自在隨行者如契經言

心能導世間　心能遍攝受　如是心一法

皆自在隨行

樂等五受信等八根於染淨中如次增一樂等五受染增上者貪等隨眠所隨增故信等八根淨增上者諸清淨法隨生長故有餘師說樂等於淨亦爲增上如契經說樂故心定苦爲信依亦出離依喜及憂捨毗婆沙師傳說如此有餘師說能導養身非眼等用是識增上說了方能避於險難受段食故見色等用亦非異識故不共事於眼等根不可立爲別增上用故非由此眼等成根若爾云何頌曰

了自境增上　總立於六根　從身立二根
女男性增上　於同住雜染　清淨增上故
應知命五受　信等立爲根　未當知已知
具知根亦爾　於得後後道　涅槃等增上

論曰了自境者謂六識身眼等五根於能了別各別境識有增上用第六意根於能了別一切境識有增上用故眼等六各立爲根豈不色等於能了識亦有增上應立爲根境於識中無增上用夫增上用謂勝自在眼於所發了色識中最勝自在故名增上於了眾色爲通因故識隨眼根有明昧故色則不然二相違故乃至意根於法亦爾從身復立女男根者女男性中有增上故女男根體不離身根身一分中立此名故如其次第女男性中此女男根有增上用此處少異餘處身根故從身根別立爲二女身形類音聲作業志樂差別名爲女性男身形類音聲作業志樂不同名爲男性二性差別由女男根故說女男根於二性增上於眾同分住中命根有增上用於雜染中樂等五受有增上用所以者何

由契經說於樂受貪隨增於苦受瞋隨增於不苦不樂受無明隨增故於清淨中信等五根有增上用所以者何由此勢力伏諸煩惱引聖道故言應知者勸許一一各能爲根三無漏根於得後後道涅槃等有增上用言亦爾者類顯一一各能爲根謂未知當知根於得已知根道有增上用已知根於得具知根道有增上用具知根於得涅槃有增上用非心未解脫能般涅槃故等言爲顯復有異門云何異門謂見所斷煩惱滅中未知當知根有增上用於修所斷煩惱滅中已知根有增上用於現法樂住中具知根有增上用由此能領受解脫喜樂故若增上故立爲根者無明等性應立爲根無明等因於行等果各各別有增上用故又語具等應立爲根語具手足大小便處於語執行棄樂事中如其次第有增上故如是等事不應立根由所許根有如是相頌曰

心所依此別　此住此雜染　此資糧此淨

由此量立根

論曰心所依者眼等六根此內六處是有情本此相差別由女男根復由命根此一期住此成雜染由五受根此淨資糧由信等五此成清淨由後三根由此立根事皆究竟是故不應許無明等及語具等亦立爲根彼無此中增上用故復有餘師別說根相頌曰

或流轉所依　及生住受用　建立前十四

還滅後亦然

論曰或言顯此是餘師意約流轉還滅立二十二根流轉所依謂眼等六生由女男從彼

生故住由命根枝彼住故受用由五受因彼領納故約此建立前十四根還滅位中即約此四義類別故立後八根還滅所依謂信等五於三無漏由初故生由次故住由後受用根量由此無減無增即由此緣經立次第不應語具於語為根待學差別語方成故手足不應於執行事各立為根無異性故謂即手足異處異相差別生時名執行故又離手足亦有執行如腹行類是故手足不可於彼建立為根出大便處於能棄事不應立根重物於空遍墮落故又由風力引令出故出小便處於生樂事不應立根即女男根起此樂故又諸喉齒眼瞼肢節應立為根於能吞嚼開閉屈伸有力用故或一切因於自所作有力用故皆應立根彼雖有用非增上故不立根者此語具等亦非增上不應立根此中眼等乃至男根如前已說命根體是不相應故不相應中自當廣辯信等體是心所法故心所法中亦當廣辯樂等五受三無漏根更無辯處故今應釋頌曰

身不悅名苦　即此悅名樂　及三定心悅
餘處此名喜　心不悅名憂　中捨二無別
見修無學道　依九立三根

論曰身謂身受依身起故即五識相應受言不悅者是損惱義於身受內能損惱者名為苦根所言悅者是攝益義即身受內能攝益者名為樂根及第三定心相應受能攝益者亦名樂根第三定中無有身受五識無故心悅名樂即此心悅除第三定於下三地名為喜根第三靜慮心悅安靜離喜貪故唯名樂

根下三地中心悅麤動有喜貪故唯名喜根意識相應能損惱受是心不悅名由憂根中謂非悅非不悅即是不苦不樂受此處中受名爲捨根如是捨根爲是身受爲是心受應言通二何因此二總立一根此受在身心同無分別故在心苦樂多分別生在身不然隨境力故阿羅漢等亦如是生故此立根身心各別捨無分別任運而生是故立根身心合一又苦樂受在身在心爲損爲益其相各異故別立根捨在身心同無分別非損非益其相無異故總立根意樂喜捨信等五根如是九根在於三道如次建立三無漏根謂在見道依意等九立未知當知根若在修道即依此九立已知根在無學道亦依此九立具知根如是三名因何而立謂在見道有未曾知當知行轉故說彼名未知當知若在修道無未曾知但爲斷除餘隨眠故即於彼境復數了知是故說彼名爲已知在無學道知已已知故名爲知有此知者名爲具知或習此知已成性者名爲具知謂得盡智無生智故如實自知我遍知苦不復遍知乃至廣說彼所有根名爲未知當知根等如是已釋根體不同當辯諸門義類差別此二十二根中幾有漏幾無漏頌曰

唯無漏後三　有色命憂苦　當知唯有漏通二餘九根

論曰次前所說最後三根體唯無漏是無垢義垢之與漏名異體同七有色根及命憂苦一向有漏七有色者眼等五根及女男根色蘊攝故意樂喜捨信等五根此九皆通有漏

無漏有餘師說信等五根亦唯無漏故世尊說若全無此信等五根我說彼住外異生品此非誠證依無漏根說此言故云何知然先依無漏信等五根建立諸聖位差別已說此言故或諸異生略有二種一內二外內謂不斷善根外謂善根已斷依外異生作如是說若全無此信等五根我說彼住外異生品又契經說有諸有情處在世間或生或長有上中下諸根差別是佛猶未轉法輪時故知信等亦通有漏又世尊說我若於此信等五根未如實知是集沒味過患出離未能超此天人世間及魔梵等乃至未能證得無上正等菩提乃至廣說非無漏法可作如是品類觀察故信等五根通有漏無漏如是已說有漏無漏二十二根中幾是異熟幾非異熟頌曰

命唯是異熟　憂及後八非　色意餘四受
一一皆通二

論曰唯一命根定是異熟若如是者諸阿羅漢留多壽行此即命根如是命根誰之異熟如本論說云何苾芻留多壽行謂阿羅漢成就神通得心自在若於僧衆若於別人以諸命緣衣鉢等物隨分布施施已發願即入第四邊際靜慮從定起已心念口言諸我能感富異熟業願皆轉招壽異熟果時彼能感富異熟業則皆轉招壽異熟果復有欲令引取宿業殘異熟果彼說前生曾所受業有殘異熟由今所修邊際定力引取受用云何苾芻捨多壽行謂阿羅漢成就神通得心自在於僧衆等如前布施施已發願即入第四邊際靜慮從定起已心念口言諸我能感壽異熟

業願皆轉招富異熟果時彼能感壽異熟業則皆轉招富異熟果尊者妙音作如是說彼起第四邊際定力引色界大種令身中現前而彼大種或順壽行或違壽行由此因緣或留壽行或捨壽行應如是說彼阿羅漢由此自在三摩地力轉去曾得宿業所生諸根大種住時勢分別取未曾定力所起諸根大種住時勢分故此命根非是異熟所餘一切皆是異熟因論生論彼阿羅漢有何因緣留多壽行謂爲利益安樂他故或爲聖教久住世故觀知自身壽行將盡觀他無此二種堪能後何因緣捨多壽行彼阿羅漢自觀住世於他利益安樂事少或爲病等苦逼自身如有頌言

梵行妙成立　聖道已善修　壽盡時歡喜

猶如捨衆病

此中應知依何處所誰能如是留捨壽行謂三洲人女男相續不時解脫得邊際定諸阿羅漢由彼身中有自在定無煩惱故經說世尊留多命行捨多壽行命壽何別有言無別如本論言云何命根謂三界壽有餘師說先世業果名爲壽行現在業果名爲命行有說由此衆同分住名爲壽行由此暫住名爲命行多言爲顯留捨多命命行壽行非一剎那命行壽行有留捨故有說此言爲遮有一命壽實體經多時住有說此言爲顯無一實命壽體但於多行假立如是命壽二名若謂不然不應言行世尊何故捨多壽行留多命行爲顯於死得自在故捨多壽行爲顯於活得自在故留多命行唯留三月不增減者越此

更無所化事故滅此利生不究竟故又爲成立先自稱言我善修行四神足故欲住一劫或一劫餘如心所期則便能住毗婆沙師作如是說顯今能伏蘊死二魔世尊先於菩提樹下已伏天魔煩惱魔故傍論已竟正論應辯憂根及後信等八根皆非異熟是有記故餘皆通二義准已成謂七色意根除憂餘四受十二一一皆通二類七有色根若所長養則非異熟餘皆異熟意及四受若善染汙若威儀路及工巧處并能變化隨其所應亦非異熟餘皆異熟若說憂根非異熟者此經所說當云何通如契經言有三種業順喜受業順憂受業順捨受業依受相應言順無過謂業與憂相應故名順憂受業如觸與樂相應說名順樂受觸若爾順喜順捨受業亦應如是一經說故隨汝所欲於我無違異熟相應理皆無失無逃難處作此通經理實何因憂非異熟以憂分別差別所生止息亦然異熟不爾若爾喜根應非異熟亦由分別生及止息故若許憂根是異熟者造無間業已因即生憂此業爾時應名果已熟亦應如是徵難喜根若許喜根是異熟者造勝福業已因即生喜此業爾時應名果已熟毗婆沙師咸作是說已離欲者無憂根故異熟不然故非異熟若爾應說離欲有情異熟喜根何相知有隨彼有相此相亦然謂善喜根此位容有無記異熟應類非無於此位中憂一切種無容有故定非異熟眼等八根若在善趣是善異熟若在惡趣是惡異熟意根隨在善趣惡趣是俱異熟喜樂捨根隨在何趣是善異熟苦

根隨在善趣惡趣是惡異熟於善趣中有二形者唯根處所不善業招善趣色根善業引故如是已說是異熟等二十二根中幾有異熟幾無異熟頌曰

憂定有異熟　前八後三無　意餘受信等
一一皆通二

論曰如前所諍憂根當知定有異熟依唯越義頌說定聲謂顯憂根唯有異熟兼具二義故越次說具二義者憂非無記强思起故亦非無漏唯散地故由此越次先說憂根定有異熟眼等前八及最後三定無異熟八無記故三無漏故餘皆通二義准已成謂意根餘四受信等言等取精進等四根此十一一皆通二類意樂喜捨若不善善有漏有異熟若無記無漏無異熟苦根若善不善有異熟若無記無異熟信等五根若有漏有異熟若無漏無異熟如是已說有異熟等二十二根中幾善幾不善幾無記頌曰

唯善後八根　憂通善不善　意餘受三種
前八唯無記

論曰信等八根一向是善數次雖居後乘前故先說憂根唯通善不善性意及餘受一一通三眼等八根唯無記性如是已說善不善等二十二根中幾欲界繫幾色界繫幾無色界繫頌曰

欲色無色繫　如次除後三　兼女男憂苦
并除色喜樂

論曰欲界除後三無漏根由彼三根唯不繫故准知欲界繫唯有十九根色界如前除三無漏兼除男女憂苦四根准知十五根亦通

色界繫除女男者色界已離婬欲法故由女男根身醜陋故若爾何故說彼爲男於何處說契經中說如契經言無處無容女身爲梵有處有容男身爲梵别有男相謂欲界中男身所有無苦根者身淨妙故又彼無有不善法故無憂根者由奢摩他潤相續故又彼定無惱害事故無色如前除三無漏　女男憂苦并除五色及喜樂根准知餘八根通無色界繫謂意命捨信等五根如是已說欲界繫等二十二根中幾見所斷幾修所斷幾非所斷

頌曰

意三受通三　憂見修所斷　九唯修所斷
五修非三非

論曰意喜樂捨一一通三皆通見修非所斷故憂根唯通見修所斷非無漏故七色命苦唯修所斷不染汙故非六生故皆有漏故信等五根或修所斷或非所斷非染汙故皆通有漏及無漏故最後三根唯非所斷皆無漏故非無過法是所斷故已說諸門義類差别何界初得幾異熟根頌曰

欲胎卵濕生　初得二異熟　化生六七八
色六上唯命

論曰欲胎卵濕生初受生位唯得身與命二異熟根由此三生根漸起故彼何不得意捨二根此續生時定染汙故化生初位得六七八謂無形者初得六根如劫初時何等爲六所謂眼耳鼻舌身命若一形者初得七根如諸天等若二形者初得八根豈有二形受化生者惡趣容有二形化生說欲界中初得根已今欲當說色無色界欲勝故但言欲

色界色勝故但言色契經亦言寂靜解脱過色無色色界初得六異熟根如欲化生無形者說上唯命者謂無色界定勝生勝故說上言無色界中最初所得異熟根者唯命非餘說異熟根最初得已何界死位幾根後滅頌曰

正死滅諸根　無色三色八　欲頓十九八
漸四善增五

論曰在無色界將命終時命意捨三於最後滅若在色界將命終時即前三根及眼等五如是八種於最後滅一切化生必具諸根而生死故若在欲界頓命終時十九八根於最後滅謂二形者後滅十根即女男根并前八種若一形者後滅九根於女男中隨除一種若無形者後滅八根謂無女男唯有前八如是所說依頓命終若漸命終後唯捨四謂在欲界漸命終時身命意捨於最後滅此四必無前後滅義如是所說應知但依染無記心而命終者若在三界善心死時信等五根必皆具有故於前說一切位中其數皆應加信等五謂於無色增至八根乃至欲界漸終至九中間多少如理應知分别根中一切根法皆應思擇二十二根幾能證得何沙門果頌曰

九得邊二果　七八九中二　十一阿羅漢
依一容有說

論曰邊謂預流阿羅漢果於沙門果居初後故中謂一來及不還果此觀初後在中間故初預流果由九根得謂意及捨信等五根未知當知已知爲九未知根在無間道已知根

在解脫道此二相資得最初果如其次第於離繫得能爲引因依因性故阿羅漢果亦九根得謂意信等五已知具知及喜樂捨中隨一爲九已知根在無間道具知根在解脫道此二相資得最後果如其次第於離繫得能爲引因依因性故中間二果隨其所應各爲七八九根所得所以者何且一來果次第證者依世間道由七根得謂意及捨信等五根依出世道由八根得謂即前七根已知根第八倍離欲貪超越證者如預流果由九根得若不還果次第證者依世間道由七根得依出世道由八根得如前次第得一來果全離欲貪超越證者由九根得如前超越得一來果總說雖然而有差別謂此依地有差別故樂喜捨中可隨取一前果超越唯一捨根又次第證不還果者若於第九解脫道中入根本地依世間道由八根得彼無間道捨受相應解脫道中復有喜受此二相資得第三果於離繫得二因如前依出世道由九根得八根如前已知第九無間解脫此俱有故豈不根本阿毗達磨問由幾根得阿羅漢答十一根云何乃言由九根得實得第四但由九根而本論言十一根者依一身中容有故說謂容有一補特伽羅從無學位數數退已由樂喜捨隨一現前數復證得阿羅漢果由斯本論說十一根然無一時三受俱起是故今說定由九根於不還果中何不如是說以無樂根證不還果而於後時得有退義亦無退已由樂復得非先離欲超證第三有還退義此離欲果二道所得極堅牢故今應思擇成就

何根彼諸根中幾定成就頌曰
成就命意捨　各定成就三　若成就樂身
各定成就四　成眼等及喜　各定成五根
若成就苦根　彼定成就七　若成女男憂
信等各成八　二無漏十一　初無漏十三
論曰命意捨中隨成就一彼定成就如是三
根非此三中隨有所闕可有成就所餘根者
除此三根餘皆不定謂或成就或不成就此
中眼耳鼻舌四根生無色界定不成就若生
欲界未得已失亦不成就身根唯有生無色
界定不成就女男二根生上二界定不成就
若生欲界未得已失亦不成就樂根異生生
第四定及無色界定不成就喜根異生生三
四定及無色界定不成就苦根若生色無色
界定不成就憂根一切離欲貪者定不成就
信等五根善根斷者定不成就初無漏根一
切異生及已住果定不成就次無漏根一切
異生見道無學定不成就後無漏根一切異
生及有學位定不成就於非遮位應知如前
所說諸根皆定成就若成樂根定成就四謂
命意捨及此樂根若成身根亦定成四謂命
意捨及此身根若成眼根定成就五謂命意
捨身根眼根耳鼻舌根應知亦五前四如眼
第五身根若成喜根亦定成五謂命意捨樂
喜根第二靜慮地生未得第三靜慮捨下未
得上此成何樂根當言成就第三靜慮染汙
樂根餘未得故若成苦根定成就七謂身命
意四受除憂若成女根定成就八七如苦說
第八女根若成男根亦定成八七如苦說第
八男根若成憂根亦定成八七如苦說第八

憂根若成信等亦各成八謂命意捨信等五根若成具知根定成就十一謂命與意樂喜捨信等五根及具知根若成已知根亦定成十一十根如上及已知根若成未知根定成就十三謂身命意苦樂喜捨信等五根及未知根諸極少者成就幾根頌曰

極少八無善　成受身意命　愚生無色界　成善命意捨

論曰已斷善根名爲無善彼若極少成就八根謂五受根及身命意受謂能受能領納故或是受性故名爲受如圓滿性立圓滿名如斷善根極少成八愚生無色亦成八根愚謂愚生未見諦故何等爲八謂信等五命意捨根信等五根一向善故總名爲善若爾應攝三無漏根不爾此中依八根故又說愚生無色界故諸極多者成就幾根頌曰

極多成十九　二形除三淨　聖者未離欲　除二淨一形

論曰諸二形者具眼等根除三無漏成餘十九無漏名淨離二縛故二形必是欲界異生未離欲貪故有十九唯此具十九爲更有耶聖者未離欲亦具十九謂聖有學未離欲貪成就極多亦具十九除二無漏及除一形若住見道除已知根及具知根若住修道除未知根及具知根女男二根隨除一種以諸聖者無二形故因分別界根非根差別乘茲廣辯二十二根竟

阿毗達磨俱舍論卷第三（說一切有部）

音釋

扇搋（梵語也此云生謂生來男根不滿搋丑皆切）　瞼（九瞼切目瞼也）

阿毗達磨俱舍論卷第四

尊者世親造

唐三藏法師玄奘奉詔譯

分別根品第二之二

今應思擇一切有爲如相不同生亦各異爲有諸法決定俱生有定俱生謂一切法略有五品一色二心三心所四心不相應行五無爲無爲無生此中不說今先辯色決定俱生頌曰

欲微聚無聲　無根有八事　有身根九事十事有餘根

論曰色聚極細立微聚名爲顯更無細於此者此在欲界無聲無根八事俱生隨一不減云何八事謂四大種及四所造色香味觸無聲有根諸極微聚此俱生事或九或十有身根聚九事俱生八事如前身爲第九有餘根聚十事俱生九事如前加眼等一眼耳鼻舌必不離身展轉相望處各別故於前諸聚若有聲生如次數增九十十一以有聲處不離根生謂有執受大種因起若四大種不相離生於諸聚中堅濕煖動云何隨一可得非餘於彼聚中勢用增者明了可得餘體非無如覺針鋒與籌合觸如嘗鹽味與麨合味云何於彼知亦有餘由有攝熟長持業故有說遇緣堅等便有流等相故如水聚中由極冷故有煖相起雖不相離而冷用增如受及聲用有勝劣有餘師說於此聚中餘有種子未有體相故契經說於木聚中有種種界界謂種子如何風中知有顯色此義可信不可比知或所合香現可取故香與顯色不相離故前

說色界香味並無故彼無聲有六七八有聲有七八九俱生此可准知故不別說此中言事爲依體說爲依處說若爾何過二俱有過若依體說八九十等便爲太少由諸微聚必有形色有多極微共積集故重性輕性定隨有一滑性澀性隨一亦然或處有冷有饑有渴是則所言有太少過若依處說八九十等便爲太多由四大種觸處攝故應說四等是則所言有太多失二俱無過應知此中所言事者一分依體說謂所依大種一分依處說謂能依造色若爾大種事應成多造色各別依一四大種故應知此中依體類說諸四大種類無別故何用分別如是語爲語隨欲生義應思擇如是已辯色定俱生餘定俱生今次當辯頌曰

心心所必俱　諸行相或得

論曰心與心所必定俱生隨闕一時餘則不起諸行即是一切有爲謂色心心所心不相應行前必俱言流至於此謂色心等諸行生時必與有爲四相俱起言或得者謂諸行內唯有情法與得俱生餘法不然是故言或向言心所何者是耶頌曰

心所且有五　大地法等異

論曰諸心所法且有五品何等爲五一大地法二大善地法三大煩惱地法四大不善地法五小煩惱地法地謂行處若此是彼所行處即說此爲彼法地大法地故名爲大地此中若法大地所有名大地法謂法恒於一切心有彼法是何頌曰

受想思觸欲　慧念與作意　勝解三摩地

遍於一切心

論曰傳說如是所列十法諸心刹那和合遍有此中受謂三種領納苦樂俱非有差別故想謂於境取差別相思謂能令心有造作觸謂根境識和合生能有觸對欲謂希求所作事業慧謂於法能有簡擇念謂於緣明記不忘作意謂能令心警覺勝解謂能於境印可三摩地謂心一境性諸心心所異相微細一一相續分別尚難況一刹那俱時而有有色諸藥色根所取其味差別尚難了知況無色法唯覺慧取如是已說十大地法大善法地名大善地此中若法大善地所有名大善地法謂法恒於諸善心有彼法是何頌曰

信及不放逸　輕安捨慚愧　二根及不害
勤唯遍善心

論曰如是諸法唯遍善心此中信者令心澄淨有說於諦實業果中現前忍許故名爲信不放逸者修諸善法離諸不善法復何名修謂此於善專注爲性餘部經中有如是釋能守護心名不放逸輕安者謂心堪任性豈無經亦說有身輕安耶雖非無說此如身受應知亦爾如何可立此爲覺支應知此中身輕安者身堪任性復如何說此爲覺支能順覺支故無有失以身輕安能引覺支心輕安故於餘亦見有是說耶有如經說喜及順喜法名喜覺支瞋及瞋因緣名瞋恚蓋正見正思惟正勤名慧蘊思惟及勤雖非慧性隨順慧故亦得慧名故身輕安順覺支故得名無失心平等性無警覺性說名爲捨如何可說於一心中有警覺性無警覺性作意與捨二相

應起豈不前說諸心心所其相微細難可了知有雖難了由審推度而復可知此最難知謂相違背而不乖反此有警覺於餘則無二既懸殊有何乖反若爾不應同緣一境或應一切皆互相應如是種類所餘諸法此中應求如彼理趣令於此中應知亦爾慙愧二種如後當釋二根者謂無貪無瞋無癡善根慧爲性故前已說在大地法中不重說爲大善地法言不害者謂無損惱勤謂令心勇悍爲性如是已說大善地法大煩惱法地名大煩惱地此中若法大煩惱地所有名大煩惱地法謂法恒於染汙心有彼法是何頌曰

癡逸怠不信　惛掉恒唯染

論曰此中癡者所謂愚癡即是無明無智無顯逸謂放逸不修諸善是修諸善所對治法怠謂懈怠心不勇悍是前所說勤所對治不信者謂心不澄淨是前所說信所對治惛謂惛沉對法中說云何惛沉謂身重性心重性身無堪任性心無堪任性身惛沉性心惛沉性是名惛沉此是心所如何名身如身受言故亦無失掉謂掉舉令心不靜唯有如是六種名大煩惱地法豈不根本阿毗達磨中說有十種大煩惱地法又於彼論不說惛沉何者爲十謂不信懈怠失念心亂無明不正知非理作意邪勝解掉舉放逸天愛汝今但知言至不閑意旨意旨者何謂失念心亂不正知非理作意邪勝解已說彼在大地法中不應重立爲大煩惱地法如無癡善根慧爲體故非大善地法彼亦應爾即染汙念名爲失念染汙等持名爲心亂諸染汙慧名不正知

染汙作意勝解名爲非理作意及邪勝解故說若是大地法亦大煩惱地法耶應作四句第一句謂受想思觸欲第二句謂不信懈怠無明掉舉放逸第三句謂如前說念等五法第四句謂除前相有執邪等持非即是心亂彼作四句與此不同又許惛沉通與一切煩惱相應不許說在大煩惱地法於誰有過有作是言應說在此而不說者順等持故彼謂諸有惛沉行者速發等持非掉舉行誰惛沉行非掉舉行誰掉舉行非惛沉行此二未嘗不俱行故雖爾應知隨增說行雖知說行隨用偏增而依有體建立地法故此地法唯六義成此唯遍染心俱起非餘故如是已說大煩惱地法大不善法地名大不善地此中若法大不善地所有名大不善地法謂法恒於不善心有彼法是何頌曰

唯遍不善心　無慙及無愧

論曰唯二心所但與一切不善心俱謂無慙愧故唯二種名此地法此二法相如後當辯如是已說大不善地法小煩惱法地名小煩惱地此中若法小煩惱地所有名小煩惱地法謂法少分染汙心俱彼法是何頌曰

忿覆慳嫉惱　害恨諂誑憍　如是類名爲小煩惱地法

論曰如是類法唯修所斷意識地起無明相應各別現行故名爲小煩惱地法此法如後隨煩惱中當廣分別如是已說五品心所復有此餘不定心所惡作睡眠尋伺等法此中應說於何心品有幾心所決定俱生頌曰

欲有尋伺故　於善心品中　二十二心所

有時增惡作　於不善不共　見俱唯二十
四煩惱忿等　惡作二十一　有覆有十八
無覆許十二　睡眠遍不違　若有皆增一

論曰且欲界中心品有五謂善唯一不善有二謂不共無明相應及餘煩惱等相應無記有二謂有覆無記及無覆無記然欲界心定有尋伺故善心品必二十二心所俱生謂十大地法十大善地法及不定二謂尋與伺非諸善心皆有惡作有時增數至二十三惡作者何惡所作體名爲惡作應知此中緣惡作法說名惡作謂緣惡作心追悔性如緣空解脫門說名爲空緣不淨無貪說爲不淨又見世間約所依處說能依事如言一切村邑國土皆來集會惡作即是追悔所依故約所依說爲惡作又於果體假立因名如說此六觸處應知名宿作業若緣未作事云何名惡作於未作事亦立作名如追悔言我先不作如是事業是我惡作何等惡作說名爲善謂於善惡不作作中心追悔性與此相違名爲不善此二各依二處而起若於不善不共心品必有二十心所俱生謂十大地法六大煩惱地法二大不善地法并二不定謂尋與伺何等名爲不共心品謂此心品唯有無明無有所餘貪煩惱等於不善見相應心品亦有二十心所俱生名即如前不共品說非見增故有二十一以即於十大地法中慧用差別說爲見故言不善見相應心者謂此心中或有邪見或有見取或戒禁取於四不善貪瞋慢疑煩惱心品有二十一心所俱生二十如不共加貪等隨一於前所說忿等相應隨煩惱

品亦二十一心所俱生二十如不共加忿等隨一不善惡作相應心品亦二十一心所俱生謂即惡作第二十一略說不善不共及見相應品中唯有二十餘四煩惱及隨煩惱相應品中有二十一若於無記有覆心品唯有十八心所俱生謂十大地法六大煩惱地法并二不定謂尋與伺欲界無記有覆心者謂與薩迦耶見及邊執見相應此中見不增應知如前釋於餘無記無覆心品許唯十二心所俱生謂十大地法并不定尋伺外方諸師欲令惡作亦通無記此相應品便有十三心所俱起應知睡眠與前所說一切心品皆不相違通善不善無記性故隨何品有即說此增謂二十二至二十三若二十三至二十四不善無記如例應知已說欲界心所俱生諸品定量當說上界頌曰

初定除不善　及惡作睡眠　中定又除尋上兼除伺等

論曰初靜慮中於前所說諸心所法除唯不善惡作睡眠餘皆具有唯不善者謂瞋煩惱除諂誑憍所餘忿等及無慚愧餘皆有者如欲界說中間靜慮除前所除又更除尋餘皆具有第二靜慮以上乃至無色界中除前所除又除伺等等者顯除諂誑餘皆如前具有經說諂誑極至梵天衆相依故上地無有以大梵王處自梵衆忽被馬勝苾芻問言此四大種當於何位盡滅無餘梵王不知無餘滅位便矯亂答我於此梵衆是大梵自在作者化者生者養者是一切父作是語已引出衆外諂言愧謝令還問佛如是已說於諸界地

諸心品中心所數量今次當說於前所辯諸心所中少分差別無慚無愧愛之與敬差別云何頌曰

無慚愧不重　於罪不見怖　愛敬謂信慚

唯於欲色有

論曰此中無慚無愧別者於諸功德及有德者無敬無崇無所忌難無所隨屬說名無慚即是恭敬所敵對法爲諸善士所訶猒法說名爲罪於此罪中不見怖畏說名無愧此中怖言顯非愛果能生怖故不見怖言欲顯何義爲見而不怖名不見怖爲不見彼怖名不見怖若爾何失二俱有過若見而不怖應顯智慧若不見彼怖應顯無明此言不顯見與不見何所顯耶此顯有法是隨煩惱爲彼二因說名無愧有餘師說於所造罪自觀無恥名曰無慚觀他無恥說名無愧若爾此二所觀不同云何俱起不說此二一時俱起別觀自他然有無恥觀自時勝說名無慚復有無恥觀他時增說爲無愧慚愧差別翻此應知謂翻初釋有敬有崇有所忌難有所隨屬說名爲慚於罪見怖說名爲愧翻第二釋於所造罪自觀有恥說名爲慚觀他有恥說名爲愧已說無慚無愧差別愛敬別者愛謂愛樂體即是信然愛有二一有染汙二無染汙有染謂貪如愛妻子等無染謂信如愛師長等有信非愛謂緣苦集信有愛非信謂諸染汙愛有通信愛謂緣滅道信有非信愛謂除前三相有說信者忍許有德由此爲先方生愛樂故愛非信敬謂敬重體即是慚如前解慚謂有敬等有慚非敬謂緣苦集慚有通慚敬

謂緣滅道慚有說敬者有所崇重由此爲先方生慚恥故敬非慚望所緣境補特伽羅愛敬有無應作四句有愛無敬謂於妻子共住門人等有敬無愛謂於他師有德貴人等有愛有敬謂於自師父毋伯叔等無愛無敬謂除前三相如是愛敬欲色界有無色界無豈不信慚大善地法無色亦有愛敬有二謂緣於法補特伽羅緣法愛敬通三界有此中意說緣補特伽羅者故欲色有無色界無如是已說愛敬差別尋伺慢憍差別云何頌曰

尋伺心麤細　慢對他心舉　憍由染自法心高無所顧

論曰尋伺別者謂心麤細心之麤性名尋心之細性名伺云何此二一心相應有作是釋如冷水上浮以熟酥上烈日光之所照觸酥因水日非釋非凝如是一心有尋有伺心由尋伺不過細麤故於一心俱有作用若爾尋伺是麤細因非麤細體如水日光是凝釋因體非凝釋又麤細性相待而立界地品別上下相形乃至有頂應有尋伺又麤細性無別體類不可依之以別尋伺復有釋言尋伺二法是語言行故契經言要有尋伺方有語言非無尋伺此語言行麤者名尋細者名伺於一心內別法是麤別法是細於理何違若有別體類理實無違然無別體類故成違理一體類中無容上下俱時起故若言體類亦有差別應說體類別相云何此二體類別相難說但由上下顯其別相非由上下能顯別相一一類中有上下故由是應知尋伺二法定不可執一心相應若爾云何契經中說於初

靜慮具足五支具五支言就一地說非一剎那故無有過如是已說尋伺差別慢憍別者慢謂對他心自舉性稱量自他德類差別心自舉恃凌懱於他故名爲慢憍謂染著自法爲先令心傲逸無所顧性有餘師說如因酒生欣舉差別說名爲醉如是貪生欣舉差別說名爲憍是謂慢憍差別之相如是已說諸心心所品類不同俱生異相然心心所於契經中隨義建立種種名相今當辯此名義差別頌曰

心意識體一　心心所有依　有緣有行相相應義有五

論曰集起故名心思量故名意了別故名識復有釋言淨不淨界種種差別故名爲心即此爲他作所依止故名爲意作能依止故名爲識故心意識三名所詮義雖有異而體是一如心意識三名所詮義異體一諸心心所名有所依所緣行相相應亦爾名義雖殊而體是一謂心心所皆名有所依託所依根故或名有所緣取所緣境故或名有行相即於所緣品類差別等起行相故或名相應等和合故依何義故名等和合有五義故謂心心所五義平等故說相應所依所緣行相時事皆平等故事平等者一相應中如心體一諸心所法各各亦爾已說心心所廣分別義心不相應行何者是耶頌曰

心不相應行　得非得同分　無想二定命相名身等類

論曰如是諸法心不相應非色等性行蘊所攝是故名心不相應行於中且辯得非得相

頌曰

得謂獲成就　非得此相違　得非得唯於自相續二滅

論曰得有二種一者未得已失今獲二者得已不失成就應知非得與此相違於何法中有得非得於自相續及二滅中謂有爲法若有墮在自相續中有得非得非他相續無有成就他身法故非非相續無有成就非情法故且有爲法決定如是無爲法中唯於二滅有得非得一切有情無不成就非擇滅者故對法中得傳說如是誰成無漏法謂一切有情除初刹那具縛聖者及餘一切具縛異生諸餘有情皆成擇滅決定無有成就虛空故於虛空不言有得以得無故非得亦無宗明得非得相翻而立故諸有得者亦有非得義准可知故不別釋何緣知有別物名得契經說故如契經言聖者於彼十無學法以生以得以成就故已斷五支乃至廣說若爾非情及他相續亦應成就所以者何契經說故如契經說苾芻當知有轉輪王成就七寶乃至廣說此中自在說名成就謂轉輪王於彼七寶有自在力隨樂轉故此既自在說名成就餘復何因知有別物許有別物有何非理如是非理謂所執得無體可知如色聲等或貪瞋等無用可知如眼耳等故無容有別物名得執有別物是爲非理若謂此得亦有作用謂作所得諸法生因是則無爲應無有得又所得法未得已捨界地轉易及離染故彼現無得當云何生若俱生得爲生因者生與生生復何所作又非情法應定不生又具縛者

下中上品煩惱現起差別應無得無別故若由餘因有差別者即應由彼諸法得生得復何用故彼所言得有何用謂作所得諸法生因理不成立誰言此得作法生因若爾此得有何作用謂於差別爲建立因所以者何若無有得異生聖者起世俗心應無異生及諸聖者建立差別豈不煩惱已斷未斷有差別故應有差別若執無得如何可說煩惱已斷及與未斷許有得者斷未斷成由煩惱得離未離故此由所依有差別故煩惱已斷未斷義成謂諸聖者見修道力令所依身轉變異本於彼二道所斷惑中無復功能令其現起猶如種子火所焚燒轉變異前無能生用如是聖者所依身中無生惑能名煩惱斷或世間道損所依中煩惱種子亦名爲斷與上相違名爲未斷諸未斷者說名成就諸已斷者名不成就如是二種但假非實善法有二一者不由功力修得二者要由功力修得即名生得及加行得不由功力而修得者若所依中種未被損名爲成就若所依中種已被損名不成就謂斷善者由邪見力損所依中善根種子應知名斷非所依中善根種子畢竟被害說名爲斷要由功力而修得者若所依中彼法已起生彼功力自在無損說名成就與此相違名不成就如是二種亦假非實故所依中唯有種子未拔未損增長自在於如是位立成就名無有別物此中何法名爲種子謂名與色於生自果所有展轉隣近功能此由相續轉變差別何名轉變謂相續中前後異性何名相續謂因果性三世諸行何名

差别謂有無間生果功能然有處説若成就貪便不能修四念住者彼説耽著貪煩惱者不能猒捨故名成就由隨耽著貪愛時分於四念住必不能修如是成就遍一切種唯假非實唯遮於此名不成就亦假非實毗婆沙師説此二種皆有别物實而非假如是二途皆爲善説所以者何不違理故我所宗故已辯自性差别云何且應辯得頌曰

三世法各三　善等唯善等　有繫自界得
無繫得通四　非學無學三　非所斷二種

論曰三世法得各有三種謂過去法有過去得有未來得有現在得如是未來及現在法各有三得又善等法得唯善等謂善不善及無記法如其次第有善不善無記三得又有繫法得唯自界謂欲色界無色界法如其次

第唯有欲色無色三得若無繫法得通四種謂無漏法總而言之得有四種即三界得及無漏得别分别者非擇滅得通三界繫若擇滅得色無色繫及與無漏其道諦得唯有無漏故無繫法得有四種又有學法得唯有學若無學法得唯無學非學非無學得有差别謂此法得總説有三别分别者一切有漏及三無爲皆名非學非無學法且有漏法唯有非學非無學得非擇滅得及非聖道所引擇滅得亦如是若有學道所引擇滅得即有學若無學道所引擇滅得即無學又見修所斷法如其次第有見修所斷得非所斷法得有差别謂此法得總説有二别分别者諸無漏法名非所斷非擇滅得唯修所斷若非聖道所引擇滅得亦如是聖道所引擇滅之得及

道諦得皆非所斷前雖總說三世法各三今應簡別其中差別相頌曰

無記得俱起　除二通變化　有覆色亦俱欲色無前起

論曰無覆無記得唯俱起無前後生勢力劣故法若過去得亦過去法若未來得亦未來法若現在得亦現在一切無覆無記法得皆如是耶不爾云何除眼耳通及能變化謂眼耳通慧及能變化心勢力强故加行差別所成辦故雖是無覆無記性故而有前後及俱起得若工巧處及威儀路極數習者得亦許爾唯有無覆無記法得但俱起耶不爾云何有覆無記色得亦爾謂諸有覆無記表色得亦如前但有俱起雖有上品而亦不能發無表故勢力微劣由此定無法前後得如無記法得有別異善不善得亦有異耶亦有云何謂欲界繫善不善色得無前起唯有俱生及後起得非得如得亦有如上品類別耶不爾云何頌曰

非得淨無記　去來世各三　三界不繫三許聖道非得　說名異生性　得法易地捨

論曰性差別者一切非得皆唯無覆無記性攝世差別者過去未來各有三種謂現在法決定無有現在非得唯有過去未來非得過去未來一一各有三世非得界差別者三界繫法及不繫法各三非得謂欲界繫法有三界非得色無色界繫及不繫亦爾定無非得是無漏者所以者何由許聖道非得說名異生性故如本論言云何異生性謂不獲聖法不獲即是非得異名非說異生性是無漏應

理不獲何聖法名異生性謂不獲一切不別說故此不獲言表離於獲若異此者諸佛世尊亦不成就聲聞獨覺種性聖法應名異生若爾彼論應說純言不要須說此一句中含純義故如說此類食水食風有說不獲苦法智忍及俱生法名異生性不可難言道類智時捨此法故應成非聖前已永害彼非得故若爾此性既通三乘不獲何等名異生性此亦應言不獲一切若爾此應同前有難此難復應如前通釋若爾重說唐捐其功如經部師所說爲善經部所說其義云何謂曾未生聖法相續分位差別名異生性如是非得何時當捨此法非得得此法時或轉易地捨此非得如聖道非得說名異生性得此聖道時或易地便捨餘法非得類此應思若非得得斷非得非得生如是名爲捨於非得得與非得豈復有餘得與非得應言此二各得有餘得及非得若爾豈不有無窮過無無窮過許得展轉更相成故以法生時并其自體三法俱起第一本法第二法得第三得得謂相續中法得起故成就本法及與得得得起故成就法得是故此中無無窮過如是若善若染汙法一一自體初生起時并其自體三法俱起第二刹那六法俱起謂三法得及三得得第三刹那十八俱起謂於第一第二刹那所生諸法有九法得及九得得如是謂得後後轉增一切過去未來煩惱及隨煩惱并生得善刹那刹那相應俱有無始無終生死輪轉有無邊得且一有情生死相續刹那刹那起無邊得如是一切有情相續一一各別刹

那剎那無量無邊諸得俱起如是諸得極多集會無對礙故互相容受若不爾者一有情得虛空不容況第二等

阿毗達磨俱舍論卷第四說一切有部

音釋

惛掉惛呼昆切心不明也掉徒吊切搖動也　懱莫結切輕易

阿毗達磨俱舍論卷第五

尊者世親造

唐三藏法師玄奘奉詔譯

分別根品第二之三

如是已辯得非得相同分者何頌曰

同分有情等

論曰有別實物名爲同分謂諸有情展轉類等本論說此名衆同分此復二種一無差別二有差別無差別者謂諸有情有情同分一切有情各等有故有差別者謂諸有情界地趣生種性男女近事苾芻學無學等各別同分一類有情各等有故復有法同分謂隨蘊處界若無實物無差別相名同分者展轉差別諸有情中有情有情等無差別覺及施設不應得有如是蘊等等無差別覺及施設如理應知頗有死生不捨不得有情同分應作四句第一句者謂是處死還生是處第二句者謂入正性離生位時捨異生同分得聖者同分第三句者謂是趣死生餘趣等第四句者謂除前相若別有實物名異生同分何用別立異生性耶非異人同分別有人性故又非世間現見同分以非色故亦非覺慧所能了別無別用故世雖不了有情同分而於有情謂無差別故設有體亦何所用又何因不許有無情同分諸穀麥豆金鐵菴羅半娜娑等亦有自類互相似故又諸同分展轉差別如何於彼更無同分而起無別覺施設耶又應顯成勝論所執彼宗執有總同句義於一切法總同言智由此發生彼復執有同異句義於異品類同異言智由此發生毗婆沙師

作如是說彼執與此義類不同以說一物於多轉故又縱於彼若顯不顯然此同分必有實物契經說故如世尊言若還來此得人同分乃至廣說雖有是說而不說言別有實物名爲同分若爾所說同分是何即如是類諸行生時於中假立人同分等如諸設麥豆等同分此非善說違我宗故已辯同分無想者何頌曰

無想無想中　心心所法滅　異熟居廣果

論曰若生無想有情天中有法能令心心所滅名爲無想是實有物能遮未來心心所法令暫不起如堰江河此法一向是異熟果誰之異熟謂無想定無想有情居在何處居在廣果謂廣果天中有高勝處如中間靜慮名無想天彼爲恒無想爲亦有想耶生死位中多時有想言無想者由彼有情中間長時想不起故如契經說彼諸有情由想起故從彼處沒然彼有情如久睡覺還起於想從彼沒已必生欲界非餘處所先修定行勢力盡故於彼不能更修定故如箭射空力盡便墮若諸有情應生彼處必有欲界順後受業如應生彼北俱盧洲必定應有生天之業已辯無想二定者何謂無想定及滅盡定初無想定其相云何頌曰

如是無想定　後靜慮求脫　善唯順生受　非聖得一世

論曰如前所說有法能令心心所滅名爲無想如是復有別法能令心心所滅名無想定無想者定名無想定或定無想名無想定說如是聲唯顯此定滅心心所與無想同此在

何地謂後靜慮即在第四靜慮非餘修無想定爲何所求謂求解脫彼執無想是真解脫爲求證彼修無想定前說無想是異熟故無記性攝不說自成今無想定一向是善此是善故能招無想有情天中五蘊異熟既是善性爲順何受唯順生受非順現後及不定受若起此定後雖退失傳說現身必還能起當生無想有情天中故得此定必不能入正性離生又許此定唯異生得非諸聖者以諸聖者於無想定如見深坑不樂入故要執無想爲真解脫起出離想而修此定一切聖者不執有漏爲真解脫及真出離故於此定必不修行若諸聖者修得第四靜慮定時爲如靜慮亦得去來無想定不餘亦不得所以者何彼雖曾習以無心故要大加行方便修得故初得時唯得一世謂得現在如初受得別解脫戒得此定已第二念等乃至未捨亦成過去以無心故無未來修次滅盡定其相云何頌曰

滅盡定亦然　爲靜住有頂　善二受不定
聖由加行得　成佛得非前　三十四念故

論曰如無想定滅定亦然此亦然聲爲例何義例無想定心心所滅如說復有別法能令心心所滅名無想定如是復有別法能令心心所滅名滅盡定如是二定差別相者前無想定爲求解脫以出離想作意爲先此滅盡定爲求靜住以止息想作意爲先前無想定在後靜慮此滅盡定唯在有頂即是非想非非想處此同前定性唯是善非無記染善等起故前無想定唯順生受此滅盡定通順生

後及不定受謂約異熟有順生受或順後受或不定受或全不受謂若於下得般涅槃此定所招何地幾蘊唯招有頂四蘊異熟前無想定唯異生得此滅盡定唯聖者得非異生能起怖畏斷滅故唯聖道力所能起故現法涅槃勝解入故此亦如前非離染得由何而得由加行得要由加行方證得故又初得時唯得現在不得過去不修未來要由心力方能修故第二念等乃至未捨亦成過去世尊亦以加行得耶不爾云何成佛時得謂佛世尊盡智時得佛無一德由加行得暫起欲樂現在前時一切圓德隨樂而起故佛衆德皆離染得世尊曾未起滅盡定得盡智時云何得成俱分解脫於起滅定得自在故如已起者成俱解脫西方師說菩薩學位先起此定後得菩提云何此中不許彼說若許彼說便順尊者鄔波毱多理目足論如彼論說當言如來先起滅定後生盡智迦濕彌羅國毗婆沙師說非前起滅定後方生盡智所以者何傳說菩薩三十四念得菩提故諦現觀中有十六念離有頂貪有十八念謂斷有頂九品煩惱起九無間九解脫道如是十八足前十六成三十四一切菩薩決定先於無所有處已得離貪方入見道不復須斷下地煩惱於此中間無容得起不同類心故諸菩薩學位不應起滅盡定外國諸師作如是說若中間起不同類心斯有何過若爾便有越期心過然諸菩薩不越期心理實菩薩不越期心然非不越無漏聖道若爾期心如何不越謂我未得諸漏永盡終不解斯結跏趺坐決定不

越如是期心唯於一坐時諸事究竟故前說爲善我所宗故雖已說二定有多同異相而於其中復有同異頌曰

二定依欲色　滅定初人中

論曰言二定者謂無想定及滅盡定此二俱依欲色二界而得現起若有不許亦依色界起無想定便違此文謂本論言或有是色有此有非五行謂色纏有情或生有想天住不同類心若入無想定若入滅盡定或生無想天已得入無想是謂是色有此有非五行由此證知如是二定俱依欲色而得現起是名同相言異相者謂無想定欲色二界皆得初起滅定初起唯在人中此在人中初修起已由退爲先方生色界依色界身後復修起此滅盡定亦有退耶應言亦有若不爾者即便違害鄔陀夷經經言具壽有諸苾芻先於此處具淨尸羅具三摩地具般羅若能數入出滅受想定斯有是處應如實知彼於現法或臨終位不能勤修令解滿足從此身壞超段食天隨受一處意成天身於彼生已復數入出滅受想定亦有是處應如實知此意成天身佛說是色界滅受想定唯在有頂若得此定必無退者如何得往色界受生有餘部執第四靜慮亦有滅定依彼所執滅定無退此義亦成第四靜慮有滅盡定義必不成所以者何九次第定契經說故此若必然如何得有超越定義此定次第依初學說得自在時隨樂超入如是二定有多種異謂地有異第四靜慮有頂地故加行有異出離止息想作意爲先故相續有異異生聖者相續起故異

熟有異無想有頂異熟果故順受有異順定不定生二受故初起有異二界人中最初起故二定總以心心所滅爲其自性何縁但說名爲無想滅受想耶二定加行中唯猒逆此故如亦知受等唯名他心智令二定中心久時斷如何於後心復得生毗婆沙師許過去有前心爲後等無間縁有餘師言如生無色色久時斷如何於後色復得生彼生定應由心非色如是出定心亦應然由有根身非由心起故彼先代諸軌範師咸言二法互爲種子二法者謂心有根身尊者世友問論中說若執滅定全無有心可有此過我說滅定猶有細心故無此失尊者妙音說此非理所以者何若此定中猶有識者三和合故必應有觸由觸爲縁應有受想如世尊說意及法爲縁生於意識三和合觸俱起受想思則此定中受想等法亦應不滅若謂如經說受縁愛然阿羅漢雖有諸受而不生愛觸亦應爾非一切觸皆受等縁此例不然有差別故經自簡言若無明觸所生諸受爲縁生愛曾無有處簡觸生受故有差別由此道理毗婆沙師說滅定中諸心皆滅若都無心如何名定此令大種平等行故說名爲定或由心力平等至此故名爲定如是二定爲是實有爲是假有應言實有能遮礙心令不生故有說此證理不應然由前定心能遮礙故謂前定心與所餘心相違而起由此起故唯令餘心暫時不轉此能引發違心所依令相續故唯不轉位假立爲定無別實體此唯不轉分位假定入前出後兩位皆無故假說此是有爲攝或

即所依由定心引令如是起假立爲定應知無想亦復如是謂由前心與所餘心相違而起由此起故唯令餘心暫時不轉唯不轉位假立無想餘說如前此非善說違我宗故已辯二定命根者何頌曰

命根體即壽　能持煖及識

論曰命體即壽故對法言云何命根謂三界壽此復未了何法名壽謂有別法能持煖識說名爲壽故世尊言

壽煖及與識　三法捨身時　所捨身僵仆

如木無思覺

故有別法能持煖識相續住因說名爲壽若爾此壽何法能持即煖及識還持此壽若爾三法更互相持相續轉故何法先滅由此滅故餘二隨滅是則此三應常無謝既爾此壽應業能持隨業所引相續轉故若爾何緣不許唯業能持煖識而須壽耶理不應然勿一切識從始至終恒異熟故既爾應言業能持煖煖復持識何須此壽如是識在無色界中應無能持彼無煖故應言彼識業爲能持豈得隨情數爲轉計或說此識唯煖能持或復說言唯業持識又前已說前說者何謂前說言勿一切識從始至終皆是異熟是故定應許有別法能持煖識說名爲壽今亦不言全無壽體但說壽體非別實物若爾何法說名壽體謂三界業所引同分住時勢分說爲壽體由三界業所引同分住時勢分相續決定隨應住時爾所時住故此勢分說爲壽體如穀種等所引乃至熟時勢分又如放箭所引乃至住時勢分有謂有行是德差別依箭等

生由彼力故乃至未墮恒行不息彼體一故無障礙故往趣餘方急緩至時分位差別應不得有又應畢竟無墮落時若謂由風所障礙故應初即墮或無墮時能障礙風無差別故有別實物能持煖識名爲壽體是說爲善爲壽盡故死爲更有餘因施設論說有壽盡故死非福盡故死廣作四句第一句者感壽異熟業力盡故第二句者感富樂果業力盡故第三句者能感二種業俱盡故第四句者不能避脫枉横緣故又亦應言捨壽行故壽盡位中福盡於死無復功能故俱盡時有死說爲俱盡故死發智論說此壽當言隨相續轉爲復當言一起便住欲纏有情不入無想定不入滅盡定當言此壽隨相續轉若入無想定若入滅盡定及色無色纏一切有情當言此壽一起便住彼言何義若所依身可損害故壽隨損害是名第一隨相續轉若所依身不可損害如起而住是名第二一起便住迦濕彌羅國毗婆沙師言初顯有障後顯無障由此決定有非時死故契經說有四得自體謂有得自體唯可自害非可他害廣作四句唯可自害非他害者謂生欲界戲忘念天意憤恚天彼由發起增上喜怒是故於彼殞没非餘又應說諸佛自般涅槃故唯可他害非自害者謂處胎卵諸有情類俱可害者謂餘多分欲界有情俱非害者謂在中有色無色界一切有情及在欲界一分有情如那落迦北俱盧洲正住見道慈定滅定及無想定王仙佛使佛所記剃達弭羅嗢怛羅殑耆羅長者子耶舍鳩摩羅時婆最後身菩薩及此

菩薩母懷菩薩胎時一切轉輪王及此輪王母懷輪王胎時若爾何故契經中言大德何等有情所得自體非可自害非可他害舍利子謂在非想非非想處受生有情傳說所餘無色靜慮所得自體可爲自地聖道所害亦上他地近分所害有頂自上二害俱無是故說爲俱非可害豈不有頂亦爲他地聖道所害應名他害如是應說舉後顯初如或有處舉初顯後或復有處舉後顯初云何有處舉初顯後如契經說如梵衆天是名第一樂生天云何有處舉後顯初如契經說如極光淨天是名第二樂生天彼經如聲顯譬喻義可作是說舉一顯餘喻法舉一顯同類故此無如聲不可例彼若顯喻義方得有如聲是則如聲餘經應不有如餘經說有色有情身異想異如人一分天是第一識住故知非喻亦有如聲傍論且止已辯命根諸相者何頌曰

相謂諸有爲　生住異滅性

論曰由此四種是有爲相法若有此應是有爲與此相違是無爲法此於諸法能起名生能安名住能衰名異能壞名滅性是體義豈不經說有三有爲之有爲相於此經中應說有四不說者何所謂住相然經說住異是此異別名如生名起滅名爲盡如是應知異名住異若法令行三世遷流此經說爲有爲之相令諸有情生猒畏故謂彼諸行生力所遷令從未來流入現在異及滅相力所遷迫令從現在流入過去令其衰異及壞滅故傳說如有人處稠林有三怨敵欲爲損害一從稠林牽之令出一衰其力一壞命根三相於行

應知亦爾住於彼行攝受安立常樂與彼不相捨離故不立在有爲相中又無爲法有自相住住相濫彼故經不說有謂此經說住與異總合爲一名住異相何用如是總合說爲住是有情所愛著處爲令猒捨與異合說如示黑耳與吉祥俱是故定有四有爲相此生等相既是有爲應更別有生等四相若更有相便致無窮彼復有餘生等相故應言更有然非無窮所以者何頌曰

此有生生等　於八一有能

論曰此謂前說四種本相生生等者謂四隨相生生住住異異滅滅諸行有爲由四本相本相有爲由四隨相豈不本相如所相法一一應有四種隨相此復各四展轉無窮無斯過失四本四隨於八於一功能別故何謂功能謂法作用或謂生時四種本相一一皆於八法有用四種隨相一一皆於一法有用其義云何謂法生時幷其自體九法俱起自體爲一相隨相八本相中生除其自性生餘八法隨根生生於九法內唯生本生謂如雌雞有生多子有唯生一生與生生生八生一其力亦爾本相中住亦除自性住餘八法隨相住住於九法中唯住本住異及滅相隨應亦爾是故生等相復有相隨相唯四無無窮失經部師說何緣如是分析虛空非生等相有實法體如所分別所以者何無定量故謂此諸相非如色等有定現比或至教量證體實有若爾何故契經中言有爲之起亦可了知盡及住異亦可了知天愛汝等執文迷義薄伽梵說義是所依何謂此經所說實義謂愚

夫類無明所盲於行相續執我我所長夜於中而生耽著世尊爲斷彼執著故顯行相續體是有爲及縁生性故作是說有三有爲之有爲相非顯諸行一刹那中具有三相由一刹那起等三相不可知故非不可知應立爲相故彼契經復作是說有爲之起亦可了知盡及住異亦可了知然經重說有爲言者令知此相表是有爲勿謂此相表有爲有如居白鷺表水非無亦勿謂表有爲善惡如童女相表善非善諸行相續初起名生終盡位中說名爲滅中間相續隨轉名住此前後别名爲住異世尊依此說難陀言是善男子善知受生善知受住及善知受衰異壞滅故說頌曰

相續初名生　滅謂終盡位　中隨轉名住　住異前後别

復有頌曰

本無今有生　相續隨轉住　前後别住異　相續斷名滅

又有頌言

由諸法刹那　無住而有滅　彼自然滅故　執有住非理

是故唯於相續說住由斯對法所說理成故彼論言云何名住謂一切行已生未滅非生已不滅名刹那法性雖發智論作如是說於一心中誰起謂生誰盡謂死誰住異謂老而彼論文依衆同分相續心說非一刹那又一一刹那諸有爲法離執實有物四相亦成云何得成謂一一念本無今有名生有已還無名滅後後刹那嗣前前起名爲住即彼前後

有差別故名住異於前後念相似生時前後相望非無差別彼差別相云何應知謂金剛等有擲未擲及强力擲與弱力擲速遲墮落時差別故大種轉變差別義成諸行相似相續生時前後相望無多差別故雖有異而見相似若爾最後聲先刹那及涅槃時最後六處無後念故應無住異是則所立相應不遍有爲此不説住爲有爲相其義云何謂住之異故若有住亦必有異由此立相無不遍失然此經中世尊所説有爲之相略顯示者謂有爲法本無今有有已還無及相續住即此前後相望別異此中何用生等別物云何所相法即立爲能相如何大士相非異於大士角犎胡蹄尾牛相非異牛又如堅等地等界相非異地等遠見上升知是煙相非異煙體

此有爲相理亦應然雖了有爲色等自性乃至未了先無後無相續差別仍未知彼體是有爲故非彼性即有爲相然非離彼性有生等實物若離有爲色等自性有生等物復何非理一法一時應即生住衰異壞滅許俱有故此難不然用時別故謂生作用在於未來現在已生不更生故諸法生已正現在時住等三相作用方起非生用時有餘三用故雖俱有而不相違且應思擇未來法體爲有爲無然後可成生於彼位有用無用設許未來生有作用如何成未來應説未來相法現在時生用已謝如何成現在應説現在相又住等三用俱現在應一法體一刹那中即有安住衰異壞滅若時住相能住此法即時異滅能衰壞者爾時此法爲名安住爲名衰異爲

名壞滅諸說住等用不同時彼說便違刹那滅義若言我說一法諸相用皆究竟名一刹那汝今應說何緣住相與二俱生而住先能住所住法非異非滅若住力強能先用者後何成劣而并本法俱遭異滅所衰壞耶若言住相已起作用不應更起猶如生者生應可然夫生用者謂引所生令入現在已入不應復引入故住不應爾夫住用者謂安所住令不衰滅已住可令永安住故由斯住相用應常起不可例生令無再用又誰障住用令暫有還無若言異滅能為障者異滅力應強何不於先用又住用息異滅本法自然不住異滅二相何處如何而起作用復有何事須二用耶由住攝持諸法生已暫時不滅住用既捨法定不住即自然滅故異滅用更無所為又應一法生已未壞名住住已壞時名滅理且可然異於一法進退推徵理不應有所以者何異謂前後性相轉變非即此法可言異此故說頌言

即前異不成　異前非一法　是故於一法
立異終不成

雖餘部說遇滅因緣滅相方能滅所滅法而彼所說應如有言服瀉藥時天來令利即滅因緣應滅所滅何須別執有滅相為又心心所許刹那滅更不須待餘滅因緣應滅與住用無先後是則一法於一時中亦住亦滅不應正理故依相續說有為相不違正理善順契經若生在未來生所生法未來一切法何不俱生頌曰

生能生所生　非離因緣合

論曰非離所餘因緣和合唯生相力能生所生故諸未來非皆頓起若爾我等唯見因緣有生功能無別生相有因緣合諸法即生無即不生何勞生相故知唯有因緣力起豈諸有法皆汝所知法性幽微甚難知故雖現有體而不可知生相若無應無生覺又第六轉言不應成謂色之生受之生等如不應說色之色言如責無生乃至無滅皆如是責隨其所應若爾為成空無我覺法外應執空無我性為成一二大小各別合離彼此有性等覺應如外道法外執有數量各別合離彼此有等別性又為成立第六轉言應執別有色之聚性又如說言色之自性此第六轉言何得成是故生等唯假建立無別實物為了諸行本無今有假立為生如是本無今有生相依色等法種類眾多為簡所餘說第六轉言色之生受之生等為令他知此生唯色非餘受等餘例亦然如世間說栴檀之香石子之體此亦應爾如是住等隨應當知若行離生相而得生者虛空無為等何故不生諸行名生由本無今有無為體常有何得言生又如法爾不說一切皆有生如是應許非一切法皆可生又如有為同有生相而許因緣望有為法或有功能或無功能如是應許一切有為及無為法同無生相而諸因緣望彼二法一有生用一無生用毗婆沙師說生等相別有實物其理應成所以者何豈容多有設難者故便棄所宗非恐有鹿而不種麥懼多蠅附不食美團故於過難應勤通釋於本宗義應順修行如是已辯諸有為相名身等類其義

云何頌曰

名身等所謂　想章字總說

論曰等者等取句身文身應知此中名謂作想如說色聲香味等想句者謂章詮義究竟如說諸行無常等章或能辯了業用德時相應差別此章稱句文者謂字如說哀阿壹伊等字豈不此字亦書分名非爲顯書分製造諸字但爲顯諸字製造書分云何當令雖不聞說而亦得解故造書分是故諸字非書分名云何名等身謂想等總說言總說者是合集義於合集義中說嗢遮界故此中名身者謂色聲香等句身者謂諸行無常一切法無我涅槃寂靜等文身者謂迦佉伽等豈不此三語爲性故用聲爲體色自性攝如何乃說爲心不相應行此三非以語爲自性語是音聲非唯音聲即令了義云何令了謂語發名名能顯義乃能令了非但音聲皆稱爲語要由此故義可了知如是音聲方稱語故何等音聲令義可了謂能說者於諸義中已共立爲能詮定量且如古者於九義中共立一瞿聲爲能詮定量故有頌言

方獸地光言　金剛眼天水　於斯九種義

智者立瞿聲

諸有執名能顯義者亦定應許如是義名謂共立爲能詮定量若此句義由名能顯但由音聲顯用已辯何須橫計別有實名又未了此名如何由語發爲由語顯爲由語生若由語生語聲性故聲應一切皆能生名若謂生名聲有差別此足顯義何待別名若由語顯語聲性故聲應一切皆能顯名若謂顯名聲

有差別此足顯義何待別名又諸念聲不可聚集亦無一法分分漸生如何名生可由語發云何待過去諸表剎那最後表剎那能生無表若爾最後位聲乃生名但聞最後聲應能了義若作是執語能生文文復生名名方顯義此中過難應同前說以諸念文不可集故語顯名過應例如生又異語文諸明慧者注心思擇莫辯其相又文由語若顯若生准語於名皆不應理又若有執名如生等與義俱生現在世名目去來義不應得有又父毋等隨意所欲立子等名云何可言名如生等與義俱起又無爲法應無有名無生義故而不應許然世尊說頌依於名及文生者此於諸義共立分量聲即是名此名安布差別爲頌由如是義說頌依名此頌是名安布差別

執有實物不應正理如樹等行及心次第或唯應執別有文體即總集此爲名等身更執有餘便爲無用毗婆沙師說有別物爲名等身心不相應行蘊所攝實而非假所以者何非一切法皆是尋思所能了故此名身等何界所繫爲是有情數爲非有情數爲是異熟生爲是所長養爲是等流性爲善爲不善爲無記此皆應辯頌曰

欲色有情攝　等流無記性

論曰此名身等唯是欲色二界所繫有說亦通無色界繫然不可說又名身等有情數攝能說者成非所顯義又名身等唯是等流又唯無覆無記性攝如上所說餘不相應所未說義今當略辯頌曰

同分亦如是　并無色異熟　得相通三類

非得定等流
論曰亦如是言爲顯同分如名身等通於欲色有情等流無覆無記幷無色言顯非唯欲色言幷異熟顯非唯等流是界通三類通二義得及諸相類並通三謂有剎那等流異熟非得二定唯是等流唯言爲明非異熟等已說如是所未說義無想命根如前已辯何緣不說得等唯是有情數攝已說有情所成等故何緣不說相通有情非有情數已說一切有爲俱故餘所未說隨應准知

阿毗達磨俱舍論卷第五 說一切有部

音釋

堰 於建切障水也 鄔波毱多 梵語也此云近護鄔安古切毱渠竹切 莂 幷列切 嗢 烏骨切 殑 其陵切 犎 府容切牛領上肉犦起爲犎 𧙃 於可切

阿毗達磨俱舍論卷第六

尊者世親造

唐三藏法師玄奘奉　詔譯

分別根品第二之四

如是已說不相應行前言生相生所生時非離所餘因緣和合此中何法說爲因緣且因六種何等爲六頌曰

能作及俱有　同類與相應　遍行并異熟許因唯六種

論曰因有六種一能作因二俱有因三同類因四相應因五遍行因六異熟因對法諸師許因唯有如是六種且初能作因相云何頌曰

除自餘能作

論曰一切有爲唯除自體以一切法爲能作因由彼生時無障住故雖餘因性亦能作因然能作因更無別稱如色處等總即別名豈不未知諸漏當起由已知故諸漏不生智於漏生能爲障礙日光能障現覩衆星如何有爲唯除自體以一切法爲能作因應知此生時彼皆無障住故彼於此是能作因若於此生彼能爲障而不爲障可立爲因譬如國人以其國主不爲損害咸作是言我因國主而得安樂若於此生彼無障用設不爲障何得爲因且如涅槃及不生法普於一切有爲生中那落迦等有情相續於無色界諸蘊生中有如非有無能障用雖無障用而亦爲因如無力國王亦得如前說此即通說諸能作因就勝爲言非無生力如眼色等於眼識等生飲食於身種等於身等有作是難若一切法

無障住故皆能作因何緣諸法非皆頓起一殺生時何緣一切非如殺者皆成殺業此難不然但由無障許一切法爲能作因非由於生有親作力有餘師說諸能作因皆於果生有能作力且涅槃等於眼識生云何名爲有能作力意識緣彼爲境而生或善或惡因此意識後時眼識次第得生展轉因故彼涅槃等於眼識生有能作力如是餘法由此方隅展轉應知有能生力如是已說能作因相第二俱有因相云何頌曰

俱有互爲果　如大相所相　心於心隨轉

論曰若法更互爲士用果彼法更互爲俱有因其相云何如四大種更互相望爲俱有因如是諸相與所相法心與心隨轉亦更互爲因是則俱有因由互爲果遍攝有爲法如其所應法與隨相非互爲果然法與隨相爲俱有因非隨相於法此中應辯何等名爲心隨轉法頌曰

心所二律儀　彼及心諸相　是心隨轉法

論曰一切所有心相應法靜慮無漏二種律儀彼法及心之生等相如是皆謂心隨轉法如何此法名心隨轉頌曰

由時果善等

論曰略說由時果等善等故說此法名心隨轉且由時者謂此與心一生住滅及墮一世由果等者謂此與心一果異熟及一等流應知此中前一後一顯俱顯共其義不同由善等者謂此與心同善不善無記性故由此十因名心隨轉此中心王極少猶與五十八法爲俱有因謂十大地法彼四十本相心八本

隨相名五十八法五十八中除心四隨相餘五十四爲心俱有因有說爲心因唯十四法謂十大地法并心本相此說非善所以者何違品類足論所說故如彼論言或有苦諦以有身見爲因非與有身見爲因除未來有身見及彼相應法生老住無常諸餘染汙苦諦或有苦諦以有身見爲因亦與有身見爲因即所除法有餘師不誦及彼相應法迦濕彌羅國毗婆沙師言彼文必應作如是誦或應准義知說有餘諸由俱有因故成因彼必俱有或有俱有非由俱有因故成因謂諸隨相各於本法此諸隨相各互相對隨心轉法隨相於心此諸隨相展轉相對一切俱生有對造色展轉相對少分俱生無對造色展轉相對一切俱生造色大種展轉相對一切俱生得與所得展轉相對如是等諸法雖名俱有而非由俱有因故成因非一果異熟及一等流故得與所得非定俱行或前或後或俱生故如是一切理且可然而諸世間種等芽等極成因果相生事中未見如斯同時因果故今應說云何俱起諸法聚中有因果義豈不現見燈焰燈明互影同時亦爲因果此應詳辯爲即燈焰與明爲因爲由前生因緣和合焰明俱起餘物障光明而有影現如何說此影用互爲因理不應然隨有無故善因明者說因果相言若此有無彼隨有無者此定爲因彼定爲果俱有法中一有一切有一無一切無理成因果俱起因果理且可然如何可言互爲因果即由前說此亦無違若爾如前所說造色互不相離應互爲因如是造色與

諸大種心隨相等與心等法皆不相離應互爲因若謂如三杖互相依住如是俱有法因果義成此應思惟如是三杖爲由俱起相依力住爲由前生因緣合力令彼三杖俱起住耶又於彼中亦有别物繩鉤地等連持令住此亦有餘同類因等是故俱有因義得成如是已說俱有因相第三同類因相云何頌曰

同類因相似　自部地前生　道展轉九地
唯等勝爲果　加行生亦然　聞思所成等

論曰同類因者謂相似法與相似法爲同類因謂善五蘊與善五蘊展轉相望爲同類因染汙與染汙無記與無記五蘊相望應知亦爾有餘師說淨無記蘊五是色果四非色因有餘師說五是四果色非四因有餘師說色與四蘊相望展轉皆不爲因又一身中羯剌藍位能與十位爲同類因頞部曇等九位一一皆除前位與餘爲因若對餘身同類十位一一皆與十位爲因由此方隅外麥稻等自類自類應廣思擇若不許色爲色同類因彼執便違本論文所說故本論說過去大種未來大種因增上等爲諸相似於相似法皆可得說爲同類因不爾云何自部自地唯與自部自地爲因是故說言自部自地部謂五部即見苦所斷乃至修所斷地謂九地即欲界爲一靜慮無色八此中見苦所斷法還與見苦所斷爲同類因非餘如是乃至修所斷還與修所斷法爲同類因非餘於中一一若欲界地還與欲界爲同類因初靜慮地與初靜慮爲同類因乃至有頂與有頂地爲同類因異地相望皆無因義又此非一切何者謂前

生唯諸前生與後相似生未生法爲同類因云何知然本論說故如發智論說云何同類因謂前生善根與後生善根及彼相應法自界同類因故成因如是過去與餘二世過去現在與未來等皆應廣說然即彼論作是問言若法與彼法爲因或時此法與彼非因耶彼即答言無時非因者此依俱有相應異熟三因密說故無有過又謂未來正生位法定能與彼爲同類因是故彼文依最後位密作是答無時非因彼於所難非爲善釋以未來法正生位前非同類因後方成故又若爾者彼復問言若法與彼法爲等無間或時此法與彼非等無間耶彼即答言若時此法未至已生若如彼釋應亦答言無時非緣如何乃答若時此法未至已生然彼復釋爲現二門

如彼處說此亦應爾如此處說彼亦應爾如是作文獲何功德唯顯論主非善於文是故應知前釋爲善若爾何故品類足論或有苦諦以有身見爲因非與有身見爲因除未來有身見及彼相應苦諦諸餘染汙苦諦或有苦諦以有身見爲因亦與有身見爲因即所除法彼文應說除未來有身見相應苦諦設有如彼說由義應知非復云何通施設足論彼說諸法四事決定所謂因果所依所緣應知彼文因者謂能作俱有相應異熟因果者謂增上士用異熟果所依者謂眼等六根所緣者謂色等六境若爾同類因應本無而有許故無過約位非體由和合作用位果非體果若同類因未來世有如異熟因當有何過未來若有本論應說本論唯說能取與果諸

同類因故無有失無如是義以同類因引等流果此未來有理必不然無前後故不應已生法爲未生等流如過去法非現在果勿有果先因後過失故未來世無同類因若爾異熟因應未來非有不應異熟果因前及俱故未來世法無前後故無如是失不相似故謂同類因與果相似若無前後應互爲因既互爲因應互爲果互爲因果與理相違非異熟因與果相似雖離前後而無上過故同類因就位建立未來非有若異熟因就相建立未來非無言同類因唯自地者定依何說定依有漏若無漏道展轉相望一一皆與九地爲因謂未至定靜慮中間四本靜慮三本無色九地道諦皆互爲因所以者何此於諸地皆如客住不墮界攝非諸地愛執爲已有是故九地道雖地不同而展轉爲因由同類故然唯得與等勝爲因非爲劣因加行生故且如已生苦法智忍還與未來苦法智忍爲同類因是名爲等又即此忍復能與後從苦法智至無生智爲同類因是名爲勝如是廣說乃至已生諸無生智唯與等類爲同類因更無勝故又諸已生見道修道及無學道隨其次第與三二一爲同類因又於此中諸鈍根道與鈍及利爲同類因若利根道唯利道因如隨信行及信勝解時解脫道隨其次第與六四二爲同類因若隨法行及見至非時解脫道隨其次第與三二一爲同類因諸上地道爲下地因云何名爲或等或勝由因增長及由根故謂見道等下下品等後後位中因轉增長雖一相續中無容可得隨信隨法行二

道現起而已生者爲未來因爲唯聖道但與等勝爲同類因不爾云何餘世間法加行生者亦與等勝爲因非劣加行生法其體云何謂聞所成思所成等等者等取修所成等因聞思修所生功德名彼所成加行生故唯與等勝爲因非劣如欲界繫聞所成法能與自界聞思所成爲同類因非修所成因欲界無故思所成法與思所成爲同類因非聞所成因以彼劣故若色界繫聞所成法能與自界聞修所成爲同類因非思所成因色界無故修所成法唯與自界修所成法爲同類因非聞所成因以彼劣故無色界繫修所成法唯與自界修所成法爲同類因非聞思所成因以無故劣故如是諸法復有九品若下下品爲九品因下中八因乃至上上唯上上因除

前劣故生得善法九品相望展轉爲因染汙亦爾無覆無記總有四種謂異熟生威儀路工巧處化心俱品隨其次第能與四三二一爲因又欲界化心有四靜慮果非上靜慮果下靜慮果因非加行因得下劣果如勤功力種稻麥等匆設劬勞而無所獲因如是義故有問言頗有已生諸無漏法非未生位無漏法因有謂已生苦法智品於未生位苦法忍品又一切勝於一切劣頗有一身諸無漏法前所定得非後生因有謂未來苦法忍品於後已生苦法智品以果必無在因前故或同類因未來無故頗有前生諸無漏法非後已起無漏法因有謂前生勝無漏法於後已起劣無漏法如退上果下果現前又前已生苦法智得於後已生苦法忍得非同類因以彼

劣故如是已說同類因相第四相應因相云何頌曰
相應因決定　心心所同依
論曰唯心心所是相應因若爾所緣行相別者亦應更互爲相應因不爾所緣行相同者乃可得說爲相應故若爾異時所緣行相同者應說爲相應因不爾要須所緣行相及時同者乃相應故若爾異身所緣行相及時同者應說相應如衆同觀初月等事爲以一言總遮如是衆多妨難故說同依謂要同依心心所法方得更互爲相應因此中同言顯所依一謂若眼識用此刹那眼根爲依相應受等亦即用此眼根爲依乃至意識及相應法同依意根應知亦爾相應因體即俱有因如是二因義何差別由互爲果義立俱有因如商旅相依共遊險道由五平等共相應義立相應因即如商旅同受同作食等事業其中闕一皆不相應是故極成互爲因義如是已說相應因相第五遍行因相云何頌曰
遍行謂前遍　爲同地染因
論曰遍行因者謂前已生遍行諸法與後同地染汙諸法爲遍行因遍行諸法隨眠品中遍行義處當廣分別此與染法爲通因故同類因外更別建立亦爲餘部染法因故由此勢力餘部煩惱及彼眷屬亦生長故聖者身中諸染汙法豈亦用此爲遍行因迦濕彌羅國毗婆沙師言一切染汙法見所斷爲因故品類足說如是言云何見所斷爲因法謂諸染汙法及見所斷法所感異熟云何無記爲因法謂諸無記有爲法及不善法或有苦諦

以有身見爲因非與有身見爲因廣說乃至除未來有身見及彼相應法生老住無常諸餘染汙苦諦若爾云何通施設足論說如彼論說頗有法是不善唯不善爲因耶有謂聖人離欲退最初已起染汙思依未斷因容作是說見所斷法雖是此因而由已斷故廢不說如是已說遍行因相第六異熟因相云何

頌曰

異熟因不善　及善唯有漏

論曰唯諸不善及善有漏是異熟因異熟法故何緣無記不招異熟由力劣故如朽敗種何緣無漏不招異熟無愛潤故如貞實種無水潤沃又非繫地如何能招繫地異熟餘法具二是故能招如貞實種水所沃潤異熟因義如何可了爲異熟之因名異熟因爲異熟即因名異熟因義兼兩釋斯有何過若異熟之因名異熟因聖教不應言異熟生眼若異熟即因名異熟因聖教不應言業之異熟兩釋俱通已如前辯所言異熟其義云何毗婆沙師作如是釋異類而熟是異熟義謂異熟因唯異類熟俱有等因唯同類熟能作一因兼同異熟故唯此一名異熟因熟果不應餘因所得果具二義方得熟名一由相續轉變差別其體得生二由隨因勢力勝劣時有分眼非彼俱有相應二因所生果體要由相續轉變差別方乃得生由取果時即與果故又非能作同類遍行三因之果亦由隨因勢力勝劣時有分限由善惡等窮生死邊果數數生時無限故由此但應作如是釋變異而熟是異熟義不應但異簡別餘因於欲界中有

時一蘊爲異熟因共感一果謂有記得及彼生等有時二蘊爲異熟因共感一果謂善不善身業語業及彼生等有時四蘊爲異熟因共感一果謂善不善心心所法及彼生等於色界中有時一蘊爲異熟因共感一果謂有記得無想等至及彼生等有時二蘊爲異熟因共感一果謂初靜慮善有表業及彼生等有時四蘊爲異熟因共感一果謂非等引善心心所及彼生等有時五蘊爲異熟因共感一果謂是等引心心所法并隨轉色及彼生等無色界中有時一蘊爲異熟因共感一果謂有記得滅盡等至及彼生等有時四蘊爲異熟因共感一果謂一切善心心所法及彼生等有業唯感一處異熟謂感法處即命根等若感意處定感二處謂意與法若感觸處應知亦爾若感身處定感三處謂身觸法感色香味應知亦爾若感眼處定感四處謂感眼處及身觸法感耳鼻舌應知亦爾有業能感或五或六或七或八或九或十或十一處業或少果或多果故如外種果或少或多種果少者如穀麥等種果多者如蓮石榴諾瞿陀等有一世業三世異熟無三世業一世異熟勿設劬勞果減因故有一念業多念異熟無多念業一念異熟此中所以如上應知然異熟果無與業俱非造業時即受果故亦非無間由次剎那等無間緣力所引故又異熟因感異類果必待相續方能辦故如是六因定居何世因居世定義雖已說而未頌攝故應重辯頌曰

遍行與同類　二世三世三

論曰遍行同類唯居過現未來世無理如前說相應俱有異熟三因於三世中皆悉遍有頌既不說能作因所居義准應知通三世非世已說六因相別世定何等爲果對彼成因頌曰

果有爲離繫　無爲無因果

論曰如本論說果法云何謂諸有爲及與擇滅若爾無爲許是果故則應有因要對彼因乃可得說此爲果故又此無爲許是因故亦應有果要對彼果乃可得說此爲因故唯有爲法有因有果非諸無爲所以者何無六因故無五果故何緣不許諸無間道與離繫果爲能作因於生不障立能作因無爲無生道何所作若爾誰果果義如何謂是道果道力得故若爾道果應唯是得道於得有能非於擇滅故不爾於得於擇滅中道之功能有差別故云何於得道有功能謂能生故云何於滅道有功能謂能證故由此理故道雖非滅因而可得說擇滅爲道果既諸無爲無增上果如何可說爲能作因以諸無爲於他生位不爲障故立能作因然無果者由離世法無能取果與果用故經部師說無爲非因無經說因是無爲故有經說因唯有爲故何處經說如有經說諸因諸緣能生色者皆是無常無常因緣所生諸色如何是常廣說乃至識亦如是若爾無爲亦應不與能緣識等作所緣緣唯說能生故得作所緣緣謂經唯說諸因諸緣能生識者皆是無常不說一切爲識緣者皆是無常故不成難豈不亦說唯能生因是無常故不撥無爲唯不障故爲能作因

有契經中說無爲法爲所緣緣無契經中說無爲法爲能作因故不應立爲唯不障因性雖無經說亦無處遮又無量經今已隱沒云何定判無經說耶若爾何法名爲離繫即本論中所說擇滅豈不先問何謂擇滅答是離繫今問何法名爲離繫答是擇滅如是二答更互相依於此自性竟不能顯故應別門開顯自性此法自性實有離言唯諸聖者各別內證但可方便總相說言是善是常別有實物名爲擇滅亦名離繫經部師說一切無爲皆非實有如色受等別有實物此所無故若爾何故名虛空等唯無所觸說名虛空謂於暗中無所觸對便作是說此是虛空已起隨眠生種滅位由揀擇力餘不更生說名擇滅離揀擇力由闕緣故餘不更生名非擇滅如殘衆同分中夭者餘蘊餘部師說由慧功能隨眠不生名爲擇滅隨眠緣闕後苦不生不由慧能名非擇滅離揀擇力此滅不成故此不生即擇滅攝有說諸法生已後無自然滅故名非擇滅如是所執非擇滅體應是無常未滅無故豈不擇滅擇爲先故先無後有應亦無常非擇爲先方有擇滅如何擇滅亦是無常所以者何非先有擇後未生法方有不生何者不生本來自有若無揀擇諸法應生揀擇生時法永不起於此不起擇有功能謂於先時未有生障今爲生障非造不生若唯不生是涅槃者此經文句當云何通經言五根若修若習若多修習能令過去未來現在衆若永斷斷永斷體即是涅槃唯於未來有不生義非於過現豈不相違雖有此文而不

違義此經意說緣過現苦煩惱斷故名衆苦斷如世尊言汝等於色應斷貪欲貪欲斷時便名色斷及色遍智廣說乃至識亦如是過現苦斷義亦應然設有餘經言斷過去未來現在諸煩惱者准前理釋義亦無違或此經中別有意趣過去煩惱謂過去生所起煩惱現在煩惱謂現在生所起煩惱如愛行中十八愛行過去世起者依過去生說未來現在應知亦爾如是二世所起煩惱爲生未來諸煩惱故於現相續引起種子此種斷故彼亦名斷如異熟盡時亦說名業盡未來衆苦及諸煩惱由無種故畢竟不生說名爲斷若異此者過去現在何緣須斷非於已滅及正滅時須設劬勞爲令其滅若無爲法其體都無何故經說所有諸法若諸有爲若諸無爲於中離染最爲第一如何無法可於無中立爲第一我亦不說諸無爲法其體都無但應如我所說而有如說此聲有先非有有後非有不可非有說爲有故有義得成說有無爲應知亦爾有雖非有而可稱歎故諸災橫畢竟非有名爲離染此於一切有非有中最爲殊勝爲令所化深生欣樂故應稱歎此爲第一若無爲法唯非有者無故不應名滅聖諦且言聖諦其義云何豈不此言屬無倒義聖見有無皆無顛倒謂聖於苦見唯是苦於苦非有見唯非有此於聖諦義有何違如何非有而可立爲第三聖諦第二無間聖見及說故成第三若無爲法其體唯無空涅槃識應緣無境此緣無境亦無有過辯去來中當廣思擇若許無爲別有實體當有何失復有何德

許便擁護毗婆沙宗是名爲德若有可護天神定知自當擁護然許實有明虚妄計是名爲失所以者何此非有體可得如色受等亦非有用可得如眼耳等又若别有如何可立彼事之滅第六轉聲由滅與事非互相屬此彼相望非因果故雖遮彼事第六可成彼事之無名爲滅故滅雖别有而由彼事感得斷時方得此滅可言此滅屬於彼事何因此滅定屬此得如契經言比丘獲得現法涅槃如何非有可言獲得由得對治便獲永違煩惱後有所依身故名得涅槃復有聖教能顯涅槃唯以非有爲其自性謂契經言所有衆苦皆無餘斷各别捨棄盡離染滅静息永没餘苦不續不取不生此極寂静此極美妙謂捨諸依及一切愛盡離染滅名爲涅槃云何不許言不生者依此無生故言不生我等見此第七轉聲於證滅有都無功力何意故説依此無生若依此言屬已有義應本不生涅槃常故若依此言屬已得義是則應許依道之得故唯依道或依道得令苦不生汝應信受由此善釋經説喻言如燈焰涅槃心解脱亦爾此經意説如燈涅槃唯燈焰謝無别有物如是世尊心得解脱唯諸蘊滅更無所有阿毗達磨亦作是言無事法云何謂諸無爲法言無事者謂無體性毗婆沙師不許此釋若爾彼釋事義云何彼言事者略有五種一自性事如有處言若已得此事彼成就此事二所緣事如有處言一切法智所知隨其事三繫縛事如有處言若於此事愛結所繫彼於此事恚結繫耶四所因事如有處言有事法

云何謂諸有爲法五所攝事如有處言田事宅事妻子等事今於此中說因名事顯無爲法都無有因是故無爲雖實有物常無用故無因無果總論已竟於諸果中應說何果何因所得頌曰

後因果異熟　前因增上果　同類遍等流俱相應士用

論曰言後因者謂異熟因於六因中最後說故初異熟果此因所得言前因者謂能作因於六因中最初說故後增上果此因所得增上之果名增上果唯無障住有何增上即由無障得增上名或能作因亦有勝力如十處界於五識身諸有情業於器世界耳等對於眼識生等亦有展轉增上生力聞已便生欣見欲故此等增上如應當思同類遍行得等流果此二因果皆似因故俱有相應得士用果非越士體有別士用即此所得名士用果此士用名爲目何法即目諸法所有作用如士用故得士用名如世間說鵶足藥草醉象將軍爲唯此二有士用果爲餘亦然有說餘因亦有此果唯除異熟由士用果與因俱生或無間生異熟不爾有餘師說此異熟因亦有隔越遠士用果譬如農夫所收果實異熟等果其相云何頌曰

異熟無記法　有情有記生　等流似自因離繫由慧盡　若因彼力生　是果名士用除前有爲法　有爲增上果

論曰唯於無覆無記法中有異熟果爲此亦通非有情數唯局有情爲通等流及所長養應知唯是有記所生一切不善及善有漏能

記異熟故名有記從彼後時異熟方起非俱無間名有記生如是名爲異熟果相非有情數亦從業生何非異熟以共有故謂餘亦能如是受用夫異熟果必無有能共受用義非餘造業餘可因斯受異熟果其增上果亦業所生何得共受共業生故似自因法名等流果謂似同類遍行二因若遍行因亦得等流果何不許此即名同類因此果但由地等染故與因相似不由種類若由種類果亦似因此果所因乃名同類故作是問若是同類因亦遍行因耶應作四句第一句者非遍行法爲同類因第二句者他部遍法爲遍行因第三句者自部遍法爲遍行因第四句者除前諸相由慧盡法名離繫果滅故名盡擇故名慧即說擇滅名離繫果若法因彼勢力所生即說此法名士用果如因下地加行心力上地有漏無漏定生及因清淨靜慮心力變化心生如是等類擇滅應言由道力得諸有爲法除前已生是餘有爲之增上果士用增上二果何殊士用果名唯對作者增上果稱通對此餘如匠所成對能成匠具得士用增上果名對餘非匠唯增上果於上所說六種因中何位何因取果與果頌曰

五取果唯現　二與果亦然　過現與二因

一與唯過去

論曰五因取果唯於現在定非過去彼已取故亦非未來彼無用故亦應如是說能作因非定有果故此不說俱有相應與果亦爾唯於現在由此二因取果與果必俱時故同類遍行二因與果通於過現過去可然如何現

在與等流果有等流果無間生故若果已生因便過去名已與果不應更與善同類因有時取果而非與果應作四句第一句者謂斷善根時最後所捨得第二句者謂續善根時最初所得得應說爾時續者前得第三句者謂不斷善根於所餘諸位第四句者謂除前相又於不善同類因中亦有四句第一句者謂離欲貪時最後所捨得第二句者謂退欲貪時最初所得得應說爾時退者前得第三句者謂未離欲貪於所餘諸位第四句者謂除前相有覆無記同類因中亦有四句於阿羅漢得時退時未得及餘如理應說無覆無記同類因中有順後句謂與果時必亦取果或時取果而非與果謂阿羅漢最後諸蘊約有所緣剎那差別善同類因亦有四句第一句者謂善心無間起染無記心第二句者謂與上相違第三句者謂善心無間還起善心第四句者謂除前相不善心等如其所應亦有四句准例應說取果與果其義云何能爲彼種故名取果正與彼力故名與果異熟與果唯於過去由異熟果無與因俱及無間故復有餘師前五果外別說四果一安立果謂如水輪爲風輪果乃至草等爲大地果二加行果謂如無生智等遠爲不淨等果三和合果謂如眼識等爲眼根等果四修習果謂如化心等爲諸靜慮果如是四果皆是士用增上果攝說因果已復應思擇此中何法幾因所生法略有四謂染汙法異熟生法初無漏法三所餘法餘法者何謂除異熟餘無記法除初無漏諸餘善法如是四法頌曰

染汙異熟生　餘初聖如次　除異熟遍二
及同類餘生　此謂心心所　餘及除相應

論曰諸染汙法除異熟因餘五因生異熟生法除遍行因餘五因生三所餘法雙除異熟遍行二因餘四因生初無漏法雙除前二及同類因餘三因生如是四法爲説何等謂心心所不相應行及色四法復幾因生如心心所所除因外及除相應應知餘法從四三二餘因所生此中染汙異熟生法餘四因生三所餘法餘三因生初無漏法餘二因生一因生法決定無有

阿毗達磨俱舍論卷第六　說一切有部

音釋

羯剌藍（梵語也此云凝滑　羯居竭切　剌郎達切）　頞部曇（梵語也此云皰　頞阿葛切　曇徒含切）　旅（力舉切行旅也）　險（虚檢切危也）　沃（烏酷切灌也）　榴（力求切石榴果名）　諾（奴各切）　劬（其俱切）

阿毗達磨俱舍論卷第七

尊　者　世　親　造

唐三藏法師玄奘奉　詔譯

分別根品第二之五

廣說因已緣復云何頌曰

說有四種緣　因緣五因性　等無間非後心心所已生　所緣一切法　增上即能作

論曰於何處說謂契經中如契經中說四緣性謂因緣性等無間緣性所緣緣性增上緣性此中性者是緣種類於六因內除能作因所餘五因是因緣性除阿羅漢臨涅槃時最後心心所法諸餘已生心心所法是等無間緣性此緣生法等而無間依是義立等無間名由此色等皆不可立等無間緣不等生故謂欲界色或無間生欲界色界二無表色或無間生欲界無漏二無表色以諸色法雜亂現前等無間緣生無雜亂故色不立等無間緣尊者世友作如是言於一身中一長養色相緣不斷復有第二長養色生不相違害故不可立等無間緣大德復言以諸色法無間生起或少或多謂或有時復多生少如燒稻稈大聚為灰或時復有從少生多如細種生諸瞿陀樹根莖枝葉漸次增榮聳幹垂條多所蔭映豈不心所無間生時亦有少多品類非等謂善不善無記心中有尋有伺三摩地等此於異類實有少多然自類中無非等義謂無少受無間生多或復從多無間生少想等亦爾無非等過豈唯自類前能為後等無間緣不爾云何前心品法總為後品等無間緣非唯自類且於受等自體類中無少生多

以說等義唯執同類相續者說唯自類有等無間緣心唯生心受唯生受乃至廣說若從無染無間染生此染心中所有煩惱用先滅煩惱爲等無間緣如出滅定心還用先滅正入滅定心爲緣故起彼說非善初無漏心應關此緣而得生故不相應行亦如諸色雜亂現前故非等無間緣三界及不繫可俱現前故何緣不許未來世有等無間緣以未來法雜亂而住無前後故如何世尊知未來世此法無間此法應生比過現法而現知故傳說世尊見從過去如此類業此類果生是法無間生如是法又從現在如此類業此類果生是法無間生如是法如是見已便於未來諸亂住法能正了達此法無間此法應生雖如是知而非比智由佛比類過去現在因果次第便於未來亂住諸法能現了達謂未來世如是有情造如是業招如是果是願智攝故非比智若爾世尊未見前際於後際法應不能知有餘復言有情身內有未來世果因先兆是不相應行蘊差別佛唯觀此便知未來非要現遊靜慮通慧若爾諸佛便於未來占相故知非爲現證故如經部諸師所言世尊舉意遍知諸法非比非占此說爲善如世尊說諸佛德用諸佛境界不可思議若於未來無定前後次第安立何故但言世第一法無間唯生苦法智忍不生餘法如是廣說乃至金剛喻定無間唯生盡智不生餘法若此法生繫屬彼法要彼無間此乃得生如芽等生要藉種等然此非有等無間緣諸阿羅漢最後心心所何緣故說非等無間緣無餘心等

續此起故豈不如是無間滅心亦名爲意後心無間識既不生應不名意意是何所顯非作用所顯此最後心有所依義餘緣闕故後識不生等無間緣作用所顯若法此緣取爲果已定無諸法及諸有情能爲障礙令彼不起故最後心雖後名意而不可說等無間緣若法與心爲等無間彼法亦是心無間耶應作四句第一句者謂無心定出心心所及第二等二定刹那第二句者謂初所起二定刹那及有心位諸心心所生住異滅第三句者謂初所起二定刹那及有心位心心所法第四句者謂第二等二定刹那及無心定出心心所生住異滅若法與心爲等無間與無心定爲無間耶應作四句謂前第三第四句爲今第一第二句即前第一第二句爲今第三第四句從二定出諸心心所望入定心中間遠隔如何爲彼等無間耶中間不隔心心所故如是已釋等無間緣所緣緣性即一切法望心心所隨其所應謂如眼識及相應法以一切色爲所緣緣如是耳識及相應法以一切聲鼻識相應以一切香舌識相應以一切味身識相應以一切觸意識相應以一切法爲所緣緣若法與彼法爲所緣無時此與彼非所緣於不緣位亦所緣攝彼緣不緣其相一故譬如薪等於不燒時亦名所燒相無異故心心所法如於所緣緣事刹那三皆決定於所依亦有如是決定耶應言亦有如是決定然於現在親附自所依過去未來與所依相離有說在過去亦親附所依如是已釋所緣緣性增上緣性即能作因以即能作因爲

增上緣故此緣體廣名增上緣一切皆是增上緣故説一切法亦所緣緣此增上緣何獨體廣俱有諸法未嘗爲所緣然爲增上故唯此體廣或所作廣名增上緣以一切法各除自性與一切有爲爲增上緣故頗有法於法全非四緣不有謂自性於自性於他性亦有謂有爲於無爲無爲於無爲如是諸緣於何位法而與作用頌曰

二因於正滅　三因於正生　餘二緣相違
而與於作用

論曰前説五因爲因緣性二因作用於正滅時正滅時言顯法現在滅現前故名正滅時俱有相應於法滅位方與作用由此二因令俱生果有作用故所言三因於正生者謂未來法於正生位生現前故名正生時同類遍行異熟三種於法生位作用方興已説因緣二時作用二緣作用與此相違等無間緣於法生位而與作用以彼生時前心心所與其處故若所緣緣能緣滅位而與作用以心心所要現在時方取境故唯增上緣於一切位皆無障住故彼作用隨無障位一切無遮已説諸緣及與作用應言何法由幾緣生頌曰

心心所由四　二定但由三　餘由二緣生
非天次等故

論曰心心所法由四緣生此中因緣謂五因性等無間緣謂前無間已生非後心心所法所緣緣者謂隨所應或色等五或一切法增上緣者謂隨所應各除自性餘一切法滅盡無想二定由三除所緣緣非能緣故由因緣者謂由二因一俱有因謂生等相二同類因

謂前已生同地善法等無間緣謂入定心及相應法增上緣者謂如前説如是二定心等引生礙心等起故與心等但爲等無間非等無間緣餘不相應及諸色法由因增上一緣所生一切世間唯從如上所説諸因諸緣所起非自在天我勝性等一因所起此有何因若一切成許由因者豈不便捨一切世間由自在等一因生論又諸世間非自在等一因所起次第等故謂諸世間若自在等一因生者則應一切俱時而生非次第起現見諸法次第而生故知定非一因所起若執自在隨欲故然謂彼欲令此法今起此法今滅此於後時是則應成非一因起亦由樂欲差別生故或差別欲應一時生所因自在無差別故若欲差別更待餘因不俱起者則非一切唯用自在一法爲因或所待因亦應更待餘因差別方次第生則所待因應無邊際若更不待餘差別因此因應無次第生義則差別欲非次第生若許諸因展轉差別無有邊際信無始故徒執自在爲諸法因不越釋門因緣正理若言自在欲雖頓生而諸世間不俱起者由隨自在欲所生故理亦不然彼自在欲前位與後無差別故又彼自在作大功力生諸世間得何義利若爲發喜生諸世間此喜離餘方便不發是則自在於發喜中既必待餘應非自在於喜既爾餘亦應然差別因緣不可得故或若自在生地獄等無量苦具逼害有情爲見如斯發生自喜咄哉何用此自在爲依彼頌言誠爲善説

由險利能燒　可畏恒逼害　樂食血肉髓

故名魯達羅
又若信受一切世間唯自在天一因所起則爲非撥現見世間所餘因緣人功等事若言自在待餘因緣助發功能方成因者但是朋敬自在天言離所餘因緣不見別用故或彼自在要餘因緣助方能生應非自在若執初起自在爲因餘後續生待餘因者則初所起不待餘因應無始成猶如自在我勝性等隨其所應如自在天應廣徵遣故無有法唯一因生奇哉世間不修勝慧如愚禽獸良足可悲彼彼生中別別造業自受異熟及士用果而妄計有自在等因且止破邪應辯正義前言餘法由二緣生於中云何大種所造自他相望互爲因緣頌曰
大爲大二因　爲所造五種　造爲造三種
爲大唯一因
論曰初言大爲大二因者是諸大種更互相望但爲俱有同類因義大於所造能爲五因何等爲五謂生依立持養別故如是五因但是能作因之差別從彼起故說爲生因生已隨逐大種轉故如依師等說爲依因能任持故如壁持畫說爲立因不斷因故說爲持因增長因故說爲養因如是則顯大與所造爲起變持住長因性諸所造色自互相望容有三因所謂俱有同類異熟其能作因無差別轉故不恒數俱有因者謂隨心轉身語二業非餘造色同類因者一切前生於後同類異熟因者謂身語業能招異熟眼根等果所造於大但爲一因謂異熟因身語二業能招異熟大種果故前已總說諸心心所前能爲後

等無間緣未決定説何心無間有幾心生復從幾心有何心起今當定説謂且略説有十二心云何十二頌曰

欲界有四心　善惡覆無覆　色無色除惡
無漏有二心

論曰且於欲界有四種心謂善不善有覆無記無覆無記色無色界各有三心謂除不善餘如上説如是十種説有漏心若無漏心唯有二種謂學無學合成十二此十二心互相生者頌曰

欲界善生九　此復從八生　染從十生四
餘從五生七　色善生十一　此復從九生
有覆從八生　此復生於六　無覆從三生
此復能生六　無色善生九　此復從六生
有覆從七生　無覆如色辯　學從四生五
餘從五生四

論曰欲界善心無間生九謂自界四色界二心於入定時及續生位如其次第生善染心無色界一於續生位欲善無間生彼染心不生彼善以極遠故無色於欲四遠故遠一所依遠二行相遠三所緣遠四對治遠及學無學謂入觀時即此復從八無間起謂自界四色界二心於出定時從彼善起彼染汙定所逼惱時從彼染心生於下善爲依下善防彼退故及學無學謂出觀時染謂不善有覆無記二各從十無間而生謂十二中除學無學於續生位三界諸心皆可無間生欲界染心故即此無間能生四心謂自界四餘無生理餘謂欲纏無覆無記此心從五無間而生謂自界四及色界善欲界化心從彼生故即此

無間能生七心謂自界四及色界二善與染汙欲界化心還逮生彼善於續生位生彼染心并無色一於續生位此無覆心能生彼染色界善心無間生十一謂除無色無覆無記心即此復從九無間起謂除欲界二染汙心及除無色無覆無記有覆從八無間而生除欲二染及學無學即此無間能生六心謂自界三欲善不善有覆無記無覆從三無間而起謂唯自界餘無生理即此無間能生六心謂自界三欲無色染無色界善無間生九心謂除欲善及欲色無覆即此從六無間而生謂自界三及色界善并學無學有覆無間能生七心謂自界三及色界善欲色界染即此亦從七無間起謂除欲色染及學無學心無覆如色說從三無間生謂自界三餘皆非理即此無間能生六心謂自界三及欲色染學心從四無間而生謂即學心及三界善即此無間能生五心謂前四心及無學一餘謂無學從五無間生謂三界善及學無學二即此無間能生四心謂三界善及無學一說十二心互相生已云何分此為二十心頌曰

十二為二十　謂三界善心　分加行生得
欲無覆分四　異熟威儀路　工巧處通果
色界除工巧　餘數如前說

論曰三界善心各分二種謂加行得生得別故欲界無覆分為四心一異熟生二威儀路三工巧處四通果心色無覆心分為三種除工巧處上界都無造作種種工巧事故如是十二為二十心謂善分六無覆分七無色界無威儀路等餘數如上故成二十威儀路等

三無覆心色香味觸爲所緣境工巧處等亦緣於聲如是三心唯是意識威儀路工巧處加行亦通四識五識有餘師說有威儀路及工巧處所引意識能具足緣十二處境如是二十互相生者且說欲界八種心中加行善心無間生十謂自界七除通果心及色界一加行善心幷學無學即此復從八無間起謂自界四二善二染及色界二加行善心有覆無記幷學無學生得善心無間生九謂自界七除通果心及色無色有覆無記即此復從十一心起謂自界七除通果心及色界二加行善心有覆無記幷學無學二染汙心無間生七謂自界七除通果心即此復從十四心起謂自界七除通果心及色界四除加行善與通果心幷無色三除加行善異熟威儀無間生八謂自界六除加行善與通果心及色無色有覆無記即此復從七無間起謂自界七除通果心工巧處心無間生六謂自界六除加行善與通果心即此復從七無間起謂自界七除通果心從通果心無間生二謂自界一即通果心及色界一即加行善即此亦從二無間起謂即前說自色二心次說色界六種心中從加行善心無間生十二謂自界六及欲界三加行生得與通果心幷無色一加行善心學無學心即此復從十無間起謂自界四除威儀路與異熟生及欲界二加行通果幷無色二加行有覆學無學心生得善心無間生八謂自界五除通果心及欲界二不善有覆幷無色一有覆無記即此復從五無間起謂自界五除通果心有覆無記無間

生九謂自界五除通果心及欲界四二善二染即此復從十一心起謂自界五除通果心及欲界三生得善心威儀異熟并無色三除加行善異熟威儀無間生七謂自界四除加行善與通果心及欲界二不善有覆并無色一有覆無記即此復從五無間起謂自界五除通果心從通果心無間生二謂自界二加行通果即此亦從二無間起謂即前説自界二心次説無色四種心中加行善心無間生七謂自界四及色界一加行善心并學無學即此復從六無間起謂自界三唯除異熟及色界一加行善心并學無學生得善心無間生七謂自界四及色界一有覆無記并欲界二不善有覆即此復從四無間起謂自界四有覆無記無間生八謂自界四及色界二加行有覆并欲界二不善有覆即此復從十無間起謂自界四及色界三生得異熟與威儀路并欲界三名如色説異熟生心無間生六謂自界三除加行善及色界一有覆無記并欲界二不善有覆即此復從四無間起謂自界四次説無漏二種心中從有學心無間生六謂通三界加行善心及欲生得并學無學即此復從四無間起謂三加行及有學心從無學心無間生五謂前有學所生六中除有學一即此復從五無間起謂三加行及學無學復有何緣加行無間能生異熟工巧威儀非彼無間生加行善勢力劣故非作功用所引發故樂作功用引發工巧威儀轉故不能順起加行善心出心不由功用轉故加行無間可能生彼若爾染汙無間不應生加行善

不相順故雖爾猒倦煩惱現行爲欲了知容起加行欲界生得以明利故可有從彼學無學心色界加行無間而起非作功用所引發故不能從此引生彼心又欲生得以明利故可從色染無間而生色界生得不明利故非無色染無間而起作意有三一自相作意謂如觀色變礙爲相乃至觀識了別爲相如是等觀相應作意二共相作意謂十六行相應作意三勝解作意謂不淨觀及四無量有色解脫勝處遍處如是等觀相應作意如是三種作意無間聖道現前聖道無間亦能具起三種作意若作是說便順此言不淨觀俱行修念等覺分有餘師說唯從共相作意無間聖道現前聖道無間通起三種修不淨觀調伏心已方能引生共相作意從此無間聖道現前依此傳傳密意故說不淨觀俱行修念等覺分有餘復言唯從共相作意無間聖道現前聖道無間亦唯能起共相作意若爾有依未至定等三地證入正性離生聖道無間可生欲界共相作意若依第二第三第四靜慮證入正性離生聖道無間起何作意非起欲界共相作意以極遠故非於彼地已有曾得共相作意異於曾得順決擇分非諸聖者順決擇分可復現前非得果已可重發生加行道故若謂有別共相作意順決擇分俱時已修由繫屬彼是彼類故如觀諸行皆是非常觀一切法皆是非我涅槃寂靜聖道無間引彼現前毗婆沙師不許此義違正理故若依未至定得阿羅漢果後出觀心或即彼地或是欲界依無所有處得阿羅漢果後出觀

心或即彼地或是有頂若依餘地得阿羅漢果後出觀心唯自非餘地於欲界中有三作意一聞所成二思所成三生所得色界亦有三種作意一聞所成二修所成三生所得無思所成舉心思時即入定故無色唯有二種作意一修所成二生所得此中五種作意無間聖道現前除生所得聖道繫屬加行心故聖道無間亦得發生欲界生得以明利故於前所說十二心中何心現前幾心可得頌曰

三界染心中　得六六二種　色善三學四
餘皆自可得

論曰欲界染心正現前位十二心內容得六心彼先不成今得成故由疑續善及界退還欲界善心爾時名得由起惑退及界退還得欲二心不善有覆及得色界一有覆心由起惑退得無色界一有覆心及得學心故名得六色界染心正現前位十二心內亦得六心由界退還得欲界一無覆無記及色界三色界染心亦由退得由起惑退得無色界一有覆心及得學心故名得六無色染心正現前位十二心內唯得二心由起惑退得彼染心及得學心故名得二色界善心正現前位十二心內容得三心謂彼善心及欲色界無覆無記由升進故若有學心正現前位十二心內容得四心謂有學心及欲色界無覆無記并無色善由初證入正性離生及由聖道離欲色染餘謂前說染等心餘不說彼心正現前位得心差別應知彼心正現前位唯自可得有餘於此總說頌曰

慧者說染心　現起時得九　善心中得六

無記唯無記
於善心中應言得七謂由正見續善根時欲
界善心起位名得離欲界染究竟位中頓得
欲色無覆無記得色無色三摩地時彼二善
心說名爲得初入離生位證阿羅漢時學無
學心說名爲得餘准前釋應知其相爲攝前
義復說頌言
由託生入定　及離染退時　續善位得心
非先所成故
阿毗達磨俱舍論卷第七說一切有部

阿毗達磨俱舍論卷第八

尊者世親造

唐三藏法師玄奘奉詔譯

分別世品第三之一

已依三界分別心等今次應說三界是何各於其中處別有幾頌曰

地獄傍生鬼　人及六欲天　名欲界二十
由地獄洲異　此上十七處　名色界於中
三靜慮各三　第四靜慮八　無色界無處
由生有四種　依同分及命　令心等相續

論曰地獄等四及六欲天并器世間是名欲界六欲天者一四天王衆天二三十三天三夜摩天四覩史多天五樂變化天六他化自在天如是欲界處別有幾地獄洲異故成二十八大地獄名地獄異一等活地獄二黑繩地獄三衆合地獄四號叫地獄五大叫地獄六炎熱地獄七大熱地獄八無間地獄言洲異者謂四大洲一南贍部洲二東勝身洲三西牛貨洲四北俱盧洲如是十二并六欲天傍生餓鬼處成二十若有情界從自在天至無間獄若器世界乃至風輪皆欲界攝此欲界上處有十七謂三靜慮處各有三第四靜慮處獨有八器及有情總名色界第一靜慮處有三者一梵衆天二梵輔天三大梵天第二靜慮處有三者一少光天二無量光天三極光淨天第三靜慮處有三者一少淨天二無量淨天三遍淨天第四靜慮處有八者一無雲天二福生天三廣果天四無煩天五無熱天六善現天七善見天八色究竟天迦濕彌羅國諸大論師皆言色界處但有十六彼

謂即於梵輔天處有高臺閣名大梵天一生所居非有別地如尊處座四衆圍繞無色界中都無有處以無色法無有方所過去未來無表無色不住方所理決然故但異熟生差別有四一空無邊處二識無邊處三無所有處四非想非非想處如是四種名無色界此四非由處有上下但由生故勝劣有殊復如何知彼無方處謂於是處得彼定者命終即於是處生故復從彼沒生欲色時即於是處中有起故如有色界一切有情要依色身心等相續於無色界受生有情以何爲依心等相續對法諸師說彼心等依衆同分及與命根而得相續若爾有色有情心等何不但依此二相續有色界生此二劣故無色此二因何故强彼界二從勝定生故由彼等至能伏色想若爾於彼心等相續但依勝定何用別依又今應說如有色界受生有情同分命根依色而轉無色此二以何爲依此二更互相依而轉有色此二何不相依有色界生此二劣故無色此二因何故强彼界此二種從勝定生故前說彼定能伏色想是則還同心相續難或心心所唯互相依故經部師說無色界心等相續無別有依謂若有因未離色愛引起心等所引心等與色俱生依色而轉若因於色已得離愛猒背色故所引心等非色俱生不依色轉何故名爲欲等三界能持自相故名爲界或種族義如前已釋欲所屬界說名欲界色所屬界說名色界略去中言故作是說如胡椒飲如金剛環於彼界中色非有故名爲無色所言色者是變礙義或示現

義彼體非色立無色名非彼但用色無爲體無色所屬界說名無色界略去中言喻如前說又欲之界名爲欲界此界力能任持欲故色無色界應知亦然此中欲言爲說何法略說段食婬所引貪如經頌言

世諸妙境非真欲　真欲謂人分別貪
妙境如本住世間　智者於中已除欲

邪命外道便詰尊者舍利子言

若世妙境非真欲　說欲是人分別貪
苾芻應名愛欲人　起惡分別尋思故

時舍利子反質彼言

若世妙境是真欲　說欲非人分別貪
汝師應名愛欲人　恒觀可意妙色故

若法於彼三界現行此法即說三界繫不不爾云何於中隨增三界貪者是三界繫此中何法名三界貪謂三界中各隨增者今此所言同縛馬答猶如有問縛馬者誰答言馬主即彼復問馬主是誰答言縛者如是二答皆不令解今此所言不同彼答謂於前說欲界諸處未離貪者貪名欲貪此所隨增名欲界繫於前所說色無色中隨其所應當知亦爾或不定地貪名欲貪此所隨增名欲界繫諸靜慮地貪名色貪此所隨增名色界繫諸無色地貪名無色貪此所隨增名無色界繫於欲化心上如何起欲貪從他所聞或自退失生愛味故或觀化者自在勢力於彼化心生貪愛故若心能化香味二法此能化心是欲界繫色界心不能化作香味故如是三界唯有一耶三界無邊如虛空量故雖無有始起有情無量無邊佛出於世一一化度無數有

情令證無餘般涅槃界而不窮盡猶若虛空世界當言云何安住當言傍住故契經言譬如天雨滴如車軸無間無斷從空下澍如是東方無間無斷無量世界或壞或成如於東方南西北方亦復如是不說上下有說亦有上下二方餘部經中說十方故色究竟上復有欲界於欲界下有色究竟若有離一欲界貪時諸欲界貪皆得滅離離色無色應知亦爾依初靜慮起通慧時所發神通但能往至自所生界梵世非餘所餘通慧應知亦爾已說三界五趣云何頌曰

於中地獄等　自名說五趣　唯無覆無記　有情非中有

論曰於三界中說有五趣即地獄等如自名說謂前所說地獄傍生鬼及人天是名五趣唯於欲界有四趣全三界各有天趣一分爲有三界非趣所攝而於界中說有五趣有謂善染外器中有雖是界性而非趣攝五趣體唯無覆無記若異此者趣應相雜於一趣中具有五趣業煩惱故五趣唯是有情數攝體非中有施設足論作如是說四生攝五趣非五攝四生不攝者何所謂中有法蘊足論亦作是言眼界云何謂四大種所造淨色是眼眼根眼處眼界地獄傍生鬼人天趣修成中有契經亦簡中有異趣是何契經謂七有經彼說七有謂地獄有傍生有餓鬼有天有人有業有中有彼經中說五趣及因并趣方便故趣唯是無覆無記其理極成簡業有因異諸趣故迦濕彌羅國誦如是契經尊者舍利子作是言具壽若有地獄諸漏現前故造作

增長順地獄受業彼身語意曲穢濁故於捺落迦中受五蘊異熟異熟起已名那落迦除五蘊法彼那落迦都不可得故趣唯是無覆無記若如是者品類足論當云何通彼說五趣一切隨眠所隨增故彼說五趣續生心中容有五部一切煩惱趣及入心總說為趣無相違失譬如村落及村落邊總名村落有說趣體亦通善染然七有經簡業有者非別說故定非彼攝如五濁中煩惱與見別說為濁非別說故彼見定非煩惱所攝如是業有雖亦是趣為顯趣因是故別說若爾中有亦應是趣不爾趣義不相應故趣謂所往不可說言中有是所往即死處生故若爾無色亦應非趣即於死處而受生故既爾中有名中有故不應名趣二趣中故名為中有此若趣攝

非中間故是則不應說名中有然彼尊者舍利子言異熟起已名地獄者說異熟起方名地獄非說地獄唯是異熟然復說言除五蘊法彼那落迦不可得者為遮實有能往諸趣補特伽羅故作是說非遮餘蘊故作是言毗婆沙師說趣唯是無覆無記有說一向是異熟生有餘師言亦通長養即於三界及五趣中如其次第識住有七其七者何頌曰

身異及想異　身異同一想　翻此身想一

并無色下三　故識住有七　餘非有損壞

論曰契經中說有色有情身異想異如人一分天是第一識住一分天者謂欲界天及初靜慮除劫初起言身異者謂彼色身種種顯形狀貌異故彼中身異或有異身故彼有情說名身異言想異者謂彼苦樂不苦不樂想

差別故彼由想異或有異想故彼有情說名想異有色有情身異想一如梵衆天謂刧初起是第二識住所以者何以刧初起彼諸梵衆起如是想我等皆是大梵所生大梵爾時亦起此想是諸梵衆皆我所生同想一因故名想一大梵王身其量高廣容貌威德言語光明衣冠等事一一皆與梵衆不同故名身異經說梵衆作是念言我等曾見如是有情長壽久住乃至起願云何當令諸餘有情生我同分於彼正起此心願時我等便生彼同分內梵衆何處曾見梵王有餘師言住極光淨從彼天沒來生此故云何今時不得第二靜慮而能憶念彼地宿住事耶若彼已得第二靜慮云何緣大梵猶起戒禁取有餘師說住中有中彼住中有中無長時住義以於受生無障礙故如何梵衆可作念言我等曾見如是有情長壽久住是故梵衆即住自天憶念此生前所更事謂先見彼長壽久住後重見時起如是念有色有情身一想異如極光淨天是第三識住此中舉後兼以攝初應知具攝第二靜慮若不爾者彼少光天無量光天何識住攝彼天顯形狀貌不異故名身一樂非苦樂二想交參故名想異傳說彼天猒根本地喜根已起近分地捨根現前猒近分地捨根已起根本地喜根現前如富貴人猒欲樂已便受法樂猒法樂已復受欲樂豈不遍淨想亦應然非遍淨天曾有猒樂以樂寂靜曾無猒時喜則不然擾動心故經部師說有餘契經釋彼天中有想異義謂極光淨有天新生未善了知世間成壞彼見下地火焰

洞然見已便生驚怖猒離勿彼火焰燒盡梵宮令彼皆空上侵我處彼極光淨有舊生天已善了知世間成壞便慰諭彼驚怖天言淨仙淨仙勿怖勿怖昔彼火焰燒盡梵宮令其皆空即於彼滅彼於火焰有來不來想及怖不怖想故名想異非由有樂非苦樂想有交叅故得想異名有色有情身一想一如遍淨天是第四識住唯有樂想故名想一初靜慮中由染汙想故言想一第二靜慮由二善想故言想異第三靜慮由異熟想故言想一下三無色名別如經即三識住是名爲七此中何法名爲識住謂彼所繫五蘊四蘊如其所應是名識住所餘何故非識住耶於餘處皆有損壞識法故餘處者何謂諸惡處第四靜慮及與有頂所以者何由彼處有損壞識法故非識住何等名爲損壞識法謂諸惡處有重苦受能損於識第四靜慮有無想受及無想事有頂天中有滅盡定能壞於識令相續斷故非識住復說若處餘處有情心樂來止若至於此不更求出說名識住於諸惡處二義俱無第四靜慮心恒求出謂諸異生求入無想若諸聖者樂入淨居或無色處若淨居天樂證寂滅有頂昧劣故非識住如是分別七識住已因玆復說九有情居其九者何頌曰

應知兼有頂　及無想有情　是九有情居
餘非不樂住

論曰前七識住及第一有無想有情是名爲九諸有情類唯於此九欣樂住故立有情居餘處皆非不樂住故言餘處者謂諸惡處非

有情類自樂居中惡業羅刹逼之令住故彼如牢獄不立有情居第四靜慮除無想天餘非有情居如識住中釋前所引經說七識住復有餘經說四識住其四者何頌曰

四識住當知　四蘊唯自地　說獨識非住有漏四句攝

論曰如契經言識隨色住識隨受住識隨想住識隨行住是名四種如是四種其體云何謂隨次第有漏四蘊又此唯在自地非餘識所依著名識住故非於異地色等蘊中識隨受力依著於彼如何不說識為識住由離能住立所住故非能住識可名所住如非即王可名王座或若有法識所乘御如人船理說名識住非識即能乘御自體是故不說識為識住毗婆沙師所說如是若爾何故餘契經

言於識食中有喜有染有喜染故識住其中識所乘御又如何言前七識住五蘊為體雖有是說而於生處所攝蘊中不別分析總生喜染故識轉時亦名識住非獨說識然色等蘊一一能生種種喜染令識依著獨識不然故言非住是故於此四識住中識非識住於餘可說又佛意說此四識住猶如良田總說一切有取諸識猶如種子不可種子立為良田仰測世尊教意如是又法與識可俱時生為識良田可立識住識蘊不爾故非識住如是所說七種四種識住雖殊而皆有漏為七攝四四攝七耶非遍相攝可為四句謂審觀察應知二門體互寬陿得成四句或有七攝非四攝等第一句者謂七中識第二句者謂諸惡處第四靜慮及有頂中除識餘蘊第三

句者七中四蘊第四句者謂除前相於前所
說諸界趣中應知其生略有四種何等爲四
何處有何頌曰
於中有四生　有情謂卵等　人傍生具四
地獄及諸天　中有唯化生　鬼通胎化二
論曰謂有情類卵生胎生濕生化生是名爲
四生謂生類諸有情中雖餘類雜而生類等
云何卵生謂有情類生從卵㲉是名卵生如
鵝孔雀鸚鵡鴈等云何胎生謂有情類生從
胎藏是名胎生如象馬牛猪羊驢等云何濕
生謂有情類生從濕氣是名濕生如蟲飛蛾
蚊蚰蜒等云何化生謂有情類生無所託是
名化生如那落迦天中有等具根無缺支分
頓生無而欻有故名爲化人傍生趣各具四
種人卵生者謂如世羅鄔波世羅生從鶴卵
鹿母所生三十二子般遮羅王五百子等人
胎生者如今世人人濕生者如曼馱多遮盧
鄔波遮盧鴿鬘菴羅衛等人化生者唯劫初
人傍生三種共所現見化生如龍揭路荼等
一切地獄諸天中有皆唯化生鬼趣唯通胎
化二種鬼胎生者如餓鬼女白目連云
我夜生五子　隨生皆自食　晝生五亦然
雖盡而無飽
一切生中何生最勝應言最勝唯是化生若
爾何緣後身菩薩得生自在而受胎生現受
胎生有大利故謂爲引導諸大釋種親屬相
因令入正法又引餘類令知菩薩是輪王種
生敬慕心因得捨邪趣於正法又令所化生
增上心彼既是人能成大義我曹亦爾何爲
不能因發正勤專修正法又若不爾族姓難

知恐疑幻化爲天爲鬼如外道論矯設謗言過百劫後當有大幻出現於世噉食世間故受胎生息諸疑謗有餘師說爲留身界故受胎生令無量人及諸異類一興供養千返生天及證解脫若受化生無外種故身纔殞逝無復遺形如滅燈光即無所見若人信佛有持願通能久留身此不成釋因論生論若化生身如滅燈光死無遺者何故契經說化生揭路茶取化生龍爲充所食以不知故爲食取龍不說充饑斯有何失或龍未死暫得充饑死已還饑暫食何咎於四生內何者最多唯化生何以故三趣少分及二趣全一切中有皆化生故此中何法說名中有何緣中有非即名生頌曰

死生二有中　五蘊名中有　未至應至處
故中有非生

論曰於死有後在生有前即彼中間有自體起爲至生處故起此身二趣中間故名中有此身已起何不名生生謂當來所應至處依所至義建立生名此中有身其體雖起而未至彼故不名生何謂當來所應至處所引異熟究竟分明是謂當來所應至處有餘部說從死至生處容間絕故無中有此不應許所以者何依理教故理教者何頌曰

如穀等相續　處無間續生　像實有不成
不等故非譬　一處無二並　非相續二生
說有健達縛　及五七經故

論曰且依正理中有非無現見世間相續轉法要處無間刹那續生且如世間穀等相續有情相續理亦應然刹那續生處必無間豈

不現見有法續生而於其中處亦有間如依鏡等從質像生如是有情死有生有處雖有間何妨續生實有諸像理不成故又非等故爲喩不成謂別色生說名爲像其體實有理所不成設成非等故不成喩言像不成故非喩者以一處所無二並故謂於一處鏡色及像並見現前二色不應同處並有依異大故又陿水上兩岸色形同處一時俱現二像居兩岸者互見分明曾無一處並見二色不應謂此二色俱生又影與光未嘗同處然曾見鏡懸置影中光像顯然現於鏡面不應於此謂二並生或言一處無二並者鏡面月像謂之爲二近遠別見如觀井水若有並生如何別見故知諸像於理實無然諸因緣和合勢力令如是見以諸法性功能差別難可思議

已辯不成所以非喩言非等故亦非喩者以質與像非相續故謂質與像非一相續唯依鏡等有像現故像與本質俱時有故如死生有是一相續前後無間餘處續生質像相望無此相續以不相似故不成喩又所現像由二生故謂二緣故諸像得生一者本質二者鏡等二中勝者像依彼生生有無容由二緣起唯有死有無別勝依故所引喩非等於法亦不可說以外非情精血等緣爲勝依性由化生者空中欻生於中計何爲勝依性已依正理對破彼宗從死至生處容間絶是故中有決定非無次依聖教證有中有謂契經言有有七種即五趣有業有中有若此契經彼部不誦豈亦不誦健達縛經如契經言入母胎者要由三事俱現在前一者母身是時調

適二者父毋交愛和合三健達縛正現在前除中有身何健達縛前蘊已壞何現在前若此契經彼亦不誦復云何釋掌馬族經如彼經言汝今知不此健達縛正現前者爲婆羅門爲刹帝利爲吠舍爲戍達羅爲東方來爲南西北前蘊已壞不可言來此所言來固唯中有若復不誦如是契經五不還經當云何釋如契經說有五不還一者中般二者生般三無行般四有行般五者上流中有若無何名中般有餘師執有天名中住彼般涅槃是故名中般是則應許有生等天既不許然故執非善又經說有七善士趣謂於前五中般分三由處及時近中遠故譬如札火小星迸時纔起近即滅初善士亦爾譬如鐵火小星迸時起至中乃滅二善士亦爾譬如鐵火大星迸時遠未墮而滅三善士亦爾非彼所執別有中天有此時處三品差別故彼所執定非應理有餘復說或壽量中間或近天中間斷餘煩惱成阿羅漢是名中般由至界位或想或尋而般涅槃故有三品或取色界衆同分已即般涅槃是名第一從是次後受天樂已方般涅槃是名第二復從此後入天法會乃般涅槃是名第三入法會已復經多時方般涅槃是名生般或減多壽方般涅槃非創生時故名生般如是所說與火星喻皆不相應所以者何以彼處行無差別故又無色界亦應說有中般涅槃由彼亦有壽量中間般涅槃故然不說彼有中般者如嗢柁南伽他中說

總集衆聖賢　四靜慮各十　三無色各七

唯六謂非想

故彼所執皆是虛妄若復不誦如是等經無上法王久已滅度諸大法將亦般涅槃聖教支離已成多部其於文義異執交馳取捨任情于今轉盛哀哉汝等固守愚迷違理拒教可傷之甚諸有憑前理教爲量中有於彼實有極成若爾云何契經中說造極惡業度使魔羅現身顛墜無間地獄此經意說彼命未捨地獄猛焰已繞其身因此命終受彼中有乘茲仍墮無間地獄由彼惡業勢力增强不待命終苦相已至先受現受後受生受何故經說一類有情於五無間業作及增長已無間必定生那落迦此經意遮彼往異趣及顯彼業定順生受若但執文應要具五方生地獄非隨闕一或餘業因便成大過又言無間生那落迦應作即生不待身壞或誰不許中有是生那落迦名亦通中有死有無間中有起時亦得名生生方便故經言無間生那落迦不言爾時即是生有若爾經頌復云何通如經頌言

再生汝今過盛位　至衰將近琰魔王
欲往前路無資粮　求住中間無所止

若有中有如何世尊言彼中間無有所止此頌意顯彼於人中速歸磨滅無暫停義或彼中有爲至所生亦無暫停行無礙故寧知經意如此非餘汝復焉知如餘非此二責既等何乃偏徵二釋於經並無違害如何偏證中有是無凡引證言理無異趣此有異趣爲證不成

阿毗達磨俱舍論卷第八　說一切有部

音釋

陿胡夾切隘也　觳古角切　蚰蜒上以周切蚰蜒以然切　欻許勿切忽也　殞于敏切殁也　迸北諍切散也

阿毗達磨俱舍論卷第九

尊者世親造

唐三藏法師玄奘奉　詔譯

分別世品第三之二

當往何趣所起中有形狀如何頌曰

此一業引故　如當本有形　本有謂死前　居生刹那後

論曰若業能引當所往趣彼業即招能往中有故此中有若往彼趣即如所趣當本有形若爾於一狗等腹中容有五趣中有頓起既有地獄中有現前如何不能焚燒母腹彼居本有亦不恒燒如暫遊園況在中有設許能燒如不可見亦不可觸以中有身極微細故所難非理諸趣中有雖居一腹非互觸燒業所遮故欲中有量雖如小兒年五六歲而根明利菩薩中有如盛年時形量周圓具諸相好故住中有將入胎時照百俱胝四大洲等若爾何故菩薩母夢中見白象子來入己右脅此吉瑞相非關中有菩薩久捨傍生趣故如訖栗枳王夢所見十事

謂大象井麨　栴檀妙園林　小象二獮猴　廣堅衣鬪諍

如是所夢但表當來餘事先兆非如所見又諸中有從生門入非破母腹而得入胎故雙生者前小後大法善現說復云何通

白象相端嚴　具六牙四足　正知入母腹　寢如仙隱林

不必須通非三藏故諸諷頌言或過實故若必須通如菩薩母所見夢相造頌無失色界中有量圓滿如本有與衣俱生慚愧增故菩

薩中有亦與衣俱鮮白苾芻尼由本願力故彼於世世有自然衣恒不離身隨時改變乃至最後般涅槃時即以此衣纏屍焚葬所餘欲界中有無衣由皆增長無慚愧故所以本有其體是何謂死有前生有後蘊總說有體是五取蘊於中位別分析爲四一者中有義如前說二者生有謂於諸趣結生刹那三者本有除生刹那死前餘位四者死有謂最後念次中有前有色有情具足四有若在無色中闕具三已說形量餘義當辯頌曰

同淨天眼見　業通疾具根　無對不可轉
食香非久住　倒心趣欲境　濕化染香處
天首上三横　地獄頭歸下

論曰此中有身同類相見若有修得極淨天眼亦能得見諸生得眼皆不能觀以極細故有餘師說天中有眼具足能見五趣中有人鬼傍生地獄中有見四三二一謂自下除上一切通中業通最疾凌虚自在是謂通義通由業得名爲業通此通勢用速故名疾中有具得最疾業通上至世尊無能遮抑以業勢力最強盛故一切中有皆具五根對謂對礙此金剛等所不能遮故名無對曾聞析破炎赤鐵團見於其中有蟲生故應往彼趣中有已生一切種力皆不能轉謂不可令人中有没餘中有趣餘類亦然爲往彼趣中有已起但應往彼定不往餘欲界中有身資段食不雖資段食然細非麤其細者何謂唯香氣由斯故得健達縛名諸字界中義非一故而音短者如設建途及羯建途略故無過諸少福者唯食惡香其多福者好香爲食如是中有

爲住幾時大德說言此無定限生緣未合中有恒存由彼命根非別業引與所趣人等衆同分一故若異此者中有命根最後滅時應立死有設有肉聚等妙高山至夏雨時變成蟲聚應言諸中有漸待此時爲說從何方頓來至此雖無經論誠文判釋然依正理應作是言有雜類生數無邊際貪著香味壽量短促彼諸有情因鼰此氣貪香味故俱時命終由愛覺先感蟲身業同時於此受細蟲身或多有情應俱生此多緣未合住中有中今遇多緣方頓生此應俱生者定不異時如有能招轉輪王業要至人壽八萬歲時或過此時方頓與果非於餘位此亦應然故世尊言諸有情類業果差別不可思議尊者世友言此極多七日若生緣未合便數死數生有餘師言極七七日毗婆沙說此住少時以中有中樂求生有故非久住遠往結生其有生緣未即和合若定此處此類應生業力即令此緣和合若非定託此和合緣便即寄生餘處餘類有說轉受相似類生且如家牛及狗熊馬欲增次屬夏秋冬春野牛野干羆驢無定前四中有若不遇時如次轉生後四同類豈不中有必無與生衆同分別一業引故如何可言轉受相似如是中有爲至所生先起倒心馳趣欲境彼由業力所起眼根雖住遠方能見生處父母交會而起倒心若男緣母起於男欲若女緣父起於女欲翻此緣二俱起瞋心故施設論有如是說時健達縛於二心中隨一現行謂愛或恚彼由起此二種倒心便謂已身與所愛合所憎不淨泄至胎時謂是

已有便生喜慰從茲蘊厚中有便没生有起已名已結生若男處胎依母右脅向背蹲坐若女處胎依母左脅向腹而住若非男女住母胎時隨所起貪如應而住必無中有非女非男以中有身必具根故由處中有或女或男故入母胎隨應而住後胎增長或作不男於此義中復應思擇爲由業力精血大種即成根依爲業別生根依大種依精血住有言精血即成根依謂前無根中有俱滅後有根者無間續生如種與芽滅生道理由斯初位名羯邏藍亦妙順成此經文句父母不淨生羯邏藍又告比丘汝等長夜執受血滴增羯吒私有餘師說別生大種如依葉糞引有蟲生依不淨聚中生羯邏藍故說父母不淨生羯邏藍故與彼經無相違失如是且說胎卵

二生餘隨所應今次當說若濕生者染香故生謂遠齅知生處香氣便生愛染往彼受生隨業所應香有淨穢若化生者染處故生謂遠觀知當所生處便生愛染往彼受生隨業所應處有淨穢豈於地獄亦生愛染由心倒故起染無失謂彼中有或見自身冷雨寒風之所逼切見熱地獄火焰熾然情欣煖觸投身於彼或見自身熱風盛火之所逼害見寒地獄心欲清涼投身於彼先舊諸師作如是說由見先造感彼業時已身伴類馳往赴彼又天中有首正上昇如從坐起人鬼傍生中有行相還如人等地獄中有頭下足上顛墜其中故伽他說

顛墜於地獄　足上頭歸下　由毀謗諸仙
樂寂修苦行

前說倒心入母胎藏一切中有皆定爾耶不爾經言入胎有四其四者何頌曰

一於入正知　二三兼住出　四於一切位
及卵恒無知　前三種入胎　謂輪王二佛
業智俱勝故　如次四餘生

論曰有諸有情多集福業勤修念慧故死生時念力所持正知無亂於中或有正知入胎或有正知住胎兼入或正知出兼知入住兼言爲顯後必帶前有諸有情福智俱少入住出位皆不正知入不正知住出亦爾順結頌法故逆說四諸卵生者入胎等位皆恒無知如何卵生從卵而出言入胎藏以卵生者先必入胎或據當來名卵生者如契經說造作有爲世間亦言煑飯磨麨故說卵生入胎無失云何三位正不正知且諸有情若福微薄入母胎位起倒想解見大風雨毒熱嚴寒或大軍衆聲威亂逼遂見已入密草稠林葉窟茅閒投樹牆下住時見已住在此中出位見身從此處出若福增多入母胎位起倒想解自見已身入妙園林昇華臺殿居勝牀等住出如前是謂三時不正知者若於三位皆能正知於入等時無倒想解謂入胎位知自入胎住出胎時自知住出又别顯示四入胎者且前三種謂轉輪王獨覺大覺如其次第初入胎者謂轉輪王入位正知非住非出二入胎者謂獨勝覺入住正知非於出位三入胎者謂無上覺入住出位皆能正知此初三人以當名顯何緣如是三品不同由業智俱如次勝故第一業勝謂轉輪王宿世曾修廣大福故第二智勝謂獨勝覺久習多聞勝思擇

故第三俱勝謂無上覺曠劫修行勝福智故除前三種餘胎卵生福智俱劣合成第四此中外道執我者言若許有情轉趣餘世即我所執有我義成今爲遮彼頌曰

無我唯諸蘊　煩惱業所爲　由中有相續
入胎如燈焰　如引次第增　相續由惑業
更趣於餘世　故有輪無初

論曰汝等所執我爲何相能捨此蘊能續餘蘊内用士夫此定非有如色眼等不可得故世尊亦言有業有異熟作者不可得謂能捨此蘊及能續餘蘊唯除法假法假謂何依此有彼有此生故彼生廣說緣起若爾何等我非所遮唯有諸蘊謂唯於蘊假立我名非所遮遣若爾應許諸蘊即能從此世間轉至餘世蘊刹那滅於轉無能數習煩惱業所爲故令中有蘊相續入胎譬如燈焰雖刹那滅而能相續轉至餘方諸蘊亦然名轉無失故雖無我而由惑業諸蘊相續入胎義成如業所引次第轉增諸蘊相續復由煩惱業力所爲轉趣餘世謂非一切所引諸蘊增長相續修促量齊引壽業因有差別故隨能引業勢力增微齊爾所時次第增長云何次第如聖說言

最初羯邏藍　次生頞部曇　從此生閉尸
閉尸生鍵南　次鉢羅奢佉　後髮毛爪等
及色根形相　漸次而轉增

謂母胎中分位有五一羯邏藍位二頞部曇位三閉尸位四鍵南位五鉢羅奢佉位此胎中箭漸次轉增乃至色根形相滿位由業所起異熟風力轉胎中箭令趣産門如强糞團

過量祕澀從此轉隨劇苦難任其毋或時感儀飲食執作過分或由其子宿罪業力死於胎內時有女人或諸醫者妙通產法善養嬰兒溫以酥油睒末梨汁甲塗其手執小利刀內如糞坑最極臭惡雜穢充塞黑暗所居無量千蟲之所依止常流穢汁恒須對治精血垢膩潰爛臭滑不淨流溢鄙惡叵觀穿漏薄皮以覆其上宿業所引身瘡孔中分解肢節牽出於外然此胎子乘宿所為順後受業所趣難了或復無難安隱得生體如新瘡細輭難觸或毋愛子或餘女人以如刀灰麤澀兩手執取洗拭而安處之次舍清酥飲以毋乳漸令習受細麤飲食次第轉增至根熟位復起煩惱積集諸業由此身壞復有如前中有相續更趣餘世如是惑業為因故生生復為因起於惑業從此惑業更復有生故知有輪旋環無始若執有始始應無因始既無因餘應自起現見芽等因種等生由處及時俱決定故又由火等熟變等生由此定無無因起法說常因論如前已遣是故生死決定無初然有後邊由因盡故生依因故因滅壞時生果必亡理定應爾如種滅壞芽必不生如是蘊相續說三生為位頌曰

如是諸緣起　十二支三際　前後際各二
中八據圓滿

論曰十二支者一無明二行三識四名色五六處六觸七受八愛九取十有十一生十二老死言三際者一前際二後際三中際即是過未及現三生云何十二支於三際建立謂前後際各立二支中際八支故成十二無明

行在前際生老死在後際所餘八在中際此中際八一切有情此一生中皆具有不非皆具有若爾何故說有八支據圓滿者此中意說補特伽羅歷一切位名圓滿者非諸中夭及色無色但據欲界補特伽羅大緣起經說具有故彼說佛告阿難陀言識若不入胎得增廣大不不也世尊乃至廣說有時但說二分緣起一前際攝二後際攝前七支前際攝謂無明乃至受後五支後際攝謂從愛至老死前後因果二分攝故無明等支何法爲體頌曰

宿惑位無明　宿諸業名行　識正結生蘊

六處前名色　從生眼等根　三和前六處

於三受因異　未了知名觸　在婬愛前受

貪資具婬愛　爲得諸資具　遍馳求名取

有謂正能造　牽當有果業　結當有名生

至當受老死

論曰於宿生中諸煩惱位至今果熟總謂無明彼與無明俱時行故由無明力彼現行故如說王行非無導從王俱勝故總謂王行於宿生中福等業位至今果熟總得行名初句位言流至老死於母胎等正結生時一刹那位五蘊名識結生識後六處生前中間諸位總稱名色此中應說四處生前而言六者據滿立故眼等已生至根境識未和合位得六處名已至三和未了三受因差別位總名爲觸已了三受因差別相未起婬貪此位名受貪妙資具婬愛現行未廣追求此位名愛爲得種種上妙資具周遍馳求此位名取因馳求故積集能牽當有果業此位名有由是業

力從此捨命正結當有此位名生當有生支即如今識生剎那後漸增乃至當來受位總名老死如是老死即如今世名色六處觸受四支辯十二支體別如是又諸緣起差別說四一者剎那二者連縛三者分位四者遠續云何剎那謂剎那頃由貪行殺具十二支癡謂無明思即是行於諸境事了別名識識俱三蘊總稱名色住名色根說爲六處六處對餘和合有觸領觸名受貪即是愛與此相應諸纏名取所起身語二業名有如是諸法起即名生熟變名老滅壞名死復有說者剎那連縛如品類足俱遍有爲十二支位所有五蘊皆分位攝即此懸遠相續無始說名遠續世尊於此意說者何頌曰

傳許約位說　從勝立支名

論曰傳許世尊唯約分位說諸緣起有十二支若支支中皆具五蘊何緣但立無明等名以諸位中無明等勝故就勝立無明等名謂若位中無明最勝此位五蘊總名無明乃至位中老死最勝此位五蘊總名老死故體雖總名別無失何緣經說此十二支與品類足所說有異如彼論說云何爲緣起謂一切有爲乃至廣說素怛纜言因別意趣阿毗達磨依法相說如是宣說分位剎那遠續連縛唯有情數情非情等是謂差別契經何故唯說有情頌曰

於前後中際　爲遣他愚惑

論曰爲三際中遣他愚惑三際差別唯在有情如何有情前際愚惑謂於前際生如是疑我於過去世爲曾有非有何等我曾有云何

我曾有如何有情後際愚惑謂於後際生如是疑我於未來世爲當有非有何等我當有云何我當有如何有情中際愚惑謂於中際生如是疑何等是我此我云何我誰所有我當有誰爲除如是三際愚惑故經唯說有情緣起如其次第說無明行及生老死并識至有所以者何以契經說比丘諦聽若有比丘於諸緣起及緣生法能以如實正慧觀見彼必不於三際愚惑謂我於過去世爲曾有非有等有餘師說愛取有三亦爲除他後除愚惑此三皆是後際因故又應知此說緣起門雖有十二支而三二爲性三謂惑業事二謂果與因其義云何頌曰

三煩惱二業　七事亦名果　略果及略因由中可比二

論曰無明愛取煩惱爲性行及有支以業爲性餘識等七以事爲性是煩惱業所依事故如是七事即亦名果義准餘五即亦名因以煩惱業爲自性故何緣中際廣說果因開事爲五惑爲二故後際略果事唯二故前際略因惑唯一故由中際廣可以比度前後二際廣義已成故不別說說便無用若緣起支唯十二者不說老死果生死應有終不說無明因生死應有始或應更立餘緣起支餘復有餘成無窮失不應更立然無前過此中世尊由義已顯云何已顯頌曰

從惑生惑業　從業生於事　從事事惑生有支理唯此

論曰從惑生惑謂愛生取從惑生業謂取生有無明生行從業生事謂行生識及有生生

從事生事謂從識支生於名色乃至從觸生於受支及從生支生於老死從事生惑謂受生愛由立有支其理唯此已顯老死爲事惑因及顯無明爲事惑果無明老死事惑性故豈假更立餘緣起支故經言如是純大苦蘊集若不爾者此言何用有餘釋言餘契經說非理作意爲無明因無明復生非理作意非理作意亦取支攝故亦說在此契經中此非理作意如何取支攝若言由此與彼相應則愛無明亦應彼攝設許彼攝云何能證非理作意爲無明因若但彼攝即證因果愛與無明亦彼攝故應不別立爲緣起支餘復釋言餘契經說非理作意爲無明因無明復生非理作意非理作意說在觸時故餘經說眼色爲緣生癡所生染濁作意此於受位必引無明故餘經言由無明觸所生諸受爲緣生愛是故觸時非理作意與受俱轉無明爲緣由此無明無無因過亦不須立餘緣起支又緣起支無無窮失非理作意從癡生故如契經說眼色爲緣生癡所生染濁作意餘經雖有如是誠言然此經中應更須說不須更說如何證知由理證知何等爲理非離無明受能爲愛緣以阿羅漢受不生愛故又非無倒觸能爲染受緣亦非離無明觸可成顛倒阿羅漢觸非顛倒故由如是理爲證故知若爾便應有太過失諸由正理可得證知一切皆應不須更說故彼所說不成釋難然上所言經不別說老死有果無明有因生死便成有終始者此難非理經意別故亦非所說理不圓滿所以者何此經但欲除所化者三際愚故

由所化者唯生是疑云何有情三世連續謂從前世今世得生今世復能生於後世如來但爲除彼疑情說十二支如前已辯謂前後中際爲遣他愚惑如世尊告諸比丘言吾當爲汝說緣起法緣已生法此二何異且本論文此二無別以俱言攝一切法故如何未來未已起法可同過現說緣已生云何未來未已作法得同過現說名有爲由能作思力已造故若爾無漏如何有爲彼亦善思力已造故若爾就得涅槃應然理實應言依種類說如未變壞亦得色名由種類同所說無失然今正釋契經意者頌曰

此中意正說　因起果已生

論曰諸支因分說名緣起由此爲緣能起果故諸支果分說緣已生由此皆從緣所生故如是一切二義俱成諸支皆有因果性故若爾安立應不俱成不爾所觀有差別故謂若觀此名緣已生非即觀斯復名緣起猶如因果父子等名尊者望滿意謂諸法有是緣起非緣已生應作四句第一句者謂未來法第二句者謂阿羅漢最後心位過現諸法第三句者餘過現法第四句者諸無爲法經部諸師作如是白此中所說爲述已情爲是經義若是經義經義不然所以者何且前所說分位緣起十二五蘊爲十二支違背契經經異說故如契經說云何爲無明謂前際無智乃至廣說此了義說不可抑令成不了義故前所說分位緣起經義相違非一切經皆了義說亦有隨勝說如象迹喻經云何內地界謂髮毛爪等雖彼非無餘色等法而就勝說此

亦應爾所引非證非彼經中欲以地界辯髮毛等成非具說然彼經中以髮毛等分別地界非有地界越髮毛等故彼契經是具足說此經所說無明等支亦應如彼成具足說除所說外無復有餘豈不地界越髮毛等涕淚等中其體亦有涕等皆亦說在彼經如說復有身中餘物設復同彼有餘無明今應顯示若引異類置無明中此有何益雖於諸位皆有五蘊然隨此有無彼定有無者可立此法爲彼法支或有五蘊而無有行隨福非福不動行識乃至愛等是故經義即如所說所說四句理亦不然若未來諸法非緣已生者便違契經經說云何緣已生法謂無明行至生老死或應不許二在未來是則壞前所立三際有說緣起是無爲法以契經言如來出世

若不出世如是緣起法性常住由如是意理則可然若由別意理則不然云何如是意云何爲別意而說可然及不可然謂若意說如來出世若不出世行等常緣無明等起非緣餘法或復無緣故言常住如是意說理則可然若謂意說有別法體名爲緣起湛然常住此別意說理則不然所以者何生起俱是有爲相故非別常法爲無常相可應正理又起必應依起者立此常住法彼無明等何相關預而說此法依彼而立爲彼緣起又名緣起而謂相常如是句義無相應理此中緣起是何句義鉢刺底是至義醫底界是行義由先助力界義轉變故行由至轉變成緣參是和合義嗢是上昇義鉢地界是有義有籍合昇轉變成起由此有法至於緣已和合昇起是

緣起義如是句義理不應然所以者何依一作者有二作用於前作用應有已言如有一人浴已方食無少行法有在起前先至於緣後時方起非無作者可有作用故說頌曰

至緣若起先　非有不應理　若俱便壞已彼應先說故

無如是過且應反詰聲論諸師法何時起為在現在為在未來設爾何失起若現在起非已生如何成現現是已生復如何起已生復起便致無窮起若未來爾時未有何成作者作者既無何有作用故於起位即亦至緣起位者何謂未來世諸行正起即於此位亦說至緣又聲論師妄所安立作者作用理實不成有是作者起是作用非於此中見有作者異起作用真實可得故此義言於俗無謬此緣起義即是所說依此有故彼有此生故彼生故應引彼釋緣起義故說頌曰

如非有而起　至緣應亦然　生已起無窮或先有非有　俱亦有言已　暗至燈已滅及開口已眠　若後眠應閉

有執更以餘義釋難缽刺底是種種義醫底界是不住義不住由種種助故變成緣叁是聚集義嗢是上昇義缽地界是行義由嗢為先行變成起此說種種緣和合已令諸行法聚集昇起是緣起義如是所釋於此可然眼色各為緣起於眼識等此中種種聚集豈成何故世尊說前二句謂依此有彼有及此生故彼生為於緣起知決定故如餘處說依無明有諸行得有非離無明可有諸行又為顯示諸支傳生謂依此支有彼支得有由彼支

生故餘支得生又爲顯示三際傳生謂依前際有中際得有由中際生故後際得生又爲顯示親傳二緣謂有無明無間生果或展轉力諸行方生有餘師釋如是二句爲破無因常因二論謂非無因諸行可有亦非由常自性我等無生因故諸行得生若爾便成前句無用但由後句此生故彼生能具破前無因常因故然或有執有我爲依行等得有由無明等因分生故行等得生是故世尊爲除彼執決判果有即由生因若此生故彼生即依此有彼有非謂果有別依餘因謂無明緣行乃至如是純大苦蘊集軌範諸師釋此二句爲顯因果不斷及生謂依無明不斷諸行不斷即由無明生故諸行得生如是展轉皆應廣說有釋爲顯因果住生謂乃至因相續有果相續亦有及即由因分生故諸果分亦生此欲辯生何緣說住又佛何故破次第說先說住已而後說生復有釋言依此有彼有者依果有因有滅此生故彼生者恐疑果無有因生是故復言由因生故果方得起非謂無因經義若然應作是說依此有彼成無又應先言因生故果生已後乃可說依果有因成無如是次第方名善說若異此者次辯緣起依何次第先說因滅故彼所釋非此經義復次云何無明緣行廣說乃至生緣老死我今略顯符順經義謂諸愚夫於緣生法不知唯行妄起我見及我慢執爲自受樂非苦樂故造作身等各三種業謂爲自身受當樂故造諸福業受當來樂非苦樂故造不動業受現樂故造非福業如是名爲無明緣行由引業

力識相續流如火焰行往彼彼趣憑附中有馳赴所生結生有身名行緣識若作此釋善順契經分別識支通於六識識爲先故於此趣中有名色生具足五蘊展轉相續遍一期生於大因緣辯緣起等諸經皆有如是說故如是名色漸成熟時具眼等根說爲六處次與境合便有識生三和故有順樂等觸依此便生樂等三受從此三受引生三愛謂由苦逼有於樂受發生欲愛或有於樂非苦樂受發生色愛或有唯於非苦樂受生無色愛從欣受愛起欲等取此中欲者謂五妙欲見謂六十二見如梵網經廣說戒謂遠離惡戒禁謂狗牛等禁如諸離繫及婆羅門播輸鉢多般利伐羅多迦等異類外道受持種種露形拔髮杖烏鹿皮持髻塗灰執三杖剪鬚髮等無義苦行我語謂内身依之說我故有餘師說我見我慢名爲我語云何此二獨名我語由此二種說有我故我非有故說名我語如契經說比丘當知愚昧無聞諸異生類隨假言說起於我執於中實無我及我所於前四種取謂欲貪故薄伽梵諸經中釋云何爲取所謂欲貪由取爲緣積集種種招後有業說名爲有如世尊告阿難陀言招後有業說名爲有有爲緣故識相續流趣未來生如前道理具足五蘊說名爲生以生爲緣便有老死其相差別廣說如經如是純言顯唯有行無我我所大苦蘊言顯苦積集無初無後集言爲顯諸苦蘊生毗婆沙宗如前已說

阿毗達磨俱舍論卷第九說一切有部

音釋

俱胝梵語也此云百億胝張尼切　羆班麋切獸名　羯邏藍梵語也此云凝滑邏魯可切　鍵南梵語也此云凝厚鍵巨展切　睒失冉切

潰爛潰胡對切壞也爛郎肝切腐也

阿毗達磨俱舍論卷第十

尊者世親造
唐三藏法師玄奘奉　詔譯

分別世品第三之三

無明何義謂體非明若爾無明應是眼等既爾此義應謂明無若爾無明體應非有爲顯有體義不濫餘頌曰

明所治無明　如非親實等

論曰如諸親友所對怨敵親友相違名非親友非異親友非親友無諦語名實此所對治虛誑言論名爲非實非異於實亦非實無等言爲顯非法非義非事等性非異非無如是無明別有實體是明所治非異非無云何知然說行緣故復有誠證頌曰

說爲結等故　非惡慧見故　與見相應故　說能染慧故

論曰經說無明以爲結縛隨眠及漏軛暴流等非餘眼等及體全無可得說爲結縛等事故有別法說名無明如惡妻子名無妻子如是惡慧應名無明彼非無明有是見故諸染汙慧名爲惡慧於中有見故非無明若爾非見慧應許是無明不爾無明見相應故無明若是慧應見不相應無二慧體共相應故又說無明能染慧故如契經言貪欲染心令不解脫無明染慧令不清淨非慧還能染於慧體如貪異類能染於心無明亦應異慧能染如何不許諸染汙慧間雜善慧令不清淨說爲能染如貪染心令不解脫豈必現起與心相應方說能染然由貪力損縛於心令不解脫後轉滅彼貪熏習時心便解脫如是無明

染汙於慧令不清淨非慧相應但由無明損濁於慧如是分別何理相違誰復能遮自所分別然異慧類別有無明如貪異心此說爲善有執煩惱皆是無明此亦應同前理遮遣若諸煩惱皆是無明於結等中不應別說亦不應與見等相應見等不應自相應故或亦應說無明染心若謂此中就差別說應於染慧不說總名既許無明別法爲體應說此體其相云何謂不了知諦實業果未測何相名不了知爲異了知爲此非有二俱有過如無明說此謂了知所治別法此復難測其相是何此類法爾應如是說如餘處言云何爲眼謂清淨色眼識所依無明亦然唯可辯用大德法救說此無明是諸有情恃我類性異於我慢類體是何經言我今如是知已如是見

已諸所有愛諸所有見諸所有類性諸我我所執我慢執隨眼斷遍知故無影寂滅故知類性異於我慢寧知類性即是無明不可說爲餘煩惱故豈不可說爲餘慢等若更於此巨細研尋言論繁雜故應且止名色何義色如先辯今唯辯名頌曰

名無色四蘊

論曰無色四蘊何故稱名隨所立名根境勢力於義轉變故說爲名云何隨名勢力轉變謂隨種種世共立名於彼彼義轉變詮表即如牛馬色味等名此復何緣標以名稱於彼彼境轉變而緣又類似名隨名顯故有餘師說四無色蘊捨此身已轉趣餘生轉變如名故標名稱觸何爲義頌曰

觸六三和生

論曰觸有六種所謂眼觸乃至意觸此復是何三和所生謂根境識三和合故有別觸生且五觸生可三和合許根境識俱時起故意根過去法或未來意識現在如何和合此即名和合謂因果義成或同一果故名和合謂根境識三同順生觸故諸師於此覺慧不同有說三和即名爲觸彼引經證如契經言如是三法聚集和合說名爲觸有說別法與心相應三和所生說名爲觸彼引經證經言云何六六法門一六內處二六外處三六識身四六觸身五六受身六六愛身此契經中根境識外別說六觸故觸別有說即三和名爲觸者釋後所引六六經言非由別說便有別體勿受及愛非法處攝無如是失離愛受觸別有所餘法處體故汝宗離觸無別有三可觸及三差別而說雖有根境不發於識而無有識不託根境故已說三更別說觸便成無用有餘救言非諸眼色皆諸眼識因非諸眼識皆諸眼色果非因果者別說爲三因果所收總立爲觸說離三和有別觸者釋前所引如是三法聚集和合名觸經言我部所誦經文異此或於因上假說果名如說諸佛出現樂等如是展轉更相難釋言論繁多故應且止然對法者說有別觸即前六觸復合爲二

頌曰

五相應有對　第六俱增語

論曰眼等五觸說名有對以有對根爲所依故第六意觸說名增語所以然者增語謂名名是意觸所緣長境故偏就此名增語觸如說眼識但能了青不了是青意識了青亦了

是青故名爲長故有對觸名從所依增語觸
名就所緣立有說意識語爲增上方於境轉
五識不然是故意識獨名增語與此相應名
增語觸故有對觸名從所依增語觸名就相
應立即前六觸隨別相應復成八種頌曰
明無明非二　無漏染汙餘　愛恚二相應
樂等順三受
論曰明無明等相應成三一明觸二無明觸
三非明非無明觸此三如次應知即是無漏
染汙餘相應觸餘謂無漏及染汙餘即有漏
善無覆無記無明觸中二分數起依彼復立
愛恚二觸愛恚隨眠共相應故總攝一切復
成三觸一順樂受觸二順苦受觸三順不苦
不樂受觸此三能引樂等受故或是樂等受
所領故或能爲受行相依故名爲順受如何
觸爲受所領行相依行相極似觸依觸而生
故如是合成十六種觸受何爲義頌曰
從此生六受　五屬身餘心
論曰從前六觸生於六受謂眼觸所生受至
意觸所生受六中前五說爲身受依色根故
意觸所生說爲心受但依心故受生與觸爲
後爲俱毗婆沙師說俱時起觸受展轉俱有
因故云何二法俱時而生能生所生義可成
立如何不立無功能故於已生法餘法無能
此與立宗義意無別如言二法俱時而生能
生所生義不成立於已生法餘法無能義意
同前重說何用若爾便有互相生失許故非
失我宗許二爲俱有因亦互爲果仁雖許爾
而契經中不許此二互爲因果契經但說眼
觸爲緣生眼觸所生受曾無經說眼受爲緣

生眼受所生觸又此義非理越能生法故若法極成能生彼法此法與彼時別極成如先種後芽先乳後酪先擊後聲先意後識等先因後果非不極成亦有極成同時因果如眼識等眼色等俱四大種俱有所造色此中亦許前根境緣能發後識前大造聚生後造色何理能遮如影與芽豈非俱有有說觸後方有受生根境為先次有識起此三合故即名為觸第三剎那緣觸生受若爾應識非皆有受諸識亦應非皆是觸無如是失因前位觸故後觸位受生故諸觸時皆悉有受所有識體無非是觸此不應理何理相違謂或有時二觸境別因前受位觸生後觸位受如何異境受從異境觸生或應許受此心相應非與此心不同緣一境既爾若許有成觸識是觸無受於此位前有識有受而體非觸緣差故然斯有何過若爾便壞十大地法彼定一切心品恒俱彼定恒俱依何教立依本論立我等但以契經為量本論非量壞之何咎故世尊言當依經量或大地法義非要遍諸心若爾何名大地法義謂有三地一有尋有伺地二無尋唯伺地三無尋無伺地復有三地一善地二不善地三無記地復有三地一學地二無學地三非學非無學地若法於前諸地皆有名大地法若法唯於諸善地中有名大善地法若法唯於諸染地中有名大煩惱地法如是等法各隨所應更代而生非皆並起餘說如是大不善地法因誦引來是今所增益非本所誦若於觸後方有受生經云何釋如契經說眼及色為緣生於眼識三和合觸

俱起受想思但言俱起不說觸俱此於我宗何違須釋又於無間亦有俱聲如契經說與慈俱行修念覺支故彼非證若爾何故契經中言是受是想是思是識如是諸法相雜不離故無有識離於受等今應審思相雜何義此經復說諸所受即所思諸所思即所想諸所想即所識未了於此爲約所緣爲約刹那作如是說於壽與煖俱時起中亦有如斯相雜言故例知此說定約刹那又契經言三和合觸如何有識而非三和或是三和而不名觸故應定許一切識俱悉皆有觸諸所有觸無不皆與受等俱生傍論已終應辯本義頌曰

此復成十八　由意近行異

論曰於前略說一心受中由意近行異復分成十八應知此復聲顯乘前起後此意近行十八云何謂喜憂捨各六近行此復何緣立爲十八若由自性應但有三喜憂捨三自性異故若由相應應唯有一一切皆與意相應故若由所緣應但有六色等六境爲所緣故此成十八具足由三於中十五色等近行名不雜緣境各別故三法近行皆通二種意近行名爲目何義傳說喜等意爲近緣於諸境中數遊行故有說喜等能爲近緣令意於境數遊行故如何身受非意近行非唯依意故不名近由無分別故亦非行第三靜慮意地樂根意近行中何故不攝傳說初界意識相應無樂根故又無所對苦根所攝意近行故若唯意地何故經言眼見色已於順喜色起喜近行廣說如經依五識身所引意地喜等

近行故作是說如依眼識引不淨觀此不淨觀唯意地攝又彼經言眼見色已乃至廣說故不應難若雖非見乃至觸已而起喜憂捨亦是意近行若異此者在欲界中應無緣色界色等意近行又在色界應無緣欲香味觸境諸意近行見已等言隨明了說見色等已於聲等中起喜憂捨亦意近行隨無雜亂故作是說於中建立根境定故為有色等於喜等三唯能順生一近行不有就相續非約所緣諸意近行中幾欲界繫欲界意近行幾何所緣色無色界為問亦爾頌曰

欲緣欲十八　色十二上三　二緣欲十二
八自二無色　後二緣欲六　四自一上緣
初無色近分　緣色四自一　四本及三邊
唯一緣自境

論曰欲界所繫具有十八緣欲界境其數亦然緣色界境唯有十二除香味六彼無境故緣無色境唯得有三彼無色等五所緣故說欲界繫已當說色界繫初二靜慮唯有十二謂除六憂緣欲界境亦有十二除香味四餘八自緣二緣無色謂法近行三四靜慮唯六謂捨緣欲界境亦得有六除香味二餘四自緣一緣無色謂法近行說色界繫已當說無色繫空處近分唯有四種謂捨但緣色聲觸法緣第四靜慮亦具有四種此就許有別緣者說若執彼地唯總緣下但有雜緣法意近行緣無色界唯一謂法四根本地及上三邊唯一謂法但緣自境無色根本不緣下故彼上三邊不緣色故不緣下義如後當辯此意近行通無漏耶頌曰

十八唯有漏
論曰無意近行通無漏者故言十八唯是有漏誰成就幾意近行耶謂生欲界若未獲得色界善心成欲一切初二定八三四定四無色界一所成上界皆不下緣唯染汙故若已獲得色界善心未離欲貪成欲一切初靜慮中餘說如前初靜慮中唯成四喜染不緣下香味境故捨具成六未至定中善心得緣香味境故餘隨此理如應當知若生色界唯成欲界一捨法近行謂通果心俱有說如是諸意近行毗婆沙師隨義而立然我所見經義有殊所以者何非於此地已得離染可緣此境起意近行故非有漏喜憂捨三皆近行攝唯雜染者與意相牽數行所緣是意近行云何與意相牽數行或愛或憎或不擇捨爲對治彼說六恒住謂見色已不喜不憂心恒住捨具念正知廣說乃至知法亦爾非阿羅漢無有世間緣善法喜但爲遮止雜染近行故作是說又即喜等爲三十六師句謂爲耽嗜出離依別此句差別大師說故耽嗜依者謂諸染受出離依者謂諸善受如是所說受有支中應知義門無量差別何緣不說所餘有支頌曰

餘已說當說

論曰所餘有支或有已說或有當說故此不論此中識支如先已說識謂各了別此即名意處等其六處支如先已說彼識依淨色名眼等五根等行有二支業品當說愛取二支隨眠品當說此諸緣起略立爲三謂煩惱業異熟果事應寄外喻顯別功能頌曰

此中說煩惱　如種復如龍　如草根樹莖
及如糠裹米　業如有糠米　如草藥如花
諸異熟果事　如成熟飲食

論曰如何此三種等相似如從種子芽葉等生從煩惱生煩惱業事如龍鎮池水恒不竭煩惱鎮業生續無窮如草根未拔苗剪剪還生未拔煩惱根趣滅滅還起如從樹莖頻生枝花果從諸煩惱數起惑業事如糠裹米能生芽等非獨能生或得裹業能感餘生非獨能感惑如種等應如是知如米有糠能生芽等業有煩惱能招異熟如諸草藥果熟爲後邊業果熟已更不招異熟如華於果爲生近因業爲近因能生異熟業如米等應如是知如熟飲食但應受用不可復轉成餘飲食異熟果事既成熟已不能更招餘生異熟若諸異熟復感餘生餘復感餘應無解脫事如飲食應如是知如是緣起煩惱業事生生相續不過四有中生本死如前已釋染不染義三界有無今當略辯頌曰

於四種有中　生有唯染汙　由自地煩惱
餘三無色三

論曰於四有中生有唯染由何煩惱自地諸惑謂此地生此地一切煩惱染汙此地生有故對法者咸作是言諸煩惱中無一煩惱於結生位無潤功能然諸結生唯煩惱力非由自力現起纏垢雖此位中心身昧劣而由數起或近現行引發力故煩惱現起應知中有初續剎那亦必染汙猶如生有然餘三有一一通三謂本死中三分善染無記於無色界除中有三非彼界中有處隔別爲往餘處可

立中有頌中不説欲色二界故知於中許具四有有情縁起已廣分别是諸有情由何而住頌曰

有情由食住　段欲體唯三　非色不能益
自根解脱故　觸思識三食　有漏通三界
意成及求生　食香中有起　前二益此世
所依及能依　後二於當有　引及起如次

論曰經説世尊自悟一法正覺正説謂諸有情一切無非由食而住何等爲食食有四種一段二觸三思四識段有二種謂細及麤細謂中有食香爲食故及天劫初食無變穢故如油沃砂散入支故或細汙蟲嬰兒等食説名爲細翻此爲麤如是段食唯在欲界離段食貪生上界故唯欲界繫香味觸三一切皆爲段食自體可成段别而飲噉故謂以口鼻分分受之光影炎涼如何成食傳説此語從多爲論又雖非飲噉而能持身亦細食所攝如塗洗等色亦可成段别飲噉何縁非食此不能益自所對根解脱者故夫名食者必先資益自根大種後乃及餘飲噉色時於自根大尚不爲益況能及餘由彼諸根境各别故有時見色生喜樂者縁色觸生是食非色又不還者及阿羅漢解脱食貪雖見種種上妙飲食而無益故觸謂三和所生諸觸思謂意業識謂識蘊此三唯有漏通三界皆有如何食體不通無漏毗婆沙師作如是釋能資諸有是其食義無漏修生爲滅諸有又契經説食有四種能令部多有情安住及能資益諸求生者無漏不然故非食體言部多者顯已生義諸趣生已皆謂已生復説求生爲何所

目此目中有由佛世尊以五種名說中有故何等爲五一者意成從意生故非精血等所有外緣合所成故二者求生常喜尋察當生處故三者食香身資香食往生處故四者中有二趣中間所有蘊故五者名起對向當生暫時起故如契經說有壞自體起有壞世間生起謂中有又經說有補特伽羅已斷起結未斷生結於此經中廣說四句離二界貪諸上流者爲第一句中般涅槃爲第二句諸阿羅漢爲第三句除前諸相爲第四句又部多者謂阿羅漢餘有愛者說名求生幾食能令部多安住幾食資益求生有情毗婆沙師說皆具四諸有愛者亦由段食爲緣資益令招後有以世尊說四食皆爲病癰箭根老死緣故亦見思食安住現身世傳有言昔有一父時遭饑饉欲造他方自既饑羸二子嬰稚意欲携去力所不任以囊盛灰挂於壁上慰喻二子云是麨囊二子希望多時延命後有人至取囊爲開子見是灰望絕便死又於大海有諸商人遭難敗船飲食俱失遥瞻積沫疑爲海岸意望速至命得延時至觸知非望絕便死集異門足說大海中有大衆生登岸生卵埋於沙内還入海中毋若常思卵便不壞如其失念卵即敗亡此不應然違食義故豈他思食能持自身理實應言卵常思毋得不爛壞忘則命終起念毋思在於觸位諸有漏法皆滋長有如何世尊說食唯四雖爾就勝說四無失謂初一食能益此身所依能依後之二食能引當有能起當有言所依者謂有根身段食於彼能爲資益言能依者謂心心

所觸食於彼能爲資益如是二食於已生有資益功能最爲殊勝言當有者謂未來生於彼當生思食能引思食引已從業所熏識種子力後有得起如是二食於未生有引起功能最爲殊勝故雖有漏皆滋長有而就勝能唯說四食前二如養母養已生故後二如生母生未生故諸所有段皆是食耶有段非食應作四句第一句者謂所飲噉爲緣損壞諸根大種第二句者謂餘三食第三句者謂所飲噉爲緣資益諸根大種第四句者除前諸相如是觸等隨其所應一一當知皆有四句頗有觸等爲緣資益諸根大種而非食耶有謂異地無漏觸等諸有食已損食者身亦名爲食初資益故毗婆沙說食於二時能爲食事俱得名食一初食時能除饑渴二消化已資根及大何趣何生各具幾食五趣四生皆具四食如何地獄有段食耶鐵丸鎔銅豈非段食若能爲害亦是食者則與前說四句相違又品類足言云何爲段食謂能資益諸根大種廣說乃至識食亦爾彼說且依能資益者說名爲食故不相違然地獄中熱鐵丸等雖於食已能爲損害而能暫時解除饑渴得食相故亦名爲食又孤地獄段食如人故五趣中皆有四食世尊所說有人能施一百外道離欲仙食若能施一贍部林中異生者食其果勝彼何謂贍部林中異生有作是釋所有一切住贍部洲諸有腹者彼釋非理說一言故又於此中有施無量異生者食理勝以食施少外道離欲仙人何足爲奇校量歎勝有言彼是近佛菩薩理亦不然施彼獲福勝

施俱胝阿羅漢故毗婆沙者說此異生是已獲得順決擇分此名與義亦不相應僧無契經或本論說得順決擇分居贍部林中當知彼唯自所分別後身菩薩居贍部林名彼異生此說應理爾時菩薩同離欲仙故對彼仙校量歎勝雖施菩薩福勝無邊乘前校量且言勝百理必應爾由彼世尊除彼異生還將外道對預流向校量勝劣若不爾者世尊則應將彼異生對預流向已說有情緣起及住如先所說壽盡死等今應正辯何識現前何受相應有死生等頌曰

斷善根與續　離染退死生　許唯意識中
死生唯捨受　非定無心二　二無記涅槃
漸死足齊心　最後意識滅　下人天不生
斷末摩水等

論曰斷善續善離界地染從離染退命終受生於此六位法爾唯許意識非餘所說生言應知亦攝初結中有死生唯許捨受相應捨相應心不明利故餘受明利不順死生又此二時唯散非定要有心位必非無心非在定心有死生義界地別故加行生故能攝益故亦非無心有死生義以無心位命必無損若所依身將欲變壞必定還起屬所依心然後命終更無餘理又無心者不能受生以無因故離起煩惱無受生故雖說死有通三性心然入涅槃唯二無記若說欲界有捨異熟彼說欲界入涅槃心亦具威儀異熟無記若說欲界無捨異熟彼說欲界入涅槃心但有威儀而無異熟何故唯無記得入涅槃無記勢力微順心斷故於命終位何身分中識最後

滅頓命終者意識身根欻然總滅若漸死者往下人天於足齊心如次識滅謂墮惡趣說名往下彼識最後於足處滅若往人趣識滅於齊若往生天識滅心處諸阿羅漢說名不往彼最後心亦心處滅有餘師說彼滅在頂正命終時於足等處身根滅故意識隨滅臨命終時身根漸滅至足等處欻然都滅如以少水置炎石上漸減漸消一處都盡又漸命終者臨命終時多爲斷末摩苦受所逼無有別物名爲末摩然於身中有異支節觸便致死是謂末摩若水火風隨一增盛如利刀刃觸彼末摩因此便生增上苦受從斯不久遂致命終非如斬薪說名爲斷如斷無覺故得斷名地界何緣無斯斷用以無第四内災患故内三災患謂風熱痰水火風增隨所應起有說此似外器三災此斷末摩天中非有然諸天子將命終時先有五種小衰相現一者衣服嚴具出非愛聲二者自身光明忽然昧劣三者於沐浴位水滴著身四者本性囂馳令滯一境五者眼本凝寂令數瞬動此五相現非定當死復有五種大衰相現一者衣染埃塵二者花鬘萎悴三者兩腋汗出四者臭氣入身五者不樂本座此五相現必定當死世尊於此有情世間生住沒中建立三聚何謂三聚頌曰

正邪不定聚　聖造無間餘

論曰一正性定聚二邪性定聚三不定性聚何名正性謂契經言貪無餘斷瞋無餘斷癡無餘斷一切煩惱皆無餘斷是名正性定者謂聖聖謂已有無漏道生遠諸惡法故名爲

聖獲得畢竟離繫得故定盡煩惱故名正定諸已獲得順解脫分者亦定得涅槃何非正定彼後或墮邪定聚故又得涅槃時未定故非如預流者極七返有等又彼未能捨邪性故不名正定何名邪性謂諸地獄傍生餓鬼是名邪性定謂無間造無間者必墮地獄故名邪定正邪定餘名不定性彼待二緣可成二故

阿毗達磨俱舍論卷第十 說一切有部

音釋

羸 力追切 瘦也　臍 徂奚切 與臍同　囂 許嬌切 自得貌　瞬 舒閏切 目動也

萎悴 萎於為切 悴秦醉切 萎悴不鮮明也

阿毗達磨俱舍論卷第十一

尊者世親造

唐三藏法師玄奘奉詔譯

分別世品第三之四

如是已說有情世間器世間今當說頌曰

安立器世間　風輪最居下　其量廣無數

厚十六洛叉　次上水輪深　十一億二萬

下八洛叉水　餘凝結成金　此水金輪廣

徑十二洛叉　三千四百半　周圍此三倍

論曰許此三千大千世界如是安立形量不同謂諸有情業增上力先於最下依止虛空有風輪生廣無數厚十六億踰繕那如是風輪其體堅密假設有一大諾健那以金剛輪奮威懸擊金剛有碎風輪無損又諸有情業增上力起大雲雨澍風輪上滴如車軸積水成輪如是水輪於未凝結位深十一億二萬踰繕那如何水輪不傍流散有餘師說一切有情業力所持令不流散如所飲食未熟變時終不流移墮於熟藏有餘部說由風所持令不流散如篅持穀有情業力感別風起搏擊此水上結成金如熟乳停上凝成膜故水輪減唯厚八洛叉餘轉成金厚三億二萬二輪廣量其數是同謂徑十二億三千四百半周圍其邊數成三倍謂周圍量成三十六億一萬三百五十踰繕那頌曰

蘇迷盧處中　次踰健達羅　伊沙馱羅山

朅地洛迦山　蘇達梨舍那　頞濕縛羯拏

毗那怛迦山　尼民達羅山　於大洲等外

有鐵輪圍山　前七金所成　蘇迷盧四寶

入水皆八萬　妙高出亦然　餘八半半下

廣皆等高量

論曰於金輪上有九大山妙高山王處中而住餘八周匝遶妙高山於八山中前七名內第七山外有大洲等此外復有鐵輪圍山周匝如輪圍一世界持雙等七唯金所成妙高山王四寶爲體謂如次四面北東南西金銀吠瑠璃頗胝迦寶隨寶威德色顯於空故贍部洲空似吠瑠璃色如是寶等從何而生亦諸有情業增上力復大雲起雨金輪上滴如車軸積水奔濤其水即爲衆寶種藏由具種種威德猛風鑽擊變生衆寶類等如是變水生寶等時因滅果生體不俱有非如數論轉變所成數論云何執轉變義謂執有法自性常存有餘法生有餘法滅如是轉變何理相違謂必無容有法常住可執別有法滅法生誰言法外別有有法唯即此法於轉變時異相所依名爲有法此亦非理非理者何即是此物而不如此如是言義曾所未聞如是變生金寶等已復由業力引起別風簡別寶等攝令聚集成山成洲分水甘鹹令別成立內海外海如是九山住金輪上八水量皆等八萬踰繕那蘇迷盧山出水亦爾餘八出水半半漸卑謂初持雙出水四萬乃至最後鐵輪圍山出水三百一十二半如是九山一一廣量各各與自出水量同頌曰

山間有八海　前七名爲內　最初廣八萬
四邊各三倍　餘六半半陿　第八名爲外
三洛叉二萬　一千踰繕那

論曰妙高爲初輪圍最後中間八海前七名內七中皆具八功德水一甘二冷三輭四輕

五清淨六不臭七飲時不損喉八飲已不傷腹如是七海初廣八萬約持雙山內邊周量於其四面數各三倍謂各成二億四萬踰繕那其餘六海量半半陿謂第二海量廣四萬乃至第七量廣一千二百五十此等不説周圍量者以煩多故第八名外鹹水盈滿量廣三億二萬二千頌曰

於中大洲相　南贍部如車　三邊各二千
南邊有三半　東毗提訶洲　其相如半月
三邊如贍部　東邊三百半　西瞿陀尼洲
其相圓無缺　徑二千五百　周圍此三倍
北俱盧畟方　面各二千等　中洲復有八
四洲邊各二

論曰於外海中大洲有四謂於四面對妙高山南贍部洲北廣南陿三邊量等其相如車南邊唯廣三踰繕那半三邊各有二千踰繕那唯此洲中有金剛座上窮地際下據金輪一切菩薩將登正覺皆坐此座上起金剛喻定以無餘依及餘處所有堅固力能持此故東勝身洲東陿西廣三邊量等形如半月東三百五十三邊各二千西牛貨洲圓如滿月徑二千五百周圍七千半北俱盧洲形如方座四邊量等面各二千等言爲明無少增減隨其洲相人面亦然復有八中洲是大洲眷屬謂四大洲側各有二中洲贍部洲邊二中洲者一遮末羅洲二筏羅遮末羅洲勝身洲邊二中洲者一提訶洲二毗提訶洲牛貨洲邊二中洲者一舍搋洲二嗢怛羅漫怛里拏洲俱盧洲邊二中洲者一矩拉婆洲二憍拉婆洲此一切洲皆人所住有説唯一邏刹娑

居頌曰

此北九黑山　雪香醉山内　無熱池縱廣
五十踰繕那

論曰此贍部洲從中向北三處各有五重黑山有大雪山在黑山北大雪山北有香醉山雪北香南有大池水名無熱惱出四大河一殑伽河二信度河三徙多河四縛芻河無熱惱池縱廣正等面各五十踰繕那量八功德水盈滿其中非得通人無由能至於此池側有贍部林樹形高大其果甘美依此林故名贍部洲或依此果以立洲號復於何處置捺落迦大捺落迦何量有幾頌曰

此下過二萬　無間深廣同　上七捺落迦
八增皆十六　謂煻煨屍糞　鋒刃烈河增
各住彼四方　餘八寒地獄

論曰此贍部洲下過二萬有阿鼻旨大捺落迦深廣同前謂各二萬故彼底去此四萬踰繕那以於其中受苦無間非如餘七大捺落迦受苦非恒故名無間且如等活捺落迦中諸有情身雖被種種斫刺磨擣而彼暫遇涼風所吹還活如本由斯理故立等活名阿鼻旨中無如是事有餘師說阿鼻旨中無樂間苦故名無間餘地獄中有樂間起雖無異熟而有等流七捺落迦在無間上重累而住其七者何一者極熱二者炎熱三者大叫四者號叫五者衆合六者黑繩七者等活有說此七在無間傍八捺落迦增各十六故薄伽梵說此頌言

此八捺落迦　我說甚難越　以熱鐵爲地
周匝有鐵墻　四面有四門　關閉以鐵扇

巧安布分量　各有十六增　多百踰繕那
滿中造惡者　周徧焰交徹　猛火恒洞然
十六增者八捺落迦四面門外各有四所一
煻煨增謂此增内煻煨没膝有情遊彼纔下
足時皮肉與血俱燋爛墜舉足還生平復如
本二屍糞增謂此增内屍糞泥滿於中多有
娘矩吒蟲觜利如針身白頭黑有情遊彼皆
爲此蟲鑚皮破骨咂食其髓三鋒刃增謂此
增内復有三種一刀刃路謂於此中仰布刀
刃以爲大道有情遊彼纔下足時皮肉與血
俱斷碎墜舉足還生平復如本二劒葉林謂
此林上純以銛利劒刃爲葉有情遊彼風吹
葉墜斬刺肢體骨肉零落有烏駮狗𪘨掣食
之三鐵刺林謂此林上有利鐵刺長十六指
有情被逼上下樹時其刺銛鋒下上纔刺有

鐵觜鳥探啄有情眼睛心肝爭競而食刀刃
路等三種雖殊而鐵仗同故一增攝四烈河
增謂此增量廣滿中熱鹹水有情入中或浮
或没或逆或順或横或轉被蒸被煑骨肉糜
爛如大鑊中滿盛灰汁置麻米等猛火下然
麻等於中上下迴轉舉體糜爛有情亦然設
欲逃亡於兩岸上有諸獄卒手執刀槍禦捍
令迴無由得出此河如壍前三似園四面各
四增故言皆十六此是增上被刑害所故説
名增本地獄中適被害已重遭害故有説有
情從地獄出更遭此苦故説爲增今於此中
因論生論諸地獄卒是有情不有説非情如
何動作有情業力如成劫風若爾云何通彼
大德法善現説如彼頌言
心常懷忿毒　好集諸惡業　見他苦欣悦

死作琰魔卒
琰魔王使諸邏刹娑擲諸有情置地獄者名
琰魔卒是實有情非地獄中害有情者故地
獄卒非實有情有說有情若爾此惡業何處
受異熟即地獄中以地獄中尚容無間所感
異熟此何理遮若爾何緣火不燒彼此定由
業力所隔礙故或感異大種故不被燒熱捺
落迦已說有八復有餘八寒捺落迦其八者
何一頞部陀二尼剌部陀三頞哳吒四臛臛
婆五虎虎婆六嗢鉢羅七鉢特摩八摩訶鉢
特摩此中有情嚴寒所逼隨身聲變以立其
名此八並居贍部洲下如前所說大地獄傍
此贍部洲其量無幾下寧容受無間等耶洲
如穀聚上尖下闊是故大海漸陿漸深如上
所論十六地獄一切有情增上業感餘孤地
獄各別業招或多或二或一所止差別多種
處所不定或近江河山邊曠野或在地下空
及餘處諸地獄器安布如是本處在下支派
不定傍生住處謂水陸空本處大海後流餘
處諸鬼本處琰魔王國於此贍部洲下過五
百踰繕那有琰魔王國縱廣量亦爾從此展
轉散居餘處或有端嚴具大威德受諸宣樂
自在如天或有飢羸顏貌醜陋如是等類廣
說如經日月所居量等義者頌曰

日月迷盧半　五十一五十　夜半日没中
日出四洲等　雨際第二月　後九夜漸增
寒第四亦然　夜減晝翻此　晝夜增臘縛
行南北路時　近日自影覆　故見月輪缺

論曰日月衆星依何而住依風而住謂諸有
情業增上力共引風起遶妙高山空中旋環

運持日等令不停墜彼所住去此幾踰繕那持雙山頂齊妙高山半日月徑量幾踰繕那日五十一月唯五十星最小者唯一俱盧舍其最大者十六踰繕那日輪下面頗胝迦寶火珠所成能熱能照月輪下面頗胝迦寶水珠所成能冷能照隨有情業增上所生能於眼身果華稼穡藥草等物如其所應爲益爲損唯一日月普於四洲作所作事一日所作事爲四洲同時不不爾云何北洲夜半東洲日没南洲日中西洲日出此四時等餘例應知日行此洲路有差别故令晝夜有減有增從雨際第二月後半第九日夜漸增從寒際第四月後半第九日夜漸減晝增減位與此相違夜漸增時晝便漸減夜若漸減晝則漸增晝夜增時一晝夜增幾增一臘縛晝夜減亦然日行此洲向南向北如其次第夜增晝增何故月輪於黑半末白半初位見有缺耶世施設中作如是釋以月宫殿行近日輪月被日輪光所侵照餘邊發影自覆月輪令於爾時見不圓滿先舊師釋由日月輪行度不同現有圓缺日等宫殿何有情居四大天王所部天衆是諸天衆唯住此耶若空居天唯住如是日等宫殿若地居天住妙高山諸層級等有幾層級其量云何何等諸天住何層級頌曰

妙高層有四　相去各十千　傍出十六千
八四二千量　堅手及持鬘　恒憍大王衆
如次居四級　亦住餘七山

論曰蘇迷盧山有四層級始從水際盡第一層相去十千踰繕那量如是乃至從第三層

盡第四層亦十千量此四層級從妙高山傍出圍遶盡其下半最初層級出十六千第二第三第四層級如其次第八四二千有藥叉神名爲堅手住初層級有名持鬘住第二級有名恒憍住第三級此三皆是四大天王所部天衆第四層級四大天王及諸眷屬共所居止故經依此說四大王衆天如妙高山四外層級四大王衆及眷屬居如是持雙持軸山等七金山上亦有天居是四大王所部封邑是名依地住四大王衆天於欲天中此天最廣三十三天住在何處頌曰

妙高頂八萬　三十三天居　四角有四峯
金剛手所住　中宮名善見　周萬踰繕那
高一半金城　雜飾地柔軟　中有殊勝殿
周千踰繕那　外四苑莊嚴　衆車麤雜喜
妙地居四方　相去各二十　東北圓生樹
西南善法堂

論曰三十三天住迷盧頂其頂四面各八十千與下四邊其量無別有餘師說周八十千別說四邊各唯二萬山頂四角各有一峯其高廣量各有五百有藥叉神名金剛手於中止住守護諸天於山頂中有宫名善見面二千半周萬踰繕那金城量高一踰繕那半其地平坦亦眞金所成俱用百一雜寶嚴飾地觸柔軟如妬羅綿於踐躡時隨足高下是天帝釋所都大城於其城中有殊勝殿種種妙寶具足莊嚴蔽餘天宫故名殊勝面二百五十周千踰繕那是謂城中諸可愛事城外四面四苑莊嚴是彼諸天共遊戲處一衆車苑二麤惡苑三雜林苑四喜林苑此爲外飾莊

嚴大城四苑四邊有四妙地中間各去苑二十踰繕那是彼諸天勝遊戲處諸天於彼角勝歡娛城外東北有園生樹是三十三天受欲樂勝所盤根深廣五踰繕那聳幹上昇枝條傍布高廣量等百踰繕那挺葉開華妙香芬馥順風熏滿百踰繕那若逆風時猶遍五十順風可爾云何逆熏有餘師言香無逆熏義依不越樹界故說逆熏理實園生有如是德所流香氣能逆風熏雖天和風力所擁遏然能相續流趣餘方漸劣漸微近處便歇非能遠至如順風熏如是華香爲依自地隨風相續轉至餘方爲但熏風別生香氣此義無定諸軌範師於此二門俱許無失若爾何故薄伽梵言

華香不能逆風熏　根莖等香亦復爾
善士功德香芬馥　逆風流美遍諸方

據人間香故作是說以世共了無如是能化地部經說此香氣順風熏滿百踰繕那若無風時唯遍五十外西南角有善法堂三十三天時集於彼詳論如法不如法事如是已辯三十三天所居外器餘有色天衆所住器云何頌曰

此上有色天　住依空宫殿

論曰此前所說三十三天上有色諸天住依空宫殿云何名上有色諸天謂夜摩天覩史多天樂變化天他化自在天及前所說梵衆天等有十六處并前合有二十二天皆依外器如是所說諸天衆中頌曰

六受欲交抱　執手笑視婬

論曰唯六欲天受妙欲境於中初二依地居

天形交成婬與人無別然風氣泄熱惱便除非如人間有餘不淨夜摩天衆纔抱成婬覩史多天但由執手樂變化天唯相向笑他化自在相視成婬毗婆沙師作如是釋六天皆以形交成婬世施設中說相抱等但爲顯彼時量差別以上諸天欲境轉妙貪心轉捷故便之然隨彼諸天男女膝上有童男童女欻爾化生即說爲彼天所生男女初生天衆身量云何頌曰

初如五至十　色圓滿有衣

論曰且六欲諸天初生如次如五六七八九十歲人生已身形速得成滿色界天衆於初生時身量周圓具妙衣服一切天衆皆作聖言謂彼言詞同中印度欲樂生別云何應知頌曰

欲生三人天　樂生三九處

論曰欲生三者有諸有情樂受現前諸妙欲境彼於如是現欲境中自在而轉謂全人趣及下四天有諸有情樂受自化諸妙欲境彼於自化妙欲境中自在而轉謂唯第五樂變化天有諸有情樂受他化諸妙欲境彼於他化妙欲境中自在而轉謂第六他化自在天依受如生現前欲境故依受如樂自化欲境故依受如樂他化欲境故於欲界中分別欲生差別三種樂生三者三靜慮中於九處生受三種樂謂彼安住離喜樂定生喜樂離喜樂故長時安住長時離苦長時受樂故名樂生生靜慮中間都無喜樂應思何故亦號樂生天所說諸天二十二處上下相去其量云何頌曰

如彼去下量　去上數亦然

論曰一一中間踰繕那量非易可數但可總舉彼去下量去上例然隨從何天去下海量彼上所至與去下同謂妙高山從第四層級去下大海四萬踰繕那是四大王本所住處從彼上去三十三天亦如彼天去下海量如三十三天去下大海上去夜摩天其量亦爾如是乃至如善見天去下大海踰繕那量從彼上去色究竟天亦與彼天去下海等從此向上無復所居此處最高名色究竟有餘師說彼名礙究竟天彼謂礙名目積集色至彼礙盡得究竟名於下處生昇見上不須曰

離通力依他　下無昇見上

論曰三十三天由自通力能從本處昇夜摩天或復依他謂得通者及上天衆接往夜摩所餘諸天昇上例爾若來若至下見上天然下眼不能覩上界上地非其境界故如不覺彼觸是故從上地來下地時非自身來要作下地化有餘部說彼下地天隨樂亦能見上地色如生此界下見上天夜摩等天宮依處量有幾有餘師說此上四天依處量同妙高山頂有餘師說上倍倍增有餘師言初靜慮地宮殿依處等一四洲第二靜慮等小千界第三靜慮等中千界第四靜慮等大千界有餘師言下三靜慮如次量等小中大千第四靜慮量無邊際齊何量說小中大千頌曰

四大洲日月　蘇迷盧欲天　梵世各一千名一小千界　此小千千倍　說名一中千此千倍大千　皆同一成壞

論曰千四大洲乃至梵世如是總說爲一小

千千倍小千名一中千界千中千界總名一大千如是大千同成同壞同成壞相後當廣辯如外器量別身量亦別耶亦別云何頌曰

贍部洲人量　三肘半四肘　東西北洲人
倍倍增如次　欲天俱盧舍　四分一一增
色天踰繕那　初四增半半　此上增倍倍
唯無雲減三

論曰贍部洲人身多長三肘半於中少分有長四肘東勝身人身長八肘西牛貨人長十六肘北俱盧人三十二肘欲界六天最下身量一俱盧舍四分之一如是後後一一分增至第六天身一俱盧舍半色天身量初梵衆天半踰繕那梵輔全一大梵一半少光二全此上餘天皆增倍倍唯無雲減三踰繕那謂無量光天倍增二至四乃至色究竟增滿萬六千身量既殊壽量別不亦別云何頌曰

北洲定千歲　西東半半減　此洲壽不定
後十初叵量　人間五十年　下天一晝夜
乘斯壽五百　上五倍倍增　色無晝夜殊
劫數等身量　無色初二萬　後後二二増
少光上下天　大全半爲劫

論曰北俱盧人定壽千歲西牛貨人壽五百歲東勝身人壽二百五十歲南贍部人壽無定限劫減最後極壽十年於劫初時人壽無量百千等數不能計量已說人間壽量長短要先建立天上晝夜方可筭計天壽短長天上云何建立晝夜人五十歲爲六天中最在下天一晝一夜乘斯晝夜三十爲月十二月爲歲彼壽五百年上五欲天漸俱增倍謂人百歲爲第二天一晝一夜乘此晝夜成月及

年彼壽千歲夜摩等四隨次如人二四八百千六百歲爲一晝夜乘此晝夜成月及年如次彼壽二四八千萬六千歲持雙以上日月並無彼天云何建立晝夜及光明事依何得成依華開合建立晝夜如拘物陀鉢特摩等又依諸鳥鳴靜差別或依天衆寤寐不同依自身光明成外光明事已說欲界天壽短長色界天中無晝夜別但以劫數知壽短長彼劫壽短長與身量數等謂若身量半踰繕那壽量半劫若彼身量一踰繕那壽量一劫乃至身量長萬六千壽量亦同萬六千劫已說色界天壽短長無色四天從下如次壽量二四六八萬劫上所說劫其量云何爲壞爲成爲中爲大少光已上大全爲劫自下諸天大半爲劫即由此故說大梵王過梵輔天壽一劫半謂以成住壞各二十中劫六十中劫爲一劫半故以大半四十中劫爲下三天所壽劫量已說善趣壽量短長惡趣云何頌曰

等活等上六　如次以欲天　壽爲一晝夜
壽量亦同彼　極熱半中劫　無間中劫全
傍生極一中　鬼月日五百　頞部陀壽量
如一婆訶麻　百年除一盡　後後倍二十

論曰四大王等六欲天壽如其次第爲等活等六捺落迦一晝一夜壽量如次第亦同彼天謂四大王壽量五百於等活地獄爲一晝一夜乘此晝夜成月及年以如是年彼壽五百乃至他化壽萬六千於炎熱地獄爲一晝一夜乘此晝夜成月及年彼壽如斯萬六千歲極熱地獄壽半中劫無間地獄壽一中劫傍生壽量多無定限若壽極長亦一中劫謂

難陀等諸大龍王故世尊言大龍有八皆住一劫能持大地鬼以人間一月爲一日乘此成月歲壽五百年寒那落迦云何壽量世尊寄喻顯彼壽言如此人間佉梨二十成摩揭陀國一麻婆訶量有置巨勝平滿其中設復有能百年除一如是巨勝易有盡期生頞部陀壽量難盡此二十倍爲第二壽如是後後二十倍增是謂八寒地獄壽量此諸壽量有中天耶頌曰

諸處有中天　除北俱盧洲

論曰諸處壽量皆有中天唯北俱盧定壽千歲此約處說非別有情有別有情不中夭故謂住覩史多天一生所繫菩薩及最後有佛記佛使隨信法行菩薩輪王母懷彼二胎時此等如應皆無中天

阿毗達磨俱舍論卷第十一 說一切有部

音釋

踰繕那 梵語也此云限量如此方一驛地踰音俞繕時戰切　篅 市緣切竹圍也　搏擊 搏徒桓切亦擊也　膜 慕各切肢膜也　揭 丘謁切　頞濕縛羯拏 梵語也此云馬耳山頞烏葛切羯居謁切拏女加切　吠瑠璃 梵語也此云青色寶吠符廢切　頗胝迦 梵語也此云水精頗普禾切胝張尼切　鑽 祖官切穿也　旻方 旻初力切旻方謂正方也　搋 丑皆切　嗢 烏沒切　矩 俱禹切　拉 盧合切　殑伽 梵語也此云天堂來河名也殑其陵切伽求迦切　捺落迦 梵語也此云苦具捺乃曷切　煻煨 煻徒郎切煨烏回切煻煨灰火也　觜 即委切烏喙也　咂 子答切口咂也　駮 北角切色不純也　齇 莊加切　鑱 鋤銜切鐫也　鑊 胡郭切釜屬　禦捍

禦牛倨切拒也捍侯旰切抵也
壍七艷切坑也
頞哳吒頞音遏哳陟轄切吒陟嫁切頞哳吒地獄名
臛臛婆臛虛郭切臛臛婆地獄名
跢躡跢在演切蹋也躡尼輒切登也
挺待鼎切挺出也
覩史多梵語也亦云兜率陀此云知足覩董五切

阿毗達磨俱舍論卷第十二

尊者世親造

唐三藏法師玄奘奉詔譯

分別世品第三之五

如是已約踰繕那等辯器世間身量差別約年等辯壽量有殊二量不同未說應說此二建立無不依名前二及名未詳極少今應先辯三極少量頌曰

極微字刹那　色名時極少

論曰分析諸色至一極微故一極微爲色極少如是分析諸名及時至一字刹那爲名時極少一字名者如說瞿名何等名爲一刹那量衆緣和合法得自體頃或有動法行度一極微對法諸師說如壯士一疾彈指頃六十五刹那如是名爲一刹那量已知三極少前二量云何今且辯前踰繕那等頌曰

極微微金水　兎羊牛隙塵　蟣蝨麥指節　後後增七倍　二十四指肘　四肘爲弓量　五百俱盧舍　此八踰繕那

論曰極微爲初指節爲後應知後後皆七倍增謂七極微爲一微量積微至七爲一金塵積七金塵爲水塵量水塵積至七爲一兎毛塵積七兎毛塵爲一羊毛塵量積羊毛塵七爲一牛毛塵積七牛毛塵爲隙遊塵量隙塵七爲蟣七蟣爲一蝨七蝨爲穬麥七麥爲指節三節爲一指世所極成是故於頌中不別分別二十四指橫布爲肘豎積四肘爲弓謂尋豎積五百弓爲一俱盧舍一俱盧舍許是從村至阿練若中間道量說八俱盧舍爲一踰繕那如是已說踰繕那等今當辯後年

等量別頌曰
百二十剎那　爲怛剎那量　臘縛此六十
此三十須臾　此三十晝夜　三十晝夜月
十二月爲年　於中半減夜
論曰剎那百二十爲一怛剎那六十怛剎那
爲一臘縛三十臘縛爲一牟呼栗多三十牟
呼栗多爲一晝夜此晝夜有時增有時減有
時等三十晝夜爲一月總十二月爲一年於
一年中分爲三際謂寒熱雨各有四月十二
月中六月減夜以一年內夜總減六云何如
是故有頌言
寒熱雨際中　一月半已度　於所餘半月
智者知夜減
如是已辯剎那至年劫量不同今次當辯頌
曰
應知有四劫　謂壞成中大　壞從獄不生
至外器都盡　成劫從風起　至地獄初生
中劫從無量　減至壽唯十　次增減十八
後增至八萬　如是成已住　名中二十劫
成壞壞已空　時皆等住劫　八十中大劫
大劫三無數
論曰言壞劫者謂從地獄有情不復生至外
器都盡壞有二種一趣壞二界壞復有二種
一有情壞二外器壞謂此世間過於二十中
劫住已從此復有等住二十壞劫便至若時
地獄有情命終無復新生爲壞劫始乃至地
獄無一有情爾時名爲地獄已壞諸有地獄
定受業者業力引置他方獄中由此准知傍
生鬼趣然各先壞本處住者人天雜居者與
人天同壞若時人趣此洲一人無師法然得

初靜慮從靜慮起唱如是言離生喜樂甚樂甚靜餘人聞已皆入靜慮命終並得生梵世中乃至此洲有情都盡是名已壞贍部洲人東西二洲例此應說北洲命盡生欲界天由彼無能入定離欲乃至人趣無一有情爾時名爲人趣已壞若時天趣四大王天隨一法然得初靜慮乃至並得生梵世中爾時彼天有情都盡是名已壞大王衆天餘五欲天例同此說乃至欲界無一有情名欲界中有情已壞若時梵世隨一有情無師法然得二靜慮從彼定起唱如是言定生喜樂甚樂甚靜餘天聞已皆入彼靜慮命終並得生極光淨天乃至梵世中有情都盡如是名已壞有情世間唯器世間空曠而住餘十方界一切有情感此三千世界業盡於此漸有七日輪現

諸海乾竭衆山洞然洲渚三輪並從焚燎風吹猛焰燒上天宮乃至梵宮無遺灰燼自地火焰燒自地宮非他地災能壞他地由相引起故作是言下火風飄焚燒上地謂欲界火猛焰上昇爲緣引生色界火焰餘災亦爾如應當知如是始從地獄漸減乃至器盡總名壞劫所言成劫謂從風起乃至地獄始有情生謂此世間災所壞已二十中劫唯有虛空過此長時次應復有等住二十成劫便至一切有情業增上力空中漸有微細風生是器世間將成前相風漸增盛成立如前所說風輪水金輪等然初成立大梵王宮乃至夜摩宮後起風輪等是謂成立外器世間初一有情極光淨歿生大梵處爲大梵王後諸有情亦從彼歿有生梵輔有生梵衆有生他化自

在天宮漸漸下生乃至人趣俱盧牛貨勝身贍部後生餓鬼傍生地獄法爾後壞必最初成若初一有情生無間獄二十中成劫應知已滿此後復有二十中劫名成已住次第而起謂從風起造器世間乃至後時有情漸住此洲人壽經無量時至住劫初壽方漸減從無量減至極十年即名爲初一住中劫此後十八皆有增減謂從十年增至八萬復從八萬減至十年爾乃名爲第二中劫次後十七例皆如是於十八後從十歲增極至八萬歲名第二十劫一切劫增無過八萬一切劫減唯極十年十八劫中一增一減時量方等初減後增故二十劫時量皆等此總名爲成已住劫所餘成壞及壞已空雖無減增二十差別然由時量與住劫同准住各成二十中劫成中初劫起器世間後十九中有情漸住壞中壞劫滅器世間前十九中有情漸捨如是所說成住壞空各二十中積成八十總此八十成大劫量劫性是何謂唯五蘊經說三劫阿僧企耶精進修行方得成佛於前所說四種劫中積何劫成三劫無數累前大劫爲十百千乃至積成三劫無數既稱無數何復言三非無數言顯不可數解脫經說六十數中阿僧企耶是其一數云何六十如彼經言有一無餘數始爲一十一爲十十十爲百十百爲千十千爲萬十萬爲洛叉十洛叉爲度洛叉十度洛叉爲俱胝十俱胝爲末陀十末陀爲阿庾多十阿庾多爲大阿庾多十大阿庾多爲那庾多十那庾多爲大那庾多十大那庾多爲鉢羅庾多十鉢羅庾多爲大鉢羅庾

多十大鉢羅庚多爲矜羯羅十矜羯羅爲大矜羯羅十大矜羯羅爲頻跋羅十頻跋羅爲大頻跋羅十大頻跋羅爲阿芻婆十阿芻婆爲大阿芻婆十大阿芻婆爲毗婆訶十毗婆訶爲大毗婆訶十大毗婆訶爲嗢蹭伽十嗢蹭伽爲大嗢蹭伽十大嗢蹭伽爲婆喝那十婆喝那爲大婆喝那十大婆喝那爲地致婆十地致婆爲大地致婆十大地致婆爲醯都十醯都爲大醯都十大醯都爲羯臘婆十羯臘婆爲大羯臘婆十大羯臘婆爲印達羅十印達羅爲大印達羅十大印達羅爲三磨鉢躭十三磨鉢躭爲大三磨鉢躭十大三磨鉢躭爲揭底十揭底爲大揭底十大揭底爲拈筏羅闍十拈筏羅闍爲大拈筏羅闍十大拈筏羅闍爲姥達羅十姥達羅爲大姥達羅十大姥達羅爲跋藍十跋藍爲大跋藍十大跋藍爲珊若十珊若爲大珊若十大珊若爲毗步多十毗步多爲大毗步多十大毗步多爲跋羅攙十跋羅攙爲大跋羅攙十大跋羅攙爲阿僧企耶於此數中忘失餘八若數大劫至此數中阿僧企耶名劫無數此劫無數復積至三經中說爲三劫無數非諸筭計不能數知故得說爲三劫無數何緣菩薩發願長時精進修行方期佛果如何不許願長時修無上菩提甚難可得非多願行無容得成菩薩要經三劫無數修大福德智慧資粮六波羅蜜多多百千苦行方證無上正等菩提是故定應發長時願若餘方便亦得涅槃何用爲菩提久修多苦行爲欲利樂一切有情故求菩提發長時願云何令我具大堪能於苦

瀑流濟諸含識故捨涅槃道求無上菩提濟他有情於已何益菩薩濟物遂已悲心故以濟他即爲已益誰信菩薩有如是事有懷潤已無大慈悲於如是有情此事實難信無心潤已有大慈悲於如是有情此事非難信如有久習無哀愍者雖無益已而樂損他世所同悉如是菩薩久習慈悲雖無利已而樂他益如何不信又如有情由數習力於無我行不了有爲執以爲我而生愛著由此爲因甘負衆苦智者同悉如是菩薩數習力故捨自我愛增戀他心由此爲因甘負衆苦如何不信又由種姓異有此志願起以他苦爲已苦用他樂爲已樂不以自苦樂爲已苦樂事不見異益他而別有自益依如是義故有頌言

下士勤方便　恒求自身樂　中士求滅苦
非樂苦依故　上士恒勤求　自苦他安樂
及他苦永滅　以他爲已故

如是已辯劫量差別諸佛獨覺出現世間爲劫增時爲劫減位頌曰

減八萬至百　諸佛現世間　獨覺增減時
麟角喻百劫

論曰從此洲人壽八萬歲漸減乃至壽極百年於此中間諸佛出現何緣增位無佛出耶有情樂增難教猒故何緣減百無佛出耶五濁極增難可化故言五濁者一壽濁二劫濁三煩惱濁四見濁五有情濁劫減將末壽等鄙下如滓穢故說名爲濁由前二濁如其次第壽命資具極被衰損由次二濁善品衰損以躭欲樂自苦行故或損在家出家善故由後一濁衰損自身謂壞自身身量色力念智

勤勇及無病故獨覺出現通劫增減然諸獨覺有二種殊一者部行二麟角喻部行獨覺先是聲聞得勝果時轉名獨勝有餘說彼先是異生曾修聲聞順決擇分令自證道得獨勝名由本事中說一山處總有五百苦行外仙有一獮猴曾與獨覺相近而住見彼威儀展轉遊行至外仙所現先所見獨覺威儀諸仙覩之咸生敬慕須臾皆證獨覺菩提若先是聖人不應修苦行麟角喻者謂必獨居二獨覺中麟角喻者要百大劫修菩提資粮然後方成麟角喻獨覺言獨覺者謂現身中離稟至教唯自悟道以能自調不調他故何緣獨覺言不調他非彼無能演說正法以彼亦得無礙解故又能憶念過去所聞諸佛所宣聖教理故又不可說彼無慈悲爲攝有情現神通故又不可說無受法機爾時有情亦有能起世間離欲對治道故雖有此理由彼宿習少欣樂勝解無說希望故又知有情難受深法以順流既久難令逆流故又避攝衆故不爲他宣說正法怖諠雜故輪王出世爲在何時幾種幾俱何威何相頌曰

輪王八萬上　金銀銅鐵輪　一二三四洲
逆次獨如佛　他迎自往伏　諍陣勝無害
相不正圓明　故與佛非等

論曰從此洲人壽無量歲乃至八萬歲有轉輪王生減八萬時有情富樂壽量損減衆惡漸盛非大人器故無輪王此王由輪旋轉應導威伏一切名轉輪王施設足中說有四種金銀銅鐵輪應別故如其次第勝上中下逆次能王領一二三四洲謂鐵輪王王一洲界

銅輪王二銀輪王三若金輪王王四洲界契經就勝但說金輪故契經言若王生在剎帝利種紹灑頂位於十五日受齋戒時沐浴首身受勝齋戒升高臺殿臣僚輔翼東方忽有金輪寶現其輪千輻具足轂輞衆相圓淨如巧匠成舒妙光明來應王所此王定是金轉輪王餘轉輪王應知亦爾輪王如佛無二俱生故契經言無處無位非前非後有二如來應正等覺出現於世有處有位唯一如來如說如來輪王亦爾應審思擇此唯一言爲據一三千爲約一切界有說餘界定無佛生所以者何勿薄伽梵功能有礙唯一世尊普於十方能教化故若有一處一佛於中無教化能餘亦應爾又世尊告舍利子言設復有人來至汝所問言頗有梵志沙門正於今時與喬答摩氏平等平等得無上覺耶汝得彼問當云何答時舍利子白世尊言我得彼問當如是答今時無有梵志沙門得無上菩提與我世尊等所以然者我從世尊親聞親持無處無位非前非後有二如來應正等覺出現於世有處有位唯一如來若爾何緣梵王經說我今於此三千大千諸世界中得自在轉彼有密意密意者何謂若世尊不起加行唯能觀此三千大千若時世尊發起加行無邊世界皆佛眼境天耳通等例此應知有餘部師說餘世界亦別有佛出現世間所以者何有多菩薩現俱修習菩提資粮一界一時可無多佛多界多佛何理能遮故無邊界中有無邊佛現若唯一佛設住一劫時尚不遍爲一世界佛事況同人壽能益無邊然諸有情

居無邊界時處根性差別無邊佛應遍觀此有情類如是時處應見世尊佛便應機現通說法令其過失未生不生諸有已生能令斷滅令其功德未生得生諸有已生能令圓滿如何一佛此事頓成是故同時定有多佛然彼所引無處無位非前非後有二如來出於世等應共思擇此言為說一界多界若說多界則轉輪王餘世界中亦應非有以說如佛遮俱生故若許輪王餘界則有如何不許別界佛耶佛出世間具吉祥福多界多佛何過而遮謂多界中諸佛俱現便能饒益無量有情令得增上生及決定勝道若爾何故一世界中無二如來俱時出現以無用故謂一界中一佛足能饒益一切又願力故謂諸如來為菩薩時先發誓願願我當在無救無依盲闇界中成等正覺利益安樂一切有情為救為依為眼為導又令敬重故謂一界中唯有一如來便深敬重又令速行故謂令如是知一切智尊甚為難遇彼所立教應速修行勿般涅槃或往餘處便令我等無救無依故一界中無二佛現如是所說四種輪王威定諸方亦有差別謂金輪者諸小國王各自來迎作如是請我等國土寬廣豐饒安隱富樂多諸人衆唯願天尊親垂教勑我等皆是天尊翼從若銀輪王自往彼土威嚴近至彼方臣伏若銅輪王至彼國已宣威競德彼方推勝若鐵輪王亦至彼國現威列陣剋勝便止一切輪王皆無傷害令伏得勝已各安其所居勸化令修十善業道故輪王死定得生天經說輪王出現於世便有七寶出現世間其七

者何一者輪寶二者象寶三者馬寶四者珠寶五者女寶六者主藏臣寶七者主兵臣寶象等五寶有情數攝如何他業生他有情非他有情從他業起然由先造互相屬業於中若一稟自業生餘亦俱時乘自業起如是所說諸轉輪王非唯有七寶與餘王別亦有三十二大士相殊若爾輪王與佛何異佛大士相處正圓明王相不然故有差別劫初人衆爲有王無頌曰

劫初如色天　後漸增貪味　由墮貯賊起爲防固守田

論曰劫初時人皆如色界故契經說劫初時人有色意成肢體圓滿諸根無缺形色端嚴身帶光明騰空自在飲食喜樂長壽久住有如是類地味漸生其味甘美其香鬱馥時有一人稟性躭味齅香起愛取嘗便食餘人隨學競取食之爾時方名初受段食資段食故身漸堅重光明隱沒黑闇便生日月衆星從茲出現由漸躭味地味便隱從斯復有地皮餅生競躭食之地餅復隱爾時復有林藤出現競耽食故林藤復隱有非耕種香稻自生衆共取之以充所食此食麤故殘穢在身爲欲蠲除便生二道因斯遂有男女根生由二根殊形相亦異宿習力故便相瞻視因此遂生非理作意欲貪鬼魅惑亂身心失意猖狂行非梵行人中欲鬼初發此時爾時諸人隨食早晚隨取香稻無所貯積後時有人稟性懶惰長取香稻貯擬後食餘人隨學漸多停貯由此於稻生我所心各縱貪情多收無猒故隨收處無復再生遂共分田慮防遠盡於

已田分生悋護心於他分田有懷侵奪劫盜過起始於此時爲欲遮防共聚詳議銓量衆内一有德人各以所收六分之一雇令防護封爲田主因斯故立剎帝利名大衆欽承恩流率土故復名大三末多王自後諸王此王爲首時人或有情猒居家樂在空閑精修戒行因斯故得婆羅門名後時有王貪悋財物不能均給國土人民故貧匱人多行賊事王爲禁止行輕重罰爲殺害業始於此時時有罪人心怖刑罰覆藏其過異想發言虛誑語生此時爲首於劫減位有小三災其相云何

頌曰

業道增壽減　至十三災現　刀疾飢如次

七日月年止

論曰從諸有情起虛誑語諸惡業道後後轉增故此洲人壽量漸減乃至極十小三災現故諸災患二法爲本一耽美食二性懶惰此小三災中劫末起三災者一刀兵二疾疫三饑饉謂中劫末十歲時人爲非法貪染汙相續不平等愛映蔽其心邪法縈纏瞋毒增上相見便起猛利害心如今獵師見野禽獸隨手所執皆成利刀各騁兇狂互相殘害又中劫末十歲時人由具如前諸過失故非人吐毒疾疫流行遇輒命終難可救療又中劫末十歲時人亦具如前諸過失故天龍忿責不降甘雨由是世間久遭饑饉既無支濟多分命終是故說言由饑饉故便有聚集白骨運籌由二種因名有聚集一人聚集謂彼時人由極飢羸聚集而死二種聚集謂彼時人爲益後人輟其所食置於小篋擬爲種子故饑

饉時名有聚集言有白骨亦由二因一彼時人身形枯燥命終未久白骨便現二彼時人饑饉所逼聚集白骨煎汁飲之有運籌言亦二因故一由粮少行籌食之謂一家中從長至幼隨籌至日得少麤飡二謂以籌挑故場藴得少穀粒多用水煎分共飲之以濟餘命然有至教說治彼方謂若有能一晝一夜持不殺戒於未來生決定不逢刀兵災起若能以一訶梨怛雞起殷淨心奉施僧衆於當來世決定不逢疾疫災起若有能以一摶之食起殷淨心奉施僧衆於當來世決定不逢饑饉災起此三災起各經幾時刀兵災起極唯七日疾疫災起七月七日饑饉七年七月七日度此便止人壽漸增東西二洲有似災起謂瞋增盛身力羸劣數加飢渴北洲總無前說火災焚燒世界餘災亦爾如應當知何者爲餘今當具辯頌曰

三災火水風　上三定爲頂　如次内災等
四無不動故　然彼器非常　情俱生滅故
要七火一水　七水火後風

論曰此大三災逼有情類令捨下地集上天中初火災興由七日現次水災起由雨霖淫後風災生由風相擊此三災力壞器世間乃至極微亦無餘在一類外道執極微常彼謂爾時餘極微在何緣彼執猶有餘極微勿後麤事生無種子故豈不前說由諸有情業所生風能爲種子或此即以前災頂風爲緣引生風爲種子又化地部契經中言風從他方飄種來此雖爾不許芽等生時是種等因親所引起若爾芽等從何而生從自分生如是

自分復從自分展轉乃至最細有分從極微生於芽等生中種等有何力除能引集芽等極微種等更無生芽等力何緣定作如是執耶從異類生定不應理不應何理應無定故功能定故無不定失如聲熟變等從異類定生德法有殊實法不爾現見實法唯從同類生如藤生枝及縷生衣等此非應理非理者何引不極成爲能立故今此所引何不極成非許藤枝縷衣別故即藤縷合安布不同得枝衣名如蟻行等云何知爾一縷合中曾不得衣唯得縷故有誰爲障令不得衣若一縷中無全衣轉則應一縷上有衣分無衣應許全衣唯集諸分非更別有有分名衣又如何知衣分異縷若謂衣要待多所依合於唯多縷合應亦得衣或應畢竟無得衣理中及餘邊不對根故若謂漸次皆可對根則應根身唯得諸分不應說彼得有分衣故即於諸分漸次了別總起有分覺如旋火輪謂若離縷異色類業衣色等三不可得故若錦衣上色等屬衣則應許實從異類起一一縷色等無種種異故或於一分無異色等邊應不見衣由彼顯衣故或即彼分應見異色等以衣必有異色等相故彼許有分體唯是一而有種種色類業殊審有如斯甚爲靈異又於一火光明界中遠近不同燒照有異觸色差別應不得成各別極微雖越根境而共聚集可現根證如彼所宗合能生果或如眼等合能發識又如瞖目視散髮時若多相隣彼則能見一一遠住便無見能極微對根理亦應爾又即於色等立極微名故色等壞時極微亦壞

極微實攝色等德收異體不應定俱時滅此二體別理必不然以審觀時非離色等有別地等故非體別又彼宗中自許地等眼身所取寧異色觸又燒毛氎紅花等時彼覺則無故毛等覺但緣色等差別而起熟變生時形量等故猶如行伍記識瓶盆若不覩形不記識故誰當採録愚類狂言故對彼宗廣諍應止此三災頂爲在何處第二靜慮爲火災頂此下爲火所焚燒故第三靜慮爲水災頂此下爲水所浸爛故第四靜慮爲風災頂此下爲風所飄散故隨何災上名彼災頂何緣下三定遭火水風災初二三定中內災等彼故謂初靜慮尋伺爲內災能燒惱心等外火災故第二靜慮喜受爲內災與輕安俱潤身如水故遍身麤重由此皆除故經說若根第二靜慮滅第三靜慮動息爲內災息亦是風等外風災故若入此靜慮有如是內災生此靜慮時遭是外災壞何緣不立地亦爲災以器世間即是地故但可火等與地相違不可說言地還違地第四靜慮何爲外災彼無外災離內災故由此佛說彼名不動內外三災所不及故有說彼地有淨居天故彼不遭諸災所壞由彼不可生無色天亦復不應更往餘處若爾彼地器應是常不爾與有情俱生俱滅故謂彼天處無總地形但如衆星居處各別有情於彼生時死時所住天宮隨起隨滅是故彼器體亦非常所說三災云何次第要先無間起七火災其次定應一水災起此後無間復七火災度七火災還有一水如是乃至滿七水災復七火災後風災起如是總有

八七火災一七水災一風災起何緣如是由彼有情所修定因於上漸勝故感身壽其量漸長由是所居亦漸久住由此善釋施設足文遍淨天壽六十四劫

阿毗達磨俱舍論卷第十二 說一切有部

音釋

隙 綺戟切孔也 蟣蝨 蟣舉豈切蝨所櫛切 穬 古猛切麥也 阿練若 梵語也此云閑靜處若爾者切 燎 力弔切燒也 燼 徐刃切火餘也 阿僧企 梵語也此云無央數企去智切 蹭 千鄧切 喝 許葛切 揭 居竭切 姥 莫補切 珊 師姦切 攙 初衘切 滓 壯士切澱也 轂輞 轂古祿切車轂也輞文兩切車輞也 貯 直呂切積也 匱 求位切乏也 饑饉 饑居宜切穀不熟也饉渠吝切菜不熟也 縈 於營切繞也 騁 丑郢切馳也 輟 陟劣切止也 篋 去協切箱屬 籌 直由切 瞖 音翳目疾也

阿毗達磨俱舍論卷第十三

尊　者　世　親　造

唐三藏法師玄奘奉　詔譯

分別業品第四之一

如前所說有情世間及器世間各多差別如是差別由誰而生頌曰

世別由業生　思及思所作　思即是意業所作謂身語

論曰非由一主先覺而生但由有情業差別起若爾何故俱從業生鬱金栴檀等甚可愛樂而內身形等與彼相違以諸有情業類如是若造雜業感內身形於九瘡門常流不淨爲對治彼感外具生色香味觸甚可愛樂諸天衆等造純淨業故彼所招二事俱妙此所由業其體是何謂心所思及思所作故契經說有二種業一者思業二思已業思已業者謂思所作如是二業分別爲三謂即有情身語意業如何建立此三業耶爲約所依爲據自性爲就等起縱爾何違若約所依應唯一業以一切業並依身故若據自性應唯語是業以三種中唯語即業故若就等起亦應唯一業以一切業皆意等起故毗婆沙師說立三業如其次第由上三因然心所思即是意業思所作業分爲身語二業是思所等起故身語二業自性云何頌曰

此身語二業　俱表無表性

論曰應知如是所說諸業中身語二業俱表無表性且身語表其相云何頌曰

身表許別形　非行動爲體　以諸有爲法有刹那盡故　應無無因故　生因應能滅

形亦非實有　應二根取故　無别極微故
語表許言聲
論曰由思力故别起如是如是身形名身表業有餘部說動名身表以身動時由業動故爲破此故說非行動以一切有爲皆有刹那故刹那何謂得體無間滅有此刹那法名有刹那如有杖人名爲有杖諸有爲法纔得自體從此無間必滅歸無若此處生即此處滅無容從此轉至餘方故不可言動名身表若有爲法皆有刹那不至餘方義可成立諸有爲法皆有刹那其理極成後必盡故謂有爲法滅不待因所以者何待因謂果滅無非果故不待因滅既不待因纔生已即滅若初不滅後亦應然以後與初有性等故既後有盡知前有滅若後有異方可滅者不應即此而名有異即此相異理必不然豈不世間現見薪等由與火合故致滅無定無餘量過現量者故非法滅皆不待因如何知薪等由火合故滅以薪等火合後便不見故應共審思如是薪等爲由火合滅故不見前前薪等生已自滅後不更生無故不見如風手合燈焰鈴聲故此義成應由比量何謂比量謂如前說滅無非果故不待因又若待因薪等方滅應一切滅無不待因如生待因無無因者然世現見覺焰音聲不待餘因刹那自滅故薪等滅亦不待因有執覺聲前因後滅彼亦非理二不俱故疑智苦樂及貪瞋等自相相違理無俱義若復有位明了覺聲無間便生不明了者如何同類不明了法能滅明了同類法耶最後覺聲復由誰滅有執燈焰滅以住無

爲因有執焰滅時由法非法力彼俱非理無非因故非法非法爲生滅因以剎那剎那順違相反故或於一切有爲法中皆可計度有此因義旣爾本諍隨應止息許不待餘因皆有剎那故又若薪等滅火合爲因於熟變生中有下中上應生因體即成滅因所以者何謂由火合能令薪等有熟變生中上熟生下中熟滅或即或似生下中因即能爲因滅下中熟則生因體應即滅因或滅生因應相無別不應由即此或似此彼有彼復由即此或似此非有設於火焰差別生中容計能生能滅因異於灰雪醋日水地合能令薪等熟變生中如何計度生滅因異若爾現見前水減盡火合於中爲何所作由事火合火界力增由火界增能令水聚於後後位生漸漸微乃至最微後便不續是名火合於中所作故無有因令諸法滅法自然滅是壞性故自然滅故纔生即滅由纔生即滅剎那滅義成有剎那故定無行動然於無間異方生中如燒草焰行起行增上慢旣由斯理行動定無身表是形理得成立然經部說形非實有謂顯色聚一面多生即於其中假立長色待此長色於餘色聚一面少中假立短色於四方面並多生中假立方色於一切處遍滿生中假立圓色所餘形色隨應當知如見火㶳於一方面無間速運便謂爲長見彼周旋謂爲圓色故形無實別類色體若謂實有別類形色則應一色二根所取謂於色聚長等差別眼見身觸俱能了知由此應成二根取過理無色處二根所取然如依觸取長等相如是依顯

能取於形豈不觸形俱行一聚故因取觸能憶念形非於觸中親取形色如見火色便憶火煐及鱴華香能念華色此中二法定不相離故因取一可得念餘無觸與形定不相離如何取觸能定憶形若觸與形非定同聚然由取觸能憶念形顯色亦應因觸定憶或應形色如顯無定則取觸位應不了形而實不然故不應說因取於觸能憶念形或錦等中見多形故便應一處有多實形理不應然如衆顯色是故形色非實有體又諸所有有對實色必應有實別類極微然無極微名爲長等故即多物如是安布差別相中假立長等若謂即以形色極微如是安布名爲長等此唯朋黨非極成故謂若形色有別極微自相極成可得聚集如是安布以爲長等非諸形色有別極微自相極成猶如顯色云何得有聚集安布豈不現見諸土器等有顯相同而形相異爲不已辯即於多物安布差別假立長等如衆蟻等有相不殊然有行輪安布形別形依顯等理亦應然豈不闇中或於遠處觀杌等物了形非顯寧即顯等安布爲形以闇遠中觀顯不了是故但起長等分別如於遠闇觀衆樹人但了行軍不知別相理必應爾以或有時不了顯形唯知總聚既已遮遣行動及形汝等經部宗立何爲身表立形爲身表但假而非實既執但用假爲身表復立何法爲身業耶若業依身立爲身業謂能種種運動身思依身門行故名身業語業意業隨其所應立差別名當知亦爾若爾何故契經中說有二種業一者思業二思已業此二

何異謂前加行起思惟思我當應爲如是如是所應作事名爲思業既思惟已起作事思隨前所思作所作事動身發語名思已業若爾表業則爲定無表業既無欲無表業亦應非有便成大過如是大過有理能遮謂從如前所說二表殊勝思故起思差別名爲無表此有何過此應名爲隨心轉業如定無表心俱轉故無如是過審決勝思動發勝思所引生故設許有表亦待如前所說思力以性鈍故毗婆沙師說形是實故身表業形色爲體語表業體謂即言聲無表業相如前已說經部亦說此非實有由先誓限唯不作故彼亦依過去大種施設然過去大種體非有故又諸無表無色相故毗婆沙說此亦實有云何知然頌曰

說三無漏色　增非作等故

論曰以契經說色有三種此三爲處攝一切色一者有色有見有對二者有色無見有對三者有色無見無對又契經中說有無漏色如契經說無漏法云何謂於過去未來現在諸所有色不起愛恚乃至識亦然是名無漏法除無表色何法名爲無見無對及無漏色又契經說有福增長如契經言諸有淨信若善男子或善女人成就有依七福業事若行若住若寐若覺恒時相續福業漸增福業續起無依亦爾除無表業若起餘心或無心時依何法說福業增長又非自作但遣他爲若無無表業不應成業道以遣他表非彼業道攝此業未能正作所作故使作所作已此性無異故又契經說苾芻當知法謂外處是十

一處所不攝法無見無對不言無色若不觀於法處所攝無表色者此言闕減便成無用又若無無表應無八道支以在定時語等無故若爾何故契經中言彼如是知彼如是見修習正見正思惟正精進正念正定皆至圓滿正語業命先時已得清淨鮮白此依先時已得世間離欲道說無相違過又若撥無無表色者則亦應無有別解脫律儀非受戒後有戒相續雖起異緣心而名苾芻等又契經說離殺等戒名爲堤塘戒能長時相續堰遏犯戒過故非無有體可名堤塘由此等證知實有無表色經部師說此證雖多種種希奇然不應理所以然者所引證中且初經言有三色者瑜伽師說修靜慮時定力所生定境界色非眼根境故名無見不障處所故名無對若謂既爾如何名色釋如是難與無表同又經所言無漏色者瑜伽師說即由定力所生色界依無漏定者即說爲無漏有餘師言無學身色及諸外色皆是無漏非漏依故得無漏名何故經言有漏法者諸所有眼乃至廣說此非漏對治故得有漏名是則此應言有漏亦無漏若爾何過有相雜失若依此理說爲有漏曾不依此說爲無漏無漏亦然有何相雜若色處等一向有漏此經何緣差別而說如說有漏有取諸色心裁覆事聲等亦爾又經所說福增長言先軌範師作如是釋由法爾力福業增長如如施主所施財物如是如是受者受用由諸受者受用施物功德攝益有差別故於後施主心雖異緣而前緣施思所熏習微細相續漸漸轉變差別而生

由此當來能感多果故密意說恒時相續福業漸增福業續起若謂如何由餘相續德益差別令餘相續心雖異緣而有轉變釋此疑難與無表同彼復如何由餘相續德益差別令餘相續別有眞實無表法生若於無依諸福業事如何相續福業增長亦由數習緣彼思故乃至夢中亦恒隨轉無表論者於無依福既無表業寧有無表有說有依諸福業事亦由數習緣彼境思故說恒時相續增長若爾經說諸有苾芻具淨尸羅成調善法受他所施諸飲食已入無量心定身證具足住由此因緣應知施主無量福善滋潤相續無量安樂流注其身施主爾時福恒增長豈定常有續彼勝思是故所言思所熏習微細相續漸漸轉變差別而生定爲應理又非自作但

遣他爲業道如何得成滿者應如是說由本加行使者依教所作成時法爾能令教者微細相續轉變差別而生由此當來能感多果諸有自作事究竟時當知亦由如是道理應知即此微細相續轉變差別名爲業道此即於果假立因名是身語業所引果故如執別有無表論宗無表亦名身語業道然大德說於取蘊中由三時起思爲殺罪所觸謂我當殺正殺殺已非但由此業道究竟勿自毋等實未被害由謂已害成無間業然於自造無誤殺事起如是思殺罪便觸若依此說非不應理何於無表偏懷憎嫉定撥爲無而許所熏微細相續轉變差別然此與彼俱難了知今於此中無所憎嫉然許業道是心種類由身加行事究竟時離於心身於能教者身中

别有無表法生如是所宗不令生喜若由此引彼加行生事究竟時即此由彼相續轉變差别而生如是所宗可令生喜但由心等相續轉變差别能生未來果故又先已說先說者何謂表業既無寧有無表等又說法處不言無色由有如前所說定境無見無對法處攝色又言道支應無八者且彼應說正在道時如何得有正語業命爲於此位有發正言起正作業求衣等不不爾云何由彼獲得如是種類無漏無表故出觀後由前勢力能起三正不起三邪以於因中立果名故於無表立語業命名若爾云何不受此義雖無無表而在道時獲得如斯意樂依止故出觀後由前勢力能起三正不起三邪以於因中立果名故可具安立八聖道支有餘師言唯說不作邪語等事以爲道支謂在定時由聖道力便能獲得決定不作此定不作依無漏道而得安立故名無漏非一切處要依眞實别有法體方立名數如八世法謂得不得及與毀譽稱譏苦樂非此不得衣食等事别有實體此亦應然别解脱律儀亦應准此謂由思願力先立要期能定遮防身語惡業由斯故建立别解脱律儀若起異緣心應無律儀者此難非理由熏習力欲起過時憶便止故戒爲堤塘義亦應准此謂先立誓限定不作惡後數憶念慚愧現前能自制持令不犯戒故堤塘義由心受持若由無表能遮犯戒應無失念而破戒者且止此等衆多諍論毗婆沙師說有實物名無表色是我所宗前說無表大種所造性爲表大種造爲有異耶頌曰

此能造大種　異於表所依

論曰無表與表異大種生所以者何從一和合有細麤果不應理故如表與大必同時生無表亦然爲有差別一切所造色多與大種俱時而生然現在未來亦有少分依過去者少分者何頌曰

欲後念無表　依過大種生

論曰唯欲界繫初刹那後所有無表從過大生此爲所依無表得起現身大種但能爲依爲轉隨轉因隨其次第如輪行於地手地爲依何地身語業何地大所造頌曰

有漏自地依　無漏隨生處

論曰欲界所繫身語二業唯欲界繫大種所造如是乃至第四靜慮身語二業唯是彼地大種所造若身語業是無漏者隨生此地應起現前即是此地大種所造以無漏法不墮界故必無大種是無漏故由所依力無漏生故此表無表其類是何復是何類大種所造頌曰

無表無執受　亦等流情數　散依等流性有受異大生　定生依長養　無受無異大表唯等流性　屬身有執受

論曰今此頌中先辯無表是無執受無變礙故亦等流性亦言顯此有是刹那謂初無漏餘皆等流性謂同類因生此唯有情依內起故於中欲界所有無表等流有受別異大生異大生言顯身語七一一是別大種所造定生無表差別有二謂諸靜慮無漏律儀此二俱依定所長養無受無異大種所生無異大言顯此無表七支同一具四大種所生所以

者何所依大種如心唯一無差別故應知有表唯是等流此若屬身是有執受餘義皆與散無表同表業生時爲要破壞本身形量爲不爾耶若爾何失若破壞者異熟色斷應可更續是則違越毗婆沙宗若不破壞如何得有一身處所二形量成有別新生等流大種造有表業不破本身若爾隨依何身分處起有表業應大於本新生大種遍增益故若不遍增益如何遍生表身有孔隙故得相容已辯業門二三五別此性界地差別云何頌曰

無表記餘三　不善唯在欲　無表通欲色表唯有伺二　欲無有覆表　以無等起故

論曰無表唯通善不善性無有無記所以者何以無記心勢力微劣不能引發強業令生可因滅時果仍續起所言餘者謂表及思三謂皆通善惡無記於中不善在欲非餘已斷不善根無慚無愧故善及無記諸地皆有以於頌中不別遮故欲色二界皆有無表以無色中無大種故隨於何處有身語轉唯是處有身語律儀若爾身生欲色二界入無色定應有律儀如起無漏心有無漏無表不爾以彼不墮界故於無色界若有無表應有無表非大種生不可說言有漏無表以別界地大種爲依又背諸色入無色定故彼定中不能生色由彼定有伏色想故毗婆沙師作如是說爲治惡戒故起尸羅唯欲界中有諸惡戒無色於欲具四種遠一所依遠二行相遠三所緣遠四對治遠故無色中無無表色表色唯在二有伺地謂通欲界初靜慮中非上地中可言有表有覆無記表欲界定無唯於梵

世中可得說有曾聞大梵有誑諂言謂自衆中爲避馬勝所徵問故矯自歎等上地既無言何得有聲處有外大種爲因發聲有餘師言上三靜慮亦有無覆無記表業無善無染所以者何非上地生能起下地善及染心發身語表劣故斷故前說爲善復以何因二定以上都無表業於欲界中無有有覆無記表業以無發業等起心故有尋伺心能發表業二定以上都無此心又發表心唯修所斷見所斷惑内門轉故以欲界中決定無有有覆無記修所斷惑是故表業上三地都無欲界中無有覆無記表爲但由等起令諸法成善不善性等不爾云何由四種因成善性等一由勝義二由自性三由相應四由等起何法何性何因成頌曰

勝義善解脱　自性慚愧根　相應彼相應
等起色業等　翻此名不善　勝無記二常

論曰勝義善者謂眞解脱以涅槃中最極安隱衆苦永寂猶如無病自性善者謂慚愧根以有爲中唯慚與愧及無貪等三種善根不待相應及餘等起體性是善猶如良藥相應善者謂彼相應以心心所要與慚愧善根相應方成善性若不與彼慚等相應善性不成如雜藥水等起善者謂身語業不相應行以是自性及相應善所等起故如良藥汁所引生乳若異類心所起得等云何成善此義應思如說善性四種差别不善四種與此相違云何相違勝義不善謂生死法由生死中諸法皆以苦爲自性極不安隱猶如痼疾自性不善謂無慚愧三不善根由有漏中唯無慚

愧及貪瞋等三不善根不待相應及餘等起體是不善猶如毒藥相應不善謂彼相應由心心所法要與無慚愧不善根相應方成不善性異則不然如雜毒水等起不善謂身語業不相應行以是自性相應不善所等起故如毒藥汁所引生乳若爾便無一有漏法是無記或善皆生死攝故若據勝義誠如所言然於此中約異熟說諸有漏法若不能記異熟果者立無記名於中若能記愛異熟說名爲善故無有過勝義無記謂二無爲以太虛空及非擇滅唯無記性更無異門於此應思若等起力令身語業成善不善則諸大種例亦應然以作者心本欲起業非四大種故不成例若爾定心隨轉無表非正在定作意引生亦非散心加行引發不同類故如何成善或天眼耳應成善性於如是義應設劬勞如上所言見所斷惑内門轉故不能發表若爾何緣契經中說由邪見故起邪思惟邪語邪業及邪命等此不相違何以故頌曰

等起有二種　因及彼刹那　如次第應知名轉名隨轉　見斷識唯轉　唯隨轉五識修斷意通二　無漏異熟非　於轉善等性隨轉各容三　牟尼善必同　無記隨或善

論曰表無表業等起有二謂因等起刹那等起在先爲因故彼刹那有故如次初名轉第二名隨轉謂因等起將作業時能引發故說名爲轉刹那等起正作業時不相離故名爲隨轉隨轉於業有何功能雖有先因爲能引發若無隨轉者如死業應無若爾無心如何發戒諸有心者業起分明故隨轉心於業有

用見所斷識於發表中唯能爲轉於能起表尋伺生中爲資糧故不爲隨轉於外門心正起業時此無有故又見所斷若發表色此色則應是見所斷若許見斷斯有何失是則違越阿毗達磨又明無明不相違故有漏業色非見所斷如是道理應更成立若爾大種亦應見斷俱見斷心力所起故無如是過失如非善不善或復許爾理亦無違不應許然以諸大種定非見斷及非所斷以一切種不染汙法與明無明不相違故彼經但據前因等起而作是説故不相違若五識身唯作隨轉無分别故外門起故修斷意識通爲二種有分别故外門起故一切無漏異熟生心非轉隨轉唯在定故不由加行任運轉故如是即成四句差别有轉非隨轉謂見所斷心有隨轉非轉謂眼等五識有轉亦隨轉謂修所斷三性意識有非轉隨轉謂諸無漏異熟生心轉隨轉心定同性不此不決定其事云何謂前轉心若是善性後隨轉識通善等三不善無記隨轉亦爾唯牟尼尊轉隨轉識多分同性少有不同謂轉若善心隨轉亦善轉心若無記隨轉亦然而或有時善隨無記轉曾無無記爲善隨轉時以佛世尊於説法等心或增長無萎歇故有餘部説諸佛世尊常在定故心唯是善無無記心故契經説

那伽行在定　那伽住在定　那伽坐在定
那伽卧在定

毗婆沙師作如是釋此顯佛意若不樂散心則於四威儀能常在定然於餘位非無威儀及異熟生通果心起諸有表業成善等性爲

如轉心爲如隨轉設爾何失若如轉者則欲界中應有有覆無記表業身見邊見能爲轉故或應簡別非一切種見所斷心皆能爲轉若如隨轉惡無記心俱得別解脫表應非善性於此徵難應設劬勞應言如轉心表成善等性然非如彼見斷轉心修斷轉心爲間隔故若表不由隨轉心力成善等者則不應言彼經但據前因等起非據刹那故欲界中定無有覆無記表業但應記言彼經唯據餘心所間因等起說故見斷心雖能爲轉而於欲界定無有覆無記表業

阿毗達磨俱舍論卷第十三　說一切有部

音釋

醋倉故切　⿰火曹作高切火燒焦也　杌五忽切樹無枝也　撥北末切絕也　堰於建切壅永也　矯居夭切妄也　痼古護切久病也　萎鄔賄切蓄縮貌

阿毗達磨俱舍論卷第十四

尊者世親造
唐三藏法師玄奘奉詔譯

分別業品第四之二

傍論已了復應辯前表無表相頌曰

無表三律儀　不律儀非二

論曰此中無表畧說有三一者律儀二不律儀三者非二謂非律儀非不律儀能遮能滅惡戒相續故名律儀如是律儀差別有幾頌曰

律儀別解脫　靜慮及道生

論曰律儀差別略有三種一別解脫律儀謂欲壓戒二靜慮生律儀謂色壓戒三道生律儀謂無漏戒初律儀相差別云何頌曰

初律儀八種　實體唯有四　形轉名異故各別不相違

論曰別解脫律儀相差別有八一苾芻律儀二苾芻尼律儀三正學律儀四勤策律儀五勤策女律儀六近事律儀七近事女律儀八近住律儀如是八種律儀相差別總名第一別解脫律儀雖有八名實體唯四一苾芻律儀二勤策律儀三近事律儀四近住律儀唯此四種別解脫律儀皆有體實相各別故所以者何離苾芻律儀無別苾芻尼律儀離勤策律儀無別正學勤策女律儀離近事律儀無別近事女律儀云何知然由形改轉體雖無捨得而名有異故形謂形相即男女根由此二根男女形別但由形轉令諸律儀名爲苾芻苾芻尼等謂轉根位令本苾芻律儀名苾芻尼律儀或苾芻尼律儀名苾芻律儀令

本勤策律儀名勤策女律儀或勤策女律儀及正學律儀名勤策律儀令本近事律儀名近事女律儀或近事女律儀名近事律儀非轉根位有捨先得得先未得律儀因緣故四律儀非異三體若從近事律儀受勤策律儀復從勤策律儀受苾芻律儀此三律儀為由增足遠離方便立别别名如隻雙金錢及五十二十為體各别具足頓生三種律儀體不相離其相各别具足頓生三律儀中具三離殺乃至具足三離飲酒餘數多少隨其所應既爾相望同類何别由因緣别相望有異其事云何如如求受多種學處如是如是能離多種憍逸處時即離衆多殺等緣起以諸遠離依因緣發故因緣别遠離有異若無此事捨苾芻律儀爾時則應三律儀皆捨前二攝在後一中故既不許然故三各别然此三種互不相違於一身中俱時而轉非由受後捨前律儀勿捨苾芻戒便非近事等近事近住勤策苾芻四種律儀云何安立頌曰

受離五八十　一切所應離　立近事近住

勤策及苾芻

論曰應知此中如數次第依四遠離立四律儀謂受離五所應遠離安立第一近事律儀何等名為五所應離一者殺生二不與取三欲邪行四虚誑語五飲諸酒若受離八所應遠離安立第二近住律儀何等名為八所應離一者殺生二不與取三非梵行四虚誑語五飲諸酒六塗飾香鬘舞歌觀聽七眠坐高廣嚴麗牀座八食非時食若受離十所應遠離安立第三勤策律儀何等名為十所應離

謂於前八塗飾香鬘舞歌觀聽開爲二種復加受畜金銀等寶以爲第十若受離一切應離身語業安立第四苾芻律儀別解律儀名差別者頌曰

俱得名尸羅　妙行業律儀　唯初表無表名別解業道

論曰能平險業故名尸羅訓釋詞者謂清涼故如伽他言受持戒樂身無熱惱故名尸羅智者稱揚故名妙行所作自體故名爲業豈不無表亦名不作如何今說所作自體有慙恥者受無表力不造衆惡故名不作表思所造得所作名有餘釋言是作因故是作果故名作無失能防身語故名律儀如是應知別解脱戒通初後位無差別名唯初刹那表及無表得別解脱及業道名謂受戒時初表無表別別棄捨種種惡故依初別捨義立別解脱名即於爾時所作究竟依業暢義立業道名故初刹那名別解脱亦得名曰別解律儀亦得名爲根本業道從第二念乃至未捨不名別解脱名別解律儀不名業道名爲後起誰成就何律儀頌曰

八成別解脱　得靜慮聖者　成靜慮道生後二隨心轉

論曰八衆皆成就別解脱律儀謂從苾芻乃至近住外道無有所受戒耶雖有不名別解脱戒由彼所受無有功能永脱諸惡依著有故靜慮生者謂此律儀從靜慮生或依靜慮若得靜慮者定成此律儀諸靜慮邊亦名靜慮如近村邑得村邑名故有說言於此村邑有稻田等此亦應然道生律儀聖者成就此

復有二謂學無學於前分別俱有因中說二律儀是隨心轉於此三內其二者何謂靜慮生及道生二非別解脫所以者何異心無心亦恒轉故靜慮無漏二種律儀亦名斷律儀依何位建立頌曰

未至九無間　俱生二名斷

論曰未至定中九無間道俱生靜慮無漏律儀以能永斷欲纏惡戒及能起惑名斷律儀由此或有靜慮律儀非斷律儀應作四句第一句者除未至定九無間道有漏律儀所餘有漏靜慮律儀第二句者依未至定九無間道無漏律儀第三句者依未至定九無間道有漏律儀第四句者除未至定九無間道無漏律儀所餘一切無漏律儀如是或有無漏律儀非斷律儀應作四句准前四句如應當知若爾世尊所說略戒

身律儀善哉　善哉語律儀　意律儀善哉　善哉遍律儀

又契經說應善守護應善安住眼根律儀此意根律儀以何為自性此二自性非無表色若爾是何頌曰

正知正念合　名意根律儀

論曰為顯如是二種律儀俱以正知正念為體故列名巳復說合言謂意律儀慧念為體即合二種為根律儀故離合言顯匆如次今應思擇表及無表誰成就何齊何時分且辯成無表律儀不律儀頌曰

住別解無表　未捨恒成現　剎那後成過
不律儀亦然　得靜慮律儀　恒成就過未
聖初除過去　住定道成中

論曰住別解脱補特伽羅未捨以來恒成現世此別解脱律儀無表初刹那後亦成過去前未捨言遍流至後無散無表有成未來不隨心色勢微劣故如説安住別解律儀住不律儀應知亦爾謂至未捨惡戒以來恒成現世惡戒無表初刹那後亦成過去諸有獲得靜慮律儀乃至未捨恒成過未餘生所失過去定律儀今初刹那必還得彼故一切聖者無漏律儀過去未來亦恒成就有差別者謂初刹那必成未來非成過去此類聖道先未起故若有現住靜慮彼道如次成現在靜慮道律儀非出觀時有成現在已辯安住善惡律儀住中云何頌曰

住中有無表　初成中後二

論曰言住中者謂非律儀非不律儀彼所起業未必一切皆有無表若有無表即是善戒或是惡戒種類所攝彼初刹那但成現在然現在世處過未中故以成中説成現在初刹那後未捨已來恒成過現二世無表若有安住律不律儀亦有成惡善無表不設有成就爲經幾時頌曰

住律不律儀　起染淨無表　初成中後二

至染淨勢終

論曰若住律儀由勝煩惱作殺縛等諸不善業由此便發不善無表住不律儀由淳淨信作禮佛等諸勝善業由此亦發諸善無表乃至此二心未斷來所發無表恒時相續然其初念唯成現在自兹已後通成過現已辯無表成表云何頌曰

表正作成中　後成過非未　有覆及無覆

唯成就現在

論曰諸有安住律不律儀及住中者乃至正作諸表業來恒成現表初刹那後至未捨來恒成過去必無成就未來表者如無表釋有覆無覆二無記表定無有能成就過未法力既劣得力亦微是故無能逆追成者此法力劣誰之所爲是心所爲若爾有覆無記心等勿成過未此責非理表昧鈍故依他起故心等不然無記表業從劣心起其力倍劣彼能起心故表與心成有差別如前所說住不律儀此不律儀名差別者頌曰

惡行惡戒業　業道不律儀

論曰此惡行等五種異名是不律儀名之差別是諸智者所訶猒故果非愛故立惡行名障淨尸羅故名惡戒身語所造故名爲業根本所攝故名業道不禁身語名不律儀然業道名唯目初念通初後位立餘四名或成表業非無表等應作四句其事云何頌曰

成表非無表　住中劣思作　捨未生表聖

成無表非表

論曰唯成就表非無表者謂住非律儀非不律儀以微劣思造善造惡唯發表業尚無無表況無記思所發表業除有依福及成業道唯成無表非表業者謂易生聖補特伽羅表業未生或生已捨俱成非句如應當知說住律儀不律儀等成就表業無表業已此諸律儀由何而得頌曰

定生得定地　彼聖得道生　別解脫律儀

得由他教等

論曰靜慮律儀由得有漏根本近分靜慮地

心爾時便得與心俱故無漏律儀由得無漏根本近分靜慮地心爾時便得亦心俱故彼聲爲顯前靜慮心復說聖言簡取無漏六靜慮地有無漏心謂未至中間及四根本定非三近分如後當辯別解脫律儀由他教等得能教他者說名爲他從如是他教力發戒故說此戒由他教得此復二種謂從僧伽補特伽羅有差別故從僧伽得者謂比丘比丘尼及正學戒從補特伽羅得者謂餘五種戒諸毗奈耶毗婆沙師說有十種得具戒法爲攝彼故復說等言何者爲十一由自然謂佛獨覺二由得入正性離生謂五苾芻三由佛命善來苾芻謂耶舍等四由信受佛爲大師謂大迦葉五由善巧酬答所問謂蘇陀夷六由敬受八尊重法謂大生主七由遣使謂法授尼八由持律爲第五人謂於邊國九由十衆謂於中國十由三說歸佛法僧謂六十賢部共集受具戒如是所得別解律儀非必定依表業而發又此所說別解律儀應齊幾時要期而受頌曰

別解脫律儀　盡壽或晝夜

論曰七衆所持別解脫戒唯應盡壽要期而受近住所持別解脫戒唯一晝夜要期而受此時定爾所以者何戒時邊際但有二種一壽命邊際二晝夜邊際重說晝夜爲半月等時名是何法謂諸行增語於四洲中光位闇位如其次第立晝夜名二邊際中盡壽可爾於命終後雖有要期而不能生別解脫戒依身別故別依身中無加行故無憶念故一晝夜後或五或十晝夜等中受近住戒何法爲

障令彼衆多近住律儀非亦得起必應有法能爲障礙以薄伽梵於契經中說近住律儀唯一晝夜故於如是義應共尋思爲佛正觀一晝夜後理無容起近住律儀故於經中說一晝夜爲觀所化根難調者且應授與一晝夜戒依何理教作如是言過此戒生不違理故毗婆沙者作如是言曾無契經說過晝夜有別受得近住律儀是故我宗不許斯義依何邊際得不律儀頌曰

惡戒無晝夜　謂非如善受

論曰要期盡壽造諸惡業得不律儀非一晝夜如近住戒所以者何謂此非如善戒受故謂必無有立限對師受不律儀如近住戒我一晝夜定受不律儀此是智人所訶猒業故若爾亦無有立限對師我乃至命終定受惡戒勿盡形壽得不律儀雖無對師要期盡壽作諸惡業由起畢竟壞善意樂得不律儀非起暫時壞善意樂無師令彼得不律儀故不律儀無一晝夜然近住戒由現對師要期受力雖無畢竟壞惡意樂而得律儀設有對師要期暫受不律儀者亦必應得然未曾見故不立有經部師說如善律儀無別實物名爲無表此不律儀亦應非實即欲造惡不善意樂相續不捨名不律儀由此後時善心雖起而名成就不律儀者以不捨此阿世耶故說一晝夜近住律儀欲正受時當如何受頌曰

近住於晨旦　下座從師受　隨教說具支
離嚴飾晝夜

論曰近住律儀於晨旦受謂受此戒要日出時此戒要經一晝夜故諸有先作如是要期

謂我恒於月八日等必當受此近住律儀若旦有礙緣齋竟亦得受言下座者謂在師前居卑劣座或蹲或跪曲躬合掌唯除有病若不恭敬不發律儀此必從師無容自受以後若遇諸犯戒緣由愧戒師能不違犯受此戒者應隨師教受者後說勿前勿俱如是方成從師教受異此授受二俱不成具受八支方成近住隨有所闕近住不成受此律儀必離嚴飾憍逸處故常嚴身具不必須捨緣彼不能生甚憍逸如新異故受此律儀必須晝夜謂至明旦日初出時若不如斯依法受者但生妙行不得律儀又若如斯盡晝夜受具制屠獵姦盜有情近住律儀深成有用言近住者謂此律儀近阿羅漢住以隨學彼故有說此近盡壽戒住如是律儀或名長養長養薄少善根有情令其善根漸增多故如有頌言

由此能長養　自他善淨心　是故薄伽梵
說此名長養

何緣受此必具八支頌曰

戒不逸禁支　四一三如次　爲防諸性罪
失念及憍逸

論曰八中前四是尸羅支謂離殺生至虛誑語由此四種離性罪故次有一種是不放逸支謂離飲諸酒生放逸處雖受尸羅若飲諸酒則心放逸犯尸羅故後有三種是禁約支謂離塗飾香鬘乃至食非時食以能隨順猒離心故何緣具受如是三支若不具支便不能離性罪失念憍逸過失謂初離殺至虛誑語能防性罪離貪瞋癡所起殺等諸惡業故離飲酒能防失念以飲酒時能令忘失應不

應作諸事業故後離三種能防憍逸以若受用種種香鬘高廣牀座習近歌舞心便憍舉尋即毀戒由遠彼故心便離憍若有能持依時食者以能遮止恒食時故便憶自受近住律儀能於世間深生猒離若非時食二事俱無數食能令心縱逸故有餘師說離非時食名爲齋體餘有八種說名齋支塗飾香鬘舞歌觀聽分爲二故若作此執便違契經經中說離非時食已便作是說此第八支我今隨聖阿羅漢學隨行隨作若爾有何別齋體而說此八名齋支總標齋號別說爲支以別成總得支名故如車衆分及四支軍五支散等齋戒八支應知亦爾毗婆沙師作如是說離非時食是齋亦齋支所餘七支是齋支非齋如正見是道亦道支餘七支是道支非道擇法覺是覺亦覺支餘六支是覺支非覺三摩地是靜慮亦靜慮支所餘支是靜慮支非靜慮如是所說不應正理不可正見等即正見等支若謂前生正見等爲後生正見等支則初刹那聖道等應不具有八支等爲唯近事得受近住爲餘亦有受近住耶頌曰

近住餘亦有　不受三歸無

論曰諸有未受近事律儀一晝夜中歸依三寶說三歸已受近住戒彼亦受得近住律儀異此則無除不知者如契經說佛告大名諸有在家白衣男子男根成就歸佛法僧起殷淨心發誠諦語自稱我是鄔波索迦願尊憶持慈悲護念齊是名曰鄔波索迦爲但受三歸即成近事外國諸師說唯此即成迦濕彌羅國諸論師言離近事律儀則非近事若爾

應與此經相違此不相違已發戒故何時發戒頌曰

稱近事發戒　說如苾芻等

論曰起殷淨心發誠諦語自稱我是鄔波索迦願尊憶持慈悲護念爾時即發近事律儀稱近事等言便發律儀故以經復說我從今者乃至命終捨生言故此經意說捨殺生等略去殺等但說捨生故於前時已得五戒彼雖已得近事律儀爲令了知所應學處故復爲說離殺生等五種戒相令識堅持如得苾芻具足戒已重說學處令識堅持勤策亦然此亦應爾是故近事必具律儀頌曰

若皆具律儀　何言一分等　謂約能持說

論曰若諸近事皆具律儀何緣世尊言有四種一能學一分二能學少分三能學多分四能學滿分謂約能持故作是說能持先所受故說能學言不爾應言受一分等理實約受等具律儀以具律儀故名近事如是所執違越契經如何違經謂無經說自稱我是近事等言便發五戒此經不說我從今者乃至命終捨生言故經如何說如大名經唯此經中說近事相餘經不爾故違越經然餘經說我從今者乃至命終捨生歸淨是歸三寶發誠信言此中顯示已見諦者由得證淨擧命自要表於正法深懷愛重乃至爲救自生命緣終不捨於如來正法非彼爲欲說近事相故說如是捨生等言設說亦非分明理教誰能准此不明了文便信前時已發五戒又約持犯戒說學一分等尚不應問況應爲答誰有已解近事律儀必具五支而不能解於所學

處持一非餘乃至具持名一分等由彼未解近事律儀受量少多故應請問凡有幾種鄔波索迦能學學處答言有四鄔波索迦謂能學一分等猶未能了復問何名能學一分乃至廣說若闕律儀得名近事苾芻勤策闕亦應成彼既不成此亦應爾何緣近事乃至苾芻所受律儀支量定爾由佛教力施設故然若爾何緣不許由佛教力施設雖闕律儀而名近事非苾芻等迦濕彌羅國毗婆沙師不許闕律儀得成近事此近事等一切律儀由何得成下中上品頌曰

下中上隨心

論曰八衆所受別解脫律儀皆隨受心有下中上品由如是理諸阿羅漢或有成就下品律儀然諸異生或成上品爲有但受近事律儀不受三歸成近事不不成近事除有不知諸有歸依佛法僧者爲歸何等頌曰

歸依成佛僧　無學一種法　及涅槃擇滅

是說具三歸

論曰歸依佛者謂但歸依能成佛無學法由彼勝故身得佛名或由得彼法佛能覺一切何等名爲佛無學法謂盡智等及彼隨行非色等身前後等故爲歸一佛一切佛耶理實應言歸一切佛以諸佛道相無異故歸依僧者謂通歸依諸能成僧學無學法由得彼故僧成八種補特伽羅不可破故爲歸一佛僧一切佛僧耶理實通歸一切佛僧以諸僧道相無異故然契經說當來有僧汝應歸者彼經但爲顯示當來現見僧寶歸依法者謂歸涅槃此涅槃言唯顯擇滅自他相續煩惱及

苦寂滅一相故通歸依若唯無學法即是佛者如何於佛所惡心出血但損生身成無間罪毗婆沙者作是釋言壞彼所依彼隨壞故然尋本論不見有言唯無學法即名爲佛但言無學法能成於佛既不遮佛體亦攝依身故於此中不容前難若異此者應佛與僧住世俗心非僧非佛又應唯執成苾芻戒即是苾芻然如有欲供養苾芻者彼唯供養成苾芻尸羅如是有欲歸依佛者亦應但歸成佛無學法有餘師說歸依佛者總歸依如來十八不共法此能歸依何法爲體語表爲體如是歸依以何爲義救濟爲義由彼爲依能永解脫一切苦故如世尊言

衆人怖所逼　多歸依諸山　園苑及藂林
孤樹制多等　此歸依非勝　此歸依非尊
不因此歸依　能解脫衆苦　諸有歸依佛
及歸依法僧　於四聖諦中　恒以慧觀察
知苦知苦集　知永超衆苦　知八支聖道
趣安隱涅槃　此歸依最勝　此歸依最尊
必因此歸依　能解脫衆苦

是故歸依普於一切受律儀處爲方便門何緣世尊於餘律儀處立離非梵行爲其所學唯於近事一律儀中但制令其離欲邪行頌曰

邪行最可訶　易離得不作

論曰唯欲邪行世極訶責以能侵毀他妻等故感惡趣故非非梵行又欲邪行易遠離故諸在家者耽著欲故離非梵行難可受持觀彼不能長時修學故不制彼離非梵行又諸聖者於欲邪行一切定得不作律儀經生聖

者亦不行故離非梵行則不如是故於近事所受律儀但爲制立離欲邪行勿經生聖者犯近事律儀不作律儀謂定不作諸有先受近事律儀後取妻妾於彼妻妾先受戒時得律儀不理實應得勿但於一分得別解律儀若爾云何後非犯戒頌曰

得律儀如誓　非總於相續

論曰如本受誓而得律儀本受誓云何謂離欲邪行非於一切有情相續言我皆當離非梵行由此普於有情相續唯得離欲邪行戒非離非梵行律儀故後娶妻妾非毀犯前戒何緣但制離虛誑語非離間語等爲近事律儀亦由前說三種因故謂虛誑語最可訶故諸在家者易遠離故一切聖者得不作故復有別因頌曰

以開虛誑語　便越諸學處

論曰越諸學處被檢問時若開虛誑語便言我不作因斯於戒多所違越故佛爲欲令彼堅持於一切律儀制離虛誑語云何令彼若犯戒時便自發露能防後犯復以何緣不於遠離遮罪建立近事律儀誰言此中不離遮罪離何遮罪謂離飲酒何緣於彼諸遮罪中不制離餘唯遮飲酒頌曰

遮中唯離酒　爲護餘律儀

論曰諸飲酒者心多縱逸不能守護諸餘律儀故爲護餘令離飲酒寧知飲酒遮罪攝耶由此中無性罪相故以諸性罪唯染心行爲療病時雖飲諸酒不爲醉亂能無染心豈不先知酒能醉亂而故欲飲即是染心此非染心由自知量爲療病故分限而飲不令醉亂

故非染心諸持律者言飲酒是性罪如彼尊者鄔波離言我當如何供給病者世尊告曰唯除性罪餘隨所應皆可供給然有染疾釋種須酒世尊不開彼飲酒故又契經説諸有苾芻稱我爲師不應飲酒乃至極少如一茅端所沾酒量亦不應飲故知飲酒是性罪攝又諸聖者雖易多生亦不犯故如殺生等又經説是身惡行故對法諸師言非性罪然爲病者總開遮戒復於異時遮飲酒者爲防因此犯性罪故又令醉亂量無定限故遮乃至飲茅端所沾量又一切聖皆不飲者以諸聖者具慙羞故飲酒能令失正念故乃至少分亦不飲者以如毒藥量無定故又經説是身惡行者酒是一切放逸處故由是獨立放逸處名餘不立此名皆是性罪故然説數習墮惡趣者顯數飲酒能令身中諸不善法相續轉故又能發引惡趣業故或能令彼轉增盛故如契經説窣羅迷麗耶末陀放逸處依何義説醞食成酒名爲窣羅醞餘物所成名迷麗耶酒即前二酒未熟已壞不能令醉不名末陀若令醉時名末陀酒簡無用位重立此名然以檳榔及稗子等亦能令醉爲簡彼故須説窣羅迷麗耶酒雖是遮罪而令放逸廣造衆惡爲令殷重遮斷故説放逸處言酒是放逸所依處故

阿毗達磨俱舍論卷第十四 說一切有部

音釋

廛（呈延切）塗飾（塗同都切抹也飾設職切粧也）暢（丑亮切）補特伽羅（梵語也此云數取趣伽丘迦切）蹲（徂尊切踞也）屠獵（屠同都切殺也獵良涉切逐禽也）醞（紆問切醸也）窣羅（梵語也此云米酒窣蘇没切）迷麗邪（梵語也此云雜酒麗郎計切）末陀（梵語也此云蒲萄酒陀唐何切）檳榔（檳必隣切榔魯當切檳榔木實也）稗子（稗蒲懈切草似穀者）

阿毗達磨俱舍論卷第十五

尊者世親造

唐三藏法師玄奘奉　詔譯

分別業品第四之三

此別解脱靜慮無漏三種律儀從彼得一亦餘二不不爾云何頌曰

從一切二現　得欲界律儀　從根本恒時　得靜慮無漏

論曰欲界律儀謂別解脱此從一切根本業道及從加行後起而得從二得者謂從二業即情非情性罪遮罪從現得者謂從現世蘊處界得非從去來由此律儀有情處轉去來非是有情處故若得靜慮無漏律儀應知但從根本業道尚不從彼加行後起得此律儀況從遮罪從恒時者謂從過去現在未來蘊處界得由此差別應作四句有蘊處界從彼唯得別解律儀非餘二等第一句者謂從現世加行後起及諸遮罪第二句者謂從去來根本業道第三句者謂從現世根本業道第四句者謂從去來加行後起非於正得善律儀時可有現世惡業道等是故應言從現處得理應但説防護未來定不應言防護過現諸有獲得律不律儀從一切有情支因有異不此定有異異相云何頌曰

律從諸有情　支因説不定　不律從一切　有情支非因

論曰律儀定從一切有情得無少分理支因説不定支不定者有從一切得謂苾芻律儀有從四支得謂所餘律儀唯根本業道名律儀支故因不定者謂或有義從一切因或約

餘義唯許從一從一切者謂從無貪瞋癡必俱起故唯從一者謂從下中上心不俱起故此中且就後三因說或有一類住律儀者於一切有情得律儀非一切支非一切因謂以下心或中或上受近事勤策戒或有一類住律儀者於一切有情得律儀由一切支非一切因謂以下心或中或上受苾芻戒或有一類住律儀者於一切有情得律儀由一切支及一切因謂以三心受近事勤策苾芻戒或有一類住律儀者於一切有情得律儀由一切因非一切支謂以三心受近事近住勤策戒無有不遍於諸有情得律儀者以於一切諸有情所住善意樂方得律儀異則不然以惡意樂不全息故若人不作五種定限方可受得別解律儀謂有情支處時緣定有情定者念我唯於某類有情當離殺等言支定者念我唯於某律儀支當持不犯言處定者念我唯住某類方域當離殺等言時定者念我唯於一月等時能離殺等言緣定者念我唯除鬬戰等緣能離殺等如是受者不得律儀但得律儀相似妙行於非所能境如何得律儀由普於有情發起增上不損命意樂故得律儀毗婆沙師有作是說若謂一向於所能境方可受得別解律儀則此律儀應有增減以所能境與非所能二類有情有轉易故如是便有別解律儀離得捨緣有得捨過彼說不然如生草等先無後起或起已枯於彼律儀無增無減能不能境所得律儀境轉易時例亦應爾彼言不爾所以者何以諸有情前後性等草等前後性不同故若爾有情般涅

槃已如前性類今時既無於彼律儀如何無減故如是釋於理不然前所説因於理為善若爾前佛及所度生已涅槃者後佛於彼既不發得别解律儀如何尸羅無減前過以一切佛别解律儀皆從一切有情處得設彼有情今猶在者後佛從彼亦得律儀故後尸羅無減前過已説從彼得諸律儀得不律儀定從一切有情業道無少分境及不具支不律儀者此定無有由一切因下品等心無俱起故若有一類由下品心得不律儀後於異時由上品心斷衆生命彼但成就下不律儀亦成殺生上品表等中品上品例此應知此中何名不律儀者謂諸屠羊屠雞屠猪捕鳥捕魚獵獸刧盜魁膾典獄縛龍煑狗及罝弶等等言類顯王典刑伐及餘聽察斷罪等人但

恒有害心名不律儀者由彼一類住不律儀或有不律儀名不律儀者言屠羊者謂為活命要期盡壽恒欲害羊餘隨所應當知亦爾遍於有情界得諸律儀其理可爾由普欲利樂勝阿世耶而受得故非屠羊等不律儀人於已至親有損害意乃至為救自身命緣亦不欲殺如何可説普於一切得不律儀由彼至親若為羊等於彼亦可有損害心既知至親現非羊等如何於彼可有害心又聖必無作羊等理如何於彼得不律儀若觀未來羊等自體於現相續得不律儀是則羊等於未來世亦有至親及聖自體於彼決定無損害心是則應觀未來自體不於現在得不律儀於羊等現身既有害意如何不於彼得不律儀於毋等現身既無害意如何亦於彼得不

律儀於等事中應求異理又屠羊等不律儀人於一生中不與不取於已妻妾住知足心瘂不能言無語四過如何彼亦得具支不律儀彼遍損善阿世耶故雖瘂不言而身表語所欲說義故得具支若爾彼人或時先受二三學處後但受殺於餘不損善阿世耶如何具發七支惡戒毗婆沙者作如是言必無缺支及餘一分可得名住不律儀人經部諸師作如是說隨所期限支具不具及全分一分皆得不律儀律儀亦然唯除八戒由隨彼量善惡尸羅性相相違互相遮故已說從彼得不律儀得不律儀及餘無表如何方便未說當說頌曰

諸得不律儀　由作及誓受　得所餘無表　由田受重行

論曰諸不律儀由二因得一者生在不律儀家由初現行殺等加行二者雖復生在餘家由初要期受殺等事謂我當作如是事業以求財物養活自身當於爾時便發惡戒得餘無表由三種因一者由田謂於如是諸福田所施園林等彼善無表初施便生如說有依諸福業事二者由受謂自誓言若未禮佛不先食等或作誓限於齋日月半月及年常施食等三由重行謂起如是殷重於意行善行惡由此三因起餘無表如是已說得律儀等捨律儀等未說當說且云何捨別解律儀頌曰

捨別解調伏　由故捨命終　及二形俱生　斷善根夜盡　有說由犯重　餘說由法滅　迦濕彌羅說　犯二如負財

論曰言調伏者意顯律儀由此能令根調伏故唯除近住所餘七種別解律儀由四緣捨一由意樂對有解人發有表業捨學處故二由棄捨衆同分故三由二形俱時生故四由所因善根斷故捨近住戒由前四緣及由夜盡是故總說別解律儀由五緣捨何緣捨戒由此五緣與受相違表業生故所依捨故所依變故所因斷故過期限故有餘部說於四極重感墮罪中若隨犯一亦捨勤策苾芻律儀有餘部言由正法滅亦能令捨別解律儀以法滅時一切學處結界羯磨皆止息故迦濕彌羅國毗婆沙師言犯根本罪時不捨出家戒所以然者非犯一邊一切律儀應遍捨故非犯餘罪有斷尸羅然有二名謂持犯戒如有財者負他債時名爲富人及負債者若於所犯發露悔除名具尸羅不名犯戒如還債已但名富人若爾何緣薄伽梵說犯四重者不名苾芻不名沙門非釋迦子破苾芻體害沙門性懷滅墮落立他勝名依勝義苾芻密意作是說此言凶勃凶勃者何謂於世尊了義所說以別義釋令成不了與多煩惱者爲犯重罪緣寧知此言是了義說中律自釋有四苾芻一名想苾芻二自稱苾芻三乞匃苾芻四破戒苾芻此義中言非苾芻者謂非白四羯磨受具足戒苾芻非此苾芻先是勝義後由犯重成非苾芻故知此言是了義說然彼所說非犯一邊一切律儀應遍捨者彼言便是黴詰大師大師此中立如是喻如多羅樹若被斷頭必不復能生長廣大諸苾芻等犯重亦然大師此中喻顯何義意顯於戒

隨犯一邊根本重罪令餘所受必不復能生長廣大謂彼毀犯諸重罪時違越苾芻根本行故與極猛利無慚無愧共相應故行根既斷理應遍捨一切律儀又犯重人世尊不許食僧祇食下至一摶践毗訶羅一足跟地擯出一切苾芻事業大師依彼說如是言應速拔除稻禾稗莠應速簡棄腐朽棟梁應速皺颺種中糠秕如是應速驅擯衆中實非苾芻稱苾芻者彼苾芻體其相如何隨相是何體必應有以世尊說准陀當知有四沙門更無第五所言四者一勝道沙門二示道沙門三命道沙門四汙道沙門雖有此說而彼唯有餘沙門相故名沙門如被燒材假鸚鵡觜涸池敗種火輪死人若犯重人非苾芻者則應無有授學苾芻不說犯重人皆成他勝罪但成他勝罪定說非苾芻謂或有人相續殊勝雖犯極重戒而非他勝罪由彼無有一念覆心法主世尊制立如是若犯他勝便非苾芻何不重令出家受戒由彼相續已為極重無慚愧壞無力能發出家律儀如焦種故非觀彼有苾芻律儀故不重令出家受戒所以然者設彼後時謂是苾芻更捨所學亦不許彼重出家故於此無義苦救何為若如是人猶有苾芻性應自歸禮如是類苾芻正法滅時雖無一切結界羯磨及毗奈耶未得律儀無新得理而先得者無有捨義靜慮無漏二律儀等云何當捨頌曰

捨定生善法　由易地退等　捨聖由得果

練根及退失

論曰諸靜慮地所繫善法由二緣捨一由易

地謂從下地生上地時或上地没來生下地二由得退謂從已獲勝定功德還退失時等言爲顯捨衆同分亦捨少分殊勝善根如色界中所有善法由易地退捨無色界亦然唯無律儀與色界異無漏善法由三緣捨一由得果謂得果時捨前向道及果道故二由練根謂練根位由得利道捨鈍道故三由退失謂得退時退失果道勝果道故如是已說捨諸律儀不律儀云何捨頌曰

捨惡戒由死　得戒二形生

論曰諸不律儀由三緣捨一者由死捨所依故二由得戒謂若受得别解律儀或由獲得靜慮律儀惡戒便捨由因緣力得律儀時諸不律儀一切皆斷以善惡戒其性相違善戒於中勢力强故三由相續二形俱生以於爾時所依變故住惡戒者雖或有時起不作思捨刀網等若不受得諸善律儀諸不律儀無容棄捨譬如雖避發病因縁不服良藥病終難愈不律儀者受近住戒至夜盡位捨律儀時爲得不律儀爲名處中者有餘師説得不律儀惡阿世耶非永捨故如停熱鐵赤滅青生有餘師言若不更作無縁令彼得不律儀以不律儀依表得故處中無表捨復云何頌曰

捨中由受勢　作事壽根斷

論曰處中無表捨由六縁一由受心斷壞故捨謂捨所受作是念言我從今時棄先所受二由勢力斷壞故捨謂由淨信煩惱勢力所引無表彼二限勢若斷壞時無表便捨如所放箭及陶家輪弦等勢力盡時便止三由作

業斷壞故捨謂如所受後更不作四由事物斷壞故捨事物者何謂所捨施寺舍敷具制多園林及所施爲罝網等事五由壽命斷壞故捨謂所依止有轉易故六由善根斷壞故捨謂起加行斷善根時便捨善根所引無表欲非色善及餘一切非色染法捨復云何頌曰

捨欲非色善　由根斷上生　由對治道生
捨諸非色染

論曰欲界一切非色善法捨由二緣一斷善根二生上界三界一切非色染法捨由一緣謂彼但由對治道起若此品類能斷道生當捨此中所有煩惱及彼助伴非餘方便善惡律儀何有情有頌曰

惡戒人除北　二黃門二形　律儀亦在天
唯人具三種　生欲天色界　有靜慮律儀
無漏并無色　除中定無想

論曰唯於人趣有不律儀然除北洲唯三方有於三洲內復除扇搋及半擇迦具二形者律儀亦爾謂於人中除前所除并天亦有故於二趣容有律儀復以何緣知扇搋等所有相續非律儀依由經律中有誠證故謂契經說佛告大名諸有在家白衣男子男根成就歸佛法僧起殷淨心發誠諦語自稱我是鄔波索迦願尊憶持慈悲護念齊是名曰鄔波索迦毗奈耶中亦作是說汝應除棄此色類人故知律儀非彼類有復由何理彼無律儀由二所依所起煩惱於一相續俱增上故於正思擇無堪能故無有極重慚愧心故若爾何故無不律儀彼於惡中心不定故又若是

處有善律儀則惡律儀於彼亦有由此二種相翻立故北俱盧人無受及定及無造惡勝阿世耶是故彼無善戒惡戒猛利慚愧惡趣中無故律不律儀於彼亦非有與勝慚愧相應相違方有律儀不律儀故又扇搋等如鹹鹵田故不能生善戒惡戒世間現見諸鹹鹵田不能滋生嘉苗穢草若爾何故契經中言有卵生龍半月八日每從宮出來至人間求受八支近住齋戒此得妙行非得律儀是故律儀唯人天有然唯人具三種律儀謂别解脱靜慮無漏若生欲天及生色界皆容得有靜慮律儀生無色界彼必非有無漏律儀亦在無色謂若生在欲界天中及生色界中除中定無想皆容得有無漏律儀生無色中唯得成就以無色故必不現起因辯諸業性相不同當釋經中所標諸業且經中説業有三種善惡無記其相云何頌曰

安不安非業　名善惡無記

論曰如是名爲善等業相謂安隱業説名爲善能得可愛異熟涅槃暫永二時濟衆苦故不安隱業名爲不善由此能招非愛異熟與前安隱性相違故非前二業立無記名不可記爲善不善故又經中説業有三種福非福等其相云何頌曰

福非福不動　欲善業名福　不善名非福

上界善不動　約自地處所　業果無動故

論曰欲界善業説名爲福招可愛果益有情故諸不善業説名非福招非愛果損有情故上二界善説名不動豈不世尊説下三定皆名有動聖説此中有尋伺等名爲動故由下

三定有尋伺等災患未息故立動名不動經中據能感得不動異熟說名不動如何有動定招無動異熟雖此定中有災患動而業對果非如欲界有動轉故立不動名謂欲界中餘趣處業由別緣力異趣處受以或有業能感外內財位形量色力樂等於天等中此業應熟由別緣力所引轉故於人等中此業便熟色無色界餘地處業無容轉令異地處受業果處定立不動名又經中說業有三種順樂受等其相云何頌曰

順樂苦非二　善至三順樂　諸不善順苦
上善順非二　餘說下亦有　由中招異熟
又許此三業　非前後熟故　順受總有五
謂自性相應　及所緣異熟　現前差別故

論曰諸善業中始從欲界至第三靜慮名順樂受業以諸樂受唯至此故諸不善業名順苦受過三靜慮上地諸善業說名為順不苦不樂受此上都無苦樂受故非此諸業唯感受果應知亦感彼受資糧受及資糧此中名受有餘師說下諸地中亦有第三順非二業由中定業招異熟故若異此者中間定業應無異熟或應無業以無苦樂異熟果故有餘師說此業能感根本地中樂根異熟有說此業不感受果二說俱與本論相違故本論言頗有業感心受異熟非身耶曰有謂善無尋業又本論說頗有三業非前非後受異熟耶曰有謂順樂受業色順苦受業心心所法順不苦不樂受業心不相應行乃至廣說由此證知下地亦有順非二業非離欲界有此三業俱時熟故此業為善為不善耶是善而劣

若爾便與所說相違謂善至三名順樂受得可愛果名爲善業應知彼據多分爲言此業與受體性既殊如何說爲順樂受等業與樂受體性雖殊而能爲因利益樂受或復此業是樂所受彼樂如何能受於業樂是此業異熟果故或復彼樂是業所受由此能受樂異熟故如順浴散此亦應然是故名爲順樂受業順餘二業應知亦爾總說順受略有五種一自性順受謂一切受如契經說受樂受時如實了知受於樂受乃至廣說二相應順受謂一切觸如契經說順樂受觸乃至廣說三所緣順受謂一切境如契經說眼見色已唯受於色不受色貪乃至廣說由色等是受所緣故四異熟順受謂感異熟業如契經說順現受業乃至廣說五現前順受謂正現行受如契經言受樂受時二受便滅乃至廣說非此樂受現在前時有餘受能受此樂受但據樂受自體現前即說名爲受於樂受此中但說異熟順受由業能招受異熟故雖業與受體性有殊而得名爲順樂受等如是三業有定不定其相云何頌曰

此有定不定　定三順現等　或說業有五

餘師說四句

論曰此上所說順樂受等應知各有定不定異非定受故立不定名定復有三一順現法受二順次生受三順後次受此三定業并前不定總成四種或有欲令不定受業復有二種謂於異熟有定不定并定業三合成五種順現法受者謂此生造即此生熟順次生受者謂此生造第二生熟順後次受者謂此生

造從第三生後次第熟有餘師說順現法受業餘生亦得熟隨初熟位建立業名爲順現等勿强力業異熟果少毗婆沙師不許此義以或有業果近非勝或有相違譬如外種經三半月葵便結實要經六月麥方結實譬喻者說業有四句一者有業於時分定異熟不定謂順現等三非定得異熟二者有業於異熟定時分不定謂不定業定得異熟三者有業於二俱定謂順現等定得異熟四者有業於二俱不定謂不定業非定得異熟彼說諸業總成八種謂順現受有定不定乃至不定亦有二種於此所說業差別中頌曰

四善容俱作　引同分唯三　諸處造四種
地獄善除現　堅於離染地　異生不造生
聖不造生後　并欲有頂退

論曰順現法受等三業唯定并不定爲四是說爲善此中唯顯時定不定釋經所說四業相故頗有四業俱時作耶容有云何遣三使已自行邪欲俱時究竟幾業能引衆同分耶能引唯三除順現受現身同分先業引故何界何趣能造幾業諸界諸趣或善或惡隨其所應皆容造四總開如是若就別遮於地獄中善除順現無愛果故餘皆得造不退姓名堅彼於離染地若異生類除順生受可造餘三聖者雙除順生順後可造餘二異生不退無次更生後還生下不退聖者必無還生下諸地故隨所生地容造順現受造不定業一切處無遮然諸聖者若於欲界及有頂處已得離染雖有退墮而亦不造順生後業從彼退者必退果故諸退果已必不命終如後當

辯住中有位亦造業耶亦造云何頌曰
欲中有能造　二十二種業　皆順現受攝
類同分一故
論曰於欲界中住中有位容有能造二十二業謂中有位及處胎中出胎已後各有五位胎中五者一羯剌藍二頞部曇三閉尸四鍵南五鉢羅奢佉胎外五者一嬰孩二童子三少年四中年五老年住中有位能造中有乃至老年定不定業應知如是中有所造十一種定業皆順現受攝由類同分無差別故謂此中有位與自類十位一衆同分一業引故由此不別說順中有受業即順生等業所引故諸定受業其相云何頌曰
由重惑淨心　於功德田起
害父母業定　父是恒所造

論曰若所造業由重煩惱或淳淨心或常所作或於增上功德田起功德田者謂佛法僧或勝補特伽羅謂得勝果勝定於此田所雖無重惑及淳淨心亦非常行若善不善所起諸業或於父母隨輕重心行損害事如是一切皆定業攝餘非定受現法果業其相云何頌曰
由田意殊勝　及定招異熟　得永離地業
定招現法果
論曰由田勝者聞有苾芻於僧衆中作女人語彼於現世轉作女人此等傳聞其類非一由意勝者聞有黄門救脱諸牛黄門事故彼於現世轉作丈夫此等傳聞事亦非一或生此地永離此地染於此地中諸善不善業於異熟定位不定者此業必能招現法果若有

餘位順定受業彼必定無永離染義必於餘位受異熟果若於異熟亦不定者永離染故不受異熟何田起業定即受耶頌曰

於佛上首僧　及滅定無諍　慈見修道出　損益業即受

論曰於如是類功德田中爲善惡業定即受果功德田者謂佛上首僧約補特伽羅差别有五一從滅定出謂此定中得心寂靜此定寂靜似涅槃故若從此定初起心時如入涅槃還復出者二從無諍出謂此定中有緣無量有情爲境增上利益意樂隨逐出此定時有爲無量最勝功德所熏修身相續而轉三從慈定出謂此定中有緣無量有情爲境增上安樂意樂隨逐出此定時有爲無量最勝功德所熏修身相續而轉四從見道出謂此道中永斷一切見所斷惑得勝轉依從此出時淨身續起五從修道出謂此道中永斷一切修所斷惑得勝轉依從此出時淨身續起故說此五名功德田若有於中爲損益業此業必定能招即果若從餘定餘果出時由前所修定非殊勝修所斷惑未畢竟盡故彼相續非勝福田異熟果中受最爲勝今應思擇於諸業中頗有唯招心受異熟或招身受非心受耶亦有云何頌曰

諸善無尋業　許唯感心受　惡唯感身受　是感受業異

論曰善無尋業謂從中定乃至有頂所有善業於中能招受異熟者應知但感心受非身身受必與尋伺俱故諸不善業能感受者應知但感身受非心以不善因業受爲果心俱

業受決定名憂憂非異熟如前已辯有情心狂何識因處頌曰

心狂唯意識　由業異熟生　及怖害違憂除北洲在欲

論曰有情心狂唯在意識若在五識必無心狂以五識身無分别故由五因故有情心狂一由有情業異熟起謂由彼用藥物呪術令他心狂或復令他飲非所欲若毒若酒或現威嚴怖禽獸等或放猛火焚燒山澤或作坑穽陷墜衆生或餘事業令他失念由此業因於當來世感别異熟能令心狂二由驚怖謂非人等現可怖形來相逼迫有情見已遂致心狂三由傷害謂因事業惱非人等由彼瞋故傷其肢節遂致心狂四由乖違謂由身内風熱痰界互相違反大種乖適故致心狂五由愁憂謂因喪失親愛等事愁毒纒壞心遂發狂如婆私等若在意識方有心狂復許心狂業異熟起如何心受非異熟耶不說心狂是業異熟但言是業異熟所生謂惡業因感不平等異熟大種依此大種心便失念故說爲狂如是心狂對於心亂應作四句謂有心狂而非心亂乃至廣說狂非亂者謂諸狂者不染汙心亂非狂者謂不狂者諸染汙心亦亂者謂諸狂者諸染汙心非狂亂者謂不狂者不染汙心除北俱盧所餘欲界諸有情類容有心狂謂欲天心尚有狂者况人惡趣得離心狂地獄恒狂多苦逼故謂諸地獄恒爲種種異類苦具傷害末摩猛利難忍苦受所逼尚不自識况了是非故地獄中怨心傷歎猖狂馳叫世傳有文欲界聖中唯除諸佛

大種乖適無有心狂無異熟生若有定業必應先受後方得聖若非定業由得聖故能令無果亦無驚怖超五畏故亦無傷害以諸聖者無非人等憎嫌事故亦無愁憂證法性故又經中說業有三種謂曲穢濁其相云何頌曰

說曲穢濁業　依諂瞋貪生

論曰身語意三各有三種謂曲穢濁如其次第應知依諂瞋貪所生謂依諂生身語意業名爲曲業諂曲類故若依瞋生身語意業名爲穢業瞋穢類故若依貪生身語意業名爲濁業貪濁類故

阿毗達磨俱舍論卷第十五說一切有部

音釋

罝弶罝子邪切罟也弶其向切施羂於道也兇勃兇許恭切暴也勃蒲昧切逆也莠與久切似禾之草也簸颺簸布火切颺餘亮切穅秕穅苦郎切秕輔弭切涸下各切竭也鹵郎古切地不生物曰鹵鍵渠建切坑穽坑口莖切塹也穽才性切陷穽也

阿毗達磨俱舍論卷第十六

尊者世親造

唐三藏法師玄奘奉　詔譯

分別業品第四之四

又經中說業有四種謂或有業黑黑異熟或復有業白白異熟或復有業黑白黑白異熟或復有業非黑非白無異熟能盡諸業其相云何頌曰

依黑黑等殊　所說四種業　惡色欲界善　能盡彼無漏　應知如次第　名黑白俱非

論曰佛依業果性類不同所治能治殊說黑黑等四諸不善業一向名黑染汙性故異熟亦黑不可意故色界善業一向名白不雜惡故異熟亦白是可意故何故不言無色界善傳說若處有二異熟謂中生有具三種業謂身語意則說非餘然契經中有處亦說欲界善業名爲異白惡所雜故異熟亦黑白非愛果雜故此黑白名依相續立非據自性所以者何以無一業及一異熟是黑亦白互相違故豈不惡業果善業果雜故是則亦應名爲白黑不善業果非必應爲善業果雜欲善業果必定應爲惡業果雜以欲界中惡勝善故諸無漏業能永斷盡前三業者名爲非黑不染汙故亦名非白以不能招白異熟故此非白言是密意說以佛於彼大空經中告阿難陀諸無學法純善純白一向無罪本論亦言云何白法謂諸善法無覆無記無異熟者不墮界故與流轉法性相違故諸無漏業爲皆能盡前三業不不爾云何頌曰

四法忍離欲　前八無間俱　十二無漏思

唯盡純黑業　離欲四靜慮　第九無間思
一盡雜純黑　四令純白盡

論曰於見道中四法智忍及於修道離欲染位前八無間聖道俱行有十二思唯盡純黑離欲界染第九無間聖道俱行一無漏思雙令黑白及純黑盡此時總斷欲界善故亦斷第九不善業故離四靜慮一一地染第九無間道俱行無漏思此四唯令純白業盡何緣諸地有漏善法唯最後道能斷非餘以諸善法非自性斷已斷有容現在前故然由緣彼煩惱盡時方說名爲斷彼善法爾時善法得離繫故由此乃至緣彼煩惱餘一品在斷義不成善法爾時未離繫故頌曰

有說地獄受　餘欲業黑雜　有說欲見滅
餘欲業黑俱

論曰有餘師說順地獄受及欲界中順餘受業如次名爲純黑雜業謂地獄異熟唯不善業感故順彼受名純黑業唯除地獄餘欲界中異熟皆通善惡業感故順彼受名黑白業有餘師說欲見所斷及欲界中所有餘業如次名爲純黑俱業謂見所斷無善雜故名純黑業欲修所斷有善不善故名俱業又經中說有三牟尼又經中言有三清淨俱身語意相各云何頌曰

無學身語業　即意三牟尼　三清淨應知
即諸三妙行

論曰無學身語業名身語牟尼意牟尼即無學意非意業所以者何勝義牟尼唯心爲體謂由身語二業比知又身語業是遠離體意業不然無無表故由遠離義建立牟尼是故

即心由身語業能有所離故名牟尼何故牟尼唯在無學以阿羅漢是實牟尼諸煩惱言永寂靜故諸身語意三種妙行名身語意三種清淨暫永遠離一切惡行煩惱垢故名爲清淨說此二者爲息有情計邪牟尼邪清淨故又經中說有三惡行又經中言有三妙行俱身語意相各云何頌曰

惡身語意業　說名三惡行　及貪瞋邪見

三妙行翻此

論曰一切不善身語意業如次名身語意惡行然意惡行復有三種謂非意業貪瞋邪見貪等離思別有體故譬喻者言貪瞋邪見即是意業故思經中說此三種爲意業故若爾則應業與煩惱合成一體許有煩惱即是意業斯有何失毗婆沙師說彼非理若許爾者便與衆多理教相違成大過失然契經說是意業者顯思以彼爲門轉故由此能感非愛果故是聰慧者所訶猒故此行即惡故名惡行三妙行者翻此應知謂身語意一切善業非業無貪無瞋正見正見邪見既無故思欲益他損他如何成善惡能與損益爲根本故又經中言有十業道或善或惡其相云何頌曰

所說十業道　攝惡妙行中　麤品爲其性

如應成善惡

論曰於前所說惡妙行中若麤顯易知攝爲十業道如應若善攝前妙行不善業道攝前惡行不攝何等惡妙行耶且不善中身惡業道於身惡行不攝一分謂加行後起餘不善身業即飲諸酒執打縛等以加行等非麤顯

故若身惡行令他有情失命失財失妻妾等說爲業道令遠離故語惡業道於語惡行不攝加行後起及輕意惡業道於意惡行不攝惡思及輕貪等善業道中身善業道於身妙行不攝一分謂加行後起及餘善身業即離飲酒施供養等語善業道於語妙行不攝一分謂愛語等意善業道於意妙行不攝一分謂諸善思十業道中前七業道爲皆定有表無表耶不爾云何頌曰

惡六定無表　彼自作婬二　善七受生二　定生唯無表

論曰七惡業道中六定有無表謂殺生不與取虚誑語離間語麤惡語雜穢語如是六種若遣他爲根本成時自表無故若有自作彼六業道則六皆有表無表二謂起表時彼便死等後方死等與遣使同根本成時唯無表故唯欲邪行必具二種要是自身所究竟故非遣他作如自生喜七善業道若從受生必皆具二謂表無表受生尸羅必依表故靜慮無漏所攝律儀名爲定生此唯無表但依心力而得生故加行後起如根本耶不爾云何頌曰

加行定有表　無表或有無　後起此相違

論曰業道加行必定有表此位無表或有或無若猛利纏淳淨心起則有無表異此則無後起翻前定有無表此位表業或有或無謂若後時起隨前業則有表業異此便無於此義中如何建立加行根本後起位耶且不善中最初殺業如屠羊者將行殺時先發殺心從牀而起執持價直趣賣羊廛揣觸羊身酬

價捉取牽還養飼將入屠坊手執杖刀若打若刺或一或再至命未終如是皆名殺生加行隨此表業彼正命終此刹那頃表無表業是謂殺生根本業道由二緣故令諸有情根本業道殺罪所觸一由加行二由果滿此刹那後殺無表業隨轉不絕名殺後起及於後時剥截治洗若秤若賣或煑或食讃述其美表業刹那如是亦名殺生後起餘六業道隨其所應三分不同准例應說貪瞋邪見纔現在前即說名爲根本業道故無加行後起差别此中應說爲所殺生住死有時能殺生者彼刹那頃表無表業即成業道爲死後耶若爾何失二俱有過若所殺生正住死有能殺生者業道即成即能殺者與所殺生俱時命終應成業道然宗不許彼業道成若所殺生命終已後能殺生者業道方成是則不應先作是說隨此表業彼正命終此刹那頃表無表業是謂殺生根本業道又應違害毗婆沙師釋本論中加行未息謂本論說頗有已害生殺生未滅耶曰有如已斷生命彼加行未息毗婆沙師釋此文言此中於後起以加行聲說應言於根本說加行聲許命終後根本未息故如無有過此中應說此中說何名爲無過謂於根本說加行聲若爾于時所有表業如何可成根本業道何爲不成以無用故無表於此有何用耶故業道成非由有用但由加行果圓滿時此二俱成根本業道又諸業道展轉相望容有互爲加行後起今且應說殺生業道以十業道爲起加行謂如有人欲害怨敵設諸謀計合搆殺緣或殺衆生祈

請助力或盜他物以資殺事或婬彼婦令殺其夫或爲乖離彼親友故起語四過令生猜阻設有勢力無救護心或於彼財心生貪著或即於彼起瞋恚心或起邪見長養殺業然後方殺如是名爲以十業道爲殺加行殺怨敵已復於後時誅其所親收其財物婬彼所愛乃至復起貪瞋邪見次第現前此十名爲殺生後起所餘業道如應當知貪等不應能爲加行非唯心起加行即成唯起心時未作事故又經中說苾芻當知殺有三種一從貪生二從瞋生三從癡生乃至邪見有三亦爾此中應說何相殺生名從貪生問餘亦爾非諸業道一切皆由三根究竟然其加行不與彼同云何不同頌曰

加行三根起　彼無間生故　貪等三根生

論曰不善業道加行生時一一由三不善根起依先等起故作是說殺生加行由貪起者如有爲欲得彼身分或爲得財或爲戲樂或爲拔濟親友自身從貪引起殺生加行從瞋起者如爲除怨發憤恚心起殺加行從癡起者如有祠中謂是法心起殺加行又諸王等依世法律誅戮怨敵除剪兇徒謂成大福起殺加行又波剌私作如是說父母老病若令命終得免困苦便生勝福又諸外道有作是言蛇蠍蜂等爲人毒害若能殺者便生勝福羊鹿水牛及餘禽獸本擬供食故殺無罪又因邪見殺害衆生此等加行皆從癡起偷盜加行從貪起者謂隨所須起盜加行或爲別利恭敬名譽或爲救拔自身親友從貪引起偷盜加行從瞋起者謂爲除怨發憤恚心起

盜加行從癡起者謂諸王等依世法律奪惡人財謂法應爾無偷盜罪又婆羅門作如是說世間財物於劫初時大梵天王施諸梵志於梵志勢力微劣爲諸卑族侵奪受用今諸梵志於世他財若奪若偷充衣充食或充餘用或轉施他皆用巳財無偷盜罪然彼取時有他物想又因邪見盜他財物皆名從癡起盜加行邪婬加行從貪起者謂於他妻等起深著心或爲求他財名位恭敬或爲救坺自身他身從貪著心起婬加行從瞋生者謂爲除怨發憤恚心起婬加行從癡生者如波剌私讚於毋等行非梵行又諸梵志讚牛祠中有諸女男受持牛禁吸水齧草或住或行不揀親踈隨遇隨合又諸外道作如是言一切女人如臼花果熟食階隥道路橋船世間衆人應共受用此等加行從癡所生虛誑語等語四業道從貪瞋生類前應說然虛誑語所有加行從癡生者如外論言

若人因戲笑　嫁娶對女王　及救命救財虛誑語無罪

又因邪見起虛誑語離間語等所有加行當知一切從癡所生又諸吠陀及餘邪論皆雜穢語攝加行從癡生貪瞋等三既無加行如何可說從貪等生以從三根無間生故可說貪等從三根生謂或有時從貪無間生貪業道從二亦然瞋及邪見從三亦爾巳說不善從三根生善復云何頌曰

善於三位中　皆三善根起

論曰諸善業道所有加行根本後起皆從無貪無瞋無癡善根所起以善三位皆是善心

所等起故善心必與三種善根共相應故此善三位其相云何謂遠離前不善三位離惡加行即善加行離惡根本即善根本離惡後起即善後起且如勤策受具戒時來入戒壇禮苾芻衆至誠發語請親教師乃至一白二羯磨等皆名爲善業道加行第三羯磨竟一刹那中表無表業名根本業道從此已後至說四依及餘依前相續隨轉表無表業皆名後起如先所說非諸業道一切皆由三根究竟何根究竟何業道耶頌曰

殺麤語瞋恚　究竟皆由瞋　盜邪行及貪
皆由貪究竟　邪見癡究竟　許所餘由三

論曰惡業道中殺生麤語瞋恚業道由瞋究竟要無所顧極麤惡心現在前時此三成故諸不與取欲邪行貪此三業道由貪究竟要有所顧極染汙心現在前時此三成故邪見究竟要由愚癡由上品癡現前成故虛誑離間雜穢語三許一一由三根究竟以貪瞋等現在前時一一能令此三成故諸惡業道何處起耶頌曰

有情具名色　名身等處起

論曰如前所說四節業道三三一三隨其次第於有情等四處而生謂殺等三有情處起偷盜等三衆具處起唯邪見一名色處起虛誑語等三名身等處起有起加行定欲殺他而與所殺生俱死或前死亦得根本業道耶頌曰

俱死及前死　無根依別故

論曰若能殺者與所殺生俱時命終或在前死彼定不得根本業道故有問言頗有殺者

起殺加行及令果滿而彼不爲殺罪觸耶曰有云何謂能殺者與所殺生俱死前死何緣如是以所殺生其命猶存不可令彼能殺生者成殺罪故非能殺者其命已終可得殺罪別依生故謂殺加行所依止身今已斷滅雖有別類身同分生非罪依止此曾本起殺生加行成殺業道理不應然若有多人集爲軍衆欲殺怨敵或獵獸等於中隨有一殺生時何人得成殺生業道頌曰

軍等若同事　皆成如作者

論曰於軍等中若隨有一作殺生事如自作者一切皆成殺生業道由彼同許爲一事故如爲一事展轉相教故一殺生餘皆得罪若有他力逼入此中因即同心亦成殺罪唯除若有立誓自要救自命緣亦不行殺雖由他力逼在此中而無殺心故無殺罪今次應辯成業道相謂齊何量名自殺生乃至齊何名爲邪見且先分別殺生相者頌曰

殺生由故思　他想不誤殺

論曰要由先發欲殺故思於他有情他有情想作殺加行不誤而殺謂唯殺彼不漫殺餘齊此名爲殺生業道有猶豫殺亦成殺生謂彼先於所欲殺境心懷猶豫爲生非生設復是生爲彼非彼後起決志若是若非我定當殺由心無顧若殺有情亦成業道於剎那滅蘊如何成殺生息風名生依身心轉若有令斷不更續生如滅燈光鈴聲名殺或復生者即是命根若有令斷不續名殺謂以惡心隔斷他命乃至一念應生不生唯此非餘殺罪所觸此所斷命爲屬於誰謂命若無彼便死

者既標第六非我而誰破我論中當廣思擇故薄伽梵所說頌言

壽煖及與識　三法捨身時　所捨身僵仆如木無思覺

故有根身名有命者無根名死其理決然離繫者言不思而殺亦得殺罪猶如觸火設不先思亦被燒害若爾汝等遇見他妻或誤觸身亦應有罪又善心者拔離繫髮或師慈心勸修苦行或因施主宿食不消此等皆應受苦他罪又胎與母互為苦因應母與胎有苦他罪又所殺者既與殺合亦應如火能燒自依不應但令能殺得罪又遣他殺殺罪應無如火不燒教觸火者又諸木等應為罪觸如舍等崩亦害生故又非但喻立義可成已分別殺生當辯不與取頌曰

不與取他物　力竊取屬已

論曰前不誤等如其所應流至後門故不重說謂要先發欲盜故思於他物中起他物想或力或竊起盜加行不誤而取令屬已身齊此名為不與取罪若有盜取窣堵波物彼於如來得偷盜罪以佛臨欲入涅槃時哀愍世間總受所施有餘師說望守護者若有掘取無主伏藏於國主邊得偷盜罪若有盜取諸迴轉物已作羯磨於界內僧若羯磨未成普於佛弟子得偷盜罪餘例應思已辯不與取當辯欲邪行頌曰

欲邪行四種　行所不應行

論曰總有四種行不應行皆得名為欲邪行罪一於非境行不應行謂行於他所攝妻妾或母或父或父母親乃至或王所守護境二

於非道行不應行謂於自妻口及餘道三於非處行不應行謂於寺中制多迥處四於非時行不應行非時者何謂懷胎時飲兒乳時受齋戒時設自妻妾亦犯邪行有說若夫許受齋戒而有所犯方謂非時既不誤言亦流至此若於他婦謂是巳妻或於巳妻謂為他婦道非道等但有誤心雖有所行而非業道若於此他婦作餘他婦想行非梵行成業道耶有說亦成以於他婦起婬加行及受用故有說不成如殺業道於此起加行於餘究竟故於苾芻尼行非梵行為從何處得業道耶此從國王不忍許故於自妻妾受齋戒時尚不應行況出家者若於童女行非梵行為從何處得業道耶若巳許他於所許處未許他者於能護人此及所餘皆於王得巳辯欲邪行當辯虛誑語頌曰

染異想發言　解義虛誑語

論曰於所說義異想發言及所誑者解所說義染心不誤成虛誑語若所誑者未解言義此言是何是雜穢語既虛誑語是所發言有多字成言何時成業道與最後字俱生表聲及無表業成此業道或隨何時所誑解義表無表業成此業道前字俱行皆此加行所言解義定據何時為據巳聞正解名解為據正聞能解名解若爾何失若據巳聞正解名解言所詮義意識所知語表耳識俱時滅故應此業道唯無表成若據正聞能解名解雖無有失然未了知如何正聞可名能解善言義者無迷亂緣耳識巳生名為能解如無失者應取為宗經說諸言略有十六謂於不見不

聞不覺不知事中言實見等或於所見所聞所覺所知事中言不見等如是八種名非聖言若於不見乃至不知言不見等或於所見乃至所知言實見等如是八種名爲聖言何等名爲所見等相頌曰

由眼耳意識　幷餘三所證　如次第名爲所見聞知覺

論曰毗婆沙師作如是說若境由眼識所證名所見若境由耳識所證名所聞若境由意識所證名所知若境由鼻識舌識及身識所證名所覺所以然者香味觸三無記性故如死無覺故能證者偏立覺名何證知然由經理證言由經者謂契經說佛告大毋汝意云何諸所有色非汝眼見非汝曾見非汝當見非希求見汝爲因此起欲起貪起親起愛起阿賴耶起尼延底起躭著不不爾大德諸所有聲非汝耳聞廣說乃至諸所有法非汝意知廣說乃至不爾大德復告大毋汝於此中應知所見雖有所見應知所聞所覺所知唯有所聞所覺所知此經既於色聲法境說爲所見所聞所知唯此定於香等三境總合建立一所覺名若不許然何名所覺又香味觸在所見等外於彼三境應不起言說是名爲理此證不成且經非證經義別故非此經中世尊爲欲決判見等四所言相然見此經所說義者謂佛勸彼於六境中及於見等四所言事應知但有所見等言不應增益愛非愛相若爾何相名所見等有餘師說若是五根現所證境名爲所見若他傳說名爲所聞若運自心以種種理比度所許名爲所覺若意

現證名爲所知於五境中一一容起見聞覺知四種言說於第六境除見有三由此覺名非無所目香等三境言說非無故彼理言亦爲無理先軌範師作如是說眼所現見名爲所見從他傳聞名爲所聞自運已心諸所思構名爲所覺自內所受及自所證名爲所知且止傍言應申正論頗有由身表異想義不由發語成虛誑語耶曰有故論言頗有不動身殺生罪觸耶曰有謂發語頗有不發語誑語罪觸耶曰有謂動身頗有不動身不發語二罪所觸耶曰有謂仙人意憤及布灑他時若不動身亦不發語欲無無表離表而生此二如何得成業道於如是難應設劬勞已辯虛誑語當辯餘三語頌曰

染心壞他語　說名離間語　非愛麤惡語
諸染雜穢語　餘說異三染　佞歌邪論等

論曰若染汙心發壞他語若他壞不壞俱成離間語解義不誤流至此中若以染心發非愛語毀呰於他名麤惡語前染心語流至此故解義不誤亦與前同謂本期心所欲罵者解所說義業道方成一切染心所發諸語名雜穢語所以者何染所發言皆雜穢語故唯前語字流至此中有餘師說異虛誑等前三種語所有一切染心發言名雜穢語此謂佞歌及邪論等佞謂諂佞如有苾芻邪命居懷發諂佞語歌謂歌詠如世有人以染汙心諷吟相調及倡妓者爲悅他情以染汙心作諸詞曲言邪論者謂廣辯說諸不正見所執言詞等謂染心所發悲歎及諸世俗戲論言詞但異前三染心所發一切皆是雜穢語收輪

王現時亦有歌詠如何不是雜穢語收由彼語從出離心發能引出離非預染心有餘師言爾時亦有成嫁娶等所發染言由過輕故不成業道已辯三語當辯意三頌曰

惡欲他財貪　憎有情瞋恚　撥善惡等見

名邪見業道

論曰於他財物惡欲名貪謂於他財非理起欲如何令彼屬我非他起力竊心躭求他物如是惡欲名貪業道有餘師言諸欲界愛皆貪業道所以者何五蓋經中依貪欲蓋佛說應斷此世間貪故知貪名總說欲愛有說欲愛雖盡名貪而不可說皆成業道此惡行中攝麤品故勿輪王世及北俱盧所起欲貪成貪業道於有情類憎恚名瞋謂於他有情欲爲傷害事如是憎恚名瞋業道於善惡等惡見撥無此見名爲邪見業道如經說無施與無愛樂無祠祀無妙行無惡行無妙惡行業果異熟無此世間無彼世間無母無父無化生有情世間無沙門或婆羅門是阿羅漢彼經具顯謗業謗果謗聖邪見此頌舉初等言攝後

阿毗達磨俱舍論卷第十六 說一切有部

音釋

揣觸（揣楚委切揣摩也）飼（祥吏切餧也）剝截（剝北角切割也截昨結切斷也）秤（蚩陵切銓也）猜（倉才切疑也）憤（房吻切懣也）吸（許及切飲也）齧（五結切噬也）揀（古限切擇也）隥（都鄧切登陟之道也）僵仆（僵居良切仆芳遇切）窣堵波（梵語也此云方墳窣蘇沒切堵音覩）毀

呰毀虎委切謗也呰蔣氏切譏也 佞乃定切諂也

阿毗達磨俱舍論卷第十七

尊者世親造

唐三藏法師玄奘奉　詔譯

分別業品第四之五

如是已辯十業道相依何義名業道頌曰

此中三唯道　七業亦道故

論曰十業道中後三唯道業之道故立業道名彼相應思說名為業彼轉故轉彼行故行如彼勢力而造作故前七是業身語業故亦業之道思所遊故由能等起身語業思託身語業為境轉故業業之道立業道名故於此中言業道者具顯業道業業道義雖不同類而一為餘於世典中俱極成故離殺等七無貪等三立業道名類此應釋此加行後起何緣非業道為此依此彼方轉故又前說此攝麤品故又若由此有減有增令內外物有增有減立為業道異此不然譬喻論師執貪瞋等即是意業依何義釋彼名業道應問彼師然亦可言彼是意業惡趣道故立業道名或互相乘皆名業道如是所說十惡業道皆與善法現起相違諸斷善根由何業道斷續善相差別云何頌曰

唯邪見斷善　所斷欲生得　撥因果一切　漸斷二俱捨　人三洲男女　見行斷非得　續善疑有見　頓現除逆者

論曰惡業道中唯有上品圓滿邪見能斷善根若爾何緣本論中說云何上品諸不善根謂諸不善根能斷善根者或離欲位最初所除由不善根能引邪見故邪見事推在彼根如火燒村火由賊起故世間說被賊燒村何

等善根爲此所斷謂唯欲界生得善根色無色善先不成故施設足論當云何通如彼論言唯由此量是人巳斷三界善根依上善根得更遠說令此相續非彼器故何緣唯斷生得善根加行善根先巳退故緣何邪見能斷善根謂定撥無因果邪見撥無因者謂定撥無妙行惡行撥無果者謂定撥無彼果異熟有餘師說此二邪見猶如無間解脫道別有餘師說斷善邪見唯緣有漏非無漏緣唯自界緣不緣他界由彼唯作相應隨眠境不隨增勢力劣故如是說者通一切緣隨因亦增有强力故有餘師說九品善根由一刹那邪見頓斷如見道斷見所斷惑如是說者漸斷善根謂九品善根由九品邪見逆順相對漸次而斷如修道斷修所斷惑即下下邪見能斷上上善根乃至下下善根上上邪見所斷若作是說符本論文如本論言云何名微俱行善根謂斷善根時最後所捨者由捨彼故名斷善根若爾彼文何理復說云何上品諸不善根謂諸不善根能斷善根者彼依究竟密說此言由此善根斷無餘故謂若猶有一品善根餘品善根因斯可起未可說彼名斷善根斷究竟時方名斷善故唯說上品名能斷善根有餘師言斷九品善終無中出如見道中如是說者通出不出有餘師說先捨律儀後斷善根未易捨故如是說者若彼律儀是此品心所等起果此品心斷捨彼律儀以果與因品類同故爲在何處能斷善根人趣三洲非在惡趣亦非天趣所以者何以惡趣中染不染慧不堅牢故以天趣中現見善惡

諸業果故言三洲者除北俱盧彼無極惡阿世耶故有餘師說唯贍部洲若爾便違本論所說如本論說贍部洲人極少成八根東西洲亦爾如是斷善依何類身唯男女身志意定故有餘師說亦非女身欲勤慧等皆昧鈍故若爾便違本論所說如本論說若成女根定成八根男根亦爾爲何行者能斷善根唯見行人非愛行者謂愛行者惡阿世耶極躁動故諸見行者惡阿世耶極堅深故由斯理趣非扇搋等能斷善根愛行類故又此類人如惡趣故此善根斷其體是何善斷應知非得爲體以斷善位善得不生非得續生替善根得非得生位名斷善根故斷善根非得爲體善根斷已由何復續由疑有見謂因果中有時生疑此或應有或生正見定有非無爾時善根得還續起善得起故名續善根有餘師言九品漸續如是說者頓續善根然後後時漸漸現起如頓除病氣力漸增於現身中能續善不亦有能續除造逆人經依彼人作如是說彼定於現法不能續善根彼人定從地獄將殁或即於彼將受生時能續善根非餘位故言將生位謂中有中將殁時言謂彼將死若由因力彼斷善根將死時續若由緣力彼斷善根將生時續由自他力應知亦爾又意樂壞非加行壞斷善根者是人現世能續善根若意樂壞加行亦壞斷善根者要身壞後方續善根見壞戒不壞見壞戒亦壞斷善根者應知亦爾有斷善根非墮邪定應作四句第一句者謂布刺拏等第二句者謂未生怨等第三句者謂天授等第四句者謂除

前相已乘義便辯斷善根今應復明本業道義所説善惡二業道中有幾並生與思俱轉

頌曰

業道思俱轉　不善一至八　善總開至十

別遮一八五

論曰於諸業道思俱轉中且不善與思從一唯至八一俱轉者謂離所餘貪等三中隨一現起若先加行造惡色業不染心時隨一究竟二俱轉者謂瞋心時究竟殺業若起貪位成不與取或欲邪行或雜穢語三俱轉者謂以瞋心於屬他生俱時殺盜若爾所說偷盜業道由貪究竟理應不成依不異心所作究竟故作如是決判應知若先加行造惡色業貪等起時隨二究竟四俱轉者謂欲壞他說虛誑言或麤惡語意業道一語業道三若先加行造惡色業貪等現前隨三究竟如是五六七皆如理應知八俱轉者謂先加行造作所餘六惡色業自行邪欲俱時究竟後三業道自力現前必不俱行故無九十如是已說不善業道與思俱轉數有不同善業道與思總開容至十別據顯相遮一八五二俱轉者謂善五識及依無色盡無生智現在前時無散善七三俱轉者謂與正見相應意識現在前時無七色善四俱轉者謂惡無記心現在前位得近住近事勤策律儀六俱轉者謂善五識現在前時得上三戒七俱轉者謂善意識無隨轉色正見相應現在前時得上三戒或惡無記心現前時得苾芻戒九俱轉者謂善五識現在前時得苾芻戒或依無色盡無生智現在前時得苾芻戒或靜慮攝盡無生

智相應意識現在前時十俱轉者謂善意識無隨轉色正見相應現在前時得苾芻戒或餘一切有隨轉色正見相應心正起位別據顯相所遮如是通據隱顯則無所遮謂離律儀有一八五一俱轉者謂惡無記心現在前時得一支遠離五俱轉者謂善意識無隨轉色正見相應現在前時得一支等八俱轉者謂此意識現在前時得五支等善惡業道於何界趣處幾唯成就幾亦通現行頌曰

不善地獄中　麤雜瞋通二　貪邪見成就
北洲成後三　雜語通現成　餘欲十通二
善於一切處　後三通現成　無色無想天
前七唯成就　餘處通成現　除地獄北洲

論曰且於不善十業道中那落迦中三通二種謂麤惡語雜穢語瞋三種皆通現行成就由相罵故有麤惡語由悲叫故有雜穢語身心麤强儱悷不調由互相憎故有瞋恚貪及邪見成而不行無可愛境故現見業果故業盡死故無殺業道無攝財物及女人故無不與取及欲邪行以無用故無虛誑語即由此故及常離故無離間語北俱盧洲貪瞋邪見皆定成就而不現行不攝我所故身心柔愞故無惱害事故無惡意樂故唯雜穢語通現及成由彼有時染心歌詠無惡意樂故彼無殺生等壽量定故無攝財物及女人故身心愞故及無用故隨其所應彼人云何行非梵行謂彼男女互起染時執手相牽往詣樹下樹枝垂覆知是應行樹不垂枝並愧而別除前地獄北俱盧洲餘欲界中十皆通二謂於欲界天鬼傍生及人三洲十惡業道皆通成

現然有差別謂天鬼傍生前七業道唯有處中攝無不律儀人三洲中二種俱有雖諸天衆無有殺天而或有時殺害餘趣有餘師說天亦殺天斬首截腰其命方斷已說不善善業道中無貪等三於三界五趣皆通二種謂成就現行身語七支無色無想但容成就必不現行謂聖有情生無色界成就過未無漏律儀無想有情必成過未第四靜慮靜慮律儀然聖隨依何地依止曾起曾滅無漏律儀生無色時成彼過去若未來世依五地身無漏律儀皆得成就餘界趣處除地獄北洲七善皆通現行及成就然有差別謂鬼傍生有離律儀處中業道若於色界唯有律儀三洲欲天皆具二種不善善業道所得果云何頌曰

皆能招異熟　等流增上果　此令他受苦斷命壞威故

論曰且先分別十惡業道各招三果其三者何異熟等流增上別故謂於十種若習若修若多所作由此力故生那落迦是異熟果從彼出已來生此間人同分中受等流果謂殺生者壽量短促不與取者資財乏匱欲邪行者妻不貞良虛誑語者多遭誹謗離間語者親友乖穆麤惡語者恒聞惡聲雜穢語者言不威肅貪者貪盛瞋者瞋增邪見者增癡彼品癡增故是名業道等流果別人中短壽亦善業果如何可說是殺等流不言人壽即殺業果但言由殺人壽量短應知殺業與人命根作障礙因令不久住此十所得增上果者謂外所有諸資生具由殺生故光澤鮮少不

與取故多遭霜雹欲邪行故多諸塵埃虛誑語故多諸臭穢離間語故所居險曲麤惡語故田多荆棘磽确鹹鹵稼穡匪宜雜穢語故時候變改貪故果少瞋故果辛由邪見故果少或無是名業道增上果別爲一殺業先感邪落迦異熟果已復令人趣壽量短促更有餘師言即一殺業先感彼異熟後感此等流有餘復言二果因別先謂加行後謂根本雖復總說一殺生言而實通收根本眷屬此中所說等流果言非越異熟及增上果據少相似假說等流此十何緣各招三果且初殺業於殺他位令他受苦斷命失威謂殺生時令他受苦故墮於地獄受苦異熟果斷他命故來生人中受命短促爲等流果壞他威故感諸外物鮮少光澤爲增上果餘惡業道如理應思由此應准知善業道三果謂離殺等若習若修若多所作由此力故生於天中受異熟果從彼歿已來生此間人同分中受等流果謂離殺者得壽命長餘上相違如理應說又契經說八邪支中分色業爲三謂邪語業命離邪語業邪命是何雖離彼無而別說者

頌曰

貪生身語業　邪命難除故　執命資貪生違經故非理

論曰瞋癡所生語身二業如次名爲邪語邪業從貪所生身語二業以難除故別立邪命謂貪能奪諸有情心彼所起業難可禁護爲於正命令殷重修故佛離前別說爲一如有

頌曰

俗邪見難除　由恒執異見　道邪命難護

由資具屬他
有餘師執緣命資具貪欲所生身語二業方名邪命非餘貪生所以者何爲自戲樂作歌舞等非資命故此違經故理定不然戒蘊經中觀象鬭等世尊亦立在邪命中邪受外境虛延命故正語業命翻此應知如前所言果有五種此中何業有幾果耶頌曰
斷道有漏業　具足有五果　無漏業有四謂唯除異熟　餘有漏善惡　亦四除離繫餘無漏無記　三除前所除
論曰道能證斷及能斷惑得斷道名即無間道此道有二種謂有漏無漏有漏道業具有五果異熟果者謂自地中斷道所招可愛異熟等流果者謂自地中後等若增諸相似法離繫果者謂此道力斷惑所證擇滅無爲士用果者謂道所牽俱有解脫所修及斷增上果者謂離自性餘有爲法唯除前生即斷道中無漏道業唯有四果謂除異熟餘有漏善及不善業亦有四果謂除離繫異前斷道故說爲餘次後餘言例此應釋謂餘無漏及無記業唯有三果除前所除謂除前所除異熟及離繫已總分別諸業有果次辯異門業有果相於中先辯善等三業頌曰
善等於善等　初有四二三　中有二三四後二三二果
論曰最後所說皆如次言顯隨所應遍前門義且善不善無記三業一一爲因如其次第對善不善無記三法辯有果數後例應知謂初善業以善法爲四果除異熟以不善爲二果謂士用及增上以無記爲三果除等流及

離繫中不善業以善法爲二果謂士用及增上以不善爲三果除異熟及離繫以無記爲四果除離繫等流云何謂遍行不善及見苦所斷餘不善業以有身見邊執見品諸無記法爲等流故後無記業以善法爲二果謂士用及增上以不善爲三果除異熟及離繫等流云何謂有身見邊執見品諸無記業以諸不善爲等流故以無記爲三果除異熟及離繫已辯三性當辯三世頌曰

過於三各四　現於未亦爾　現於現二果

未於未果三

論曰過去現在未來三業一一爲因如其所應以過去等爲果別者謂過去業以三世法各爲四果唯除離繫現在業以未來爲四果如前說以現在爲二果謂士用及增上未來業以未來爲三果除等流及離繫不說後業有前果者前法定非後業果故已辯三世當辯諸地頌曰

同地有四果　異地二或三

論曰於諸地中隨何地業以同地法爲四果除離繫若是有漏以異地法爲二果謂士用及增上若是無漏以異地法爲三果除異熟及離繫不墮界故不遮等流已辯諸地當辯學等頌曰

學於三各三　無學一三二　非學非無學

有二二五果

論曰學無學非學非無學三業一一爲因如其次第各以三法爲果別者謂學業以學法爲三果除異熟及離繫以無學法爲三亦爾以非二爲三果除異熟及等流無學業以學

法爲一果謂增上以無學爲三果除異熟及離繫以非二爲二果謂士用及增上非二業以學法爲二果謂士用及增上以無學法爲二亦爾以非二爲五果已辯學等當辯見所斷等頌曰

見所斷業等　一一各於三　初有三四一中二四三果　後有一二四　皆如次應知

論曰見所斷修所斷非所斷三業一一爲因如其次第各以三法爲果别者初見所斷業以見所斷法爲三果除異熟及離繫以修所斷法爲四果除離繫以非所斷法爲一果謂增上中修所斷業以見所斷法爲二果謂士用及增上以修所斷法爲四果除離繫以非所斷法爲三果除異熟及等流後非所斷業以見所斷法爲一果謂增上以修所斷法爲二果謂士用及增上以非所斷法爲四果除異熟皆如次者隨其所應遍上諸門略法應爾因辯諸業應復問言如本論中所説三業謂應作業不應作業及非應作非不應作業其相云何頌曰

染業不應作　有説亦壞軌　應作業翻此俱相違第三

論曰有説染業名不應作以從非理作意所生有餘師言諸壞軌則身語意業亦不應作謂諸所有應如是行應如是住應如是説應如是著衣應如是食等若不如是名不應作由彼不合世俗禮儀與此相翻名應作業有説善業名爲應作以從如理作意所生有餘師言諸合軌則身語意業亦名應作俱違前二名爲第三隨其所應二説差别爲由一業

但引一生爲引多生又爲一生但一業引爲多業引頌曰

一業引一生　多業能圓滿

論曰依我所宗應作是說但由一業唯引一生此一生言顯一同分以得同分方說名生若爾何緣尊者無滅自言我憶昔於一時於殊勝福田一施食異熟便得七返生三十三天七生人中爲轉輪聖帝最後生在大釋迦家豐足珍財多受快樂彼由一業感一生中大貴多財及宿生智乘斯更造感餘生福如是展轉至最後身生富貴家得究竟果顯由初力故作是言譬如有人持一金錢展轉貿易得千金錢唱如是言我本由有一金錢故獲大富樂復有說者彼於昔時一施食爲依起多勝思願有感天上有感人中刹那不同熟有先後故非一業能引多生亦無一生多業所引勿衆同分分分差別雖但一業引一同分而彼圓滿許由多業譬如畫師先以一色圖其形狀後填衆彩是故雖有同稟人身而於其中有具支體諸根形量色力莊嚴或有於前多缺減者非唯業力能引滿生一切不善善有漏法有異熟故皆容引滿以業勝故但標業名然於其中業俱有者能引能滿隨業勝故若不與業爲俱有者能滿非引勢力劣故如是二類其體是何頌曰

二無心定得　不能引餘通

論曰二無心定雖有異熟而無勢力引衆同分以與諸業非俱有故得亦無力引衆同分以與諸業非一果故所餘一切皆通引滿薄伽梵說重障有三謂業障煩惱障異熟障如

是三障其體是何頌曰

三障無間業　及數行煩惱　并一切惡趣

北洲無想天

論曰言無間業者謂五無間業其五者何一者害母二者害父三者害阿羅漢四者破和合僧五者惡心出佛身血如是五種名爲業障煩惱有二一者數行謂恒起煩惱二者猛利謂上品煩惱應知此中唯數行者名煩惱障如扇搋等煩惱數行難可伏除故說爲障上品煩惱雖復猛利非恒起故易可伏除於下品中數行煩惱雖非猛利而難伏除由彼恒行難得便故謂從下品爲緣生中中品爲緣復生上品令伏除道無便得生故煩惱中隨品上下但數行者名煩惱障全三惡趣人趣北洲及無想天名異熟障此障何法謂障聖道及障聖道加行善根又業障中理亦應說餘決定業謂餘一切定感惡趣卵生濕生及女人身第八有等然若有業由五因緣易見易知此中偏說謂處趣生果及補特伽羅於諸業中唯五無間具此五種易見易知餘業不然故此不說餘障廢立如應當知此三障中煩惱與業二障皆重以有此者第二生內亦不可治毗婆沙師作如是釋由前能引後故後輕於前此無間名爲目何義約異熟果決定更無餘業餘生能爲間隔故此唯目無間隔義或造此業補特伽羅從此命終定墮地獄中無間隔故名無間彼有無間得無間名與無間法合故名無間如與沙門合故名沙門三障應知何處中有頌曰

二洲有無間　非餘扇搋等　少恩少羞耻

餘障通五趣

論曰且無間業唯人三洲非北俱盧餘趣餘界於三洲內唯女及男造無間業非扇搋等所以者何即前所說彼無斷善不律儀因即是此中無逆所以又彼父母及彼已身如次少恩少羞耻故謂彼父母於彼少恩爲彼鈌身增上緣故又由於彼少愛念故彼於父母慙愧心微以無現前增上慙愧可言壞故觸無間罪由此已釋鬼及傍生雖害母等而非無間然大德說若覺分明亦成無間如聰慧馬若有人害非人父母不成逆罪心境劣故已辯業障唯人三洲餘障應知五趣皆有然於人趣唯北俱盧在天趣中唯無想處

阿毗達磨俱舍論卷第十七 說一切有部

音釋

殁 莫勃切終也 布剌拏 梵語也此云滿外 儱悷 儱力董切悷郎計切儱悷謂多惡不調也 雹 蒲角切雨氷也 荆棘 荆舉卿切棘紀力切 磽确 磽苦交切确苦角切磽确地薄堉也 辢 盧達切辛甚曰辢 貿 莫候切貿易也

阿毗達磨俱舍論卷第十八

尊者世親造

唐三藏法師玄奘奉詔譯

分別業品第四之六

於前所辯三重障中說五無間爲業障體五無間業其體是何頌曰

此五無間中　四身一語業　三殺一誑語
一殺生加行

論曰五無間中四是身業一是語業三是殺生一虛誑語根本業道一是殺生業道加行以如來身不可害故破僧無間是虛誑語既是虛誑語何緣名破僧因受果名或能破故若爾僧破其體是何能所破人誰所成就頌曰

僧破不和合　心不相應行　無覆無記性
所破僧所成

論曰僧破體是不和合性無覆無記心不相應行蘊所攝豈成無間如是僧破因虛誑語生故說破僧是無間果非能破者成此僧破但是所破僧衆所成此能破人何所成就破僧果熟何處幾時頌曰

能破者唯成　此虛誑語罪　無間一劫熟
隨罪增苦增

論曰能破僧人成破僧罪此破僧罪誑語爲性即僧破俱生語表無表業此必無間大地獄中經一中劫受極重苦餘逆不必生於無間若作多逆罪皆於次生熟如何多逆同感一生隨彼罪增苦還增劇謂由多逆感地獄中大柔輭身多猛苦具受二三四五倍重苦誰於何處能破於誰破在何時經幾時破頌

曰
苾芻見淨行　破異處愚夫　忍異師道時
名破不經宿
論曰能破僧者要大苾芻必非在家苾芻尼等唯見行者非愛行人住淨行人非犯戒者以犯戒者言無威故要異處破非對大師以諸如來不可輕逼言詞威肅對必無能唯破異生非破聖者以諸聖者證法性故有說得忍亦不可破爲舍二義說愚夫言要所破僧忍師異佛忍異佛說有餘聖道應說僧破在如是時此夜必和不經宿住如是名曰破法輪僧能障聖道輪壞僧和合故何洲人幾破法輪僧破羯磨僧何洲人幾頌曰
贍部洲九等　方破法輪僧　唯破羯磨僧
通三洲八等
論曰唯贍部洲人少至九或復過此能破法輪非於餘洲以無佛故有世尊處方有異師要八苾芻分爲二衆以爲所破能破第九故衆極少猶須九人等言爲明過此無限唯破羯磨通在三洲極少八人多亦無限通三洲者有聖教故要一界中僧分二部別作羯磨故須八人過此無遮故亦言等於何時分無破法輪頌曰
初後皰雙前　佛滅未結界　於如是六位
無破法輪僧
論曰初謂世尊轉法輪未久後謂善逝將般涅槃時此二時中僧一味故於正戒見皰未起時要二皰生方可破故未立止觀第一雙時法爾由彼連還合故佛滅後時無眞大師爲敵對故未結界時無一界中分二部故於

此六位無破法輪非破法輪諸佛皆有必依宿業有此事故且止傍論應辯逆緣頌曰

棄壞恩德田　轉形亦成逆　毋謂因彼血

誤等無或有　打心出佛血　害後無學無

論曰何緣害毋等成無間非餘由棄恩田壞德田故謂害父毋是棄恩田如何有恩身生本故如何棄彼謂捨彼恩德田謂餘阿羅漢等具諸勝德及能生故壞德所依故成逆罪父毋形轉殺成逆耶逆罪亦成依止一故由如是義故有問言頗有令男離命根非父阿羅漢而爲無間罪觸不曰有謂毋轉形頗有令女離命根非毋阿羅漢而爲無間罪觸不曰有謂父轉形設有女人羯刺藍墮餘女收取置産門中生子殺何成害毋逆因彼血者身生本故諸有所作應諮後毋能飲能養能長成故若於父毋起殺加行誤殺餘人無無間罪於非父毋起殺加行誤殺父毋亦不成逆如子執杖繫父身蚤毋隱在牀謂餘而殺若一加行害毋及餘二無表生表唯逆罪以無間業勢力强故尊者妙音說有二表表是積集極微成故若害阿羅漢無阿羅漢想於彼依止起定殺心無簡別故亦成逆罪若有害父父是阿羅漢得一逆罪以依止一故若爾喻說當云何通佛告始欠持汝已造二逆所謂害父殺阿羅漢彼顯一逆由二緣成或以二門訶責彼罪若於佛所惡心出血一切皆得無間罪耶要以殺心方成逆罪打心出血無間則無若殺加行時彼非阿羅漢將死方得阿羅漢果能殺彼者有逆罪耶無於無學身無殺加行故若造無間加行不可轉爲

有離染及得聖果耶頌曰
造逆定加行　無離染得果
論曰無間加行若必定成中間決無離染得果餘惡業道加行中間若聖道生業道不起依止與彼定相違故於諸惡行無間業中何罪最重於諸妙行世善業中何最大果頌曰
破僧虛誑語　於罪中最大　感第一有思世善中大果
論曰雖了法非法爲欲破僧而起虛誑語顚倒顯示此無間中爲最大罪由此傷毀佛法身故障世生天解脫道故謂僧已破乃至未合一切世間入聖得果離染漏盡皆悉被遮習定温誦思等業息大千世界法輪不轉天人龍等身心擾亂故招無間一劫異熟由此破僧罪爲最重餘無間罪如其次第第五三一後後漸輕第二最輕恩等少故若爾何故三罰業中佛說意罰爲最大罪又說罪中邪見最大據五無間說破僧重約三罰業說意罪大就五僻見說邪見重或依大果害多有情斷諸善根如次說重感第一有異熟果思於世善中爲最大果感八萬大劫極靜異熟故約異熟果故說此言據離繫果則金剛喻定相應思能得大果諸結永斷爲此果故爲簡此故說世善言爲唯無間罪定生地獄諸無間同類亦定生彼有餘師說非無間生同類者何頌曰
汙母無學尼　殺住定菩薩　及有學聖者
奪僧和合緣　破壞窣堵波　是無間同類
論曰如是五種如其次第是五無間同類業體謂有於母阿羅漢尼行極汙染謂非梵行

或有殺害住定菩薩或殺學聖者或奪僧合緣或破窣堵波是五逆同類有異熟業於三時中極能爲障言三時者頌曰

將得忍不還　無學業爲障

論曰若從頂位將得忍時感惡趣業皆極爲障以忍超彼異熟地故如人將離本所居國一切債主皆極爲障若有將得不還果時欲界繫業皆極爲障唯除隨順現法受業若有將得無學果時色無色業皆極爲障亦除順現二喻如前如上所言住定菩薩爲從何位得住定名彼復於何說名爲定頌曰

從修妙相業　菩薩得定名　生善趣貴家
具男念堅固

論曰從修能感妙三十二大丈夫相異熟果業菩薩方得立住定名以從此時乃至成佛常生善趣及貴家等生善趣者謂生人天趣妙可稱故名善趣於善趣內常生貴家謂婆羅門或刹帝利巨富長者大婆羅門家於貴家中根有具缺然彼菩薩恒具勝根恒受男身尚不爲女何況有受扇搋等身生生常能憶念宿命所作善事常無退屈謂於利樂有情事中衆苦逼身皆能堪忍雖他種種惡行違逆而彼菩薩心無猒倦如世傳有無價猒婆當知此言自彼菩薩由彼大士雖已成就一切殊勝圓滿功德而由久習無緣大悲任運恒時繫屬他故普於一切有情類中以無慢心皆攝同已或常觀已如彼僕使故於一切難求事中皆能堪忍及於一切勞迫事中皆能荷負修妙相業其相云何頌曰

贍部男對佛　佛思思所成　餘百劫方修

各有福嚴飾

論曰菩薩要在贍部洲中方能造修引妙相業此洲覺慧最明利故唯是男子非女等身爾時已超女等位故唯現對佛緣佛起思是思所成非聞修類唯餘百劫造修非多諸佛因中法應如是唯薄伽梵釋迦牟尼精進熾然能超九劫九十一劫妙相業成是故如來告聚落主我憶九十一劫已來不見一家因施我食有少傷損唯成大利從此自性恒憶宿生是故但言九十一劫宿舊師說菩薩出初無數劫來離四過失得二功德如前所辯一一妙相百福莊嚴何等名爲一一福量有說唯除近佛菩薩所餘一切有情所修富樂果業名一福量有說世界將欲成時一切有情感大千土業增上力爲一福量有說此量唯佛乃知今我大師昔菩薩位於三無數劫供養幾佛耶頌曰

於三無數劫　各供養七萬　又如次供養
五六七千佛

論曰初無數劫中供養七萬五千佛次無數劫中供養七萬六千佛後無數劫中供養七萬七千佛三無數劫一一滿時及初發心各逢何佛頌曰

三無數劫滿　逆次逢勝觀　然燈寶髻佛
初釋迦牟尼

論曰言逆次者自後向前謂於第三無數劫滿所逢事佛名爲勝觀第二劫滿所逢事佛名曰然燈第一劫滿所逢事佛名爲寶髻最初發心位逢釋迦牟尼謂我世尊昔菩薩位最初逢一佛號釋迦牟尼遂對其前發弘誓

願願我當作佛一如今世尊彼佛亦於末劫出世滅後正法亦住千年故今如來一一同彼我釋迦菩薩於何位中何波羅蜜多修習圓滿頌曰

但由悲普施　被折身無忿　讚歎底沙佛　次無上菩提　六波羅蜜多　於如是四位　一二又一二　如次修圓滿

論曰若時菩薩普於一切能施一切乃至眼髓所行惠捨但由悲心非自希求勝生差別齊此布施波羅蜜多修習圓滿若時菩薩被析身支雖未離欲貪而心無少忿齊此戒忍波羅蜜多修習圓滿若時菩薩勇猛精進因行遇見底沙如來坐寶龕中入火界定威光赫奕特異於常專誠瞻仰忘下一足經七晝夜無怠淨心以妙伽他讚彼佛曰

天地此界多聞室　逝宮天處十方無　丈夫牛王大沙門　尋地山林遍無等

如是讚已便超九劫齊此精進波羅蜜多修習圓滿若時菩薩處金剛座將登無上正等菩提次無上覺前住金剛喻定齊此定慧波羅蜜多修習圓滿能到自所住圓德彼岸故此六名曰波羅蜜多契經說有三福業事一施類福業事二戒類福業事三修類福業事此云何立福業事名頌曰

施戒修三類　各隨其所應　受福業事名　差別如業道

論曰三類皆福或業或事或隨其所應如業道說謂如分別十業道中有業亦道有道非業此中有福亦業亦事有福業非事有福事非業有唯是福非業非事且施類中身語二

業具福業事三種義名彼等起思唯名福業思俱有法唯受福名戒類既唯身語業性故皆具受福業事名修類中慈唯名福事業之事故慈相應思以慈爲門而造作故慈俱思戒唯名福業餘俱有法唯受福名或福業名顯作福義謂福加行事顯所依謂施戒修是福業之事爲成彼三起福加行故有說唯思是眞福業福業之事謂施戒修以三爲門福業轉故何法名施施招何果頌曰

由此捨名施　謂爲供爲益　身語及能發
此招大福果

論曰雖所捨物亦得施名而於此中捨具名施謂由此具捨事得成故捨所由是眞施體或由怖畏希求貪等捨事亦成非此意說簡彼故說爲供益言謂爲於他供養饒益而有所捨此具名施具名何謂謂身語業及此能發謂何謂無貪俱能起此聚如有頌曰

若人以淨心　輟已而行施　此剎那善蘊
總立以施名

應知如是施類福業事能招當現大財富爲果言施類福者顯施爲體義如葉類器草類舍等戒修類言准此應釋爲何所益而行施耶頌曰

爲益自他俱　不爲二行施

論曰此中一切未離欲貪及離欲貪諸異生類持已所有奉施制多此施名爲唯爲自益非他由此自獲益故若諸聖者已離欲貪施諸有情除順現受此施名曰唯爲益他以他由此獲饒益故非爲自益超果地故若彼一切未離欲貪及離欲貪諸異生類持已所有

施諸有情此施名爲二俱益若彼聖者已離欲貪奉施制多除順現受此施名曰不爲益二以此唯爲恭敬報恩前已總明施招大富今次當辯施果別因頌曰

由主財田異　故施果差別

論曰施有差別由三種因謂主財田有差別故施差別故果有差別且由施主差別云何頌曰

主異由信等　行敬重等施　得尊重廣愛應時難奪果

論曰由施主成信戒聞等差別功德故名主異由主異故施成差別由施差別與果有異諸有施主具如是德能如法行敬重等四施如次便得尊重等四果謂若施主行敬重施便感常爲他所尊重若自手施便能感得於廣大財愛樂受用若應時施感應時財所須廣時不過時故若無損施便感資財不爲他侵及火等壞由所施財差別云何頌曰

財異由色等　得妙色好名　衆愛柔輭身有隨時樂觸

論曰由所施財或闕或具色香味觸如次便得或闕或具妙色等果謂所施財色具足故便感妙色香具足故便感好名如香芬馥遍諸方故味具足故便感衆愛如味美妙衆所愛故觸具足故感柔輭身及有隨時生樂受觸如女寶等果有減者由因闕故如是亦由具色香等故名財異由財異故施體及果皆有差別由所施田差別云何頌曰

田異由趣苦　恩德有差別

論曰由所施田趣苦恩德各有差別故名田

異由田異故施果有殊由趣別者如世尊說若施傍生受百倍果施犯戒人受千倍果由苦別者如七有依福業事中先說應施客行病侍園林常食及寒風熱隨時衣藥復說若有具足淨信男子女人成此所說七種有依福業事者所獲福德不可取量由恩別者如父母師及餘有恩如熊鹿等本生經說諸有恩類由德別者如契經言若施持戒人受億倍果等於諸施福最勝者何頌曰

脫於脫菩薩　第八施最勝

論曰薄伽梵說若離染者於離染者施諸資財於財施中此爲最勝若諸菩薩所行惠施是普利樂諸有情因雖不名爲脫施於脫而於施福亦爲最勝除此更有八種施中第八施福亦爲最勝八施者何一隨至施二怖畏施三報恩施四求報施五習先施六希天施七要名施八爲莊嚴心爲資助心爲資瑜伽爲得上義而行惠施隨至施者宿舊師言隨近已至方能施與怖畏施者謂見此財壞相現前寧施不失習先施者謂習先人父祖家法而行惠施餘施易了故不別釋如契經說施預流向其果無量施預流果果量更增乃至廣說頗有施非聖果亦無量耶頌曰

父母病法師　最後生菩薩　設非證聖者

施果亦無量

論曰如是五種設是異生但施亦能招無量果住最後有名最後生法師四田中是何田所攝是恩田攝所以者何爲諸世間大善友故無明所盲者能施慧眼故開示世間安危事故令有情生起無漏法身故以要說者善

說法師乃至能爲佛所作事故於彼行施便招無量果欲知諸業輕重相者應知輕重略由六因其六者何頌曰

後起田根本　加行思意樂　由此下上故業成下上品

論曰後起者謂作已隨作田謂於後作損作益根本者謂根本業道加行者謂引彼身語思謂由彼業道究竟意樂者謂所有意趣我應造作如是如是我當造作如是如是或有諸業唯由後起所攝受故得成重品定安立彼異熟果故或有諸業由田成重或有於田由根本力成重非餘如父母田行殺罪重非盜等業由餘成重例此應思若有六因皆是上品此業最重翻此最輕除此中間非最輕重如契經說有二種業一造作業二增長業

何因說業名增長耶由五種因何等爲五頌曰

由審思圓滿　無惡作對治　有伴異熟故此業名增長

論曰由審思故者謂彼所作業非先全不思非率爾思作由圓滿故者謂諸有情中或由一惡行便墮惡趣或乃至三或由一業道便墮惡趣或乃至十此中若有齊此量業應墮惡趣未圓滿時但名造作不名增長若此已圓滿亦得增長名由無惡作對治故者謂無追悔無對治業由有伴故者謂作不善業不善爲助伴由異熟故者謂定與異熟善翻此應知異此諸業唯名造作如前所明未離欲等持已所有奉施制多此施名爲唯爲自益諸無受者福如何成頌曰

制多捨類福　如慈等無受

論曰福有二類一捨二受捨類福者謂由善心但捨資財施福便起受類福者謂所施田受用施物施福方起於制多所奉施供具雖無受類有捨類福彼既不受福由何生復以何因知福生者要由彼受不受不生不受於他無攝益故此非定證若福要由攝益他成則修慈等及正見等應不生福是故應許供養制多有多福生如修慈等謂如有一修慈等定雖無受者及攝益他而從自心生無量福如是有德者雖已滅過去而追申敬養福由自心生豈不唐捐此施敬業不爾發業心方勝故謂如有一欲害怨家彼命雖終猶懷怨想發起種種惡身語業生多非福非但起心如是大師雖已過去追申敬養起身語業方生多福非但起心若於善田植施業種可招愛果若於惡田雖施但應招非愛果此不應爾所以者何頌曰

惡田有愛果　種果無倒故

論曰現見田中種果無倒從末度迦種末度迦果生其味極美從絍婆種絍婆果生其味極苦非由田力種果有倒如是施主雖於惡田而益他心植諸施種但招愛果不招非愛然由田過令所植種或生果少或果生無施類福業事傍論已了今次應辯戒類福業事頌曰

離犯戒及遮　名戒各有二　非犯戒因壞依治滅淨等

論曰諸不善色名爲犯戒此中性罪立犯戒名遮謂所遮非時食等雖非性罪而佛爲護

法及有情别意遮止受戒者犯亦名犯戒簡性罪故但立遮名離性及遮俱説名戒此各有二謂表無表以身語業爲自性故已略辯戒自性差别若具四德得清淨名與此相違名不清淨言四德者一者不爲犯戒所壞犯戒謂前諸不善色二者不爲彼因所壞彼因謂貪等煩惱隨煩惱三者依治謂依念住等此能對治犯戒及因故四者依滅謂依涅槃迴向涅槃非勝生故等言爲顯復有異説有説戒淨由五種因一根本淨二眷屬淨三非尋害四念攝受五迴向寂有餘師説戒有四種一怖畏戒謂怖不活惡名治罰惡趣畏故受護尸羅二希望戒謂貪諸有勝位多財恭敬稱譽受持淨戒三順覺支戒謂爲求解脫及正見等受持淨戒四清淨戒謂無漏戒彼

能永離業惑垢故已辯戒類修類當辯頌曰

等引善名修　極能熏心故

論曰言等引善其體是何謂三摩地自性俱有修名何義謂熏習心以定地善於心相續極能熏習令成德類如花熏苣藤是故獨名修前辯施福能招大富戒修二類所感云何頌曰

戒修勝如次　感生天解脫

論曰戒感生天修感解脫勝言爲顯就勝爲言謂施亦能感生天果就勝説戒持戒亦能感離繫果就勝説修經説四人能生梵福一爲供養如來馱都建窣堵波於未曾處二爲供養四方僧伽造寺施園四事供給三佛弟子破已能和四於有情普修慈等如是梵福其量云何頌曰

感劫生天等　爲一梵福量

論曰先軌範師作如是說隨福能感一劫生天受諸快樂是一福量由彼所感受快樂時同梵輔天一劫壽故以於餘部有伽他言

有信正見人　修十勝行者　便爲生梵福

感劫天樂故

毗婆沙師作如是說即於分別妙相業中所辯福量此即同彼等言爲顯如是異說財施已說法施云何頌曰

法施謂如實　無染辯經等

論曰若能如實爲諸有情以無染心辯契經等令生正解名爲法施故有顛倒或染汙心求利名譽恭敬辯者是人便損自他大福前已別釋三福業事今釋經中順三分善頌曰

順福順解脫　順決擇分三　感愛果涅槃

聖道善如次

論曰言順福分者謂感世間可愛果善順解脫分者謂定能感涅槃果善此善生已令彼有情名爲身中有涅槃法若有聞說生死有過諸法無我涅槃有德身毛爲豎悲泣墮淚當知彼已植順解脫分善如見得雨場有芽生知其穴中先有種子順決擇分者謂近能感聖道果善即煗等四後當廣說如世間所說書印筭文數此五自體云何應知頌曰

諸如理所起　三業并能發　如次爲書印

筭文數自體

論曰如理起者正加行生三業應知即身語意能發即是能起此三如其所應受想等法此中書印以前身業及彼能發五蘊爲體次筭及文以前語業及彼能發五蘊爲體後數

應知以前意業及彼能發四蘊爲體但由意思能數法故今應略辯諸法異名頌曰

善無漏名妙　染有罪覆劣　善有爲應習

解脫名無上

論曰善無漏法亦名爲妙諸染汙法亦名有罪有覆及劣准此妙劣餘中已成故頌不辯諸有爲善亦名應習餘非應習義准已成何故無爲不名應習不可數習令增長故又習爲果此無果故解脫涅槃亦名無上以無一法能勝涅槃是善是常超衆法故餘法有上義准已成

阿毗達磨俱舍論卷第十八 說一切有部

音釋

劇奇逆切甚也　皰匹貌切　諮即移切訪問也　荷負荷胡可切負房久切荷負擔任也　赫奕赫呼格切奕羊益切赫奕明盛也　熊胡公切猛獸也　賃乃禁切　苣藤苣其呂切藤詩證切苣藤胡麻也

阿毗達磨俱舍論卷第十九

尊者世親造

唐三藏法師玄奘奉　詔譯

分別隨眠品第五之一

前言世別皆由業生業由隨眠方得生長離隨眠業無感有能所以者何隨眠有幾頌曰

隨眠諸有本　此差別有六　謂貪瞋亦慢無明見及疑

論曰由此隨眠是諸有本故業離此無感有能何故隨眠能爲有本以諸煩惱現起能爲十事故一堅根本二立相續三治自田四引等流五發業有六攝自具七迷所緣八導識流九越善品十廣縛義令不能越自界地故由此隨眠能爲有本故業因此有感有能此略應知差別有六謂貪瞋慢無明見疑頌說亦言意顯慢等亦由貪力於境隨增由貪隨增義如後辯及聲顯六體各不同若諸隨眠體唯有六何緣經說有七隨眠頌曰

六由貪異七　有貪上二界　於内門轉故爲遮解脫想

論曰即前所說六隨眠中分貪爲二故經說七何等爲七一欲貪隨眠二瞋隨眠三有貪隨眠四慢隨眠五無明隨眠六見隨眠七疑隨眠欲貪隨眠依何義釋爲欲貪體即是隨眠爲是欲貪之隨眠義於餘六義徵問亦爾若爾伺失二俱有過若復貪體即是隨眠便違契經如契經說若有一類非於多時爲欲貪纏纏心而住設心暫爾起欲貪纏尋如實知出離方便彼由此故於欲貪纏能正遣除幷隨眠斷若是欲貪之隨眠義隨眠應是心

不相應便違對法如本論說欲貪隨眠三根相應毗婆沙師作如是說欲貪等體即是隨眠豈不違經無違經失弁隨眠者弁隨縛故或經於得假說隨眠如火等中立苦等想阿毗達磨依實相說即諸煩惱說名隨眠由此隨眠是相應法何理爲證知定相應以諸隨眠染惱心故覆障心故能違善故謂隨眠力能染惱心未生善不生已生善退失故隨眠體非不相應若不相應能爲此事則諸善法應無起時以不相應恒現前故既諸善法容有起時故知隨眠是相應法此皆非證所以者何若許隨眠非相應者不許上三事是隨眠所爲然經部師所說最善經部於此所說如何彼說欲貪之隨眠義然隨眠體非心相應非不相應無别物故煩惱睡位說名隨眠於覺位中即名纏故何名爲睡謂不現行種子隨逐何名爲覺謂諸煩惱現起纏心何等名爲煩惱種子謂自體上差别功能從煩惱生能生煩惱如念種子是證智生能生當念功能差别又如芽等有前果生能生後果功能差别若執煩惱别有隨眠心不相應名煩惱種應許念種非但功能别有不相應能引生後念此既不爾彼云何然差别因緣不可得故若爾六六契經相違經說於樂受有貪隨眠故經但說有不言爾時即有隨眠何所違害於何時有於彼睡時或假於因立隨眠想傍論且止應辯正論言貪分二謂欲有貪此中有貪以何爲體謂色無色二界中貪此名何因唯於彼立彼貪多託内門轉故謂彼二界多起定貪一切定貪於内門轉故唯於

彼立有貪名又由有人於上二界起解脫想爲遮彼故謂於上界立有貪名顯彼所緣非眞解脫此中自體立以有名彼諸有情多於等至及所依止深生味著故說彼唯味著自體非味著境離欲貪故由此唯彼立有貪名既說有貪在上二界義准欲界貪名欲貪故於頌中不別顯示即上所說六種隨眠於本論中復分爲十如何成十頌曰

六由見異十　異謂有身見　邊執見邪見　見取戒禁取

論曰六隨眠中見行異爲五餘非見五積數總成十故於十中五是見性一有身見二邊執見三邪見四見取五戒禁取五非見性一貪二瞋三慢四無明五疑又即所說六種隨眠於本論中說九十八依何義說九十八耶頌曰

六行部界異　故成九十八　欲見苦等斷　十七七八四　謂如次具離　三二見見疑　色無色除瞋　餘等如欲說

論曰六種隨眠由行部界有差別故成九十八謂於六中由見行異分別爲十如前已辯即此所辯十種隨眠部界不同成九十八部謂見四諦修所斷五部界謂欲色無色三界且於欲界五部不同乘十隨眠成三十六謂見苦諦至修所斷如次有十七七八四即上五部於十隨眠一二一一如其次第具離三見二見見疑謂見苦諦所斷具十見集滅諦所斷各七離有身見邊見戒取見道諦所斷八離有身見及邊執見修所斷四離見及疑如是合成三十六種前三十二名見所斷纔

見諦時彼則斷故最後有四名修所斷見四諦已後後時中數數習道彼方斷故如是已顯十隨眠中薩迦耶見唯在一部謂見苦所斷邊執見亦爾戒禁取通在二部謂見苦見道所斷邪見通四部謂見苦集滅道所斷見取疑亦爾餘貪等四各通五部謂見四諦及修所斷此中何相見苦所斷乃至何相是修所斷若緣見此所斷爲境名見此所斷餘名修所斷如是六中見分十二疑分爲四餘四各五故欲界中有三十六色無色界五部各除瞋餘與欲同故各三十一由是本論以六隨眠行部界殊說九十八於此所辯九十八中八十八見所斷忍所害故十隨眠修所斷智所害故如是所說見修所斷爲決定爾不爾云何頌曰

忍所害隨眠　有頂唯見斷　餘通見修斷
智所害唯修

論曰忍聲通說法類智忍於忍所害諸隨眠中有頂地攝唯見所斷唯類智方能斷故餘八地攝通見修斷謂聖者斷唯見非修法類智忍如應斷故若異生斷唯修非見數習世俗智所斷故智所害諸隨眠一切地攝唯修所斷以諸聖者及諸異生如其所應皆由數習無漏世俗智所斷故有餘師說外道諸仙不能伏斷見所斷惑如大分別諸業契經說離欲貪諸外道類有緣欲界邪見現行及梵網經亦說彼類有緣欲界諸見現行謂於前際分別論者有執全常有執一分有執諸法無因生等非色界惑緣欲界生於欲界境已離貪故定是欲界諸見未斷毗婆沙師釋彼

經義起見時暫退如提婆達多由行有殊分見爲五名先已列自體如何頌曰

我我所斷常　撥無劣謂勝　非因道妄謂
是五見自體

論曰執我及我所是薩迦耶見壞故名薩聚謂迦耶即是無常和合蘊義迦耶即薩名薩迦耶此薩迦耶即五取蘊爲遮常一想故立此名要此想爲先方執我故毗婆沙者作如是釋有故名薩身義如前勿無所緣計我我所故說此見緣於有身緣薩迦耶而起此見故標此見名薩迦耶諸見但緣有漏法者皆應標以薩迦耶名然佛但於我我所執標此名者令知此見緣薩迦耶非我我所以我我所畢竟無故如契經說苾芻當知世間沙門婆羅門等諸有執我等隨觀見一切唯於五取蘊起即於所執我我所事執斷執常名邊執見以妄執取斷常邊故於實有體苦等諦中起見撥無名爲邪見一切妄見皆顛倒轉並應名邪而但撥無名邪見者以過甚故如說臭蘇惡執惡等此唯損減餘增益故於劣謂勝名爲見取有漏名劣聖所斷故執劣爲勝總名見取理實應立見等取名略去等言但名見取於非因道謂因道見一切總說名戒禁取如大自在生主或餘非世間因妄起因執投水火等種種邪行非生天因妄起因執唯受持戒禁數相應智等非解脫道妄起道執理實應立戒禁等取名略去等言但名戒禁取是謂五見自體應知若於非因起是因見此見何故非見集斷頌曰

於大自在等　非因妄執因　從常我倒生

故唯見苦斷

論曰執大自在生主或餘爲世間因生世間者必先計度彼體是常一我作者方起因執纔見苦時於自在等常執我執永斷無餘故彼所生因執亦斷若爾有執投水火等種種邪行是生天因或執但由受持戒禁等便得清淨不應見苦斷然本論說有諸外道起如是見立如是論若有士夫補特伽羅受持牛戒鹿戒狗戒便得清淨解脫出離永超衆苦樂至超苦樂處如是等類非因執因一切應知是戒禁取見苦所斷如彼廣說此復何因是見苦斷迷苦諦故有太過失緣有漏惑皆迷苦故復有何相別戒禁取可說彼爲見道所斷諸緣見道所斷法生彼亦應名迷苦諦故又緣道諦邪見及疑若撥若疑無解脫道如何即執此能得永清淨若彼撥無眞解脫道妄執別有餘清淨因是則執餘能得清淨非邪見等此緣見道所斷諸法理亦不成又若有緣見集滅諦所斷邪見等執爲清淨因此復何因非見彼斷故所執義應更思擇如前所說常我倒生爲但有斯二種顛倒應知顛倒總有四種一於無常執常顛倒二於諸苦執樂顛倒三於不淨執淨顛倒四於無我執我顛倒如是四倒其體云何頌曰

四顛倒自體　謂從於三見　唯倒推增故想心隨見力

論曰從於三見立四倒體謂邊見中唯取常見以爲常倒諸見取中取計樂淨爲樂淨倒有身見中唯取我見以爲我倒有說我倒攝身見全我倒如何攝我所見如何不攝由倒

纏故諸有計我於彼事中有自在力是我所見此即我見由二門轉是我屬我若是別見由我為我見亦應別何故餘惑非顛倒體要具三因勝者成倒言三因者一向倒故推度性故妄增益故謂戒禁取非一向倒緣少淨故斷見邪見非妄增益無門轉故所餘煩惱不能推度非見性故由具三因勝者成倒是故餘惑非顛倒體若爾何故契經中言於無常計常有想心見倒於苦不淨無我亦然理實應知唯見是倒想心隨見亦立倒名與見相應行相同故若爾何故不說受等彼於世間不極成故謂心想倒世間極成受等不然故經不說如是諸倒預流已斷見及相應見所斷故有餘部說倒有十二謂於無常計常倒中有想心見三種顛倒乃至於無我計我倒亦爾於中八唯見斷四通見修斷謂樂淨想心若謂不然未離欲聖離樂淨想寧起欲貪毗婆沙師不許此義若有樂淨想心現行便許聖者有樂淨倒聖者亦起有情想心是則亦應許有我倒非於女等及於自身離有情想心有起欲貪故由契經說若有多聞諸聖弟子於苦聖諦如實見知乃至爾時彼聖弟子無常計常想心見倒皆已永斷乃至廣說故知想心唯取見倒相應力起是倒非餘然聖有時暫迷亂故率爾於境欲貪現前如於旋火輪畫藥叉迷亂若爾何故尊者慶喜告彼尊者辯自在言

由有想亂倒　故汝心焦熱　遠離彼想已
貪息心便淨

故有餘師復作是說八想心倒學未全斷如

是八種纏由如實見知聖諦方得永斷離此無餘永斷方便故此所說不違彼經爲唯見隨眠有多差别爲餘亦有慢亦有云何頌曰

慢七九從三　皆通見修斷　聖如殺纏等　有修斷不行

論曰且慢隨眠差别有七一慢二過慢三慢過慢四我慢五增上慢六卑慢七邪慢令心高舉總立慢名行轉不同故分七種於劣於等如其次第謂已爲勝謂已爲等令心高舉總說爲慢於等於勝如其次第謂勝謂等總名過慢於勝謂勝名慢過慢於五取蘊執我我所令心高舉名爲我慢於未證得殊勝德中謂已證得名增上慢於多分勝謂已少劣名爲卑慢於無德中謂已有德名爲邪慢然本論說慢類有九一我勝慢類二我等慢類三我劣慢類四有勝我慢類五有等我慢類六有劣我慢類七無勝我慢類八無等我慢類九無劣我慢類如是九種從前七慢三中離出從三者何謂從前慢過慢卑慢如是三慢若依見生行次有殊成三三類初三如次即過慢慢卑慢中三如次即卑慢慢過慢後三如次即慢過慢卑慢於多分勝謂已少劣卑慢可成有高處故無劣我慢高處是何謂於如是自所愛樂勝有情聚反顧已身知極下劣而自尊重如是且依發智論釋依品類足釋慢類者且我勝慢從三慢出謂慢過慢慢過慢三由觀劣等勝境别故如是七慢何所斷耶一切皆通見修所斷諸修所斷聖未斷時爲可現行此不決定謂有修所斷而聖定不行如殺生纏是修所斷而諸聖者必不

現行殺生纏者顯由此惑發起故思斷衆生命等言爲顯盜婬誑纏無有愛全有愛一分無有名何法謂三界無常於此貪求名無有愛有愛一分謂願當爲藹羅筏拏大龍王等此諸纏愛一切皆緣修所斷故唯修所斷已說慢類等有是修所斷何緣聖者未斷不起

頌曰

慢類等我慢　惡作中不善　聖者而不起
見疑所增故

論曰等言爲顯殺等諸纏無有愛全有愛一分此慢類等我慢惡悔是見及疑親所增長雖修所斷而由見疑皆已折故聖不能起謂慢類我慢有身見所增殺生等纏邪見所增諸無有愛斷見所增有愛一分常見所增不善惡作是疑所增故聖身中皆定不起九十八隨眠中幾是遍行幾非遍行頌曰

見苦集所斷　諸見疑相應　及不共無明
遍行自界地　於中除二見　餘九能上緣
除得餘隨行　亦是遍行攝

論曰唯見苦所斷見疑及彼相應不共無明力能遍行自界地五部故此十一皆得遍行名謂七見二疑二無明十一如是十一於自界地五部諸法遍緣隨眠爲因遍生五部染法依此三義立遍行名此中所言遍緣五部爲約漸次爲約頓緣若漸次緣餘亦應遍若頓緣者誰復普於欲界諸法頓計爲勝能得清淨或世間因不說頓緣自界地一切然說有力能頓緣五部雖爾遍行亦非唯此以於是處有我見行是處必應起我愛慢若於是處淨勝見行是處必應希求高舉是則愛慢

應亦遍行若爾頓緣見修斷故應言此二何所斷耶應言修所斷雜緣境故或應見所斷見力引故毗婆沙師作如是說此二煩惱自相非共無頓緣力故非遍行是故遍行唯此十一餘非准此不說自成於十一中除身邊見所餘九種亦能上緣上言正明上界上地兼顯無有緣下隨眠此九雖遍通緣自上然理無有自上頓緣於緣上中且約界說或唯緣一或二合緣故本論言有諸隨眠是欲界繫緣色界繫有諸隨眠是欲界繫緣無色界繫有諸隨眠是欲界繫緣色無色界繫有諸隨眠是色界繫緣無色界繫約地分別准界應思生在欲界若緣大梵起有情見或起常見如何身邊見不緣上界地不執彼爲我我所故邊見必由身見起故若爾計彼爲有情常是何見攝對法者言此二非見是邪智攝何緣所餘緣彼是見此亦緣彼而非見耶以宗爲量故作是說爲遍行體唯是隨眠不爾云何并隨行法謂上所說十一隨眠并彼隨行皆遍行攝然除彼得非一果故由此故有作是問言諸遍行隨眠皆遍行因不答言於此應作四句第一句者謂未來世遍行隨眠第二句者謂過現世彼俱有法第三第四如理應辯九十八隨眠中幾緣有漏幾緣無漏

頌曰

見滅道所斷　邪見疑相應　及不共無明
六能緣無漏　於中緣滅者　唯緣自地滅
緣道六九地　由別治相因　貪瞋慢二取
並非無漏緣　應離境非怨　靜淨勝性故

論曰唯見滅道所斷邪見疑彼相應不共無

明各三成六能緣無漏餘緣有漏惟此自成於此六中緣滅諦者各以自地滅爲所緣滅互相望非因果故謂欲界繫三種隨眠唯緣欲界諸行擇滅乃至有頂三種隨眠唯緣有頂諸行擇滅緣道諦者緣六九地謂欲界繫三種隨眠唯緣六地法智品道若治欲界若能治餘皆彼所緣以類同故色無色界八地各有三種隨眠一一唯能通緣九地類智品道若治自地若能治餘皆彼所緣以類同故何故緣滅自地非餘緣道便通六九同類以諸地道互相因故雖法類品亦互相因而類智品不治欲界故類智品道非欲三所緣法智品既能治色無色應爲彼八地各三所緣非此皆能治色無色苦集法智品非彼對治故亦非全能治色無色不能治彼見所斷故二初無故非彼所緣即由此因顯遍行惑有緣苦集諸地無遮境互爲緣因非能對治故何緣貪瞋慢戒禁取見取見無漏斷非無漏緣以貪隨眠應捨離故若緣無漏便非過失如善法欲不應捨離緣怨害事起瞋隨眠滅道非怨故非瞋境緣麤動事起慢隨眠滅道寂靜故非慢境於非淨法執爲淨因名戒禁取滅道眞淨故不應爲戒禁取境於非勝法執爲最勝名爲見取滅道眞勝故亦不應爲見取境是故貪等不緣無漏九十八隨眠中幾由所緣故隨增幾由相應故隨增頌曰

未斷遍隨眠　於自地一切　非遍於自部
所緣故隨增　非無漏上緣　無攝有違故
隨於相應法　相應故隨增

論曰遍行隨眠普於自地五部諸法所緣隨

增以能遍緣自地法故所餘五部非遍隨眠所緣隨增唯於自部唯以自部爲所緣故此據總說別分別者六無漏緣九上緣惑於所緣境無隨增義所以者何無漏上境非所攝受及相違故謂若有法爲此地中身見及愛攝爲已有可有爲此身見愛地中所有隨眠所緣隨增理如衣潤濕埃塵隨住非諸無漏及上地法爲諸下身見愛攝爲已有故緣彼下惑非所緣隨增住下地心求上地等是善法欲非謂隨眠聖道涅槃及上地法與能緣彼下惑相違故彼二亦無所緣隨增理如於炎石足不隨住有說隨眠是隨順義非無漏上境順諸下隨眠故雖是所緣而無隨增理如風病者服乾澀藥病者於藥非所隨增已約所緣辯隨增義今次應辯相應隨增謂隨

何隨眠於自相應法由相應故於彼隨增諸說隨增謂至未斷故初首標未斷言顯有隨眠不緣無漏不緣上界而彼隨增但於相應非所緣不有謂緣上地諸遍行隨眠九十八隨眠中幾不善幾無記頌曰

上二界隨眠　及欲身邊見　彼俱癡無記

此餘皆不善

論曰色無色界一切隨眠唯無記性以染汙法若是不善有苦異熟苦異熟果上二界無他逼惱因彼定無故身邊二見及相應癡欲界繫者亦無記性所以者何此與施等不相違故爲我當樂現在勤修施戒等故執斷邊見能順解脫故世尊說於諸外道諸見趣中此見最勝謂我不有我所亦不有我當不有我所當不有又此二見迷自事故非欲逼害

他有情故若爾貪求天上快樂及起我慢例亦應然先軌範師作如是說俱生身見是無記性如禽獸等身見現行若分別生是不善性餘欲界繫一切隨眠與上相違皆不善性於上所說不善惑中幾是不善根幾非不善根頌曰

不善根欲界　貪瞋不善癡

論曰唯欲界繫一切貪瞋及不善癡不善根攝如其次第世尊說爲貪瞋癡三不善根性唯不善煩惱爲不善法根立不善根餘則不爾所餘煩惱非不善根義准已成故頌不說於上所說無記惑中幾是無記根幾非無記根頌曰

無記根有三　無記愛癡慧　非餘二高故
外方立四種　中愛見慢癡　三定皆癡故

論曰迦濕彌羅國諸毗婆沙師說無記根亦有三種謂諸無記愛癡慧三下至異熟生亦無記根攝何緣疑慢非無記根疑二趣轉慢高轉故彼師謂疑二趣相轉性動揺故不應立根慢於所緣高舉相轉異根法故亦不立根爲根必應堅住下轉世間共了故彼非根外方諸師立此有四謂諸無記愛見慢癡無記名中遮善惡故何緣此四立無記根以諸愚夫修上定者不過依託愛見慢三此三皆依無明力轉故立此四爲無記根諸契經中說十四無記事彼亦是此無記攝耶不爾云何彼經但約應捨置問立無記名謂問記門總有四種何等爲四頌曰

應一向分別　反詰捨置記　如死生殊勝
我蘊一異等

論曰且問四者一應一向記二應分別記三應反詰記四應捨置記此四如次如有問者問死生勝我一異等記有四者謂答四問若作是問一切有情皆當死不應一向記一切有情皆定當死若作是問一切死者皆當生不應分別記有煩惱者當生非餘若作是問人爲勝劣應反詰記爲何所方若言方天應記人劣若言方下應記人勝若作是問蘊與有情爲一爲異應捨置記有情無實故一異性不成如石女兒白黑等性如何捨置而立記名以記彼問言此不應記故有作是說彼第二問亦應一向記非一切當生然問者言一切死者皆當生不理應分別記　所問總答不成雖令總知仍未解故又作是說彼第三問亦應一向記人亦勝亦劣所待異故如識果因然彼問者一向爲問非一向記故應成分別記但此應詰問意所方故此名爲應反詰記又作是說彼第四問既全不記蘊與有情若異若一云何名記然彼所問理應捨置記言應捨置如何不名記對法諸師作如是說一向記者若有問言世尊是如來應正等覺耶所說法要是善說耶諸弟子衆行妙行耶色乃至識皆無常耶苦乃至道善施設耶應一向記契實義故分別記者若有直心請言願尊爲我說法應爲分別法有衆多謂去來今欲說何者若言爲我說過去法應復分別過去法中亦有衆多色乃至識若請說色應分別言色中有三善惡無記若請說善應分別言善中有七謂離殺生廣說乃至離雜穢語若彼復請說離殺生應分別言此有

三種謂無貪瞋癡三善根所發若彼請說無貪發者應分別言此復有二謂表無表欲說何者反詰記者若有諂心請言願尊爲我說法應反詰彼法有衆多欲說何者不應分別乃至令彼默然而住或令自記無便求非豈不二中都無有問唯有請說亦無有說唯反詰言欲說何者如何此二成問記耶如有請言爲我說道豈非問道即由反詰記彼所問豈非記道若爾應俱是反詰記不爾問意直諂有殊記有分別無分別故捨置記者若有問言世爲有邊爲無邊等此應捨置不應爲說今依契經辯問記相如大衆部契經中言苾芻當知問記有四何等爲四謂或有問應一向記乃至有問但應捨置云何有問應一向記謂問諸行皆無常耶此問名爲應一向記云何有問應分別記謂若有問諸有故思造作業巳爲受何果此問名爲應分別記云何有問應反詰記謂若有問士夫想與我爲一爲異耶應反詰言汝依何我作如是問若言依麤我應記與想異此問名爲應反詰記云何有問但應捨置謂若有問世爲常無常亦常亦無常非常非無常世爲有邊無邊亦有邊亦無邊非有邊非無邊如來死後爲有非有亦有亦非有非有非非有爲命者即身爲命者異身此問名爲但應捨置

阿毗達磨俱舍論卷第十九　說一切有部

音釋

數數（並所角切頻也）　謁羅筏拏（梵語也此云香華謁烏艾切筏方越切）　乾澀（澀所立切）　標（卑遙切揭也）

阿毗達磨俱舍論卷第二十

尊者世親造

唐三藏法師玄奘奉詔譯

分別隨眠品第五之二

諸有情類於此事中隨眠隨增名繫此事應說過去現在未來何等隨眠能繫何事頌曰

若於此事中　未斷貪瞋慢　過現若已起
未來意徧行　五可生自世　不生亦遍行
餘過未徧行　現正緣能繫

論曰且諸隨眠總有二種一者自相謂貪瞋慢二者共相謂見疑癡事雖有多此說所繫如應未斷流至後門若此事中有貪瞋慢於過去世已生未斷現在已生能繫此事以貪瞋慢是自相惑非諸有情定遍起故若未來世意識相應貪瞋慢三遍於三世乃至未斷皆能繫縛未來五識相應貪瞋若未斷可生唯繫未來世未來五識相應貪瞋若未斷不生亦能繫三世所餘一切見疑無明去來未斷遍縛三世由此三種是共相惑一切有情俱遍縛故若現在世正緣境時隨其所應能繫此事應辯諸事過去未來爲實有無方可說繫若實是有則一切行恒時有故應說爲常若實是無如何可說有能所繫及離繫耶毗婆沙師定立實有然彼諸行不名爲常由與有爲諸相合故爲此所立決定增明應略標宗顯其理趣頌曰

三世有由說　二有境果故　說三世有故
許說一切有

論曰三世實有所以者何由契經中世尊說故謂世尊說苾芻當知若過去色非有不應

多聞聖弟子衆於過去色勤修猒捨以過去色是有故應多聞聖弟子衆於過去色勤修猒捨若未來色非有不應多聞聖弟子衆於未來色勤斷欣求以未來色是有故應多聞聖弟子衆於未來色勤斷欣求又具二緣識方生故謂契經說識二緣生其二者何謂眼及色廣說乃至意及諸法若去來世非實有者能緣彼識應闕二緣已依聖教證去來有當依正理證有去來以識起時必有境故謂必有境識乃得生無則不生其理決定若去來世境體實無是則應有無所緣識所緣無故識亦應無又已謝業有當果故謂若實無過去體者善惡二業當果應無非果生時有現因在由此教理毗婆沙師定立去來二世實有若自謂是說一切有宗決定應許實有去來世以說三世皆定實有故許是說一切有宗謂若有人說三世實有方許彼是說一切有宗若人唯說有現在世及過去世未與果業說無未來及過去世已與果業彼可許爲分別說部非此部攝今此部中差別有幾誰所立世最善可依頌曰

此中有四種　類相位待異　第三約作用立世最爲善

論曰尊者法救作如是說由類不同三世有異彼謂諸法行於世時由類有殊非體有異如破金器作餘物時形雖有殊而顯無異又如乳變成於酪時捨味勢等非捨顯色如是諸法行於世時從未來至現在從現在入過去唯捨得類非捨得體尊者妙音作如是說由相不同三世有異彼謂諸法行於世時過

去正與過去相合而不名爲離現未相未來正與未來相合而不名爲離過現相現在正與現在相合而不名爲離過未相如人正滦一妻室時於餘姬媵不名離滦尊者世友作如是說由位不同三世有異彼謂諸法行於世時至位位中作異異說由位有別非體有異如運一籌置一名一置百名百置千名千尊者覺天作如是說由待有別三世有異彼謂諸法行於世時前後相待立名有異如一女人名毋名女此四種說一切有中第一執法有轉變故應置數論外道朋中第二所立世相雜亂三世皆有三世相故人於妻室貪現行時於餘境貪唯有成就現無貪起何義爲同第四所立前後相待一世法中應有三世謂過去世前後剎那應名去來中爲現在未來現在類亦應然故此四中第三最善以約作用位有差別由位不同立世有異彼謂諸法作用未有名爲未來有作用時名爲現在作用已滅名爲過去非體有殊此已具知彼應復說若去來世體亦實有應名現在何謂去來豈不前言約作用立若爾現在有眼等根彼同分攝有何作用彼豈不能取果與果是則過去同類同等既能與果應有作用有半作用世相應雜已略推徵次當廣破頌曰

何礙用云何　無異世便壞　有誰未生滅

此法性甚深

論曰應說若法自體恒有應一切時能起作用以何礙力令此法體所起作用時有時無若謂衆緣不和合者此救非理許常有故又

此作用云何得說爲去來今豈作用中而得更立有餘作用若此作用非去來今而復說言作用是有則無爲故應常非無故不應言作用已滅及此未有法名去來若許作用異法體者可有此失然無有異故不應言有此過失若爾所立世義便壞謂若作用即是法體體既恒有用亦應然何得有時名爲過未故彼所立世義不成何爲不成以有爲法未已生名未來若已生未已滅名現在若已滅名過去彼復應說若如現在法體實有去來亦然誰未已生誰復已滅誰有爲法體實恒有如何可得成未已生已滅先何所闕彼未有故名未已生後復闕何彼已無故名爲已滅故不許法本無今有有已還無則三世義應一切種皆不成立然彼所說恒與有爲諸相合故行非常者此但有虛言生滅理無故許體恒有說性非常如是義言所未曾有依如是義故有頌言

許法體恒有　而說性非常　性體復無別
此眞自在作

又彼所言世尊說故去來二世體實有者我等亦說有去來世謂過去世曾有名有未來當有有果因故依如是義說有去來非謂去來如現實有誰言彼有如現在世非如現世彼有云何彼有去來二世自性此復應詰若俱是有如何可言是去來性故說彼有但據曾當因果二性非體實有世尊爲遮謗因果見據曾當義說有去來有聲通顯有無法故如世間說有燈先無有燈後無又如有言有燈已滅非我今滅說有去來其義亦應爾若

不爾者去來性不成若爾何緣世尊依彼杖髻外道說業過去盡滅變壞而猶是有豈彼不許業曾有性而今世尊重爲說有依彼所引現相續中與果功能密說爲有若不爾者彼過去業現實有性過去豈成理必應爾以薄伽梵於勝義空契經中說眼根生位無所從來眼根滅時無所造集本無今有有已還無去來眼根若實有者經不應說本無等言若謂此言依現世說此救非理以現世性與彼眼根體無別故若許現世本無今有有已還無是則眼根去來無體義已成立又彼所說要具二緣識方生故去來二世體實有者應共尋思意法爲緣生意識者爲法如意作能生緣爲法但能作所緣境若法如意作能生緣如何未來百千劫後當有彼法或當亦無爲能生緣生今時識又涅槃性違一切生立爲能生不應正理若法但能爲所緣境我說過未亦是所緣若無如何成所緣境我說彼有如成所緣如何成所緣謂曾有當有非憶過去色受等時如現分明觀彼爲有但追憶彼曾有之相逆觀未來當有亦爾謂如曾現在所領色相如是追憶過去爲有亦如當現在所領色相如是逆觀未來爲有若如現有應成現世若體現無則應許有緣無境識其理自成若謂去來極微散亂有而非現理亦不然取彼相時非散亂故又若彼色有同現在唯有極微散亂爲異則極微色其體應常又色唯應極微聚散竟無少分可名生滅是則遵崇邪命者論棄背善逝所說契經如契經說眼根生位無所從來乃至廣說又非

受等極微集成如何可言去來散亂然於受等追憶逆觀亦如未滅已生時相若如現有體應是常若體現無遠應許有緣無境識理亦自成若體全無是所緣者第十三處應是所緣諸有達無第十三處此能緣識爲何所緣若謂即緣彼名爲境是則應撥彼名爲無又若緣聲先非有者此能緣識爲何所緣若謂即緣彼聲爲境求聲無者應更發聲若謂聲無住未來住未來實有如何謂無若謂去來無現世者此亦非理其體一故若有少分體差別者本無今有其理自成故識通緣有非有境然菩薩說世間所無我知我見無是處者意說他人懷增上慢亦於非有現相謂有我唯於有方觀爲有若異此者則一切覺皆有所緣何緣於境得有猶豫或有差別理必應然以薄伽梵於餘處說善來苾芻汝等若能爲我弟子無諂無誑有信有勤我旦教汝令暮獲勝我暮教汝令旦獲勝便知有是有非有是非有有上是有上無上是無上由此彼說識有境故有去來者亦不成因又彼所言業有果故有去來者理亦不然非經部師作如是說即過去業能生當果然業爲先所引相續轉變差別令當果生破我品中當廣顯示若執實有過去未來則一切時果體常有業於彼果有何功能若謂能生則所生果本無今有其理自成若一切法一切時有誰於誰有能生功能又應顯成兩衆外道所黨邪論彼作是說有必常有無必常無無必不生有必不滅若謂能令果成現在如何令果成現在耶若謂引令至餘方所則所引果

其體應常又無色法當如何引又此所引應體本無若謂但令體有差別本無今有其理自成是故此說一切有部若說實有過去未來於聖教中非爲善說若欲善說一切有者應如契經所說而說經如何說如契經言梵志當知一切有者唯十二處或唯三世如其所有而說有言若去來無如何可說有能所繫及離繫耶彼所生因隨眠有故說有去來能繫煩惱緣彼煩惱隨眠有故說有去來所繫縛事若隨眠斷得離繫名毗婆沙師作如是說如現實有過去未來所有於中不能通釋諸自愛者應如是知法性甚深非尋思境豈不能釋便撥爲無有異門故此生此滅謂色等生即色等滅有異門故異生異滅謂未來生現在世滅有異門故即世名生以正生時世所攝故有異門故說世有生未來世有多刹那故傍論已了今應思擇諸事已斷彼離繫耶設事離繫彼已斷耶若事離繫彼必已斷有事已斷而非離繫斷非離繫其事云何頌曰

於見苦已斷　餘遍行隨眠　及前品已斷
餘緣此猶繫

論曰且見道位若智已生集智未生見苦所斷諸事已斷見集所斷遍行隨眠若未永斷能緣此者於此猶繫及修道位隨何道生九品事中前品已斷餘未斷品所有隨眠能緣此者於此猶繫斷非離繫如是應知何事有幾隨眠隨增若隨事別答便費多言論是故應造略毗婆沙由此雖勞少少功力而能越渡大大問流謂法雖多略爲十六種即三界

五部及無漏法能緣彼識名數亦然但應了知何法何識境易思何事何隨眠隨增此中且應知何法何識境頌曰

見苦集修斷　若欲界所繫　目界三色一
無漏識所行　色自下各三　上一淨識境
無色通三界　各三淨識緣　見滅道所斷
皆增自識行　無漏三界中　後三淨識境

論曰若欲界繫見苦見集修所斷法各五識緣謂自界三即如前說及色界一即修所斷無漏第五皆容緣故若色界繫即前所說三部諸法各八識緣謂自下三皆如前說及上界一即修所斷無漏第八皆容緣故若無色繫即前所說三部諸法各十識緣謂三界三皆如前說無漏第十皆容緣故見滅見道所斷諸法應知一一增自識緣此復云何謂欲界繫見滅所斷爲六識緣五即如前增見滅斷見道所斷爲六識緣五亦如前增見道斷色無色界見滅道斷隨應爲九十一識緣若無漏法爲十識緣謂三界中各後三部即見滅道修所斷識無漏第十皆容緣故爲攝前義復說頌言

見苦集修斷　欲色無色繫　應知如次第
五八十識緣　見滅道所斷　各增自識緣
無漏法應知　能爲十識境

如是了知十六種法爲十六識所緣境已今應思何事何隨眠隨增若別疏條恐文煩廣故我於此略示方隅且有問言所繫事內樂根有幾隨眠隨增應觀樂根總有七種謂欲界一即修所斷色界五部無漏第七一切無漏非諸隨眠之所隨增如前已說此中前六

隨其所應欲修所斷及諸遍行色界一切隨眠隨增若有問言緣樂根識復有幾種隨眠隨增應觀此識總有十二謂欲界四除見滅斷色界五部無色界二即見道諦及修所斷無漏第十二皆能緣樂根此隨所應欲界四部色界有爲緣無色界二部及諸遍行隨眠隨增若復有問言緣緣樂根識復有幾種隨眠隨增應觀此識總有十四謂前十二更加二種即無色界見苦集斷如是十四識能緣緣樂根此隨所應欲色如上無色四部隨眠隨增准此方隅餘應思擇若心由彼名有隨眠彼於此心定隨增不此不決定或有隨眠謂與心相應及緣心未斷相應已斷則不隨增依此義門應作是說頌曰

有隨眠心二　謂有染無染　有染心通二

無染局隨增

論曰有隨眠心總有二種有染無染心差別故於中有染或有隨增謂相應緣隨眠未斷相應已斷則不隨增仍說有隨眠以恒相應故若無染者唯局隨增緣此隨眠必未永斷此唯據隨增名有隨眠故如上所說十種隨眠次第生時誰前誰後頌曰

無明疑邪見　邊見若見取　貪慢瞋如次

由前引後生

論曰且諸煩惱次第生時先由無明於諦不了不欲觀苦乃至道諦由不了故次引生疑謂聞二途便懷猶豫爲苦非苦乃至廣說從此猶豫引邪見生謂邪聞思生邪決定撥無苦諦乃至廣說由撥無諦引身見生謂取蘊中撥無苦理便決定執此是我故從此身見

引邊見生謂依我執斷常邊故從此邊見引生戒取謂由於我隨執一邊便計此執爲能淨故從戒禁取引見取生謂計能淨已必執爲勝故從此見取次引貪生謂自見中情深愛故從此貪後次引慢生謂自見中深愛著已情生高舉淩懱他故從此慢後次引生瞋謂自見中深愛恃已於他所起違已見中情不能忍必憎嫌故有餘師說於自見解取捨位中起憎嫌故見諦所斷貪等生時緣自相續見爲境故如是且依次第起說越次起者前後無定諸煩惱起由幾因緣頌曰

由未斷隨眠　及隨應境現　非理作意起
說或具因緣

論曰由三因緣諸煩惱起且如將起欲貪纏時未斷未遍知欲貪隨眠故順欲貪境現在前故緣彼非理作意起故由此力故便起欲貪此三因緣如其次第即因境界加行三力餘煩惱起類此應知謂此且據具因緣說或有唯託境界力生如退法根阿羅漢等即上所說隨眠并纏經說爲漏暴流軛取漏謂三漏一欲漏二有漏三無明漏言暴流者謂四暴流一欲暴流二有暴流三見暴流四無明暴流軛謂四軛如暴流說取謂四取一欲取二見取三戒禁取四我語取如是漏等其體云何頌曰

欲煩惱并纏　除癡名欲漏　有漏上二界
唯煩惱除癡　同無記內門　定地故合一
無明諸有本　故別爲一漏　暴流軛亦然
別立見利故　見不順住故　非於漏獨立
欲有軛并癡　見分二名取　無明不別立

以非能取故
論曰欲界煩惱并纒除癡四十一物總名欲漏謂欲界繫根本煩惱三十一并十纒色無色界煩惱除癡五十二物總名有漏謂上二界根本煩惱各二十六豈不彼有惛沉掉舉二種纒耶品類足中亦作是說云何有漏謂除無明餘色無色二界所繫結縛隨眠隨煩惱纒今於此中何故不說迦濕彌羅國毗婆沙師言彼界纒少不自在故何緣合說二界隨眠爲一有漏同無記性於内門轉依定地生由三義同故合爲一如前所欲名有貪因即是此中名有漏義准此三界十五無明義至已立爲無明漏何縁准此别立漏名無明能爲諸有本故暴流及軛體與漏同然於其中見亦别立謂前欲漏即欲暴流及欲軛如是有漏即有暴流及有軛析出諸見爲見暴流及見軛者謂猛利故令住名漏如後當說見不順彼性猛利故由此於漏不猛立名但可與餘合立爲漏如是巳顯二十九物名欲暴流謂貪瞋慢名有五種疑四種十二十八物名有暴流謂貪與慢各十疑八三十六物名見暴流謂三界中各十二見十五物名無明暴流謂三界無明明有五應知四軛與暴流同四取應知體同四軛然欲我語各并無明見分爲二與前軛别即前欲軛并欲無明三十四物總名欲取謂貪瞋慢無明各五疑有四并十纒即前有軛并二界無明三十八物總名我語取謂貪慢無明各十疑有八於見軛中除戒禁取餘三十物總名見取所除六物名戒禁取何縁别立戒禁取耶由此獨

爲聖道怨故雙誑在家出家衆故謂在家衆由此誑惑計自餓等爲生天道故諸出家衆由此誑惑計捨可愛境爲清淨道故何緣無明不別立取能取諸有故立取名然諸無明非能取故謂不了相說名無明彼非能取非猛利故但可與餘合立爲取然契經說欲軛云何謂諸欲中欲貪欲欲欲親欲愛欲樂欲悶欲耽欲嗜欲喜欲藏欲隨欲著纏壓於心是名欲軛有軛見軛應知亦爾又餘經說欲貪名取由此故知於欲等四所起欲貪名欲等取如是已辯隨眠幷纏經說爲漏暴流軛取此隨眠等名有何義頌曰

微細二隨增　隨逐與隨縛　住流漂合執
是隨眠等義

論曰根本煩惱現在前時行相難知故名微細二隨增者能於所緣及所相應增惛滯故言隨逐者謂能起得恒隨有情常爲過患不作加行爲令彼生或設劬勞爲遮彼起而數現起故名隨縛由如是義故名隨眠稽留有情久住生死或令流轉於生死中從有頂天至無間獄由彼相續於六瘡門泄過無窮故名爲漏極漂善品故名瀑流和合有情故名爲軛能爲依執故名爲取若善釋者應作是言諸境界中流注相續泄過不絕故名爲漏如契經說具壽當知譬如挽船逆流而上設大功用行尚爲難若放此船順流而去雖捨功用行不爲難起善染心應知亦爾准此經意於境界中煩惱不絕說名爲漏若勢增上說名暴流謂諸有情若墜於彼唯可隨順無能違逆涌泛漂激難違拒故於現行時非極

增上說名爲軛但令有情與種種類苦和合故或數現行故名爲軛執欲等故說名爲取

阿毗達磨俱舍論卷第二十 說一切有部

音釋

姬媵 姬居且切媵實證切從嫁之女也 懱 莫結切輕易也 軛 於華切

惛掉 惛呼昆切不明了也掉徒弔切搖也 壓 於甲切鎮也 挽 無遠切引也

激 古歷切蕩激也

阿毗達磨俱舍論卷第二十一

尊者世親造

唐三藏法師玄奘奉詔譯

分別隨眠品第五之三

如是已辯隨眠并纏世尊說爲漏暴流等爲唯爾所爲復有餘頌曰

由結等差別　復說有五種

論曰即諸煩惱結縛隨眠隨煩惱纏義差別故復說五種且結云何頌曰

結九物取等　立見取二結　由二唯不善及自在起故　纏中唯嫉慳　建立爲二結或二數行故　爲賤貧因故　徧顯隨惑故惱亂二部故

論曰結有九種一愛結二恚結三慢結四無明結五見結六取結七疑結八嫉結九慳結此中愛結謂三界貪餘隨所應當辯其相見結謂三見取結謂二取依如是理故有說言頗有見相應法爲愛結繫非見結繫非不有見隨眠隨增曰有云何集智已生滅智未生見滅道所斷二取相應法彼爲愛結爲所緣繫非見結繫徧行見結已永斷故非徧見結所緣相應二俱無故然彼有見隨眠隨增二取見隨眠於彼隨增故何緣三見別立見結二取別立爲取結耶三見二取物取等故謂彼三見有十八物二取亦然故名物等三等所取二等能取故名取等所取能取有差別故立爲二結何故纏中嫉慳二種建立爲結非餘纏耶二唯不善自在起故謂唯此二兩義具足餘皆不然故唯立二若纏唯八此釋可然許有十纏此釋非理以忿覆二種亦具

兩義故由此若許具有十纏應言嫉慳過失尤重謂此二種數現行故又二能爲賤貧因故偏顯慼歡隨煩惱故惱亂出家在家部故或惱亂天阿素洛故或惱人天二勝趣故或惱亂他及自部故佛於餘處依差别門我即以結聲說有五種頌曰

又五順下分　由二不超欲　由三復還下

攝門根故三　或不欲發趣　迷道及疑道

能障趣解脫　故唯說斷三

論曰何等爲五謂有身見戒禁取疑欲貪瞋恚何緣此五名順下分此五順益下分界故謂唯欲界得下分名此五於彼能爲順益由後二種不能超欲界設有能超由前三還下如守獄卒防邏人故有餘師說言下分者謂下有情即諸異生及下界即欲界前三能障超下有情後二能令不超下界故五皆得順下分名諸得預流六煩惱斷何緣但說斷三結耶理實應言斷六煩惱攝門根故但說斷三謂所斷中類有三種唯一通二通四部故說斷三種攝彼三門又所斷中三隨三轉謂邊執見隨身見轉見取隨戒取轉邪見隨疑轉說斷三種攝彼三根故說斷三已說斷六有作是釋凡趣異方有三種障一不欲發二迷正道依邪道故三疑正道趣解脫者亦有如斯相似三障謂由身見怖畏解脫不欲發趣由戒禁取依執邪道迷失正路由疑於道深懷猶豫佛顯預流永斷如是趣解脫障故說斷三佛於餘經如順下分說順上分亦有五種頌曰

順上分亦五　色無色二貪　掉舉慢無明

令不超上故

論曰如是五種若未斷時能令有情不超上界順益上界故名順上分結已辯結縛云何頌曰

縛三由三受

論曰縛有三種一貪縛謂一切貪二瞋縛謂一切瞋三癡縛謂一切癡何緣唯說此三爲縛由隨三受說縛有三謂於樂受貪縛隨增所緣相應俱隨增故於苦受瞋於捨受癡應知亦爾雖於捨受亦有貪瞋非如癡故約自相續樂等三受爲縛所緣作此定說已分別縛隨眠云何頌曰

隨眠前已說

論曰隨眠有六或七或十或九十八如前已說隨眠既已說隨煩惱云何頌曰

隨煩惱此餘　染心所行蘊

論曰此諸煩惱亦名隨煩惱以皆隨心爲惱亂事故復有此餘異諸煩惱染汙心所行蘊所攝隨煩惱起故亦名隨煩惱不名煩惱非根本故廣列彼相如雜事中後當略論纒煩惱垢攝者且應先辯纒相云何頌曰

纒八無慚愧　嫉慳并悔眠　及掉舉惛沉

或十加忿覆　無慚慳掉舉　皆從貪所生

無愧眠惛沉　從無明所起　嫉忿從瞋起

悔從疑覆諍

論曰根本煩惱亦名爲纒經說欲貪纒爲緣故然品類足說有八纒毗婆沙宗說纒有十謂於前八更加忿覆無慚無愧如前已釋嫉謂於他諸興盛事令心不喜慳謂財法巧施相違令心悋著悔即惡作如前已辯眠謂令

心昧略爲性無有功力執持於身悔眠二纏唯取染汙掉舉惛沉亦如前釋除瞋及害於情非情令心憤發說名爲忿隱藏自罪說名爲覆於此所說十種纏中無慚慳掉舉是貪等流無愧眠惛沉是無明等流嫉忿是瞋等流悔是疑等流有說覆是貪等流有說是無明等流有說是俱等流有知無知如其次第餘煩惱垢其相云何頌曰

煩惱垢六惱　害恨諂誑憍　誑憍從貪生　害恨從瞋起　惱從見取起　諂從諸見生

論曰惱謂堅執諸有罪事由此不取如理諫悔害謂於他能爲逼迫由此能行打罵等事恨謂於忿所緣事中數數尋思結怨不捨諂謂心曲由此不能如實自顯或矯非撥或設方便令解不明誑謂惑他矯前已釋如是六種從煩惱生穢汙相麤名煩惱垢於此六種煩惱垢中誑憍是貪等流害恨是瞋等流惱是見取等流諂是諸見等流如言何曲謂諸惡見故諂定是諸見等流此垢并纏從煩惱起是故皆立隨煩惱名此垢及纏爲何所斷頌曰

纏無慚愧眠　惛掉見修斷　餘及煩惱垢　自在故唯修

論曰且十纏中無慚等五通見修斷由此通與二部煩惱相應起故隨與見此諦所斷相應即說名爲見此諦所斷餘嫉慳悔忿覆并垢自在起故唯修所斷唯與修斷他力無明共相應故名自在起此隨煩惱誰通何性頌曰

欲三二餘惡　上界皆無記

論曰欲界所繫眠惛掉三皆通不善無記二性所餘一切皆唯不善上二界中隨應所有一切唯是無記性攝此隨煩惱誰何界繫頌曰

諂誑欲初定　三三界餘欲

論曰諂誑唯在欲界初定寧知梵世有諂誑耶以大梵王匿已情事現相誑惑馬勝苾芻此二於前雖已分別義相關故今復重辯惛掉憍三通在三界所餘一切皆唯在欲謂十六中五如前辯所餘十一唯欲界繫已辯隨眠及隨煩惱於中有幾唯在意地有幾通依六識地起頌曰

見所斷慢眠　自在隨煩惱　皆唯意地起
餘通依六識

論曰略說應知諸見所斷及修所斷一切慢眠隨煩惱中自在起者如是一切皆依意識依五識身無容起故所餘一切通依六識謂修所斷貪瞋無明及彼相應諸隨煩惱即無慚愧惛掉及餘大煩惱地法所攝隨煩惱依六識身皆容起故如先所辯樂等五受根今此所明煩惱隨煩惱何煩惱等何根相應於此先應辯諸煩惱頌曰

欲界諸煩惱　貪喜樂相應　瞋憂苦癡徧
邪見憂及喜　疑憂餘五喜　一切捨相應
上地皆隨應　徧自識諸受

論曰欲界所繫諸煩惱中貪喜樂相應以歡行轉徧六識故瞋憂苦相應以慼行轉徧六識故無明徧與前四相應歡慼行轉徧六識故邪見通與憂喜相應歡慼行轉唯意地故何緣邪見歡慼行轉如次先造罪福業故疑

憂相應以慼行轉唯意地故懷猶豫者求決定知心愁慼故餘四見慢與喜相應以歡行轉唯意地故已約別相說受相應就通相說受相應者一切皆與捨受相應以諸隨眠相續斷位勢力衰歇必住捨受欲界既爾上地云何皆隨所應徧與自地自識俱起諸受相應謂若地中具有四識彼一一識所起煩惱各徧自識諸受相應若諸地中唯有意識即彼意識所起煩惱徧與意識諸受相應上諸地中識受多少如前已辯故不別說已辯煩惱諸受相應今次復應辯隨煩惱頌曰

諸隨煩惱中　嫉悔忿及惱　害恨憂俱起
慳喜受相應　諂誑及眠覆　通憂喜俱起
憍喜樂皆捨　餘四徧相應

論曰隨煩惱中嫉等六種一切皆與憂根相應以慼行轉唯意地故慳喜相應以歡行轉唯意地故歡行轉者慳相與貪極相似故諂誑眠覆憂喜相應歡慼行轉唯意地故歡慼行者謂或有時以歡喜心而行諂等或時有以憂慼心行憍喜樂相應歡行唯意故在第三靜慮與樂相應若在下諸地與喜相應此上所說諸隨煩惱一切皆與捨受相應相續斷時皆住捨故有通行在唯捨地故捨於一切相應無遮譬如無明徧相應故餘無慚愧惛沉掉舉四皆徧與五受相應前二是大不善地法攝故後二是大煩惱地法攝故所說煩惱隨煩惱中有依異門佛說爲蓋今次應辯蓋相云何頌曰

蓋五唯在欲　食治用同故　雖二立一蓋
障蘊故唯五

論曰佛於經中說蓋有五一欲貪蓋二瞋恚蓋三惛眠蓋四掉悔蓋五疑蓋此中所說惛掉及疑爲如欲貪瞋恚眠悔唯在欲界通三界耶應知此三亦唯在欲以契經說如是五種純是圓滿不善聚故色無色界無有不善然此五種純不善故唯在欲界非色無色何故惛眠掉悔二蓋各有二體合立一耶食治用同故合立一食謂所食亦名資粮治謂能治亦名非食用謂事用亦名功能由此經中作如是說惛眠雖二食非食同何等名爲惛眠蓋食謂五種法一瞢𧄼二不樂三頻申四食不平性五心昧劣性何等名爲此蓋非食謂光明想如是二種事用亦同謂俱能令心性沉昧掉悔雖二食非食同何等名爲掉悔蓋食謂四種法一親里尋二國土尋三不死尋四隨念昔種種所更戲笑歡娛承奉等事何等名爲此蓋非食謂奢摩他如是二種事用亦同謂俱能令心不寂靜由此說食治用同故惛眠掉悔二合爲一諸煩惱等皆有蓋義何故如來唯說此五唯此於五蘊能爲勝障故謂貪恚蓋能障戒蘊惛沉睡眠能障慧蘊掉舉惡作能障定蘊定慧無故於四諦疑疑故能令乃至解脫解脫知見皆不得起故唯此五建立爲蓋若作如是解釋經意掉悔理應惛眠前說以必依定方有慧生定障亦應先慧障故依如是理有餘師言此五蓋中惛眠掉悔如次能障定蘊慧蘊由此契經作如是說修等持者怖畏惛眠修擇法者怖畏掉悔有餘別說唯立五因彼說云何謂在行位先於色等種種境中取可愛憎二種相故

後在住位由先爲因便起欲貪瞋恚二蓋此二能障將入定心由此後時正入定位於上及觀不能正習由此便起惛眠掉悔如其次第障奢摩他毗鉢舍那今不得起由此於後出定位中思擇法時疑復爲障故建立蓋唯有此五今應思擇他界徧行及見滅道斷有漏緣諸惑於彼斷位不知彼所緣知彼所緣時而彼不斷如是諸惑斷由他因非要徧知所緣故斷若爾斷惑總由幾因由四種因何等爲四頌曰

徧知所緣故　斷彼能緣故　斷彼所緣故
對治起故斷

論曰且見所斷惑斷由前三因一由徧知所緣故斷謂見苦集斷自界緣及見滅道斷無漏緣二由斷彼能緣故斷謂見苦集斷他界緣以自界緣能緣於彼能緣若斷彼隨斷故三由斷彼所緣故斷謂見滅道斷有漏緣以無漏緣能爲彼境所緣若斷彼隨斷故若修所斷惑斷由後一因謂但由第四對治起故斷以若此品對治道生則此品中諸惑頓斷何品諸惑誰爲對治謂上上品所有諸惑下下品道能爲對治至下下品所有諸惑上上品道能爲對治如是義門後當廣辯所言對治總有幾種頌曰

對治有四種　謂斷持遠猒

論曰諸對治門總有四種一斷對治謂無間道二持對治謂此後道由彼能持此斷得故三遠分對治謂解脫道後所有道由彼道能令此所斷惑得更遠故有餘師說亦解脫道以解脫道如彼能令此所斷惑得更遠故四

猒患對治謂若有道見此界過失深生猒患然此對治若欲善說理實應爲如是次第一猒患對治謂緣苦集起加行道二斷對治謂緣一切起無間道三持對治謂緣一切起解脫道四遠分對治謂緣一切起勝進道諸惑永斷爲定從何頌曰

應知從所緣　可令諸惑斷

論曰應知諸惑得永斷時不可令其離相應法但可令彼遠離所緣令於所緣不復生故斷未來惑理且可然容令於境不復生故過去諸惑云何說斷若謂頌說從所緣言意顯徧知所緣故斷此亦非理不決定故由此應說煩惱等斷定何所從自相續中煩惱等斷由得斷故他相續中諸煩惱等及一切色不染法斷由能緣彼自相續中所有諸惑究竟斷故所言遠分遠性有幾頌曰

遠性有四種　謂相治處時　如大種尸羅異方二世等

論曰傳說遠性總有四種一相遠性如四大種雖復俱在一聚中生以相異故亦名爲遠二治遠性如持犯戒雖復俱在一身中行以相治故亦名爲遠三處遠性如東西海雖復俱在一世界中方處隔故亦名爲遠四時遠性如過未世雖復俱依一法上立時分隔故亦名爲遠望何說遠望現在世無間已滅及正生時與現相隣如何名遠由世性別故得遠名非久曾當方得名遠若爾現在亦應得遠名以望去來世性亦別故若謂去來法無作用離作用故名爲遠者諸無爲法作用既無云何名近若謂由現徧得無爲故名近者

去來二世例亦應然虛空無爲如何名近若謂過未更互相望由隔現在故名爲遠現望二世俱極相隣無爲無隔故皆近者則應去來隣現在世相望有隔故具二名不應一向說名爲遠若依正理應說去來離法自相故名爲遠未來未得法自相故過去已捨法自相故等言爲明舉事未盡前言惑斷由治道生道勝進時所斷諸惑爲再斷不所得離繫有重得耶頌曰

諸惑無再斷　離繫有重得　謂治生得果

練根六時中

論曰諸惑若得彼能斷道即由彼道此惑頓斷必無後時再斷惑義所得離繫雖無隨道漸勝進理而道進時容有重起彼勝得義所言重得總有幾時總有六時何等爲六謂治道起得果練根治道起時謂解脫道得果時者謂得預流一來不還阿羅漢果練根時者謂轉根時此六時中諸惑離繫隨道勝進重起勝得然諸離繫隨應當知有具六時起勝得者乃至亦有唯具二時謂欲界繫見四諦斷及色無色見三諦斷所有離繫具六時得色無色界見道諦斷所有離繫唯五時得由治生時即得果故不應於此分爲二時欲界修斷五品離繫亦五時得除預流果第六離繫唯四時得謂於前五又除一時得果治生時無異故第七八品亦四時得得果四中除前二故第九離繫唯三時得謂於前四又除一時亦治生時即得果故色無色界修所斷中唯除有頂第九離繫所餘離繫亦三時得得果四中除前三故有頂第九唯二時得謂

前三内又除一時亦治生時即得果故如是且就容有理説以利根者前諸位中一一皆除練根得故諸有超越入聖道者隨應有除預流等故即諸離繫彼彼位中得徧知名徧知有二一智徧知二斷徧知智徧知者謂無漏智斷徧知者謂即諸斷此於果上立因名故爲一切斷立一徧知不爾云何頌曰

斷徧知有九　欲初二斷一　二各一合三

上界三亦爾　餘五順下分　色一切斷三

論曰諸斷總立九種徧知謂三界繫見諦所斷煩惱等斷立六徧知所餘三界修道所斷煩惱等斷立三徧知且三界繫見諦所斷煩惱等斷立六云何謂欲界繫初二部斷立一徧知初二部言即顯見苦見集所斷次二部斷各立一徧知次二部言顯見滅道斷如是欲界見諦所斷煩惱等斷立三徧知如欲界三上界亦爾謂色無色二界所繫亦初二斷一二各一合三是見苦集見滅見道所斷法斷合立三義如是名爲三界見諦所斷法斷六種徧知餘三界繫修道所斷煩惱等斷立三云何謂欲界繫修道所斷煩惱等斷立一徧知應知即是五順下分結盡徧知并前立故色界所繫修道所斷煩惱等斷立一徧知應知此即是色愛盡徧知無色界繫修道所斷煩惱等斷立一徧知即一切結永盡徧知此亦并前合立一故如是名爲三界修道所斷法斷三種徧知以何因緣色無色界修道所斷煩惱等斷別立徧知非見所斷以修所斷治不同故如是所立九種徧知應辯於中幾何道果頌曰

於中忍果六　餘三是智果　未至果一切
根本五或八　無色邊果一　三根本亦爾
俗果二聖九　法智三類二　法智品果六
類智品果五

論曰於此九中且應先辯與忍智道爲果差別忍果有六謂三界繫見斷法斷六種徧知智果有三謂順下分色愛一切結盡徧知由此三徧知是修道果故如何忍果說爲徧知諸忍皆是智眷屬故如王眷屬假立王名或忍與智同一果故今次應辯與靜慮地眷屬根本爲果差別未至靜慮果具有九謂此爲依能斷三界見修所斷煩惱等故根本靜慮果五或八所言五者毗婆沙師說根本地唯能永斷色無色攝煩惱等故欲界所繫煩惱等斷彼唯許是未至果故所言八者尊者妙音說根本地亦與欲界諸煩惱等爲斷對治諸有先離欲界染者依根本地入見諦時於欲界繫見斷法斷許引道別無漏得故由此亦是彼見道果除順下分結盡徧知以彼唯是未至果故無容修彼斷對治故中間靜慮如根本說今次應辯與無色地眷屬根本爲果差別無色邊地果唯有一謂依空處近分地道得色愛盡徧知果故前三根本果亦唯一謂依無色前三根本得一切盡徧知果故今次應辯與世俗道及諸聖道爲果差別俗道果二謂俗道力唯能獲得順下分盡及色愛盡徧知果故聖道果九謂聖道力徧能永斷三界法故今次應辯與法類智爲果差別法智果三謂法智力能斷三界修所斷故得後三果類智果二謂類智力但能永斷色無

色界修所斷故得後二果今次應辯與法類智同品諸道爲果差別法智品果六謂即是前法智法忍所得六果類智品果五謂即是前類智類忍所得五果品言通攝智及忍故何故一一斷不別立徧知唯就如前九位建立頌曰

得無漏斷得　及缺第一有　滅雙因越界故立九徧知

論曰有漏法斷雖多體位而四緣故立九徧知且由三緣立六忍果謂得無漏離繫得故缺有頂故滅雙因故諸斷要具如是三緣立徧知名闕則不爾如異生位有滅雙因無無漏斷得未缺有頂故雖亦得斷不名徧知若聖位中從入見諦至苦類忍現行以前雖有已得無漏斷得未缺有頂未滅雙因至苦類智集法忍位雖亦缺有頂猶未滅雙因未滅見集斷諸徧行因故至後法智類智位中諸所得斷三緣具故於一一位建立徧知具由四緣立三智果謂於前三加越界故言越界者謂此界中煩惱等法皆令離故有立離俱繫亦是一緣故立徧知緣總有五種離俱繫者謂此雖斷未立徧知要離所餘緣此境惑方可建立此離俱繫與滅雙因及越界緣用無別故雖義有異而不別說雖諸越界位皆滅雙因而滅雙因時非皆越界故滅雙因外別立越界緣滅三地雙因未立徧知故誰成就幾徧知頌曰

住見諦位無　或成一至五　修成六一二無學唯成一

論曰異生定無成徧知理若諸聖者住見諦

位從初乃至集法忍時於諸徧知亦未成就至集法智集類忍時唯成就一至集類智滅法忍時便成就二至滅法智滅類忍時便成就三至滅類智道法忍時便成就四至道法智道類忍時便成就五住修道位道類智爲初乃至未得全離欲界染及離欲退皆成就六至全離欲色愛未盡或先離欲彼道類智未起色盡勝果道前唯成一徧知謂順下分盡從色愛盡及無學位起色纏退亦一如前有色愛者從色愛永盡先離色者從起色盡道至未全離無色愛前成下分盡色愛盡二從無學退起無色纏成二徧知名如前說住無學位唯成就一謂一切結永盡徧知何緣不還阿羅漢果總集諸斷立一徧知頌曰

越界得果故　二處集徧知

論曰具二緣故於一切斷總集建立爲一徧知一者越界二者得果唯彼兩位具足二緣故彼徧知總集爲一誰捨誰得幾種徧知頌曰

捨一二五六　得亦然除五

論曰言捨一者謂從無學及色愛盡令離欲退言捨二者謂諸不還從色愛盡起欲纏退及彼獲得阿羅漢時言捨五者謂先離欲後入見諦道類智時得下分盡捨前五故言捨六者謂未離欲所有聖者得離欲時得亦然者謂有得一得二得六唯除得五言得一者謂得未得及從無學起色纏退言得二者謂從無學起無色界諸纏退時言得六者謂退不還因辯隨眠分別斷竟

阿毗達磨俱舍論卷第二十一說一切有部

音釋

邏魯果切巡也 惛呼昆切蒙昧也 憤房吻切怒也 慼七迹切憂也 瞢瞢鄧切瞢澄應切瞢莫鄧切瞢瞢不明也

阿毗達磨俱舍論卷第二十二

尊　者　世　親　造

唐三藏法師玄奘奉　詔譯

分別賢聖品第六之一

如是已說煩惱等斷於九勝位得徧知名然斷必由道力故得此所由道其相云何頌曰

已說煩惱斷　由見諦修故　見道唯無漏　修道通二種

論曰前已廣說諸煩惱斷由見諦道及修道故道唯無漏亦有漏耶見道應知唯是無漏修道通二所以者何見道速能治三界故頓斷九品見所斷故非世間道有此堪能故見位中道唯無漏修道有異故通二種如向所言由見諦故此所見諦其相云何頌曰

諦四先已說　謂苦集滅道　彼自體亦然　次第隨現觀

論曰諦有四種名先已說於何處說謂初品中分別有漏無漏法處彼如何說謂彼頌言無漏謂聖道此說道諦擇滅謂離繫此說滅諦及苦集世間此說苦集諦四諦次第如彼說耶不爾云何如今所列一苦二集三滅四道四諦自體亦有異耶不爾云何如先所辯爲顯體同彼故說亦然聲四諦何緣如是次第隨現觀位先後而說謂現觀中先所觀者便在先說若異此者應先說因後方說果然或有法說次隨生如念住等或復有法說次隨便如正勝等謂此中無決定理趣起如是欲先斷已生後遮未生但隨言便令說四諦隨瑜伽師現觀位中先後次第何緣現觀次第必然加行位中如是觀故何緣加行必如

是觀謂若有法是愛著處能作逼惱爲求脫因此法理應最初觀察故修行者加行位中最初觀苦苦即苦諦次復觀苦以誰爲因便觀苦因因即集諦次復觀苦以誰爲滅便觀苦滅滅即滅諦後觀苦滅以誰爲道便觀滅道道即道諦如見病已次尋病因續思病愈後求良藥契經亦說諦次第喻何契經說謂良醫經如彼經言夫醫王者謂具四德能拔毒箭一善知病狀二善知病因三善知病愈四善知良藥如來亦爾爲大醫王如實了知苦集滅道故加行位如是次觀現觀位中次第亦爾由加行力所引發故如已觀地縱馬奔馳此現觀名爲目何義應知此目現等覺義何緣說此唯是無漏對向涅槃正覺境故此覺眞淨故得正名應知此中果性取蘊名爲苦諦因性取蘊名爲集諦是能集故由此苦集因果性分名雖有殊非物有異滅道二諦物亦有殊何義經中說爲聖諦是聖者諦故得聖名於非聖者此豈成妄於一切是諦性無顛倒故然唯聖者實見非餘是故經中但名聖諦非非聖諦顛倒見故如有頌言聖者說是樂非聖說爲苦聖者說爲苦非聖說是樂有餘師說二唯聖諦餘二通是聖非聖諦唯受一分是苦自體所餘並非如何可言諸有漏行皆是苦諦頌曰

苦由三苦合　如所應一切　可意非可意
餘有漏行法

論曰有三苦性一苦苦性二行苦性三壞苦性諸有漏行如其所應與此三種苦性合故皆是苦諦亦無有失此中可意有漏行法與

壞苦合故名爲苦諸非可意有漏行法與苦苦合故名爲苦除此所餘有漏行法與行苦合故名爲苦何謂爲可意非可意餘謂樂等三受如其次第由三受力令順樂受等諸有漏行得可意等名所以者何若諸樂受由壞成苦性如契經言諸樂受生時樂住時樂壞時苦若諸苦受由體成苦性如契經言諸苦受生時苦住時苦不苦不樂受由行成苦性衆緣造故如契經言若非常即是苦如受順受諸行亦然有餘師釋苦即苦性名苦苦性如是乃至行即苦性名行苦性應知此中說可意非可意爲壞苦苦苦者由不共故理實一切行苦故苦此唯聖者所能觀見故有頌言如以一睫毛置掌人不覺若置眼睛上爲損及不安愚夫如手掌不覺行苦睫智者如眼睛緣極生猒怖以諸愚夫於無間獄受劇苦蘊生苦怖心不如衆聖於有頂蘊道諦亦應是行苦攝有爲性故道諦非苦違逆聖心是行苦相非聖道起違逆聖心由此能引衆苦盡故若觀諸有爲涅槃寂靜者亦由先見彼法是苦後觀彼滅以爲寂靜故有爲言唯顯有漏若諸法中亦許有樂何緣但說苦爲聖諦有一類釋由樂少故如置緑豆烏豆聚中以少從多名烏豆聚誰有智者瀝水澆癰有少樂生計癰爲樂有餘於此以頌釋言能爲苦因故能集衆苦故有苦希彼故說樂亦名苦理實應言聖者觀察諸有及樂體皆是苦以就行苦同一味故由此立苦爲諦非樂如何亦觀樂受爲苦由性非常違聖心故如以苦相觀色等時非彼苦相一如苦受有謂

樂受是苦因故諸聖亦觀彼爲苦者此釋非理能爲苦因是集行相豈關於苦又諸聖者生色無色緣彼如何有苦想轉非彼諸緼爲苦受因又經復說行苦何用若由非常觀樂爲苦非常苦觀行相何別生滅法故觀爲非常違聖心故觀之爲苦但見非常知違聖心故非常行相能引苦行相有餘部師作如是執定無實樂受唯是苦云何知然由教理故云何由教如世尊言諸所有受無非是苦又契經言汝應以苦觀於樂受又契經言於苦謂樂名爲顛倒云何由理以諸樂因皆不定故謂諸所有衣服飲食冷煖等事諸有情類許爲樂因此若非時過量受用便能生苦復成苦因不應樂因於增盛位或雖平等但由非時便成苦因能生於苦故知衣等本是苦因苦增盛時其相方顯威儀易脫理亦應然又治苦時方起樂覺及苦易脫樂覺乃生謂若未遭飢渴寒熱疲欲等苦所逼迫時不於樂因生於樂覺故於對治重苦因中愚夫妄計此能生樂實無決定能生樂因苦易脫中愚夫謂樂如荷重擔暫易肩等故受唯苦定無實樂對法諸師言樂實有此言應理云何知然且應反徵撥無樂者何名爲苦若謂逼迫既有適悅有樂應成若謂損害既有饒益有樂應成若謂非愛既有可愛有樂應成若謂可愛體非成實以諸聖者於離染時可愛復成非可愛故不爾可愛聖離染時由異門觀爲非愛故謂若有受自相可愛此受未嘗成非可愛然諸聖者於離染時以餘行相猒患此受謂觀此受是放逸處要由廣大功力

所成變壞無常故非可愛非彼自相是非愛法若彼自體是非可愛不應於中有起愛者若不起愛於離染時聖者不應以餘行相觀察樂受深生猒患故由自相有實樂受然世尊言諸所有受無非苦者佛自釋通如契經言佛告慶喜我依諸行皆是無常及諸有爲皆是變壞密作是說諸所有受無非是苦故知非經不依苦苦作如是說若由自相諸受皆苦何緣慶喜作是問言佛於餘經說有三受謂樂及苦不苦不樂依何密意此經復言諸所有受無非是苦慶喜但應作如是問依何密意說有三受世尊亦應但作是答我依此密意故說有三受經中既無如是問答故由自相實有三受世尊既言我密意說諸所有受無非是苦即已顯示此所說經依別意說非真了義又契經言汝應以苦觀樂受者應知此經意顯樂受有二種性一有樂性謂此樂受依自相門是可愛故二有苦性謂依異門亦是無常變壞法故然觀樂時能爲繫縛諸有貪者嗽此味故若觀苦時能令解脫如是觀者得離貪故佛以觀苦能令解脫故勸有情觀樂爲苦如何知此自相是樂如有頌曰諸佛正徧覺知諸行非常及有爲變壞故說受皆苦又契經言於苦謂樂名顛倒者此別意說以諸世間於諸樂受妙欲諸有一分樂中一向計樂故成顛倒謂諸樂受若依異門亦有苦性然諸世間唯觀爲樂故成顛倒諸妙欲境樂少苦多唯觀爲樂故成顛倒諸有亦然故不由此能證樂受無實理成若受自相實皆苦者佛說三受有何勝利若謂

世尊隨俗説者不應正理以世尊言我容説受無非苦故又於觀五受説如實言故謂契經説所有樂根所有喜根應知此二皆是樂受乃至廣説復作是説若以正慧如實觀見如是五根三結永斷乃至廣説又佛如何於一苦受隨順世俗分別説三若謂世間於下上中苦如其次第起樂等三覺佛隨順彼説樂等三理亦不然樂亦三故應於下等三苦唯起上等樂覺又受殊勝香味觸等所生樂時有何下苦而世於中起樂受覺若許爾時有下苦者如是下苦已滅未生世應爾時有極樂覺此位衆苦都無有故受欲樂時徵問亦爾又下品受現在前時許受分明猛利可取許中品受現在前時與此相違如何應理又下三定説有樂故應有下苦以上諸地説有捨故應有中苦定勝苦增豈應正理故不應依下等三苦如次建立樂等三受又契經説佛告大名若色一向是苦非樂非樂所隨乃至廣説故知定有少分實樂如是且辯彼所引教顯無實樂爲證不成所立理言亦不成證且以諸樂因皆不定故者此非正理迷因義故謂觀所依分位差別諸外境界方爲樂因或爲苦因非唯外境若此外境至此所依如是分位能爲樂因未嘗至此不爲樂因是故樂因非不決定如世間火觀所煑炙分位差別爲美熟因或爲違因非唯彼火若此火至此所煑炙如是分位爲美熟因未嘗至此非美熟因故美熟因非不決定樂因亦爾決定理成又三靜慮中樂因豈不定彼因無時能生苦故又彼所説要治苦時起樂覺者

准前已破謂受殊勝香味觸等所生樂時對治何苦而世於中起於樂覺設許爾時治麤苦者此能治苦已滅未生爾時轉應生極樂覺又靜慮樂治何故生如是等破准前應說又彼所說苦易脱中樂覺乃生如易有者此身分位實能生樂乃至身如是分位未滅前必有樂生滅則不爾若異此者此位後時樂應轉增苦漸微故如是易脱身四威儀生樂解勞應知亦爾若先無苦於最後時何爲欻然生於苦覺由身變易分位别故如酒等後時有甘醋味起是故樂受實有理成由此定知諸有漏行三苦合故如應名苦即苦行體亦名集諦此説必定違越契經契經唯説愛爲集故經就勝故説愛爲集理實所餘亦是集諦如是理趣由何證知餘契經中亦説餘故如薄伽梵伽他中言業愛及無明爲因招後行令諸有相續名補特伽羅又契經説五種種子此即别名説有取識又彼經説置地界中此即别名説四識住故經所説是密意言阿毗達磨依法相説然經中説愛爲集者偏説起因伽他中説業愛無明皆爲因者具説生起及彼因因云何知爾業爲生因愛爲起因經所説故又彼經中次第顯示後行等有因有緣有緒故爲别建立種子及田説有取識及四識住故非唯愛爲集諦體何法名生何法名起界趣生等品類差别自體出現説名爲生若無差别後有相續説名爲起業與有愛如其次第爲彼二因譬如種子與穀麥等别種類芽爲能生因水與一切無差别芽爲能起因業及有愛爲生起因應知亦爾

愛爲起因何理爲證離愛後有必不起故謂有愛離愛二俱命終唯見有愛者後有更起由此理證愛爲起因起有起無定隨愛故又由愛故相續趣後現見若於是處有愛則心相續數趣於彼由此比知以有愛故能令相續馳趣後有又取後身更無有法封執堅著如貪愛者如華豆屑於澡浴時和水塗身至乾燥位著身難離餘無以加如是無有餘爲因法執取後身如我愛者由此理證愛爲起因如是世尊說諦有四餘經復說諦有二種一世俗諦二勝義諦如是二諦其相云何頌曰

彼覺破便無　慧析餘亦爾　如瓶水世俗
異此名勝義

論曰若彼物覺彼破便無彼物應知名世俗諦如瓶被破爲碎瓦時瓶覺則無衣等亦爾又若有物以慧析餘彼覺便無亦是世俗如水被慧析色等時水覺則無火等亦爾即於彼物未破析時以世想名施設爲彼施設有故名爲世俗依世俗理說有瓶等是實非虛名世俗諦若物異此名勝義諦謂彼物覺彼破不無及慧析餘彼覺仍有應知彼物名勝義諦如色等物碎至極微或以勝慧析除味等彼覺恒有受等亦然此眞實有故名勝義依勝義理說有色等是實非虛名勝義諦先軌範師作如是說如出世智及此後得世間正智所取諸法名勝義諦如此餘智所取諸法名世俗諦已辯諸諦應說云何方便勤修趣見諦道頌曰

將趣見諦道　應住戒勤修　聞思修所成

謂名俱義境
論曰諸有發心將趣見諦應先安住清淨尸羅然後勤修聞所成等謂先攝受順見諦聞聞已勤求所聞法義聞法義已無倒思惟思已方能依定修習行者如是住戒勤修依聞所成慧起思所成慧依思所成慧起修所成慧此三慧相差別云何毗婆沙師謂三慧相緣名俱義如次有別聞所成慧唯緣名境未能捨文而觀義故思所成慧緣名義境有時由文引義有時由義引文未全捨文而觀義故修所成慧唯緣義境已能捨文唯觀義故譬若有人浮深駛水曾未學者不捨所依曾學未成或捨或執曾善學者不待所依自力浮渡三慧亦爾有言若爾思慧不成謂此既通緣名緣義如次應是聞修所成今詳三相無過別者謂修行者依聞至教所生勝慧名聞所成依思正理所生勝慧名思所成依修等持所生勝慧名修所成說所成言顯三勝慧是聞思等三因所成猶如世間於命牛等如次說是食草所成諸有欲於修精勤學者如何淨身器令修速成頌曰

具身心遠離　無不足大欲　謂已得未得多求名所無　治相違界三　無漏無貪性四聖種亦爾　前三唯喜足　三生具後業爲治四愛生　我所我事欲　暫息永除故

論曰身器清淨略由三因何等謂三因一身心遠離二喜足少欲三住四聖種身遠離者離相雜住心遠離者離不善尋此二易可成由喜足少欲言喜足者無不喜足少欲者無大欲所無二種差別云何對法諸師咸作是

說於已得妙衣服等更多求名不喜足於未得妙衣等多希求名大欲豈不更求亦緣未得此二差別便應不成是故此中應作是說於所已得不妙不多悵望不歡名不喜足於所未得衣服等事求妙求多名爲大欲喜足少欲能治此故與此相違應知差別喜足少欲通三界無漏所治二種唯欲界所繫喜足少欲體是無貪所治二種欲貪爲性能生衆聖故名聖種四聖種體亦是無貪四中前三體唯喜足謂於衣服飲食臥具隨所得中皆生喜足第四聖種謂樂斷修如何亦用無貪爲體以能棄捨有欲貪故爲顯何義立四聖種以諸弟子捨俗生具及俗事業爲求解脫歸佛出家法王世尊愍彼安立助道二事一者生具二者事業前三即是助道生具最後即是助道事業汝等若能依前生具作後事業解脫非久何故安立如是二事爲欲對治四種愛生故契經言苾芻諦聽愛因衣服應生時生應住時住應執時執如是愛因飲食臥具及有無有皆如是說爲治此四說四聖種即依此義更異門說謂佛爲欲暫息永除我所我事欲故說四聖種我所事者謂衣服等我事者謂自身緣彼貪名爲欲爲暫止息前三貪欲說前三聖種爲永滅除四種貪故說第四聖種如是已說修所依器由何門故能正入修頌曰

入修要二門　不淨觀息念　貪尋增上者
如次第應修

論曰正入修門要者有二一不淨觀二持息念誰於何門能正入修如次應知貪尋增者

謂貪猛盛數現在前如是有情名貪行者彼觀不淨能正入修尋多亂心名尋行者彼依息念能正入修有餘師言此持息念非多緣故能止亂尋不淨多緣顯形差別引多尋故治彼無能有餘復言此持息念內門轉故能止亂尋不淨多於外門轉故猶如眼識治彼無能此中先應辯不淨觀如是觀相云何頌曰

爲通治四貪　且辯觀骨鎖　廣至海復略
名初習業位　除足至頭半　名爲已熟修
繫心在眉間　名超作意位

論曰修不淨觀正爲治貪然貪差別略有四種一顯色貪二形色貪三妙觸貪四供奉貪緣青瘀等修不淨觀治第一貪緣被食等修不淨觀治第二貪緣蟲蛆等修不淨觀治第三貪緣屍不動修不淨觀治第四貪若緣骨鎖修不淨觀通能對治如是四貪以骨鎖中無四貪境故應且辯修骨鎖觀此唯勝解作意攝故少分緣故不斷煩惱唯能制伏令不現行然瑜伽師修骨鎖觀總有三位一初習業二已熟修三超作意謂觀行者欲修如是不淨觀時應先繫心於自身分或於足指或額或餘隨所樂處心得住已依勝解力於自身分假想思惟皮肉爛墮漸令骨淨乃至具觀全身骨鎖見一具已復觀第二如是漸次廣至一房一寺一園一村一國乃至徧地以海爲邊於其中間骨鎖充滿爲令勝解得增長故於所廣事漸略而觀乃至唯觀一具骨鎖齊此漸略不淨觀成名瑜伽師初習業位爲令略觀勝解力增於一具中先除足骨思

惟餘骨繫心而住漸次乃至除頭半骨思惟半骨繫心而住齊此轉略不淨觀成名瑜伽師已熟修位爲令略觀勝解自在除半頭骨繫心眉間專注一緣湛然而住齊此極略不淨觀成名瑜伽師超作意位有不淨觀由所緣小非自在小應作四句此由作意已熟未熟未熟已熟及由所緣自身至海有差別故此不淨觀何性幾地緣何境何處生何行相緣何世爲有漏爲無漏爲離染得爲加行得

頌曰

無貪性十地　緣欲色人生　不淨自世緣
有漏通二得

論曰如先所問今次第答謂此觀以無貪爲性通依十地謂四靜慮及四近分中間欲界唯緣欲界所見色境所見者何謂顯形色緣義爲境由此已成唯人趣生三洲除北尚非餘趣況餘界生旣立不淨名唯不淨行相隨在何世緣自世境若不生法通緣三世旣唯勝解作意相應此觀理應唯是有漏通離染得及加行得由有曾得未曾得故此不淨觀相差別已次應辯持息念此差別相云何頌曰

息念慧五地　緣風依欲身　二得實外無
有六謂數等

論曰言息念者卽契經中所說阿那阿波那念言阿那者謂持息入是引外風令入身義阿波那者謂持息出是引內風令出身義慧由念力觀此爲境故名阿那阿波那念以慧爲性而說念者念力持故於境分明所作事成如念住故通依五地謂初二三靜慮近分

中間欲界此念唯與捨相應故謂苦樂受能順引尋此念治尋故不俱起喜樂二受能違專注此念於境專注故成由此相違故不俱起有說根本下三靜慮中亦有捨受彼說依八地上定現前息無有故此定緣風依欲身起唯人天趣除北俱盧通離染得及加行得唯與眞實作意相應正法有情方能修習外道無有無說者故自不能覺微細法故此相圓滿由具六因一數二隨三止四觀五轉六淨數謂繫心緣入出息不作加行放捨身心唯念憶持入出息數從一至十不減不增恐心於境極聚散故然於此中容有三失一數減失於二謂一二數增失於一謂二三雜亂失於入謂出於出謂入若離如是三種過失名爲正數若十中間心散亂者復應從一次第數之終而復始乃至得定隨謂繫心緣入出息不作加行隨息而行念息入出時各遠至何所謂念息入爲行徧身爲行一分隨彼息入行至喉心臍髖髀脛乃至足指念恒隨逐若念息出離身爲至一磔一尋隨所至方念恒隨逐有餘師說息出極遠乃至風輪或吠嵐婆此不應理此念眞實作意俱故止謂繫念唯在鼻端或在眉間乃至足指隨所樂處安止其心觀息住身如珠中縷爲冷爲煖爲損爲益觀謂觀察此息風已更觀息俱大種造色及依色住心及心所具觀五蘊以爲境界轉謂移轉緣息風覺安置後後勝善根中乃至世間第一法位淨謂昇進入見道等有餘師說念住爲初金剛喻定爲後名轉盡智等方名淨爲攝六相故說頌言持息念應

知有六種相異謂數隨止觀轉淨相差別息相差別云何應知頌曰

入出息隨身　依二差別轉　情數非執受
等流非下緣

論曰隨身生地息彼地攝以息是身一分攝故此入出息轉依身心差別以生無色界及羯剌藍等并入無心定及第四定等此息於彼皆不轉故謂要身中有諸孔隙入出息地心正現前息於爾時方得轉故出第四定等及初生時息最先入入第四定等及後死時息最後出息有情數攝有情身分故非有執受與根相離故是等流性同類因生故非所長養身增長時彼損減故非異熟生斷已後時更相續故餘異熟色無如是故唯自上地心之所緣非下地威儀通果心境故

阿毗達磨俱舍論卷第二十二　說一切有部

音釋

睫 音接目旁毛也　瀝 郎狄切滴也　澆 堅堯切沃也　癰 於容切癰也　噉 徒覽切食也　欻 許勿切暴起也　華屑 華壁吉切屑先結切碎屑也　燥 先到切乾也　駛 師止切疾也　瘀 依據切血壅也　蛆 七徐切　磔 側格切張由曰磔　縷 兩舉切綫也　隙 乞逆切孔也

阿毗達磨俱舍論卷第二十三

尊者世親造
唐三藏法師玄奘奉　詔譯

分別賢聖品第六之二

如是已說入修二門由此二門心便得定心得定已復何所修頌曰

依已修成止　爲觀修念住　以自相共相觀身受心法　自性聞等慧　餘相雜所緣說次第隨生　治倒故唯四

論曰依已修成滿勝奢摩他爲毗鉢舍那修四念住如何修習四念住耶謂以自共相觀身受心法身受心法各別自性名爲自相一切有爲皆非常性一切有漏皆是苦性及一切法空非我性名爲共相身自性者大種造色受心自性如自名顯法自性者除三餘法

傳說在定以極微剎那各別觀身名身念住滿餘三滿相如應當知何等名爲四念住體此四念住體各有三自性相雜所緣別故自性念住以慧爲體此慧有三種謂聞等所成即此亦名三種念住相雜念住以慧所餘俱有爲體所緣念住以慧所緣諸法爲體寧知自性是慧非餘經說於身住循身觀名身念住餘三亦然諸循觀名唯目慧體非慧無有循觀用故何緣於慧立念住名毗婆沙師說此品念增故是念力持慧得轉義如斧破木由楔力持理實應言慧令念住是故於慧立念住名隨慧所觀能明記故由此無滅作如是言若有能於身住循身觀緣身念得住乃至廣說世尊亦說若有於身住循身觀者念便住不謬然有經言此四念住由何故集由

何故滅食觸名色作意集故如次令身受心法集食觸名色作意滅故如次令身受心法滅應知彼說所緣念住以念於彼得安住故又念住別名隨所緣緣自他俱相續異故一一念住各有三種此四念住說次隨生生復何緣次第如是隨境麤者應先觀故或諸欲貪於身處轉故四念住觀身在初然貪於身由欣樂受欣樂於受由心不調心之不調由惑未斷故觀受等如是次第此四念住如次治彼淨樂常我四種顚倒故唯有四不增不減四中三種唯不雜緣第四所緣通雜不雜若唯觀法名不雜緣若於身等二三或四總而觀察名爲雜緣如是熟修雜緣身等法念住已復何所修頌曰

彼居法念住　總觀四所緣　修非常及苦

空非我行相

論曰彼觀行者居緣總雜法念住中總觀所緣身等四境修四行相所謂非常苦空非我修此觀已生何善根頌曰

從此生煖法　具觀四聖諦　修十六行相

次生頂亦然　如是二善根　皆初法後四

次忍唯法念　下中品同頂　上唯觀欲苦

一行一刹那　世第一亦然　皆慧五除得

論曰修習總緣共相法念住漸次成熟乃至上上品從此念住後有順決擇分初善根生名爲煖法此法如煖立煖法名是能燒惑薪聖道火前相如火前相故名爲煖此煖善根分位長故能具觀察四聖諦境及能具修十六行相觀苦聖諦修四行相一非常二苦三空四非我觀集聖諦修四行相一因二集三

生四緣觀滅聖諦修四行相一滅二靜三妙四離觀道聖諦修四行相一道二如三行四出此相差別如後當辯此煖善根下中上品漸次增長至成滿時有善根生名爲頂法此轉勝故更立異名動善根中此法最勝如人頂故名爲頂法或由此是進退兩際如山頂故説名爲頂此亦如煖具觀四諦及能具修十六行相如是煖頂二種善根初安足時唯法念住以何義故名初安足謂隨何善根以十六行相最初遊踐四聖諦迹後增進時具四念住諸先所得後不現前於彼不生欽重心故此頂善根下中上品漸次增長至成滿時有善根生名爲忍法於四諦理能忍可中此最勝故又此位忍無退墮故名爲忍法此忍善根安足增進皆法念住與前有別然此忍法有下中上下中二品與頂法同謂具觀察四聖諦境及能具修十六行相上品有異唯觀欲苦與世第一相隣接故由此義准煖等善根皆能具緣三界苦等義已成立無簡別故謂瑜伽師於色無色對治道等一一聖諦行相所緣漸減漸略乃至但有二念作意思惟欲界苦聖諦境齊此以前名中忍位從此位無間起勝善根一行一刹那名上品忍此善根起不相續故上品忍無間生世第一法如上品忍緣欲苦諦修一行相唯一刹那此有漏故名爲世間是最勝故名爲第一此有漏法世間中勝是故名爲世第一法有士用力離同類因引聖道生故名最勝如是煖等四種善根念住性故皆慧爲體若并助伴皆五蘊性然除彼得勿諸聖者煖等善根重

現前故此中煖法初安足時緣三諦法念住現在修未來四隨一行相現在修未來四緣滅諦法念住現在修未來一隨一行相現在修未來四由此種性先未曾得要同分者方能修故後增進時緣三諦隨一念住現在修未來四隨一行相現在修未來十六緣滅諦法念住現在修未來四隨一行相現在修未來十六由此種性先已曾得不同分者亦能修故頂初安足緣四諦法念住現在修未來四隨一行相現在修未來十六後增進時緣三諦隨一念住現在修未來四隨一行相現在修未來十六緣滅諦法念住現在修未來四隨一行相現在修未來十六忍初安足及後增進緣四諦法念住現在修未來四隨一行相現在修未來十六然於增進略所緣時隨略彼所緣不修彼行相世第一法緣欲苦諦法念住現在修未來四隨一行相現在修未來四無異分故似見道故已辯所生善根相體今次應辯此差別義頌曰

此順決擇分　四皆修所成　六地二或七　依欲界身九　三女男得二　第四女亦爾　聖由失地捨　異生由命終　初二亦退捨　依本必見諦　捨已得非先　二捨性非得

論曰此煖頂忍世第一法四殊勝善根名順決擇分依何義建立順決擇分名決謂決斷擇謂簡擇決斷簡擇謂諸聖道以諸聖道能斷疑故及能分別四諦相故分謂分段此言意顯所順唯是見道一分決擇之分故得決擇分名此四爲緣引決擇分順益彼故得順彼名故此名爲順決擇分如是四種皆修所

成非聞思所成唯等引地故四中前二是下品攝以俱可動猶可退故忍中品攝勝前二故有世第一爲其上故世第一法獨是上品此四善根皆依六地謂四靜慮未至中間欲界中無闕等引故餘上地亦無見道眷屬故又無色界心不緣欲界故欲界先應徧知斷故此四善根能感色界五蘊異熟爲圓滿因不能牽引憎背有故或聲爲顯二有異說謂煖頂二尊者妙音說依前六及欲七地此四善根依欲身起人天九處除北俱盧前三善根三洲初起後生天處亦續現前第四善根天處亦起此無初後一刹那故此四善根唯依男女前三男女俱通得二第四女身亦得二種依男唯得男身善根已得女身非擇滅故聖依此地得此善根失此地時善根方捨失地言顯遷生上地異生於地若失不失但失衆同分必捨此善根初二善根亦由退捨由死退捨唯異生非聖由失地捨唯聖非異生忍及世第一異生亦無退依根本地起煖等善根彼於此生必定得見諦猒生死心極猛利故若先捨已後重得時所得必非先之所捨如捨已重得別解脫律儀以未曾熟修大功用成故若先已得煖等善根經生故捨遇了分位善說法師便生頂等若不遇者還從本修失退二捨非得爲性退必起過失不必然得此善根有何勝利頌曰

煖必至涅槃　頂終不斷善　忍不墮惡趣

第一入離生

論曰四善根中若得煖法雖有退斷善根造無間業墮惡趣等而無久流轉必至涅槃故

若爾何殊順解脫分若無障礙去見諦近此與見道行相同故若得頂法雖有退等而增畢竟不斷善根若得忍時雖命終捨住異生位而增無退不造無間不墮惡趣然頌但說不墮惡趣言義准已知不造無間業造無間業者必墮惡趣故忍位無退如前已辯此位不墮諸惡趣者已遠趣彼業煩惱故若至忍位於少趣生處身有惑中得不生法故趣謂諸惡趣生謂卵濕生處謂無想北俱盧大梵處身謂扇搋半擇迦二形身有謂第八等有惑謂見所斷惑此於下上位隨所應而得謂於下忍得惡趣不生所餘不生至上忍方得得世第一法雖住異生位而能趣入正性離生頌雖不言離命終捨既無間入正性離生義准已成無命終捨何緣唯此能入離生已得異生非擇滅故能如無間道捨異生性故此四善根各有三品由聲聞等種性別故隨何種性善根已生彼可移轉向餘乘不頌曰

轉聲聞種性　二成佛三餘　麟角佛無轉
一坐成覺故

論曰聲聞種性煖頂已生容可轉成無上正覺彼若得忍無成佛理謂於惡趣已超越故菩提薩埵利物爲懷爲化有情必往惡趣彼忍種性不可迴轉是故定無得成佛義聲聞種性煖頂忍三皆有可轉成獨覺義在佛乘外故說爲餘麟角佛言顯麟角喻及無上覺煖等善根並無移轉向餘乘義皆以第四靜慮爲依一坐便成自乘覺故第四靜慮是不傾動最極明利三摩地故堪爲麟角喻無上覺所依此中覺言顯盡無生智後當辯此是

菩提性故言一坐者從煖善根乃至菩提不起于座有餘師說從不淨觀不起于座乃至菩提有餘獨覺異麟角喻起彼種性初二善根轉向餘乘理無遮礙頗有此生創修加行即此生引起順決擇分耶不爾云何頌曰

前順解脫分　速三生解脫　聞思成三業殖在人三洲

論曰順決擇分今生起者必前生起順解脫分諸有創植順解脫分極速三生方得解脫謂初生起順解脫分第二生起順決擇分第三生入聖乃至得解脫譬如下種苗成結實三位不同身入法性成熟解脫三位亦爾傳說如是順解脫分唯聞思所成通三業爲體雖就最勝唯是意業而此思願攝起身語亦得名爲順解脫分有施一食持一戒等深樂解脫願力所持便名種植順解脫分植順解脫分唯人三洲餘猒離般若如應無故遇佛出世植此善根有餘師言亦遇獨覺已因便說順解脫分入觀次第是正所論於中已明諸加行道世第一法爲其後邊應說從斯復生何道頌曰

世第一無間　即緣欲界苦　生無漏法忍忍次生法智　次緣餘界苦　生類忍類智緣集滅道諦　各生四亦然　如是十六心名聖諦現觀　此總有三種　謂見緣事別

論曰從世第一善根無間即緣欲界苦聖諦境有無漏攝法智忍生此忍名爲苦法智忍爲顯此忍是無漏故舉後等流以爲標別此能生法智是法智因得法智忍名如華果樹即此名入正性離生亦復名入正性決定由

此是初入正性離生亦是初入正性決定故經說正性所謂涅槃或正性言因諸聖道生謂煩惱或根未熟聖道能越故名離生能決趣涅槃或決了諦相故諸聖道得決定名至此位中說名爲入此忍生已得聖者名此在未來捨異生性謂許此忍未來生時有此用非餘如燈及生相有餘師說世第一法捨異生性此義不然彼此同名世間法故性相違故亦無有失如上怨家能害怨命有餘師說此二共捨如無間道解脫道故此忍無間即緣欲苦有法智生名苦法智應知此智亦無漏攝前無漏言徧流後故如緣欲界苦聖諦境有苦法忍苦法智生如是復於法智無間總緣餘界苦聖諦境有類智忍生名苦類智忍此忍無間即緣此境有類智生名苦類智

最初證知諸法眞理故名法智此後境智與前相似故得類名以後隨前而證境故如緣苦諦欲界及餘生法類忍法類智四緣餘三諦各四亦然謂復於前苦類智後次緣欲界集聖諦境有法智忍生名集法智忍此忍無間即緣欲集有法智生名集法智次緣餘界集聖諦境有類智忍生名集類智忍此忍無間即緣此境有類智生名集類智次緣欲界滅聖諦境有法智忍生名滅法智忍此忍無間即緣欲滅有法智生名滅法智次緣餘界滅聖諦境有類智忍生名滅類智忍此忍無間即緣此境有類智生名滅類智次緣欲界道聖諦境有法智忍生名道法智忍此忍無間即緣欲道有法智生名道法智次緣餘界道聖諦境有類智忍生名道類智忍此忍無

問即緣此境有類智生名道類智如是次第有十六心總說名爲聖諦現觀此中餘部有作是言於諸諦中唯頓現觀然彼意趣應更推尋彼現觀言無差別故詳諸現觀總有三種謂見緣事有差别故唯無漏慧於諸諦境現見分明名見現觀此無漏慧并餘相應同一所緣名緣現觀此諸能緣并餘俱有戒生相等不相應法同一事業名事現觀見苦諦時於苦聖諦具三現觀於餘三諦唯事現觀謂斷證修若諸諦中約見現觀說頓現觀理必不然以諸諦中行相别故若言以一無我行相總見諸諦則不應用苦等行相見苦諦等如是便與契經相違如契經言諸聖弟子以苦行相思惟於苦以集行相思惟於集以滅行相思惟於滅以道行相思惟於道無漏作意相應擇法若言此經說修道位此亦不然如見修故若彼復謂見一諦時於餘諦中得自在故說頓現觀理亦無失然於如是現觀中間有起不起别應思擇若彼復謂於見苦時即能斷集證滅修道說頓現觀理亦無失由先已說見苦諦時於餘三諦中有事現觀故依見現觀於契經中見有誠文說漸現觀如契經說佛告長者於四聖諦非頓現觀必漸現觀乃至廣說如是等有三經一一經有别覦若謂有經作如是說但於苦諦無惑無疑於佛亦無故頓現觀此亦非證依定不行或必當斷密意說故已辯現觀具十六心此十六心爲依何地頌曰

皆與世第一　同依於一地

論曰隨世第一所依諸地應知即此十六心

依彼依六地如先已說何緣必有如是忍智前後次第間雜而起頌曰
忍智如次第　無間解脱道
論曰十六心中忍是無間道約斷惑得無能隔礙故智是解脱道已解脱惑得與離繫得俱時起故具二次第理定應然猶如世間驅賊閉戶若謂第二唯無間道與離繫得俱時而生則此位中於彼彼境應定不起已斷疑智若謂見位唯忍斷惑則與本論說九結聚相違此難不然諸忍皆是智眷屬故如王眷屬所作事業名王所作此十六心皆見諦理一切可説見道攝耶不爾云何頌曰
前十五見道　見未曾見故
論曰苦法智忍爲初道類智忍爲後其中總有十五剎那皆見道所攝見未見諦故至第十六道類智時無一諦理未見今見如習曾見故修道攝豈不爾時觀道類忍見道諦理未見今見此中約諦不約剎那非一剎那未見今見可名今見未見諦理如刈畦稻唯餘一科不可名爲此畦未刈又道類智是果攝故頓修八智十六行故捨前道故相續起故如餘修道非見道攝然道類智必不退者任持見道所斷斷故即由此故應見道攝此難不然太過失故何緣七智亦見道攝見諸諦理未究竟故謂未周徧見諸諦理中間起故亦見道攝已說見修二道生異當依此道分位差別建立衆聖補特伽羅且依見道十五心位建立衆聖有差別者頌曰
名隨信法行　由根鈍利別　具修惑斷一至五向初果　斷次三向二　離八地向三

論曰見道位中聖者有二一隨信行二隨法行由根鈍利別立二名諸鈍根名隨信行者諸利根名隨法行者由信隨行名隨信行彼有隨信行名隨信行者或由慣習此隨信行以成其性故名隨信行者彼先信他隨行義故准此應釋隨法行者彼於先時由自披閱契經等法隨行義故即二聖者由於修惑具斷有殊立爲三向謂彼二聖若於先時未以世道斷修斷惑名爲具縛或先巳斷欲界一品乃至五品至此位中名初果向趣初果故言初果者謂預流果此於一切沙門果中必初得故若先巳斷欲界六品或七八品至此位中名第二果向趣第二果故第二果者謂一來果徧得果中此第二故若先巳離欲界九品或先巳斷初定一品乃至具離無所有處至此位中名第三果向趣第三果故第三果者謂不還果數准前釋次依修道道類智時建立衆聖有差別者頌曰

至第十六心　隨三向住果　名信解見至
亦由鈍利別

論曰即前隨信隨法行者至第十六道類智心名爲住果不復名向隨前三向今住三果謂前預流向今住預流果前一來向今住一來果前不還向今住不還果阿羅漢果必無初得見道無容斷修惑故世道無容離有頂故至住果位捨得二名謂不復名隨信法行轉得信解見至二名此亦由根鈍利差別諸鈍根者先名隨信行今名信解諸利根者先名隨法行今名見至此二聖者信慧互增故標信解見至名別何緣先斷欲界修惑一至

五等至第十六道類智心但說名爲預流果等非後果向頌曰

諸得果位中　未得勝果道　故未起勝道名住果非向

論曰諸得果時於勝果道必定未得故住果者乃至未起勝果道時但名住果不名後向然諸先斷欲界修惑一至五等至得果時此生必定起勝果道由此先離三靜慮染後依下地入見道者彼得果已於現生中必能引生後勝果道若異此者聖生上地應不可說定成樂根如是已依先具倍離及全離欲入見諦者十六心位立衆聖別當約脩惑辯漸次生能對治道分位差別頌曰

地地失德九　下中上各三

論曰失謂過失即所治障德謂功德即能治道如先已辯欲修斷惑九品差別如是上地乃至有頂例亦應爾如所斷障一一地中各有九品諸能治道無間解脫九品亦然失德如何各分九品謂根本品有下中上此三各分下中上別由此失德各分九品謂下下中下上中下中中中上上下上中上上品應知此中下下品道勢力能斷上上品障如是乃至上上品道勢力能斷下下品障上上品等諸能治德初未有故此德有時上上品等失已無故如浣衣位麤垢先除於後後時漸除細垢又如麤闇小明能滅要以大明方滅細闇失德相對理亦應然白法力強黑法力劣故剎那頃劣道現行無始時來展轉增益上品諸惑能令頓斷如經久時所集衆病服少良藥能令頓愈又如長時所集大闇一剎

那頂小燈能滅巳辯失德差別九品次當依彼立聖者別且諸有學修道位中總亦名爲信解見至隨位復有多種差別先應建立都未斷者頌曰

未斷修斷失　住果極七返

論曰諸住果者於一切地修所斷失都未斷時名爲預流生極七返七返言顯七往返生是人天中各七生義極言爲顯受生最多非諸預流皆受七返故契經說極七返生是彼最多七返生義諸無漏道總名爲流由此爲因趣涅槃故預言爲顯最初至得彼預流故說名預流此預流名爲目何義若初得道名爲預流則預流名應目第八若初得果名爲預流則倍離欲全離欲者至道類智應名預流此預流名目初得果然依徧得一切果者初所得果建立此名一來不還非定初得此定初得故名預流何緣此名不目第八以要至得道類智時具得向果無漏道故具得見修無漏道故於現觀流徧至得故名預流者第八不然故預流名不目第八彼從此後別於人中極多結七中有生有天中亦然總二十八皆七等故說極七生如七處善及七葉樹毗婆沙師所說如是若爾何故契經中言無處無容見圓滿者更可有受第八有義此契經意約一趣說若如言執中有應無若爾上流極有頂者亦應一趣無第八生依欲界說故無此過此何爲證爲教爲理以何證彼於人天中各受七生非合受七以契經說天七及人飲光部經分明別說於人天處各受七生由是此中不應固執若於人趣得預流

果彼還人趣得般涅槃於天趣得還於天趣何縁彼無受第八有相續齊此必成熟故聖道種類法應如是如七步蛇第四日瘧叉彼有餘七結在故謂二下分五上分結中間雖有聖道理前餘業力持不證圓寂至第七有逢無佛法時彼在居家得阿羅漢果既得果巳必不住家法爾自得苾芻形相有言彼住餘道出家云何彼名無退墮法以不生長退墮業故違彼生長業與果故強盛善根鎮彼身故加行意樂俱清淨故諸有決定墮惡趣業尚不起忍況得預流故有頌言愚作罪小亦墮惡智爲罪大亦脫苦如團鐵小亦沉水爲鉢鐵大亦能浮經說預流作苦邊際依何義立苦邊際名依齊此生後更無苦是令後苦不相續義或苦邊際所謂涅槃如何涅槃可是所作除彼得障故說作言如言作空謂毀臺觀餘位亦有極七返生然非決定是故不說

阿毗達磨俱舍論卷第二十三 說一切有部

音釋

循 詳倫切遍也　扇搋 梵語也此云生謂生來男根不滿也搋丑皆切　刈 倪制切割也

阿毗達磨俱舍論卷第二十四

尊者世親造

唐三藏法師玄奘奉詔譯

分別賢聖品第六之三

已辯住果未斷修惑名爲預流生極七返今次應辯斷位衆聖且應建立一來向果頌曰

斷欲三四品　三二生家家　斷至五二向
斷六一來果

論曰即預流者進斷修惑若三緣具轉名家家一由斷惑斷欲修斷三四品故二由成根得能治彼無漏根故三由受生更受欲有三二生故頌中但說初後緣者預流果後說進斷惑成能治彼諸無漏根義准已成故不具說然復應說三二生者以有增進於所受生或少或無或過此故何緣此無斷五品者以斷第五必斷第六非一品惑能障得果猶如一間未越界故應知總有二種家家一天家家謂欲天趣生三二家而證圓寂或一天處或二或三二人家家謂於人趣生三二家而證圓寂或一洲處或二或三即預流者進斷欲界一品修惑乃至五品應知轉名一來果向若斷第六成一來果彼往天上一來人間而般涅槃名一來果過此以後更無生故此或名曰薄貪瞋癡唯餘下品貪瞋癡故已辯一來向果差別次應建立不還向果頌曰

斷七或八品　一生名一間　此即第三向
斷九不還果

論曰即一來者進斷餘惑若三緣具轉名一間一由斷惑斷欲修斷七八品故二由成根得能治彼無漏根故三由受生更受欲有餘

一生故頌中但說初後二緣不說成根義如前釋如何一品惑障得不還果由彼若斷便越界故前說三時業極爲障應知煩惱亦與業同越彼等流異熟地故間謂間隔彼餘一生爲間隔故不證圓寂或餘一品欲修所斷或爲間隔故不得不還果有一間者說名一間即斷修惑七八品者應知亦名不還果向先斷三四七八品惑入見諦者後得果時乃至未修後勝果道仍不名曰家家一間未成治彼無漏根故若斷第九成不還果必不還來生欲界故此或名曰五下結斷雖必先斷或二或三然於此時總集斷故依不還位諸契經中以種種門建立差別今次應辯彼差別相頌曰

此中生有行　無行般涅槃　上流若雜修
能往色究竟　超半超徧歿　餘能往有頂
行無色有四　住此般涅槃

論曰此不還者總說有七且行色界差別有五一中般涅槃二生般涅槃三有行般涅槃四無行般涅槃五者上流此於中間般涅槃故說此名曰中般涅槃如是應知此於生已此由有行此由無行般涅槃故名生般等此上流故名爲上流言中般者謂往色界住中有位便般涅槃言生般者謂往色界生已不久便般涅槃以具勤修速進道故此中所說般涅槃者謂有餘依有餘師說亦無餘依此不應理彼於捨壽無自在故有行般者謂往色界生已長時加行不息由多功用方般涅槃此唯有勤修無速進道故無行般者謂往色界生已經久加行懈息不多功用便般涅

槃以勵勤修速進道故有說此二有差別者由緣有爲無爲聖道如其次第得涅槃故此說非理太過失故然契經中先說無行後說有行般涅槃者如是次第與理相應有速進道無速進道無行有行而成辦故不由功用得由功用得故生般涅槃得最速進最上品道隨眠最劣故生不久便般涅槃言上流者是上行義以流與行其義一故謂欲界殁往色界生未即於中能證圓寂要轉生上方般涅槃即此上流差別有二由因及果有差別故因差別者此於靜慮由有雜修無雜修故果差別者色究竟天及有頂天爲極處故謂若於靜慮有雜修者能往色究竟方般涅槃即此復有三種差別全超半超徧殁異故言全超者謂在欲界於四靜慮已具雜修遇緣退失上三靜慮以初靜慮愛味爲緣命終上生梵衆天處由於先世慣習勢力復能雜修第四靜慮從彼處殁生色究竟最初處殁生最後天頓越中間是全超義言半超者從彼漸次生下淨居乃至中間能越一處生色究竟超非全故名爲半超聖必不生大梵天處僻見處故一導師故言徧殁者從彼漸次於一切處皆徧受生最後方能生色究竟一切處死故名徧殁無不還者於已生處受第二生由彼於生容求勝進非等劣故即由此故不還義滿必不還生曾生處故尚不生本處況有生於下應知此謂二上流中由有雜修靜慮因故往色究竟般涅槃者餘於靜慮無雜修者能往有頂方般涅槃謂彼先無雜修靜慮由於諸定愛味爲緣此殁徧生色界諸

處唯不能往五淨居天色界命終於三無色次第生已復生有頂方般涅槃二上流中前是觀行後是止行樂慧樂定有差別故二上流者於下地中得般涅槃見不違理而言此往色究竟天及有頂天爲極處者由此過彼無行處故如預流者極七返生此五名爲行色界者行無色者差別有四謂在欲界離色界貪從此命終生於無色此中差別唯有四種由生般涅槃有差別故此并前五成六不還復有不行色無色界即住於此能般涅槃名現般涅槃并前六爲七於行色界五不還中復有異門顯其差別頌曰

行色界有九　謂三各分三　業惑根有殊故成三九別

論曰即行色界五種不還總立爲三各分三種故成九種何等爲三中生上流有差別故云何三種各分爲三且中般涅槃分爲三種速非速經久得般涅槃由三火星喻所顯故生般涅槃亦分三種生有行等般涅槃故此皆生已得般涅槃是故並應名爲生般於上流中亦分三種超半超等有差別故然諸三種一切皆由速非速經久得般涅槃故更互相望無雜亂失如是三種九種不還由業惑根有差別故有速非速經久不同且總成三由造增長順起生後業差別故如其次第下中上品煩惱現行有差別故及上中下根差別故此三一一如其所應亦業惑根有差別故各有三別故成九種謂初二三由惑根別各成三種非由業異後三亦由順後受業有差別故分成三種故說如是行色不還業惑

根殊成三九别若爾何故諸契經中佛唯説有七善士趣頌曰

立七善士趣　由上流無别　善惡行不行　有往無還故

論曰中生各三上流爲一經依此立七善士趣有上流法故名上流由此義同且立爲一何獨依此立善士趣不依所餘有學聖者趣是行義所餘有學皆行善業無差别故唯此七種皆行善業不行惡業餘則不然又唯七種行往上界不復還來餘則不爾故獨依此立善士趣若爾何故契經中言云何善士謂若成就有學正見乃至廣説諸餘有學若然異門亦可説爲有善士性以諸有學於五種惡皆獲得畢竟不作律儀故不善煩惱多已斷故立善士趣不就異門約唯行善不行惡故唯託勝因往上界故諸在聖位曾經生者亦有此等差别相耶不爾云何頌曰

經欲界生聖　不往餘界生　此及往上生　無練根并退

論曰若在聖位經欲界生必不往生色無色界由彼證得不還果已定於現身般涅槃故若於色界經生聖者容有上生無色界義如行色界極有頂者然天帝釋作如是言曾聞有天名色究竟我後退落當生於彼毗婆沙師作如是釋彼由不了對法相故爲令喜故佛亦不遮即此已經欲界生者及已從此往上界生諸聖必無練根并退何緣不許經欲界生及上生聖者有練根并退以必無故何縁必無經生習根極成熟故及得殊勝所依止故何縁有學未離欲貪無中有中般涅槃

者以彼聖道未淳熟故未易能令現在前故所有隨眠非極劣故毗婆沙者作如是釋諸欲界法極難越故彼尚有餘多所作故謂應進斷不善無記二煩惱故及應進得若二若三沙門果故并應總越三界法故住中有位無如是能前說上流雜修靜慮爲因能往色究竟天先應雜修何等靜慮由何等位知雜修成復爲何緣雜修靜慮頌曰

先雜修第四　成由一念雜　爲受生現樂
及遮煩惱退

論曰諸欲雜修四靜慮者必先雜修第四靜慮以彼等持最堪能故諸樂行中彼最勝故如是雜修諸靜慮者是阿羅漢或是不還彼必先入第四靜慮多念無漏相續現前從此引生多念有漏後復多念無漏現前如是旋還後後漸減乃至最後二念無漏次引二念有漏現前無間復生二念無漏名雜修定加行成滿次後唯從一念無漏引起一念有漏現前無間復生一念無漏如是有漏中間剎那前後剎那無漏雜故名雜修定根本圓成前二剎那似無間道第三剎那似解脫道如是雜修第四定已乘此勢力隨其所應亦能雜修下三靜慮先於欲界人趣三洲如是雜修諸靜慮已後若退失生色界中亦能如前雜修靜慮雜修靜慮爲三種緣一爲受生一爲現樂三爲遮止起煩惱退謂不還中諸利根者爲現法樂及生淨居諸鈍根者亦爲遮退彼畏退故如是雜修令味相應等持遠故諸阿羅漢若利根者爲現法樂若鈍根者亦爲遮防起煩惱退雜修靜慮爲生淨居何緣

淨居處唯有五頌曰
由雜修五品　生有五淨居
論曰由雜熏修第四靜慮有五品故淨居唯五何謂五品謂下中上上勝上極品差別故此中初品三心現前便得成滿謂初無漏次起有漏復起無漏第二品六第三品九第四品十二第五品十五如是五品雜修靜慮如其次第感五淨居應知此中無漏勢力熏修有漏令感淨居有餘師言由信等五次第增上感五淨居經說不還有名身證依何勝德立身證名頌曰
得滅定不還　轉名爲身證
論曰有滅定得名得滅定即不還者若於身中有滅定得轉名身證謂不還者由身證得似涅槃法故名身證如何說彼但名身證以心無故依身生故理實應言彼從滅定起得先未得有識身寂靜便作是思此滅盡定最爲寂靜極似涅槃如是證得身之寂靜故名身證由得及智現前證得身寂靜故契經說有十八有學何緣於中不說身證依因無故何謂依因謂諸無漏三學及果依彼差別立有學故滅定非學亦非學果故不約成彼說有學差別不還差別麤相如是若細分析數成多千其義云何且如中般約根建立便成三種下中上根有差別故約地建立則成四種姓初定等有差別故約種性建立則成六種退法種性等有差別故約處建立成十六種梵衆天等處差別故約地離染成三十六色界具縛乃至已離第四靜慮八品染故約處種性離染根建立總成二千五百九十二

云何如是且於一處種性有六一一種性約離染門差別成九謂隨何地具縛爲初乃至巳離八品爲後如是六九成五十四以十六處乘五十四成八百六十四以根乘之復成三倍故總成二千五百九十二諸離下地九品染者即說名爲上地具縛爲成一一地離染數等故如是乃至上流亦爾總計五種積數合成一萬二千九百六十巳辯第三向果差別次應建立第四向果頌曰

上界修惑中　斷初定一品　至有頂八品
皆阿羅漢向　第九無間道　名金剛喻定
盡得俱盡智　成無學應果

論曰即不還者進斷色界及無色界修所斷惑從斷初定一品爲初至斷有頂八品爲後應知轉名阿羅漢向即此所說阿羅漢向中斷有頂惑第九無間道亦說名爲金剛喻定一切隨眠皆能破故先巳破故不破一切實有能破一切功能諸能斷惑無間道中此定相應最爲勝故金剛喻定說有多種謂斷有頂第九品惑無間道生通依九地以說此定智行緣別未至地攝有五十二謂苦集類智緣有頂苦集各有四行相應有八滅道法智各有四行相應有八滅類智緣八地滅一一各有四行相應合三十二道類智緣八地道總有四行相應有四以治八地類智品道同類相因必總緣故如來至攝有五十二中四靜慮應知亦爾空處二十八識處二十四無所有處二十以依無色無有法智及緣下滅滅類智故然緣下地對治道者以同品道互爲因故有說此定智行緣別未至地攝有八

十種謂道類智緣八地道亦各别有四行相應由此於前增二十八如未至攝有八十種中四静慮應知亦爾空處四十識處三十二無所有處二十四復有欲令金剛喻定智行緣别未至地攝總有一百六十四種謂滅類智緣八地滅有别有總各四行相應由此於初增百一十二如未至攝百六十四中四静慮應知亦然空處五十二識處三十六無所有處二十四若就種性根等分别更成多種如理應思此定既能斷有頂地第九品惑能引此惑盡得俱行盡智令起金剛喻定是斷惑中最後無間道所生盡智是斷惑中最後解脱道由此解脱道與諸漏盡得最初俱生故名盡智如是盡智至已生時便成無學阿羅漢果已得無學應果法故爲得别果所應

修學此無有故得無學名即此唯應作他事故諸有染者所應供故依此義立阿羅漢名義准已成前來所辯四向三果皆名有學何緣前七得有學名爲得漏盡常樂學故學要有三一增上戒二增上心三增上慧以戒定慧爲三自體若爾異生應名有學不爾未如實見知諦理故彼容後時失正學故由此善逝再説學言如契經中佛告憍怛學所應學學所應學我唯説此名有學者爲令了知學正所學無有退失名有學者故薄伽梵重説學言聖者住本性如何名有學學意未滿故如行者暫息或學法得常隨逐故學法云何謂有學者無漏有爲法無學法云何謂無學者無漏有爲法云何涅槃不名爲學無學與生亦成就故此復何緣不名無學有學異生

亦成就故如是有學及無學者總成八聖補特伽羅行向住果各有四故謂爲證得預流果向乃至所證阿羅漢果名雖有八事唯有五謂住四果及初果向以後三果向不離前果故此依漸次得果者說若倍離欲全離欲者住見道中名爲一來不還果向非前果攝如前所說修道二種有漏無漏有差別故由何等道離何地染頌曰

有頂由無漏　餘由二離染

論曰唯無漏道離有頂染非有漏道所以者何此上更無世俗道故自地不能治自地故自地煩惱所隨增故若彼煩惱於此隨增此必不能治彼煩惱若此力能對治於彼則彼於此必不隨增故自地道不治自地離餘八地通由二道世出世道俱能離故既通由二離八地染各有幾種離繫得耶頌曰

聖二離八修　各二離繫得

論曰諸有學聖用有漏道離下八地修斷染時能具引生二離繫得用無漏道離彼亦然由二種道同所作故有餘師釋以無漏道離彼染時何緣證知亦生有漏離繫得者有捨無漏得煩惱不成故謂有學聖以無漏道離彼染時若不引生同治有漏離繫得者則以聖道具離八地後依靜慮得轉根時頓捨先來諸鈍聖道唯得靜慮利果聖道上或離繫應皆不成是則還應成彼煩惱此證非理所以者何彼聖設無有漏斷得亦不成就上地煩惱如分離有頂得轉根時及異生上生不成惑故謂如分離有頂地染後依靜慮得轉根時無漏斷得既已頓捨彼地離繫無有漏

得而彼地惑亦不成就又如異生生二定等雖捨欲界等煩惱斷得而不成就欲界等煩惱此亦應然故不成證旣説聖者二離八修各能引生二離繫得義准異生用有漏道唯能引起有漏斷得并諸聖者用無漏道離見斷惑及有頂修唯能引生無漏斷得由何地道離何地染頌曰

無漏未至道　能離一切地　餘八離自上
有漏離次下

論曰諸無漏道若未至攝能離欲界乃至有頂靜慮中間及四靜慮三無色攝隨其所應各能離自及上地染不離下已離故諸有漏道一切唯能離次下地非自地等自地煩惱所隨增故勢劣故已離故諸依近分離下地染如無間道皆近分攝諸解脫道亦近分耶不爾云何頌曰

近分離下染　初三後解脫　根本或近分
上地唯根本

論曰諸道所依近分有八謂四靜慮無色下邊所離有九謂欲八定初三近分離下三染第九解脫現在前時或入根本或即近分上五近分各離下染第九解脫現在前時必入根本非即近分近分根本等捨根故下三靜慮近分根本受根異故有不能入轉入異受少艱難故離下染時必欣上故若受無異必入根本諸出世道無間解脫前旣已說緣四諦境十六行相義准自成世道緣何作何行相頌曰

世無間解脫　如次緣下上　作麤苦障行
及靜妙離三

論曰世俗無間及解脫道如次能緣下地上地爲麤苦障及靜妙離謂諸無間道緣自次下地諸有漏法作麤苦等三行相中隨一行相若諸解脫道緣彼次上地諸有漏法作靜妙等三行相中隨一行相非寂靜故說名爲麤由大劬勞方能越故非美妙故說名爲苦由多麤重能違害故非出離故說名爲障由此能礙越自地故如獄厚壁能障出離靜妙離三翻此應釋傍論已了應辯本義盡智無間有何智生頌曰

不動盡智後　必起無生智　餘盡或正見
此應果皆有

論曰不動種性諸阿羅漢盡智無間起無生智非更有盡智無學正見生除不動法餘阿羅漢盡智無間有盡智生或即引生無學正見非無生智後容退故前不動種性無正見生耶有正見生而不說者一切應果皆有此故謂不動法無生智後有無生智起或無學正見前說四果是誰果耶此四應知是沙門果何謂沙門性此果體是何果位差別總有幾種頌曰

淨道沙門性　有爲無爲果　此有八十九
解脫道及滅

論曰諸無漏道是沙門性懷此道者名曰沙門以能勤勞息煩惱故如契經說以能勤勞息除種種惡不善法廣說乃至故名沙門異生不能無異究竟趣涅槃故非眞沙門有爲無爲是沙門果契經說此差別有四理實就位有八十九皆解脫道擇滅爲性謂爲永斷見所斷惑有八無間八解脫道及爲永斷修

所斷惑有八十一無間八十一解脱道諸無間道唯沙門性諸解脱道亦是沙門有爲果體是彼等流士用果故一一擇滅唯是沙門無爲果體是彼離繫士用果故如是合成八十九種若爾世尊何不具說果雖有多而不說者頌曰

五因立四果　捨曾得勝道　集斷得八智　頓修十六行

論曰若斷道位具足五因佛於經中建立爲果言五因者一捨曾道謂捨無得果向道故二得勝道謂得果攝殊勝道故三總集斷謂總一得得諸斷故四得八智謂得四法四類智故五能頓修十六行相謂能頓修無常等故於四果位皆具五因餘位不然故佛不說若唯淨道是沙門性有漏道力所得二果如何亦是沙門果攝頌曰

世道所得斷　聖所得雜故　無漏得持故　亦名沙門果

論曰以世俗道得二果時此果非唯以世俗道所得擇滅爲斷果性兼以見道所得擇滅於中相雜總成一果同一果道得所得故由此契經言云何一來果謂斷三結薄貪瞋癡云何不還果謂斷五下結又世俗道所得擇滅無漏斷得所住持故由此力所持退不命終故亦得名爲沙門果體此沙門性有異名耶亦有云何頌曰

所說沙門性　亦名婆羅門　亦名爲梵輪　眞梵所轉故　於中唯見道　說名爲法輪　由速等似輪　或具輻等故

論曰即前所說眞沙門性經亦說名婆羅門

性以能遣除諸煩惱故即此亦說名爲梵輪是真梵王力所轉故佛與無上梵德相應是故世尊獨應名梵由契經說佛亦名梵亦名寂靜亦名清涼即於此中唯依見道世尊有處說名法輪如世間輪有速等相見道似彼故名法輪見道如何與彼相似由速行等似彼輪故謂見諦道速疾行故有捨取故降未伏故鎮已伏故上下轉故具此五相似世間輪尊者妙音作如是說如世間輪有輻等相八支聖道似彼名輪謂正見正思惟正勤正念似世輪輻正語正業正命似轂正定似輞故名法輪寧知法輪唯是見道憍陳那等見道生時說名已轉正法輪故云何三轉十二行相此苦聖諦此應徧知此已徧知是名三轉即於如是一一轉時別別發生眼智明覺說此名曰十二行相如是三轉十二行相諦諦皆有然數等故但說三轉十二行相如說二法七處善等由此三轉如次顯示見道修道無學道三毗婆沙師所論如是若爾三轉十二行相非唯見道如何可說唯於見道立法輪名是故唯應即此三轉十二行相所有法門名爲法輪可應正理如何三轉三周轉故如何具足十二行相三周循歷四聖諦故謂此是苦此是集此是滅此是道此應徧知此應永斷此應作證此應修習此已徧知此已永斷此已作證此已修習云何名轉由此法門往他相續令解義故或諸聖道皆是法輪於所化生身中轉故於他相續見道生時已至轉初故名已轉何沙門果依何界得頌曰

三依欲後三　由上無見道　無間無緣下
無猒及經故
論曰前三但依欲界身得得阿羅漢依三界身前之二果未離欲故非依上得理且可然第三云何非依上得由理教故且理云何依上界身無見道故非離見道已離欲者可有超證不還果義何緣上界必無見道且無色中無正聞故又彼界中不緣下故色界異生著勝定樂又無苦受不生猒故非無有猒能得見道教復云何由經說故經言有五補特伽羅此處通達彼處究竟所說中般乃至上流此通達言唯自見道是證圓寂初加行故由此見道上界定無

阿毗達磨俱舍論卷第二十四 說一切有部

音釋

練 郎甸切 憺怕 憺徒覽切怕白各切 輻 方六切輪轑也 轂輞 轂古祿切輻所湊者輞文紡切車輞也

阿毗達磨俱舍論卷第二十五

尊者世親造

唐三藏法師玄奘奉　詔譯

分別賢聖品第六之四

如前所說不動應果初盡智後起無生智諸阿羅漢如預流等有差別不亦有云何頌曰

阿羅漢有六　謂退至不動　前五信解生
總名時解脫　後不時解脫　從前見至生

論曰於契經中說阿羅漢由種性異故有六種一者退法二者思法三者護法四安住法五堪達法六不動法於此六中前之五種從先學位信解性生即此總名時愛心解脫恒時愛護及心解脫故亦說名爲時解脫者以要待時及解脫故略初言故如言酥瓶由此待時方能入定謂待資具無病處等勝緣合時方入定故不動法性說名爲後即此名爲不動心解脫以無退動及心解脫故亦說名爲不時解脫以不待時及解脫故謂三摩地隨欲現前不待勝緣和合時故或依暫時畢竟解脫建立時解脫不時解脫名容有退墮時無退墮時故此從學位見至性生如是所明六阿羅漢所有種性爲是先有爲後方得不定云何頌曰

有是先種性　有後練根得

論曰退法種性必是先有思法等五亦有後得謂有先來是思法性有先退法性後練根成思乃至不動隨應當說言退法者謂遇少緣便退所得非思法等言思法者謂懼退失恒思自害言護法者謂於所得喜自防護安住法者離勝退緣雖不自防亦能不退離勝

加行亦不增進堪達法者彼性堪能好修練根速達不動不動法者彼必無退此六種性先學位中初二闕恒時及尊重加行由根有異故有差别第三唯有恒時加行第四唯有尊重加行第五具二而是鈍根第六利根具二加行退法種性非必定退乃至堪達非必能達但約容有建立此名故六阿羅漢通三界皆有若執退者必定應退乃至堪達必能達者彼執欲界具足有六色無色界中唯安住不動彼無退失自害自防及修練根故唯有二如是六種阿羅漢中誰從何退為性為果頌曰

四從種性退　五從果非先

論曰不動種性必無退理前之五種皆是退義於中後四有從性退退法一種無退性理由此種性最居下故五種皆有從果退義雖俱有退然並非先謂諸無學先學位中所住種性彼從此性必無退理學無學道所成堅故若諸有學先凡位中所住種性彼從此性亦無退理世出世道所成堅故若住此位後修練根所得思等四種種性彼從此性容有退理二先位中住思等性必亦無退此所得果唯先退法有退果義又亦無退先所得果後所得果容有退義是故定無退預流果由此應果退法有三一增進根二退住學三住自位而般涅槃思法有四三如前說更加一種退住退性餘三如次有五六七應知後一後一增故思法等四退住學位時還住退非餘若異此者得勝種性故應是進非退何緣定無退先果者以見所斷依無事故謂有身

見依我處轉見所斷惑此見爲根我體旣無名依無事以無事故必無退理若爾應說此惑緣無非此緣無諦爲境故然於諦境不如實緣諸煩惱中誰不如是雖皆如是而有差別以修斷惑各有別事即是可意不可意等於所緣境此相非無見所斷惑計有我等非諸諦境有我等相以無事故與修斷別謂於色等所緣境中我見妄增作者受者自在而轉非實我性邊執見等隨此而生故並說爲依無事惑若修所斷貪瞋慢癡色等境中唯起染著增背高舉不了行轉故並說爲依有事惑又見斷惑於諦理中執我我所斷常見等非諦中有少我等事見斷貪等緣此而生是故皆名依無事惑修所斷惑於色等中謂好醜等然色等境非無少分好醜等別是故可名依有事惑又見斷惑迷諦理起名依無事修所斷惑迷麤事生名依有事諦理眞實楷定可依聖慧已證必無退理事相浮僞無定可依斷迷彼惑有失念退或修斷惑非審慮生昧鈍性故見所斷惑由審慮生推度性故聖不審慮於麤事中失念或生審慮不爾如於繩等率爾謂蛇故修斷惑聖有退起非由率爾可起見惑聖若審慮便見諦理故聖見斷定無退義經部師說從阿羅漢亦無退義彼說應理云何知然由教理故如何由教經言苾芻聖慧斷惑名爲實斷又契經言我說有學應不放逸非阿羅漢雖有經言佛告慶喜我說利養等亦障阿羅漢而不說退阿羅漢果但說退失現法樂住經言不動心解脫身作證我定說無因緣從此退故若謂有

退由經說有時愛解脫我亦許然但應觀察彼之所退爲應果性爲靜慮等然彼根本靜慮等持要待時現前故各時解脫彼爲獲得現法樂住數希現前故名爲愛有說此定是所愛味諸阿羅漢果性解脫恒隨逐故不應名時更不欣求故不名愛若應果性容有退者如何世尊但說所證現法樂住有可退理由此證知諸阿羅漢果性解脫必是不動然由利等擾亂過失有於所得現法樂住退失自在謂諸鈍根若諸利根則無退失故於所得現法樂住有退無退故名退不退法如是思等如理應思不退安住不動何別非練根得名爲不退練根所得名爲不動此二所起殊勝等至設遇退緣亦無退理安住法者但於已住諸勝德中能無退失不能更引餘勝德生設復引生從彼可退是不退等三種差別然喬底迦昔在學位於時解脫極嗽味故又鈍根故數數退失深自猒責執刀自害由於身命無所戀惜臨命終時得阿羅漢便般涅槃故喬底迦亦非退失阿羅漢果又增十經作如是說一法應起謂時愛心解脫一法應證謂不動心解脫若應果性名爲時愛心解脫者何故於此增十經中再說應果又曾無處說阿羅漢果名爲應起但說名應證又說鈍根所攝應果名爲應起爲顯何義若爲顯彼能起現前則餘利根最應能起若爲顯彼應起現前亦餘利根最所應起故時解脫非應果性若爾何故說時解脫應果謂有應果根性鈍故要待時故定方現前若與彼相違名不時解脫阿毗達磨亦作是言欲貪隨

眠由三處起一欲貪隨眠未斷徧知故二順彼纏法正現在前故三於彼正起非理作意故前謂彼據具因生說復有何法因不具生是名由教如何由理若阿羅漢有令煩惱畢竟不起治道已生是則不應退起煩惱若阿羅漢此道未生未能永拔煩惱種故應非漏盡若非漏盡寧說爲應是名由理若爾應釋炭喻契經如說多聞諸聖弟子若行若住有處有時失念故生惡不善覺此經唯說阿羅漢果由此經言彼聖弟子心於長夜隨順遠離廣說乃至臨入涅槃餘契經中有即說此順遠離等名應果力又此經說彼於一切順漏已能永吐已得清涼由此定知是阿羅漢實後所說是阿羅漢然彼乃至於行住時未善通達容有此事謂有學者於行住時由失念故容起煩惱後成無學則無起義前依學位故說無失毗婆沙師定作是說阿羅漢果亦有退義唯阿羅漢種性有六爲餘亦有六種性耶設有皆能修練根不頌曰

學異生亦六　練根非見道

論曰有學異生種性亦六六種應果彼爲先故然見道位必無練根此位無容起加行故唯於信解異生位中能修練根如無學位如契經說我說由斯所證四種增上心所現法樂住隨一有退所得不動心解脫身作證我決定說無因緣從此退如何不動法退現法樂住頌曰

應知退有三　已未得受用　佛唯有最後
利中後鈍三

論曰應知諸退總有三種一已得退謂退已

得殊勝功德二未得退謂未能得殊勝功德三受用退謂諸巳得殊勝功德不現在前於此三中世尊唯有一受用退以具衆德無容一時頓現前故餘不動法具有受用及未得退亦於勝巳殊勝功德猶未得故餘五種性容具有三亦容退失巳得德故約受用退說不動法退現法樂無相違過無退論者作如是說諸無漏解脫皆名不動然別立第六不動法者如前釋通不應爲難諸阿羅漢旣許退果爲更生不諸住果時所不作事退時作不不爾何緣頌曰

一切從果退　必得不命終　住果所不爲

慙增故不作

論曰無從果退中間命終退巳須臾必還得故如契經說苾芻當知如是多聞諸聖弟子違失正念速復還能令所退起盡沒滅離若謂不能修梵行果應非安隱可委信處又住果位所不應爲違果事業由慙增故於暫退時亦必不造譬如壯士雖蹶不仆如上所言有練根得無學有學正練根時各幾無間幾解脫道何性攝何所依頌曰

練根無學位　九無間解脫　久習故學一

無漏依人三　無學依九地　有學但依六

捨果勝果道　唯得果道故

論曰求勝種性修練根者無學位中轉一一性各九無間九解脫道如得應果所以者何彼鈍根性由久慣習非少功力可能令轉學無學道所成堅故有學位中轉一一性各一無間一解脫道如得初果上相違故彼加行道諸位各一如是無間及解脫道一切唯是

無漏性攝聖者必無用有漏道而轉根理非增上故依謂身地此所依身唯人三洲餘無退故此所依地無學通九謂未至中間四定三無色有學唯六謂除後三所以者何夫轉根者容有捨果及勝果道所得唯果非向道故無有學果無色地攝故學練根但依六地

諸無學位補特伽羅總有幾種由何差別頌曰

七聲聞二佛　差別由九根

論曰居無學位聖者有九謂七聲聞及二覺者退法等五不動分二後先別故名七聲聞獨覺大覺名二覺者由下下等九品根異令無學聖成九差別學無學位有七聖者一切聖者皆此中攝一隨信行二隨法行三信解四見至五身證六慧解脫七俱解脫依何立七事別有幾頌曰

加行根滅定　解脫故成七　此事別唯六

三道各二故

論曰依加行異立初二種謂依先時隨他及法於所求義修加行故立隨信行隨法行名依根不同立次二種謂依鈍利信慧根增如次名爲信解見至依得滅定立身證名由身證得滅盡定故依解脫異立後二種謂依唯慧離煩惱障者立慧解脫依兼得定離解脫障者立俱解脫此名雖七事別唯六謂見道中有二聖者一隨信行二隨法行此至修道別立二名一信解二見至此至無學復立二名謂時解脫不時解脫應知此中一隨信行根故成三謂下中上性故成五謂退法等道故成十五謂八忍七智離染故成七十三謂

具縛離八地染依身故成九謂三洲欲天若根性道離染依身相乘合成一億四萬七千八百二十五種隨法行等如理應思何等名俱及慧解脱頌曰

俱由得滅定　餘名慧解脱

論曰諸阿羅漢得滅定者名俱解脱由慧定力解脱煩惱解脱障故所餘未得滅盡定者名慧解脱但由慧力於煩惱障得解脱故如世尊説五煩惱斷不可牽引未名滿學學無學位各由幾因於等位中獨稱爲滿頌曰

有學名爲滿　由根果定三　無學得滿名但由根定二

論曰學於學位獨得滿名具由三因謂根果定有有學者但由根故亦得滿名謂諸見至失離欲染有有學者但由果故亦得滿名謂信解不還未得滅盡定有有學者由根果故亦得滿名謂見至不還未得滅盡定有有學者由果定故亦得滿名謂諸信解得滅盡定有有學者具由三故獨得滿名謂諸見至得滅盡定無有學者但由定故及根定故亦得滿名諸無學者於無學位由根定二獨得滿名無學位中無非果滿故無由果亦立滿名有但由根亦名爲滿謂不時解脱未得滅盡定有但由定亦名爲滿謂時解脱得滅盡定有具由二獨名爲滿謂不時解脱已得滅盡定廣説諸道差別無量謂世出世見修道等略説幾道能徧攝耶頌曰

應知一切道　略説唯有四　謂加行無間解脱勝進道

論曰加行道者謂從此後無間道生無間道

者謂此能斷所應斷障解脱道者謂已解脱所應斷障最初所生勝進道者謂三餘道道義云何謂涅槃路乗此能往涅槃城故或復道者謂求所依依此尋求涅槃果故解脱勝進如何名道與道類同轉上品故或前前力至後後故或能趣入無餘依故道於餘處立通行名以能通達趣涅槃故此有幾種依何建立頌曰

通行有四種　樂依四靜慮　苦依所餘地
遲速鈍利根

論曰經說通行總有四種一苦遲通行二苦速通行三樂遲通行四樂速通行道依根本四靜慮生名樂通行以攝受支止觀平等任運轉故道依無色未至中間名苦通行以不攝支止觀不等艱辛轉故謂無色定觀減止增未至中間觀增止減即此樂苦二通行中鈍根名遲利根名速二行於境通達稽遲故名遲通翻此名速或遲鈍者所起通行名遲通行速此相違道亦名爲菩提分法此有幾種名義云何頌曰

覺分三十七　謂四念住等　覺謂盡無生
順此故名分

論曰經說覺分有三十七謂四念住四正斷四神足五根五力七等覺支八聖道支盡無生智說名爲覺隨覺者別立三菩提一聲聞菩提二獨覺菩提三無上菩提無明睡眠皆永斷故及如實知已作已事不復作故此二名覺三十七法順趣菩提是故皆名菩提分法此三十七體各別耶不爾云何頌曰

此實事唯十　謂慧勤定信　念喜捨輕安

及戒尋爲體

論曰此覺分名雖三十七實事唯十即慧勤等謂四念住慧根慧力擇法覺支正見以慧爲體四正斷精進根精進力精進覺支正精進以勤爲體四神足定根定力定覺支正定以定爲體信根信力以信爲體念根念力念覺支正念以念爲體喜覺支以喜爲體捨覺支以行捨爲體輕安覺支以輕安爲體正語正業正命以戒爲體正思惟以尋爲體如是覺分實事唯十即是信等五根力上更加喜捨輕安戒尋毗婆沙師說有十一身業語業不相雜故戒分爲二餘九同前念住等三分無別屬如何獨說爲慧勤定頌曰

四念住正斷　神足隨增上　說爲慧勤定

實諸加行善

論曰四念住等三品善法體實徧攝諸加行善然隨同品增上善根如次說爲慧勤及定何緣於慧立念住名毗婆沙師作如是說慧由念力持令住故理實由慧令念住境如實見者能明記故如念住中已廣成立何故說勤名爲正斷於正修習斷修位中此勤力能斷懈怠故或名正勝於正持策身語意中此最勝故何緣於定立神足名諸靈妙德所依止故有餘師說神即是定足謂欲等依應覺分事有十三增欲心故又違經說如契經言吾今爲汝說神足等神謂受用種種神境分一爲多乃至廣說足謂欲等四三摩地此中佛說定果名神欲等所生等持名足何緣信等先說爲根後名爲力由此五法依下上品分先後故又依可屈伏不可屈伏故信等何

緣次第如是謂於因果先起信心爲果修因次起精進由精進故念住所緣由念力持心便得定心得定故能如實知是故信等如是次第當言何位何覺分增頌曰

初業順決擇　及修見道位　念住等七品

應知次第增

論曰初業位中能審照了身等四境慧用勝故說念住增煖法位中能證異品殊勝功德勤用勝故說正斷增頂法位中能持勝善趣無退德定用勝故說神足增忍法位中必不退墮善根堅固得增上義故說根增第一位中非惑世法所能屈伏得無屈義故說力增修道位中近菩提位助覺勝故說覺支增見道位中速疾而轉通行勝故說道支增然契經中隨數增說先七後八非修次第八中正見是道亦道支餘是道支而非道七中擇法是覺亦覺支餘是覺支而非覺毗婆沙師所說如是有餘於此不破契經所說次第立念住等謂修行者將修行時於多境中其心馳散先修念住制伏其心故契經言此四念住能於境界繫縛其心及正遣除耽嗜依念是故念住說在最初由此勢力勤遂增長爲成四事正策持心是故正斷說爲第二由精進故無憂悔心便有堪能修治勝定是故神足說在第三勝定爲依便令信等與出世法爲增上緣由此五根說爲第四根義既立能正伏除所治現行牽生聖法由此五力說爲第五於見道位建立覺支如實覺知四聖諦故通於二位建立道支俱通直往涅槃城故如契經說於八道支修圓滿者於四念住至七

覺支亦修圓滿又契經說苾芻當知宣如實言者喻說四聖諦令依本路速行出者喻令修習八聖道支故知八道支通依二位說隨增位說次第既然理實應言此三十七幾通有漏幾無漏耶頌曰

七覺八道支　一向是無漏　三四五根力
皆通於二種

論曰此中七覺八聖道支唯是無漏唯於修道見道位中方建立故世間亦有正見等法而彼不得聖道支名所餘皆通有漏無漏此三十七向地有幾頌曰

初靜慮一切　未至除喜根　二靜慮除尋
三四中除二　前三無色地　除戒前二種
於欲界有頂　除覺及道支

論曰初靜慮中具三十七於未至地除喜覺支近分地中勵力轉故於下地法猶疑慮故第二靜慮除正思惟彼靜慮中已無尋故由此二地各三十六第三第四靜慮中間雙除喜尋各三十五前三無色除戒三支并除喜尋各三十二欲界有頂除覺道支各二十二無無漏故覺分轉時必得證淨此有幾種依何位得實體是何法有漏無漏耶頌曰

證淨有四種　謂佛法僧戒　見三得法戒
見道兼佛僧　法謂三諦全　菩薩獨覺道
信戒二爲體　四皆唯無漏

論曰經說證淨總有四種一於佛證淨二於法證淨三於僧證淨四聖戒證淨且見道位見三諦時一一唯得法戒證淨見道諦位兼得佛僧謂於爾時兼於成佛諸無學法成聲聞僧學無學法亦得證淨兼言爲顯見道諦

時亦得於法及戒證淨然所信法略有二種一別二總總通四諦別唯三諦全菩薩獨覺道故見四諦時皆得法證淨聖所愛戒與現觀俱故一切時無不亦得由所信別故名有四應知實事唯有二種謂於佛等三種證淨以信爲體聖戒證淨以戒爲體故唯有二如是四種唯是無漏以有漏法非證淨故爲依何義立證淨名如實覺知四聖諦理故名爲證正信三寶及妙尸羅皆名爲淨離不信垢破戒垢故由證得淨立證淨名如出觀時現起次第故說觀內次第如是如何出時現起次第謂出觀位先信世尊是正等覺次於正法毗柰耶中信是善說後信聖僧是妙行者正信三寶猶如良醫及如良藥看病者故由心淨故發淨尸羅是故尸羅說爲第四要具淨信此乃現前如遇三緣病方除故或此四種猶如導師道路商侶及所乘乘經言學位成就八支無學位中具成就十何緣不說有學位中有正解脫及有正智正脫正智其體是何頌曰

學有餘縛故　無正脫智支　解脫爲無爲謂勝解惑滅　有爲無學支　即二解脫蘊正智如覺說　謂盡無生智

論曰有學位中尚有餘縛未解脫故無解脫支非離少縛可名脫者非無解脫體可立解脫智無學已脫諸煩惱縛復能起二了解脫智由二顯了可立二支有學不然故唯成八解脫體有二謂有爲無爲有爲解脫謂無學勝解無爲解脫謂一切惑滅有爲解脫名無學支以立支名依有爲故支攝解脫復有二

種即餘經言心慧解脱應知此二即解脱蘊若爾不應契經中說云何解脱清淨最勝謂心從貪離染解脱及從瞋癡離染解脱於解脱蘊未滿爲滿已滿爲攝修欲勤等故解脱蘊非唯勝解若爾是何有餘師說由眞智力遣貪瞋癡即心離垢名解脱蘊如是已說正解脱體正智體者如前覺說謂即前說盡無生智心於何世正得解脱而言無學心解脱耶頌曰

無學心生時　正從障解脱

論曰如本論說初無學心未來生時從障解脱何謂爲障謂煩惱得由彼能遮此心生故金剛喻定正滅位中彼得正斷初無學心於正生位正得解脱金剛喻定已滅位中彼得已斷初無學心於已生位名已解脱未生無學及世俗心當於爾時亦名解脱然今且說決定生者以於爾時行身世故諸世俗心從何解脱亦即從彼遮心生障未解脱位此豈不生雖有已生不似今者彼何所似與惑得俱此後若生無俱惑得道於何位令生障斷頌曰

道唯正滅位　能令彼障斷

論曰正滅位言顯居現在正生言顯未來世故道能斷障唯正滅時餘位定無斷障用故非如解脱通未生者以生未生離障同故經說三界謂斷離滅以何爲體差別云何頌曰

無爲說三界　離界謂離貪　斷界斷餘結　滅界滅彼事

論曰斷等三界即分前說無爲解脱以爲自體言離界者謂但離貪言斷界者謂斷餘結

言滅界者謂滅所餘貪等隨眠所隨增事故經說三界即無為解脫若事能厭必能離邪不爾云何頌曰

厭緣苦集慧　離緣四能斷　相對互廣狹
故應成四句

論曰唯緣苦集所起忍智說名為厭餘則不然四諦境中所起忍智能斷惑者皆得離名廣狹有殊故成四句有厭非離謂緣苦集不令惑斷所有忍智緣厭境故非離染故有離非厭謂緣滅道能令惑斷所有忍智緣欣境故能離染故有厭亦離謂緣苦集能令惑斷所有忍智有非厭離謂緣滅道不令惑斷所有忍智應知此中先離欲染後見諦者所有法忍及諸智中加行解脫勝進道攝不令惑斷惑已斷故非斷治故

阿毗達磨俱舍論卷第二十五 說一切有部

音釋

楷 口駭切　擾 而沼切亂也　戀 龍眷切眷念也　蹶 居月切蹎也　仆 蒲北切倒也

阿毗達磨俱舍論卷第二十六

尊者世親造

唐三藏法師玄奘奉詔譯

分別智品第七之一

前品初說諸忍諸智於後復說正見正智爲有忍非智耶爲有智非見耶頌曰

聖慧忍非智　盡無生非見　餘二有漏慧
皆智六見性

論曰慧有二種有漏無漏唯無漏慧立以聖名此聖慧中八忍非智性自所斷疑未已斷故可見性攝推度性故盡與無生二智非見性已息求心不推度故所餘皆通智見二性已斷自疑推度性故諸有漏慧皆智性攝於中唯六亦是見性謂五染汚見世正見爲六如是所說聖有漏慧皆擇法故並慧性攝智有幾種相別云何頌曰

智十總有二　有漏無漏別　有漏稱世俗
無漏名法類　世俗徧爲境　法智及類智
如次欲上界　苦等諦爲境

論曰智有十種攝一切智一世俗智二法智三類智四苦智五集智六滅智七道智八他心智九盡智十無生智如是十智總唯二種有漏無漏性差別故如是二智相別有三謂世俗智法智類智前有漏智總名世俗多取瓶等世俗境故後無漏智分法類別三中世俗徧以一切有爲無爲爲所緣境法類二種如其次第以欲上界四諦爲境即於如是三種智中頌曰

法類由境別　立苦等四名　皆通盡無生
初唯苦集類

論曰法智類智由境差別分爲苦集滅道四智如是六智若無學攝非是性者名盡無生此二初生唯苦集類以緣苦集六種行相觀有頂蘊爲境界故金剛喻定境同此耶緣苦集同緣滅道異於前所說九種智中頌曰

法類道世俗　有成他心智　於勝地根位
去來世不知　法類不相知　聲聞麟喻佛
如次知見道　二三念一切

論曰有法類道及世俗智成他心智餘則不然此智於境有決定相謂不知勝及去來心勝心有三謂地根位地謂下地智不知上地心根謂信解時解脫根智不知見至不時解脫心位謂不還聲聞應果獨覺大覺前前位智不知後後勝位者心此智不知去來心者唯以現在他相續中能緣心等爲境界故又法類品不互相知謂法智攝諸他心智不知類品類智所攝諸他心智不知法品由法類智以欲上界全分對治爲所緣故此他心智見道中無總觀諦理極速轉故然皆容作此智所緣若諸有情將入見道聲聞獨覺預修加行爲欲知彼見道位心彼諸有情入見道位聲聞法分加行若滿知彼見道初二念心若爲更知類分心故別修加行至加行滿彼已度至第十六心雖知此心非知見道麟喻法分加行若滿知彼見道初二念心若爲更知類分心故別修加行至加行滿知彼第八集類智心以此但由下加行故有說知初二及第十五心世尊欲知不由加行於彼見道一切能知盡無生智二相何別頌曰

智於四聖諦　知我已知等　不應更知等

如次盡無生

論曰如本論說云何盡智謂無學位若正自知我已知苦我已斷集我已證滅我已修道由此所有智見明覺解慧光觀是名盡智云何無生智謂正自知我已知苦不應更知廣說乃至我已修道不應更修由此所有廣說乃至是名無生智如何無漏智可作如是知迦濕彌羅諸論師說從二智出後得智中作如是知故無有失由此後得二智別故表前觀中二智差別有說無漏智亦作如是知然說見言乘言便故或於諦理現照轉故由此本論亦作是言且諸智亦是見如是十智相攝云何謂世俗智攝一全一少分法類智各攝一全七少分苦集滅智各攝一全四少分道智攝一全五少分他心智攝一全四少分盡無生智各攝一全六少分何緣二智建立爲十頌曰

由自性對治　行相行相境　加行辦因圓
故建立十智

論曰由七緣故立十一自性故立世俗智非勝義智爲自性故二對治故立法類智全能對治欲上界故三行相故立苦集智此二智境體無別故四行相境故立滅道智此二行相境俱有別故五加行故立他心智非此不知他心所法本修加行爲知他心雖成滿時亦知心所而約加行故立他心智名六事辦故建立盡智事辦身中最初生故七因圓故立無生智一切聖道爲因生故如上所言法智類智全能對治欲上界法爲有少分治上欲耶頌曰

緣滅道法智　於修道位中　兼治上修斷
類無能治欲
論曰修道所攝滅道法智兼能對治上界修
斷欲之滅道勝上界故已除自怨能兼他故
由此類智無能治欲於此十智中誰有何行
相頌曰
法智及類智　行相俱十六　世俗此及餘
四諦智各四　他心智無漏　唯四謂緣道
有漏自相緣　俱但緣一事　盡無生十四
謂離空非我
論曰法智類智一一具有非常苦等十六行
相十六行相後當廣釋世智有此及更有餘
能緣一切法自共相等故苦等四智一一各
有緣自諦境四種行相他心智中若無漏者
唯有緣道四種行相由此即是道智攝故若
有漏者取自所緣心心所法自相境故如境
自相行相亦爾故此非前十六所攝如是二
種於一切時一念但緣一事爲境謂緣心時
不緣心所緣受等時不緣想等若爾何故薄
伽梵說如實了知有貪心等非俱時取貪等
及心如不俱時取衣及垢有貪心者二義有
貪一貪相應二貪所繫貪相應心具由二義
餘有漏心唯貪所繫有說經言有貪心者唯
說第一貪相應心離貪心者謂治貪心若貪
不相應名離貪心者餘惑相應者應得離貪
名若爾有心非貪對治不染汙性應許此心
非有貪心離貪心等是故應許餘師所說爲
貪所繫名有貪心乃至有癡離癡亦爾毗婆
沙師作如是說聚心者謂善心此於所緣不
馳散故散心者謂染心此與散動相應起故

西方諸師作如是說眠相應者名爲聚心餘染汙心說名爲散此不應理諸染汙心若與眠相應應通聚散故又應違害本論所言如實知聚心具足有四智謂法智類智世俗智道智沉心者謂染心此與懈怠相應起故策心者謂善心此與正勤相應起故小心者謂染心少淨品者所好習故大心者謂善心多淨品者所好習故或由根價眷屬隨轉力用少多故名小大染心根少極二相應故善心根多恒三相應故染心價少非功用成故善心價多大資糧成故染心眷屬少無未來修故善心眷屬多有未來修故染心隨轉少唯三蘊故善心隨轉多通曰蘊故染心力用少所斷善根必還續故善心力用多忍必永斷諸隨眠故由此染善得小大名掉心者謂染心掉舉相應故不掉心者謂善心能治彼故不靜靜心應知亦爾不定心者謂染心散動相應故定心者謂善心能治彼故不修心者謂染心得修習修俱不攝故修心者謂善心容有二修故不解脫心者謂染心自性相續不解脫故解脫心者謂善心自性相續容解脫故如是所釋不順契經亦不能辯諸句別義如何此釋不順契經經言此心云何內聚謂心若與惛眠俱行或內相應有止無觀云何外散謂心遊涉五妙欲境隨散隨流或內相應有觀無止豈不前說染心眠俱便有一心通聚散過雖說非理不許眠俱諸染汙心是散心故豈不又說本論相違寧違論文勿違經說如何不辯諸句別義謂依此釋不能辯了散等聚等八異相故依我所釋非不能

辯此契經中八句別義謂雖散等同是染心而爲顯其過失差別及雖聚等同是善心而爲顯其功德差別故依八義別立八名既不能通所違經說所辯句義理亦不成又若沉心即掉心者經不應說若於爾時心沉恐沉修安定捨三覺支者名非時修若於爾時心掉恐掉修擇進喜名非時修豈修覺支有散別理此據作意欲修名修非現前修故無有失豈不我說亦不違經雖諸染心皆名沉掉懈怠增者經說沉心掉舉增者經說掉心據恒相應我說體一隨自意語誰復能遮然實此經意不如是前說一切貪所繫心皆名有貪心貪繫是何義若貪得隨故有學無漏心應名有貪貪得隨故若貪所緣故無學有漏心應名有貪貪所緣故若不許彼爲貪所緣

云何彼心可成有漏若謂由爲共相惑緣應名有癡癡所緣故然他心智不緣貪得亦不可說緣緣心貪寧知他心是有貪等故非貪繫名有貪心若爾云何今詳經意貪相應故名有貪心貪不相應名離貪等若爾何故餘契經言離貪瞋癡心不還墮三有依離得說故無有過豈不於前已破此說餘惑相應者應得離貪名彼亦與貪不相應故若依此意許亦無違然不說爲離貪心者彼屬有瞋有癡等故且止傍論應述本宗此所明他心智爲亦能取他心所緣及亦取他心能緣行相不俱不能取知彼心時不觀彼所緣能緣行相故謂但知彼有染等心不知彼心所染色等亦不知彼能緣行相不爾他心智應亦緣色等又亦應有能自緣失諸他心智有決定

相謂唯能取欲色界繫及非所繫他相續中現在同類心心所法一實自相爲所緣境空無相不相應盡無生所不攝不在見道無間道中餘所不遮如應容有盡無生智除空非我各具有餘十四行相由此二智雖勝義攝而涉於世俗故離空非我謂由彼力於出觀時作如是言我生已盡梵行已立所作已辦不受後有爲有無漏越此十六更是所餘行相攝不頌曰

淨無越十六　餘說有論故

論曰迦濕彌羅國諸論師言無無漏行相越此十六外國師說更有所餘無漏行相越於十六云何知然由本論故如本論說頗有不繫心能了別欲界繫法耶曰能了別謂非常故苦故空故非我故因故集故生故緣故有是處有是事如理所引了別若謂彼文不爲顯示不繫心了別欲界繫法時除前所明八行相外別有有是處有是事行相但爲顯示作八行相斯有是處斯有是事此釋不然餘不說故謂若彼論依此意說應於餘處亦說此言然彼餘文但作是說頗有見斷心能了別欲界繫法耶曰能了別謂我故我所故斷故常故無因故無作故損減故尊故勝故上故第一故能清淨故能解脫故能出離故惑故疑故猶豫故貪故瞋故慢故癡故不如理所引了別此等亦應說有是處等言既無此言故釋非理十六行相實事有幾何謂行相能行所行頌曰

行相實十六　此體唯是慧　能行有所緣

所行諸有法

論曰有餘師說十六行相名雖十六實事唯七謂緣苦諦名實俱四緣餘三諦名四實一如是說者實亦十六謂苦聖諦有四相一非常二苦三空四非我待緣故非常逼迫性故苦違我所見故空違我見故非我集聖諦有四相一因二集三生四緣如種理故因等現理故集相續理故生成辦理故緣譬如泥團輪繩水等衆緣和合成辦瓶等滅聖諦有四相一滅二靜三妙四離諸蘊盡故滅三火息故靜無衆患故妙脫衆災故離道聖諦有四相一道二如三行四出通行義故道契正理故如正趣向故行能永趣故出又非究竟故非常如荷重擔故苦內離士夫故空不自在故非我塵引義故因出現義故集滋產義故生爲依義故緣不續相續斷故滅離三有爲相故靜勝義善故妙極安隱故離治邪道故道治不如故如趣入涅槃宮故行棄捨一切有故出如是古釋既非一門故隨所樂更爲別釋生滅故非常違聖心故苦於此無我故空自非我故非我因集生緣如經所釋謂五取蘊以欲爲根以欲爲集以欲爲類以欲爲生唯此生聲應在後說與論爲異此四體相差別云何由隨位別四欲有異一執現總我起總自體欲二執當總我起總後有欲三執當別我起別後有欲四執續生我起續生時欲或執造業我起造業時欲第一於苦是初因故說名爲因如種子於果第二於苦等招集故說名爲集如芽等於果第三於苦爲別緣故說名爲緣如田等於果謂由田水糞等力故令果味勢熟德別生第四於苦能近生

故說名爲生如華藥於果或如契經說有二五二四愛行爲四種欲執現總我有五種異一執我現決定有二執我現如是有三執我現變異有四執我現有五執我現無執當總我亦有五異一執我當決定有二執我當如是有三執我當變異有四執我當有五執我當無執當別我有四種異一執我當別有二執我當決定別有三執我當如是別有四執我當變異別有執續生我等亦有四種異一執我亦當有二執我亦當決定有三執我亦當如是有四執我亦當變異有流轉斷故滅衆苦息故靜如說苾芻諸行皆苦唯有涅槃最爲寂靜更無上故妙不退轉故離如正道故道如實轉故如定能趣故行如說此道能至清淨餘見必無至清淨理永離有故出又

爲治常樂我所我見故修非常苦空非我行相爲治無因一因變因知先因見故修因集生緣行相爲治解脫是無見故修滅行相爲治解脫是苦見故修靜行相爲治靜慮及等至樂是妙見故修妙行相爲治解脫是數退墮非永見故修離行相爲治無道邪道餘道退道見故修道如行出行相如是行相以慧爲體若爾慧應非有行相以慧與慧不相應故由此應言諸心心所取境類別皆名行相慧及諸餘心心所法有所緣故皆是能行一切有法皆是所行由此三門體有寬狹慧通行相能行所行餘心心所唯能所行諸餘有法唯是所行已辯十智行相差別當辯性攝依地依身頌曰

性俗三九善　依地俗一切　他心智唯四

法六餘七九　現起所依身　他心依欲色
法智但依欲　餘八通三界
論曰如是十智三性攝者謂世俗通三性餘
九智唯是善依地別者謂世俗智通依欲界
乃至有頂他心智唯依四根本靜慮法智依
此四及未至中間餘依此六地及下三無色
依身別者謂他心智依欲色界俱可現前法
智但依欲界現起餘八智現起通依三界身
已辯性地身當辯念住攝頌曰
諸智念住攝　滅智唯最後　他心智後三
餘八智通四
論曰滅智攝在法念住中他心智後三攝所
餘八皆通四如是十智展轉相望一一當言
幾智爲境頌曰
諸智互相緣　法類道各九　苦集智各二
四皆十滅非
論曰法智能緣九智爲境除類智類智能緣
九智爲境除法智道智能緣九智爲境除世
俗智非道攝故苦集二智一一能緣二智爲
境謂俗他心世俗他心盡無生智皆緣十智
滅智不緣唯以擇滅爲所緣故十智所緣總
有幾法何智幾法爲所緣境頌曰
所緣總有十　謂三界無漏　無爲各有二
俗緣十法五　類七苦集六　滅緣一道二
他心智緣三　盡無生各九
論曰十智所緣總有十法謂有爲法分爲八
種三界所繫無漏有爲各有相應不相應故
無爲分二種善無記別故俗智總緣十法爲
境法智緣五謂欲界二無漏道二及善無爲
類智緣七謂色無色無漏道六及善無爲苦

集智各緣三界所繫六滅智緣一謂善無爲道智緣二謂無漏道他心智緣欲色無漏三相應法盡無生智緣有爲八及善無爲頗有一念智緣一切法不不爾豈不非我觀智知一切法皆非我耶此亦不能緣一切法不緣何法此體是何頌曰

俗智除自品　總緣一切法　爲非我行相

唯聞思所成

論曰以世俗智觀一切法爲非我時猶除自品自品謂自體相應俱有法境有境別故同一所緣故極相隣近故非此智所緣此智唯是欲色界攝聞思所成非修所成修所成慧地別緣故若異此者應頓離染巳辯所緣復應思擇誰成就幾智耶頌曰

異生聖見道　初念定成一　二定成三智

後四一一增　修道定成七　離欲增他心

無學鈍利根　定成九成七

論曰諸異生位及聖見道第一刹那定成一智謂世俗智第二刹那定成三智謂加法苦第四六十十四刹那如次後後增類集滅道智諸未增位成數如前故修位中亦定成七如是諸位若巳離欲各各增一謂他心智唯除異生生無色者時解脫者定成九智謂加盡智不時解脫定成就十謂增無生於何位中頓修幾智且於見道十五心中頌曰

見道忍智起　即彼未來修　三類智兼修

現觀邊俗智　不生自下地　苦集四滅後

自諦行相境　唯加行所得

論曰見道位中隨起忍智皆即彼類於未來修然具修自諦諸行相念住何緣見道唯同

類修先未曾得此種性故對治所緣俱決定故唯苦集滅三類智時能兼修未來現觀邊俗智於一一諦現觀後邊方能兼修故立斯號由此餘位未能兼修道類智時何不修此俗智曾於道無事現觀故又必無於道徧事現觀故謂於苦集滅可徧知斷證必無於道可能徧修雖集滅邊未徧斷證而於當位斷證已同道則不然種性多故有言此是見道眷屬彼修道攝故不能修理非極成不應爲證此世俗智是不生法於一切時無容起故若爾何故說名爲修先未曾得今方得故旣不能起得義何依但由得故說名爲得由得故得曾所未聞故所辯修理不成立如古師說修義可成彼說云何由聖道力修世俗智於出觀後有勝緣諦俗智現前得此起依故名得此如得金鑛名爲得金毗婆沙師不樂此義隨依何地見道現前能修未來自地下地謂依未至見道現前能修未來一地見道二地俗智至依第四見道現前能修未來六地見道七地俗智苦集邊修四念住攝滅邊修者唯法念住隨於何諦現觀邊修即以此行相緣此諦爲境見道力得故唯加行所得智增故立智名若并眷屬以欲四蘊色界五蘊爲其自性次於修道離染位中頌曰

修道初刹那　修六或七智　斷八地無間
及有欲餘道　有頂八解脫　各修於七智
上無間餘道　如次修六八

論曰修道初念謂第十六道類智時現修二智未離欲者未來修六謂法及類苦集滅道離欲修七謂加他心不修世俗有頂治故斷

欲修斷九無間道八解脱道俗四法智隨應現修斷上七地諸無間道四類世俗滅道法智隨應現修斷欲加行有欲勝進俗四法類隨應現修此上未來皆修七智謂俗法類苦集滅道斷有頂地前八解脱四類二法隨應現修此於未來亦唯修七然除世俗加他心智斷有頂地九無間道四類二法隨應現修未來修法類苦集滅道六斷欲修斷第九解脱俗四法智隨應現修斷上七地諸解脱道四類世俗滅道法智隨應現修斷欲修斷第九勝進斷上八地諸加行道俗四法類隨應現修斷上七地有頂八品諸勝進道俗四法類及他心智隨應現修此上未來皆修八智謂俗法類四諦他心次辯離染得無學位頌曰

無學初刹那　修九或修十　鈍利根别故勝進道亦然

論曰無學初念謂斷有頂第九解脱苦集類盡隨應現修緣有頂故勝進九十隨應現修未來隨應修九修十謂鈍根者唯除無生利根亦修無生智故次辯餘位修智多少頌曰

練根無間道　學六無學七　餘學六七八應八九一切　雜修通無間　學七應八九餘道學修八　應九或一切　聖起餘功德及異生諸位　所修智多少　皆如理應思

論曰學位練根諸無間道四法類智隨應現修未來修六四諦法類似見道故不修世俗能斷障故不修他心諸解脱道四法類智隨應現修未離欲者未來修六四諦法類已離欲者未來修七謂加他心有餘師言解脱道

位亦修世俗諸加行道俗四法類隨應現修未離欲者未來修七已離欲八謂加他心諸勝進道若未離欲俗四法類隨應現修未來亦七若已離欲俗四法類及他心智隨應現修未來亦八無學練根諸無間道四類二法隨應現修未來修七四諦法類盡不修世俗如治有頂故五前八解脫四類二法隨應現修未來修八四諦法類他心及盡四第九解脫苦集類盡隨應現修未來修九最後解脫苦集類盡隨應現修未來修十諸加行道現修如學未來修九諸勝進道鈍者九智隨應現修未來亦九利者十智隨應現修未來亦十學位離修諸無間道四法類俗隨應現修未來修七諸解脫道唯四法類加行增俗諸勝進道又加他心隨應現修未來皆八無學離修諸無間道現修如學未來所修鈍八利九諸解脫道唯四法類加行增俗隨應現修未來所修鈍九利十諸勝進道與練根同學位修通五無間道現修俗智未來修七宿住神境二解脫道五加行道現修俗智他心解脫法類道俗及他心智一切勝進并苦集滅隨應現修此上未來皆修八智無學修通五無間道現修如學未來所修鈍八利九解脫加行現修如學未來所修鈍九利十諸勝進道與練根同天眼天耳二解脫道無記性故不名爲修聖起所餘四無量等修所成攝有漏德時現在皆修一世俗智有學未來未離欲七已離欲八無學未來鈍九利十除微微心此於未來唯修俗故若起所餘無漏功德靜慮攝者四法類智隨應現修無色攝者唯

四類智隨應現修未來所修同前有漏異生離染現修世俗斷欲三定第九解脫及依根本四靜慮定起勝進道離染加行未來修二謂加他心所餘未來唯修世俗修五通時諸加行道二解脫道現修俗智一解脫道現俗他心諸勝進道二隨應現未來一切皆修二種五無間道現未唯俗依本靜慮修餘功德皆現修俗未來修二唯順決擇分必不修他心以是見道近眷屬故依餘地定修餘功德皆唯世俗現未來修諸未來修爲修幾地諸所起得皆是修耶頌曰

諸道依得此　修此地有漏　爲離得起此
修此下無漏　唯初盡徧修　九地有漏德
生上不修下　曾所得非修

論曰諸道依此地及得此地時能修未來此地有漏聖爲離此地及得此地時并此地中諸道現起皆能修此及下無漏爲離此言通二四道唯初盡智現在前時力能徧修九地有漏不淨觀等無量功德能縛衆惑斷無餘故如能縛斷所縛氣通又彼自心今登王位一切善法起得來朝譬如大王登祚灌頂一切境土皆來朝貢然此生上必不修下初盡智言顯離有頂及五練根位第九解脫道諸所言修唯先未得今起今得是能所修謂若先時未得今得用功得者方是所修若法先時曾得棄捨今雖還得而非所修非設劬勞而證得故若先未得用功現前能修未來勢力勝故曾得而起不修未來非多功起勢力劣故爲唯約得說名爲修不爾云何修有四種一得修二習修三對治修四除遣修如是

四修依何法立頌曰

立得修習修　依善有爲法　依諸有漏法

立治修遣修

論曰得習二修依有爲善未來唯得現具二

修治遣二修依有漏法故有漏善具足四修

無漏有爲餘有漏法如次各具前後二修外

國諸師說修有六於前四上加防觀修防護

諸根觀察身故如契經說云何修根謂於六

根善防善護乃至廣說又契經說云何修身

謂於自身觀髮毛爪乃至廣說迦濕彌羅國

諸論師言防觀二修即治遣修攝

阿毗達磨俱舍論卷第二十六　說一切有部

音釋

麟（離珍切獸名也）蘂（如累切華心蘂也）礦（俱猛切金樸也）祚（埍故切位也）

阿毗達磨俱舍論卷第二十七

尊者世親造

唐三藏法師玄奘奉詔譯

分別智品第七之二

如是已辯諸智差別智所成德今當顯示於中先辯佛不共德且初成佛盡智位修不共佛法有十八種何謂十八頌曰

十八不共法　謂佛十力等

論曰佛十力四無畏三念住及大悲如是合名爲十八不共法唯於諸佛盡智時修餘聖所無故名不共且佛十力相別云何頌曰

力處非處十　業八除滅道　定根解界九
徧趣九或十　宿住死生俗　盡六或十智
宿住死生智　依靜慮餘通　贍部男佛身
於境無礙故

論曰佛十力者一處非處智力具以如來十智爲性二業異熟智力八智爲性謂除滅道三靜慮解脫等持等至智力四根上下智力五種種勝解智力六種種界智力如是四力皆九智性謂除滅智七徧趣行智力或聲顯此義有二途若謂但緣能趣爲境九智除滅若謂亦緣所趣爲境十智爲性八宿住隨念智力九死生智力如是二力皆俗智性十漏盡智力或聲亦顯義有二途若謂但緣漏盡爲境六智除道苦集他心若謂漏盡身中所得十智爲性已辯自性依地別者第八第九依四靜慮餘八通依十一地起欲四靜慮未至中間并四無色名十一地已辯依地依身別者皆依贍部男子佛身已辯依身何故名力以於一切所知境中智無礙轉故名爲力

由此十力唯依佛身唯佛已除諸惑習氣於一切境隨欲能知餘此相違故不名力如舍利子捨求度人不能觀知鷹所逐鴿前後二際生多少等如是諸佛徧於所知心力無邊云何身力頌曰

身那羅延力　或節節皆然　象等七十增
此觸處爲性

論曰佛生身力等那羅延有餘師言佛身肢節一一皆具那羅延力大德法救說諸如來身力無邊猶如心力若異此者則諸佛身應不能持無邊心力大覺獨覺及轉輪王肢節相連如其次第似龍蟠結連鎖相鉤故三相望力有勝劣那羅延力其量云何十十倍增象等七力謂凡象香象摩訶諾健那鉢羅塞建提伐浪伽遮怒羅那羅延後後力增前前十倍有說前六十十倍增敵那羅延半身之力此力一倍成那羅延於所說中唯多應理如是身力觸處爲性謂所觸中大種差別有說是造觸離七外別有佛四無畏相別云何頌曰

四無畏如次　初十二七力

論曰佛四無畏如經廣說一正等覺無畏十智爲性猶如初力二漏永盡無畏六十智性如第十力三說障法無畏八智爲性如第二力四說出道無畏九十智性如第七力如何於智立無畏名此無畏名目無怯懼由有智故不怯懼他故無畏名目諸智體理實無畏是智所成不應說言體即是智佛三念住相別云何頌曰

三念住念慧　緣順違俱境

論曰佛三念住如經廣說諸弟子衆一向恭敬能正受行如來緣之不生歡喜捨而安住正念正知是謂如來第一念住諸弟子衆唯不恭敬不正受行如來緣之不生憂慼捨而安住正念正知是謂如來第二念住諸弟子衆一類恭敬能正受行一類不敬不正受行如來緣之不生歡慼捨而安住正念正知是謂如來第三念住此三皆用念慧爲體諸大聲聞亦於弟子順違俱境離歡慼俱此何名爲不共佛法唯佛於此并習斷故或諸弟子隨屬如來有順違俱應甚歡慼佛能不起可謂希奇非屬諸聲聞不起非奇特故唯在佛得不共名諸佛大悲云何相別頌曰

大悲唯俗智　資糧行相境　平等上品故

異悲由八因

論曰如來大悲俗智爲性若異此者則不能緣一切有情亦不能作三苦行相如共有悲此大悲名依何義立依五義故此立大名一由資糧故大謂大福德智慧資糧所成辦故二由行相故大謂此力能於三苦境作行相故三由所緣故大謂此總以三界有情爲所緣故四由平等故大謂此等於一切有情作利樂故五由上品故大謂最上品更無餘悲能齊此故此與悲異由八種因一由自性無癡無瞋自性異故二由行相三苦一苦行相異故三由所緣三界一界所緣異故四由依地第四靜慮通餘異故五由依身唯佛通餘身有異故六由證得離有頂欲證得異故七由救濟事成希望救濟異故八由哀愍平等不等哀愍異故已辯佛德異餘有情諸佛相

望法皆等不頌曰

由資糧法身　利他佛相似　壽種姓量等

諸佛有差別

論曰由三事故諸佛皆等一由資糧等圓滿故二由法身等成辦故三由利他等究竟故由壽種姓身量等殊諸佛相望容有差別壽異謂佛壽有短長種異謂佛生刹帝利婆羅門種姓異謂佛姓喬答摩迦葉波等量異謂佛身有小大等言顯諸佛法住久近等如是有異由出世時所化有情機宜別故諸有智者思惟如來三種圓德深生愛敬其三者何一因圓德二果圓德三恩圓德初因圓德復有四種一無餘修福德智慧二種資糧修無遺故二長時修經三大劫阿僧企耶修無倦故三無間修精勤勇猛刹那刹那修無廢故四尊重修恭敬所學無所顧惜修無慢故次果圓德亦有四種一智圓德二斷圓德三威勢圓德四色身圓德智圓德有四種一無師智二一切智三一切種智四無功用智斷圓德有四種一一切煩惱斷二一切定障斷三畢竟斷四并習斷威勢圓德有四種一於外境化變住持自在威勢二於壽量若促若延自在威勢三於空障極遠速行小大相入自在威勢四令世間種種本性法爾轉勝希奇威勢威勢圓德復有四種一難化必能化二答難必決疑三立教必出離四惡黨必能伏色身圓德有四種一具衆相二具隨好三具大力四內身骨堅越金剛外發神光踰百千日後恩圓德亦有四種謂令永解脫三惡趣生死或能安置善趣三乘總說如來圓德如

是若別分析則有無邊唯佛世尊能知能說要留命行經多大劫阿僧企耶說乃可盡如是則顯佛世尊身具有無邊殊勝奇特因果恩德如大寶山有諸愚夫自乏衆德雖聞如是佛功德山及所說法不能信重諸有智者聞說如斯生信重心徹於骨髓彼由一念極信重心轉滅無邊不定惡業攝受殊勝人天涅槃故說如來出現於世爲諸智者無上福田依之引生不空可愛殊勝速疾究竟果故如薄伽梵自說頌言若於佛福田能植少分善初獲勝善趣後必得涅槃已說如來不共功德共功德今當辯頌曰

復有餘佛法　共餘聖異生　謂無諍願智
無礙解等德

論曰世尊復有無量功德與餘聖者及異生共謂無諍願智無礙解通靜慮無色等至等持無量解脫勝處徧處等隨其所應謂前三門唯共餘聖通靜慮等亦共異生前三門中且辯無諍頌曰

無諍世俗智　後靜慮不動　三洲緣未生
欲界有事惑

論曰言無諍者謂阿羅漢觀有情苦由煩惱生自知已身福田中勝恐他煩惱復緣已生故思引發如是相智由此方便令他有情不緣已身生貪瞋等此行能息諸有情類煩惱諍故得無諍名此行但以俗智爲性第四靜慮爲其所依樂通行中最爲勝故不動應果能起非餘餘尚不能自防起惑況能止息他身煩惱此唯依止三洲人身緣欲未來有事煩惱勿他煩惱緣已生故諸無事惑不可遮

防內起隨應總緣境故辯無諍已次辯願智
頌曰
願智能徧緣　餘如無諍說
論曰以願爲先引妙智起如願而了故名願
智此智自性地種性身與無諍同但所緣別
以一切法爲所緣故毗婆沙者作如是言願
智不能證知無色觀彼因行及彼等流差別
故知如田夫類諸有欲起此願智時先發誠
願求知彼境便入邊際第四靜慮以爲加行
從此無間隨所入定勢力勝劣如先願力引
正智起於所求境皆如實知已辯願智無礙
解者頌曰
無礙解有四　謂法義詞辯　名義言說道
無退智爲性　法詞唯俗智　五二地爲依
義十六辯九　皆依一切地　但得必具四
餘如無諍說
論曰諸無礙解總說有四一法無礙解二義
無礙解三詞無礙解四辯無礙解此四總說
如其次第以緣名義言及說道不可退轉智
爲自性謂無退智緣能詮法名句文身立爲
第一緣所詮義立爲第二緣方言詞立爲第
三緣應正理無滯礙說及緣自在定慧二道
立爲第四此則總說無礙解體兼顯所緣於
中法詞二無礙解唯俗智攝緣名身等及世
言詞事境界故法無礙解通依五地謂欲界
四靜慮以於上地無名等故詞無礙解唯依
二地謂欲界初靜慮以於上地無尋伺故義
無礙解十六智攝謂若諸法皆名爲義義無
礙解則十智攝若唯涅槃名爲義者義無礙
解則六智攝謂俗法類滅盡無生辯無礙解

九智所攝謂唯除滅緣說道故此二通依一切地起謂依欲界乃至有頂辯無礙解於說道中許隨緣一皆得起故施設足論釋此四言緣名句文此所詮義即此一二多男女等言别此無滯說及所依道無退轉智如次建立法義詞辯無礙解名由此顯成四種次第有餘師說詞謂一切訓釋言詞如有說言有變礙故名爲色等辯謂展轉言無滯礙傳說此四無礙解生如次慣習筭計佛語聲明因明爲前加行若於四處未得善巧必不能生無礙解故理實一切無礙解生唯學佛語能爲加行如是四種無礙解中隨得一時必具得四非不具四可名爲得此四所緣自性依地與前無諍差别如是種性依身如無諍說如是所說無諍行等頌曰

六依邊際得　邊際六後定　徧順至究竟佛餘加行得

論曰無諍願智四無礙解六種皆依邊際定得邊際靜慮體有六種前六除詞加餘邊際詞無礙解雖依彼得而體非彼靜慮所收邊際名但依第四靜慮故此一切地徧所隨順故增至究竟故得邊際名云何此名徧所隨順謂正修學此靜慮時從欲界心入初靜慮次第順入乃至有頂復從有頂入無所有次第逆入乃至欲界復從欲界次第順入展轉乃至第四靜慮名一切地徧所隨順云何此名增至究竟謂專修習第四靜慮從下至中從中至上如是三品復各分三上上品生名至究竟如是靜慮得邊際名此中邊名顯無越義勝無越此故名爲邊際言爲顯類義極

義如說四際及實際言除佛所餘一切聖者所說六種唯加行得非離染得非皆得故唯佛於此亦離染得諸佛功德初盡智時由離染故一切頓得後時隨欲能引現前不由加行以佛世尊於一切法自在轉故已辯前三唯共餘聖德於亦共凡德且應辯通頌曰

通六謂神境　天眼耳他心　宿住漏盡通
解脫道慧攝　四俗他心五　漏盡通如力
五依四靜慮　自下地爲境　聲聞麟喻佛
二三千無數　未曾由加行　曾修離染得
念住初三身　他心三餘四　天眼耳無記
餘四通唯善

論曰通有六種一神境智證通二天眼智證通三天耳智證通四他心智證通五宿住隨念智證通六漏盡智證通雖六通中第六唯聖然其前五異生亦得依總相說亦共異生如是六通解脫道攝慧爲自性如沙門果解脫道言顯出障義神境等四唯俗智攝他心通五智攝謂法類道世俗他心漏盡通如力說謂或六或十智由此已顯漏盡智通依一切地緣一切境前之五通依四靜慮何緣此五不依無色初三別緣色爲境故修他心通色爲門故修宿住通漸次憶念分位差別方得成故成時能緣處姓等故依無色地無如是能諸有欲修他心通者先審觀已身心二相前後變異展轉相隨後復審觀他身心相由此加行漸次得成成已不觀自心諸色於他心等能如實知諸有欲修宿住通者先自審察次前滅心漸復逆觀此生分位前前差別至結生心乃至能憶知中有前一念名自

宿住加行已成爲憶念他加行亦爾此通初起唯次第知慣習成時亦能超憶諸所憶事要曾領受憶淨居者昔曾聞故從無色殁來生此者依他相續初起此通所餘亦依自相續起修神境等前三通時思輕先聲以爲加行成已自在隨所應爲故此五通不依無色又諸無色觀減止增五通必依止觀均地未至等地由此已遮如是五通境唯自下且如神境隨依何地於自下地行化自在於上不然勢力劣故餘四亦爾隨其所應是故無能取無色界他心宿住爲二道境即此五通於世界境作用廣狹諸聖不同謂大聲聞麟喻大覺不極作意如次能於一二三千諸世界境起行化等自在作用若極作意如次能於二千三千無數世界如是五通若有殊勝勢用猛利從無始來曾未得者由加行得若曾慣習無勝勢用及彼種類由離染得若起現前皆由加行佛於一切皆離染得隨欲現前不由加行六中前三唯身念住但緣色故謂神境通緣四外處色香味觸天眼緣色天耳緣聲若爾何緣說死生智知有情類由現身中成身語意諸惡行等非天眼通能知此事有別勝智是通眷屬依聖身起能如是知是天眼通力所引故與通合立死生智名他心智通三念住攝謂受心法緣心等故宿住漏盡四念住攝通緣五蘊一切境故此六通中天眼天耳無記性攝許此二體是眼耳識相應慧故若爾寧說依四靜慮隨根說故亦無有失謂所依止眼耳二根由四靜慮力所引起即彼地攝故依四地通依根故說依四言

或此依通無間道說通無間道依四地故餘之四通性皆是善若爾何故品類足言通云何謂善慧彼據多分無就勝說如契經說無學三明彼於六通以何爲性頌曰

第五二六明　治三際愚故　後眞二假說

學有闇非明

論曰言三明者一宿住智證明二死生智證明三漏盡智證明如其次第以無學位攝第五二六通爲其自性六中三種獨名明者如次對治三際愚故謂宿住智通治前際愚死生智通治後際愚漏盡智通治中際愚此三皆名無學明者俱在無學身中起故於中最後容有是眞通無漏故餘二假說體唯非學非無學故有學身中有愚闇故雖有前二不立爲明雖有暫時伏滅愚闇後還被蔽故不名明契經說有三種示導彼於六通以何爲體頌曰

第一四六導　教誡導爲尊　定由通所成

引利樂果故

論曰三示導者一神變示導二記心示導三教誡示導如其次第以六通中第一四六爲其自性唯此三種引所化生令初發心最爲勝故或此能引憎背正法及處中者令發心故能示能導得示導名又唯此三令於佛法如次歸伏信受修行得示導名餘三不爾於三示導教誡最尊唯此定由通所成故定能引他利樂果故謂前二導呪術亦能不但由通故非決定如有呪術名健馱梨持此便能騰空自在復有呪術名伊剎尼持此便能知他心念教誡示導除漏盡通餘不能爲故是

決定又前二導有但令他暫時迴心非引勝果教誡示導亦定令他引當利益及安樂果以能如實方便說故由是教誡最勝非餘神境二言爲自何義頌曰

神體謂等持　境二謂行化　行三意勢佛運身勝解通　化二謂欲色　四二外處性此各有二種　謂似自他身

論曰依毗婆沙所說理趣神名所自唯勝等持由此能爲神變事故諸神變事說名爲境此有二種謂行及化行復三種一者運身謂乘空行猶如飛鳥二者勝解謂極遠方作近思惟便能速至三者意勢謂極遠方舉心緣時身即能至此勢如意得意勢名於此三中意勢唯佛運身勝解亦通餘乘謂我世尊神通迅速隨方遠近舉心即至由此世尊作如是說諸佛境界不可思議故意勢行唯世尊有勝解兼餘聖運身并異生化復二種謂欲色界若欲界化外四處除聲若色界化唯二謂色觸以色界中無香味故此二界化各有一種謂屬自身他身別故身在欲界化有四種在色亦然故總成八若生在色作欲界化如何不有成香味失如衣嚴具作而不成有說在色唯化二處化作化事爲即是通不爾云何是通之果此有幾種差別云何頌曰

能化心十四　定果二至五　如所依定得從淨自生二　化事由自地　語通由自下化身與化主　語必俱非佛　先立願留身後起餘心語　有死留堅體　餘說無留義初多心一化　成滿此相違　修得無記攝餘得通三性

論曰神境通果能變化心力能化生一切化事此有十四謂依根本四靜慮生有差別故依初靜慮有二化心一欲界攝二初靜慮第二靜慮有三化心二種如前加二靜慮第三有四第四有五謂各自下如理應思諸果化心依自上地必無依下下地定心不生上果勢力劣故第二定等果下地化心對初定等果上地化心由依及行亦得名勝如得靜慮化心亦然果與所依俱時得故諸從靜慮起果化心此心必無直出觀義謂從靜定起初化心此後後心從自類起此前前念生自類心最後化心還生淨定故此從二能生一心非定果心無記性攝不還入定有直出義如從門入還從門出諸所化事由自地心無異地化心起餘地化故化所發言通由自下謂欲初定化所發言此言必由自地心起上化起語由初定心上地自無起表心故若一化主起多化身要化主語時諸化身方語言音詮表一切皆同故有伽他作如是說一化主語時諸所化皆語一化主若默諸所化亦然此但說餘佛則不爾佛諸定力最自在故與所化語容不俱時言音所詮亦容有別發語心起化心既無應無化身化如何語由先願力留所化身後起餘心發語表業故雖化語二心不俱而依化身亦得發語非唯化主命現在時能留化身令久時住亦有令住至命終後即如尊者大迦葉波留骨鎖身至慈尊世唯堅實體可得久留故迦葉波不留肉等有餘師說願力留身必無有能令至死後飲光尊者留骨鎖身由諸天神持令久住初習

業者由多化心方能化生一所化事習成滿者由一化心隨欲化生多少化事如是十四能變化心皆是修得無記性攝即是通果無記攝義餘生得等能變化心通善不善無記性攝如天龍等能變化心彼亦能為自他身化於十色處化九除聲理實無能化為根者然所化境不離根故言化九處亦無有失天眼耳言為因何義頌曰

天眼耳謂根　即定地淨色　恒同分無缺　取障細遠等

論曰此言唯因天眼耳根即四靜慮所生淨色謂緣光聲修加行故依四靜慮於眼耳邊引起彼地微妙大種所造淨色眼耳二根見色聞聲名天眼耳如是眼耳何故名天體即是天定地攝故然天眼耳種類有三一修得天即如前說二者生得謂生天中三者似天謂生餘趣由勝業等之所引生能遠見聞似天眼耳如藏臣寶菩薩輪王諸龍鬼神及中有等修得眼耳過現當生恒是同分以至現在必與識俱能見聞故處所必具無翳無缺如生色界一切有情能隨所應取被障隔極細遠等諸方色聲故於此中有如是頌肉眼於諸方被障細遠色無能見功用天眼見無遺前說化心修餘得異神境等五各有異耶亦有云何頌曰

神境五修生　呪藥業成故　他心修生呪　又加占相成　三修生業成　除修皆三性　人唯無生得　地獄初能知

論曰神境智類總有五種一修得二生得三呪成四藥成五業成曼馱多王及中有等諸

神境智是業成攝他心智類總有四種前三如上加占相成餘三各三謂修生業除修所得皆通善等非定果故不得通名人中都無生所得者餘皆容有隨其所應本性生念業所成攝於地獄趣初受生時唯以生得他心宿住知他心等及過去生苦受逼已更無知義若生餘趣如應當知

何毗達磨俱舍論卷第二十七 說一切有部

音釋

鷹 於京切鷙鳥也 怯 乞協切畏懦也 髓 息委切骨中脂也 曼 謨官切

阿毗達磨俱舍論卷第二十八

尊者世親造
唐三藏法師玄奘奉詔譯

分別定品第八之一

已說諸智所成功德餘性功德今次當辯於中先辯所依止定且諸定內靜慮云何頌曰

靜慮四各二　於中生已說　定謂善一境
并伴五蘊性　初具伺喜樂　後漸離前支

論曰一切功德多依靜慮故應先辯靜慮差別此總有四種謂初二三四四各有二謂定及生生靜慮體世品已說謂第四八前三各三定靜慮體總而言之是善性攝心一境性以善等持爲自性故若并助伴五蘊爲性何名一境性謂專一所緣若爾即心專一境位法令心於一境轉名三摩地非體即心豈不諸心刹那滅故皆一境轉何用等持若謂令心於第二念不散亂故須有等持則於相應等持無用又由此故三摩地成寧不即由斯心於一境轉又三摩地是大地法應一切心皆一境轉不爾餘品等持劣故有餘師說即心一境相續轉時名三摩地契經說此爲增上心學故心清淨最勝即四靜慮故依何義立靜慮名由此寂靜能審慮故審慮即是實了知義如說心在定能如實了知審慮義中置地界故此宗審慮以慧爲體若爾諸等持皆應名靜慮不爾唯勝方立此名如世間言發光名日非螢燭等亦得日名靜慮如何獨名爲勝諸等持内唯此攝支止觀均行最能審慮得現法樂住及樂通行名故此等持

獨名靜慮若爾染汙寧得此名由彼亦能邪審慮故是則應有太過之失無太過失要相似中方立名故如敗種等世尊亦說有惡靜慮若一境性是靜慮體依何相立初二三四具伺喜樂建立爲初由此已明亦具尋義必俱行故如煙與火非伺有喜樂而不與尋俱漸離前支立二三四離伺有二離二有樂具離三種如其次第故一境性分爲四種已辯靜慮無色云何頌曰

無色亦如是　四蘊離下地　并上三近分
總名除色想　無色謂無色　後色起從心
空無邊等三　名從加行立　非想非非想
昧劣故立名

論曰此與靜慮數自性同謂四各二生如前說即世品說由生有四定無色體總而言之亦善性攝心一境性依此故說亦如是言然助伴中此除色蘊無色無有隨轉色故雖一境性體相無差離下地生故分四種謂若已離第四靜慮生立空無邊處乃至已離無所有處生立非想非非想處離名何義謂由此道解脫下地惑是離下染義即此四根本并上三近分總說名爲除去色想空處近分未得此名緣下地色起色想故皆無色故立無色名此因不成許有色故若爾何故立無色名由彼色微故名無色如微黃物亦名無黃許彼界中色有何相若彼唯有身語律儀身語既無律儀寧有又無大種何有造色若謂如有無漏律儀不爾無漏依有漏大種故又彼定中亦遮有故若許於彼有色根身如何可言彼色微少若謂於彼身量小故水細蟲

極微亦應名無色亦身量小不可見故若謂彼身極清妙故中有色界應名無色若謂彼身清妙中極應唯有頂得無色名如定生身有勝劣故又生靜慮所有色身非下地根所能取故與彼何異不名無色若謂欲色隨義立名無色不然此有何理若謂經說壽煖合故又說名色與識相依如二蘆束相依住故又說名色識爲緣故又遮離色乃至離行識有來有去故由此無色有色理成此證不成應審思故謂所引教應共審思且契經言壽煖合者爲約一切界爲約欲色說名色與識相依住者爲約一切界爲約欲色說所說名色識爲緣者爲說一切識皆爲名色緣爲說名色生無不緣於識遮離色至行識有來去者爲遮隨離一爲遮離一切若謂契經言無簡別不應於此更致審思此說不然太過失故謂應外煖亦與壽合又應外名色依識識爲緣又說四食如四識住色無色界應有段食若謂經說有一類天超段食故又說彼天喜爲食故無斯過者則無色界不應有色契經說彼出離色故又契經言無色解脱最爲寂靜超諸色故又契經說無色有情一切色想皆超越故若無色界實有色者定應彼色自相可知如何可言超色想等若謂觀下麤色故說則於段食亦應許然又諸靜慮超下麤色亦應可說出離色言是則亦應名無色界又亦應說出離受等彼亦超下麤受等故經既不説知無色中徧超色類非超受等由此定知彼界無色然契經中說有不出有者於自地有不能出故非徧出故非永出故又

薄伽梵於靜慮中說有色類乃至識類於無色中說有受類乃至識類不說有色若無色中實有色者何不如靜慮說有色類言故所立因無不成過在彼多劫色相續斷後殁生下色從何生此從心生非從色起謂昔所起色異熟因熏習在心功能令熟是故今色從彼心生彼無色身心依何轉離身何不轉下曾不見故色界無段食身復依何轉下亦不見身離段食轉故又先說彼心轉所依已釋總名空無邊等從緣空等得別名耶不爾云何下三無色如其次第修加行時思無邊空及無邊識無所有故建立三名立第四名由想昧劣謂無明勝想得非想名有昧劣想故名非非想雖加行時亦作是念諸想如病如箭如癰若想全無便同癡闇唯有非想非非想中與上相違寂靜美妙而不就此加行立名以若詰言何緣加行作如是念必應答言以於彼處想昧劣故由此昧劣故是立名正因已辯無色云何等至頌曰

此本等至八　前七各有三　謂味淨無漏
後味淨二種　味謂愛相應　淨謂世間善
此即所味著　無漏謂出世

論曰此上所辯靜慮無色根本等至總有八種於中前七各具有三有頂等至唯有二種此地昧劣無無漏故初味等至謂愛相應愛能味著故名爲味彼相應故此得味名淨等至名自世善定與無貪等諸白淨法相應起故此得淨名即味相應所味著境此無間滅彼味定生緣過去淨染生味著爾時雖名出所味定於能味定得名爲入無漏定者謂出

世定愛不緣故非所味著如是所說八等至中靜慮攝支非諸無色於四靜慮各有幾支頌曰

靜慮初五支　尋伺喜樂定　第二有四支
内淨喜樂定　第三具五支　捨念慧樂定
第四有四支　捨念中受定

論曰唯淨無漏四靜慮中初具五支一尋二伺三喜四樂五等持此中等持頌說爲定等持與定名異體同故契經說心定等定名正等持此亦名爲心一境性義如前釋傳說唯定是靜慮亦靜慮支餘四支是靜慮支非靜慮如實義者如四支軍餘靜慮支應知亦爾第二靜慮唯有四支一内等淨二喜三樂四等持第三靜慮具有五支一行捨二正念三正慧四受樂五等持第四靜慮唯有四支一行捨清淨二念清淨三非苦樂受四等持靜慮支名既有十八於中實事總有幾種頌曰

此實事十一　初二樂輕安　内淨即信相
喜即是喜受

論曰此支實事唯有十一謂初五支即五實事第二靜慮三支如前增内淨支足前爲六第三靜慮等持如前增餘四支足前爲十第四靜慮三支如前增非苦樂支足前爲十一由此故說有是初支非第二支應作四句第一句謂尋伺第二句謂内淨第三句謂喜樂等持第四句謂除前餘法餘支相對如理應思何故第三說增樂受由初二樂輕安攝故何理爲證知是輕安初二定中無樂根故非初二定有身受樂正在定中無五識故亦無心受樂以說有喜故喜即喜受無一心中二

受俱行故無樂受不可喜樂更互現前說具五支及四支故有說無有心受樂根三靜慮中說樂支者皆是身受所攝樂根若爾何故有契經說云何樂根謂順樂觸力所引生身心樂受有餘於此增益心言諸部經中唯說身故又第三定所立樂支契經自說爲身所受樂故若謂於此說意爲身此說身名爲有何德又第四定輕安倍增而不說彼身樂支故若謂輕安要順樂受方名爲樂第三靜慮輕安順樂應是樂支若謂彼輕安爲行捨所損不爾行捨增輕安故又彼輕安勝前二故又契經說若於爾時諸聖弟子於離生喜身作證具足住彼於爾時已斷五法修習五法皆得圓滿廣說乃至何等名爲所修五法一歡二喜三輕安四樂五三摩地此輕安與樂

別說故初二樂非即輕安若言定中寧有身識有亦無失許在定中有輕安風勝定所起順生樂受徧觸身故若謂外散故應失壞定者無如是失此輕安風從勝定生引內身樂還能順起三摩地故若謂起身識應名出定者此難不然由前因故若謂依止欲界身根不應得生色界觸識緣輕安識許生無過若爾正在無漏定中觸及身識應成無漏勿所立支少分有漏少分無漏成違理失無違理失所以者何許說身輕安是覺支攝故若謂順彼故說覺支無漏亦應許如是說若謂許說便違契經如契經言諸所有眼乃至廣說此經中說十五界全皆有漏故無違經過此約餘觸及餘身識密意說故如何無漏靜慮現前少支有漏少支無漏起不俱時斯有何

失若謂喜樂不俱起故應無五支及四支理此亦無過約容有說有喜樂支如有尋伺若謂尋伺亦許俱起於不俱起爲喻不成此非不成心之麤細互相違故不應俱起又於不俱起不能說過故由此可説依初五支減二三四立第二等即由此理初説五支擬漸離前建立後故無漸減故不説想等或應説何故初唯立五支若謂此五資初定勝故立爲支此不應理念慧能資勝尋伺故雖有一類作如是説然非古昔諸軌範師共施設故應審思擇應説何法名内等淨此定遠離尋伺皷動相續清淨轉名爲内等淨若有尋伺皷動相續不清淨轉如河有浪若爾此應無有别體如何許有十一實事是故應説此即信根謂若證得第二靜慮則於定地亦可離中有深信生名内等淨信是淨相故立淨名離外均流故名内等淨而内等故立内等淨名有餘師言此内等淨等持尋伺皆無別體若無别體心所應不成心分位殊亦得名心所雖有此理非我所宗如上所言喜即喜受以何爲證知決定然汝等豈言喜非喜受如餘部許我亦許然餘部云何許非喜受謂别有喜是心所法三定中樂皆是喜受故喜喜受其體各異非三定樂可名喜受二阿笈摩分明證故如辯顛倒契經中説斯無餘滅憂等五根第三定中無餘滅喜於第四定無餘滅樂又餘經説第四靜慮斷樂斷苦先喜憂沒故第三定必無喜根由此喜受是喜非樂如是所説諸靜慮支染靜慮中爲皆有不不爾云何頌曰

染如次從初　無喜樂內淨　正念慧捨念
餘說無安捨

論曰如上所說諸靜慮支染靜慮中非皆具有且有一類隨相說言初染中無離生喜樂非離煩惱而得生故第二染中無內等淨彼爲煩惱所擾濁故第三染中無正念慧彼爲染樂所迷亂故第四染中無捨念淨彼爲煩惱所染污故有餘師說初二染中但無輕安後二染中但無行捨大善攝故契經中說三定有動第四不動依何義說頌曰

第四名不動　離八災患故　八者謂尋伺
四受入出息

論曰下三靜慮名有動者有災患故第四靜慮名不動者無災患故災患有八其八者何尋伺四受入息出息此八災患第四都無故佛世尊說爲不動然契經說第四靜慮不爲尋伺喜樂所動有餘師說第四靜慮如密室燈照而無動如定靜慮所有諸受生亦爾不不爾云何頌曰

生靜慮從初　有喜樂捨受　及喜捨樂捨
唯捨受如次

論曰生靜慮中初有三受一喜受意識相應二樂受三識相應三捨受四識相應第二有二謂喜與捨意識相應無有樂受無餘識故心悅麤故第三有二謂樂與捨意識相應第四有一謂唯捨受意識相應是謂定生受有差別上三靜慮無三識身及無尋伺如何生彼能見聞觸及起表業非生彼地無眼識等但非彼繫所以者何頌曰

生上三靜慮　起三識表心　皆初靜慮攝

唯無覆無記

論曰生上三地起三識身及發表心皆初定繫生上起下如起化心故能見聞觸及發表此四唯是無覆無記不起下染已離染故不起下善以下劣故如是別釋靜慮事已淨等等至初得云何頌曰

全不成而得　淨由離染生　無漏由離染
染由生及退

論曰八本等至隨其所應若全不成而獲得者淨由離染及由受生謂在下地離下地染及從上地生自地時下七皆然有頂不爾唯由離染無由生故遮何故說全不成言爲遮已成更得少分如由加行得順決擇分等及由退得順退分定即依此義作是問言頗有淨定由離染得由離染捨由退由生爲問亦爾曰有謂順退分且初靜慮順退分攝離欲染時得離自染時捨退離自染得退離欲染捨從上生自得從自生下捨餘地所攝應如理思無漏但由離染故得謂聖離下染得上地無漏此亦但據全不成者若先已成餘時亦得謂盡智位得無學道於練根時得學無學餘加行及退皆如理應思豈不由入正性離生亦名初得無漏等至此非決定以次第者爾時未得根本定故此中但論決定得者染由受生及退故得謂上地歿生下地時得下地染及於此地離染退時得此地染何等至後生幾等至頌曰

無漏次生善　上下至第三　淨次生亦然
兼生自地染　染生自淨染　幷下一地淨
死淨生一切　染生自下染

論曰無漏次生自上下善善言具攝淨及無漏然於上下各至第三遠故無能超生第四故於無漏七等至中從初靜慮無間生六謂自二三各淨無漏無所有處無間生七謂自下六上地唯淨第二靜慮無間生八謂自上下六并下地二識無邊處無間生九謂自下六并上地三第三四空無間生十謂上下八并自地二類智無間能生無色法智不然依緣下故從淨等至所生亦然而各兼生自地染污故有頂淨無間生六謂自淨染下淨無漏從初靜慮無間生七無所有八第二定九識處生十餘生十一從染等至生自淨染并生次下一地淨定謂爲自地煩惱所逼於下淨定亦生尊重故有從染生次下淨若於染淨能正了知可能從染轉生下淨非諸染污能正了知如何彼能從染生淨先願力故謂先願言寧得下淨不須上染先願勢力隨相續轉故後從染生下淨定如先立願方趣睡眠至所期時便能覺寤無漏與染必不相生淨俱相生故三有別如是所說淨染生染但約在定淨及染說若生淨染生染不然謂命終時從生得淨一一無間生一切染若從生染一一無間能生自地一切下染不生上者未離下故所言從淨生無漏者爲一切種皆能生耶不爾云何頌曰

淨定有四種　謂即順退分　順住順勝進　順決擇分攝　如次順煩惱　自上地無漏　互相望如次　生二三三一

論曰諸淨等至總有四種一順退分攝二順住分攝三順勝進分攝四順決擇分攝地各

有四有頂唯三由彼更無上地可趣故彼地無有順勝進分攝於此四中唯第四分能生無漏所以者何由此四種有如是相順退分能順煩惱順住分能順自地順勝進分能順上地順決擇分能順無漏故諸無漏唯從此生此四相望互相生者初能生二謂順退住第二生三除順決擇第三生三除順退分第四生一謂自非餘如上所言淨及無漏皆能上下超至第三行者如何修超等至頌曰

二類定順逆　均間次及超　至間超爲成
三洲利無學

論曰本善等至分爲二類一者有漏二者無漏往上名順還下名逆同類名均異類名間相隣名次越一名超謂觀行者修超定時先於有漏八地等至順逆均次現前數習次於無漏七地等至順逆均次現前數習次於有漏無漏等至順逆間次現前數習次於有漏順逆均超現前數習次於無漏順逆均超現前數習是名修習超加行滿後於有漏無漏等至至順逆間超名超定成此中超者唯能超一遠故無能超入第四修超等至唯人三洲不時解脫諸阿羅漢定自在故無煩惱故時解脫者雖無煩惱定不自在諸見至者雖定自在有餘煩惱故皆不能修超等至此諸等至依何身超頌曰

諸定依自下　非上無用故　唯生有頂聖
起下盡餘惑

論曰諸等至起依自下身依上地身無容起下上地起下無所用故自有勝定故下勢力劣故已棄捨故可猒毀故總相雖然若委細

說聖生有頂必起無漏無所有處爲盡自地所餘煩惱自無聖道欣樂起故唯無所有最隣近故起彼現前盡餘煩惱此諸等至緣何境生頌曰

味定緣自繫　淨無漏徧緣　根本善無色
不緣下有漏

論曰味定但緣自地有漏必無緣下已離染故亦不緣上愛地別故不緣無漏應成善故淨及無漏俱能徧緣自上下地有爲無爲皆爲境故有差別者無記無爲非無漏境根本地攝善無色定不緣下地諸有漏法自上地法無不能緣雖亦能緣下地無漏緣類智品道不緣法智品亦不能緣下地法滅無色近分亦緣下地彼無間道必緣下故味淨無漏三等至中何等力能斷諸煩惱頌曰

無漏能斷惑　及諸淨近分

論曰諸無漏定皆能斷惑本淨尚無能況諸染能斷不能斷下已離染故不能斷自所縛故不能斷上以勝已故若淨近分亦能斷惑以皆能斷次下地故中間攝淨亦不能斷近分有幾何受相應於味等三爲皆具不頌曰

近分八捨淨　初亦聖或三

論曰諸近分定亦有八種與八根本爲入門故一切唯一捨受相應作功用轉故未離下怖故此八近分皆淨定攝唯初近分亦通無漏皆無有味離染道故雖近分心有結生染而遮定染故作是說有說未至定亦有味相應未起根本亦貪此故由此未至具有三種中間靜慮與諸近分爲無別義爲亦有殊義

亦有殊謂諸近分爲離下染是入初因中定不然復有別義頌曰

中靜慮無尋　具三唯捨受

論曰初本近分尋伺相應上七定中皆無尋伺唯中靜慮有伺無尋故彼勝初未及第二依此義故立中間名由此上無中間靜慮一地升降無如此故此定具有味等三種以有勝德可愛味故同諸近分唯捨相應非喜相應功用轉故由此說是苦通行攝此定能招大梵處果多修習者爲大梵故已說等至云何等持經說等持總有三種一有尋有伺二無尋唯伺三無尋無伺其相云何頌曰

初下有尋伺　中唯伺上無

論曰有尋有伺三摩地者謂與尋伺相應等持此初靜慮及未至攝無尋唯伺三摩地者謂唯與伺相應等持此即靜慮中間地攝無尋無伺三摩地者謂非尋伺相應等持此從第二靜慮近分乃至非想非非想攝契經復說三種等持一空二無願三無相其相云何頌曰

空謂空非我　無相謂滅四　無願謂餘十
諦行相相應　此通淨無漏　無漏三脫門

論曰空三摩地謂空非我二種行相相應等持無相三摩地謂緣滅諦四種行相相應等持涅槃離十相故名無相緣彼三摩地得無相名十相者何謂色等五男女二種三有爲相無願三摩地謂緣餘諦十種行相相應等持非常苦因可猒患故道如船筏必應捨故能緣彼定得無願名皆爲超過現所對故空非我相非所猒捨以與涅槃相相似故此三

各二種謂淨及無漏世出世間等持別故世間攝者通十一地出世攝者唯通九地於中無漏者名三解脫門能與涅槃爲入門故契經復說三重等持一空空二無願無願三無相無相其相云何頌曰

重二緣無學　取空非常相　後緣無相定
非擇滅爲靜　有漏人不時　離上七近分

論曰此三等持緣前空等取空等相故立空空等名空空等持緣前無學空三摩地取彼空相空相順猒勝非我故無願無願緣前無學無願等持取非常相不取苦因等非無漏相故不取道等爲猒捨故無相無相即緣無學無相三摩地非擇滅爲境以無漏法無擇滅故但取靜相非滅妙離濫非常滅故是無記性故非離繫果故此三等持唯是有漏猒聖道故無漏不然唯三洲人不時解脫能起如是重三摩地依十一地除七近分謂欲未至八本中間契經復說四修等持一爲住現法樂二爲得勝知見三爲得分別慧四爲諸漏永盡修三摩地其相云何頌曰

爲得現法樂　修諸善靜慮　爲得勝知見
修淨天眼通　爲得分別慧　修諸加行善
爲得諸漏盡　修金剛喻定

論曰如契經說有修等持若習若修若多所作得現樂住乃至廣說善言通攝淨及無漏修諸善靜慮得住現法樂而經但說初靜慮者舉初顯後理實通餘不言爲住後法樂者以後法樂非定住故謂或退墮或上受生或般涅槃便不住故若依諸定修天眼通便能獲得殊勝知見若修三界諸加行善及無漏

善得分别慧若修金剛喻定便得諸漏永盡理實修此通依諸地而契經但說第一靜慮者傳說世尊依自說故

阿毗達磨俱舍論卷第二十八說一切有部

阿毗達磨俱舍論卷第二十九

尊者世親造

唐三藏法師玄奘奉詔譯

分別定品第八之二

如是已說所依止定當辯依定所起功德諸功德中先辯無量頌曰

無量有四種　對治瞋等故　慈悲無瞋性
喜喜捨無貪　此行相如次　與樂及拔苦
欣慰有情等　緣欲界有情　喜初二靜慮
餘六或五十　不能斷諸惑　人起定成三

論曰無量有四一慈二悲三喜四捨言無量者無量有情爲所緣故引無量福故感無量果故此何緣故唯有四種對治四種多行障故何謂四障謂諸瞋害不欣慰欲貪瞋治此如次建立慈等不淨與捨俱治欲貪斯有何別毗婆沙說欲貪有二一色二婬不淨與捨不次能治理實不淨能治婬貪餘親友貪捨能對治四中初二體是無瞋理實應言悲是不害喜即喜受捨即無貪若并眷屬五蘊爲體若捨無貪性如何能治瞋此所治瞋貪所引故理實應用二法爲體此四無量行相別者云何當令諸有情類得如是樂如是思惟入慈等至云何當令諸有情類離如是苦如是思惟入悲等至諸有情類得樂離苦豈不快哉如是思惟入喜等至諸有情類平等平等無有親怨如是思惟入捨等至此四無量不能令他實得樂等寧非顛倒願欲令彼得樂等故或阿世耶無顛倒故與勝解相應起故設是顛倒復有何失若應非善理則不然此與善根相應起故若應引惡理亦不然由

此力能治瞋等故此緣欲界一切有情能治緣彼瞋等障故然契經說修習慈等思惟一方一切世界此經舉器以顯器中第三但依初二靜慮喜受攝故餘定地無所餘三種通依六地謂四靜慮未至中間或有欲令唯依五地謂除未至是容豫德已離欲者方能起故或有欲令此四無量隨其所應通依十地謂欲四本近分中間此意欲令定不定地根本加行皆無量攝前雖說此能治四障而不能令諸惑得斷有漏根本靜慮攝故勝解作意相應起故徧緣一切有情境故此加行位制伏瞋等或此能令已斷更遠故前說此能治四障謂欲未至亦有慈等似所修成根本無量由此制伏瞋等障已引斷道生能斷諸惑諸惑斷已離染位中方得根本四種無量於此後位雖遇強緣而非瞋等之所蔽伏初習業位云何修慈謂先思惟自所受樂或聞說佛菩薩聲聞及獨覺等所受快樂便作是念願諸有情一切等受如是快樂若彼本來煩惱增盛不能如是平等運心應於有情分爲三品所謂親友處中怨讎親復分三謂上中下中品唯一怨亦分三謂下中上總成七品分品別已先於上親發起眞誠與樂勝解此願成已於中下親亦漸次修如是勝解於親三品得平等已次於中品下中上怨亦漸次修如是勝解由數習力能於上怨起與樂願與上親等修此勝解旣得無退次於所緣漸修令廣謂漸運想思惟一邑一國一方一切世界與樂行相無不徧滿是爲修習慈無量成若於有情樂求德者能修慈定令速疾

成非於有情樂求失者以斷善者有德可録
麟喻獨覺有失可取先福罪果現可見故修
悲喜法准此應知謂觀有情沒衆苦海便願
令彼皆得解脫及想有情得樂離苦便深欣
慰實爲樂哉修捨最初從處中起漸次乃至
能於上親起平等心與處中等此四無量人
起非餘隨得一時必成三種生第三定等唯
不成喜故已辯無量次辯解脫頌曰
解脫有八種　前三無貪性　二二一一定
四無色定善　滅受想解脫　微微無間生
由自地淨故　及下無漏出　三境欲可見
四境類品道　自上苦集滅　非擇滅虛空
論曰解脫有八一內有色想觀外色解脫二
內無色想觀外色解脫三淨解脫身作證具
足住四無色定爲次四解脫滅受想定爲第
八解脫八中前三無貪爲性近治貪故然契
經中說想觀者想觀增故三中初二不淨相
轉作青瘀等諸行相故第三解脫清淨相轉
作淨光鮮行相轉故三并助伴皆五蘊性初
二解脫一一通依初二靜慮能治欲界初靜
慮中顯色貪故第三解脫依後靜慮離八災
患心澄淨故餘地亦有相似解脫而不建立
非增上故次四解脫如其次第以四無色定
善爲性非無記染非解脫故亦非散善性微
劣故彼散善者如命終心有說餘時亦有散
善近分解脫道亦得解脫名無間不然以緣
下故彼要背下地方名解脫故然於餘處多
分唯說彼根本地名解脫者以近分中非全
分故第八解脫即滅盡定彼自性等如先已
說猒背受想而起此故或總猒背有所緣故

此滅盡定得解脱名有説由此解脱定障微微心後此定現前前對想心已名微細此更微細故曰微微次如是心入滅盡定從滅定出或起有頂淨定心或即能起無所有處無漏心如是入心唯是有漏通從有漏無漏心出八中前三唯以欲界色處爲境有差别者二境可憎一境可愛次四解脱各以自上苦集滅諦及一切地類智品道彼非擇滅及與虚空爲所縁境第三靜慮寧無解脱第三定中無色貪故自地妙樂所動亂故行者何縁修淨解脱爲欲令心暫欣悦故前不淨觀令心沉慼令修淨觀策發令欣或爲審知自堪能故謂前所修不淨解脱爲成不成若觀淨相煩惱不起彼方成故由二縁故諸瑜伽師修解脱等一爲諸惑已斷更遠二爲於定得勝自在故能引起無諍等德及聖神通由此便能轉變諸事起留捨等種種作用何故經中第三第八説身作證非餘六耶以於八中此二勝故於二界中各在邊故已辯解脱次辯勝處頌曰

勝處有八種　二如初解脱　次二如第二後四如第三

論曰勝處有八一内有色想觀外色少二内有色想觀外色多三内無色想觀外色少四内無色想觀外色多内無色想觀外青黄赤白爲四足前成八八中初二如初解脱次二如第二解脱後四如第三解脱若爾八勝處何殊三解脱前修解脱唯能棄背後修勝處能制所縁隨所樂觀惑終不起已辯勝處次辯徧處頌曰

徧處有十種　八如淨解脫　後二淨無色
緣自地四蘊
論曰徧處有十謂周徧觀地水火風青黃赤
白及空與識二無邊處於一切處周徧觀察
無有間隙故名徧處十中前八如淨解脫謂
八自性皆是無貪若并助伴五蘊為性依第
四靜慮緣欲可見色有餘師說唯風徧處緣
所觸中風界為境後二徧處如次空識二淨
無色為其自性各緣自地四蘊為境應知此
中修觀行者從諸解脫入諸勝處從諸勝處
入諸徧處以後後起勝前前故此解脫等三
門功德為由何得依何身起頌曰
滅定如先辯　餘皆通二得　無色依三界
餘唯人趣起
論曰第八解脫如先已辯以即是前滅盡定
故餘解脫等通由二得謂由離染及加行得
以有曾習未曾習故四無色解脫二無色徧
處一一通依三界身起餘唯人起由教力故
異生及聖皆能現起諸有生在色無色界起
靜慮無色由何等別緣頌曰
二界由因業　能起無色定　色界起靜慮
亦由法爾力
論曰生上二界總由三緣能進引生色無色
定一由因力謂於先時近及數修為起因故
二由業力謂先曾造感上地生順後受業彼
業異熟將起現前勢力能令進起彼定以若
未離下地煩惱必定無容生上地故三法爾
力謂器世界將欲壞時下地有情法爾能起
上地靜慮以於此位所有善法由法爾力皆
增盛故諸有生在上二界中起無色定由因

業力非法爾力無雲等天不爲三災之所壞故生在色界起靜慮時由上二緣及法爾力若生欲界起上定時一一應知加由教力前來分別種種法門皆爲弘持世尊正法何謂正法當住幾時頌曰

佛正法有二　謂教證爲體　有持說行者
此便住世間

論曰世尊正法體有二種一教二證教謂契經調伏對法證謂三乘菩提分法有能受持及正說者佛正教法便住世間有能依教正修行者佛正證法便住世間故隨三人住世時量應知正法住爾所時聖教總言唯住千載有釋證法唯住千年教法住時復過於此此論依攝阿毗達磨爲依何理釋對法耶頌曰

迦濕彌羅議理成　我多依彼釋對法
少有貶量爲我失　判法正理在牟尼

論曰迦濕彌羅國毗婆沙師議阿毗達磨理善成立我多依彼釋對法宗少有貶量爲我過失判法正理唯在世尊及諸如來大聖弟子

大師世眼久已閉　堪爲證者多散滅
不見眞理無制人　由鄙尋思亂聖教
自覺已歸勝寂靜　持彼教者多隨滅
世無依怙喪衆德　無鉤制惑隨意轉
既知如來正法壽　漸次淪亡如至喉
是諸煩惱力增時　應求解脫勿放逸結頌

破執我品第九之一

越此依餘豈無解脫理必無有所以者何虛妄我執所迷亂故謂此法外諸所執我非即

於蘊相續假立執有眞實離蘊我故由我執力諸煩惱生三有輪迴無容解脫以何爲證知諸我名唯召蘊相續非別因我體於彼所計離蘊我中無有眞實現比量故謂若我體別有實物如餘有法若無障緣應現量得如六境意或比量得如五色根言五色根比量得者如世現見雖有衆緣由闕別緣果便非有不闕便有如種生芽如是亦見雖有現境作意等緣而諸盲聾不盲聾等識不起定知別緣有闕不闕此別緣者即眼等根如是名爲色根比量於離蘊我二量都無由此證知無眞我體然犢子部執有補特伽羅其體與蘊不一不異此應思擇爲實爲假實有假有相別云何別有事物是實有相如色聲等但有聚集是假有相如乳酪等計實計假各有何失體若是實應與蘊異有別性故如別別蘊又有實體必應有因或應是無爲便同外道見又應無用徒執實有體若是假便同我說非我所立補特伽羅如仁所徵實有假有但可依內現在世攝有執受諸蘊立補特伽羅如是謬言於義未顯我猶不了如何名依若攬諸蘊是此依義既攬諸蘊成補特伽羅則補特伽羅應成假有如乳酪等攬色等成若因諸蘊是此依義既因諸蘊立補特伽羅則補特伽羅亦因此失不如是立所立云何此如世間依薪立火如何立火可說依薪謂非離薪可立有火而薪與火非異非一若火異薪薪應不熱若火與薪一所燒即能燒如是不離蘊立補特伽羅然補特伽羅與蘊非異一若與蘊異體應是常若與蘊一體應成

斷仁今於此且應定說何者爲火何者爲薪令我了知火依薪義何所應說若說應言所燒是薪能燒是火此復應說何者所燒何者能燒名薪名火且世共了諸不炎熾所然之物名所燒薪諸有光明極熱炎熾能然之物名能燒火此能燒然彼物相續令其後後異前前故此彼雖俱八事爲體而緣薪故火方得生如緣乳酒生於酪酢故世共說依薪有火若依此理火則異薪後火前薪時各別故若汝所計補特伽羅如火依薪依諸蘊者則定應說緣蘊而生體異諸蘊成無常性若謂即於炎熾木等煖觸名火餘事名薪是則火薪俱時而起應成異體相有異故應說依義此既俱生如何可言依薪立火謂非此火用薪爲因各從自因俱時生故亦非此火名因

薪立以立火名因煖觸故若謂所說火依薪言爲顯俱生或依止義是則應許補特伽羅與蘊俱生或依止蘊已分明許體與蘊異理則應許若諸蘊無補特伽羅體亦非有如薪非有火體亦無而不許然故釋非理然彼於此自設難言若火異薪薪應不熱彼應定說熱體謂何若彼釋言熱謂煖觸則薪非熱體相異故若復釋言熱謂煖合則應異體亦得熱名以實火名唯因煖觸餘與煖合皆得熱名是則分明許薪名熱雖薪火異而過不成如何此中舉以爲難若謂木等徧炎熾時說名爲薪亦名爲火是則應說依義謂何補特伽羅與色等蘊定應是一無理能遮故彼所言如依薪立火如是依蘊立補特伽羅進退推徵理不成立又彼若計補特伽羅與蘊一

異俱不可說則彼所許三世無爲及不可說五種爾焰亦應不可說以補特伽羅不可說第五及非第五故又彼施設補特伽羅應更確陳爲何所託若言託蘊假義已成以施設補特伽羅不託補特伽羅故若言此施設託補特伽羅如何上言依諸蘊立理則但應說依補特伽羅既不許然故唯託蘊若謂有蘊此則可知故我上言此依蘊立是則諸色有眼等緣方可了知故應言依眼等又且應說補特伽羅是六識中何識所識六識所識所以者何若於一時眼識識色因茲知有補特伽羅說此名爲眼識所識而不可說與色一異乃至一時意識識法因茲知有補補伽羅說此名爲意識所識而不可說與法一異若爾所計補特伽羅應同乳等唯假施設謂如眼識識諸色時因此若能知有乳等便說乳等眼識所識而不可說與色一異乃至身識識諸觸時因此若能知有乳等便說乳等身識所識而不可說與觸一異勿乳等成四或非四所成由此應成總依諸蘊假施設有補特伽羅猶如世間總依色等施設乳等是假非實又彼所說若於一時眼識識色因茲知有補特伽羅此言何義爲說諸色是了補特伽羅因爲了色時補特伽羅亦可了若說諸色是了此因然不可言此異色者是則諸色以眼及明作意等緣爲了因故應不可說色異眼等若了色時此亦可了爲色能了即了此耶爲於此中別有能了若色能了即能了此則應許此體即是色或唯於色假立於此或不應有如是分別如是類是色如是類是

此若無如是二種分別如何立有色有補特伽羅有性必由分別立故若於此中別有能了了時別故此應異色如黄異青前異後等乃至於法徵難亦然若彼救言如此與色不可定說是一是異二種能了相望亦然能了不應是有爲攝若許爾者便壞自宗又若實有補特伽羅而不可說色非色者世尊何故作如是言色乃至識皆無有我又彼既許補特伽羅眼識所得如是眼識於色此俱爲緣何起若緣色起則不應說眼識能了補特伽羅此非眼識緣如聲處等故謂若有識緣此境起即用此境爲所緣緣補特伽羅非眼識緣者如何可說爲眼識所緣由此定非眼識所了若眼識起緣此或俱便違經說以契經中定判識起由二緣故又契經說苾芻當知眼因色緣能生眼識諸所有眼識皆緣眼色故又若爾者補特伽羅應是無常契經說故謂契經說諸因諸緣能生識者皆無常性若彼遂謂補特伽羅非識所緣應非所識若非所識應非所知若非所知如何立有若不立有便壞自宗又若許爲六識所識眼識識故應異聲等猶如色耳識識故應異色等譬如聲餘識所識爲難准此又立此爲六識所識便違經說如契經言梵志當知五根行處境界各別各唯受用自所行處及自境界非有異根亦能受用異根行處及異境界五根謂眼耳鼻舌身意兼受用五根行處及彼境界彼依意故或不應執補特伽羅是五根境如是便非五識所識有違宗過若爾意根境亦應別如六生喻契經中言如是六根行處境

界各有差別各別樂求自所行處及自境界非此中說眼等六根眼等五根及所生識無有勢力樂見等故但說眼等增上勢力所引意識名眼等根獨行意根增上勢力所引意識不能樂求眼等五根所行境界故此經義無違前失又世尊說苾芻當知吾今爲汝具足演說一切所達所知法門其體是何謂諸眼色眼識眼觸眼觸爲緣內所生受或樂或苦不苦不樂廣說乃至意觸爲緣內所生受或樂或苦不苦不樂是名一切所達所知由此經文決判一切所達知法唯有爾所此中無有補特伽羅故補特伽羅亦應非所識以慧與識境必同故諸謂眼見補特伽羅應知眼根見此所有於見非我謂見我故彼便顛墜惡見深坑故佛經中自決此義謂唯於諸蘊說補特伽羅如人契經作如是說眼及色爲緣生於眼識三和合觸俱起受想思於中後四是無色蘊初眼及色名爲色蘊唯由此量說名爲人即於此中隨義差別假立名想或謂有情不說意生儒童養者命者生者補特伽羅亦自稱言我眼見色復隨世俗說此具壽有如是名如是種族如是姓類如是飲食如是受樂如是受苦如是長壽如是久住如是壽際苾芻當知此唯名想此唯自稱但隨世俗假施設有如是一切無常有爲從衆緣生由思所造世尊恒敕依了義經此經了義不應異釋又薄伽梵告梵志言我說一切有唯是十二處若數取趣非是處攝無體理成若是處攝則不應言是不可說彼部所誦契經亦言諸所有眼諸所有色廣說乃至苾

勿當知如來齊此施設一切建立一切有自體法此中無有補特伽羅如何可說此有實體頻毗娑羅契經亦說諸有愚昧無聞異生隨逐假名計爲我者此中無有我我所性唯有一切衆苦法體將正已生乃至廣說有阿羅漢苾芻尼名世羅爲魔王說

汝墮惡見趣　於空行聚中　妄執有有情
智者達非有　如即攬衆分　假想立爲車
世俗立有情　應知攬諸蘊

世尊於雜阿笈摩中爲婆羅門婆柁梨說

婆柁梨諦聽　能解諸結法　謂依心故染
亦依心故淨　我實無我性　顛倒故執有
無有情無我　唯有有因法　謂十二有支
所攝蘊處界　審思此一切　無補特伽羅
既觀內是空　觀外空亦爾　能修空觀者
亦都不可得

經說執我有五種失謂起我見及有情見墮惡見趣同諸外道越路而行於空性中心不悟入不能淨信不能安住不得解脫聖法於彼不能清淨此皆非量所以者何於我部中曾不誦故汝宗許是量爲部爲佛言若部是量佛非汝師汝非釋子若佛言者此皆佛言如何非量彼謂此說皆非眞佛言所以者何我部不誦故此極非理非理者何如是經文諸部皆誦不違法性及餘契經而敢於中輒興非撥我不誦故非眞佛言唯縱凶狂故極非理又於彼部豈無此經謂一切法皆非我性若彼意謂補特伽羅與所依法不一不異故說一切法皆非我既爾應非意識所識二緣生識經決判故又於餘經如何會釋謂契

經說非我計我此中具有想心見倒計我成倒說於非我不言於我何煩會釋非我者何謂蘊處界便違前說補特伽羅與色等蘊不一不異又餘經說苾芻當知一切沙門婆羅門等諸有執我等隨觀見一切唯於五取蘊起故無依我起於我見但於非我法妄分別爲我又餘經言諸有已憶正憶當憶種種宿住一切唯於五取蘊起故定無有補特伽羅若爾何緣此經復說我於過去世有如是色等此經爲顯能憶宿生一相續中有種種事若見實有補特伽羅於過去生能有色等如何非墮起身見失或應非撥言無此經是故此經依總假我言有色等如聚如流若爾世尊應非一切智無心心所能知一切法剎那剎那異生滅故若許有我可能徧知補特伽羅則應常住許心滅時此不滅故如是便越汝所許宗我等不言佛於一切能頓徧知故名一切智者但約相續有堪能故謂得佛名諸蘊相續成就如是殊勝堪能纔作意時於所欲知境無倒智起故名一切智非於一念能頓徧知故於此中有如是頌

由相續有能　如火食一切　如是一切智
非由頓徧知

如何得知約相續說知一切法非我徧知說佛世尊有三世故於何處說如有頌言

若過去諸佛　若未來諸佛　若現在諸佛
皆滅衆生憂

汝宗唯許蘊有三世非數取趣故定應爾

阿毗達磨俱舍論卷第二十九說一切有部

音釋

酪酢酪歷各切乳漿也酢倉故切酸也 蹎多年切作也 笈極曄切 柁待可切

阿毗達磨俱舍論卷第三十

尊者世親造

唐三藏法師玄奘奉詔譯

破執我品第九之二

若唯五取蘊名補特伽羅何故世尊作如是說吾今爲汝說諸重擔取捨重擔荷重擔者何緣於此佛不應說不應重擔即名能荷所以者何曾未見故不可說事亦不應說所以者何亦未見故又取重擔應非蘊攝重擔自取曾未見故然經說愛名取擔者旣即蘊攝荷者應然即於諸蘊立數取趣然恐謂此補特伽羅是不可說常住實有故此經後佛自釋言但隨世俗說此具壽有如是名乃至廣說如上所引人經文句爲令了此補特伽羅可說無常非實有性即五取蘊自相逼害得重擔名前前刹那引後後故名爲荷者故非實有補特伽羅補特伽羅定應實有以契經說諸有撥無化生有情邪見攝故誰言無有化生有情如佛所言我說有故謂蘊相續能往後世不由胎卵濕名化生有情撥此爲無故邪見攝化生諸蘊理實有故又許此邪見謗補特伽羅汝等應言是何所斷見修所斷理並不然補特伽羅非諦攝故邪見不應修所斷故若謂經說有一補特伽羅生在世間應非蘊者亦不應理此於總中假說一故如世間說一麻一米一聚一言或補特伽羅應許有爲攝以契經說生世間故非此言生如蘊新起依何義說生在世間依此今時取別蘊義如世間說能祠者生記論者生取明論故又如世說有苾芻生有外道生取儀式故

或如世說有老者生有病者生取別位故佛已遮故此救不成如勝義空契經中說有業有異熟作者不可得謂能捨此蘊及能續餘蘊唯除法假故佛已遮頗勒具那契經亦說我終不說有能取者故定無一補特伽羅能於世間取捨諸蘊又汝所引祠者等生其體是何而能喻此若執是我彼不極成若心心所彼念念滅新新生故取捨不成若許是身亦如心等又如明等與身有異蘊亦應異補特伽羅老病二身各與前別數論轉變如前已遣故彼所引爲喻不成又許蘊生非數取趣則定許此異蘊及常又此唯一蘊體有五寧不說此與蘊有異大種有四造色唯一寧言造色不異大種是彼宗過何謂彼宗諸計造色即大種論設如彼見應作是質如諸造色即四大種亦應即五蘊立補特伽羅若補特伽羅即諸蘊者世尊何不記命者即身觀能問者阿世耶故問者執一內用士夫體實非虛名爲命者依此問佛與身一異此都無故一異不成如何與身可記一異如不可記龜毛硬輭古昔諸師已解斯結昔有大德名曰龍軍三明六通具八解脫于時有一畢鄰陀王至大德所作如是說我今來意欲請所疑然諸沙門性好多語尊能直答我當請問大德受請王即問言命者與身爲一爲異大德答言此不應記王言豈不先有要耶今何異言不答所問大德質曰我欲問疑然諸國王性好多語王能直答我當發問王便受教大德問言大王宮中諸菴羅樹所生果味爲醋爲甘王言宮中本無此樹大德復責先無

要耶今何異言不答所問王言宫内此樹旣無寧可答言果味甘醋大德誨曰命者亦無如何可言與身一異佛何不說命者都無亦觀問者阿世耶故問者或於諸蘊相續謂爲命者依之發問世尊若答命者都無彼墮邪見故佛不說彼未能了緣起理故非受正法器不爲說假有理必應爾世尊說故如世尊告阿難陀言有姓筏蹉出家外道來至我所作是問言我於世間爲有非有我不爲記所以者何若記爲有違法眞理以一切法皆無我故若記爲無增彼愚惑彼便謂我先有今無對執有愚此愚更甚謂執有我則墮常邊若執無我便墮斷邊此二輕重如經廣說依如是義故有頌言

觀爲見所傷　及壞諸善業　故佛說正法
如牝虎銜子　執眞我爲有　則爲見牙傷
撥俗我爲無　便壞善業子

復說頌曰

由實命者無　佛不言一異　恐撥無假我
亦不說都無　謂蘊相續中　有業果命者
若說無命者　彼撥此爲無　不說諸蘊中
有假名命者　由觀發問者　無力解眞空
如是觀筏蹉　意樂差別故　彼問有無我
佛不答有無

何緣不記世間常等亦觀問者阿世耶故問者若執我爲世間我體都無故四記皆非理若執生死皆名世間佛四種記亦皆非理謂若常者無得涅槃若是非常便自斷滅不由功力咸得涅槃若說爲常亦非常者定應一分無得涅槃一分有情自證圓寂若記非常

非非常者則非得涅槃非不得涅槃決定相違便成戲論然依聖道可般涅槃故四定記皆不應理如離繫子問雀死生佛知彼心不爲定記有邊等四亦不記者以同常等皆有失故寧知此四義同常等以有外道名嗢底迦先問世間有邊等四復設方便矯問世尊爲諸世間皆由聖道能得出離爲一分耶尊者阿難因告彼曰汝以此事已問世尊今復何緣改名重問故知後四義與前同復以何緣世尊不記如來死後有等四耶亦觀問者阿世耶故問者妄計已解脫我名爲如來而發問故今應詰問計有我者佛何緣記有現補特伽羅不記如來死後亦有彼言恐有墮常失故若爾何緣佛記慈氏汝於來世當得作佛及記弟子身壞命終其甲今時已生其處此豈非有墮常過失若佛先見補特伽羅彼涅槃已便不復見以不知故不記有者則撥大師具一切智或應許不記由我體都無若謂世尊見而不說則有離蘊及常住過若見非見俱不可說則應漸言不可說佛是一切智非一切智若謂實有補特伽羅以契經言諦故住故定執無我者墮惡見處故此不成證彼經亦說定執有我者墮惡見處故阿毗達磨諸論師言執我有無俱邊見攝如次墮在常斷邊故彼師所說深爲應理以執有我則墮常邊若執無我便墮斷邊前筏蹉經分明說故若定無有補特伽羅爲可說阿誰流轉生死不應生死自流轉故然薄伽梵於契經中說諸有情無明所覆貪愛所繫馳流生死故應定有補特伽羅此復如何流轉生

死由捨前蘊取後蘊故如是義宗前已徵遣如燎原火雖剎那滅而由相續說有流轉如是蘊聚假說有情愛取爲緣流轉生死若唯有蘊何故世尊作如是說今我於昔爲世導師名爲妙眼此說何咎蘊各異故若爾是何物謂補特伽羅昔我即今體應常住故說今我昔爲師言顯昔與今是一相續如言此火曾燒彼事若謂決定有真實我則應唯佛能明了觀觀已應生堅固我執從斯我執我所執生從此應生我我所愛故薄伽梵作如是言若執有我便執我所執我所故於諸蘊中便復發生我我所愛薩迦耶見我愛所縛則爲謗佛去解脫遠若謂於我不起我愛此言無義所以者何於非我中横計爲我容起我愛非實我中如是所言無理爲證故彼於佛真聖教中無有因緣起見瘡皰如是一類執有不可說補特伽羅復有一類總撥一切法體皆非有外道執有別真我性此等一切見不如理皆不能免無解脫過若一切類我體都無剎那滅心於曾所受久相似境何能憶知如是憶知從相續内念境想類心差別生且初憶念爲從何等心差別無間生從有緣彼作意相似相屬想等不爲依止差別愁憂散亂等緣損壞功能心差別起雖有如是作意等緣若無彼類心差別者則無堪能修此憶念雖有彼類心差別因若無如是緣亦無能修理要具二種方可能修諸憶念生但由於此不見離此有功能故如何異心見後異心能憶非天授心曾所見境後祠授心有憶念理此難非理不相屬故謂彼二心互不相

屬非如一相續有因果性故我等不言異心見境異心能憶相續一故然從過去緣彼境心引起今時能憶念識謂如前說相續轉變差別力故生念何失由此憶念力有後記知生我體既無孰爲能憶能憶是何義由念能取境此取境豈異念雖不異念但由作者作者即是前說念因謂彼類心差別然世間所言制怛羅能憶此於蘊相續立制怛羅名從先見心後憶念起依如是理說彼能憶我體若無是誰之念爲依何義說第六聲此第六聲依屬主義如何物屬何主此如牛等屬制怛羅彼如何爲牛主謂依彼彼所乘構役等中彼得自在欲於何所驅役於念而勤方便尋求念主於所念境驅役於念役念爲何爲令念起奇哉自在起無理言寧爲此生而驅役此又我於念如何驅役爲令念起爲令念行念無行故但應令起則因名主果名能屬由因增上令果得生故因名主果於生時是因所有故名能屬即生念因足爲念主何勞立我爲念主耶即諸行聚一類相續世共施設制怛羅牛立制怛羅名爲牛主是牛相續於異方生變異生因故名爲主此中無一實制怛羅亦無實牛但假施設故言牛主亦不離因憶念既爾記知亦然如辯憶知孰爲能了誰之識等亦應例釋且識因緣與前別者謂根境等如應當知有作是言決定有我事用必待事用者故謂諸事用待事用者如天授行必待天授行是事用天授名者如是識等所有事用必待所依能了等者今應詰彼天授謂何若是實我此如先破若假士夫體

非一物於諸行相續假立此名故如天授能行識能了亦爾依何理說天授能行謂於剎那生滅諸行不異相續立天授名愚夫於中執爲一體爲自相續異處生因異處生名行因即名行者依此理說天授能行如焰及聲異處相續世依此說焰聲能行如是天授身能爲識因故世間亦謂王授能了然諸聖者爲順世間言說理故亦作是說經說諸識能了所緣識於所緣爲何所作都無所作但似境生如果酬因雖無所作而似因起說名酬因如是識生雖無所作而似境故說名了境如何似境謂帶彼相是故諸識雖亦託根生不名了根但名爲了境或識於境相續生時前識爲因引後識起說識能了亦無有失世間於因說作者故如世間說鍾鼓能鳴或如

燈能行識能了亦爾爲依何理說燈能行焰相續中假立燈號燈於異處相續生時說爲燈行無別行者如是心相續假立識名於異境生時說名能了或如色有色生色住此中無別有生住者說識能了理亦應然若後識生從識非我何緣後識不恒似前及不定次生如芽莖葉等有爲皆有住異相故謂諸有爲自性法爾微細相續後必異前若異此者縱意入定身心相續相似而生後念與初無差別故不應最後念自然從定出諸心相續亦有定次若此心次彼心應生於此心後彼必生故亦有少分行相等心方能相生種姓別故如女心無間起嚴汙身心或起彼夫彼子心等後時從此諸心相續轉變差別還生女心如是女心於後所起嚴汙心等有生功

能異此無功能由種姓別故女心無間容起多心然多心中若先數起明了近起先起非餘由如是心修力強故唯除將起位身外緣差別諸有修力最強盛者寧不恒時生於自果由此心有住異相故此住異相於別修果相續生中最隨順故諸心品類次第相生因緣方隅我已略說委悉了達唯在世尊一切法中智自在故依如是義故有頌言

於一孔雀輪　一切種因相　非餘智境界
唯一切智知

色差別因尚爲難了況心心所諸無色法因緣差別可易了知一類外道作如是執諸心生時皆從於我前之二難於彼最切若諸心生皆從我者何緣後識不恒似前及不定次生如芽莖葉等若謂由待意合差別有異識生理定不然我與餘合非極成故又二物合有分限故謂彼自類釋合相言非至爲先後至名合我與意合應有分限意移轉故我應移轉或應與意俱有壞滅若謂一分合理定不然於一我體中無別分故設許有合我體既常意無別異合寧有別若待別覺爲難亦同謂覺因何得有差別若待行別我意合者則應但心待行差別能生異識何用我爲我於識生都無有用而言諸識皆從我生如藥事成能除痼疾誑醫矯說普莎訶言若謂此二由我故有此但有言無理爲證若謂此二我爲所依如誰與誰爲所依義非心與行如畫如果我爲能持如壁如器如是便有更相礙失及有或時別住失故非如壁器我爲彼依若爾如何此但如地能爲香等四物所依

彼如是言證成無我故我於此深生喜慰如世間地不離香等我亦應爾非離心行誰能了地離於香等但於香等聚集差別世俗流布立以地名我亦應然但於心等諸蘊差別假立我名若離香等無別有地如何說言地有香等爲顯地體有香等別故即於地說有香等令他了達是此非餘如世間言木像身等又若有我待行差別何不俱時生一切智若時此行功用最強此能遮餘令不生果寧從強者果不恒生答此如前修力道理許行非常漸變異故若爾計我則爲唐捐行力念心差別生故彼行此修體無異故必定應信我體實有以有念等德句義故德必依止實句義故念等依餘理不成故此證非理不極成故謂說念等德句義攝體皆非實義不極成許有別體皆名實故經說六實物名沙門果故彼依實我理亦不成依義如前已遮遣故由此所立但有虛言若我實無爲何造業爲我當受苦樂果故我體是何謂我執境何名我執境謂諸蘊相續云何知然貪愛彼故與白等覺同處起故謂世有言我白我黑我老我少我瘦我肥現見世間緣白等覺與計我執同處而生非所計我有此差別故知我執但緣諸蘊以身於我有防護恩故亦於身假說爲我如言臣等即是我身於有恩中實假說我而諸我執所取不然若許緣身亦起我執寧無我執緣他身起他與我執不相屬故謂若身若心與我執相屬此我執起緣彼非餘無始時來如是習故相屬謂何謂因果性若無我體誰之我執此前已釋寧復重來

謂我於前已作是說爲依何義說第六聲乃至辯因爲果所屬若爾我執以何爲因謂無始來我執重習緣自相續有垢染心我體若無誰有苦樂若依於此有苦樂生即說名爲此有苦樂如林有果及樹有花苦樂依何謂內六處隨其所起說爲彼依若我實無誰能作業誰能受果作受何義作謂能作受謂受者此但易名未顯其義辯法相者釋此相言能自在爲名爲作者能領業果得受者名現見世間於此事業若得自在名爲能作如見天授於浴食行得自在故名浴等者此中汝等說何天授若說實我踰不極成說蘊便非自在作者業有三種謂身語意且起身業必依身心身心各依自因緣轉因緣展轉依自因緣於中無一自在起者一切有爲屬因緣故汝所執我不待因緣亦無所作故非自在由此彼說能自在爲名作者相求不可得然於諸法生因緣中若有勝用假名作者非所執我見有少用故定不應名爲作者能生身業勝因者何謂從憶念引生樂欲樂欲生尋伺尋伺生勤勇勤勇生風風起身業汝所執我此中何用故於身業我非作者語意業起類此應思我復云何能領業果若謂於果我能了別此定不然我於了別都無有用於前分別生識因中已遮遣故若實無我如何不依諸非情處罪福生長彼非受等所依止故唯內六處是彼所依我非彼依如前已說若實無我業已滅壞云何復能生未來果設有實我業已滅壞復云何能生未來果從依止我法非法生如誰依誰此前已破故法非法

不應依我然聖教中不作是說從已壞業未來果生若爾從何從業相續轉變差別如種生果如世間說果從種生然果不從已壞種起亦非從種無間即生若爾從何所種相續轉變差別果方得生謂種次生芽莖葉等花爲最後方引果生若爾何言從種生果由種展轉引起花中生果功能故作是說若此花內生果功能非種爲先所引起者所生果相應與種別如是雖言從業生果而非從彼已壞業生亦非從業無間生果但從業相續轉變差別生何名相續轉變差別謂業爲先後色心起中無間斷名爲相續即此相續後後剎那異前前生名爲轉變即此轉變於最後時有勝功能無間生果勝餘轉變故名差別如有取識正命終時雖帶衆多感後有業所引重習而重近起數習所引明了非餘如有頌言

業極重近起　數習先所作　前前前後熟　輪轉於生死

於此義中有差別者異熟因所引與異熟果功能與異熟果已即便謝滅同類因所引與等流果功能若染汙者對治起時即便謝滅不染汙者般涅槃時方永謝滅以色心相續爾時永滅故何緣異熟果不能招異熟如從種果有別果生且非譬喻是法皆等然從種果無別果生若爾從何生於後果從後熟變差別所生謂於後時即前種果遇水土等諸熟變緣便能引生熟變差別正生芽位方得種名未熟變時從當名說或似種故世說爲種此亦如是即前異熟遇聞正邪等諸起善

惡緣便能引生諸善有漏及諸不善有異熟心從此引生相續轉變展轉能引轉變差別從此差別後異熟生非從餘生故喻同法或由別法類此可知如枸櫞花塗紫礦汁相續轉變差別爲因後果生時瓤便色赤從此赤色更不生餘如是應知從業異熟更不能引餘異熟生前來且隨自覺慧境於諸業果略顯麤相其間異類差別功能諸業所熏相續轉變至彼彼位彼彼果生唯佛證知非餘境界依如是義故有頌言

此業此熏習　至此時與果　一切種定理
離佛無能知

已善說此淨因道　謂佛至言真法性
應捨闇盲諸外執　惡見所爲求慧眼
此涅槃宮一廣道　千聖所遊無我性
諸佛日言光所照　雖開昧眼不能覩
於此方隅已略說　爲開智者慧毒門
庶各隨已力堪能　徧悟所知成勝業

阿毗達磨俱舍論卷第三十 說一切有部

音釋

嗢烏沒切　矯舉夭切妄也　燎力弔切縱火也　皰普教切　痼古慕切久固之疾　枸櫞枸俱羽切櫞音緣　瓤而羊切瓜犀也

舍利弗阿毗曇論

姚秦天竺三藏曇摩崛多共曇摩耶舍譯

清刻龍藏佛説法變相圖

舍利弗阿毗曇論序

唐沙門釋道標撰

阿毗曇秦言無比法出自八音亞聖所述作之雖簡成命曲備重徽曠濟神要莫比真祇桓之微風反衆流之宏趣然佛後闇昧競執異津或有我有法或無我有法乖忤淳風虧朦聖道有舍利弗玄哲高悟神貫翼從德備左面智參照來其人以爲是非之越大猷將隱既曰像法任之益滯是以敢於佛前所聞經法親承即集先巡隄防遮抑邪流助宣法化故其爲經也先立章以崇本後廣演以明義明義之體四焉問分也非問分也攝相應分也序分也問分者寄言扣擊明夫應會非問分者假韻默通唯宣法相攝相應分者總括自他釋非相無序分者遠述因緣以彰性

空性空彰則反迷至矣非相無則相與用矣法相宣則邪觀息矣應會明則極無遺矣四體圓足二諦義備故稱無比法也此經於先出阿毗曇雖文言融通而旨格異制又載自空以明宗極故能取貴於當時而垂軌於千載明典振於遠維四衆率爾同仰是使徇有者祛妄見之惑向化者起即隆之動迢迢焉故冥宗之遺緒也亹亹焉故歸輪之所契也此經標明曩代靈液西眕純教彌於閬風玄門扇於東嶺惟泰天王沖資叡聖冥根標於既往實相結於皇極王德應符闡揚三寶聞兹典誥夢想思覽雖曰悠邈感之愈勤會天竺沙門曇摩崛多曇摩耶舍等義學來遊秦王既契宿心相與辨明經理起清言於名教之域散衆微於自無之境超超然誠韻外之致愔愔然覆美稱之實於是詔令傳譯然承華天哲道詞聖躬玄味遠流妙度淵極特體明旨遂讚其事經師本雖闇誦誠宜謹備以秦弘始九年命書梵文至十年尋應令出但以經趣微遠非從關言所契苟彼此不相領悟直委之譯人者恐津梁之要未盡於善停至十六年經師漸閑秦語令自宣譯皇儲親管理味言意兼了復所向盡然後筆受即復内逞上討其煩重領其指歸故令文之者修飾義之者綴潤并校至十七年訖若乃文外之功勝契之妙誠非所階未之能詳並求之衆經考之諸論新異之美自宣之於文唯法住之實如有表裏然原其大體有無兼用微文淵富義旨顯灼斯誠有部之永塗大乘之靡趣先達之所宗後進之可仰標以近質綜

不及遠情未能已猥參斯典希感之誠脫復
微序庶望賢哲以恕其鄙

舍利弗阿毗曇論卷第一 上

姚秦天竺三藏曇摩崛多共曇摩耶舍譯

問分入品第一

問曰幾入答曰十二何等十二內六入外六入何等內六入眼入耳入鼻入舌入身入意入是名內六入何等外六入色入聲入香入味入觸入法入是名外六入如是內六入外六入是名十二入云何眼入眼根是名眼入云何眼入眼界是名眼入云何眼入若眼我分攝去來現在四大所造淨色是名眼入云何眼入若眼我分攝過去未來現在淨色是名眼入云何眼入我分攝已見色今見色當見色不定若眼我分攝色光已來今來當來不定是名眼入云何眼入若眼我分攝色已對眼今對當對不定若眼無礙是眼入是眼根是眼界是田是物是門是藏是世是淨是泉是海是沃燋是洄澓是瘡是繫是因是入我分是此岸是內入眼見色是名眼入耳鼻舌身入亦如是云何意入意根是名意入云何意入識陰是名意入云何意入心意識六識身七識界是名意入云何意入若識過去未來現在內外麤細卑勝遠近是名意入云何六識身眼識身耳鼻舌身意識身云何眼識身緣眼緣色緣明緣思惟以此四緣生識已生今生當生不定是名眼識身云何耳鼻舌身意識身緣意緣法緣思惟以此三緣識已生今生當生不定是名意識身是名六識身云何七識界眼識界耳鼻舌身識界意界意識界云何眼識界若識眼根主色境界已生今生當生不定是名眼識界云何耳鼻舌

身識界若識身根主觸境界已生今生當生不定是名身識界云何意界意知法念法若初心已生今生當生不定是名意界云何意識界若識相似不離彼境界及餘相似心已生今生當生不定是名意識界是名七識界

云何過去識若識已滅是名過去識云何未來識若識未生未出是名未來識云何現在識若心生未滅是名現在識云何內識若識受是名內識云何外識若識不受是名外識

云何麤識若識欲界繫是名麤識云何細識若識色界繫無色界繫不繫是名細識云何卑識若識不善不善法報若識非報非報法不適意是名卑識云何勝識若識善善法報若識非報非報法適意是名勝識云何遠識若諸識相遠極相遠不近不近邊是名遠識云何近識若諸識相近極相近近邊是名近識

云何色入色界是名色入云何色入隨行色相是名色入云何色入若色可見有對眼識所知是名色入云何色入若色入業法煩惱所生報我分攝身好色非好色姝妙非姝妙妍醜非妍醜嚴淨非嚴淨若善心若不善心若無記心所起去來屈伸迴轉身教若外色眼識所知青黃赤白黑紫麤細長短方圓水陸光影烟雲塵霧氣明闇等及餘外色眼識所知是名色入

云何聲入聲界是名聲入云何聲入若色不可見有對耳識所知是名聲入云何聲入若聲入業法煩惱所生報我分攝身好聲非好聲衆妙聲非衆妙聲輭聲非輭聲若善心不善心無記心所起集聲音句言語口教若外聲耳識所知貝聲大鼓聲

小鼓聲箏聲箜篌聲銅鈸聲舞聲歌聲妓樂聲悲聲男聲女聲人聲非人聲衆生聲非衆生聲去聲來聲相觸聲風聲雨聲水聲諸大相觸聲及餘外聲耳識所知是名聲入云何香入香界是名香入云何香入若色不可見有對鼻識所知是名香入云何香入若香入業法煩惱所生報我分攝身好香非好香輭香非輭香適意香非適意香若外香鼻識所知樹根香樹心香樹膠香樹皮香華香葉香果香好香非好香及餘外香鼻識所知是名香入云何味入味界是名味入云何味入若色不可見有對舌識所知是名味入云何味入若味法入業法煩惱所生報我分攝身甜醋苦辛醎淡涎癃若外味舌識所知若甜醋若苦辛醎淡水汁及餘外味舌識所知是名味入云何觸入觸界是名觸入云何觸入若色不可見有對身識所知是名觸入云何觸入若觸入業法煩惱所生報我分攝身冷熱輕重麤細澀滑堅輭若外觸身識所知若冷熱輕重麤細澀滑堅輭及餘外觸身識所知是名觸入云何法入法界是名法入云何法入受想行陰若色不可見無對若無爲是名法入云何法入受想思觸思惟覺觀見慧解脫無貪無恚無癡順信悔不悔悅喜心進心除信欲不放逸念定心捨疑怖使生老死命結無想定得果滅盡定身口非戒無教有漏身口戒無教有漏身進有漏身除正語正業正命正身進正身除智緣盡非智緣盡決定法住緣空處智識處智不用處智非想非非想處智是名法入

十二入幾色幾非色十色一非色一二分或色或非色云何十色眼入耳鼻舌身入色入聲香味觸入是名十色云何一非色意入是名一非色云何一二分或色或非色法入是名一二分或色或非色云何法入色身口非戒無教有漏身口戒無教有漏身進有漏身除正語正業正命正身進正身除是名法入色云何法入非色受想乃至滅盡定智緣盡乃至非想非非想處智是名法入非色

十二入幾可見幾不可見一可見十一不可見云何一可見色入是名一可見云何十一不可見九色入意入法入是名十一不可見

十二入幾有對幾無對十有對二無對云何十有對十色入是名十有對云何二無對意入法入是名二無對

十二入幾聖幾非聖十非聖二二分或聖或非聖云何十非聖十色入是名十非聖云何二二分或聖或非聖意入法入是名二二分或聖或非聖云何意入非聖若意入有漏是名意入非聖云何意入非聖若意識受陰是名意入非聖云何意入非聖若意入非學非無學眼識乃至意識是名意入非聖云何意入聖若意入無漏是名意入聖云何意入聖若意入信根相應意界意識界是名意入聖云何意入聖若意入學無學學人離結使聖心入聖道若堅信堅法及餘趣人見行過患觀涅槃寂滅如實觀苦集盡道未得欲得未解欲解未證欲證離煩惱修道見學人若須陀洹斯陀含阿那含觀智具足若智地若觀解脱心即證沙門果若須陀洹果斯陀含果

阿那含果無學人欲得阿羅漢未得聖法欲得觀智具足若智地若觀解脫心即證阿羅漢果若實人若趣若意界若意識界是名意入聖云何法入非聖若法入有漏是名法入非聖云何法入非聖受受陰想受陰行受陰若色不可見無對有漏若非聖無爲是名法入非聖云何法入非聖法入非學非無學受想乃至無想定初四色非聖七無爲是名法入非聖云何法入聖若法入無漏是名法入聖云何法入聖若信根信根相應心數法若法無緣無漏是名法入聖云何法入聖若法入學無學學人離結使聖心入聖道若堅信堅法及餘趣人見行過患觀涅槃寂滅如實觀苦集滅道未得欲得未解欲解未證欲證離煩惱修道見學人若須陀洹斯陀含阿那舍觀智具足若智地若觀解脫心即證沙門果若須陀洹果斯陀含果若阿那含果無學人欲得阿羅漢未得聖法欲得觀智具足若智地若觀解脫心即證阿羅漢果若實人若趣若受想思觸思惟覺觀見慧解脫無礙順信悅喜心進心除信欲不放逸念定心捨得果滅盡定正語正業正命正身進正身除智緣盡決定是名法入聖

十二入幾有漏幾無漏十有漏二二分或有漏或無漏云何十有漏十色入是名十有漏云何二二分或有漏或無漏意入法入是名二二分或有漏或無漏云何意入有漏若意入有愛是名意入有漏云何意入有漏識受陰是名意入有漏云何意入有漏意入非學非無學眼識乃至意識是名意入有漏云何

意入無漏若意入無愛是名意入無漏云何意入無漏若意入信根相應意界意識界是名意入無漏云何意入無漏若意入學若無學學人離結使乃至即證阿羅漢果若實人若趣若意界意識界是名意入無漏云何法入有漏若法入有愛是名法入有漏云何法入有漏受受陰想受陰行受陰若色不可見無對有愛是名法入有漏云何法入有漏若法入非學非無學受想乃至無想定初四色是名法入有漏云何法入無漏若法入無愛是名法入無漏云何法入無漏若信根信根相應心數法若法無緣無愛是名法入無漏云何法入無漏若法入學若無學若無爲學人離結使乃至即證阿羅漢果若實人若趣若受想思觸思惟覺觀見慧解脫無癡順信悅喜心進心除信欲不放逸念定心捨得果滅盡定正語正業正命正身進正身除智緣盡非智緣盡決定法住緣空處智識處智不用處智非想非非想處智是名法入無漏有愛無愛有求無求當取非當取有取無取有勝無勝亦如是

十二入幾受幾非受五受七二分或受或非受云何五受眼入耳鼻舌身入是名五受云何七二分或受或非受色入聲香味觸入意入法入是名七二分或受或非受云何色入受若色入若內是名色入受云何色入受若色入業法煩惱所生報我分攝身好色非好色姝妙非姝妙妍膚非妍膚嚴淨非嚴淨若受心所起去來屈伸迴轉身教是名色入受云何色入非受若色入外是名色入非受云

何色入非受色入若善不善無記非我分攝若善心不善心非報非報法心所起去來屈伸迴轉若外色眼識所知是名色入非受云何聲入受若聲入內聲入是名聲入受云何聲入受若聲入業法煩惱所生報我分攝身好聲非好聲衆妙聲非衆妙聲輭聲非輭聲受心所起集聲音句語言口教是名聲入受云何聲入非受若聲入外是名聲入非受云何聲入非受若聲入若善不善無記非我分攝若善心不善心非報非報法心所起集聲音句言語口教若外聲耳識所知是名聲入非受云何香入受若香入內香入是名香入受云何香入受若香入業法煩惱所生報我分攝身好香非好香輭香非輭香適意香非適意香是名香入受云何香入非受若香入

外若外香鼻識所知樹根香樹心香樹膠香樹皮香葉香華香果香好香非好香及餘外香鼻識所知是名香入非受云何味入受若味入內味入是名味入受云何味入受若味入業法煩惱所生報我分攝身甜醋苦辛醎淡涎癊是名味入受云何味入非受若味入外若外味舌識所知若甜醋若苦辛若醎淡若水若汁及餘外味舌識所知是名味入非受云何觸入受若觸入內是名觸入受云何觸入受若觸入業法煩惱所生報我分攝身冷熱輕重麤細澀滑堅輭是名觸入受云何觸入非受若外觸入身識所知若冷若熱若輕若重若麤若細若澀若滑若堅若輭及餘外觸身識所知是名觸入非受云何意入受若意入內是名意入受云何意入受若意入

業法煩惱所生報我分攝眼識乃至意識是名意入受云何意入非受若意入外是名意入非受云何意入非受若意入善不善無記非我分攝眼識乃至意識是名意入非受云何法入受若法入內是名法入受云何法入受若法入業法煩惱所生報我分攝受想思觸思惟覺觀見慧解脫悔不悔悅喜心進信欲念怖生命有漏身進是名法入受云何法入非受若法入外是名法入非受云何法入非受若法入善不善無記非我分攝除命餘法入非受是名法入非受內外亦如是

十二入幾有報幾無報八無報四二分或有報或無報云何八無報眼入耳鼻舌身入香入味入觸入是名八無報云何四二分或有報或無報色入聲入意入法入是名四二分或有報或無報云何色入有報若色入報法是名色入有報云何色入有報若色入善不善心善不善心所起去來屈伸迴轉是名色入有報云何色入無報若色入報若色入非報非報法身好色非好色姝妙非姝妙妍膚非妍膚嚴淨非嚴淨無記心所起去來屈伸迴轉若外色眼識所知是名色入無報云何聲入有報若聲入報法是名聲入有報云何聲入有報聲入若善若不善善心不善心所起集聲音句言語口教是名聲入有報云何聲入無報若聲入報若聲入非報非報法身好聲非好聲衆妙聲非衆妙聲軟聲非軟聲若無記心所起集聲音句言語口教若外聲耳識所知是名聲入無報云何意入有報若意入報法是名意入有報云何意入有報除

意入善報餘意入善不善意界意識界是名意入有報云何意入無報若意入報若意入非報非報法眼識乃至意識是名意入無報云何法入有報若法入報法是名法入有報云何法入有報除法入善報餘法入善有爲若不善受想乃至煩惱使結二定法入一切色是名法入有報云何法入無報若法入報若法入非報非報法除無貪無恚無癡煩惱使結身口非戒無教餘法入無報

十二入幾心幾非心一心十一非心云何一心意入是名一心云何十一非心除意入餘非心是名十一非心

十二入幾心相應幾非心相應十非心相應一不說心相應非心相應一二分或心相應或非心相應云何十非心相應十色入是名十非心相應云何一不說心相應非心相應云何一意入是名一不說心相應非心相應云何一二分或心相應或非心相應法入是名一二分或心相應或非心相應云何法入心相應若法入心數受想乃至煩惱使是名法入心相應云何法入非心相應若法入非心所生乃至非想非非想處智是名法入非心相應

十二入幾心數幾非心數十一非心數一二分或心數或非心數云何十一非心數十色入意入是名十一非心數云何一二分或心數或非心數法入是名一二分或心數或非心數云何法入心數若法入有緣受想乃至煩惱使是名法入心數云何法入非心數若法入無緣生乃至非想非非想處智是名法入非心數

十二入幾緣幾非緣一緣十非緣一二分或有緣或非緣云何一緣意入是名一緣云何十無緣十色入是名十無緣云何一二分或緣或非緣法入是名一二分或緣或非緣云何法入緣若法入心數受想乃至煩惱使是名法入緣云何法入無緣若法入非心數生乃至非想非非想處智是名法入無緣

十二入幾共心幾非共心十一非共心一二分或共心或非共心云何十一非共心十色入意入是名十一非共心云何一二分或共心或非共心法入是名一二分或共心或非共心云何法入共心若法入隨心轉共心生共住共滅受想乃至煩惱使有漏身口戒無教有漏身進有漏身除正語正業正命正身進正身除是名法入共心云何法入非共心若法入不隨心轉不共心生不共住不共滅生乃至非想非非想處智是名法入非共心隨心轉不隨心轉亦如是

十二入幾業幾非業九非業三二分或業或非業云何九非業眼入耳入鼻入舌入身入意入香入味入觸入是名九非業云何三二分或業或非業色入聲入法入是名三二分或業或非業云何色入業若善心不善心無記心所起去來屈伸迴轉身教是名色入業云何色入非業身好色非好色姝妙非姝妙姸膚非姸膚嚴淨非嚴淨若外色眼識所知是名色入非業云何聲入業若善心不善心無記心所起集聲音句言語口教是名聲入業云何聲入非業身好聲非好聲衆妙聲非衆妙聲輭聲非輭聲若外聲耳識所知是名

聲入非業云何法入業思身口非戒無教有漏身口戒無教正語正業正命是名法入業云何法入非業除思身口非戒無教有漏身口戒無教正語正業正命餘法入非業是名法入非業

十二入幾業相應幾非業相應一業相應十非業相應一三分或業相應或非業相應或不説業相應非業相應云何一業相應意入是名一業相應云何十非業相應十色入是名十非業相應云何一三分或業相應或非業相應或不説業相應非業相應法入是名一三分或業相應或非業相應或不説業相應非業相應云何法入業相應若法入思相應除思餘受想乃至煩惱使是名法入業相應云何法入非業相應若法入非思相應生乃至非想非非想處智是名法入非業相應云何法入不説業相應非業相應思是名法入不説業相應非業相應

十二入幾共業幾不共業一共業十非共業一二分或共業非共業云何一共業意入是名一共業云何十非共業十色入是名十非共業云何一二分或共業或非共業法入是名一二分或共業或非共業云何法入共業若法入隨業轉共業生共住共滅受想定心思觸乃至煩惱使無想定滅盡定有漏身口戒無教有漏身進有漏身除正語正業正命正身進正身除是名法入共業云何法入非共業法入若不隨業轉不共業生不共住不共滅不定心思生老死命結得果身口非戒無教有漏身口戒無教有漏身進九無爲是

名法入非共業隨業轉不隨業轉亦如是十二入幾因幾非因一因七非因四二分或因或非因云何一因意入是名一因云何七非因眼入耳入鼻入舌入身入香入味入是名七非因云何四二分或因或非因色入聲入觸入法入是名四二分或因或非因云何色入因色入若報法是名色入因云何色入因色入若善心不善心所起去來屈伸迴轉身教是名色入因云何色入非因色入若報色入若非報非報法身好色非好色端嚴非端嚴妍膚非妍膚嚴淨非嚴淨無記心所起去來迴轉屈伸身教若外色眼識所知是名色入非因云何聲入因若聲入報法是名聲入因云何聲入因若聲入善不善若善心不善心所起集聲音句言語口教是名聲入因云何聲入非因若聲入報若聲入非報非報法身好聲非好聲衆妙聲非衆妙聲輭聲非輭聲無記心所起集聲音句言語口教若外聲耳識所知是名聲入非因云何觸入因因四大地大水大風大火大是名觸入因云何觸入非因除四大餘觸入法是名觸入非因云何法入因法入緣若法入非緣有報除得果餘法入非緣善報受想乃至煩惱使二定結一切色是名法入因云何法入非因若法入緣入無報不共業生老死命得果有漏身進九無爲是名法入非因

舍利弗阿毗曇論卷第一上

音釋

阿毗曇梵語也亦云阿毗達磨此云無比法毗頻脂切曇徒含切　徽許非切美也　祛丘於切開也　亹無匪切亹亹不倦之意也　曩乃黨切昔也　液夷益切津也　畛止忍切猶域也　閬郎宕切閬風仙苑也　愔伊淫切愔愔深靜貌　綴陟衛切聯綴也　分去聲　沃燋沃烏酷切燋即消切　洄澓洄音回澓音復洄澓水漩流也　姝春朱切美好也　妍膚妍五堅切好也膚甫無切皮也　箜篌箜苦紅切篌戶鉤切箜篌樂器也　鈸蒲撥切樂器也　膠居肴切黏膏也　甜徒兼切甘也　醋倉故切　涎癊涎夕連切癊於禁切心中病也　澀所立切不滑也

舍利弗阿毗曇論卷第一下

姚秦天竺三藏曇摩崛多共曇摩耶舍譯

問分入品第一之餘

十二入幾有因幾無因十一有因一二分或有因或無因云何十一有因十色入意入是名十一有因云何一二分或有因或無因法入是名一二分或有因或無因云何法入有因若法入有緒受想乃至正身除是名法入有因云何法入無因若法入無緒智緣盡乃至非想非非想處智是名法入無因有緒無緒有因無因有緣無緣有爲無爲亦如是

十二入幾知幾非知一切知如事知見

十二入幾識幾非識一切識意識如事識

十二入幾解幾非解一切解如事知見

十二入幾了幾非了一切了如事知見

十二入幾斷智知幾非斷智知八非斷智知四二分或斷智知或非斷智知云何八非斷智知眼入耳入鼻入舌入身入香入味入觸入是名八非斷智知云何四二分或斷智知或非斷智知色入聲入意入法入是名四二分或斷智知或非斷智知云何色入斷智知若色入不善不善心所起去來屈伸迴轉身教是名色入斷智知云何色入非斷智知色入若善若無記身好色非好色妍膚非妍膚嚴淨非嚴淨若善心若無記心所起去來屈伸迴轉身教若外色眼識所知是名色入非斷智知云何聲入斷智知若聲入不善不善心所起集聲音句言語口教是名聲入斷智知云何聲入非斷智知若聲善無記身好聲非好聲衆妙聲非衆妙聲輭聲非輭聲若善

心若無記心所起集聲音句言語口教若外聲耳識所知是名聲入非斷智知云何意入斷智知若意入不善界意界意識界是名意入斷智知云何意入非斷智知意入若善若無記眼識乃至意識是名意入非斷智知云何法入斷智知若法入不善受想思觸思惟覺觀見慧解脫悔不悔悅喜心進信欲念知疑怖煩惱使結身口非戒無教有漏身進是名法入斷智知云何法入非斷智知除使結身口非戒無教餘法入非斷智知是名法入非斷智知斷非斷亦如是

十二入幾修幾非修八非修四二分或修或非修云何八非修眼入耳入鼻入舌入身入香入味入觸入是名八非修云何四二分或修或非修色入聲入意入法入是名四二分或修或非修云何色入修色入若善心所起去來屈伸迴轉身教是名色入修云何色入非修若色入不善若無記身好色非好色端嚴非端嚴妍膚非妍膚嚴淨非嚴淨若不善心若無記心所起去來屈伸迴轉身教若外色眼識所知是名色入非修云何聲入修聲入若善善心所起集聲音句言語口教是名聲入修云何聲入非修若聲入不善若無記身好聲非好聲衆妙聲非衆妙聲輭聲非輭聲若不善心若無記心所起集聲音句言語口教若外聲耳識所知是名聲入非修云何意入修意入若善意界意識界是名意入修云何意入非修意入若不善若無記眼識乃至意識是名意入非修云何法入修法入若善受想乃至心捨無想定得果滅盡定有漏

身口戒無教有漏身進有漏身除正語正業正命正身進正身除智緣盡決定是名法入修云何法入非修若法入不善若無記受想思觸思惟覺觀見慧解脫悔不悔悅喜心進信欲念疑怖煩惱使生老死命結身口非戒無教有漏身進非聖七無爲是名法入非修

十二入幾證幾非證一切證如事知見

十二入幾善幾非善幾無記八無記四三分或善或不善或無記云何八無記眼入耳入鼻入舌入身入香入味入觸入是名八無記云何四三分或善或不善或無記色入聲入意入法入是名四三分或善或不善或無記云何色入善若色入修善心所起去來屈伸迴轉身教是名色入善云何色入非善若色入斷不善心所起去來屈伸迴轉身教是名色入非善云何色入無記若色入受色入非報非報法身好色非好色端嚴非端嚴妍醜非妍醜嚴淨非嚴淨無記心所起去來屈伸迴轉身教若外色眼識所知是名色入無記云何聲入善若聲入修善心所起集聲音句言語口教是名聲入善云何聲入不善若聲入斷不善心所起集聲音句言語口教是名聲入不善云何聲入無記若聲入受若聲入非報非報法身好聲非好聲衆妙聲非衆妙聲輭聲非輭聲無記心所起集聲音句言語口教若外聲耳識所知是名聲入無記云何意入善若意入修意界意識界是名意入善云何意入不善若意入斷意界意識界是名意入不善云何意入無記若意入受若意入非報非報法眼識乃至意識是名意入無記

云何法入善若法入修受想乃至心捨無想定得果滅盡定有漏身口戒無教有漏身進有漏身除正語正業正命正身進正身除智緣盡決定是名法入善云何法入不善若法入斷受想思觸思惟覺觀見慧解脱悔不悔悅喜心進信欲念疑怖使結身口非戒無教有漏身進是名法入不善云何法入無記若法入受若法入非報非報法非聖無爲受想思觸思惟覺觀見慧解脱悔不悔悅喜心進信欲念怖生老死命有漏身進非聖七無爲是名法入無記

十二入幾學幾無學幾非學非無學十非學非無學二三分或學或無學或非學非無學云何十非學非無學十色入是名十非學非無學云何二三分或學或無學或非學非無學意入法入是名二三分或學或無學或非學非無學云何意入學若意入聖非無學是名意入學云何意入學若意入學信根相應意界意識界是名意入學云何意入學學人離結使聖心入聖道若堅信若堅法及餘趣人見行過患觀涅槃寂滅如實觀苦集滅道未得欲得未解欲解未證欲證離煩惱修道見學人若須陀洹若斯陀含若阿那含若觀智具足若智地若觀解脱心即證沙門果若須陀洹果若斯陀含果若阿那含果若實人若趣意界意識界是名意入學云何意入無學若意入聖非學是名意入無學云何意入無學若意入無學信根相應意界意識界是名意入無學云何意入無學無學人欲得阿羅漢未得聖法欲得修道觀智具足若智地

若觀解脱心即得阿羅漢果若實人若趣若意界意識界是名意入無學云何意入非學非無學若意入非聖識受陰眼識乃至意識是名意入非學非無學云何法入學若法入聖非無學是名法入學云何法入學學信根及信根相應心數法若法非緣無漏非無學是名法入學云何法入學學人離結使聖心入聖道乃至即得阿那含果若實人若趣若受想思觸思惟覺觀見慧解脱無癡順信悦喜心進心除信欲不放逸念定心捨得果滅盡定正語正業正命正身進正身除智緣盡決定是名法入學云何法入無學若法入聖非學是名法入無學云何法入無學無學信根及信根相應心數法若法入若非緣無漏非學是名法入無學云何法入無學無學人乃至即得阿羅漢果若實人若趣若受想思觸思惟覺觀見慧解脱無癡順信悦喜心進心除信欲不放逸念定心捨得果滅盡定正語正業正命正身進正身除智緣盡是名法入無學云何法入非學非無學若法入非聖受受陰想受陰行受陰若色不可見無對有漏非聖無爲受想乃至無想定初四色非聖七無爲是名法入非學非無學

十二入幾報幾報法幾非報非報法五報三二分或報或非報非報法四三分或報或報法或非報非報法云何五報眼入耳入鼻入舌入身入是名五報云何三二分或報或非報非報法香入味入觸入是名三二分或報或非報非報法云何四三分或報或報法或非報非報法色入聲入意入法入是名四三

分或報或報法或非報非報法云何香入報香入若受是名香入報云何香入報香入若業法煩惱所生報我分攝身好香非好香輭香非輭香適意香非適意香是名香入報云何香入非報非報法若香入外若外香鼻識所知樹根香樹心香樹膠香樹皮香葉香華香果香好香非好香及餘外香鼻識所知是名香入非報非報法云何味入報若味入受是名味入報云何味入報若味入業法煩惱所生報我分攝身甜醋苦辛醎淡涎癃是名味入報云何味入非報非報法若味入外若外味入舌識所知若甜醋苦辛醎淡水汁及餘外味舌識所知是名味入非報非報法云何觸入報若觸入受是名觸入報云何觸入報若觸入業法煩惱所生報我分攝身冷熱輕重麤細澀滑堅輭是名觸入報云何觸入非報非報法若觸入外若外觸身識所知若冷熱輕重麤細澀滑堅輭及餘外觸身識所知是名觸入非報非報法云何色入報若色入受是名色入報云何色入報若色入業法煩惱所生報我分攝身好色非好色端嚴非端嚴姸膚非姸膚嚴淨非嚴淨受心所起去來屈伸迴轉身教是名色入報云何色入報法若色入有報是名色入報法云何色入報法色入若善不善若善心若不善心所起去來屈伸迴轉身教是名色入報法云何色入非報非報法若色入無記非我分攝非報非報法心所起去來屈伸迴轉身教若外色眼識所知是名色入非報非報法云何聲入報若聲入受是名聲入報云何聲入報若聲入

業法煩惱所生報我分攝身好聲非好聲衆妙聲非衆妙聲輭聲非輭聲受心所起集聲音句言語口教是名聲入報云何聲入報法若聲入有報是名聲入報法云何聲入報法若聲入善不善若善心若不善心所起集聲音句言語口教是名聲入報法云何聲入非報非報法若聲入無記非我分攝非報非報法心所起集聲音句言語口教若外聲耳識所知是名聲入非報非報法云何意入報若意入受若意入善報眼識乃至意識是名意入報云何意入報法若意入有報是名意入報法云何意入報法除意入善報餘意入善若不善意界意識界是名意入報法云何意入非報非報法若意入無記非我分攝眼識乃至意識是名意入非報非報法云何法入報若法入受若法入善報除無貪無恚餘受想乃至心捨怖生命無想定得果滅盡定有漏身口戒無教有漏身進有漏身除正語正業正命正身進正身除是名法入報云何法入報法若法入有報是名法入報法云何法入報法除法入善報餘入善有爲若不善受想乃至煩惱使結二定一切色是名法入報法云何法入非報非報法若法入無記非我分攝若聖無爲受想思觸思惟覺觀見慧解脫悔不悔悅喜心進信欲念怖生老死有漏身進九無爲是名法入非報非報法

十二入幾見斷幾思惟斷幾非見斷非思惟斷八非見斷非思惟斷四三分或見斷或思惟斷或非見斷非思惟斷云何八非見斷非思惟斷眼入耳入鼻入舌入身入香入味入

觸入是名八非見斷非思惟斷云何四三分或見斷或思惟斷或非見斷非思惟斷色入聲入意入法入是名四三分或見斷或思惟斷或非見斷非思惟斷云何色入見斷若色入不善非思惟斷見斷煩惱心所起去來屈伸迴轉身教是名色入見斷云何色入思惟斷若色入不善非見斷思惟斷煩惱心所起去來屈伸迴轉身教是名色入思惟斷云何色入非見斷非思惟斷若色入善若無記身好色非好色端嚴非端嚴妍膚非妍膚嚴淨非嚴淨若善心若無記心所起去來屈伸迴轉身教若外色眼識所知是名色入非見斷非思惟斷云何聲入見斷若聲入不善非思惟斷見斷煩惱心所起集聲音句言語口教是名聲入見斷云何聲入思惟斷若聲入不善非見斷思惟斷煩惱心所起集聲音句言語口教是名聲入思惟斷云何聲入非見斷非思惟斷若聲入善若無記身好聲非好聲衆妙聲非衆妙聲輭聲非輭聲若善心若無記心所起集聲音句言語口教若外聲耳識所知是名聲入非見斷非思惟斷云何意入見斷若意入不善非思惟斷見斷煩惱相應意界意識界是名意入見斷云何意入思惟斷若意入不善非見斷思惟斷煩惱相應心意界意識界是名意入思惟斷云何意入非見斷非思惟斷若意入善若無記眼識乃至意識是名意入非見斷非思惟斷云何法入見斷若法入不善非思惟斷見斷煩惱一時俱斷受想思觸思惟覺觀見慧解脫悔不悔悅喜心進信欲念疑悕煩惱使結身口非戒

無教有漏身進是名法入見斷云何法入思惟斷若法入不善非見斷思惟斷煩惱一時俱斷受想思觸思惟覺觀見慧解脱悔不悔悦喜心進信欲念怖煩惱使結身口非戒無教有漏身進是名法入思惟斷云何法入非見斷非思惟斷若法入善若無記煩疑煩惱使結身口非戒無教餘法入是名法入非見斷非思惟斷

十二入幾見斷因幾思惟斷因幾非見斷非思惟斷因一切三分或見斷因或思惟斷因或非見斷非思惟斷因云何眼入見斷因若眼入見斷法報地獄畜生餓鬼眼入是名眼入見斷因云何眼入思惟斷因若眼入思惟斷法報地獄畜生餓鬼眼入是名眼入思惟斷因云何眼入非見斷非思惟斷因若眼入善法報天上人中眼入是名眼入非見斷非思惟斷因耳入鼻入舌入身入亦如是云何意入見斷因若意入見斷若意入見斷法報眼識乃至意識是名意入見斷因云何意入思惟斷因若意入思惟斷法報眼識乃至意識是名意入思惟斷因云何意入非見斷非思惟斷因若意入善若意入善法報若意入非報非報法眼識乃至意識是名意入非見斷非思惟斷因云何色入見斷因若色入見斷若色入見斷法報身非好色非端嚴非妍膚非嚴淨見斷因心所起去來屈伸迴轉身教是名色入見斷因云何色入思惟斷因若色入思惟斷若思惟斷法報身非好色不端嚴非妍膚非嚴淨思惟斷因心所起去來屈伸迴轉身教是名色入思惟斷因云何色入

非見斷非思惟斷因若色入善若色入善法報若色入非報非報法身好色端嚴姸膚嚴淨非見斷非思惟斷心所起去來屈伸迴轉身教若外色眼識所知是名色入非見斷非思惟斷因云何聲入見斷因若聲入見斷若聲入見斷法報身不好聲非衆妙聲非輭聲見斷法因心所起集聲音句言語口教是名聲入見斷因云何聲入思惟斷因若聲入若思惟斷若聲入思惟斷法報身不好聲非衆妙聲非輭聲思惟斷因心所起集聲音句言語口教是名聲入思惟斷因云何聲入非見斷非思惟斷因若聲入善若聲入善法報若聲入非報非報法身好聲衆妙聲輭聲非見斷非思惟斷因心所起集聲音句言語口教若外聲耳識所知是名聲入非見斷非思惟

斷因云何香入見斷因若香入若見斷法報身不好香非輭香不適意香是名香入見斷因云何香入思惟斷因若香入思惟斷法報身不好香非輭香不適意香是名香入思惟斷因云何香入非見斷非思惟斷因若香入善法報若香入非報非報法身好香輭香適意香若外香鼻識所知是名香入非見斷非思惟斷因云何味入見斷因若味入見斷法報身甜醋苦辛醎淡涎癊是名味入見斷因云何味入思惟斷因若味入思惟斷法報身甜醋苦辛醎淡涎癊是名味入思惟斷因云何味入非見斷非思惟斷因若味入善法報若味入非報非報法身甜醋苦辛醎淡涎癊若外味舌識所知是名味入非見斷非思惟斷因云何觸入見斷因若觸入見斷法報身

冷熱麤重堅澀是名觸入見斷因云何觸入思惟斷因若觸入思惟斷法報身冷熱麤重堅澀是名觸入思惟斷因云何觸入非見斷非思惟斷因若觸入善法報若觸入非報法身冷熱輕細輭滑若外觸身識所知是名觸入非見斷非思惟斷因云何法入見斷因若法入見斷因若法入若見斷法報受想思觸思惟覺觀見慧解脫悔不悔悅喜心進信欲念疑怖煩惱使生命結身口非戒無教有漏身進是名法入見斷因云何法入思惟斷因若法入思惟斷若法入思惟斷法報受想思觸思惟覺觀見慧解脫悔不悔悅喜心進信欲念怖煩惱使生命結身口非戒無教有漏身進是名法入思惟斷因云何法入非見斷非思惟斷因若法入若善善法報若法入非報非報法除疑煩惱使結身口非戒無教餘法入非見斷非思惟斷因是名法入非見斷非思惟斷因

十二入幾欲界繫幾色界繫幾無色界繫幾不繫四欲界繫六二分或欲界繫或色界繫二四分或欲界繫或色界繫或無色界繫或不繫云何四欲界繫舌入鼻入香入味入是名四欲界繫云何六二分或欲界繫或色界繫眼入耳入身入色入聲入觸入是名六二分或欲界繫或色界繫云何二四分或欲界繫或色界繫或無色界繫或不繫意入法入是名二四分或欲界繫或色界繫或無色界繫或不繫云何眼入欲界繫若眼入欲漏有漏眼入是名眼入欲界繫云何眼入色界繫若眼入色漏有漏眼入是名眼入色界繫耳

入身入亦如是云何色入欲界繫若色入欲漏有漏身好色非好色端嚴非端嚴妍膚非妍膚嚴淨非嚴淨欲行心所起去來屈伸迴轉身教若外色眼識所知欲漏有漏是名色入欲界繫云何色入色界繫若色入色漏有漏身好色端嚴妍膚嚴淨色行心所起去來屈伸迴轉身教若外色眼識所知色漏有漏是名色入色界繫云何聲入欲界繫若聲入欲漏有漏身好聲非好聲衆妙聲非衆妙聲輭聲非輭聲欲行心所起集聲音句言語口教若外聲耳識所知欲漏有漏是名聲入欲界繫云何聲入色界繫若聲入色漏有漏身好聲衆妙聲輭聲色行心所起集聲音句言語口教若外聲耳識所知色漏有漏是名聲入色界繫云何觸入欲界繫若觸入欲漏有漏身冷熱輕重麤細澀滑堅輭若外觸身識所知欲漏有漏是名觸入欲界繫云何觸入色界繫若觸入色漏有漏身冷熱輕重麤細輭滑若外觸身識所知色漏有漏是名觸入色界繫云何意入欲界繫若意入欲漏有漏眼識乃至意識是名意入欲界繫云何意入色界繫若意入色漏有漏眼識耳識身識意識是名意入色界繫云何意入無色界繫若意入無色漏有漏意界意識界是名意入無色界繫云何意入不繫若意入聖無漏意界意識界是名意入不繫云何法入欲界繫若法入欲漏有漏受想思觸思惟覺觀見慧解脫無貪無恚無癡順信悔不悔悅喜心進信欲不放逸念疑悕煩惱使生老死命結身口非戒無教有漏身口戒無教有漏身進是名

法入欲界繫云何法入色界繫若法入色漏有漏受想思觸思惟覺觀見慧解脱無癡順信悦喜心進心除信欲不放逸念定心捨疑煩惱使生老死命結無想定有漏身口戒無教有漏身進有漏身除是名法入色界繫云何法入無色界繫若法入無色漏有漏受想思觸思惟見慧解脱無癡順信心進心除信欲不放逸念定心捨疑煩惱使生老死命結有漏身口戒無教有漏身進有漏身除是名法入無色界繫云何法入不繫若法入聖無漏無爲受想思觸思惟覺觀見慧解脱無癡順信悦喜心進心除信欲不放逸念定心捨得果滅盡定正語正業正命正身進正身除九無爲是名法入不繫

十二入幾過去幾未來幾現在幾非過去非未來非現在十一三分或過去或未來或現在一四分或過去或未來或現在或非過去非未來非現在云何十一三分或過去或未來或現在眼入乃至觸入是名十一三分或過去或未來或現在云何一四分或過去或未來或現在或非過去非未來非現在法入是名一四分或過去或未來或現在或非過去非未來非現在云何眼入過去若眼入生已滅眼入是名眼入過去云何眼入未來若眼入未生未出是名眼入未來云何眼入現在若眼入生未滅眼入是名眼入現在乃至觸入亦如是云何法入過去若法入生已滅受想乃至正身除是名法入過去云何法入未來若法入未生未出受想乃至正身除是名法入未來云何法入現在若法入生未滅

受想乃至正身除是名法入現在云何法入非過去非未來非現在若法入無爲智緣盡乃至非有想非無想處智是名法入非過去非未來非現在

舍利弗阿毗曇論卷第一下

舍利弗阿毗曇論卷第二

姚秦天竺三藏曇摩崛多共曇摩耶舍譯

問分界品第二

問曰幾界答曰十八界云何十八界眼界耳界鼻界舌界身界色界聲界香界味界觸界眼識界耳識界鼻識界舌識界身識界意界意識界法界云何眼界眼根是名眼界云何眼界眼入是名眼界云何眼界若眼我分攝四大所造淨色是名眼界若眼我分攝眼界四大所造過去未來現在淨色是名眼界云何眼界若眼我分攝已見色今見當見不定若眼我分攝色光已來今來當來不定是名眼界云何眼界若眼我分攝眼已對色今對當對不定若眼我分攝色已對眼今對當對不定是名眼界若眼無礙是眼是眼入是眼根是眼界是田是物是門是藏是世是淨是泉是海是沃燋是洄澓是瘡是繫是因是入我分是此岸是內入眼見色是名眼界耳界鼻界舌界身界亦如是云何色界色入是名色界云何色界若色隨行色相是名色界云何色界若色可見有對眼識所知是名色界云何色界若色界業法煩惱所生報我分攝身好色非好色端嚴非端嚴姸膚非姸膚嚴淨非嚴淨若善心若不善心若無記心所起去來屈伸迴轉身教若外色眼識所知青黃赤白紫黑麤細長短方圓水陸光影烟雲塵霧氣明闇及餘外色眼識所知是名色界云何聲界聲入是名聲界云何聲界若色不可見有對耳識所知是名聲界云何聲界若聲界業法煩惱所生報我分攝身好聲非好聲

衆妙聲非衆妙聲軟聲非軟聲若善心若不善心若無記心所起集聲音句言語口教若外聲耳識所知貝聲大鼓聲小鼓聲箏聲箜篌聲銅鈸聲舞聲歌聲伎樂聲笑聲男聲女聲人聲非人聲衆生聲非衆生聲去聲來聲相觸聲風聲雨聲水聲諸大相觸聲及餘外聲耳識所知是名聲界云何香界若香入是名香界云何香界若色不可見有對鼻識所知是名香界云何香界若香界業法煩惱所生報我分攝身好香非好香軟香非軟香適意香非適意香若外香鼻識所知樹根香樹心香樹膠香樹皮香葉香華香果香好香非好香及餘外香鼻識所知是名香界云何味界若味入是名味界云何味界若色不可見有對舌識所知是名味界云何味界若味界業法煩惱所生報我分攝身甜醋苦辛醎淡涎癊若外味舌識所知若甜醋苦辛醎淡若水若汁及餘外味舌識所知是名味界云何觸界若觸入是名觸界云何觸界若色不可見有對身識所知是名觸界云何觸界若觸界業法煩惱所生報我分攝身冷熱輕重麤細澀滑堅軟若外觸身識所知是名觸界云何眼識界若識是眼根主色境界已生今生當生不定是名眼識界云何耳鼻舌身識界若識身根主觸境界已生今生當生不定是名身識界云何意界意知法思惟法念法若初心已生今生當生不定是名意界云何意識界若識相似不離彼境界及餘相似心已生今生當生不定是名意識界云何法界若法入是名法界云何法界受陰想陰行陰若

色不可見無對若無爲是名法界云何法界受想思觸思惟覺觀見慧解脫無貪無恚無癡順信悔不悔悅喜心進心除信欲不放逸念定心捨疑怖煩惱使生老死命結無想定得果滅盡定身口非戒無教有漏身口戒無教有漏身進有漏身除正語正業正命正身進正身除智緣盡非智緣盡決定法住緣空處識處不用處非想非非想處是名法界

十八界幾色幾非色十色七非色一二分或色或非色云何十色眼界耳界鼻界舌界身界色界聲界香界味界觸界是名十色云何七非色眼識界耳識界鼻識界舌識界身識界意界意識界是名七非色云何一二分或色或非色法界是名一二分或色或非色云何法界色身口非戒無教有漏身口戒無教有漏身進有漏身除正語正業正命正身進正身除是名法界色云何法界非色受想乃至滅盡定智緣盡乃至非想非非想處是名法界非色

十八界幾可見幾不可見一可見十七不可見云何一可見色界是名一可見云何十七不可見除色界餘不可見

十八界幾有對幾無對十有對八無對云何十有對十色界是名十有對云何八無對七識界法界是名八無對

十八界幾聖幾非聖十五非聖三二分或聖或非聖云何十五非聖十色界五識界是名十五非聖云何三二分或聖或非聖意界意識界法界是名三二分或聖或非聖云何意界非聖若意界有漏是名意界非聖云何意

界非聖若意界非學非無學意界是名意界非聖云何意界聖若意界無漏是名意界聖云何意界聖若意界信根相應意界是名意界聖云何意界聖若意界學若無學學人離結使聖心入聖道若堅信若堅法及餘趣人見行過患觀涅槃寂滅如實觀苦集滅道未得欲得未解欲解未證欲證離煩惱修道見學人若須陀洹若斯陀舍若阿那舍觀智具足若智地若觀解脫心即證沙門果若須陀洹果若斯陀舍果若阿那舍果無學人欲得阿羅漢未得聖法欲得觀智具足若智地若觀解脫心即得阿羅漢果若實人若趣若意界是名意界聖意識界亦如是云何法界非聖若法界有漏是名法界非聖云何法界非聖受受陰想受陰行受陰若色不可見無對有漏若非聖無爲是名法界非聖云何法界非聖若法界若非學非無學受想乃至無想定初四色非聖七無爲是名法界非聖云何法界聖若法無漏是名法界聖云何法界聖信根及信根相應心數法若法非非緣無漏是名法界聖云何法界聖若法界聖若法界學若無學學人離結使乃至即得阿羅漢果若實人若趣若受想思觸思惟覺觀見慧解脫無癡順信悅喜心進心除信欲不放逸念定心捨得果滅盡定正語正業正命正身進正身除智緣盡決定是名法界聖

十八界幾有漏幾無漏十五有漏三一分或有漏或無漏云何十五有漏十色界五識界是名十五有漏云何三二分或有漏或無漏意界意識界法界是名三二分或有漏或無

漏云何意界有漏意界若有愛是名意界有漏云何意界有漏意界若非學非無學意界是名意界有漏云何意界無漏若意界無愛是名意界無漏云何意界無漏若意界信根相應意界是名意界無漏云何意界無漏若意界若學無學學人離結使乃至即得阿羅漢果若實人若趣意界是名意界無漏意識界亦如是云何法界有漏若法界有愛是名法界有漏云何法界有漏受受陰想受陰行受陰若色不可見無對有愛是名法界有漏云何法界有漏若法界非學非無學受想乃至無想定初四色是名法界有漏云何法界無漏若法界無愛是名法界無漏云何法界無漏信根及相應心數法若法非緣無愛是名法界無漏云何法界無漏若法界若學無學若非聖無爲學人離結使乃至即得阿羅漢果若實人若趣若受想思觸思惟覺觀見慧解脫無癡順信悅喜心進心除信欲不放逸念定心捨得果滅盡定正語正業正命正身進正身除智緣盡非智緣盡決定法住緣空處智識處智不用處智非想非非想處智是名法界無漏有愛無愛有求無求當取非當取有取無取有勝無勝亦如是

十八界幾受幾非受五受十三二分或受或非受云何五受眼界耳界鼻界舌界身界是名五受云何十三二分或受或非受色界聲界香界味界觸界眼識界耳識界鼻識界舌識界身識界意界意識界法界是名十三二分或受或非受云何色界受色界若內是名色界受云何色界受若色界業法煩惱所生

報我分攝身好色非好色端嚴非端嚴姸醜非姸醜嚴淨非嚴淨若受心所起去來屈伸迴轉身教是名色界受云何色界非受若色界外是名色界非受云何色界非受若色界善若不善若無記非我分攝若善心若不善心若非報非報法心所起去來屈伸迴轉身教若外色眼識所知是名色界非受云何聲界受若聲界是內是名聲界受云何聲界受若聲界業法煩惱所生報我分攝身好聲非好聲衆妙聲非衆妙聲輭聲非輭聲受心所起集聲音句言語口教是名聲界受云何聲界非受若聲界外是名聲界非受云何聲界非受若聲界善若不善若無記非我分攝若善心若不善心若非報非報法心所起集聲音句言語口教若外聲耳識所知是名聲界非受云何香界受若香界內是名香界受云何香界受若香界業法煩惱所生報我分攝身好香非好香輭香非輭香適意香非適意香是名香界受云何香界非受若香界外外香鼻識所知樹根香樹心香樹膠香樹皮香葉香華香果香好香非好香及餘外香鼻識所知是名香界非受云何味界受若味界內是名味界受云何味界受若味界業法煩惱所生報我分攝身甜醋苦辛醎淡涎㿕是名味界受云何味界非受若味界外外味舌識所知若甜醋苦辛醎淡水汁及餘外味舌識所知是名味界非受云何觸界受若觸界內是名觸界受云何觸界受若觸界業法煩惱所生報我分攝身冷熱輕重麤細澀滑堅輭是名觸界受云何觸界非受若觸界外若外

觸身識所知若冷熱輕重麤細澀滑堅輭及餘外觸身識所知是名觸界非受云何眼識界受若眼識界內是名眼識界受云何眼識界受若眼識界業法煩惱所生報我分攝眼識界是名眼識界受云何眼識界非受若眼識界外眼識界是名眼識界非受耳識界鼻識界舌識界身識界亦如是云何意界受若意界內是名意界受云何意界受若意界業法煩惱所生報我分攝是名意界受云何意界非受若意界外是名意界非受云何意界非受若意界善若不善若無記非我分攝意界是名意界非受意識界亦如是云何法界受若法界內是名法界受云何法界受若法界業法煩惱所生報我分攝受想思觸思惟覺觀見慧解脫悔不悔悅喜心進信欲念怖生命有漏身進是名法界受云何法界非受若法界外是名法界非受云何法界非受若法界善若不善若無記非我分攝餘法界非受是名法界非受內外亦如是

十八界幾有報幾無報十三無報五二分或有報或無報云何十三無報八色界五識界是名十三無報云何五二分或有報或無報色界聲界意界意識界法界是名五二分或有報或無報云何色界有報若色界報法是名色界有報云何色界有報若色界善若不善若善心若不善心所起去來屈伸迴轉身教是名色界有報云何色界無報若色界報非報非報法身好色非好色端嚴非端嚴姸膚非姸膚嚴淨非嚴淨無記心所起去來屈伸迴轉身教若外色眼識所知是名色

界無報云何聲界有報若聲界報法是名聲界有報云何聲界有報若聲界善若不善若善心若不善心所起集聲音句言語口教是名聲界有報云何聲界無報若聲界報若聲界非報非報法身好聲非好聲衆妙聲非衆妙聲輭聲非輭聲無記心所起所集聲音句言語口教若外聲耳識所知是名聲界無報云何意界有報若意界報法是名意界有報云何意界有報除意界善報餘意界善若不善意界是名意界有報云何意界無報若意界報若意界非報非報法意界是名意界無報意識界亦如是云何法界有報若法界報法是名法界有報云何法界有報除法界善報餘法界善有爲若不善受想乃至煩惱使結二定一切色是名法界有報云何法界無報若法界報若法界非報非報法除無貪無恚無癡煩惱使結身口非戒無教餘法界無報是名法界無報

十八界幾心幾非心七心十一非心云何七心七識界是名七心云何十一非心十色界法界是名十一非心

十八界幾心相應幾非心相應十非心相應七不說心相應非心相應一二分或心相應或非心相應云何十非心相應十色界是名十非心相應云何七不說心相應非心相應七識界是名七不說心相應非心相應云何一二分或心相應或非心相應法界是名一二分或心相應或非心相應云何法界心相應若法界心數受想乃至煩惱使是名法界心相應云何法界非心相應若法界若非心

生乃至非想非非想處智是名法界非心相應

十八界幾心數幾非心數十七非心數一二分或心數或非心數云何十七非心數十色界七識界是名十七非心數云何一二分或心數或非心數法界是名一二分或心數或非心數云何法界心數若法界有緣受想乃至煩惱使是名法界心數云何法界非心數若法界非緣生乃至非想非非想處智是名法界非心數

十八界幾有緣幾無緣七有緣十無緣一二分或有緣或無緣云何七有緣七識界是名七有緣云何十無緣十色界是名十無緣云何一二分或有緣或無緣法界是名一二分或有緣或無緣云何法界有緣若法界心數受想乃至煩惱使是名法界有緣云何法界無緣若法界非心數生乃至非想非非想處智是名法界無緣

十八界幾共心幾不共心十七不共心一二分或共心或不共心云何十七不共心十色界七識界是名十七不共心云何一二分或共心或不共心法界是名一二分或共心或不共心云何法界共心若法界隨心轉共心生共住共滅受想乃至煩惱使有漏身口戒無教有漏身進有漏身除正語正業正命正身進正身除是名法界共心云何法界不共心若法界不隨心轉不共心生不共住不共滅生乃至非想非非想處智是名法界不共心隨心轉不隨心轉亦如是

十八界幾業幾非業十五非業三二分或業

或非業云何十五非業八色界七識界是名十五非業云何三二分或業或非業色界聲界法界是名三二分或業或非業云何色界業若善心若不善心若無記心所起去來屈伸迴轉身教是名色界業云何色界非業身好色非好色端嚴非端嚴姸醜非姸醜嚴淨非嚴淨若外色眼識所知是名色界非業云何聲界業若善心若不善心若無記心所起集聲音句言語口教是名聲界業云何聲界非業身好聲非好聲衆妙聲非衆妙聲輭聲非輭聲若外聲耳識所知是名聲界非業云何法界業思身口非戒無教有漏身口戒無教正語正業正命是名法界業云何法界非業除思身口非戒無教有漏身口戒無教正語正業正命餘法界非業是名法界非業

十八界幾業相應幾非業相應七業相應十非業相應一三分或業相應或非業相應或不說業相應非業相應云何七業相應七識界是名七業相應云何十非業相應十色界是名十非業相應云何一三分或業相應或非業相應或不說業相應非業相應法界是名一三分或業相應或非業相應或不說業相應非業相應云何法界業相應若法界思相應除思餘受想乃至煩惱使是名法界業相應云何法界非業相應若法界非思相應生乃至非想非非想處智是名法界非業相應云何法界不說業相應非業相應思是名法界不說業相應非業相應

十八界幾共業幾非共業七共業十不共業一二分或共業或不共業云何七共業七識

界是名七共業云何十不共業十色界是名
十不共業云何一二分或共業或不共業法
界是名一二分或共業或不共業云何法界
共業若法界隨業轉共業生共住共滅受想
定心思觸乃至煩惱使二定有漏身口戒無
教有漏身進有漏身除正語正業正命正身
進正身除是名法界共業云何法界不共業
若法界不隨業轉不共業生不共住不共滅
不定心思生老死命結得果身口非戒無教
有漏身口戒無教有漏身進九無爲是名法
界不共業隨業轉不隨業轉亦如是
十八界幾因幾非因七因七非因四二分或
因或非因云何七因七識界是名七因云何
七非因眼界耳界鼻界舌界身界香界味界
是名七非因云何四二分或因或非因色界

聲界觸界法界是名四二分或因或非因云
何色界因若色界報法是名色界因云何色
界因若色界若善不善若善心不善心所起
去來屈伸迴轉身教是名色界因云何色界
非因若色界報若色界非報非報法身好色
非好色端嚴非端嚴妍膚非妍膚嚴淨非嚴
淨無記心所起去來屈伸迴轉身教若外色
眼識所知是名色界非因云何聲界因若聲
界報法是名聲界因云何聲界因若聲界善
若不善若善心若不善心所起集聲音句言
語口教是名聲界因云何聲界非因若聲界
報若聲界非報非報法身好聲非好聲衆妙
聲非衆妙聲輭聲非輭聲無記心所起集聲
音句言語口教若外聲耳識所知是名聲界
非因云何觸界因四大地大水大火大風大

是名觸界因云何觸界非因除四大餘觸界所攝法是名觸界非因云何法界因若法界緣若法界非緣有報除得果餘法界非緣若報受想乃至煩惱使結二定一切色是名法界因云何法界非因若非緣無報不共業生老死命得果有漏身進九無爲是名法界非因

十八界幾有因幾無因十七有因一二分或有因或無因云何十七有因十色界七識界是名十七有因云何一二分或有因或無因法界是名一二分或有因或無因云何法界有因若法界有緒受想乃至正身除是名法界有因云何法界無因若法界無緒智緣盡乃至非想非非想處智是名法界無因有緒無緒有緣無緣有爲無爲亦如是

十八界幾知幾非知一切知如事知見

十八界幾可識幾非可識一切識意識如事識

十八界幾解幾非解一切解如事知見

十八界幾了幾非了一切了如事知見

十八界幾斷智知幾非斷智知十三非斷智知五二分或斷智知或非斷智知云何十三非斷智知八色界五識界是名十三非斷智知云何五二分或斷智知或非斷智知色界聲界意界意識界法界是名五二分或斷智知或非斷智知云何色界斷智知若色界不善若不善心所起去來屈伸迴轉身教是名色界斷智知云何色界非斷智知若色界善若無記身好色非好色端嚴非端嚴妍膚非妍膚嚴淨非嚴淨若善心若無記心所起去

來屈伸迴轉身教若外色眼識所知是名色界非斷智知云何聲界斷智知若聲界不善不善心所起集聲音句言語口教是名聲界斷智知云何聲界非斷智知若聲界善若無記身好聲非好聲衆妙聲非衆妙聲輭聲非輭聲若善心若無記心所起集聲音句言語口教若外聲耳識所知是名聲界非斷智知云何意界斷智知若意界不善意界是名意界斷智知云何意界非斷智知若意界善若無記意界是名意界非斷智知意識界亦如是云何法界斷智知若法界不善受想思觸思惟覺觀見慧解脱悔不悔悦喜心進信欲念疑怖煩惱使結身口非戒無教有漏身進是名法界斷智知云何法界非斷智知若法界善若無記除疑煩惱使結身口非戒無教

餘法界非斷智知斷非斷亦如是

十八界幾修幾非修十三非修五二分或修或非修云何十三非修八色界五識界是名十三非修云何五二分或修或非修色界聲界意界意識界法界是名五二分或修或非修云何色界修若色界善若善心所起去來屈伸迴轉身教是名色界修云何色界非修若色界不善若無記身好色非好色端嚴非端嚴姸醜非姸醜嚴淨非嚴淨若不善心若無記心所起去來屈伸迴轉身教若外色眼識所知是名色界非修云何聲界修若聲界善若善心所起集聲音句言語口教是名聲界修云何聲界非修若聲界不善若無記身好聲非好聲衆妙聲非衆妙聲輭聲非輭聲若不善心若無記心所起集聲音句言語口

教若外聲耳識所知是名聲界非修云何意
界修若意界善意界是名意界修云何意界
非修若意界不善若無記意界是名意界非
修意識界亦如是云何法界修若法界善受
想乃至心捨無想定得果滅盡定有漏身口
戒無教有漏身進有漏身除正語正業正命
正身進正身除智緣盡決定是名法界修云
何法界非修法界不善若無記受想思觸思
惟覺觀見慧解脫悔不悔悅喜心進信欲念
疑怖煩惱使生老死命結身口非戒無教有
漏身進非聖七無爲是名法界非修
十八界幾證幾非證一切證如事知見
十八界幾善幾非善幾無記十三無記五三
分或善或不善或無記云何十三無記八色
界五識界是名十三無記云何五三分或善
或不善或無記色界聲界意界意識界法界
是名五三分或善或不善或無記云何色界
善若色界修善心所起去來屈伸迴轉身教
是名色界善云何色界不善若色界斷不善
心所起去來屈伸迴轉身教是名色界不善
云何色界無記若色界受若色界非報非報
法身好色非好色端嚴非端嚴妍膚非妍膚
嚴淨非嚴淨無記心所起去來屈伸迴轉身
教若外色眼識所知是名色界無記云何聲
界善若聲界修善心所起集聲音句言語口
教是名聲界善云何聲界不善若聲界斷不
善心所起集聲音句言語口教是名聲界不
善云何聲界無記若聲界受若聲界非報非
報法身好聲非好聲衆妙聲非衆妙聲輭聲
非輭聲無記心所起集聲音句言語口教若

外聲耳識所知是名聲界無記云何意界善若意界修是名意界善云何意界不善若意界斷意界是名意界不善云何意界無記若意界受若意界非報非報法意界是名意界無記意識界亦如是云何法界善若法界修受想乃至心捨無想定得果滅盡定有漏身口戒無教有漏身進有漏身除正語正業正命正身進正身除智緣盡決定是名法界善云何法界不善若法界斷受想觸思惟覺觀見慧解脫悔不悔悅喜心進信欲念疑怖煩惱使結身口非戒無教有漏身進是名法界不善云何法界無記若法界受非報非報法非聖無爲受想思觸思惟覺觀見慧解脫悔不悔悅喜心進信欲念怖生老死命有漏身進非聖七無爲是名法界無記

十八界幾學幾無學幾非學非無學十五非學非無學三三分或學或無學或非學非無學云何十五非學非無學十色界五識界是名十五非學非無學云何三三分或學或無學或非學非無學意界意識界法界是名三三分或學或無學或非學非無學云何意界學若意界聖非無學是名意界學云何意界學若意界學信根相應意界是名意界學云何意界學學人離結使聖心入聖道若堅信若堅法及餘趣人見行過患觀涅槃寂滅如實觀若集滅道未得欲得未解欲解未證欲證離煩惱修道見學人若須陀洹斯陀含阿那含觀智具足若智地若觀解脫心即證沙門果若須陀洹果斯陀含果阿那含果若實人若趣意界是名意界學云何意界無學若

意界聖非學是名意界無學云何意界無學若意界無學信根相應意界是名意界無學云何意界無學無學人欲得阿羅漢未得聖法欲得修道觀智具足若智地若觀解脱心即得阿羅漢果若實人若趣意界是名意界無學云何意界非學非無學若意界非聖意界是名意界非學非無學意識界亦如是云何法界學若法界聖非無學是名法界學云何法界學學信根及相應心數法若法界緣無漏非無學是名法界學云何法界學學人離結使聖心入聖道乃至即得阿那含果若實人若趣受想思觸思惟覺觀見慧解脱無癡順信悦喜心進心除信欲不放逸念定心捨得果滅盡定正語正業正命正身進正身除智緣盡決定是名法界學云何法界無學若法界聖非學是名法界無學云何法界無學無學信根及相應心數法若法界非緣無漏非學是名法界無學云何法界無學無學人乃至即得阿羅漢果若實人若趣若受想思觸思惟覺觀見慧解脱無癡順信悦喜心進心除信欲不放逸念心捨得果滅盡定正語正業正命正身進正身除智緣盡是名法界無學云何法界非學非無學若法界非聖受受陰想受陰行受陰若色不可見無對有漏若非聖無爲受想是初四色非聖七無爲是名法界非學非無學

十八界幾報幾報法幾非報非報法五報八二分或報或非報非報法五三分或報或報法或非報非報法云何五報眼界耳界鼻界舌界身界是名五報云何八二分或報或非

報非報法香界味界觸界眼識界耳識界鼻識界舌識界身識界是名八二分或報或非報非報法云何五三分或報或報法或非報非報法色界聲界意界意識界法界是名五三分或報或報法或非報非報法云何香界報若香界受是名香界報云何香界報若香界業法煩惱所生報我分攝身好香非好香輭香非輭香適意香非適意香是名香界報云何香界非報非報法若香界外若外香鼻識所知樹根香樹心香樹膠香樹皮香葉香華香果香好香非好香及餘外香鼻識所知是名香界非報非報法云何味界報若味界受是名味界報云何味界報若味界業法煩惱所生報我分攝身甜醋苦辛鹹淡涎癊是名味界報云何味界非報非報法若味界外若外味舌識所知若甜醋苦辛鹹淡水汁及餘外味舌識所知是名味界非報非報法云何觸界報若觸界受是名觸界報云何觸界報若觸界業法煩惱所生報我分攝身冷熱輕重麤細澀滑堅輭是名觸界報云何觸界非報非報法若觸界外若外觸身識所知若冷熱輕重麤細澀滑堅輭及餘外觸身識所知是名觸界非報非報法云何眼識界報若眼識界受是名眼識界報云何眼識界報若眼識界業法煩惱所生報我分攝眼識界是名眼識界報云何眼識界非報非報法若眼識界外眼識界是名眼識界非報非報法耳識界鼻識界舌識界身識界亦如是云何色界報若色界受是名色界報云何色界報若色界業法煩惱所生報我分攝身好色非好

色端嚴非端嚴姸膚非姸膚嚴淨非嚴淨若受心所起去來屈伸迴轉身教是名色界報云何色界報法若色界有報是名色界報法云何色界報法若色界善若不善若善心若不善心所起去來屈伸迴轉身教是名色界報法云何色界非報非報法若色界無記非我分攝非報非報法心所起去來屈伸迴轉身教若外色眼識所知是名色界非報非報法云何聲界報若聲界受是名聲界報云何聲界報若聲界業法煩惱所生報我分攝身好聲非好聲衆妙聲非衆妙聲軟聲非軟聲若受心所起集聲音句言語口教是名聲界報云何聲界報法若聲界有報是名聲界報法云何聲界報法若聲界善若不善若善心若不善心所起集聲音句言語口教是名聲

界報法云何聲界非報非報法若聲界無記非我分攝非報非報法心所報集聲音句言語口教若外聲耳識所知是名聲界非報非報法云何意界報若意界若受若意界善報意界是名意界報云何意界報法若意界有報是名意界報法云何意界報法除意界善報餘意界善若不善意界是名意界報法云何意界非報非報法意界若無記非我分攝意界是名意界非報非報法意識界亦如是云何法界報若法界善報除無貪無恚餘受想乃至心捨怖生命無想定得果滅盡定有漏身口戒無教有漏身進有漏身除正語正業正命正身進正身除是名法界報云何法界報法若法界有報是名法界報法云何法界報法除法界善報餘法界善有爲若不善

受想乃至煩惱使結二定一切色是名法界報法云何法界非報非報法若法界無記非我分攝若聖無爲受想思觸思惟覺觀見慧解脫悔不悔悅喜心進信欲念怖生老死有漏身進九無爲是名法界非報非報法

十八界幾見斷幾思惟斷幾非見斷非思惟斷十三非見斷非思惟斷五三分或見斷或思惟斷或非見斷非思惟斷云何十三非見斷非思惟斷八色界五識界是名十三非見斷非思惟斷云何五三分或見斷或思惟斷或非見斷非思惟斷色界聲界意界意識界法界是名五三分或見斷或思惟斷或非見斷非思惟斷云何色界見斷若色界不善非思惟斷見斷煩惱心所起去來屈伸迴轉身教是名色界見斷云何色界思惟斷若色界不善非見斷思惟斷煩惱心所起去來屈伸迴轉身教是名色界思惟斷云何色界非見斷非思惟斷若色界善若無記身好色非好色端嚴非端嚴姸膚非姸膚嚴淨非嚴淨若善心若無記心所起去來屈伸迴轉身教若外色眼識所知是名色界非見斷非思惟斷云何聲界見斷若聲界不善非思惟斷見斷煩惱心所起集聲音句言語口教是名聲界見斷云何聲界思惟斷若聲界不善非見斷思惟斷煩惱心所起集聲音句言語口教是名聲界思惟斷云何聲界非見斷非思惟斷若聲界善若無記身好聲非好聲衆妙聲非衆妙聲輭聲非輭聲若善心若無記心所起集聲音句言語口教若外聲耳識所知是名聲界非見斷非思惟斷云何意界見斷若意

界不善非思惟斷見斷煩惱相應心意界是名意界見斷云何意界思惟斷若意界不善非見斷思惟斷煩惱相應意界是名意界思惟斷云何意界非見斷非思惟斷若意界善若無記意界是名意界非見斷非思惟斷意識界亦如是云何法界見斷若法界不善非思惟斷見斷煩惱一時俱斷受想思觸思惟覺觀見慧解脱悔不悔悦喜心進信欲念疑怖煩惱使結身口非戒無教有漏身進是名法界見斷云何法界思惟斷若法界不善非見斷思惟斷煩惱一時俱斷受想思觸思惟覺觀見慧解脱悔不悔悦喜心進信欲念怖煩惱使結身口非戒無教有漏身進是名法界思惟斷云何法界非見斷非思惟斷若法界善若無記除疑煩惱使結身口非戒無教餘法界是名法界非見斷非思惟斷

十八界幾見斷因幾思惟斷因幾非見斷非思惟斷因一切三分或見斷因或思惟斷因或非見斷非思惟斷因云何眼界見斷因若眼界見斷法報地獄畜生餓鬼眼界是名眼界見斷因云何眼界思惟斷因若眼界思惟斷法報地獄畜生餓鬼眼界是名眼界思惟斷因云何眼界非見斷非思惟斷因若眼界善法報天上人中眼界是名眼界非見斷非思惟斷因耳界鼻界舌界身界亦如是云何色界見斷因若色界見斷若色界見斷法報身非好色非端嚴非妍膚非嚴淨見斷因心所起去來屈伸迴轉身教是名色界見斷因云何色界思惟斷因若色界若思惟斷若思惟斷法報身非好色非端嚴非妍膚非嚴淨

思惟所斷因心所起去來屈伸迴轉身教是名色界思惟斷因云何色界非見斷非思惟斷因若色界善若色界善法報若色界非報非報法身好色端嚴姸膚非見斷非思惟斷因心所起去來屈伸迴轉身教若外色眼識所知是名色界非見斷非思惟斷因云何聲界見斷因若聲界見斷若聲界見斷法報身非好聲非衆妙聲非輭聲見斷因心所起集聲音句言語口教是名聲界見斷因云何聲界思惟斷因若聲界思惟斷若聲界思惟斷法報身非好聲非衆妙聲非輭聲思惟斷因心所起集聲音句言語口教是名聲界思惟斷因云何聲界非見斷非思惟斷因若聲界善法報若聲界非報非報法身好聲衆妙聲輭聲非見斷非思惟斷因心所起集聲音句

言語口教若外聲耳識所知是名聲界非見斷非思惟斷因云何香界見斷因若香界見斷法報身非好香非輭香非適意香是名香界見斷因云何香界思惟斷因若香界思惟斷法報身非好香非輭香非適意香是名香界思惟斷因云何香界非見斷非思惟斷因若香界善法報若香界非報非報法身好香輭香適意香若外香鼻識所知是名香界非見斷非思惟斷因云何味界見斷因若味界見斷法報身甜醋苦辛醎淡涎癊是名味界見斷因云何味界思惟斷因若味界思惟斷法報身甜醋苦辛醎淡涎癊是名味界思惟斷因云何味界非見斷非思惟斷因若味界善法報若味界非報非報法身甜醋苦辛醎淡涎癊若外味舌識所知是名味界非見斷

非思惟斷因云何觸界見斷因若觸界見斷法報身冷熱麤重堅澀是名觸界見斷因云何觸界思惟斷因若觸界思惟斷法報身冷熱麤重堅澀是名觸界思惟斷因云何觸界非見斷非思惟斷因若觸界善法報若觸界非報非報法身冷熱輕細輭滑若外觸身識所知是名觸界非見斷非思惟斷因云何眼識界見斷因若眼識界見斷法報地獄畜生餓鬼眼識界是名眼識界見斷因云何眼識界思惟斷因若眼識界思惟斷法報地獄畜生餓鬼眼識界是名眼識界思惟斷因云何眼識界非見斷非思惟斷因若眼識界善法報若眼識界非報非報法天上人中眼識界是名眼識界非見斷非思惟斷因耳識界鼻識界舌識界身識界亦如是云何意界見斷因若意界若見斷意界若見斷法報意界是名意界見斷因云何意界思惟斷因意界若意界思惟斷若意界思惟斷法報是名意界思惟斷因云何意界非見斷非思惟斷因若意界善若意界善法報若意界非報非報法意界是名意界非見斷非思惟斷因意識界亦如是云何法界見斷因若法界見斷法報受想思觸思惟覺觀見慧解脫悔不悔悅喜心進信欲念疑怖煩惱使生命結身口非戒無教有漏身進是名法界見斷因云何法界思惟斷因若法界思惟斷法界思惟斷法報受想思觸思惟覺觀見慧解脫悔不悔悅喜心進信欲念怖煩惱使生命結身口非戒無教有漏身進是名法界思惟斷因云何法界非見斷非思惟斷因若法界善若法界善法

報若法界非報非報法除疑煩惱使結身口非戒無教餘法界非見斷非思惟斷因是名法界非見斷非思惟斷因

十八界幾欲界繫幾色界繫幾無色界繫幾不繫六欲界繫九二分或欲界繫或色界繫三四分或欲界繫或色界繫或無色界繫或不繫云何六欲界繫鼻界香界鼻識界舌界味界舌識界是名六欲界繫云何九二分或欲界繫或色界繫眼界耳界身界色界聲界觸界眼識界耳識界身識界是名九二分或欲界繫或色界繫云何三四分或欲界繫或色界繫或無色界繫或不繫意界意識界法界是名三四分或欲界繫或色界繫或無色界繫或不繫云何眼界欲界繫若眼界欲漏有漏眼界是名眼界欲界繫云何眼界色界繫若眼界色漏有漏眼界是名眼界色界繫耳界身界亦如是云何色界欲界繫若色界欲漏有漏身好色非好色端嚴不端嚴妍膚非妍膚嚴淨非嚴淨欲行心所起去來屈伸迴轉身教若外色眼識所知欲漏有漏是名色界欲界繫云何色界色界繫若色界色漏有漏身好色端嚴妍膚嚴淨色行心所起去來屈伸迴轉身教若外色眼識所知色漏有漏是名色界色界繫云何聲界欲界繫若聲界欲漏有漏身好聲非好聲衆妙聲非衆妙聲輭聲非輭聲欲行心所起集聲音句言語口教若外聲耳識所知欲漏有漏是名聲界欲界繫云何聲界色界繫若聲界色漏有漏身好聲衆妙聲輭聲色行心所起集聲音句言語口教若外聲耳識所知色漏有漏是名

聲界色界繫云何觸界欲界繫若觸界欲漏有漏身冷熱輕重麤細澀滑堅輭若外觸身識所知欲漏有漏是名觸界欲界繫云何觸界色界繫若觸界色漏有漏身冷熱輕重輭滑若外觸身識所知色漏有漏是名觸界色界繫云何眼識界欲界繫若眼識界欲漏有漏眼識界是名眼識界欲界繫云何眼識界色界繫若眼識界色漏有漏眼識界是名眼識界色界繫耳識界身識界亦如是云何意界欲界繫若意界欲漏有漏意界是名意界欲界繫云何意界色界繫若意界色漏有漏意界是名意界色界繫云何意界無色界繫若意界無色漏有漏意界是名意界無色界繫云何意界不繫若意界聖無漏意界是名意界不繫意識界亦如是云何法界欲界繫若法界欲漏有漏受想思觸思惟覺觀見慧解脫無貪無恚無癡順信悔不悔悅喜心進信欲不放逸念疑悕煩惱使生老死命結身口非戒無教有漏身口戒無教有漏身進是名法界欲界繫云何法界色界繫若法界色漏有漏受想思觸思惟覺觀見慧解脫無癡順信悅喜心進心除信欲不放逸念定心捨疑煩惱使生老死命結無想定有漏身口無教有漏身進有漏身除是名法界色界繫云何法界無色界繫若法界無色漏有漏受想思觸思惟覺觀見慧解脫無癡順信心進心除信欲不放逸念定心捨疑煩惱使生老死命結有漏身口戒無教有漏身進有漏身除是名法界無色界繫云何法界不繫若法界聖無漏無爲受想思觸思惟覺觀見慧解脫

無癡順信悅喜心進心除信欲不放逸念定心捨得果滅盡定正語正業正命正身進正身除九無爲是名法界不繫

十八界幾過去幾未來幾現在幾非過去非未來非現在十七三分或過去或未來或現在一四分或過去或未來或現在或非過去非未來非現在云何十七三分或過去或未來或現在眼界乃至意識界是名十七三分或過去或未來或現在云何一四分或過去或未來或現在或非過去非未來非現在法界是名一四分或過去或未來或現在或非過去非未來非現在云何眼界過去若眼界生已滅眼界是名眼界過去云何眼界未來若眼界未生未出眼界是名眼界未來云何眼界現在若眼界生未滅眼界是名眼界現在乃至意識界亦如是云何法界過去若法界生已滅受想乃至正身除是名法界過去云何法界未來若法界未生未出受想乃至正身除是名法界未來云何法界現在若法界生未滅受想乃至正身除是名法界現在云何法界非過去非未來非現在若法界無爲智緣盡乃至非有想非非想處智是名法界非過去非未來非現在

舍利弗阿毗曇論卷第二

舍利弗阿毗曇論卷第三上

姚秦天竺三藏曇摩崛多共曇摩耶舍譯

問分陰品第三

問曰幾陰答曰五陰何等五色陰受陰想陰行陰識陰云何色陰若色法是名色陰云何色陰十色入若法入色是名色陰云何色陰四大若四大所造色是名色陰云何色陰三行色可見有對色不可見有對色不可見無對色是名色陰云何色陰若色過去未來現在内外麤細卑勝遠近是名色陰云何色法眼耳鼻舌身入色聲香味觸入身口非戒無教有漏身口戒無教有漏身進有漏身除正語正業正命正身進正身除是名色法云何十色入眼耳鼻舌身入色聲香味觸入是名十色入云何法入色身口非戒無教有漏身口戒無教有漏身進有漏身除正語正業正命正身進正身除是名法入色云何四大地大水大火大風大是名四大云何四大所造色眼耳鼻舌身色聲香味身口非戒無教有漏身口戒無教有漏身進有漏身除正語正業正命正身進正身除是名四大所造色云何可見有對色色入是名可見有對色云何不可見有對色眼耳鼻舌身聲香味觸入是名不可見有對色云何不可見無對色身口非戒無教有漏身口戒無教有漏身進有漏身除正語正業正命正身進正身除是名不可見無對色云何過去色若色生已滅是名過去色云何未來色若色未生未出是名未來色云何現在色若色生未滅是名現在色云何内色若色受是名内色云何外色若色

非受是名外色云何麤色若色欲界繫是名麤色云何細色若色色界繫若無色界繫若不繫是名細色云何卑色若色不善若色不善法報若色非報非報法不適意是名卑色云何勝色若色善若色善法報若色非報非報法適意是名勝色云何遠色若諸色相遠極相遠不近不近邊是名遠色云何近色若色相近極相近近邊是名近色

云何受陰一受受陰若心受是名受陰云何受陰二受受陰身受心受是名受陰云何受陰三受受陰樂受苦受非苦非樂受是名受陰云何受陰四受受陰欲界繫受色界繫受無色界繫受不繫受是名受陰云何受陰五受受陰樂根苦根喜根憂根捨根是名受陰云何受陰六受受陰眼觸受耳鼻舌身意觸受是名受陰云何受陰七受受陰眼識界相應受耳鼻舌身意界意識界相應受是名受陰云何受陰十八意行及餘意受是名受陰云何受陰三十六尊句及餘意受是名受陰云何受陰百八受及餘意受是名受陰云何受陰若過去未來現在內外麤細卑勝遠近受是名受陰云何身受若受身識相應是名身受云何心受若受意識相應是名心受云何身受若受五識身相應眼識耳識鼻識舌識身識是名身受云何心受若受意識相應是名心受云何樂受若身心樂受是名樂受云何苦受若身心苦受是名苦受云何非苦非樂受若身心非苦非樂受是名非苦非樂受云何欲界繫受若受欲漏有漏是名欲界繫受云何色界繫受若受色漏有漏是名色

界繫受云何無色界繫受若受無色漏有漏是名無色界繫受云何不繫受若受聖無漏是名不繫受云何樂根若身樂受眼觸樂受耳鼻舌身觸樂受樂界是名樂根云何苦根若身苦受眼觸苦受耳鼻舌身觸苦受苦界是名苦根云何喜根若身心樂受意觸樂受喜界是名喜根云何憂根若身心苦受意觸苦受憂界是名憂根云何捨根若身心非苦非樂受眼觸非苦非樂受耳鼻舌身意觸非苦非樂受捨界是名捨根云何眼觸受若受眼識相應是名眼觸受云何耳鼻舌身意觸受若受意識相應是名意觸受云何眼觸受緣眼緣色生眼識三法和合觸緣觸受名眼觸受云何耳鼻舌身意觸受緣意緣法生意識三法和合觸緣觸受是名意觸受云何眼識界相應受若受眼識界共生共住共滅是名眼識界相應受云何耳鼻舌身意界意識界相應受若受意識界共生共住共滅是名意識界相應受云何十八意行六喜行六憂行六捨行如是六喜行六憂行六捨行是名十八意行云何除十八意行餘意受除十八意行餘意受是名除十八意行餘意受云何三十六尊句依六貪喜依六出喜依六貪憂依六出憂依六貪捨依六出捨云何依六貪喜眼知色愛喜適意愛色欲染相應今得當得已得過去變滅憶念生喜如是喜是名依貪喜耳鼻舌身意知法愛喜適意愛法欲染相應今得當得已得過去變滅憶念生喜如是生喜是名依貪喜是名依六貪喜云何依六出喜色無我知無常變異離欲滅如實觀

過去如此色無常苦變如實觀生喜如是喜名依出喜聲香味觸法無我知無常變異離欲滅如實觀過去如此法無常苦變如實觀生喜如是喜是名依出喜是名依六出喜云何依六貪憂眼知色愛喜適意愛色欲染相應今未得當未得已得變滅憶念生憂如是憂是名依貪憂耳鼻舌身意知法愛喜適意愛法欲染相應今未得當未得已得變滅憶念生憂如是憂是名依貪憂是名依六貪憂云何依六出憂色無我知無常變異離欲滅如實觀過去如此色無常苦變如實觀已於寂滅解脫勝法希求何時當入如諸聖人所成就行緣此生憂如是憂是名依六出憂聲香味觸法無我知無常變異離欲滅如實觀過去如此法無常苦變如實觀已於寂滅解脫勝法希求何時當入如諸聖人所成就行緣此生憂如是憂是名依出憂是名依六出憂云何依六貪捨眼見色凡夫人生捨癡如小兒不見過患不知報如是不知得捨於色無方便是名依貪捨耳鼻舌身意知法凡夫人生捨癡如小兒不見過患不知報如是不知得捨於法無方便是名依貪捨是名依六貪捨云何依六出捨色無我知無常變異離欲滅如實觀過去色如此色無常苦變異如實觀已生捨如是知得捨於色有方便是名依出捨聲香味觸法無我知無常變異離欲滅如實觀過去如此法無常苦變異如實觀已生捨如是知得捨於法有方便是名依六出捨如是依六貪生喜依六出生喜如是依六貪憂依六出憂如是依六貪捨依六出捨

如是和合是名三十六尊句云何除三十六尊句餘意受除三十六尊句餘意受是名除三十六尊句餘意受云何百八受過去三十六尊句未來三十六尊句現在三十六尊句如是和合是名百八受云何除百八受餘意受除百八受餘受是名除百八受餘意受云何過去受若受生已滅是名過去受云何未來受若受未生未出是名未來受云何現在受生未滅是名現在受云何內受若受受是名內受云何外受若受非受是名外受云何麤受若受欲界繫是名麤受云何細受若受色界繫無色界繫不繫是名細受云何卑受若受不善若受不善法報若受非報非報法不適意是名卑受云何勝受若受善法報若受非報非報法適意是名勝受云何遠受若受諸受相遠極相遠不近不近邊是名遠受云何近受若受相近極相近近邊是名近受云何想陰一想想陰若想識想究竟識想是名想陰云何想陰二想想陰身受相應想心受相應想是名想陰云何想陰三想想陰樂受相應想苦受非苦非樂受相應想是名想陰云何想陰四想想陰欲界繫想色界繫想無色界繫想不繫想是名想陰云何想陰五想想陰樂根相應想苦根喜根憂根捨根相應想是名想陰云何想陰六想想陰色想聲香味觸法想是名想陰云何想陰七想陰眼識界相應想耳鼻舌身意界意識界相應想是名想陰云何想陰十八意行相應想及餘想識想究竟識想是名想陰云何想陰三十六尊句相應想及餘想識想究竟識想是名

想陰云何想陰百八受相應想及餘想識想究竟識想是名想陰云何想陰若想過去未來現在内外麤細卑勝遠近是名想陰云何身受相應想若想身受共生共住共滅是名身受相應想云何心受相應想若想心受共生共住共滅是名心受相應想云何樂受相應想若想樂受共生共住共滅是名樂受相應想云何苦受非樂非苦受相應想若想苦受非樂非苦受共生共住共滅是名苦受非樂非苦受相應想云何欲界繫想若想欲漏有漏是名欲界繫想云何色界繫想若想色漏有漏是名色界繫想云何無色界繫想若想無色漏有漏是名無色界繫想云何不繫想若想聖無漏是名不繫想云何樂根相應想若想樂根共生共住共滅是名樂根相應想云何苦根喜根憂根捨根相應想若想捨根共生共住共滅是名非苦非樂根相應想云何色想若想眼識相應是名色想云何聲香味觸法想若想意識相應想是名法想云何色想色境界思惟色若想識想究竟識想是名色想云何聲香味觸法想法境界思惟法若想識想究竟識想是名法想云何眼識界相應想若想眼識界共生共住共滅是名眼識界相應想云何耳鼻舌身意界意識界相應想若想意識界共生共住共滅是名意識界相應想云何十八意行相應想若想十八意行共生共住共滅是名十八意行相應想云何除十八意行相應想餘想識想究竟識想是名除十八意行相應想餘想識想究竟識想云何三十

六尊向相應想若想三十六尊向共生共住共滅是名三十六尊向相應想云何除三十六尊向相應想餘想識想究竟識想除三十六尊向相應想餘想是名除三十六尊向相應想餘想識想究竟識想云何百八受相應想若想百八受共生共住共滅是名百八受相應想云何除百八受相應想餘想識想究竟識想除百八受相應想餘想是名除百八受相應想餘想識想究竟識想云何過去想若想生已滅是名過去想云何未來想若想未生未出是名未來想云何現在想若想生未滅是名現在想云何內想若想受是名內想云何外想若想非受是名外想云何麤想若想欲界繫是名麤想云何細想若想色界繫若無色界繫若不繫是名細想云何卑想若想不善若想不善法報若想非報非報法不適意是名卑想云何勝想若想善若想善法報若想非報非報法適意是名勝想云何遠想若想諸想相遠極相遠不近不近邊是名遠想云何近想若想相近極相近近邊是名近想

云何行陰除受陰想陰識陰餘法非色有爲是名行陰云何行陰思觸思惟覺觀見慧解脫無貪無恚無癡順信悔不悔悅喜心進心除信欲不放逸念定心捨疑悕煩惱使生老死命結無想定得果滅盡定是名行陰

云何識陰意入是名識陰云何識陰意根是名識陰云何識陰若心意識六識身七識界是名識陰云何識陰若識過去未來現在內外麤細卑勝遠近是名識陰云何六識身眼

識身耳鼻舌身意識身云何眼識身緣眼緣色緣明緣思惟以此四緣識已生今生當生不定是名眼識身云何耳鼻舌身意識身緣意緣法緣思惟以此三緣識已生今生當生不定是名意識身是名六識身云何七識界眼識界耳鼻舌身識界意界意識界云何眼識界若識眼根主色境界已生今生當生不定是名眼識界云何耳鼻舌身識界若識身根主觸境界已生今生當生不定是名身識界云何意界意知法思惟法若初心已生今生當生不定是名意界云何意識界若識相似不離彼境界及餘相似心已生今生當生不定是名意識界是名七識界云何過去識若識生已滅是名過去識云何未來識若識未生未出是名未來識云何現在識若識生未滅是名現在識云何內識若識受是名內識云何外識若識非受是名外識云何麤識若識欲界繫是名麤識云何細識若識色界繫無色界繫若不繫是名細識云何卑識若識不善若識不善法報若識非報非法不適意是名卑識云何勝識若識善若識善法報若識非報非報法適意是名勝識云何遠識若識諸識相遠極相遠不近不近邊是名遠識云何近識若識相近極相近近邊是名近識

五陰幾色幾非色一色四非色云何一色色陰是名一色云何四非色受陰想陰行陰識陰是名四非色

五陰幾可見幾不可見四不可見一二分或可見或不可見云何四不可見受陰想陰行

陰識陰是名四不可見云何一二分或可見或不可見色陰是名一二分或可見或不可見云何色陰可見色入是名色陰可見云何色陰不可見除色入餘色陰不可見是名色陰不可見

五陰幾有對幾無對四無對一二分或有對或無對云何四無對受陰想陰行陰識陰是名四無對云何一二分或有對或無對色陰是名一二分或有對或無對云何色陰有對十色入是名色陰有對云何色陰無對法入色是名色陰無對

五陰幾聖幾非聖一切二分或聖或非聖云何色陰非聖若色陰有漏是名色陰非聖云何色陰非聖色受陰是名色陰非聖云何色陰非聖若色陰非學非無學十色入初四色是名色陰非聖云何色陰聖若色陰無漏是名色陰聖云何色陰聖若色陰學若無學學人離結使聖心入聖道若堅信若堅法及餘趣人見行過患觀涅槃寂滅如實觀苦集滅道未得欲得未解欲解未證欲證離煩惱修道見學人若須陀洹斯陀含阿那含觀智具足若智地若觀解脫心即證沙門果若須陀洹果斯陀含果阿那含果無學人欲得阿羅漢果未得聖法欲得修道觀智具足若智地若觀解脫心即得阿羅漢果若實人若趣正語正業正命正身進正身除是名色陰聖云何受陰非聖若受陰有漏是名受陰非聖云何受陰非聖若受受陰是名受陰非聖云何受陰非聖若受陰非學非無學眼觸受耳鼻舌身意觸受是名受陰非聖云何受陰聖若

受陰無漏是名受陰聖云何受陰聖信根相應意觸受是名受陰聖云何受陰聖若受陰學若無學學人離結使乃至欲得證阿羅漢果若實人若趣若意觸是名受陰聖云何想陰非聖若想陰有漏是名想陰非聖云何想陰非聖想受陰是名想陰非聖云何想陰非聖若想陰非學非無學色想聲香味觸法想是名想陰非聖云何想陰聖若想陰聖無漏是名想陰聖云何想陰聖若想陰信根相應法想是名想陰聖云何想陰聖若想陰學若無學學人離結使乃至即證阿羅漢果若實人若趣若法想是名想陰聖云何行陰非聖若行陰有漏是名行陰非聖云何行陰非聖若行受陰是名行陰非聖云何行陰非聖若行陰非學非無學思乃至無想定是名行陰非聖云何行陰聖若行陰無漏是名行陰聖云何行陰聖若行陰信根相應心數法若緣無漏行陰所攝是名行陰聖云何行陰聖若行陰學若無學學人離結使乃至即得阿羅漢果若實人若趣若思觸思惟覺觀見慧解脫無癡順信悅喜心進心除信欲不放逸念定心捨得果滅盡定是名行陰聖云何識陰非聖若識陰有漏是名識陰非聖云何識陰非聖識受陰是名識陰非聖云何識陰非聖若識陰非學非無學眼識乃至意識是名識陰非聖云何識陰聖若識陰無漏是名識陰聖云何識陰聖若識陰信根相應意識界是名識陰聖云何識陰聖若識陰學若無學學人離結使乃至即得阿羅漢果若實人若趣若意界意識界是名識陰聖有漏無漏有愛

無愛有求無求當取非當取有取無取有勝
無勝亦如是
五陰幾受幾非受一切二分或受或非受云
何色陰受若色陰内是名色陰受云何色陰
受若色陰業法煩惱所生報我分攝眼入耳
鼻舌身入身好色非好色端嚴非端嚴姸膚
非姸膚嚴淨非嚴淨身好聲非好聲衆妙聲
非衆妙聲輭聲非輭聲身好香非好香輭香
非輭香適意香非適意香身甜醋苦辛醎淡
涎瘡身冷熱輕重麤細澀滑堅輭受心所起
去來屈伸迴轉身教集聲音句言語口教有
漏身進是名色陰受云何色陰非受若色陰
外是名色陰非受云何色陰非受若色陰善
若不善若無記非我分攝若善心若不善心
若非報非報法心所起去來屈伸迴轉身教

集聲音句言語口教若外色眼識所知若聲
香味觸若外觸身識所知身口非戒無教有
漏身口戒無教有漏身進有漏身除正語正
業正命正身進正身除是名色陰非受云何
受陰受若受陰内是名受陰受云何受陰受
若受陰業法煩惱所生報我分攝眼觸受耳
鼻舌身意觸受是名受陰受云何受陰非受
受陰若外是名受陰非受云何受陰非受受
陰若善若不善若無記非我分攝眼觸受耳
鼻舌身意觸受是名受陰非受云何想陰受
若想陰内是名想陰受云何想陰受若想陰
業法煩惱所生報我分攝色想聲香味觸法
想是名想陰受云何想陰非受若想陰外是
名想陰非受云何想陰非受若想陰善若不
善若無記非我分攝色想聲香味觸法想是

名想陰非受云何行陰受若行陰內是名行陰受云何行陰受若行陰業法煩惱所生報我分攝思觸思惟覺觀見慧解脫悔不悔悅喜心進信欲念怖生命是名行陰受云何行陰非受若行陰外是名行陰非受云何行陰非受若行陰善若不善若無記非我分攝除命餘行陰非受是名行陰非受云何識陰受若識陰內是名識陰受云何識陰受若識陰業法煩惱所生報我分攝眼識乃至意識是名識陰受云何識陰非受若識陰外是名識陰非受云何識陰非受若識陰善若不善若無記非我分攝眼識乃至意識是名識陰非受內外亦如是

五陰幾有報幾無報一切二分或有報或無報云何色陰有報若色陰報法是名色陰有報云何色陰有報除色陰善報餘色陰善不善若善心若不善心所起去來屈伸迴轉身教集聲音句言語口教身口非戒無教有漏身口戒無教有漏身進有漏身除正語正業正命正身進正身除是名色陰有報云何色陰無報若色陰非報非報法眼入耳鼻舌入身入香入味入觸入身好色非好色端嚴非端嚴妍膚非妍膚嚴淨非嚴淨身好聲非好聲衆妙聲非衆妙聲軟聲非軟聲無記心所起去來屈伸迴轉身教集聲音句言語口教若外色眼識所知若外聲耳識所知有漏身口戒無教有漏身進有漏身除正語正業正命正身進正身除是名色陰無報云何受陰有報若受陰報法是名受陰有報云何受陰有報除受陰善報餘受陰善若不善意觸受

是名受陰有報云何受陰無報若受陰報若受陰非報非報法眼觸受耳鼻舌身意觸受是名受陰無報云何想陰有報想陰若報法是名想陰有報云何想陰有報除想陰善報餘想陰善若不善法想是名想陰有報云何想陰無報想陰若報想陰若非報非報法色想聲香味觸法想是名想陰無報云何行陰有報行陰若報法是名行陰有報云何行陰有報除行陰善報餘行陰善若不善思乃至煩惱使結二定是名行陰有報云何行陰無報行陰若報行陰若非報非報法除無貪無恚癡煩惱使結餘行陰無報是名行陰無報云何識陰有報識陰若報法是名識陰有報云何識陰有報除識陰善報餘識陰善若不善意界意識界是名識陰有報云何識陰無報識陰若報識陰若非報非報法眼識乃至意識是名識陰無報

五陰幾心幾非心一心四非心云何一心識陰是名一心云何四非心色陰受陰想陰行陰是名四非心

五陰幾心相應幾非心相應二心相應一非心相應一不說心相應非心相應一二分或心相應或非心相應云何二心相應受陰想陰是名二心相應云何一非心相應色陰是名一非心相應云何一不說心相應非心相應識陰是名一不說心相應非心相應云何一二分或心相應或非心相應行陰是名一二分或心相應或非心相應云何行陰心相應行陰若心數思乃至煩惱使是名行陰心相應云何行陰非心相應行陰若非心數生

乃至滅盡定是名行陰非心相應
五陰幾心數幾非心數二心數二非心數一
二分或心數或非心數云何二心數受陰想
陰是名二心數云何二非心數色陰識陰是
名二非心數云何一二分或心數或非心數
行陰是名一二分或心數或非心數云何行
陰心數行陰若緣思乃至煩惱使是名行陰
心數云何行陰非心數行陰若非緣生乃至
滅盡定是名行陰非心數
舍利弗阿毗曇論卷第三上

舍利弗阿毗曇論卷第三下

姚秦天竺三藏曇摩崛多共曇摩耶舍譯

問分陰品第三之餘

五陰幾有緣幾非緣三緣一非緣一二分或緣或非緣云何三緣受陰想陰識陰是名三緣云何一非緣色陰是名一非緣云何一二分或緣或非緣行陰是名一二分或緣或非緣云何行陰緣行陰若心數思乃至煩惱使是名行陰緣云何行陰非緣行陰若非心數生乃至滅盡定是名行陰非緣

五陰幾共心幾非共心二共心一非共心二二分或共心或非共心云何二共心受陰想陰是名二共心云何一非共心識陰是名一非共心云何二二分或共心或非共心色陰行陰是名二二分或共心或非共心云何色陰共心共隨心轉共心生共住共滅有漏身口戒無教有漏身進有漏身除正語正業正命正身進正身除是名色陰共心云何色陰不共心若不隨心轉不共心生不共住不共滅十色入一切法入色是名色陰非共心云何行陰共心行陰若隨心轉共心生共住共滅思乃至煩惱使是名行陰共心云何行陰不共心行陰若不隨心轉不共心生不共住不共滅生乃至滅盡定是名行陰不共心隨心轉不隨心轉亦如是

五陰幾業幾非業三非業二二分或業或非業云何三非業受陰想陰識陰是名三非業云何二二分或業或非業色陰行陰是名二二分或業或非業云何色陰業若善心若不善心若無記心所起去來屈伸迴轉身教集

聲音句言語口教身口非戒無教有漏身口戒無教正語正業正命是名色陰業云何色陰非業眼入耳入鼻舌身入香味觸入身好色非好色端嚴非端嚴姸膚非姸膚嚴淨非嚴淨身好聲非好聲衆妙聲非衆妙聲軟聲非軟聲若外色眼識所知若外聲耳識所知有漏身進有漏身除正身進正身除是名色陰非業云何行陰業思是名行陰業云何行陰非業除思餘行陰是名行陰非業

五陰幾業相應幾非業相應三業相應一非業相應一三分或業相應或非業相應或不說業相應非業相應云何三業相應受陰想陰識陰是名三業相應云何一非業相應色陰是名一非業相應云何一三分或業相應或非業相應或不說業相應非業相應行陰是名一三分或業相應或非業相應或不說業相應非業相應云何行陰業相應行陰若思相應觸乃至煩惱使是名行陰業相應云何行陰非業相應行陰若非思相應生乃至滅盡定是名行陰非業相應云何行陰不說業相應非業相應思是名行陰不說業相應非業相應

五陰幾共業幾不共業三共業二二分或共業或不共業云何三共業受陰想陰識陰是名三共業云何二二分或共業或不共業色陰行陰是名二二分或共業或不共業云何色陰共業色陰若隨業轉共業生共住共滅有漏身口戒無教有漏身進有漏身除正語正業正命正身進正身除是名色陰共業云何色陰不共業色陰若不隨業轉不共業生

不共住不共滅十色入初三色是名色陰不共業云何行陰共業行陰若隨業轉共業生共住共滅又定心思觸乃至煩惱使無想定滅盡定是名行陰共業云何行陰不共業若行陰不隨業轉不共業生不共住不共滅不定心思生老死命結得果是名行陰不共業隨業轉不隨業轉亦如是

五陰幾因幾非因三因二二分或因或非因云何三因受陰想陰識陰是名三因云何二二分或因或非因色陰行陰是名二二分或因或非因云何色陰因色陰若報法是名色陰因云何色陰因色陰善若不善及四大善心若不善心所起去來屈伸迴轉身教集聲音句言語口教地水火風大身口非戒無教有漏身口戒無教有漏身進有漏身除正語正業正命正身進正身除是名色陰因云何色陰非因若色陰報色陰非報非報法眼入耳鼻舌入身入香味入身好色非好色端嚴非端嚴妍膚非妍膚嚴淨非嚴淨身好聲非好聲衆妙聲非衆妙聲輭聲非輭聲無記心所起去來屈伸迴轉身教集聲音句言語口教若外色眼識所知若外聲耳識所知除四大餘觸入所攝有漏身進是名色陰非因云何行陰因行陰緣行陰非緣有報除得果餘行陰非緣善報思乃至煩惱使結二定是名行陰因云何行陰非因行陰緣無報不共業生老死命得果是名行陰非因

五陰幾有因幾無因一切有因一切有緒一切有緣一切有爲

五陰幾知幾非知一切一如事知見一切識

意識如事識一切解如事知見一切了如事知見
五陰幾斷智知幾非斷智知一切二分或斷智知或非斷智知云何色陰斷智知色陰不善不善心所起去來屈伸迴轉身教集聲音句言語口教身口非戒無教有漏身進是名色陰斷智知云何色陰非斷智知色陰善無記眼入耳入鼻入舌入身入香入味入觸入身好色非好色端嚴非端嚴妍醜非妍醜身好聲非好聲衆妙聲非衆妙聲輭聲非輭聲善心若無記心所起去來屈伸迴轉身教集聲音句言語口教若外色眼識所知若外聲耳識所知有漏身口戒無教有漏身進有漏身除正語正業正命正身進正身除是名色陰非斷智知云何受陰斷智知受陰不善思觸思惟覺觀見慧解脫悔不悔悅喜心進信欲念疑怖煩惱使結是名受陰斷智知云何受陰非斷智知受陰善無記眼觸受耳鼻舌身意觸受是名受陰非斷智知云何想陰斷智知想陰不善法想是名想陰斷智知云何想陰非斷智知想陰善無記色想聲香味觸法想是名想陰非斷智知云何行陰斷智知行陰不善思觸思惟覺觀見慧解脫悔不悔悅喜心進信欲念疑怖煩惱使結是名行陰斷智知云何行陰非斷智知行陰善無記除疑煩惱使結餘行陰非斷智知是名行陰非斷智知云何識陰斷智知識陰不善意界是名識陰斷智知云何識陰非斷智知識陰善無記眼識乃至意識是名識陰非斷智知斷非斷亦如是

五陰幾修幾非修一切二分或修或非修云何色陰修色陰若善心所起去來屈伸迴轉身教集聲音句言語口教有漏身口戒無教有漏身進有漏身除正語正業正命正身除是名色陰修云何色陰非修色陰不善無記眼入耳入鼻入舌入身入香入味入觸入身好色非好色端嚴非端嚴姸膚非姸膚嚴淨非嚴淨身好聲非好聲衆妙聲非衆妙聲輭聲非輭聲不善心無記心所起去來屈伸迴轉身教集聲音句言語口教若外色眼識所知若外聲耳識所知身口非戒無教有漏身進是名色陰非修云何受陰修受陰善意觸受是名受陰修云何受陰非修受陰不善無記眼觸受耳鼻舌身意觸受是名受陰非修云何想陰修想陰善法想是名想陰修云何想陰非修想陰不善無記色想聲香味觸法想是名想陰非修云何行陰修行陰善思乃至心捨無想定得果滅盡定是名行陰修云何行陰非修行陰不善無記思觸思惟覺觀見慧解脫悔不悔悅喜心進信欲念疑怖煩惱使生老死命是名行陰非修云何識陰修識陰善意界意識界是名識陰修云何識陰非修識陰不善無記眼識乃至意識是名識陰非修

五陰幾證幾非證一切證如事知見

五陰幾善幾不善幾無記一切三分或善或不善或無記云何色陰善若色陰修善心所起去來屈伸迴轉身教集聲音句言語口教有漏身口戒無教有漏身進有漏身除正語正業正命正身除是名色陰善云何色陰不

善若色陰斷不善心所起去來屈伸迴轉身教集聲音句言語口教身口非戒無教有漏身進是名色陰不善云何色陰無記色陰受色陰非報非報法眼入耳入鼻入舌入身入香入味入觸入身好色非好色端嚴非端嚴姸膚非姸膚嚴淨非嚴淨身好聲非好聲衆妙聲非衆妙聲輭聲非輭聲無記心所起去來屈伸迴轉身教集聲音句言語口教若外色眼識所知外聲耳識所知有漏身進是名色陰無記云何受陰善若受陰修意觸受是名受陰善云何受陰不善受陰斷意觸受是名受陰不善云何受陰無記受陰受受陰若非報非報法眼觸受耳鼻舌身意觸受是名受陰無記云何想陰善若想陰修法想是名想陰善云何想陰不善想陰斷法想是名想陰不善云何想陰無記想陰受想陰非報非報法色想聲香味觸法想是名想陰無記云何行陰善行陰修思乃至心捨無想定得果滅盡定是名行陰善云何行陰不善行陰斷思觸思惟覺觀見慧解脫悔不悔悅喜心進信欲念疑怖煩惱使結是名行陰不善云何行陰無記行陰受行陰非報非報法思觸思惟覺觀見慧解脫悔不悔悅喜心進信欲念怖生老死命是名行陰無記云何識陰善識陰修意界意識界是名識陰善云何識陰不善識陰斷意界意識界是名識陰不善云何識陰無記識陰受識陰非報非報法眼識乃至意識是名識陰無記

五陰幾學幾無學幾非學非無學一切三分或學或無學或非學非無學云何色陰學色

陰若聖非無學是名色陰學云何色陰學學人離結使聖心入聖道若堅信若堅法及餘趣人見行過患觀涅槃寂滅如實觀苦集滅道未得欲得未解欲解未證欲證離煩惱修道見學人若須陀洹斯陀含阿那含觀智具足若智地若觀解脫心即證沙門果若須陀洹果若斯陀含果若阿那含果若實人若趣正語正業正命正身進正身除是名色陰學云何色陰無學色陰若聖非學是名色陰無學云何色陰無學無學人欲得阿羅漢未得聖法欲得修道觀智具足若智地若觀解脫心即得阿羅漢果若實人若趣正語正業正命正身進正身除是名色陰無學云何色陰非學非無學色陰非聖色受陰十色入初四色是名色陰非學非無學云何受陰學受陰

聖非無學是名受陰學云何受陰學受陰學信根相應意觸受是名受陰學云何受陰學學人離結使乃至即證阿那含果若實人若趣意觸受是名受陰學云何受陰無學受陰聖非學是名受陰無學云何受陰無學受陰無學信根相應意觸受是名受陰無學云何受陰無學無學人欲得阿羅漢乃至即得阿羅漢果若實人若趣意觸受是名受陰無學云何受陰非學非無學受陰非聖受受陰眼觸受耳鼻舌身意觸受是名受陰非學非無學云何想陰學想陰聖非無學是名想陰學云何想陰學想陰學信根相應法想是名想陰學云何想陰學學人離結使乃至即得阿那含果若實人若趣法想是名想陰學云何想陰無學想陰聖非學是名想陰無學云何

想陰無學想陰無學信根相應法想是名想陰無學云何想陰無學無學人欲得阿羅漢乃至即得阿羅漢果若實人若趣法想是名想陰無學云何想陰非學非無學想陰非聖想受陰色想聲香味觸法想是名想陰非學非無學云何行陰學行陰聖非無學是名行陰學云何行陰學信根相應心數法若法非緣無漏行陰所攝非無學是名行陰學云何行陰學學人離結使乃至即得阿那含果若實人若趣若思觸思惟覺觀見慧解脫無癡信順悅喜心進心除信欲不放逸念定心捨得果滅盡定是名行陰學云何行陰無學行陰聖非學是名行陰無學云何行陰無學無學信根相應心數法若法非緣無漏行陰所攝非學是名行陰無學云何行陰無學無學人欲得阿羅漢乃至即得阿羅漢果若實人若趣思觸思惟覺觀見慧解脫無癡信順悅喜心進心除信欲不放逸念定心捨得果滅盡定是名行陰無學云何行陰非學非無學行陰若非聖受陰思乃至無想定是名行陰非學非無學云何識陰學識陰若聖非無學是名識陰學云何識陰學識陰學信根相應意界意識界是名識陰學云何識陰學學人離結使乃至即得阿那含果若實人若趣若意界意識界是名識陰學云何識陰無學識陰若聖非學是名識陰無學云何識陰無學識陰無學信根相應意界意識界是名識陰無學云何識陰無學無學人欲得阿羅漢乃至即得阿羅漢果若實人若趣若意界意識界是名識陰無學云何識陰非學非無學識

陰非聖識受陰眼識乃至意識是名識陰非學非無學

五陰幾報幾報法幾非報非報法一切三分或報或報法或非報非報法云何色陰報色陰若受色陰善報眼入耳入鼻入舌入身入身好色非好色端嚴非端嚴妍膚非妍膚嚴淨非嚴淨身好聲非好聲衆妙聲非衆妙聲軟聲非軟聲身好香非好香軟香非軟香適意香非適意香身甜醋苦辛醎淡涎瘷身冷熱輕重麤細澀滑堅軟受心所起去來屈伸迴轉身教集聲音句言語口教有漏身口戒無教有漏身進有漏身除正語正業正命正身進正身除是名色陰報云何色陰報法色陰若有報是名色陰報法云何色陰報法除色陰善報餘色陰善不善若善心若不善心所起去來屈伸迴轉身教集聲音句言語口教身口非戒無教有漏身口戒無教有漏身進有漏身除正語正業正命正身進正身除是名色陰報法云何色陰非報非報法色陰若無記非我分攝非報非報法心所起去來屈伸迴轉身教集聲音句言語口教若外色眼識所知若外聲香味觸若外觸身識所知有漏身進是名色陰非報非報法云何受陰報受陰若受受陰善報眼觸受耳鼻舌身意觸受是名受陰報云何受陰報法受陰有報是名受陰報法云何受陰報法除受陰善報餘受陰善不善意觸受是名受陰報法云何受陰非報非報法受陰無記非我分攝眼觸受耳鼻舌身意觸受是名受陰非報非報法云何想陰報想陰若受想陰善報色想聲香

味觸法想是名想陰報云何想陰報法想陰若有報是名想陰報法云何想陰報法除想陰善報餘想陰善不善法想是名想陰報法云何想陰非報非報法想陰無記非我分攝色聲香味觸法想是名想陰非報非報法云何行陰報行陰受陰善報除無貪無恚餘思乃至心捨怖生老死命無想定得果滅盡定是名行陰報云何行陰報法行陰有報是名行陰報法云何行陰報法除行陰善報餘行陰善不善思乃至煩惱使結二定是名行陰報法云何行陰非報非報法行陰無記非我分攝思觸思惟覺觀見慧解脫悔不悔悅喜心進信欲念怖生老死是名行陰非報非報法云何識陰報識陰若受識陰善報眼識乃至意識是名識陰報云何識陰報法識陰有報是名識陰報法云何識陰報法除識陰善報餘識陰善不善意界意識界是名識陰報法云何識陰非報非報法識陰無記非我分攝眼識乃至意識是名識陰非報非報法

五陰幾見斷幾思惟斷幾非見斷非思惟斷一切三分或見斷或思惟斷或非見斷非思惟斷云何色陰見斷色陰不善非思惟斷見斷煩惱心所起去來屈伸迴轉身教集聲音句言語口教身口非戒無教有漏身進是名色陰見斷云何色陰思惟斷色陰不善非見斷思惟斷煩惱心所起去來屈伸迴轉身教集聲音句言語口教身口非戒無教有漏身進是名色陰思惟斷云何色陰非見斷非思惟斷色陰善無記眼入耳入鼻入舌入身入香入味入觸入身好色非好色端嚴非端嚴

妍醜非妍醜身好聲非好聲衆妙聲非衆妙聲輭聲非輭聲善心無記心所起去來屈伸迴轉身教集聲音句言語口教外色眼識所知外聲耳識所知有漏身口戒無教有漏身進有漏身除正語正業正命正身進正身除是名色陰非見斷非思惟斷云何受陰見斷受陰不善非思惟斷見斷煩惱相應意觸受是名受陰見斷云何受陰思惟斷受陰不善非見斷思惟斷煩惱相應意觸受是名受陰思惟斷云何受陰非見斷非思惟斷受陰善無記眼觸受耳鼻舌身意觸受是名受陰非見斷非思惟斷云何想陰見斷想陰不善非思惟斷見斷煩惱相應法想是名想陰見斷云何想陰思惟斷想陰不善非見斷思惟斷煩惱相應法想是名想陰思惟斷云何想陰非見斷非思惟斷想陰善無記色想聲香味觸法想是名想陰非見斷非思惟斷云何行陰見斷行陰不善非思惟斷見斷煩惱一時俱斷思觸思惟覺觀見慧解脫悔不悔悅喜心進信欲念疑怖煩惱使結是名行陰見斷云何行陰思惟斷行陰不善非見斷思惟斷煩惱一時俱斷思觸思惟覺觀見慧解脫悔不悔悅喜心進信欲念疑怖煩惱結使是名行陰思惟斷云何行陰非見斷非思惟斷行陰善無記除疑煩惱使結餘行陰非見斷非思惟斷是名行陰非見斷非思惟斷云何識陰見斷識陰若不善非思惟斷見斷煩惱相應意界意識界是名識陰見斷云何識陰思惟斷識陰不善非見斷思惟斷煩惱相應意界意識界是名識陰思惟斷云何識陰非見

斷非思惟斷識陰善無記眼識乃至意識是名識陰非見斷非思惟斷

五陰幾見斷因幾思惟斷因幾非見斷非思惟斷因一切三分或見斷因或思惟斷因或非見斷非思惟斷因云何色陰見斷因色陰見斷法報眼入耳鼻舌身入身非好色非端嚴非妍膚非嚴淨身非好聲非衆妙聲非輭聲身非好香非輭香非適意香身甜醋苦辛醎淡涎𤸷身冷熱麤重堅澀見斷因心所起去來屈伸迴轉身教集聲音句言語口教身口非戒無教有漏身進是名色陰見斷因云何色陰思惟斷因色陰思惟斷法報眼入耳入鼻入舌入身入身非好色非端嚴非妍膚非嚴淨身非好聲非衆妙聲非輭聲身非好香非輭香非適意香身甜醋苦辛醎淡涎𤸷身冷熱麤重堅澀思惟斷因心所起去來屈伸迴轉身教集聲音句言語口教身口非戒無教有漏身進是名色陰思惟斷因云何色陰非見斷非思惟斷因色陰善色陰善法報色陰非報非報法眼入耳入鼻入舌入身入身好色端嚴妍膚嚴淨身好聲衆妙聲輭聲身好香輭香適意香身甜醋苦辛醎淡涎𤸷身冷熱輕細輭滑非見斷非思惟斷因心所起去來屈伸迴轉身教集聲音句言語口教外色眼識所知外聲香味非觸身識所知有漏身口戒無教有漏身進有漏身除正語正業正命正身進正身除是名色陰非見斷非思惟斷因云何受陰見斷因受陰若見斷受陰見斷法報眼觸受耳鼻舌身意觸受是名受陰見斷因云何受陰思惟斷因受陰思惟

斷受陰思惟斷法報眼觸受耳鼻舌身意觸受是名受陰思惟斷因云何受陰非見斷非思惟斷因受陰善受陰善法報受陰非報非報法眼觸受耳鼻舌身意觸受是名受陰非見斷非思惟斷因云何想陰見斷因想陰不善非思惟相應見斷煩惱相應法想是名想陰見斷因云何想陰思惟斷因想陰不善非見斷思惟斷煩惱相應法想是名想陰思惟斷因云何想陰非見斷非思惟斷因若想陰善想陰善法報想陰若非報非報法色想聲香味觸法想是名想陰非見斷非思惟斷因云何行陰見斷因行陰見斷行陰見斷法報思觸思惟覺觀見慧解脱悔不悔悦喜心進信欲念疑怖煩惱使老死命結生是名行陰見斷因云何行陰思惟斷因行陰若思惟斷行陰思惟斷法報思觸思惟覺觀見慧解脱悔不悔悦喜心進信欲念疑怖煩惱使生命結是名行陰思惟斷因云何行陰非見斷非思惟斷因行陰若行陰善善法報行陰非報非報法除疑煩惱使結餘行陰非見斷非思惟斷因是名行陰非見斷非思惟斷因云何識陰見斷因識陰若見斷識陰見斷法報眼識乃至意識是名識陰見斷因云何識陰思惟斷因識陰思惟斷識陰思惟斷法報眼識乃至意識是名識陰思惟斷因云何識陰非見斷非思惟斷因識陰善識陰善法報識陰非報非報法眼識乃至意識是名識陰非見斷非思惟斷因

五陰幾欲界繫幾色界繫幾無色界繫幾不繫一切四分或欲界繫或色界繫或無色界

繫或不繫云何色陰欲界繫色陰欲漏有漏眼入耳鼻舌身入香入味入身好色非好色端嚴非端嚴姸膚非姸膚嚴淨非嚴淨身好聲非好聲衆妙聲非衆妙聲輭聲非輭聲身冷熱輕重麤細澀滑堅輭欲行心所起去來屈伸迴轉身教集聲音句言語口教外色眼識所知欲漏有漏外聲外觸身識所知欲漏有漏身口非戒無教有漏身口戒無教有漏身進是名色陰欲界繫云何色陰色界繫色陰色漏眼入耳入身好色端嚴姸膚嚴淨身好聲衆妙聲輭聲身冷輕細輭滑色行心所起去來屈伸迴轉身教集聲音句言語口教外色眼識所知色漏有漏外聲外觸身識所知色漏有漏有漏身口戒無教有漏身除是名色陰色界繫云何色陰無色界繫色陰無色漏有漏有漏身口戒無教有漏身進有漏身除是名色陰無色界繫云何色陰不繫色陰若聖無漏正語正業正命正身進正身除是名色陰不繫云何受陰欲界繫受陰欲漏有漏眼觸受耳鼻舌身意觸受是名受陰欲界繫云何受陰色界繫受陰色漏有漏眼觸受耳鼻舌身意觸受是名受陰色界繫云何受陰無色界繫受陰無色漏有漏意觸受是名受陰無色界繫云何受陰不繫受陰聖無漏意觸受是名受陰不繫云何想陰欲界繫想陰欲漏有漏色想聲香味觸法想是名想陰欲界繫云何想陰色界繫想陰色漏有漏色想聲香味觸法想是名想陰色界繫云何想陰無色界繫想陰無色漏有漏法想是名想陰無色界繫云何想陰不繫想陰聖無漏

法想是名想陰不繫云何行陰欲界繫若行陰欲漏有漏思觸思惟覺觀見慧解脱無貪無恚無癡順信悔不悔悦喜心進信欲不放逸念疑怖煩惱使生老死命結是名行陰欲界繫云何行陰色界繫若行陰色漏有漏思觸思惟覺觀見慧解脱無癡順信悦喜心進心除信欲不放逸念定心捨疑煩惱使生老死命結無想定是名行陰色界繫云何行陰無色界繫若行陰無色漏有漏思觸思惟覺觀見慧解脱無癡順信心進心除信欲不放逸念定心捨疑煩惱使生老死命結是名行陰無色界繫云何行陰不繫行陰聖無漏思觸思惟覺觀見慧解脱無癡順信悦喜心進心除信欲不放逸念定心捨得果滅盡定是名行陰不繫云何識陰欲界繫識陰若欲漏

有漏眼識乃至意識是名識陰欲界繫云何識陰色界繫識陰色漏有漏眼識耳識身識意識是名識陰色界繫云何識陰無色界繫識陰無色漏有漏意界意識界是名識陰無色界繫云何識陰不繫識陰聖無漏意界意識界是名識陰不繫

五陰幾過去幾未來幾現在幾非過去非未來非現在一切三分或過去或未來或現在云何色陰過去色陰生已滅是名色陰過去云何色陰未來色陰未生未出是名色陰未來云何色陰現在生未滅色陰是名色陰現在受陰想陰行陰識陰亦如是

舍利弗阿毗曇論卷第三下

舍利弗阿毗曇論卷第四

姚秦天竺三藏曇摩崛多共曇摩耶舍譯

問分四聖諦品第四

問曰幾聖諦答曰四何等四苦聖諦苦集聖諦苦滅聖諦苦滅道聖諦云何苦聖諦生苦老苦病苦死苦不愛會苦愛別離苦所求不得苦除愛總五受陰苦是名苦聖諦此苦聖諦眞實如爾非不如是不異不異物如如來正說聖人諦故是名聖諦云何生若諸衆生諸衆中生重生增長生陰得諸入衆和合是名生云何老若諸衆生諸衆中衰寢戰掉諸根熟命滅行故是名老云何病若諸衆生諸衆中病作病客病苦病因熱生病因冷因風自他時變諸大增減不等業報雜病是名病云何死若諸衆生諸衆中終沒死時過陰壞捨身變滅離衆是名死云何不愛會若不愛不喜不適意若惡獸毒蟲等若棘刺穢陋坑岸山險等若不適意色聲香味觸法衆生若彼居親近不獨共雜不離不異相應不別是名不愛會云何愛別離若愛喜適意若父母兄弟姊妹妻子若親厚諸臣眷屬適意色聲香味觸法衆生若不共彼居不親近獨不雜異不相應別離是名愛別離云何所求不得苦若欲希望定得未得若色聲香味觸法衆生若不得彼重不得不貴不自在不自由所欲不成就是名所求不得苦云何除愛總五受陰苦色受陰受想行識受陰云何色受陰若一切色有漏取是名色受陰云何受想行識受陰若一切識有漏取是名識受陰是名除愛總五受陰苦云何苦集聖諦此愛復有

喜欲彼彼染是名苦集聖諦云何苦集聖諦二愛内愛外愛是名苦集聖諦云何苦集聖諦三愛欲愛有愛非有愛是名苦集聖諦云何苦集聖諦四染欲染色染無色染見染是名苦集聖諦云何苦集聖諦六愛色愛聲香味觸法愛是名苦集聖諦云何苦集聖諦三十六愛行十八愛行内所造十八愛行外所造是名苦集聖諦此苦集聖諦眞實如爾非不如爾不異不異物如如來正說聖人諦故是謂聖諦云何内愛内法中欲染重欲染憐不逆樂樂欲可重可究竟可不足不滿著重著津漏親近愛枝網能生苦根生希望渴宅耽忍態廣創愛是名内愛云何外愛外法中欲染重欲染憐不逆樂樂欲可重可究竟可不足不滿著重著津漏親近愛枝網能生苦根希望渴宅耽忍態廣創愛是名外愛云何欲愛欲界法中欲染重欲染憐不逆樂樂欲可重可究竟可不足不滿著重著津漏親近愛枝網能生苦根希望渴宅耽忍態廣創愛是名欲愛云何有愛色界無色界法中欲染乃至廣創愛是名有愛云何非有愛若有人强言有我若枝希苦病等邊便希望我斷壞非有彼法中欲染乃至廣創愛是名非有愛云何欲染若欲欲膩欲喜欲愛欲枝欲耽欲態欲渴欲燋欲網是名欲染云何色染若色欲色膩色喜色愛色枝色耽色態色渴色燋色網是名色染云何無色染若無色欲無色膩無色喜無色愛無色枝無色耽無色態無色渴無色燋無色網是名無色染云何見染若見欲見膩見喜見愛見枝見耽見態見渴

見燋見網是名見染云何色愛眼知色彼法中若欲染乃至廣創愛是名色愛云何聲香味觸法愛意知法彼法中若欲染乃至廣創愛是名法愛云何十八愛行內所造如世尊說因此有此因彼而有如是因有異因有當因有不當因有我當有彼我當有如是我當有異我當有因得彼得如是得異得希望當有希望彼當有希望如是當有希望異當有是名十八愛行內所造云何十八愛行外所造如世尊說是因此有此是因彼而有是如是因有是異因有是當因有是不當因有是我當有是彼我當有是如是我當有是異我當有是因得是彼得是如是得是異得是希望當有是希望彼當有是希望如是當有是希望異當有是名十八愛行外所造云何苦

滅聖諦彼愛無餘離欲滅捨出解脫無宅已斷不復生是名苦滅聖諦云何苦滅聖諦智緣盡是名苦滅聖諦是苦滅聖諦眞實如爾非不如爾不異不異物如如來正說聖人諦是謂聖諦云何智緣盡若法智盡彼法盡是名智緣盡云何智緣盡若法得聖道滅彼法滅是名智緣盡云何智緣盡數謂知彼智若知法滅彼結滅是名智緣盡云何智緣盡四沙門果須陀洹果斯陀含果阿那含果阿羅漢果是名智緣盡云何須陀洹果若見斷三煩惱斷身見疑戒盜是名須陀洹果云何須陀洹果見斷三煩惱斷身見疑戒盜若得甘露是名須陀洹果云何須陀洹果若見斷三煩惱斷身見疑戒盜聖道一時俱斷煩惱是名須陀洹果云何須陀洹果見斷三煩惱身

見疑戒盗聖道一時俱斷煩惱若得甘露是名須陀洹果云何斯陀含果若見斷三煩惱斷身見疑戒盗煩惱思惟斷欲愛瞋恚煩惱分斷是名斯陀含果云何斯陀含果若見斷三煩惱身見疑戒盗思惟斷欲愛瞋恚分斷若得甘露是名斯陀含果云何斯陀含果若見斷三煩惱身見疑戒盗聖道一時俱斷煩惱思惟斷欲愛瞋恚煩惱分斷聖道一時俱斷煩惱是名斯陀含果云何斯陀含果見斷三煩惱身見疑戒盗聖道一時俱斷煩惱思惟斷欲愛瞋恚煩惱分斷聖道一時俱斷煩惱若得甘露是名斯陀含果云何阿那含果若五下分煩惱斷身見疑戒盗欲愛瞋恚是名阿那含果云何阿那含果五下分煩惱斷身見疑戒盗欲愛瞋恚若得甘露是名阿那含果云何阿那含果五下分煩惱斷身見疑戒盗欲愛瞋恚聖道一時俱斷煩惱是名阿那含果云何阿那含果五下分煩惱斷身見疑戒盗欲愛恚瞋聖道一時俱斷煩惱若得甘露是名阿那含果云何阿羅漢果若思惟斷色界無色界煩惱斷無餘是名阿羅漢果云何阿羅漢果思惟斷色界無色界煩惱斷無餘若得甘露是名阿羅漢果云何阿羅漢果若一切煩惱盡是名阿羅漢果云何阿羅漢果一切煩惱盡若得甘露是名阿羅漢果云何苦滅道聖諦此八支聖道正見正覺正語正業正命正進正念正定是名苦滅道聖諦是苦滅道聖諦眞實如爾非不如爾不異不異物如如來正說聖人諦是謂聖諦云何正見學人離結使聖心入聖道若堅信堅法

及餘趣人見行過患觀涅槃寂滅如實觀苦集滅道未得欲得未解欲解未證欲證修道離煩惱見學人若須陀洹斯陀含阿那含若觀智具足若智地若觀解脱心即得沙門果若須陀洹果斯陀含果阿那含果無學人欲得阿羅漢未得聖法欲得修道觀智具足若智地若觀解脱心即得阿羅漢果若實人若趣若法中擇重擇究竟擇法擇思惟覺了達自相他相共相思持辯觀進辯慧知見解射方便術炎光明照耀慧眼慧根慧力擇法正覺不癡是名正見云何正覺學人離結使乃至即得阿羅漢果若實人若趣若覺重覺正憶想攀緣心了是名正覺云何正語學人離結使乃至即得阿羅漢果若實人若趣若口四不善不樂盡離見過戒慎不作不容斷根盡無餘彼不善法中堪行善是名正語云何正業學人離結使乃至即得阿羅漢果若實人若趣若身三不善不樂遠離見過戒慎不作不容斷根盡無餘彼不善法中堪行善是名正業云何正命學人離結使乃至即得阿羅漢果若實人若趣除身口不善餘邪命不樂遠離見過戒慎不作不容斷根盡無餘彼不善法中堪行善是名正命云何正進學人離結使乃至即得阿羅漢果若實人若趣若身心發出度堪忍不退懃力進不離不懈不緩不嬾惰進根進力進覺是名正進云何正念學人離結使乃至即得阿羅漢果若實人若趣若念憶念微念慎念住不忘如語相續念不失不奪不鈍不鈍根念根念力念覺是名正念云何正定學人離結使乃至即得阿

羅漢果若實人若趣若心住正住專住心一向心一樂心不亂依意心獨定定根定力定覺是名正定

四聖諦幾色幾非色二非色二二分或色或非色云何二非色集聖諦滅聖諦是名二非色云何二二分或色或非色苦聖諦道聖諦是名二二分或色或非色云何苦聖諦色眼入耳鼻舌身入色入聲香味觸入身口非戒無教有漏身口戒無教有漏身進有漏身除是名苦聖諦色云何苦聖諦非色受想思觸思惟覺觀見慧解脫無貪無恚無癡順信悔悅喜心進心除信欲不放逸念定心捨疑悕煩惱使生老死命結無想定眼識乃至意識是名苦聖諦非色云何道聖諦色正語正業正命正身進是名道聖諦色云何道聖諦非色正見正覺正心進正念正定是名道聖諦非色

四聖諦幾可見幾不可見三不可見一二分或可見或不可見云何三不可見集聖諦滅聖諦道聖諦是名三不可見云何一二分或可見或不可見苦聖諦是名一二分或可見或不可見云何苦聖諦可見色入是名苦聖諦可見云何苦聖諦不可見除色入餘苦聖諦不可見是名苦聖諦不可見

四聖諦幾有對幾無對三無對一二分或有對或無對云何三無對集聖諦滅聖諦道聖諦是名三無對云何一二分或有對或無對苦聖諦是名一二分或有對或無對云何苦聖諦有對十色入是名苦聖諦有對云何苦聖諦無對初四色受想乃至無想定眼識乃

至意識是名苦聖諦無對

四聖諦幾聖幾非聖二聖二非聖云何二聖滅聖諦道聖諦是名二聖云何二非聖苦聖諦集聖諦是名二非聖有漏無漏有愛無愛有求無求當取非當取有取無取有勝無勝亦如是

四聖諦幾受幾非受三非受一二分或受或非受云何三非受集聖諦滅聖諦道聖諦是名三非受云何一二分或受或非受苦聖諦是名一二分或受或非受云何苦聖諦受苦聖諦若內是名苦聖諦受云何苦聖諦受苦聖諦業法煩惱所生報我分攝眼入耳入鼻入舌入身入身好色非好色端嚴非端嚴妍𪘏非妍𪘏嚴淨非嚴淨身好聲非好聲衆妙聲非衆妙聲輭聲非輭聲身好香非好香輭香非輭香適意香非適意香身甜醋苦辛醎淡涎𤻲身冷熱輕重麤細澀滑堅輭受心所起去來屈伸迴轉身教集聲音句言語口教有漏身進受想思觸思惟覺觀見慧解脫悔不悔悅喜心進信欲念怖生命眼識乃至意識是名苦聖諦受云何苦聖諦非受苦聖諦外是名苦聖諦非受云何苦聖諦非受苦聖諦善若不善無記非我分攝若善心不善心非報非報法心所起去來屈伸迴轉身教集聲音句言語口教若外色眼識所知聲香味若外觸身識所知身口非戒無教有漏身口戒無教有漏身進有漏身除除命餘受想乃至無想定眼識乃至意識是名苦聖諦非受內外亦如是

四聖諦幾有報幾無報一有報一無報二三

分或有報或無報云何一有報集聖諦是名一有報云何一無報滅聖諦是名一無報云何二二分或有報或無報苦聖諦道聖諦是名二二分或有報或無報云何苦聖諦有報苦聖諦報法是名苦聖諦有報云何苦聖諦有報除苦聖諦善報餘苦聖諦善不善不善心所起去來屈伸迴轉身教集聲音句言語口教身口非戒無教有漏身口戒無教有漏身進有漏身除受想乃至煩惱使結無想定意界意識界是名苦聖諦有報云何苦聖諦無報苦聖諦若報苦聖諦非報非報法眼入耳鼻舌身入香入味入觸入身好色非好色端嚴非端嚴妍膚非妍膚嚴淨非嚴淨身好聲非好聲衆妙聲非衆妙聲軟聲非軟聲無記心所起去來屈伸迴轉身教集聲音句言

語口教外色眼識所知外聲耳識所知有漏身口戒無教有漏身進有漏身除除無貪無恚癡煩惱使結餘受想乃至無想定眼識乃至意識是名苦聖諦無報云何道聖諦有報道聖諦報法是名道聖諦有報云何道聖諦有報學人離結使聖心入聖道若堅信堅法及餘趣人見行過患觀涅槃寂滅如實觀苦集滅道未得欲得未解欲解未證欲證修道離煩惱無學人欲得阿羅漢未得聖法欲得修道若實人若趣若正見正覺正語正業正命正進正念正定是名道聖諦有報云何道聖諦無報道聖諦若報是名道聖諦無報云何道聖諦無報見學人若須陀洹斯陀含阿那含觀智具足若智地若觀解脱心即得沙門果若須陀洹果斯陀含果阿那含果無學

人阿羅漢觀智具足若智地若觀解脱心即得阿羅漢果若實人若趣正見乃至正定是名道聖諦無報

四聖諦幾心幾非心三非心一二分或心或非心云何三非心集聖諦滅聖諦道聖諦是名三非心云何一二分或心或非心苦聖諦是名一二分或心或非心云何苦聖諦心眼識乃至意識是名苦聖諦心云何苦聖諦非心十色入初四色受想乃至無想定是名苦聖諦非心

四聖諦幾心相應幾非心相應一心相應非心相應一二分或心相應或非心相應一三分或心相應或非心相應或不説心相應非心相應云何一心相應集聖諦是名一心相應云何一非心相應滅聖諦是名一非心相應云何一二分或心相應或非心相應道聖諦是名一二分或心相應或非心相應云何一三分或心相應或非心相應或不説心相應非心相應苦聖諦是名一三分或心相應或非心相應或不説心相應非心相應云何道聖諦心相應道聖諦若心數正見正覺正心進正念正定是名道聖諦心相應云何道聖諦非心相應道聖諦非心數正語正業正命正身進是名道聖諦非心相應云何苦聖諦心相應苦聖諦若心數受想乃至煩惱使是名苦聖諦心相應云何苦聖諦非心相應苦聖諦若非心數十色入初四色生乃至無想定是名苦聖諦非心相應云何苦聖諦不説心相應非心相應眼識乃至意識是名苦聖諦不説心相應非心相應

四聖諦幾心數幾非心數一心數一非心數二二分或心數或非心數云何一心數集聖諦是名一心數云何一非心數滅聖諦是名一非心數云何二二分或心數或非心數苦聖諦道聖諦是名二二分或心數或非心數云何苦聖諦心數除心餘苦聖諦緣受想乃至煩惱使是名苦聖諦心數云何苦聖諦非心數苦聖諦若非緣及心十色入初四色生乃至無想定眼識乃至意識是名苦聖諦非心數云何道聖諦心數若道聖諦緣正見正覺正心進正念正定是名道聖諦心數云何道聖諦非心數若道聖諦非緣正語正業正命正身進是名道聖諦非心數

四聖諦幾緣幾非緣一有緣一非緣二二分或有緣或無緣云何一有緣集聖諦是名一有緣云何一無緣滅聖諦是名一無緣云何二二分或有緣或無緣苦聖諦道聖諦是名二二分或有緣或無緣云何苦聖諦有緣苦聖諦若心數及心受想乃至煩惱使眼識乃至意識是名苦聖諦緣云何苦聖諦非緣除心餘苦聖諦非心數十色入初四色生乃至無想定是名苦聖諦非緣云何道聖諦緣道聖諦心數正見正覺正心進正念正定是名道聖諦緣云何道聖諦非緣道聖諦若非心數正語正業正命正身進是名道聖諦非緣

四聖諦幾共心幾不共心一共心一不共心二二分或共心或不共心云何一共心集聖諦是名一共心云何一不共心滅聖諦是名一不共心云何二二分或共心或不共心苦聖諦道聖諦是名二二分或共心或不共心

云何苦聖諦共心苦聖諦若隨心轉共心生共住共滅有漏身口戒無教有漏身進有漏身除受想乃至煩惱使是名苦聖諦共心云何苦聖諦不共心苦聖諦不隨心轉不共心生不共住不共滅十色入初四色生乃至無想定眼識乃至意識是名苦聖諦不共心云何道聖諦共心道聖諦隨心轉共心生共住共滅正見乃至正定是名道聖諦共心云何道聖諦不共心道聖諦不隨心轉不共心生不共住不共滅正語正業正命正身進是名道聖諦不共心隨心轉不隨心轉亦如是

四聖諦幾業幾非業二非業二二分或業或非業云何二非業集聖諦滅聖諦是名二非業云何二二分或業或非業苦聖諦道聖諦是名二二分或業或非業云何苦聖諦業善心不善心無記心所起去來屈伸迴轉身教集聲音句言語口教身口非戒無教有漏身口戒無教思是名苦聖諦業云何苦聖諦非業眼入耳入鼻入舌入身入香入味入觸入身好色非好色端嚴非端嚴妍膚非妍膚醜淨非嚴淨身好聲非好聲衆妙聲非衆妙聲輭聲非輭聲外色眼識所知外聲耳識所知有漏身進有漏身除除思餘受想乃至無想定眼識乃至意識是名苦聖諦非業云何道聖諦業正語正業正命是名道聖諦業云何道聖諦非業正見正覺正進正念正定是名道聖諦非業

四聖諦幾業相應幾非業相應一業相應一非業相應一二分或業相應或非業相應一三分或業相應或非業相應或不說業相應

非業相應云何一業相應集聖諦是名一業相應云何一非業相應滅聖諦是名一非業相應云何一二分或業相應或非業相應道聖諦是名一二分或業相應或非業相應云何一三分或業相應或非業相應或不說業相應非業相應苦聖諦是名一三分或業相應或非業相應或不說業相應非業相應云何道聖諦業相應道聖諦若思相應正見正覺正進正命正定是名道聖諦業相應云何道聖諦非業相應道聖諦若非思相應正語正業正命正身進是名道聖諦非業相應云何苦聖諦業相應苦聖諦若思相應除思受想乃至煩惱使眼識乃至意識是名苦聖諦業相應云何苦聖諦非業相應苦聖諦若非思相應十色入初四色生乃至無想定是名苦聖諦非業相應云何苦聖諦不說業相應苦聖諦非業相應思是名苦聖諦不說業相應非業相應

四聖諦幾共業幾非共業二共業一不共業一二分或共業或非共業云何二共業集聖諦道聖諦是名二共業云何一不共業滅聖諦是名一不共業云何一二分或共業或不共業苦聖諦是名一二分或共業或不共業云何苦聖諦共業苦聖諦若隨業轉共業生共住共滅有漏身口戒無教有漏身進有漏身除受想定心思觸乃至煩惱使無想定眼識乃至意識是名苦聖諦共業云何苦聖諦不共業苦聖諦不隨業轉不共業生不共住不共滅十色入身口非戒無教有漏身口戒無教有漏身進不定心思生老死命結是名

苦聖諦不共業隨業轉不隨業轉亦如是

四聖諦幾因幾非因二因一非因一二分或因或非因云何二因集聖諦道聖諦是名二因云何一非因滅聖諦是名一非因云何一二分或因或非因苦聖諦是名一二分或因或非因云何苦聖諦因苦聖諦緣苦聖諦非緣有報苦聖諦非緣善報四大善心不善心所起去來屈伸迴轉身教集聲音句言語口教地大水火風大身口非戒無教有漏身口戒無教有漏身進有漏身除受想乃至煩惱使無想定眼識乃至意識是名苦聖諦因云何苦聖諦非因苦聖諦非緣無報不共業眼入耳入鼻入舌入身入香入味入身好色非好色端嚴非端嚴妍膚非妍膚嚴淨非嚴淨身好聲非好聲衆妙聲非衆妙聲軟聲非軟聲無記心所起去來屈伸迴轉身教集聲音句言語口教外色眼識所知外聲耳識所知除四大餘觸入所攝及有漏身進生老死命是名苦聖諦非因

四聖諦幾有因幾無因三有因一無因云何三有因苦聖諦集聖諦道聖諦是名三有因云何一無因滅聖諦是名一無因有緒無緒有緣無緣有爲無爲亦如是

四聖諦幾知幾非知一切知如事知見

四聖諦幾識幾非識一切識意識如事識

四聖諦幾解幾非解一切解如事解

四聖諦幾了幾非了一切了如事了

四聖諦幾斷智知幾非斷智知一斷智知二非斷智知一二分或斷智知或非斷智知云何一斷智知集聖諦是名一斷智知云何二

非斷智知滅聖諦道聖諦是名二非斷智知云何一二分或斷智知或非斷智知苦聖諦是名一二分或斷智知或非斷智知云何苦聖諦斷智知苦聖諦不善不善心所起去來屈伸迴轉身教集聲音句言語口教身口非戒無教有漏身教集聲音句言語口教身口非戒無教有漏身進受想思觸思惟覺觀見慧解脫悔不悔悅喜心進信欲念疑怖煩惱使結意界意識界是名苦聖諦斷智知云何苦聖諦非斷智知苦聖諦善無記眼入耳入鼻入舌入身入香入味入觸入身好色非好色端嚴非端嚴妍膚非妍膚嚴淨非嚴淨身好聲非好聲軟聲非軟聲善心若無記心所起去來屈伸迴轉身教集聲音句言語口教外色眼識所知外聲耳識所知有漏身口戒無教有漏身進有漏身除疑煩惱使結餘受想乃至無想定眼識乃至意識是名苦聖諦非斷智知斷非斷亦如是

四聖諦幾修幾非修二修一非修一二分或修或非修云何二修滅聖諦道聖諦是名二修云何一非修集聖諦是名一非修云何一二分或修或非修苦聖諦是名一二分或修或非修云何苦聖諦修苦聖諦善善心所起去來屈伸迴轉身教集聲音句言語口教有漏身口戒無教有漏身進有漏身除受想乃至心除無想定意界意識界是名苦聖諦修云何苦聖諦非修苦聖諦不善無記眼入耳入鼻入舌入身入香入味入觸入身好色非好色端嚴非端嚴妍膚非妍膚嚴淨非嚴淨身好聲非好聲衆妙聲非衆妙聲軟聲非軟聲不善心無記心所起去來屈伸迴轉身教

集聲音句言語口教外色眼識所知外聲耳識所知身口非戒無教有漏身進受想思觸思惟覺觀見慧解脫悔不悔悅喜心進信欲念疑怖煩惱使生老死命結眼識乃至意識是名苦聖諦非修

四聖諦幾證幾非證一切證如事知見

四聖諦幾善幾不善幾無記二善一不善一三分或善或不善或無記云何二善滅聖諦道聖諦是名二善云何一不善集聖諦是名一不善云何一三分或善或不善或無記苦聖諦是名一三分或善或不善或無記云何苦聖諦善苦聖諦修善心所起去來屈伸迴轉身教集聲音句言語口教有漏身口戒無教有漏身進有漏身除乃至心捨無想定意界意識界是名苦聖諦善云何苦聖諦不善苦聖諦斷受想思觸思惟覺觀見慧解脫悔不悔悅喜心進苦不善心所起去來屈伸迴轉身教集聲音句言語口教身口非戒無教有漏身進信欲念疑怖煩惱使結意界意識界是名苦聖諦不善云何苦聖諦無記苦聖諦受苦聖諦非報非報法眼入耳入鼻入舌入身入香入味入觸入身好色非好色端嚴非端嚴妍醜非妍醜嚴淨非嚴淨身好聲非好聲衆妙聲非衆妙聲輭聲非輭聲無記心所起去來屈伸迴轉身教集聲音句言語口教外色眼識所知外聲耳識所知有漏身進受想思觸思惟覺觀見慧解脫悔不悔悅喜心進信欲念怖生老死命眼識乃至意識是名苦聖諦無記

相聖諦幾學幾無學幾非學非無學二非學

非無學二二分或學或無學云何二非學非無學苦聖諦集聖諦是名二非學非無學云何二二分或學或無學滅聖諦道聖諦是名二二分或學或無學云何滅聖諦學須陀洹果斯陀含果阿那含果是名滅聖諦學云何滅聖諦無學阿羅漢果是名滅聖諦無學云何道聖諦學學人離結使聖心入聖道若堅信若堅法及餘趣人見行過患觀涅槃寂滅如實觀苦集滅道未得欲得未解欲解未證欲證修道離煩惱見學人若須陀洹斯陀含阿那含觀智具足若智地若觀解脫心即得沙門果若須陀洹果若斯陀含果阿那含果若實人若趣正見乃至正定是名道聖諦學云何道聖諦無學無學人欲得阿羅漢未得聖法欲得修道觀智具足若智地若觀解脫心即得阿羅漢果若實人若趣正見乃至正定是名道聖諦無學

四聖諦幾報幾報法幾非報非報法一報法一非報非報法一二分或報或報法一三分或報或報法或非報非報法云何一報法集聖諦是名一報法云何一非報非報法滅聖諦是名一非報非報法云何一二分或報或報法道聖諦是名一二分或報或報法云何一三分或報或報法或非報非報法苦聖諦是名一三分或報或報法或非報非報法云何道聖諦報道聖諦無報是名道聖諦報云何道聖諦報見學人若須陀洹斯陀含阿那含觀智具足若智地若觀解脫心即得沙門果若須陀洹果斯陀含果阿那含果無學人觀智具足若智地若觀解脫心即得阿羅漢

果若實人若趣正見乃至正定是名道聖諦報云何道聖諦報法道聖諦善報是名道聖諦報法云何道聖諦報法學人離結使聖心入聖道若堅信堅法及餘趣人見行過患觀涅槃寂滅如實觀苦集滅道未得欲得未解欲解未證欲證修道離煩惱無學人欲得阿羅漢未得聖法欲得修道若實人若趣正見乃至正定是名道聖諦報法云何苦聖諦報苦聖諦善報眼入耳入鼻入舌入身入身好色非好色端嚴非端嚴姸膚非姸膚嚴淨非嚴淨身好聲非好聲衆妙聲非衆妙聲輭聲非輭聲身好香非好香輭香非輭香適意香非適意香身甜醋苦辛醎淡涎癊身冷熱輕重麤細澀滑堅輭受心所起去來屈伸迴轉身教集聲音句言語口教有漏身口戒無教有漏身進有漏身除除無貪無恚餘受想乃至心捨怖生命無想定眼識乃至意識是名苦聖諦報云何苦聖諦報法苦聖諦有報是名苦聖諦報法云何苦聖諦報法除苦聖諦善報餘苦聖諦善不善善心若不善心所起去來屈伸迴轉身教集聲音句言語口教身口非戒無教有漏身口戒無教有漏身進有漏身除受想乃至煩惱使結無想定意界意識界是名苦聖諦報法云何苦聖諦非報非報法苦聖諦無記非我分攝非報非報法心所起去來屈伸迴轉身教集聲音句言語口教外色眼識所知外聲香味外觸身識所知有漏身進受想思觸思惟覺觀見慧解脫悔不悔悅喜心進信欲念怖生老死眼識乃至意識是名苦聖諦非報非報法

四聖諦幾見斷幾思惟斷幾非見斷非思惟斷二非見斷非思惟斷一二分或見斷或思惟斷一三分或見斷或思惟斷或非見斷非思惟斷云何二非見斷非思惟斷滅聖諦道聖諦是名二非見斷非思惟斷云何一二分或見斷或思惟斷集聖諦是名一二分或見斷或思惟斷云何一三分或見斷或思惟斷或非見斷非思惟斷苦聖諦是名一三分或見斷或思惟斷或非見斷非思惟斷云何集聖諦見斷集聖諦若見斷名集聖諦是名集聖諦見斷云何集聖諦思惟斷集聖諦思惟斷名集聖諦是名集聖諦思惟斷云何苦聖諦見斷苦聖諦不善非思惟斷見斷煩惱心所起去來屈伸迴轉身教集聲音句言語口教身口非戒無教有漏身進受想思觸思惟

覺觀見慧解脫悔不悔悅喜心進信欲念疑怖煩惱使結意界意識界是名苦聖諦見斷云何苦聖諦思惟斷苦聖諦不善非見斷思惟斷煩惱心所起去來屈伸迴轉身教集聲音句言語口教身口非戒無教有漏身進受想思觸思惟覺觀見慧解脫悔不悔悅喜心進信欲念怖煩惱使結意界意識界是名苦聖諦思惟斷云何苦聖諦非見斷非思惟斷苦聖諦善無記眼入耳鼻舌入身入香入味入觸入身好色非好色端嚴非端嚴妍膚非妍膚嚴淨非嚴淨身好聲非好聲衆妙聲非衆妙聲輭聲非輭聲若善心若無記心所起去來屈伸迴轉身教集聲音句言語口教外色眼識所知外聲耳識所知有漏身口戒無教有漏身進有漏身除除疑煩惱使結餘受

想乃至無想定眼識乃至意識是名苦聖諦非見斷非思惟斷

四聖諦幾見斷因幾思惟斷因幾非見斷非思惟斷因二非見斷非思惟斷因一二分或見斷因或思惟斷因一三分或見斷因或思惟斷因或非見斷非思惟斷因云何二非見斷非思惟斷因滅聖諦道聖諦是名二非見斷非思惟斷因云何一二分或見斷因或思惟斷因集聖諦是名一二分或見斷因或思惟斷因云何一三分或見斷因或思惟斷因或非見斷非思惟斷因苦聖諦是名一三分或見斷因或思惟斷因或非見斷非思惟斷因云何集聖諦見斷因集聖諦見斷集聖諦是名集聖諦見斷因云何集聖諦思惟斷因集聖諦思惟斷集聖諦是名集聖諦思惟斷因云何苦聖諦見斷因苦聖諦見斷苦聖諦見斷法報眼入耳入鼻入舌入身入身非好色非端嚴非姸覩非嚴淨身非好聲非衆妙聲非輭聲身非好香非輭香非適意香身甜醋苦辛醎淡涎癊身冷熱麤重堅澀見斷因心所起去來屈伸迴轉身教集聲音句言語口教身口非戒無教有漏身進受想思觸思惟覺觀見慧解脫悔不悔悅喜心進信欲念疑怖煩惱使生命結眼識乃至意識是名苦聖諦見斷因云何苦聖諦思惟斷因苦聖諦思惟斷苦聖諦思惟斷法報眼入耳入鼻入舌入身入身非好色非端嚴非姸覩非嚴淨身非好聲非衆妙聲非輭聲身非好香非輭香非適意香身甜醋醎淡苦辛涎癊冷熱麤重堅澀思惟斷因心所起去來屈伸迴轉身

教集聲音句言語口教身口非戒無教有漏身進受想思觸思惟覺觀見慧解脫悔不悔悅喜心進信欲念怖煩惱使生命結眼識乃至意識是名苦聖諦思惟斷因云何苦聖諦非見斷非思惟斷因苦聖諦善苦聖諦善法報苦聖諦非報非報法眼入耳入鼻入舌入身入身好色端嚴姸膚嚴淨身好聲衆妙聲軟聲身好香軟香適意香身甜醋苦辛醎淡涎癊身冷熱輕細軟滑非見斷非思惟斷因心所起去來屈伸迴轉身教集聲音句言語口教外色眼識所知外聲香味外觸身識所知有漏身口戒無教有漏身進有漏身除除疑煩惱使結餘受想乃至無想定眼識乃至意識是名苦聖諦非見斷非思惟斷因

四聖諦幾欲界繫幾色界繫幾無色界繫幾不繫二不繫二三分或欲界繫或色界繫或無色界繫云何二不繫滅聖諦道聖諦是名二不繫云何二三分或欲界繫或色界繫或無色界繫苦聖諦集聖諦是名二三分或欲界繫或色界繫或無色界繫云何苦聖諦欲界繫苦聖諦欲漏有漏眼入耳入鼻入舌入身入香入味入身好色非好色端嚴非端嚴姸膚非姸膚嚴淨非嚴淨身好聲非好聲衆妙聲非衆妙聲軟聲非軟聲身冷熱輕重麤細堅軟澀滑欲行心所起去來屈伸迴轉身教集聲音句言語口教外色眼識所知欲漏有漏苦外觸身識所知欲漏有漏身口非戒無教有漏身口戒無教有漏身進受想思觸思惟見慧解脫無礙順信悔不悔悅喜心進信欲不放逸念疑怖煩惱使生老死命結眼

識及色三二識是名苦聖諦欲界繫云何苦聖諦色界繫苦聖諦色漏有漏眼入耳入身入身好色端嚴姸膚嚴淨身好聲衆妙聲輭聲身冷熱輕細輭滑色行心所起去來屈伸迴轉身教集聲音句言語口教外色眼識所知色漏有漏若聲若外觸身識所知色漏有漏有漏身口戒無教有漏身進有漏身除受想思觸思惟覺觀見慧解脫無癡順信悅喜心進心除信欲不放逸念定心捨疑煩惱使生老死命結無想定眼識耳識身識意識是名苦聖諦色界繫云何苦聖諦無色界繫苦聖諦若無色漏有漏有漏身口戒無教有漏身進有漏身除受想思觸思惟見慧解脫無癡順信心進心除信欲不放逸念定心捨疑煩惱使生老死命結意界意識界是名苦聖諦無色界繫云何集聖諦欲界繫集聖諦欲漏有漏欲行受是名集聖諦欲界繫云何集聖諦色界繫集聖諦色漏有漏色行受是名集聖諦色界繫云何集聖諦無色界繫集聖諦無色漏有漏無色行受是名集聖諦無色界繫

四聖諦幾過去幾未來幾現在幾非過去非未來非現在一非過去非未來非現在三三分或過去或未來或現在云何一非過去非未來非現在滅聖諦是名一非過去非未來非現在云何三三分或過去或未來或現在苦聖諦集聖諦道聖諦是名三三分或過去或未來或現在云何苦聖諦過去苦聖諦生已滅苦聖諦是名苦聖諦過去云何苦聖諦未來苦聖諦未生未出苦聖諦是名苦聖諦

未來云何苦聖諦現在苦聖諦生未滅苦聖諦是名苦聖諦現在集聖諦道聖諦亦如是

舍利弗阿毗曇論卷第四

音釋

掉(徒弔切搖也)棘(紀力切)刺(棘刺七自切)耽(都含切樂也)態(他代切姿態也)膩(女利切肥也)創(楚亮切造也)嬾(與懶同)

舍利弗阿毗曇論卷第五

姚秦天竺三藏曇摩崛多共曇摩耶舍譯

問分根品第五

問曰幾根答曰二十二根何等二十二根眼根耳根鼻根舌根身根女根男根命根樂根苦根喜根憂根捨根意根信根進根念根定根慧根未知欲知根知根已知根云何眼根眼入名眼根云何眼根眼界名眼根云何眼根若眼我分攝四大所造淨色名眼根云何眼根若眼我分攝四大所造過去未來現在淨色名眼根云何眼根若眼我分攝已見色今見當見不定名眼根若眼我分攝色光已來今來當來不定名眼根云何眼根若眼我分攝已對色今對當對不定若眼我分攝色已對今對當對不定名眼根若眼無礙是眼是眼入是眼根是眼界是田是物是門是藏是世是淨是泉是海是沃燋是洄澓是瘡是繫是因是入我分是此岸是內入眼見色是名眼根耳根鼻根舌根身根亦如是云何女根若女女性女形女相是名女根云何男根若男男性男形男相是名男根云何命根壽是名命根云何命根若衆生住是名命根云何命根諸衆生諸衆生中不終不退不喪不死時未過行在護持名命根云何樂根若身樂受眼觸樂受耳鼻舌身觸樂受樂界名樂根云何苦根若身苦受眼觸苦受耳鼻舌身觸苦受苦界名苦根云何喜根若心樂受意觸樂受喜界名喜根云何憂根若心苦受意觸苦受憂界是名憂根云何捨根若身心不苦不樂受眼觸不苦不樂受耳鼻舌身意觸

不苦不樂受捨界名捨根云何意根意入名意根云何意根識陰名意根云何意根若心意識六識身七識界名意根云何意根若識過去未來現在内外麤細𤰞勝遠近是名意根云何六識身眼識身耳鼻舌身意識身云何眼識身緣眼緣色緣明緣思惟以四緣識已生今生當生不定是名眼識身云何耳鼻舌身意識身緣意緣法緣思惟以三緣識已生今生當生不定名意識身是名六識身云何七識界眼耳鼻舌身識界意界意識界云何眼識界若識眼根生色境界已生今生當生不定名眼識界云何耳鼻舌身識界若識身根生觸境界已生今生當生不定名身識界云何意界意知法念法若初心已生今生當生不定是名意界云何意識界若識相似

不離彼境界及餘相似心識已生今生當生不定名意識界是名七識界云何過去識若識生已滅名過去識云何未來識若識未生未出名未來識云何現在識若識生未滅名現在識云何内識若識受名内識云何外識若識非受名外識云何麤識若識欲界繫名麤識云何細識若識色界繫無色界繫若不繫名細識云何𤰞識若識不善若識不善法報若識非報非報法不適意名𤰞識云何勝識若識善若識善法報若識非報非報法適意名勝識云何遠識若識相遠極相遠不近不近邊名遠識云何近識若識相近極相近近邊名近識云何信根學人離結使聖心入聖道若堅信堅法及餘趣人見行過患觀涅槃寂滅如實觀苦集滅道未解欲解未得欲

得未證欲證修道離煩惱見學人若須陀洹斯陀含阿那含觀智具足若智地若觀解脫心即得沙門果若須陀洹果斯陀含果阿那含果無學人欲得阿羅漢果未得聖法欲得修道離煩惱觀智具足若智地若觀解脫心即得阿羅漢果若實人若趣若信入信究竟入信眞信心淨是名信根云何進根學人離結使乃至即得阿羅漢果若實人若趣身心發出度堪忍不退勤力進不離不懈不緩不寂墮進進力進覺正進是名進根云何念根學人離結使乃至即得阿羅漢果若實人若趣若念憶念微念順念住不忘相續念不失不奪不鈍不鈍根念念力念覺正念是名念根云何定根學人離結使乃至即得阿羅漢果若實人若趣若心住正住專住心一向心

一樂心不亂依念獨定定力定學正定是名定根云何慧根學人離結使乃至即得阿羅漢果若實人若趣若法中擇重擇究竟擇擇法思惟覺了達自相他相共相思持辯進辯慧知見解脫方便術焰光明照耀慧眼慧力擇法正覺不薄是名慧根云何未知欲知根堅信堅法人若法聖無漏非根得名根除未知欲知根中想思觸思惟覺觀解脫悅喜心除欲不放逸心捨正語正業正命正身除是名未知欲知根云何知根見學人若法聖無漏非根得名根除知根中想思觸思惟覺觀解脫悅喜心除欲不放逸心捨得果滅盡定正語正業正命正身除是名知根云何已知根無學人阿羅漢果若法聖無漏非根得名根除已知根中想思觸思惟覺觀解脫悅喜

心除欲不放逸心捨得果滅盡定正語正業正命正身除是名已知根
二十二根幾色幾非色七色十一非色四二分或色或非色云何七色眼根耳根鼻根舌根身根女根男根名七色云何十一非色命根樂根苦根喜根憂根捨根意根信根念根定根慧根名十一非色云何四二分或色或非色進根未知欲知根知根已知根名四一分或色或非色云何進根色身發出度名進根色云何進根非色心發出度名進根非色云何未知欲知根色正語正業正命正身除名未知欲知根色云何未知欲知根非色想思觸思惟覺觀解脫悅喜心除欲不放逸心捨名未知欲知根非色云何知根色正語正業正命正身除名知根色云何知根非色想思觸思惟覺觀解脫悅喜心除欲不放逸心捨得果滅盡定名知根非色云何已知根色正語正業正命正身除名已知根色云何已知根非色想思觸思惟覺觀解脫悅喜心除欲不放逸心捨得果滅盡定名已知根非色
二十二根幾可見幾不可見一切不可見
二十二根幾有對幾無對七有對十五無對云何七有對眼根乃至男根名七有對云何十五無對命根乃至已知根名十五無對
二十二根幾聖幾非聖八聖十一非聖三二分或聖或非聖云何八聖信根乃至已知根名八聖云何十一非聖眼根乃至苦根及憂根名十一非聖云何三二分或聖或非聖喜根捨根意根名三二分或聖或非聖云何喜根非聖喜根有漏名喜根非聖云何喜根非

聖喜根非學非無學意觸樂受名喜根非聖云何喜根聖喜根無漏名喜根聖云何喜根聖喜根信根相應意觸樂受名喜根聖云何喜根聖喜根學若無學學人離結使聖心入聖道若堅信堅法及餘趣人見行過患觀涅槃寂滅如實觀苦集滅道未得欲得未解欲解未證欲證修道離結使見學人若須陀洹斯陀含阿那含觀智具足若智地若觀解脫心即得沙門果若須陀洹果斯陀含果阿那含果無學人欲得阿羅漢未得聖法欲得修道觀智具足若智地若觀解脫心即得阿羅漢果若實人若趣若意觸樂受名喜根聖云何捨根非聖捨根有漏名捨根非聖云何捨根非聖捨根非學非無學眼觸不苦不樂受耳鼻舌身意觸不苦不樂受名捨根非聖云何捨根聖捨根無漏名捨根聖云何捨根聖捨根信根相應意觸不苦不樂受名捨根聖云何捨根聖捨根學無學學人離結使乃至即得阿羅漢果若實人若趣若意觸不苦不樂受名捨根聖云何意根非聖意根有漏名意根非聖云何意根非聖識受陰名意根非聖云何意根非聖意根非學非無學眼識乃至意識名意根非聖云何意根聖意根無漏名意根聖云何意根聖意根信根相應意界意識界名意根聖云何意根聖意根學無學學人離結使乃至即得阿羅漢果若實人若趣若意界意識界名意根聖有漏無漏有愛無愛有求無求當取非當取有取無取有勝無勝亦如是

二十二根幾受幾非受八受八非受六二分

或受或非受云何八受眼根乃至命根名八受云何八非受信根乃至已知根名八非受云何六二分或受或非受樂根苦根喜根憂根捨根意根名六二分或受或非受云何樂根受樂根內名樂根受云何樂根受樂根業法煩惱所生報我分攝眼觸樂受耳鼻舌身觸樂受名樂根受云何樂根非受樂根外眼觸樂受耳鼻舌身觸樂受名樂根非受云何苦根受苦根內名苦根受云何苦根受苦根業法煩惱所生報我分攝眼觸苦受耳鼻舌身觸苦受名苦根受云何苦根非受苦根外眼觸苦受耳鼻舌身觸苦受名苦根非受云何喜根受喜根內名喜根受云何喜根受喜根業法煩惱所生報我分攝意觸樂受名喜根受云何喜根非受喜根外名喜根非受云何喜根非受喜根善不善若無記非我分攝意觸樂受名喜根非受云何憂根受憂根內名憂根受云何憂根受憂根業法煩惱所生報我分攝意觸苦受名憂根受云何憂根非受憂根外名憂根非受云何憂根非受憂根善不善若無記非我分攝意觸苦受名憂根非受云何捨根受捨根內名捨根受云何捨根受業法煩惱所生報我分攝眼觸不苦不樂受耳鼻舌身意觸不苦不樂受名捨根受云何捨根非受捨根外名捨根非受云何捨根非受捨根若無記善不善非我分攝眼觸不苦不樂受耳鼻舌身意觸不苦不樂受名捨根非受云何意根受意根內名意根受云何意根受意根業法煩惱所生報我分攝眼識乃至意識名意根受云何意根非受意根

若外名意根非受云何意根非受意根善不善無記非我分攝眼識乃至意識名意根非受內外亦如是

二十二根幾有報幾無報一有報十無報十一二分或有報或無報云何一有報未知欲知根名一有報云何十無報眼根乃至苦根名十無報云何十一二分或有報或無報除未知欲知根餘喜根乃至已知根名十一二分或有報或無報云何喜根有報喜根報法名喜根有報云何喜根有報喜根除善報餘喜根善不善意觸樂受名喜根有報云何喜根無報喜根若報喜根非報非報法意觸樂受名喜根無報云何憂根有報憂根報法名憂根有報云何憂根有報憂報善不善意觸苦受名憂根有報云何憂根無報憂根若報憂根非報非報法意觸苦受名憂根無報云何捨根有報捨根報法名捨根有報云何捨根有報捨根除善報餘捨根善不善意觸不苦不樂受名捨根有報云何捨根無報捨根若報捨根非報非報法眼觸非苦非樂受耳鼻舌身意觸不苦不樂受名捨根無報云何意根有報意根報法名意根有報云何意根有報除意根善報餘意根善不善意界意識界是名意根有報云何意根無報意根報意根非報非報法眼識乃至意識名意根無報云何信根有報信根報法名信根有報云何信根有報學人離結使聖心入聖道堅信堅法及餘趣人見行過患觀涅槃寂滅觀苦集滅道未得欲得未解欲解未證欲證修道離煩惱無學人欲得阿羅漢果未得聖法欲得

修道若實人若趣信入信究竟入信眞信心淨名信根有報云何信根無報信根報名信根無報云何信根無報見學人須陀洹斯陀含阿那含觀智具足若智地若觀解脱心即得沙門果須陀洹果斯陀含果阿那含果無學人欲得阿羅漢觀智具足若智地若觀解脱心即得阿羅漢果若實人若趣信入信究竟入信眞信心淨名信根無報進根念根定根慧根亦如是云何知根有報知根報法名知根有報云何知根有報見學人見行過患觀涅槃寂滅觀苦集滅道未得欲得未解欲解未證欲證修道離煩惱若實人若趣若想思觸思惟覺觀解脱悅喜心除欲不放逸心捨滅盡定正語正業正命正身除名知根有報云何知根無報知根報名知根無報云何

知根無報見學人須陀洹斯陀含阿那含觀智具足若智地若觀解脱心即得沙門果須陀洹果斯陀含果阿那含果若實人若趣若想思觸思惟覺觀解脱悅喜心除欲不放逸心捨得果滅盡定正語正業正命正身除名知根無報云何已知根有報已知根報法名已知根有報云何已知根有報無學人欲得阿羅漢未得聖法欲得修道若實人若趣想思觸思惟覺觀解脱悅喜心除欲不放逸心進心捨滅盡定正語正業正命正身除名已知根有報云何已知根無報已知根報名已知根無報云何已知根無報無學人欲得阿羅漢果觀智具足若智地若觀解脱心即得阿羅漢果若實人若趣若想思觸思惟覺觀解脱悅喜心除欲不放逸心捨得果滅盡定

正語正業正命正身除名已知根無報

二十二根幾心幾非心一心二十一非心云何一心意根名一心云何二十一非心除意根餘一切非心

二十二根幾心相應幾非心相應九心相應八非心相應一不說心相應非心相應四二分或心相應或非心相應云何九心相應除意根進根餘樂根乃至慧根是名九心相應云何八非心相應眼根乃至命根名八非心相應云何一不說心相應非心相應意根是名一不說心相應非心相應云何四二分或心相應或非心相應進根未知欲知根知根已知根名四二分或心相應或非心相應云何進根心相應進根心數心發出度名進根心相應云何進根非心相應進根非心數身發出度名進根非心相應云何未知欲知根心相應未知欲知根若心數想思觸思惟覺觀解脫悅喜心除欲不放逸心捨名未知欲知根心相應云何未知欲知根非心相應未知欲知根非心數正語正業正命正身除名未知欲知根非心相應云何知根心相應知根若心數想思觸思惟覺觀解脫悅喜心除欲不放逸心捨名知根心相應云何知根非心相應知根非心數得果滅盡定正語正業正命正身除名知根非心相應已知根亦如是

二十二根幾心數幾非心數九心數九非心數四二分或心數或非心數云何九心數除意根進根餘樂根乃至慧根名九心數云何九非心數眼根乃至命根意根名九非心數

云何四二分或心數或非心數進根未知欲知根知根已知根名四二分或心數或非心數云何進根心數進根若緣心發出度是名進根心數云何進根非心數進根非緣身發出度名進根非心數云何未知欲知根心數未知欲知根緣想思觸思惟覺觀解脫悅喜心除欲不放逸心捨名未知欲知根心數云何未知欲知根非心數未知欲知根非緣正語正業正命正身除名未知欲知根非心數云何知根心數知根緣想思觸思惟覺觀解脫悅喜心除欲不放逸心捨名知根心數云何知根非心數知根非緣得果滅盡定正語正業正命正身除名知根非心數已知根亦如是

二十二根幾緣幾非緣十緣八非緣四二分或緣或非緣云何十緣除進根餘樂根乃至慧根及意根名十緣云何八非緣眼根乃至命根名八非緣云何四二分或緣或非緣進根未知欲知根知根已知根名四二分或緣或非緣云何進根緣進根心數心發出度名進根緣云何進根非緣進根非心數身發出度名進根非緣云何未知欲知根緣未知欲知根若心數想思觸思惟覺觀解脫悅喜心除欲不放逸心捨名未知欲知根緣云何未知欲知根非緣未知欲知根非心數正語正業正命正身除名未知欲知根非緣云何知根緣知根心數想思觸思惟覺觀解脫悅喜心除欲不放逸心捨名知根緣云何知根非緣知根非心數得果滅盡定正語正業正命正身除是名知根非緣已知根亦如是

二十二根幾共心幾不共心十共心九不共心三二分或共心或不共心云何十共心除意根進根餘樂根乃至未知欲知根名十共心云何九不共心眼根乃至命根及意根名九不共心云何三二分或共心或不共心進根知根已知根名三二分或共心或不共心云何進根共心進根若隨心轉共心生共住共滅心發出度名進根共心云何進根不共心進根不隨心轉不共心生不共住不共滅身發出度名進根不共心云何知根共心知根隨心轉共心生共住共滅想思觸思惟覺觀解脫悅喜心除欲不放逸心捨正語正業正命正身除是名知根共心云何知根不共心知根若不隨心轉不共心生不共住不共滅得果滅盡定正語正業正命正身除名知根不共心已知根亦如是隨心轉不隨心轉亦如是

二十二根幾業幾非業十九非業三二分或業或非業云何十九非業眼根乃至慧根名十九非業云何三二分或業或非業未知欲知根知根已知根名三二分或業或非業云何未知欲知根業思正語正業正命名未知欲知根業云何未知欲知根非業思觸思惟覺觀解脫悅喜心除欲不放逸心捨正身除名未知欲知根非業云何知根業思正語正業正命正身除名知根業云何知根非業想觸思惟覺觀解脫悅喜心除欲不放逸心捨得果滅盡定正身除名知根非業已知根亦如是

二十二根幾業相應幾非業相應十業相應

八非業相應一二分或業相應或非業相應三三分或業相應或非業相應或不說業相應非業相應云何十業相應除進根餘樂根乃至慧根及意根名十業相應云何八非業相應眼根乃至命根名八非業相應云何一二分或業相應或非業相應進根名一二分或業相應或非業相應云何三三分或業相應或非業相應或不說業相應非業相應未知欲知根知根已知根名三三分或業相應或非業相應或不說業相應非業相應云何進根業相應進根思相應心發出度名進根業相應云何進根非業相應進根非思相應身發出度名進根非業相應云何未知欲知根業相應未知欲知根思相應想觸思惟覺觀解脫悅喜心除欲不放逸心捨名未知欲知根業相應云何未知欲知根非業相應未知欲知根非思相應正語正業正命正身除名未知欲知根非業相應云何未知欲知根不說業相應非業相應思名未知欲知根不說業相應非業相應云何知根業相應知根思相應想觸思惟覺觀解脫悅喜心除欲不放逸心捨名知根業相應云何知根非業相應知根非思相應得果滅盡定正語正業正命正身除名知根非業相應云何知根不說業相應非業相應思是名知根不說業相應非業相應已知根亦如是

二十二根幾共業幾不共業十二共業八不共業二二分或共業或不共業云何十二共業樂根乃至未知欲知根名十二共業云何八不共業眼根乃至命根名八不共業云何

二二分或共業或不共業知根已知根名二二分或共業或不共業云何知根共業知根隨業轉共業生共住共滅想思觸思惟覺觀解脱悦喜心除欲不放逸心捨滅盡定正語正業正命正身除名知根共業云何知根不共業知根不隨業轉不共業生不共住不共滅得果名知根不共業已知根亦如是隨業轉不隨業轉亦如是

二十二根幾因幾非因十二因八非因二二分或因或非因云何十二因樂根乃至未知欲知根名十二因云何八非因眼根乃至命根名八非因云何二二分或因或非因知根已知根名二二分或因或非因云何知根因知根緣知根非緣有報除得果餘知根報想思觸思惟覺觀解脱悦喜心除欲不放逸心捨滅盡定正語正業正命正身除名知根因云何知根非因知根非緣無報不共業得果名知根非因已知根亦如是

二十二根幾有因幾無因一切有因一切有緒一切有緣一切有爲

二十二根幾知幾非知一切知知見如事

二十二根幾識幾非識一切識意識如事識

二十二根幾解幾非解一切解如事知見

二十二根幾了幾非了一切了知見如事

二十二根幾斷智知幾非斷智知十八非斷智知四二分或斷智知或非斷智知云何十八非斷智知眼根乃至苦根信根乃至已知根名十八非斷智知云何四二分或斷智知或非斷智知喜根憂根捨根意根是名四二分或斷智知或非斷智知云何喜根斷智知

喜根不善意觸樂受名喜根斷智知云何喜根非斷智知喜根善無記意觸樂受名喜根非斷智知云何憂根斷智知憂根不善意觸苦受名憂根斷智知云何憂根非斷智知憂根善無記意觸苦受是名憂根非斷智知云何捨根斷智知捨根不善意觸不苦不樂受名捨根斷智知云何捨根非斷智知捨根善無記眼觸不苦不樂受耳鼻舌身意觸不苦不樂受名捨根非斷智知云何意根斷智知意根不善意界意識界名意根斷智知云何意根非斷智知意根善無記眼識乃至意識名意根非斷智知斷非斷亦如是

二十二根幾修幾非修八修十非修四二分或修或非修云何八修信根乃至已知根名八修云何十非修眼根乃至苦根名十非修云何四二分或修或非修喜根憂根捨根意根名四二分或修或非修云何喜根修喜根若善意觸樂受名喜根修云何喜根非修喜根非善無記意觸樂受名喜根非修云何憂根修憂根善意觸苦受名憂根修云何憂根非修憂根不善無記意觸苦受名憂根非修云何捨根修捨根善意觸不苦不樂受名捨根修云何捨根非修捨根不善無記眼觸不苦不樂受耳鼻舌身意觸不苦不樂受名捨根非修云何意根修意根善意界意識界名意根修云何意根非修意根不善無記眼識乃至意識名意根非修

二十二根幾證幾非證一切證知見如事

二十二根幾善幾不善幾無記八善十無記四三分或善或不善或無記云何八善信根

乃至巳知根名八善云何十無記眼根乃至苦根名十無記云何四三分或善或不善或無記喜根憂根捨根意根名四三分或善或不善或無記云何喜根善喜根若修意觸樂受是名喜根善云何喜根不善喜根斷意觸樂受名喜根不善云何喜根無記喜根受喜根非報非報法意觸樂受名喜根無記云何憂根善憂根若修意觸苦受名憂根善云何憂根不善憂根斷意觸苦受名憂根不善云何憂根無記憂根受憂根非報非報法意觸苦受名憂根無記云何捨根善捨根修意觸不苦不樂受名捨根善云何捨根不善捨根斷意觸不苦不樂受名捨根不善云何捨根無記捨根受捨根非報非報法眼觸不苦不樂受耳鼻舌身意觸不苦不樂受名捨根無記云何意根善意根修意界意識界是名意根善云何意根不善意根斷意界意識界是名意根不善云何意根無記意根若受意根非報非報法眼識乃至意識名意根無記

二十二根幾學幾無學幾非學非無學二學一無學十一非學非無學五二分或學或無學三三分或學或無學或非學非無學云何二學未知欲知根知根名二學云何一無學巳知根名一無學云何十一非學非無學眼根乃至苦根憂根名十一非學非無學云何五二分或學或無學信根進根念根定根慧根名五二分或學或無學云何三三分或學或無學或非學非無學喜根捨根意根名三三分或學或無學或非學非無學云何信根學學人分離結使聖心入聖道若堅信堅法

及餘趣人見行過患觀涅槃寂滅如實觀苦集滅道未得欲得未解欲解未證欲證修道離煩惱見學人若須陀洹斯陀含阿那含觀智具足若智地若觀解脱心即得沙門果須陀洹果斯陀含果阿那含果若實人若趣若信入信究竟入信眞信入眞信心淨名信根學云何信根無學學人欲得阿羅漢未得聖法欲得修道觀智具足若智地若觀解脱心即得阿羅漢果若實人若趣若信入信究竟入信眞信入眞信心淨名信根無學進根念根定根慧根亦如是云何喜根學喜根若聖非無學名喜根學云何喜根學喜根學信根相應意觸樂受名喜根學云何喜根學學人離結使聖心入聖道若堅信若堅法及餘趣人見行過患觀涅槃寂滅如實觀苦集滅道

未得欲得未解欲解未證欲證修道離煩惱見學人若須陀洹斯陀含阿那含觀智具足若智地若觀解脱心即得沙門果若須陀洹果斯陀含果阿那含果若實人若趣意觸樂受名喜根學云何喜根無學喜根若聖非學名喜根無學云何喜根無學喜根無學信根相應意觸樂受名喜根無學云何喜根無學無學人欲得阿羅漢果未得聖法欲得修道觀智具足若智地若觀解脱心即得阿羅漢果若實人若趣若意觸樂受名喜根無學云何喜根非學非無學喜根非聖意觸樂受名喜根非學非無學云何捨根學捨根若聖非無學名捨根學云何捨根學捨根學信根相應意觸不苦不樂受名捨根學云何捨根學學人離結使乃至即得阿那含果若實人若

趣若意觸不苦不樂受名捨根學云何捨根無學捨根聖非學名捨根無學云何捨根無學捨根無學信根相應意觸不苦不樂受名捨根無學云何捨根無學無學人欲得阿羅漢果乃至即得阿羅漢果若實人若趣若意觸不苦不樂受名捨根無學云何捨根非學非無學捨根非聖眼觸不苦不樂受耳鼻舌身意觸不苦不樂受是名捨根非學非無學云何意根學意根聖非無學是名意根學云何意根學意根學信根相應境界意識界名意根學云何意根學學人離結使乃至即得阿那含果若實人若趣若意界意識界是名意根學云何意根無學意根聖非學名意根無學云何意根無學意根無學信根相應意界意識界名意根無學云何意根無學學人欲得阿羅漢果乃至即得阿羅漢果若實人若趣意界意識界名意根無學云何意根非學非無學意根非聖識受陰眼識乃至意識名意根非學非無學

二十二根幾報幾報法幾非報非報法八報一報法七二分或報或報法二二分或報或非報非報法四三分或報或報法或非報非報法云何八報眼根乃至命根名八報云何一報法未知欲知根名一報法云何七二分或報或報法除未知欲知根餘信根乃至已知根名七二分或報或報法云何二二分或報或非報非報法樂根苦根名二二分或報或非報非報法云何四三分或報或報法或非報非報法喜根憂根捨根意根名四三分或報或報法或非報非報法云何信根報信

根無報名信根報云何信根報見學人若須陀洹斯陀含阿那含觀智具足若智地若觀解脱心即得沙門果須陀洹果斯陀含果阿那含果無學人欲得阿羅漢果觀智具足若智地若觀解脱心即得阿羅漢果若實人若趣若信入信究竟入信眞信入眞信心淨名信根報云何信根報法信根有報名信根報法云何信根報法學人離結使聖心入聖道堅信堅法及餘趣人見行過患觀涅槃寂滅如實觀苦集滅道未得欲得未解欲解未證欲證修道離煩惱無學人欲得阿羅漢果未得聖法欲得修道若實人若趣若信入信究竟入信眞信入眞信心淨是名信根報法進根念根定根慧根亦如是云何知根報知根無報名知根報云何知根報見學人須陀洹

斯陀含阿那含觀智具足若智地若觀解脱心即得沙門果須陀洹果斯陀含果阿那含果若實人若趣若想思觸思惟覺觀解脱悅喜心除欲不放逸心捨得果滅盡定正語正業正命正身除是名知根報云何知根報法知根有報名知根報法云何知根報法學人見行過患觀涅槃寂滅如實觀苦集滅道未得欲得未解欲解未證欲證修道離煩惱若實人若趣若想思觸思惟覺觀解脱悅喜心除欲不放逸心捨滅盡定正語正業正命正身除名知根報法云何已知根報已知根無報名已知根報云何已知根報無學人欲得阿羅漢果觀智具足若智地若觀解脱心即時得阿羅漢果若實人若趣若想思觸思惟覺觀解脱悅喜心除欲不放逸心捨得果滅

盡定正語正業正命正身除名已知根報云何已知根報法已知根有報名已知根報法云何已知根報法無學人欲得阿羅漢果未得聖法欲得修道若實人若趣若想思觸思惟覺觀解脱悦喜心除欲不放逸心捨滅盡定正語正業正命正身除名已知根報法云何樂根報樂根受名樂根報云何樂根報樂根業法煩惱所生報我分攝眼觸樂受耳鼻舌身觸樂受名樂根報云何樂根非報非報法樂根無記非我分攝眼觸樂受耳鼻舌身觸樂受名樂根非報非報法云何苦根報苦根受名苦根報云何苦根報苦根業法煩惱所生報我分攝眼觸苦受耳鼻舌身觸苦受是名苦根報云何苦根非報非報法苦根無記非我分攝眼觸苦受耳鼻舌身觸苦受是名苦根非報非報法云何喜根報喜根受喜根善報意觸樂受名喜根報云何喜根報法喜根有報名喜根報法云何喜根報法除喜根善報餘喜根善不善意觸樂受名喜根報法云何喜根非報非報法喜根無記非我分攝意觸樂受名喜根非報非報法云何憂根報憂根受名憂根報云何憂根報憂根業法煩惱所生報我分攝意觸苦受名憂根報云何憂根報法彼憂根有報名憂根報法云何憂根報法憂根善不善意觸苦受是名憂根報法云何憂根非報非報法憂根無記非我分攝意觸苦受名憂根非報非報法云何捨根報捨根受捨根善報眼觸不苦不樂受耳鼻舌身意觸不苦不樂受名捨根報云何捨根報法捨根有報名捨根報法云何捨根報

法除捨根善報餘捨根善不善意觸不苦不樂受名捨根報法云何捨根非報非報法捨根無記非我分攝眼觸不苦不樂受耳鼻舌身意觸不苦不樂受名捨根非報非報法云何意根報意根受意根善報眼識乃至意識名意根報云何意根報法意根有報名意根報法云何意根報法除意根善報餘意根善不善意界意識界名意根報法云何意根非報非報法意根若無記非我分攝眼識乃至意識名意根非報非報法

二十二根幾見斷幾思惟斷幾非見斷非思惟斷十八非見斷非思惟斷四三分或見斷或思惟斷或非見斷非思惟斷云何十八非見斷非思惟斷眼根乃至苦根信根乃至已知根名十八非見斷非思惟斷云何四三分或見斷或思惟斷或非見斷非思惟斷喜根憂根捨根意根名四三分或見斷或思惟斷或非見斷非思惟斷云何喜根見斷喜根不善非思惟斷見斷煩惱相應意觸樂受名喜根見斷云何喜根思惟斷喜根不善非見斷思惟斷煩惱相應意觸樂受名喜根思惟斷云何喜根非見斷非思惟斷喜根善無記意觸樂受名喜根非見斷非思惟斷云何憂根見斷憂根不善非思惟斷見斷煩惱相應意觸苦受名憂根見斷云何憂根思惟斷憂根不善非見斷思惟斷煩惱相應意觸苦受名憂根思惟斷云何憂根非見斷非思惟斷憂根善無記意觸苦受名憂根非見斷非思惟斷云何捨根見斷捨根不善非思惟斷見斷煩惱相應意觸不苦不樂受名捨根見斷云

何捨根思惟斷捨根不善非見斷思惟斷煩惱相應意觸不苦不樂受名捨根思惟斷云何捨根非見斷非思惟斷捨根善無記眼觸不苦不樂受耳鼻舌身意觸不苦不樂受名捨根非見斷非思惟斷云何意根見斷意根不善非思惟斷見斷煩惱相應意界意識界是名意根見斷云何意根思惟斷意根相應不善非見斷思惟斷煩惱相應意界意識界名意根思惟斷云何意根非見斷非思惟斷意根善無記眼識乃至意識名意根非見斷非思惟斷

二十二根幾見斷因幾思惟斷因幾非見斷因非思惟斷因九非見斷因非思惟斷因十三三分或見斷因或思惟斷因或非見斷因非思惟斷因云何九非見斷因非思惟斷因樂根信根乃至已知根名九非見斷因非思惟斷因云何十三三分或見斷因或思惟斷因或非見斷非思惟斷因除樂根餘眼根乃至意根名十三三分或見斷因或思惟斷因或非見斷非思惟斷因云何眼根見斷因眼根見斷法報地獄畜生餓鬼眼根名眼根見斷因云何眼根思惟斷因眼根思惟斷法報地獄畜生餓鬼眼根名眼根思惟斷因云何眼根非見斷非思惟斷因眼根善法報天上人中眼根名眼根非見斷非思惟斷因耳鼻舌身根女根男根亦如是云何苦根見斷因苦根見斷法報眼觸苦受耳鼻舌身觸苦受名苦根見斷因云何苦根思惟斷因苦根若思惟斷法報眼觸苦受耳鼻舌身觸苦受名苦根思惟斷因云何苦根非見斷非思惟斷

因苦根善法報苦根非報非報法眼觸苦受耳鼻舌身觸苦受名苦根非見斷非思惟斷因云何喜根見斷因喜根若見斷意觸樂受名喜根見斷因云何喜根思惟斷因喜根思惟斷意觸樂受名喜根思惟斷因云何喜根非見斷非思惟斷因喜根善法報喜根若非報非報法意觸樂受名喜根非見斷非思惟斷因云何憂根見斷因憂根見斷憂根見斷法報意觸苦受名憂根見斷因云何憂根思惟斷因憂根思惟斷憂根思惟斷法報意觸苦受名憂根思惟斷因云何憂根非見斷非思惟斷因憂根善憂根善法報憂根非報非報法意觸苦受名憂根非見斷非思惟斷因云何捨根見斷因捨根見斷捨根見斷法報眼觸不苦不樂受耳鼻舌身意觸不苦不樂受名捨根見斷因云何捨根思惟斷因捨根思惟斷捨根思惟斷法報眼觸不苦不樂受名捨根思惟斷因云何捨根非見斷非思惟斷因捨根善捨根善法報捨根非報非報法眼觸不苦不樂受耳鼻舌身意觸不苦不樂受名捨根非見斷非思惟斷因云何意根見斷因意根見斷意根見斷法報眼識乃至意識名意根見斷因云何意根思惟斷因意根思惟斷意根思惟斷法報眼識乃至意識名意根思惟斷因云何意根非見斷非思惟斷因意根善意根善法報意根非報非報法眼識乃至意識名意根非見斷非思惟斷因

二十二根幾欲界繫幾色界繫幾無色界繫幾不繫六欲界繫八不繫四二分或欲界繫或色界繫一三分或欲界繫或色界繫或無

色界繫復一三分或欲界繫或色界繫或不繫二四分或欲界繫或色界繫或無色界繫或不繫云何六欲界繫鼻根舌根女根男根苦根憂根名六欲界繫云何八不繫信根乃至已知根名八不繫云何四二分或欲界繫或色界繫眼根耳根身根樂根名四二分或欲界繫或色界繫云何一三分或欲界繫或色界繫或無色界繫命根名一三分或欲界繫或色界繫或無色界繫云何復一三分或欲界繫或色界繫或不繫喜根名復一三分或欲界繫或色界繫或不繫云何二四分或欲界繫或色界繫或無色界繫或不繫捨根意根名二四分或欲界繫或色界繫或無色界繫或不繫云何眼根欲界繫眼根欲漏有漏眼根名眼根欲界繫云何眼根色界繫眼根色漏有漏眼根名眼根色界繫耳根身根亦如是云何樂根欲界繫樂根欲漏有漏眼根觸樂受耳鼻舌身觸樂受名樂根欲界繫云何樂根色界繫樂根色漏有漏眼觸樂受耳身觸樂受名樂根色界繫云何命根欲界繫命根欲漏有漏欲行壽名命根欲界繫云何命根色界繫命根色漏有漏色行壽名命根色界繫云何命根無色界繫命根無色漏有漏無色行壽名命根無色界繫云何喜根欲界繫喜根欲漏有漏意觸樂受名喜根欲界繫云何喜根色界繫喜根色漏有漏意觸樂受名喜根色界繫云何喜根不繫喜根聖無漏意觸樂受名喜根不繫云何捨根欲界繫捨根欲漏有漏眼觸不苦不樂受耳鼻舌身觸不苦不樂受名捨根欲界繫云何捨根

色界繫捨根若色漏有漏眼觸不苦不樂受耳身觸意觸不苦不樂受名捨根色界繫云何捨根無色界繫捨根無色漏有漏意觸不苦不樂受名捨根無色界繫云何捨根不繫捨根聖無漏意觸不苦不樂受名捨根不繫云何意根欲界繫意根欲漏有漏眼識乃至意識名意根欲界繫云何意根色界繫意根色漏有漏眼識耳識身識意識是名意根色界繫云何意根無色界繫意根無色漏有漏意界意識界是名意根無色界繫云何意根不繫意根聖無漏意界意識界是名意根不繫

二十二根幾過去幾未來幾現在幾非過去非未來非現在一切三分或過去或未來或現在云何眼根過去眼根生已滅名過去云何眼根未來眼根未生未出名未來云何眼根現在眼根生未滅名現在乃至已知根亦如是

舍利弗阿毗曇論卷第五

音釋

窳憜　窳（勇主切嬾也）　憜（徒果切怠也）

舍利弗阿毗曇論卷第六

姚秦天竺三藏曇摩崛多共曇摩耶舍譯

問分七覺品第六

問曰幾覺答曰七何等七念覺擇法覺喜覺精進覺除覺定覺捨覺云何念覺學人離結使聖心入聖道若堅信堅法及餘趣人見行過患觀涅槃寂滅如實觀苦集滅道未得欲得未解欲解未證欲證修道離煩惱見學人若須陀洹斯陀含阿那含觀智具足若智地若觀解脫心即得沙門果若須陀洹果斯陀含果阿那含果無學人欲得阿羅漢未得聖法欲得修道觀智具足若智地若觀解脫心即得阿羅漢果若實人若趣若念憶念微念順念住不忘相續念不共不奪不鈍不鈍根念念根念力正念是名念覺云何擇法覺學人離結使乃至即得阿羅漢果若實人若趣若法中擇重擇究竟擇擇法思惟覺了達自相他相共相思持辯觀進辯慧知見解脫方便術焰光明照耀慧眼慧根慧力無癡正見是名擇法覺云何進覺學人離結使乃至即得阿羅漢果若實人若趣若身心發出度堪忍不退勤力進不離不懈不緩不竅惰進進根進力正進是名進覺云何喜覺學人離結使乃至即得阿羅漢果若實人若趣歡喜踊躍重踊躍究竟踊躍治淨滿足心歡喜是名喜覺云何除覺學人離結使乃至即得阿羅漢果若實人若趣若身樂心樂身柔心柔身輕心輕身輭心輭身除心除是名除覺云何定覺學人離結使乃至即得阿羅漢果若實人若趣心住正住專住心一向心一樂心不

亂依意心獨定定根定力正定是名定覺云何捨覺學人離結使乃至即得阿羅漢果若實人若趣若捨不著心等心直不諂心不貴非受是名捨覺

七覺幾色幾非色五非色二二分或色或非色云何五非色念覺擇法覺喜覺定覺捨覺是名五非色云何二二分或色或非色進覺除覺名二二分或色或非色云何進覺色身發出度名進覺色云何進覺非色心發出度名進覺非色云何除覺色身樂身柔身輕身輭身除是名除覺色云何除覺非色心樂心柔心輕心輭心除是名除覺非色

七覺幾可見幾不可見一切不可見

七覺幾有對幾無對一切無對

七覺幾聖幾非聖一切聖

七覺幾有漏幾無漏一切無漏一切無受一切無求一切非當取一切無取一切無勝

七覺幾受幾非受一切非受一切外

七覺幾有報幾無報一切二分或有報或無報云何念覺有報念覺報法名念覺有報云何念覺有報學人離結使聖心入聖道若堅信堅法及餘趣人見行過患觀涅槃寂滅如實觀苦集滅道未得欲得未解欲解未證欲證修道離煩惱無學人欲得阿羅漢果未得聖法欲得修道若實人若趣若念憶念微念順念住念住不忘相續念不失不奪不鈍不鈍根念念根念力正念名念覺有報云何念覺無報念覺報名念覺無報云何念覺無報見學人須陀洹斯陀含阿那含觀智具足若智地若觀解脫心即得沙門果若須陀洹果

斯陀含果阿那含果無學人欲得阿羅漢果觀智具足若智地若觀解脫心即得阿羅漢果若實人若趣若念憶念微念順念住不忘相續念不失不奪不鈍不鈍根念念根念力正念是名念覺無報擇法進喜除定捨覺亦如是

七覺幾心幾非心一切非心

七覺幾心相應幾非心相應五心相應二二分或心相應或非心相應云何五心相應念覺擇法覺喜覺定覺捨覺名五心相應云何二二分或心相應或非心相應進覺除覺名二二分或心相應或非心相應云何進覺心相應進覺若心數心發出度名進覺心相應云何進覺非心相應進覺若非心數身發出度是名進覺非心相應云何除覺心相應除覺若心數心樂心柔心輕心輭心除是名除覺心相應云何除覺非心相應除覺若非心數身樂身柔身輕身輭身除名除覺非心相應

七覺幾心數幾非心數五心數二二分或心數或非心數云何五心數念覺擇法覺喜覺定覺捨覺是名五心數云何二二分或心數或非心數進覺除覺是名二二分或心數或非心數云何進覺心數進覺若緣心發出度名進覺心數云何進覺非心數進覺若非緣身發出度名進覺非心數云何除覺心數除覺若緣心樂心柔心輕心輭心除是名除覺心數云何除覺非心數除覺若非緣身樂身柔身輕身輭身除名除覺非心數

七覺幾緣幾非緣五緣二二分或緣或非緣

云何五緣念覺擇法覺喜覺定覺捨覺是名五緣云何二二分或緣或非緣進覺除覺名二二分或緣或非緣云何進覺緣進覺若心數心發出度名進覺緣云何進覺非緣進覺若非心數身發出度名進覺非緣云何除覺緣除覺若心數心樂心柔心輕心輭心除名除覺緣云何除覺非緣除覺若非心數身樂身柔身輕身輭身除名除覺非緣

七覺幾共心幾不共心五共心二二分或共心或不共心云何五共心念覺擇法覺喜覺定覺捨覺名五共心云何二二分或共心或不共心進覺除覺名二二分或共心或不共心云何進覺共心進覺隨心轉共心生共住共滅心發出度名進覺共心云何進覺不共心進覺若不隨心轉不共心生不共住不共滅身發出度名進覺不共心云何除覺共心除覺若隨心轉共心生共住共滅身樂心樂身柔心柔身輕心輕身輭心輭身除心除名除覺共心云何除覺不共心除覺若不隨心轉不共心生不共住不共滅身樂身柔身輕身輭身除名除覺不共心隨心轉不隨心轉亦如是

七覺幾業幾非業一切非業

七覺幾業相應幾非業相應五業相應二二分或業相應或非業相應云何五業相應念覺擇法覺喜覺定覺捨覺名五業相應云何二二分或業相應或非業相應進覺除覺名二二分或業相應或非業相應云何進覺業相應進覺思相應心發出度名進覺業相應云何進覺非業相應進覺若非思相應身發

出度名進覺非業相應云何除覺業相應除覺若思相應心樂心柔心輕心輭心除是名除覺業相應云何除覺非業相應除覺若非思相應身樂身柔身輕身輭身除名除覺非業相應

七覺幾共業幾非共業一切共業一切隨業轉

七覺幾因幾非因一切因

七覺幾有因幾無因一切有因一切有緒一切有緣一切有為

七覺幾知幾非知一切知如事知見

七覺幾識幾非識一切意識如事識

七覺幾解幾非解一切解如事知見

七覺幾了幾非了一切了如事知見

七覺幾斷智知幾非斷智知一切非斷智知

七覺幾修幾非修一切修

七覺幾證幾非證一切證如事知見

七覺幾善幾非善幾無記一切善

七覺幾學幾無學幾非學非無學一切二分或學或無學云何念覺學學人離結使聖心入聖道若堅信堅法及餘趣人見行過患觀涅槃寂滅如實觀苦集滅道未得欲得未解欲解未證欲證修道離煩惱見學人若須陀洹斯陀含阿那含若觀智具足若智地若觀解脫心即證沙門果若須陀洹果斯陀含果阿那含果若實人若趣若念憶念微念順念住不忘相續念不失不奪不鈍不鈍根念念根念力正念名念覺學云何念覺無學無學人欲得阿羅漢果未得聖法欲得修道觀智具足若智地若觀解脫心即得阿羅漢果若

實人若趣若念憶念微念順念住不忘相續念不失不奪不鈍不鈍根念念根念力正念名念覺無學擇法進喜除定捨覺亦如是

七覺幾報幾報法幾非報非報法一切二分或報或報法云何念覺報念覺無報名念覺報云何念覺報見學人若須陀洹斯陀含阿那含觀智具足若智地若觀解脫心即得沙門果若須陀洹果斯陀含果阿那含果無學人欲得阿羅漢果若實人若趣若念憶念微念順念住不忘相續念不失不奪不鈍不鈍根念念根念力正念名念覺報云何念覺報法念覺有報名念覺報法云何念覺報法學人離結使聖心入聖道若堅信堅法及餘趣人見行過患觀涅槃寂滅如實觀苦集滅道未得欲得未解欲解未證欲證修道離煩惱無學人欲得阿羅漢果未得聖法欲得修道若實人若趣若念憶念微念順念住不忘相續念不失不奪不鈍不鈍根念念根念力正念名念覺報法擇法進喜除定捨覺亦如是

七覺幾見斷幾思惟斷幾非見斷非思惟斷一切非見斷非思惟斷

七覺幾見斷因幾思惟斷因幾非見斷非思惟斷因一切非見斷非思惟斷因

七覺幾欲界繫幾色界繫幾無色界繫幾不繫一切不繫

七覺幾過去幾未來幾現在幾非過去非未來非現在一切三分或過去或未來或現在云何念覺過去念覺若生已滅名過去云何念覺未來念覺未生未出名念覺未來云何念覺現在念覺生未滅名念覺現在擇法覺

乃至捨覺亦如是

問分不善根品第七

問曰幾不善根答曰三何等三貪不善根恚不善根癡不善根云何貪不善根希望名貪不善根云何貪不善根五欲中愛喜適意愛色欲染相續眼識色愛喜適意愛色欲染相續耳鼻舌身識觸愛喜適意愛色欲染相續他欲他色他財他婦他童女他所須希望得若貪貪著心相應貪希望愛心欲染重欲染究竟欲染及餘可貪法若貪重貪究竟貪希望愛心欲染重欲染究竟欲染是名貪不善根云何恚不善根忿怒名恚不善根云何恚不善根若少衆生若多衆生傷害繫縛作種種苦若瞋恚重瞋恚究竟瞋恚相應瞋恚忿怒橫瞋憎惡惱心相憎無慈無憐愍無利益衆生及餘所瞋恚法若恚重恚究竟恚相應瞋忿怒橫瞋憎惡惱心瞋恚相憎無慈無憐愍無利益法名瞋恚不善根云何癡不善根無明是名癡不善根云何癡不善根不知苦集滅道不知過去不知未來不知過去未來不知內不知外不知內外不知六觸入集滅味過患不知如實出不知如爾不知業報不知緣善不善無記黑白有緣無緣有光無光作不作親不親彼法中若癡奪心應奪心礙覆蓋闇冥荒穢纏心癡濁無明無明流無明淵無明使無知無見無解無脫無方便及餘法中癡若癡奪心應奪心礙覆蓋闇冥乃至無知無見無解無脫無方便名癡不善根

三不善根幾色幾非色一切非色

三不善根幾可見幾不可見一切不可見

三不善根幾有對幾無對一切無對
三不善根幾聖幾非聖一切非聖
三不善根幾有漏幾無漏一切有漏一切有愛一切有求一切當求一切有取一切有勝
三不善根幾受幾不受一切不受一切外
三不善根幾有報幾無報一切有報
三不善根幾心幾非心一切非心
三不善根幾心相應幾非心相應一切心相應
三不善根幾心數幾非心數一切心數
三不善根幾緣幾非緣一切緣
三不善根幾共心幾不共心一切共心一切隨心轉
三不善根幾業幾非業一切非業
三不善根幾業相應幾非業相應一切業相應
三不善根幾共業幾不共業一切共業一切隨業轉
三不善根幾有因幾無因一切有因一切有緒一切有緣一切有爲
三不善根幾知幾非知一切知知見如事一切識意識如事一切解一切了
三不善根幾斷智知幾非斷智知一切斷智知一切斷
三不善根幾修幾非修一切非修
三不善根幾證幾非證一切證知見如事
三不善根幾善幾不善幾無記一切不善
三不善根幾學幾無學幾非學非無學一切非學非無學
三不善根幾報幾報法幾非報非報法一切

報法

三不善根幾見斷幾思惟斷幾非見斷非思惟斷一切二分或見斷或思惟斷云何貪不善根見斷貪不善根見斷因貪不善根是名貪不善根見斷云何貪不善根思惟斷貪不善根思惟斷因貪不善根名貪不善根思惟斷恚癡亦如是

三不善根幾欲界繫幾色界繫幾無色界繫二欲界繫一三分或欲界繫或色界繫或無色界繫云何二欲界繫貪不善根恚不善根名二欲界繫云何一三分或欲界繫或色界繫或無色界繫癡不善根名一三分或欲界繫或色界繫或無色界繫云何癡不善根欲界繫欲漏有漏癡不善根名欲界繫云何癡不善根色界繫色漏有漏癡不善根名色界繫云何癡不善根無色界繫無色漏有漏癡不善根名無色界繫

三不善根幾過去幾未來幾現在幾非過去非未來非現在一切三分或過去或未來或現在云何貪不善根過去貪不善根生已滅名過去云何貪不善根未來貪不善根未生未出名未來云何貪不善根現在貪不善根生未滅名現在恚癡亦如是

問分善根品第八

問曰幾善根答曰三何等三無貪善根無恚善根無癡善根云何無貪善根不希望名無貪善根云何無貪善根心堪忍離貪是名無貪善根云何無貪善根五欲中愛喜適意愛色欲染相續眼識色愛喜適意愛色欲染相續耳鼻舌識觸愛喜適意愛色欲染相續他

欲他色他財他妻妾他童女他所須不希望得不貪不著心一不貪希望不愛不欲染不重欲染心究竟不欲染及餘法不貪不重不貪究竟不貪不希望不愛不欲染不重欲染究竟不貪不希望不愛不欲染不重欲染究竟不欲染名無貪善根云何無恚善根不忿怒是名無恚善根云何無恚善根心堪忍離恚名無恚善根云何無恚善根若少衆生多衆生此衆生不傷害不繫縛不縛閉不作種種苦不瞋不重瞋究竟不瞋心不應瞋不忿怒不横瞋不憎惡不惱亂心不相憎惡憐愍利益衆生及餘法不瞋不恚不重究竟不恚心不應恚不忿怒不横瞋不憎惡不惱亂心不瞋恚不相憎惡憐愍利益法是名不恚善根云何無癡善根不無明名無癡善根云何無癡善根心堪忍離癡名無癡善根云何無癡善根知苦集滅道知過去知未來知過去未來知内知外知内外知六觸入集滅味過患知如實出知如爾知業報知緣知善不善無記知黑白有緣無緣有光無光作不作親不親過去法中無癡不奪不奪心相應無礙無覆蓋無暗冥無荒亂無纏心不癡不濁明焰光照知見解脱方便慧眼慧根慧力擇法正覺正見及餘法中無癡不奪不奪心相應無礙無覆蓋無暗冥乃至正覺正見名無癡善根

三善根幾色幾非色一切非色

三善根幾可見幾不可見一切不可見

三善根幾有對幾無對一切無對

三善根幾聖幾非聖二非聖一二分或聖或

非聖云何二非聖無貪無恚名二非聖云何一二分或聖或非聖無癡善根是名一二分或聖或非聖云何無癡善根非聖無癡善根有癡有漏名無癡善根非聖云何無癡善根非聖非學非無學無癡善根是名無癡善根非聖云何無癡善根聖無癡善根無漏是名無癡善根聖云何無漏善根聖信根相應無癡善根名無癡善根聖云何無癡善根聖學人離結使聖心入聖道堅信堅法及餘趣人見行過患觀涅槃寂滅如實觀苦集滅道未得欲得未解欲解未證欲證修道離煩惱見學人須陀洹斯陀含阿那含觀智具足若智地若觀解脫心即得沙門果須陀洹果斯陀含果阿那含果無學人欲得阿羅漢未得聖法欲得聖法欲得修道觀智具足若智地若觀解脫心即得阿羅漢果若趣若無癡名無癡善根聖有漏無漏有愛無愛有求無求當取非當取有取無取有勝無勝亦如是

三善根幾受幾非受一切非受一切外

三善根幾有報幾無報二有報一二分或有報或無報云何二有報無貪無恚名二有報云何一二分或有報或無報無癡善根名一二分或有報或無報云何無癡善根有報無癡善根報法名無癡善根有報云何無癡善根有報學人離結使聖心入聖道若堅信堅法及餘趣人見行過患觀涅槃寂滅如實觀苦集滅道未得欲得未解欲解未證欲證修道離煩惱無學人欲得阿羅漢未得聖法欲得修道若實人若趣若無癡名無癡善根有報云何無癡善根無報無癡善根報名無癡

善根無報云何無癡善根無報見學人須陀洹斯陀含阿那含觀智具足若智地若觀解脫心即得沙門果須陀洹果斯陀含果阿那含果無學人欲得阿羅漢觀智具足若智地若觀解脫心即得阿羅漢果若實人若趣無癡名無癡善根無報

三善根幾心幾非心一切非心

三善根幾心相應幾非心相應一切心相應

三善根幾心數幾非心數一切心數

三善根幾緣幾非緣一切緣

三善根幾共心幾不共心一切共心一切隨心轉

三善根幾業幾非業一切非業

三善根幾業相應幾非業相應一切業相應

三善根幾共業幾非共業一切共業一切隨業轉

三善根幾因幾非因一切因

三善根幾有因幾無因一切有因一切有緒一切有緣一切有爲

三善根幾知幾非知一切知如事知見

三善根幾識幾非識一切識意識如事識一切解一切了

三善根幾斷智知幾非斷智知一切非斷智知一切非斷

三善根幾修幾非修一切修

三善根幾證幾非證一切證知見如事

三善根幾善幾非善幾無記一切善

三善根幾學幾無學幾非學非無學二非學非無學一三分或學或無學或非學非無學

云何二非學非無學無貪無恚名二非學非

無學云何一三分或學或無學或非學非無學無癡善根名一三分或學或無學或非學非無學云何無癡善根學無癡善根聖非無學名無癡善根學云何無癡善根學學信根相應無癡善根名無癡善根學云何無癡善根學學人離結使聖心入聖道若堅信堅法及餘趣人見行過患觀涅槃寂滅如實觀苦集滅道未得欲得未解欲解未證欲證修道離煩惱見學人若須陀洹斯陀含阿那含觀智具足若智地若觀解脫心即得沙門果須陀洹果斯陀含果阿那含果若實人若趣無癡善根名無癡善根學云何無癡善根無學無癡善根若聖非學名無癡善根無學云何無癡善根無學無學信根相應無癡善根名無癡善根無學云何無癡善根無學無學人欲得阿羅漢未得聖法欲得聖法修道觀智具足若智地若觀解脫心即得阿羅漢果若實人若趣無癡名無癡善根無學云何無癡善根非學非無學無癡善根非聖無癡名無癡善根非學非無學

三善根幾報幾報法幾非報非報法二報法一二分或報或報法云何二報法無貪無恚名二報法云何一二分或報或報法無癡善根名一二分或報或報法云何無癡善根報無癡善根無報名無癡善根報云何無癡善根報見學人須陀洹斯陀含阿那含觀智具足若智地若觀解脫心即得沙門果若須陀洹果斯陀含果阿那含果無學人欲得阿羅漢觀智具足若智地若觀解脫心即得阿羅漢果若實人若趣無癡名無癡善根報云何

無癡善根報法無癡善根有報名無癡善根報法云何無癡善根報法無學人離結使聖心入聖道堅信堅法及餘趣人見行過患觀涅槃寂滅如實觀苦集滅道未得欲得未解欲解未證欲證修道離煩惱無學人欲得阿羅漢未得聖法欲得修道若實人若趣無癡是名無癡善根報法

三善根幾見斷幾思惟斷幾非見斷非思惟斷一切非見斷非思惟斷

三善根幾見斷因幾思惟斷因幾非見斷非思惟斷因一切非見斷非思惟斷因

三善根幾欲界繫幾色界繫幾無色界繫幾不繫二欲界繫一四分或欲界繫或色界繫或無色界繫或不繫云何二欲界繫無貪無恚名二欲界繫云何一四分或欲界繫或色界繫或無色界繫或不繫無癡善根名一四分或欲界繫或色界繫或無色界繫或不繫云何無癡善根欲界繫欲漏有漏無癡善根名欲界繫云何無癡善根色界繫色漏有漏無癡善根名色界繫云何無癡善根無色界繫無色漏有漏無癡善根名無色界繫云何無癡善根不繫聖無漏無癡善根名不繫

三善根幾過去幾未來幾現在幾非過去非未來非現在一切三分或過去或未來或現在云何無貪善根過去無貪善根生已滅名過去云何無貪善根未來無貪善根未生未出名未來云何無貪善根現在無貪善根生未滅名現在無恚無癡亦如是

問分大品第九

問曰幾大答曰四何等四地水火風大

云何地大二地大內地大外地大云何內地大若身內別堅受堅骨齒爪髮毛妍膚肌皮筋脉脾腎肝肺心腸胃大腸小腸大腹小腹糞穢此身及餘內受堅名內地大云何外地大外非受堅銅鐵鉛錫白鑞金銀眞珠瑠璃珂貝璧玉珊瑚錢性寶貝珠沙石土鹹鹵石糞掃灰土地草木枝葉莖節及餘外非受堅名外地大如是內地大外地大名地大

云何水大二水大內水大外水大云何內水大身內受水膩涎癊痰汗肪髓腦脂𦙶涕唾膿血小便及餘身內受水潤等名內水大云何外水大若外水膩非受酥油生酥蜜黑石蜜乳酪酪漿醪酒甘蔗酒蜜酒及餘外水膩非受名外水大如是內水大外水大名水大

云何火大二火大內火大外火大云何內火大身內火受熱若熱能令熱身熱內燋若服食飲等消及餘身內別受火名內火大云何外火大外火非受熱火熱日熱珠熱舍熱墻熱山熱穀氣熱草熱木熱牛屎糞熱及餘外火熱非受名外火大如是內火大外火大名火大

云何風大二風大內風大外風大云何內風大身受風上風下風依節風攣躄風骨節遊風出息入息風餘內別受風名內風大云何外風大外風非受東風南風西風北風雜塵風不雜塵風冷風熱風黑風旋嵐風動地風及餘外風非受名外風大如是內風大外風大名風大

四大幾色幾非色一切色

四大幾可見幾不可見一切不可見

四大幾有對幾無對一切有對
四大幾聖幾非聖一切非聖
四大幾有漏幾無漏一切有漏一切有愛一切有求一切當取一切有取一切有勝
四大幾受幾非受一切二分或受或非受云何地大受地大若内名地大受云何地大受地大業法煩惱所生報我分攝名地大受云何地大非受外大名地大非受水火風大亦如是
四大幾有報幾無報一切無報幾心幾非心一切非心
四大幾心相應幾非心相應一切非心相應
四大幾心數幾非心數一切非心數
四大幾緣幾非緣一切非緣
四大幾共心幾不共心一切不共心一切不隨心轉
四大幾業幾非業一切非業
四大幾業相應幾非業相應一切非業相應
四大幾共業幾非共業一切不共業一切不隨業轉
四大幾因幾非因一切因
四大幾有因幾無因一切有因一切有緒一切有緣一切有爲
四大幾知幾非知一切知如事知見
四大幾識幾非識一切識如事識一切了如事知見
四大幾斷智知幾非斷智知一切非斷智知
四大幾修幾非修一切非修
四大幾證幾非證一切證如事知見
四大幾善幾不善幾無記一切無記

四大幾學幾無學幾非學非無學一切非學非無學

四大幾報幾報法幾非報非報法一切二分或報或非報非報法云何地大報地大受名地大報云何地大報地大業法煩惱所生報我分攝名地大報云何地大非報非報法外地大名地大非報非報法水火風大亦如是

四大幾見斷幾思惟斷幾非見斷非思惟斷一切非見斷非思惟斷

四大幾見斷因幾思惟斷因幾非見斷非思惟斷因一切三分或見斷因或思惟斷因或非見斷非思惟斷因云何地大見斷因若見斷法報地大名地大見斷因云何地大思惟斷思惟斷因法報地大是名地大思惟斷因云何地大非見斷非思惟斷因善法報地大非報非報法名地大非見斷非思惟斷因水火風大亦如是

四大幾欲界繫幾色界繫幾無色界繫幾不繫一切二分或欲界繫或色界繫云何地大欲界繫欲漏有漏地大名欲界繫云何地大色界繫色漏有漏地大名色界繫水火風大亦如是

四大幾過去幾未來幾現在一切三分或過去或未來或現在云何地大過去地大生已滅名過去云何地大未來地大未生未出名未來云何地大現在地大生未滅名現在水火風大亦如是

問分優婆塞品第十

問曰是優婆塞耶答曰是誰優婆塞是佛優婆塞何等佛釋迦牟尼佛何所重是優婆塞

爲法何等法離欲何等離欲滅盡何等滅盡涅槃齊幾名爲優婆塞若人諸根男相具足心無錯亂不爲苦逼欲作優婆塞向尊上心向彼彼爲主依於捨彼喜樂彼法輪未轉未有衆僧口受二教歸依佛歸依法受此二語已即名優婆塞如偈說

離垢煩惱使　證第一常寂　除伏稱無量
爲彼提謂說　歸佛及歸法　離垢無上寶
未有第三寶　教令依二寶　非爲欲損彼
大仙無所悋　此法義應爾　大仙不毀僧

法輪既轉便有聖衆即說三語口受三教歸依佛歸依法歸依僧受此三語已即名優婆塞如佛說

歸依處衆多　山巖及樹木　園林及神等
斯由苦所逼　此歸非安隱　此歸非爲上
非歸依此處　能離一切苦　若歸佛法僧
正觀四眞諦　苦由於集生　能滅於苦集
八正安隱道　必至甘露處　此歸最爲安
此歸最爲上　歸依於此處　能離一切苦

問曰優婆塞幾戒答曰五何等五盡壽不殺生是優婆塞戒盡壽不盜是優婆塞戒盡壽不邪婬是優婆塞戒盡壽不妄語是優婆塞戒盡壽不飲酒是優婆塞戒如是優婆塞五戒盡壽受持不得違犯齊幾爲持戒優婆塞若優婆塞於此五戒中常持戒護行近行不缺行不亂行不濁行不離行隨順戒行齊是名持戒優婆塞如佛說

智人能持戒　希望於三樂　尊重得利益
終受天上樂　是如是等處　智者能離惡
利根持淨戒　常得第一樂

云何殺生若生衆生想故斷衆生命死時未到到時未死教令殺害斷命勿令活彼語間已過彼時已滅彼生已仆地如此身業口業是衆生故斷衆生命當斷不定斷彼是殺生業若行彼業者是名殺生人云何不殺生優婆塞戒者於彼業不樂遠離不作護不犯斷根捨不善堪忍行善名不殺生是優婆塞戒如佛說

不殺亦不教　亦不勸他殺　諸定及驚怖

及與大名稱　捨一切衆生　盡捨諸刀杖

云何不與取若有人不與取若村中若山澤不與盜心取他物若共他行若共相交劫取他物想起盜心希望愛護作已有如是身業口業取去取來離本家移處壞封幟出界彼業是不與取若行彼業者名不與取人云何不盜是優婆塞戒於彼業不樂遠離不作護戒不犯斷根捨不善根堪忍行善是名不盜優婆塞戒如佛說

不盜亦不教　不取不持去　亦不勸他取

離諸不與取

云何邪婬若有邪行人若有母護父護兄護弟護姊護妹護自護法護姓護親里護信要護乃至花鬘護若共如此宿若行欲法若自妻非道行彼業是邪行若彼破業者是名邪行人云何不邪婬是優婆塞戒若於彼業不樂遠離不作護戒不犯斷根捨不善堪忍行善是名不邪婬是優婆塞戒如佛說

離婬不淨行　觀欲如火坑　雖未能離欲

足不犯他妻

云何妄語若有人妄語若伴中衆中親里中

貴人中國主前若人倩人爲證如所知說彼人不知言知知言不知見言不見不見言見若自爲爲他若爲財於衆中故作妄語隱所忍隱所欲隱所覺隱所想隱心知不見言見見言不見不聞言聞聞言不聞不覺言覺覺言不覺不識言識識言不識先欲妄語語時知妄語語竟知妄語如是虛誑意以爲財故若集聲音句言語口教是妄語業若行彼業者是名妄語人云何不妄語是優婆塞戒於彼業不樂遠離不作護戒不犯斷根捨不善堪忍行善是名不妄語是優婆塞戒如佛說

若伴若衆中　一一不妄語　不說不勸教

離一切虛妄

云何飲酒放逸處若有飲酒放逸處若酒醪酒甘蔗酒蒲桃酒蜜酒及餘物酒若飲酒若愛樂酒以酒灑身乃至草葉一滴彼業是飲酒放逸處若行彼業者是名飲酒放逸人云何不飲酒不放逸是優婆塞戒若於彼業不樂遠離不作護戒不犯斷根捨不善根堪忍行善名不飲酒不放逸處是優婆塞戒如佛說

聖言當離酒　亦勿與他酒　不飲不勸樂

知此放逸處　知此不善門　憍慠愚者然

知此處不善　戒德自防護　不殺亦不盜

實語不飲酒　不婬斷欲法　不夜非時食

謙卑不高牀　息聽止觀樂　不花鬘塗香

如是名八齋　隨彼時持齋　智人隨食施

飲食供養僧　不放逸貪著　供養於父母

如法求財物　以自修家業　得生日光天

五戒幾色幾非色一切色

五戒幾可見幾不可見一切不可見
五戒幾有對幾無對一切無對
五戒幾聖幾非聖一切非聖
五戒幾有漏幾無漏一切有漏一切有愛一切有求一切當取一切有取一切有勝
五戒幾受幾非受一切非受一切外
五戒幾有報幾無報一切有報
五戒幾心幾非心一切非心
五戒幾心相應幾非心相應一切非心相應
五戒幾心數幾非心數一切非心數
五戒幾緣幾非緣一切非緣
五戒幾共心幾不共心一切不共心一切不隨心轉
五戒幾業幾非業一切業
五戒幾業相應幾非業相應一切非業相應
五戒幾共業幾非共業一切不共業一切不隨業轉
五戒幾因幾非因一切因
五戒幾有因幾無因一切有因一切有緒一切有緣一切有爲
五戒幾知幾非知一切知如事知見
五戒幾識幾非識一切識意識如事識一切解一切了
五戒幾斷智知幾非斷智知一切非斷智知一切非斷
五戒幾修幾非修一切修
五戒幾證幾非證一切證知見如事
五戒幾善幾不善幾無記一切善
五戒幾學幾無學幾非學非無學一切非學非無學

五戒幾報幾報法幾非報非報法一切報法
五戒幾見斷幾思惟斷幾非見斷非思惟斷
一切非見斷非思惟斷
五戒幾見斷因幾思惟斷因幾非見斷非思
惟斷因一切非見斷非思惟斷因
五戒幾欲界繫幾色界繫幾無色界繫幾不
繫一切欲界繫
五戒幾過去幾未來幾現在幾非過去非未
來非現在一切三分或過去或未來或現在
云何不殺戒過去不殺戒生已滅名過去云
何不殺戒未來不殺戒未生未出名未來云
何不殺戒現在不殺戒生未滅名現在乃至
不飲酒不放逸戒亦如是（問分十品竟）

舍利弗阿毗曇論卷第六

音釋

橫（尸孟切不順理也）穢（於廢切蕪也）忿怒（忿敷粉切怒乃故切）筋脉（筋舉欣切骨絡也脉莫白切幕也）鋊（與專切錫類）鑞（盧合切錫也）

刪（蘇干切脂膏也）酪（盧各切乳漿也）醪（魯刀切濁酒也）攣躄（攣呂負切手拘攣也躄彼戟切足不能行也）

舍利弗阿毗曇論卷第七上

姚秦天竺三藏曇摩崛多共曇摩耶舍譯

非問分界品第一

色界非色界可見界不可見界有對界無對界聖界非聖界有漏界無漏界有愛界無愛界有求界無求界當取界非當取界有取界無取界有勝界無勝界有受界非受界內外界有報界無報界心界非心界心相應界非心相應界心數界非心數界緣界非緣界共心界非共心界隨心轉界不隨心轉界業界非業界業報界非業報界業相應界非業相應界非業相應非非業相應界共業界不共業界隨業轉界非隨業轉界因界非因界有因界無因界有緒界無緒界有緣界無緣界有爲界無爲界智界非智界識界非識界解界非解界了界非了界斷智知界非斷智知界斷界非斷界修界非修界證界非證界有餘涅槃界無餘涅槃界善界不善界無記界學界無學界非學非無學界報界報法界非報非報法界見斷界思惟斷界非見斷非思惟斷界見斷因界思惟斷因界非見斷非思惟斷因界卑界中界勝界麤界細界微界發界出界度界勤界持界出界斷界離欲界滅界欲界色界無色界色界非色界滅界三出界過去界未來界現在界非過去非未來非現在界過去境界未來境界現在境界界非過去非未來非現在境界欲界繫界色界繫界無色界繫界不繫界色界受界想界行界識界五出界六出界地界水界火界風界空界識界樂界苦界喜界憂界捨界無

明界欲界恚界害界出界不恚界不害界光界淨界色界空處界識處界不用處界非想非非想處界十八界

云何色界法若色是名色界云何非色界法非色是名非色界云何可見界色入是名可見界云何不可見界除色入餘法是名不可見界云何有對界十色入是名有對界云何無對界意入法入是名無對界

云何聖界若法無漏是名聖界云何非聖界若法有漏是名非聖界

云何有漏界若法有愛是名有漏界云何無漏界若法無愛是名無漏界

云何有愛界若法有求是名有愛界云何無愛界若法無求是名無愛界

云何有求界若法當取是名有求界云何無求界若法非當取是名無求界

云何當取界若法有取是名當取界云何非當取界若法無取是名非當取界

云何有取界若法有勝是名有取界云何無取界若法無勝是名無取界

云何有勝界若法有取是名有勝界云何無勝界若法無取是名無勝界云何有勝界若法界有餘界勝妙過上是名有勝界云何無勝界若法界無餘界勝妙過上是名無勝界

云何受界若法內是名受界云何非受界若法外是名非受界

云何內界若法受是名內界云何外界若法非受是名外界

云何有報界若法報法是名有報界云何無報界若法報若非報法是名無報界

云何心界意入是名心界云何非心界除意入餘法是名非心界
云何心相應界若法心數是名心相應界云何非心相應界若法非心數是名非心相應界
云何心數界除心餘緣法是名心數界云何非心數界若法非緣及心是名非心數界
云何緣界若法取相及心是名緣界云何非緣界除心餘非心數法是名非緣界
云何共心界若隨心轉共心生共住共滅是名共心界云何非共心界若法不隨心轉不共心生不共住不共滅是名不共心界
云何隨心轉界若法共心生共住共滅是名隨心轉界云何不隨心轉界若法不共心生不共住不共滅是名不隨心轉界

云何業界身業口業意業是名業界云何非業界除身業口業意業餘法是名非業界
云何業報界若法愛若法善報是名業報界云何非業報界若法若非報非報法是名非業報界
云何業相應界若法思相應是名業相應界云何非業相應界若法非思相應是名非業相應界云何非業相應非非業相應界思是名非業相應非非業相應界
云何共業界若法隨業轉共業生共住共滅是名共業界云何不共業界若法不隨業轉不共業生不共住不共滅是名不共業界
云何隨業轉界若法共業生共住共滅是名隨業轉界云何不隨業轉界若法不共業生不共住不共滅是名不隨業轉界

云何因界若法緣若法非緣有報若法非緣除得果餘善報及四大是名因界云何非因界若法非緣無報不共業得果是名非因界云何有因界若法有緒是名有因界云何無因界若法無緒是名無因界

云何有緒界若法有緣是名有緒界云何無緒界若法無緣是名無緒界

云何有緣界若法有爲是名有緣界云何無緣界若法無爲是名無緣界

云何有爲界若法有緣是名有爲界云何無爲界若法無緣是名無爲界

云何知界一切法知如事知見是名知界云何非知界無非知界復次說一切法非知如事知見是名非知界

云何識界一切法識意識如事識是名識界云何非識界無非識界復次說一切法非識意識如事識是名非識界

云何解界一切法解如事知見是名解界云何非解界無非解界復次說一切法非解如事知見是名非解界

云何了界一切法了如事知見是名了界云何非了界無非了界復次說一切法非了如事知見是名非了界

云何斷智知界若法不善是名斷智知界云何非斷智知界若法善若無記是名非斷智知界

云何斷界若法不善是名斷界云何非斷界若法善若無記是名非斷界

云何修界若法善是名修界云何非修界若法不善無記是名非修界

云何證界一切法證如事知見是名證界云何非證界無非證界復次說一切法非證如事知見是名非證界

云何有餘涅槃界如世尊說云何彼是二涅槃界何等二有餘涅槃界無餘涅槃界云何有餘涅槃界謂此比丘阿羅漢諸漏盡所作竟捨於重擔逮得已利是盡有煩惱正智得解諸陰界入以宿業緣住故以心受諸苦樂有適意不適意是名有餘涅槃界云何無餘涅槃界謂比丘五陰滅未來五陰不復續生是名無餘涅槃界

云何善界法修是名善界云何不善界若法斷是名不善界云何無記界若法受若法非報非報法是名無記界

云何學界若法聖非無學是名學界云何無學界若法聖非學是名無學界云何非學非無學界若法非聖是名非學非無學界

云何報界若法受若法善報是名報界云何報法界若法有報是名報法界云何非報非報法界若法無記非我分攝是名非報非報法界

云何見斷界若法不善非思惟斷是名見斷界云何思惟斷界若法不善非見斷是名思惟斷界

云何非見斷非思惟斷界若法善無記是名非見斷非思惟斷界

云何見斷因界若法見斷法報是名見斷因界云何思惟斷因界若法思惟斷若法思惟斷法報是名思惟斷因界云何非見斷非思惟斷因界若法善若法善法報若法非報非

報法是名非見斷非思惟斷因界
云何卑界若法不善是名卑界云何中界若法無記是名中界云何勝界若法善是名勝界云何卑界若法不善若無記是名卑界云何中界若法非聖善是名中界云何勝界若法聖無漏是名勝界
云何麤界若法欲界繫色界繫是名麤界云何細界若法空處繫識處繫不用處繫若不繫是名細界云何微界若法非想非非想處繫是名微界復次麤界若法欲界繫若色界繫若空處繫若識處繫若不用處繫是名麤界復次細界若法不繫是名細界云何微界若法非想非非想處繫是名微界
云何發界進若發正發生起觸證是名發界
云何出界進若廣進未度是名出界云何度界進若廣度已度是名度界
云何勤界力勤界是名勤界云何持界想持持界是名持界云何出界出界是名出界
復次勤界謂勤精進若身心發出度用心不退轉勤力正進是名勤界
復次持界謂念何等念如所聞所習法持彼法正持令住不忘想念念續是名持界
復次出界捨一切漏盡滅愛涅槃是名出界
云何斷界若比丘樹間空處如是觀身行惡報今世報後世報捨身惡行修身善行如是觀口意行惡惡報今世報後世報捨口意惡行修口意善行是名斷界云何離欲界愛盡離欲涅槃是名離欲界云何滅界愛盡離滅涅槃是名滅界
云何欲界從阿鼻大地獄上至他化自在天

若色受想行識分是名欲界云何色界從梵天至阿迦尼吒天若色受想行識分是名色界云何無色界從空處天至非想非非想處天若受想行識分是名無色界

云何色界若法色是名色界云何非色界除二滅餘非色法界是名非色界

云何滅界二滅智緣滅非智緣滅是名滅界

云何三出界如世尊說三出界何等三出界謂出欲至色出色至無色所作所集滅是謂出何謂出欲至色若緣欲生有漏燋熱彼色中無是謂出欲至色何謂出色至無色若緣色住有漏燋熱彼無色中無是謂出色至無色何謂所作所集滅若緣行生有漏燋熱彼涅槃無是謂所作所集滅是謂出是名三出界云何過去界若法生已滅是名過去界云何未來界若法未生未出是名未來界云何現在界若法未滅是名現在界云何非過去非未來非現在界若法無爲是名非過去非未來非現在界

云何過去境界界思惟過去若法生是名過去境界界云何未來境界界思惟未來若法生是名未來境界界云何現在境界界思惟現在法若法生是名現在境界界云何非過去非未來非現在境界界思惟非過去非未來非現在若法生是名非過去非未來非現在境界界

云何欲界繫界若法欲漏有漏是名欲界繫界云何色界繫界若法色漏有漏是名色界繫界云何無色界繫界若法無色漏有漏是名無色界繫界云何不繫界若法聖無漏是

名不繫界

云何色界色陰是名色界云何受界受陰是名受界云何想界想陰是名想界云何行界行陰是名行界云何識界識陰是名識界

云何五出界如世尊說五出界何等五謂比丘念欲時心不向欲不清不住不解念出心出心向清住解心善至善調善修心若於欲出解起緣欲生有漏燋熱出解離不受是痛是名出欲界復次比丘念瞋恚時心不向瞋恚不清不住不解念不瞋心不恚心向清住解心善至善調善修心若於瞋恚出解起緣瞋恚生有漏燋熱出解離不受是痛是名出瞋恚界復次比丘念害念害時心不向害不清不住不解念不害不害心向清住解心善至善調善修心若於害出解起緣害生有漏燋熱彼出解離不受是痛是名出害界復次比丘念色時心不向色不清不住不解念無色無色心向清住解心善至善調善修心於色出解起緣色生有漏燋熱出解離不受是痛是名出色界復次比丘念自身心不向自身不清不住不解念自身滅滅自身心向清住解心善至善調善修心若於自身出解起緣自身生有漏燋熱出解離不受是痛是名出自身是名五出界

云何六出界如世尊說六出界如比丘向彼比丘如是說比丘我慈解心親近多修學作乘作物謹慎識善進我爲瞋恚心所覆彼慎比丘責此比丘比丘莫如是說莫謗世尊謗世尊不善世尊不如是說比丘此非希望處若慈解心親近多修學已作乘作物已謹慎

已識已善進已若瞋恚覆心者無有是處世尊說比丘出瞋恚心善慈解心若修多學無量復次比丘向彼比丘如是說比丘我悲解心親近多修學作乘作物謹慎識善進我故爲害心所覆彼比丘責此比丘比丘莫如是說莫謗世尊謗世尊非善世尊不如是說比丘此非希望處若悲解心親近多修學已作乘作物已謹慎已識已善進已爲害覆心者無有是處世尊說比丘出害心若悲解心若修多學無量復次比丘向彼比丘如是說我喜解心親近多修學作乘作物謹慎識善進我故爲不樂心所覆彼比丘責此比丘比丘莫如是說莫謗世尊謗世尊非善世尊不如是說比丘此非希望處喜解心親近已多修學已作乘作物已謹慎已識已善進已爲不樂心所覆無有是處世尊說比丘出不樂心若喜解心善修多學無量復次比丘向彼比丘如是說我捨解心親近多修學作乘作物謹慎識善進我故爲愛恚心所覆彼比丘責此比丘比丘莫如是說莫謗世尊謗世尊非善世尊不如是說比丘此非希望處若捨解心親近已多修多學已作乘作物已謹慎已識已善進已若有愛恚覆心無有是處世尊說比丘出愛恚心若捨解心善修多學無量復次比丘向彼如是說我無想定心親近多修學作乘作物謹慎識善進我故有念想識彼比丘責此比丘比丘莫如是說莫謗世尊謗世尊非善世尊不如是說比丘此非希望處若無想定心親近已多修學已作乘作物已謹慎已識已善進已若有念想識無有是處世

尊說比丘出一切想若無想定心善修多學無量復次比丘向彼比丘如是說我滅我及我所故有疑惑箭覆心彼比丘責此比丘比丘莫如是說莫謗世尊謗世尊非善世尊不如是說比丘此非希望處若滅我及我所故如有疑惑箭覆心者無有是處世尊說比丘出疑惑箭若斷我慢是名六出界

云何地界二地界內地界外地界云何內地界若此身內受堅骨齒髮毛薄皮膚肌肉筋脉脾胃肝肺心腎大腸小腸大腹小腹此身及餘內受堅是名內地界云何外地界若外非受堅銅鐵鉛錫白鑞金銀真珠瑠璃珂貝璧玉珊瑚錢性寶貝珠沙石草木枝葉莖節及餘外非受堅是名外地界如是內地界外地界是名地界云何水界二水界內水界外水界云何內水界若此身內受水涎癃痰汗肪髓腦脂删涕唾膿血小便及餘此身內受水潤等是名內水界云何外水界若外水界非受酥油蜜石蜜黑石蜜乳酪酪漿醪酒甘蔗酒蜜酒及餘外水非受是名外水界如是內外水界是名水界云何火界二火界內火界外火界云何內火界若此身內受火熱若熱能令熱令身熱令內焦若服食飲等消及餘此身內受火是名內火界云何外火界若外火非受熱若火熱日熱珠熱舍熱牆熱山熱穀氣熱草熱木熱牛糞熱及餘外火熱非受是名外火界如是內火界外火界是名火界云何風界二風界內風界外風界云何內風界若此身內受風上風下風依節間風攣躄風胃節遊風出息入息風及餘內受風是

名内風界云何外風界若外風非受若東西風南北風雜塵風不雜塵風冷風熱風黑風毗嵐風動地風及餘外風非受是名外風界如是内風外風是名風界云何空界二空界内空界外空界云何内空界若此身内受空非四大所覆若耳鼻孔口門若食飲所由處若飲食住處若食飲出處及餘此身内受空非四大所覆是名内空界云何外空界若外空非受非四大所覆若丘井瓶甕坎谷及餘外空非受非四大所覆是名外空界如是内空界外空界是名空界

云何識界六識身眼識身耳鼻舌身意識身是名識界

云何樂界眼觸樂受耳鼻舌身觸樂受樂根是名樂界云何苦界眼觸苦受耳鼻舌身觸苦受苦根是名苦界云何喜界若心樂受喜根是名喜界云何憂界若心苦受憂根是名憂界云何捨界身心非苦非樂受謂眼觸非苦非樂受耳鼻舌身觸非苦非樂受捨根是名捨界

云何無明界癡不善根是名無明界云何欲界欲欲界是名欲界云何恚界恚恚界是名恚界云何害界害害界是名害界云何欲界若欲欲欲膩欲愛欲喜欲枝欲宅欲態欲渴欲焦欲網是名欲界云何恚界若欺惱衆生侵陵希望非斷命根是名恚界云何害界若欺害衆生希望侵害斷命根是名害界云何欲界五欲愛喜適意愛色欲染相續眼識色愛喜適意愛色欲染相續耳鼻舌身識觸愛喜適意愛色欲染相續若他欲他封邑他婦

女他物令我得若貪重貪究竟貪相應希望愛欲染重欲染究竟欲染及餘可貪法若貪重貪究竟貪希望愛欲染重欲染究竟欲染是名欲界云何恚界若少衆生若多衆生傷害此衆生繫縛令得種種苦若恚重恚究竟恚相應忿怒憎惡惱心很戾不慈不愍不利益是名恚界云何害界若惱衆生以手拳瓦石刀仗及餘諸惱如是欺害衆生侵惱希望斷命是名害界

云何出界除慈悲餘善出法是名出界云何不恚界慈是名不恚界云何不害界悲是名不害界

云何光界色光慧光云何色光火光日光月光珠光星宿光佛光衆生光及餘四大所造光明照明是名色光云何慧光三慧思慧聞慧修慧是名慧光如是色光慧光是名光界

云何淨界淨解脫及餘淨色能淨色適意見無猒是名淨界云何色界色入色陰是名色界云何空處界二空處界或有爲空處界或無爲空處界云何有爲空處界空處定空處生云何空處定若比丘離一切色想滅瞋恚想不思惟若干想成就無邊空處云何空處生若親近此定多修學故空處入四種我分攝受想行識是名空處生如是空處定如是空處生是名有爲空處界云何無爲空處界若以智斷空處界若斷是名空處無爲識處界不用處界非想非非想處界亦如是

云何十八界眼界色界眼識界耳界聲界耳識界鼻界香界鼻識界舌界味界舌識界身界觸界身識界意界法界意識界是名十八

界

舍利弗阿毗曇論卷第七上

音釋

瞋恚（瞋昌真切怒而張目也恚於避切恨怒也）牆（慈良切）瓶甕（瓶旁經切汲水器也甕烏貢切甖也）

舍利弗阿毗曇論卷第七下

姚秦天竺三藏曇摩堀多共曇摩耶舍譯

非問分業品第二

思業思已業故作業非故作業受業非受業少受業多受業熟業非熟業色業非色業可見業不可見業有對業無對業聖業非聖業有漏業無漏業有愛業無愛業有求業無求業當取業非當取業有取業無取業有勝業無勝業受業非受業內業外業有報業無報業心相應業非心相應業心數業非心數業緣業非緣業共心業不共心業隨心轉業不隨心轉業非業相應業非業相應非非業相應業共業非共業隨業轉業不隨業轉業因業非因業有因業有緒業有緣業有爲業知業非知業識業非識業解業非解業了業非了業斷智知業非斷智知業斷業非斷業修業非修業證業非證業教業非教業身有教無教業口有教無教業身業口業意業戒業無戒業非戒非無戒業身戒無戒非戒非無戒業口戒無戒非戒非無戒業意戒無戒非戒非無戒業善業不善業無記業學業無學業非學非無學業報業報法業非報非報法業見斷業思惟斷業非見斷非思惟斷業見斷因業思惟斷因業非見斷非思惟斷因業卑業中業勝業麤業細業微業受樂業受苦業受捨業樂受業苦受業捨受業樂受業苦受業非苦非樂受業喜處業憂處業捨處業喜處業憂處業非喜非憂處業現法受業生受業後受業與樂業與苦業與不苦不樂業樂果業苦果業不苦不樂果業樂報業苦報

業不苦不樂報業過去業未來業現在業過去境界業未來境界業現在境界業非過去非未來非現在境界業欲界繫業色界繫業無色界繫業不繫業四業四受業五怖五怨五無間業五戒越五戒因貪業因恚業因癡業因不貪業因不恚業因不癡業趣地獄業趣畜生業趣餓鬼業趣人業趣天業趣涅槃業七不善法七善法八聖語非八聖語因貪身業口業意業因恚身業口業意業因癡身業口業意業因不貪身業口業意業因不恚身業口業意業因不癡身業口業意業十不善業道十善業道十法成就墮地獄速若穳矛十法成就生天速如穳矛二十法成就墮地獄速如穳矛二十法成就生天速如穳矛三十法成就墮地獄速如穳矛三十法成就生天速如穳矛四十法成就墮地獄速如穳矛四十法成就生天速如穳矛

云何思業意業是名思業云何思已業身業口業是名思已業

云何故作業若業故作受報是名故作業云何不故作業若業不故作不受報是名不故作業

云何受業若業有報是名受業云何非受業若業無報是名非受業復次受業若業有報及無報思是名受業復次非受業若業無報身業口業是名非受業

云何少受業若業受少報是名少受業云何多受業若業不受少報是名多受業

云何熟業若業近受報是名熟業云何非熟業若業非近受報是名非熟業

云何色業身業口業是名色業云何非色業意業是名非色業

云何可見業若業色入攝是名可見業云何不可見業若業法入攝是名不可見業

云何有對業若業聲入色入攝是名有對業云何無對業若業法入攝是名無對業

云何聖業若業無漏是名聖業云何非聖業若業有漏是名非聖業

云何有漏業若業有愛是名有漏業云何無漏業若業無愛是名無漏業

云何有愛業若業有求是名有愛業云何無愛業若業無求是名無愛業

云何有求業若業當取是名有求業云何無求業若業非當取是名無求業

云何當取業若業有取是名當取業云何非當取業若業無取是名非當取業

云何有取業若業有勝是名有取業云何無取業若業無勝是名無取業

云何有勝業若業有取是名有勝業云何無勝業若業無取是名無勝業復次有勝業若此業有餘業勝妙過上是名有勝業復次無勝業若此業無餘業勝妙過上是名無勝業

云何受業若業內是名受業云何非受業若業外是名非受業

云何內業若業受是名內業云何外業若業非受是名外業

云何有報業若業有報是名有報業云何無報業若業非報是名無報業

云何心相應業若業心數是名心相應業云何非心相應業若業非心數是名非心相應

業

云何心數業若業緣是名心數業云何非心數業若業非緣是名非心數業

云何緣業若業心數是名緣業云何非緣業若業非心數是名非緣業

云何共心業若業隨心轉共心生共住共滅是名共心業云何非共心業若業不共心轉不共心生不共住不共滅是名不共心業

云何隨心轉業若業共心生共住共滅是名隨心轉業云何不隨心轉業若業不共心生不共住不共滅是名不隨心轉業

云何非業相應業若業非思相應是名非業相應業云何非業相應非非業相應業思是名非業相應非非業相應業

云何共業若業隨業轉共業生共住共滅是名共業云何不共業若業不隨業轉不共業生不共住不共滅是名不共業

云何隨業轉業若業共業生共住共滅是名隨業轉業云何不隨業轉業不共業生不共住不共滅是名不隨業轉業

云何因業若業緣業若業非緣有報是名因業云何非因業若業非緣無報不共業是名非因業

云何有因業若業有緒是名有因業

云何有緒業若業有緣轉業若業共業是名有緒業

云何有緣業若業有爲是名有緣業

云何有爲業若業有緣是名有爲業

云何知業一切業知如事知見是名知業

云何非知業無非知業復次說一切業非知

如事知見是名非知業
云何識業一切業識意識如事識是名識業
云何非識業無非識業復次說一切業非識
意識如事識是名非識業
云何解業如事知見是名解業云何非解業
無非解業復次說一切業非解如事知見是
名非解業
云何了業一切業了如事知見是名了業云
何非了業無非了業
云何斷智知業若業不善是名斷智知業
云何非斷智知業若業善若無記是名非斷
智知業
云何斷業若業不善是名斷業云何非斷業
若業善若無記是名非斷業
云何修業若業善是名修業云何不修業若
業不善若無記是名非修業
云何證業一切業證如事知見是名證業云
何非證業無非證業復次說一切業非證如
事知見是名非證業
云何教業身業口業是名教業云何無教業
意業是名無教業云何身有教業若身業色
入攝是名身有教業云何身無教業若身業
法入攝是名身無教業云何口有教業若口
業聲入攝是名口有教業云何口無教業若
口業法入攝是名口無教業云何身業若業
非緣非口業是名身業云何口業若業非緣
非身業是名口業云何意業若業緣是名意
業
云何戒業若業善心所起去來屈伸迴轉身
教集聲音句言語口教有漏身口戒無教正

語正業正命及善思是名戒業云何無戒業若業不善不善心所起去來屈伸迴轉身教集聲音句言語口教身口非戒無教及不善思是名無戒業云何非戒非無戒業若業無記心所起去來屈伸迴轉身教集聲音句言語口教及無記思是名非戒非無戒業云何身戒業若身業善善心所起去來屈伸迴轉身教有漏身戒無教正業身正命是名身戒業云何身無戒業若身業不善不善心所起去來屈伸迴轉身教身非戒無教是名身無戒業云何身非戒非無戒業若身業無記無記心所起去來屈伸迴轉身教是名身非戒非無戒業云何口戒業若口業善善心所起集聲音句言語口教有漏口戒無教正語口正命是名口戒業云何口無戒業若口業不善不善心所起集聲音句言語口教口非戒無教是名口無戒業云何口非戒非無戒業若口業無記無記心所起集聲音句言語口教是名口業非戒非無戒業云何意戒業若意業善善心相應思是名意戒業云何意無戒業若意業不善不善心相應思是名意無戒業云何意非戒非無戒業若意業無記無記心非相應思是名意非戒非無戒業

云何善業若業修是名善業云何不善業若業斷是名不善業云何無記業若業受若業非報非報法是名無記業

云何學業若業聖非無學是名學業云何無學業若業聖非學是名無學業云何非學非無學業若業非聖是名非學非無學業

云何報業若業受若業善報是名報業云何

報法業若業有報是名報法業云何非報非報法業若業無記非我分攝是名非報非報法業

云何見斷業若業不善非思惟斷是名見斷業

云何思惟斷業若業不善非見斷是名思惟斷業云何非見斷非思惟斷業若業善無記是名非見斷非思惟斷業

云何見斷因業若業見斷若見斷法報是名見斷因業云何思惟斷因業若業思惟斷若思惟斷法報是名思惟斷因業

云何非見斷非思惟斷因業若業善若業善法報若業報非報非報法是名非見斷非思惟斷因業

云何卑業若業不善是名卑業云何中業若業無記是名中業云何勝業若業善是名勝業復次卑業若業不善無記是名卑業復次中業若業非聖善是名中業復次勝業若業聖無漏是名勝業

云何麤業若業欲界繫是名麤業云何細業若業色界繫不繫是名細業云何微業若業無色界繫是名微業復次麤業若業欲界繫色界繫是名麤業復次細業若業空處繫識處繫不用處繫若不繫是名細業復次微業若業非想非非想處繫是名微業復次麤業若業欲界繫色界繫空處繫識處繫不用處繫是名麤業復次細業若業不繫是名細業復次微業若業非想非非想處繫是名微業

云何受樂業若業樂受相應是名受樂業云何受苦業若業苦受相應是名受苦業云何

受捨業若業不苦不樂受相應是名受捨業
云何樂受業若業受樂報是名樂受業云何
苦受業若業受苦報是名苦受業云何捨受
業若業受不苦不樂報是名捨受業
云何樂受業除苦受不苦不樂受業餘業若
善有報是名樂受業云何苦受業若業不善
是名苦受業云何非苦非樂受業除樂受苦
受業若餘業是名非苦非樂受業
云何喜處業若業發已生喜是名喜處業
云何憂處業若業發已生憂是名憂處業
云何捨處業若業發已生捨是名捨處業復
次喜處業除捨處業餘處業若善有報是名
喜處業復次憂處業若業不善是名憂處業
復次捨處業除喜處業餘業若善有報是名
捨處業復次喜處業若業善有報是名喜處
業復次憂處業若業不善有報是名憂處業
復次非喜處非憂處業除喜處憂處業若餘
業是名非喜處非憂處業
云何現法受業若業生我分若長幼所作成
就此業於此生我長幼身受報是名現法受
業云何生受業若業生我分長幼所作成就
此業生受報是名生受業云何後受業若業
生我分若長幼所作成就此業第三第四生
受報或多是名後受業
云何與樂業若業與樂果是名與樂業云何
與苦業若業與苦果是名與苦業云何非與
樂非與苦業除與樂與苦業若餘業是名非
與樂非與苦業
云何樂果業若業善有樂報是名樂果業
云何苦果業若業不善是名苦果業云何非

樂果非苦果業除樂果苦果業若餘業是名非樂果非苦果業

云何樂報業若業樂果是名樂報業云何苦報業若業苦果是名苦報業云何非樂非苦報業除樂報苦報業若餘業是名非樂報非苦報業云何樂報業若業善有報是名樂報業云何苦報業若業不善是名苦報業云何非樂非苦報業除樂報苦報業若餘業是名非樂非苦報業

云何過去業若業生已滅是名過去業云何未來業若業未生未出是名未來業云何現在業若業生未滅是名現在業

云何過去境界業思惟過去法若業生是名過去境界業云何未來境界業思惟未來法若業生是名未來境界業云何現在境界業思惟現在法若業生是名現在境界業云何非過去非未來非現在境界業思惟非過去非未來非現在法若業生是名非過去非未來非現在境界業

云何欲界繫業若業欲漏有漏是名欲界繫業云何色界繫業若業色漏有漏是名色界繫業云何無色界繫業若業無色漏有漏是名無色界繫業云何不繫業若業聖無漏是名不繫業

云何四業黑業黑報白業白報黑白業黑白報非黑非白業非黑非白報云何黑業黑報若業不善有報是名黑業黑報云何白業白報若業善有報是名白業白報云何黑白業黑白報無一業若黑白黑白報彼若黑業黑報若白業白報是名黑白業黑白報云何非

黑非白業非黑非白報若聖有報斷煩惱是名非黑非白業非黑非白報云何黑業黑報若業不善有報此業報是名黑業黑報云何白業白報若業善有報此業報是名白業白報云何黑白業黑白報無一業黑白黑白報彼若黑業黑報此業報若白業白報此業報是名黑白業黑白報云何非黑非白業非黑非白報若法聖有報斷煩惱是名非黑白業非黑白報云何黑業黑報如世尊說我自正知說四業何等四黑業黑報白業白報黑白業黑白報非黑非白業非黑非白報業能盡業云何黑業黑報若人作不清淨身行作不清淨口行作不清淨意行成就不清淨業彼行不清淨身口意行已成就不清淨業已生不清淨處彼生不清淨處已觸不清淨觸觸不清淨觸已受不清淨受一向苦切一向受苦焦一向不善一向不愛喜適意一向所憎惡非天人所希望如地獄衆生若衆生徃生隨所作業生生已觸觸我知衆生由業與若是名黑業黑報云何白業白報若人作清淨身行作清淨口行作清淨意行成就清淨業行清淨身口意行已成就清淨業已生清淨處生清淨處已觸清淨觸觸清淨觸已受清淨受一向樂愛喜適意一向所不憎惡天人所希望猶如徧淨天衆生若衆生徃生隨所作業生生已觸觸我知衆生由業與樂是名白業白報云何黑白業黑白報若人行清淨不清淨身行行清淨不清淨口行行清淨不清淨意行行成就清淨不清淨業彼行清淨不清淨身口意行已成就清淨不清淨業已

生清淨不清淨處生清淨不清淨處已觸清淨不清淨觸觸清淨不清淨觸已受清淨不清淨受雜受苦樂如人如天若衆生往生隨所作業生生已觸觸我知衆生由業與苦樂是名黑白業黑白報云何非黑白業非黑白報業能盡業若黑業黑報若斷思若白業白報若斷思若黑白業黑白報若斷思是名非黑白業非黑白報業能盡業是名四業

云何四受業如世尊說四受業何等四有業現苦後有苦報有業現樂後有苦報有業現苦後有樂報有業現樂後有樂報云何受業現苦後有苦報若人忍憂忍苦殺生緣殺生故以種種心受憂苦忍憂忍苦竊盜邪婬妄言兩舌惡口綺語貪欲瞋恚邪見緣邪見故以種種心受憂苦身壞命終墮惡道地獄此受業現苦後有苦報云何受業現樂後有苦報若人忍喜忍樂殺生緣殺生故以種種心受喜樂忍喜忍樂竊盜邪婬妄言兩舌惡口綺語貪欲瞋恚邪見緣邪見故以種種心受喜樂身壞命終墮惡道地獄此受業現樂後有苦報云何受業現苦後有樂報若人忍憂忍苦不殺生緣不殺生故以種種心受憂苦忍憂忍苦不竊盜不邪婬不妄言不兩舌不惡口不綺語不貪欲不瞋恚正見緣正見故以種種心受憂苦身壞命終生善道天上此受業現苦後有樂報云何受業現樂後有樂報若人忍喜忍樂不殺生緣不殺生故以種種心受喜樂忍喜忍樂不竊盜不邪婬不妄言不兩舌不惡口不綺語不貪欲不瞋恚正見緣正見故以種種心受喜樂身壞命終生

善道天上此受業現樂後有樂報是名四受業云何五怖若殺生緣殺生故今身生怖後身生怖竊盜邪婬妄言飲酒放逸處緣飲酒放逸處故今身生怖後身生怖是名五怖云何五怨若殺生緣殺生故今身生怨後身生怨竊盜邪婬妄言飲酒放逸處緣飲酒放逸處故今身生怨後身生怨是名五怨

云何五無間害母無間害父無間害阿羅漢無間壞僧無間於如來身惡心出血無間云何害母無間若母母想故斷命是名害母無間云何害父無間若父父想故斷命是名害父無間云何害阿羅漢無間故斷阿羅漢聲聞命是名害阿羅漢無間云何壞僧無間一面請四比丘或多第二面請四比丘或多行籌唱令是名壞僧無間云何於如來身惡心出血無間若故於如來身惡心出血成就業乃至傷如髮端是名於如來惡心出血無間是名五無間

云何五戒不殺生不竊盜不邪婬不妄言不飲酒放逸處是名五戒云何越五戒殺生竊盜邪婬妄言飲酒放逸處是名越五戒

云何因貪業業若貪因貪緒貪集貪緣身業口業意業是名因貪業云何因恚業業若恚因恚緒恚集恚緣身業口業意業是名因恚業云何因癡業業若癡因癡緒癡集癡緣身業口業意業是名癡因業

云何不貪因業若不貪因不貪緒不貪集不貪緣身業口業意業是名不貪因業云何不恚因業若不恚因不恚緒不恚集不恚緣身業口業意業是名不恚因業云何不癡因業

若不癡因不癡緒不癡集不癡緣身業口業
意業是名不癡因業
云何趣地獄業若業不善增能令生地獄是
名趣地獄業云何趣畜生業若業不善中能
令生畜生是名趣畜生業云何趣餓鬼業若
業不善輭能令生餓鬼是名趣餓鬼業云何
趣人業若業善不增能令生人中是名趣人
業云何趣天業若業善增能令生天上是名
天業云何趣涅槃業若業聖有報能斷煩惱
是名趣涅槃業
云何七不善法殺生竊盜邪婬妄言兩舌惡
口綺語是名七不善法云何七善法不殺生
不竊盜不邪婬不妄言不兩舌不惡口不綺
語是名七善法
云何八非聖語不見言見見言不見不聞言
聞聞言不聞不覺言覺覺言不覺不識言識
識言不識是名八非聖語云何八聖語不見
言不見見言見不聞言不聞聞言聞不覺言
不覺覺言覺不識言不識識言識是名八聖
語
云何因貪身業若身業不善因貪不離貪貪
覆心所起去來屈伸迴轉身教身非戒無教
是名因貪身業云何因貪口業若口業不善
因貪不離貪貪覆心所起集聲音句言語口
業教口非戒無教是名因貪口業云何因貪
意業若意業不善因貪不離貪貪覆心相應
思是名因貪意業
云何因恚身業若身業不善因恚不離恚恚
覆心所起去來屈伸迴轉身教身非戒無教
是名因恚身業云何因恚口業若口業不善

因恚不離恚恚覆心所起集聲音句言語口教口非戒無教是名因恚口業云何因恚意業若意業不善因恚不離恚恚覆心相應思是名因恚意業

云何因癡身業若身業不善因癡不離癡癡覆心所起去來屈伸迴轉身教身非戒無教是名因癡身業云何因癡口業若口業不善因癡不離癡癡覆心所起集聲音句言語口教口非戒無教是名因癡口業云何因癡意業若意業不善因癡不離癡癡覆心相應思是名因癡意業

云何因不貪身業若身業善因不貪離貪非貪覆心所起去來屈伸迴轉身教有漏身戒無教是名因不貪身業云何因不貪口業若口業善因不貪離貪非貪覆心所起集聲音句言語口教有漏口戒無教是名因不貪口業云何因不貪意業若意業善因不貪離貪非貪覆心相應思是名因不貪意業

云何因不恚身業若身業善因不恚離恚非恚覆心所起去來屈伸迴轉身教有漏身戒無教是名因不恚身業云何因不恚口業若口業善因不恚離恚非恚覆心所起集聲音句言語口教有漏口戒無教是名因不恚口業云何因不恚意業若意業善因不恚離恚非恚覆心相應思是名因不恚意業

云何因不癡身業若身業善因不癡離癡非癡覆心所起去來屈伸迴轉身教有漏身戒無教正業身正命是名因不癡身業云何因不癡口業若口業善因不癡離癡非癡覆心所起集聲音句言語口教有漏口戒無教正

語口正命是名因不癡口業云何因不癡意業若意業善因不癡離癡非癡覆心相應思是名因不癡意業

云何十不善業道殺生竊盜邪婬妄言兩舌惡口綺語貪欲瞋恚邪見是名十不善業道

云何十善業道不殺生不竊盜不邪婬不妄言不兩舌不惡口不綺語不貪欲不瞋恚正見行是名十善業道

云何十法成就墮地獄速如穳矛殺生乃至邪見十法成就墮地獄速如穳矛云何十法成就生善處速如穳矛不殺生乃至正見行是十法成就生善處速如穳矛云何二十法成就墮地獄速如穳矛自殺生教他殺生乃至自邪見教他邪見是二十法成就墮地獄速如穳矛云何二十法成就生善處速如穳矛自不殺生教他不殺生乃至自正見教他正見行是二十法成就生善處速如穳矛云何三十法成就墮地獄速如穳矛自殺生教他殺生讚歎殺生乃至自邪見教他邪見讚歎邪見願樂邪見是三十法成就墮地獄速如穳矛云何三十法成就生善處速如穳矛自不殺生不教他殺生不讚歎殺生不願樂殺生乃至自正見教他正見讚歎正見願樂正見行是三十法成就生善處速如穳矛云何四十法成就墮地獄速如穳矛自殺生教他殺生讚歎殺生願樂殺生乃至自邪見教他邪見讚歎邪見願樂邪見是四十法成就墮地獄速如穳矛云何四十法成就生善處速如穳矛自不殺生不教他殺生不讚歎殺生不願樂殺生乃至自正見教他正見讚歎

正見願樂正見行是四十法成就生善處速如積矛業品竟

舍利弗阿毗曇論卷第七下

音釋

積矛（積子筭切錐也矛莫浮切句兵也）麤（倉胡切）竊盜（竊千結切盜徒到切）籌（直由切壺失也）綺（去倚切文繒也）

舍利弗阿毗曇論卷第八上

姚秦天竺三藏曇摩崛多共曇摩耶舍譯

非問分人品第三

凡夫人非凡夫人性人聲聞人菩薩人緣覺人正覺人趣須陀洹果證人須陀洹人趣斯陀含果證人斯陀含人趣阿那含果證人阿那含人趣阿羅漢果證人阿羅漢人自足人他足人學人無學人非學非無學人正定人邪定人不定人盲人一眼人二眼人慈行人悲行人喜行人捨行人空行人無相行人無願行人無惱行人勝入行人一切入行人修八解脫人六通人五此竟人五彼竟人一分解脫人二分解脫人慧解脫人身證人見得人信解脫人堅信人堅法人斷五支人六支成就人一護人四依人斷滅異緣實人求最勝人不濁想人除身行人心善解脫人慧善解脫人共解脫人非共解脫人有退人無退人思有人微護人思不退不思退人護不退不護退人有緣射人法不起人住劫人首等人度塹人壞塹人乘進人無黙汚人聖墮慢人云何凡夫人若人未上正決定是名凡夫人云何非凡夫人若人上正決定是名非凡夫人復次凡夫人若人未得正決定是名凡夫人復次非凡夫人若人得正決定是名非凡夫人復次凡夫人若人未得聖五根未曾得是名凡夫人復次非凡夫人若人得聖五根曾得是名非凡夫人

云何性人若人次第住凡夫勝法若法即滅上正決定是名性人云何性人若人成就性法何等性法若無常苦空無我思惟涅槃寂

滅不定心未上正決定如實人若受想思觸思惟覺觀見慧解脫無癡順信悅喜心進信欲不放逸念意識界意界若如實身戒口戒是名性法若人此法成就是名性人

云何聲聞人若人從他聞受他教請他說聽他法非自思非自覺非自觀上正決定得須陀洹果斯陀含果阿那含果阿羅漢果是名聲聞人

云何菩薩人若人三十二相成就不從他聞不受他教不請他說不聽他法自思自覺自觀於一切法知見無礙當得自力自在豪尊勝貴自在當得知見無上正覺當成就如來十力四無所畏成就大慈轉於法輪是名菩薩人云何緣覺人若人三十二相不成就亦不從他聞不受他教不請他說不聽他法自覺自觀上正決定得須陀洹果斯陀含果阿那含果阿羅漢果於一切法非無礙知見非得自在非得由力自在非豪尊勝貴自在非知見無上最勝正覺非成就如來十力四無所畏大慈轉於法輪是名緣覺人

云何正覺人若人三十二相成就不從他聞不受他教不請他說不聽他法自思自覺自觀於一切法知見無礙得由力自在豪尊勝貴自在知見無上最勝正覺成就如來十力四無所畏成就大慈自在轉於法輪是名正覺人

云何趣須陀洹果證人若人得證須陀洹果道未得須陀洹果未觸未證是名趣須陀洹果證人云何須陀洹人若人須陀洹果觸證已於果住未得上道趣斯陀含果是名須陀

洹人云何趣斯陀含果證人若人得證斯陀含果道未得斯陀含果觸證是名趣斯陀含果證人云何斯陀含人若人得斯陀含果觸證已於彼果住未得上道趣阿那含果是名斯陀含人云何趣阿那含果證人若人得證阿那含果道未得阿那含果未觸證是名趣阿那含果證人云何阿那含人若人得阿那含果觸證於果住未得上道趣阿羅漢果是名阿那含人云何趣阿羅漢果證人若人得證阿羅漢果道未得阿羅漢未觸證是名趣阿羅漢果證人云何阿羅漢人若人得阿羅漢果道觸證已是名阿羅漢人復次趣須陀洹果證人堅信堅法是名趣須陀洹果證人云何須陀洹人若人見斷三煩惱身見疑戒取以聖道一時俱斷彼煩惱於彼斷住未得上道思惟斷欲愛瞋恚煩惱分斷是名須陀洹人復次趣斯陀含果證人若人見斷三煩惱身見疑戒取以聖道一時俱斷彼煩惱已得上道思惟斷欲愛瞋恚煩惱分斷未斷是名趣斯陀含果證人復次斯陀含人若人見斷三煩惱身見疑戒取以聖道一時俱斷已思惟斷欲愛瞋恚煩惱分斷以聖道一時俱斷於彼斷住未得上道餘思惟斷欲愛瞋恚無餘斷未斷是名斯陀含人復次趣阿那含果證人若人見斷三煩惱身見疑戒取以聖道一時俱斷思惟斷欲愛瞋恚煩惱聖道一時俱斷得上道餘思惟斷欲愛瞋恚無餘斷未斷是名趣阿那含果人復次阿那含人若五下分煩惱斷身見疑戒取欲愛瞋恚以聖道一時俱斷於彼斷住未得上道思惟斷色

行無色行煩惱無餘斷未斷是名阿那含人

復次趣阿羅漢果證人若人五下分煩惱斷身見疑戒取欲愛瞋恚以聖道一時俱斷得上道思惟斷色行無色行煩惱無餘斷未斷是名趣阿羅漢果證人復次阿羅漢人若人思惟斷色行煩惱無色行煩惱無餘斷是名阿羅漢人復次阿羅漢人若人一切煩惱斷是名阿羅漢人一切煩惱盡阿羅漢果若人得觸證是名阿羅漢人

云何自足人如世尊說世二人難得何等二自足他足云何他足若人施沙門婆羅門貧無猒人貧窮乞丐人飲食車乘衣服香華塗身牀褥卧具舍宅依止燈明是名他足人云何自足人若比丘有漏盡乃至所作已辦更不還有是名自足人如是二人誰所說如來性因曰

稱自足他足　世間甚希有　施者如清池
常住淨戒身　又能施飲食　是人甚難得
離欲斷瞋恚　滅癡得無漏　聖法以自足
是人甚難得

云何學人趣須陀洹果證人須陀洹人趣期陀含果證人斯陀含人趣阿那含果證人阿那含人趣阿羅漢果證人是名學人云何無學人阿羅漢是名無學人云何非學非無學人凡夫人是名非學非無學人

云何正定人若人上正決定是名正定人云何邪定人若人入邪定是名邪定人云何不定人若人不上正決定不入邪定是名不定人云何正定人若人得正決定是名正定人云何邪定人若人得邪定是名邪定人云何

不定人若人不得正決定不得邪定是名不定人云何正定人若人得聖五根已曾得是名正定人云何邪定人若人作五無間業成就已未受報於五無間業成就若一若二未受報是名邪定人云何不定人若人未得聖五根未曾得不作五無間業不成就不受報於五無間業不成就若一若二不受報是名不定人

云何盲人若人成就眼未得財寶能得得已弘廣無如是眼若人成就眼未生善法能生生已弘廣無如是眼是名盲人云何一眼人如人成就眼未得財寶能得得已弘廣有如是眼如人成就眼未生善法能生生已弘廣無如是眼是名一眼人云何二眼人若人成就眼未得財寶能得得已弘廣有如是眼如人成就眼未生善法能生生已弘廣有如是眼是名二眼人

云何慈行人若人得慈解心多行是行是名慈行人云何悲行人若人得悲解心多行是行是名悲行人云何喜行人若人得喜解心多行是行是名喜行人云何捨行人若人得捨解心多行是行是名捨行人復次慈行人若人得慈解調心已修行柔軟已次第上正決定得須陀洹果斯陀含果阿那含果阿羅漢果是名慈行人復次悲行人若人得悲解調心已修行柔軟已次第上正決定得須陀洹果斯陀含果阿那含果得阿羅漢果是名悲行人復次喜行人若人得喜解調心已修行柔軟已次第上正決定得須陀洹果斯陀含果阿那含果阿羅漢果是名喜行人云何

捨行人若人得捨解調心已修行柔輭已次第上正決定得須陀洹果斯陀含果阿那含果阿羅漢果是名捨行人

云何空行人若人得空定多行是行是名空行人云何無相行人若人得無相定多行是行是名無相行人云何無願行人若人得無願定多行是行是名無願行人復次空行人若人得空行上正決定得須陀洹果斯陀含果阿那含果阿羅漢果是名空行人復次無相行人若人得無相定上正決定得須陀洹果斯陀含果阿那含果阿羅漢果是名無相行人云何無願行人若人得無願定上正決定得須陀洹果斯陀含果阿那含果阿羅漢果是名無願行人

云何無惱行人若人得無惱法何等無惱法謂若人知勸讚知不勸讚知勸讚不勸讚已非勸讚非不勸讚說法明了知法明了知法已內樂精進背不說惡面不讚善稱滿說法非不稱滿不必顧方語不是非人禮隨方說法復次修根力覺禪解脫定修已得聖無漏捨若捨則應法律不行欲樂凡夫卑行不行非聖無義苦行餘捨二邊入應中道行知勸讚知不勸讚知勸讚不勸讚已不勸讚非不勸讚說法明了知法明了知法已內樂精進背處不說惡面前不讚善稱滿說法非不稱滿不必顧方語不是非人禮隨方而說法無惱害離惱於解脫人無惱法復次此是彼人數共制名無惱是名無惱行人

云何勝入行人若人得八勝入多行是行是名勝入行人云何一切入行人若人得十一

切入多行是行是名一切入行人云何修八解脫人若人得八解脫多行是行是名修八解脫人云何六通人若人六通成就多行是行是名六通人

云何五比竟人七生人家家人斯陀舍人一種人若現身得阿羅漢人云何七生人須陀洹是名七生人復次七生人若人見斷三煩惱斷身見疑戒盜聖道一時俱斷於彼斷住未得上道思惟斷欲愛瞋恚煩惱分斷作業必當生受七天七人身受行七天七人身已盡苦邊是名七生人云何家家人若人見斷三煩惱斷身見疑戒盜聖道一時俱斷得上道思惟斷欲愛瞋恚煩惱分斷未斷作業必當生或受二三人身彼或受行二三人身已盡苦邊是名家家人復次家家人若人見斷三煩惱斷身見疑戒盜聖道一時俱斷思惟斷欲愛瞋恚煩惱分斷未如斯陀舍作業必當生或受二三人身受行二三人身已盡苦邊是名家家人云何斯陀舍人若人見斷三煩惱斷身見疑戒盜以聖道一時俱斷思惟斷欲愛瞋恚煩惱分斷以聖道一時俱斷於彼斷住未得上道餘思惟斷欲愛瞋恚無餘斷作業必當生受一天一人身受行一天一人身已盡苦邊是名斯陀舍人復次斯陀舍人若人見斷三煩惱身見疑戒盜以聖道一時俱斷思惟斷欲愛瞋恚煩惱分斷過家家人非如一種人作業必當生受一天一人身受行一天一人身已盡苦邊是名斯陀舍人云何一種人若人見斷三煩惱斷身見疑戒盜以聖道一時俱斷思惟斷欲愛瞋恚煩惱

分斷以聖道一時俱斷得上道餘思惟斷欲愛瞋恚無餘斷未斷作業必當生受一人身受行一人身已盡苦邊是名一種人復次一種人若人見斷三煩惱斷身見疑戒盜聖道一時俱斷思惟斷欲愛瞋恚多斷過斯陀含非如阿那含作業必當生受一人身受行一人身已盡苦邊是名一種人云何現身得阿羅漢人若人以我分身若長若幼上正決定此人此生我分身此長此幼得須陀洹果斯陀含果阿那含果得阿羅漢果是名現身得阿羅漢果人是名五此竟人

云何五彼竟人中般涅槃人速般涅槃人無行般涅槃人有行般涅槃人上流般涅槃云何中般涅槃人若人五下分煩惱斷身見疑戒盜欲愛瞋恚以聖道一時俱斷彼聖五根利用最勝信根進根念根定根慧根若此道樂速解若修彼道已得阿羅漢果彼有留難現身不得阿羅漢果或多諸緣行慈愍親屬宿業必當生受一天身於彼有不適意生不適意住不過意行不適意於彼天身中般涅槃何謂中般涅槃於欲界命終若生色界天上於彼天壽中於彼斷法中般涅槃是名中般涅槃復次此是彼人數共制名中般涅槃是名中般涅槃人云何速般涅槃人若人五下分煩惱斷身見疑戒盜欲愛瞋恚以聖道一時俱斷此聖五根利不如中般涅槃何等五信根進根念根定根慧根若此道苦速解若修彼道得阿羅漢果彼有留難現身不得阿羅漢果以多諸緣行慈愍親屬由宿業必受一天身於彼有不適意生不適意住不適

意行不適意於彼天身速般涅槃何謂速般涅槃欲界命終生色界天上彼天壽少樂多離速般涅槃是名速般涅槃復次此是彼人數共制名速般涅槃人是名速般涅槃人云何無行般涅槃人若人五下分煩惱斷身見疑戒盜欲愛瞋恚以聖道一時俱斷此聖五根輭何等五信根進根念根定根慧根若此道樂難解若修彼道得阿羅漢果彼有留難現身不得阿羅漢果以多諸緣行慈愍親屬由宿業必當生受一天身彼有適意生適意住不適意行不適意於彼天身無行般涅槃何謂無行般涅槃欲界命終若生色界天上於彼無行得無間道得已即於彼間般涅槃是名無行般涅槃復次此是彼人數共制名無行般涅槃是名無行般涅槃人云何有行般涅槃人若人五下分煩惱斷身見疑戒盜欲愛瞋恚以聖道一時俱斷若此聖五根輭何等五信根進根念根定根慧根若此道苦難解若修彼道已得阿羅漢果彼有留難現身不得阿羅漢果以多諸緣業行慈愍親屬由宿業必當生受一天身彼有適意生適意住適意行不適意於彼天身有行般涅槃何謂有行般涅槃欲界命終若生色界天上彼有行難得無間道得已便於彼般涅槃是名有行般涅槃復次此是彼人數共制名有行般涅槃是名有行般涅槃人云何上流至阿迦膩吒人若人五下分煩惱斷身見疑戒盜欲愛瞋恚以聖道一時俱斷此聖五根最輭何等五信根進根念根定根慧根若此道或樂難解或苦難解修彼道已得阿羅漢果彼

有留難現身不得阿羅漢果以多諸縁行慈愍親屬由宿業必當生受五天身於彼天上有適意生適意住適意行適意此若命終上流至阿迦膩吒何謂上流至阿迦膩吒於欲界命終生色界無勝天中如彼天壽住彼天壽住已彼命終轉生無熱天中生無熱天中已彼命終轉生善見天中生善見天中已彼命終轉生如妙善見天中生如妙善見天中已彼命終轉生阿迦膩吒天中如彼天壽住如彼天壽住已建無間道得阿羅漢果得阿羅漢果已即於彼般涅槃是名上流至阿迦膩吒復次此是彼人數共制名上流至阿迦膩吒是名上流至阿迦膩吒人是名五彼竟

人云何一分解脱人若人先學時得八解脱滅盡定非後無學時得八解脱滅盡定後無學時得八解脱滅盡定非學時得八解脱滅盡定是名一分解脱人云何二分解脱人若人學時得八解脱滅盡定後無學時亦得八解脱滅盡定是名二分解脱人復次一分解脱人若人盡智生非無生智是名一分解脱人復次二分解脱人若盡智生無生智生是名二分解脱人云何慧解脱人若人寂靜解脱過色無色彼非身觸行見慧斷有漏是名慧解脱人云何身證人若人寂靜解脱過色無色修身觸行非慧見斷有漏是名身證人云何見得人若人寂靜解脱過色無色彼非身觸行非慧見斷有漏如世尊所流布法多用慧擇行是名見得人云何信解脱人若人寂靜解脱過色無色彼非身觸行非慧見斷有漏如世尊所流布法以慧擇行不及見得

是名信解脫人云何見得人若人得堅法上正決定得須陀洹果斯陀含果得阿那含果未得八解脫滅盡定是名見得人云何信解脫人若人得堅信上正決定得須陀洹果得斯陀含果得阿那含果未得八解脫滅盡定是名信解脫人云何堅信人若人寂靜解脫過色無色彼非身觸行非慧見斷有漏彼信受於世尊是名堅信解脫人云何堅法人若人寂靜解脫過色無色彼非身觸行非慧見斷有漏如世尊所流布法慧觀而堪忍是名堅法人云何堅信人若人性好信多信上正決定未得四沙門果一一觸證若須陀洹果若斯陀含果若阿那含果若阿羅漢果彼於此五根信根多餘四根少未得八解脫滅盡定是名堅信人云何堅法人若人性好擇法多擇法上正決定未得四沙門果一一觸證若須陀洹果若斯陀含果若阿那含果若阿羅漢果彼於此五根慧根多餘四根少未得八解脫滅盡定是名堅法人

云何斷五支人若人五蓋斷欲愛蓋瞋恚睡眠掉悔疑蓋是名斷五支人復次斷五支人若人五下分煩惱斷身見疑戒盜欲愛瞋恚是名斷五支人

云何六支成就人若人六捨成就彼眼見色無憂無喜捨行念知耳聞聲鼻齅香舌嘗味身覺觸意知法無憂無喜捨行念知是名六支成就人

云何一護人若人以念護心成就是名一護人云何四依人若人知堪忍知親近知離知捨是名四依人

云何滅異緣實人若人於此外或有沙門婆羅門異緣見我世常此見實餘虛妄我世非常此實餘虛妄我世常非常此實餘虛妄我世非常非非常此實餘虛妄我世有邊此實餘虛妄我世無邊此實餘虛妄我世有邊無邊此實餘虛妄我世非有邊非無邊此實餘虛妄身是命此實餘虛妄命是身此實餘虛妄身異命異此實餘虛妄無命無身此實餘虛妄有如去涅槃此實餘虛妄無如去涅槃此實餘虛妄有如去不如去涅槃此實餘虛妄有如去非不如去涅槃此實餘虛妄有如去非不如去涅槃此實餘虛妄於彼一切滅害捨解吐出離盡已是名滅異緣實人

云何求最勝人若人欲求斷有求斷求梵淨行所作已竟何謂欲求欲界未覺未知欲界未斷法若欲界陰界入若色聲香味觸若衆生若法若求彼希望聚集盡求愛求已希望已聚集盡求已是名欲求云何有求色界無色界未覺未知色界無色界未斷若色界無色界陰界入若禪若解脫若定若三摩跋提若求此希望聚集盡求愛求已希望已聚集盡求已是名有求云何求梵淨行謂八聖若求彼希望聚集盡求愛求已希望已聚集盡求已是名求梵淨行人若人欲求斷有求斷求梵淨行所作已竟是名求最勝人云何不濁想人濁想謂欲想瞋恚想害想不濁想謂出想不瞋恚想非害想若人捨欲想憶念出想捨瞋恚想憶念非瞋恚想捨害想憶念非害想是名不濁想人

云何除身行人身謂出息入息彼若人於寂

靜滅除是名除身行人復次除身行人若此比丘斷苦斷樂先滅憂喜想不苦不樂捨念清淨成就於四禪行是名除身行人

云何心善解脫人若人於欲心解脫瞋恚愚癡心解脫是名心善解脫人云何慧善解脫人若人自知法我欲斷必不生瞋恚愚癡斷必不生是名慧善解脫人云何心善解脫人若人心解脫欲無欲得觸證已是名心善解脫人

云何慧善解脫人若人離無明慧解脫得觸證已是名慧善解脫人云何心善解脫人若人盡智生非無生智是名心善解脫人云何慧善解脫人若人盡智生及無生智是名慧善解脫人云何共解脫人若人於共解脫心住發起是名共解脫人云何不共解脫人若人不共解脫心住不發起是名不共解脫人云何有退人若人於共解脫心住發起彼有共解脫心退變是名有退人云何無退人若人於不共解脫心住不發起彼非有共解脫心不退變是名無退人云何思有人若人於共解脫心住發起彼有思有於共解脫心令我不終不退不變是名思有人云何有微護人若人於共解脫心住發起彼若護令我於共解脫心不退不變彼於共解脫心不退不變是名微護人云何或有人若思不退不思便退若人於共解脫心住發起彼若思害我令我於共解脫心不退不變彼於共解脫心不退不變不思害我令我於共解脫心不退不變彼於共解脫退變是名或有人思不退不思便退人云何或有人若微護不退不微

護便退若人於共解脫心住發起彼若護令我於共解脫心不退不變便於共解脫心不退不變若不護令我於共解脫心不退不變彼於共解脫心不退不變彼於共解脫心退變是名或有人微護不退不微護便退云何有緣射人若人盡智生非無生智必當生無生智當緣射於解脫心終不發起是名有緣射人

云何法不發起人若人心解脫於欲瞋恚愚癡是名法不發起人何謂法不發起人欲不發起瞋恚愚癡不發起是名法不發起人云何住劫人若堅信堅法若復有善行若人現世得阿羅漢是名住劫人何謂住劫乃至一切世界煩惱不壞必令彼人得四沙門果得三觸證若須陀洹果若斯陀含果若阿那含果若阿羅漢果是名住劫人云何首等人若人未行道若有漏若壽命一時俱斷復次斷漏無間命即斷是名首等人云何度塹人若人無明斷是名度塹人云何壞塹人若人生死斷是名壞塹人云何乘進人若人有愛斷是名乘進人云何無黕汚人若人五下分煩惱斷是名無黕汚人云何憜慢人若人我慢斷是名憜慢人

舍利弗阿毘曇論卷第八上

音釋

塹 七豔切坑也　蓐 而欲切薦也　阿迦膩吒 梵語也此云質礙究竟　膩 女利切　掉 徒吊切搖也　齅 許救切以鼻搵氣也　吒 陟駕切

舍利弗阿毘曇論卷第八下

姚秦天竺三藏曇摩崛多共曇摩耶舍譯

非問分智品第四之一

正見正智慧根慧力擇法正覺解脫智正覺正智邪智聖智非聖智有漏智無漏智有愛智無愛智有求智無求智當取智非當取智有取智無取智有勝智無勝智受智非受智內智外智有報智無報智凡夫共智凡夫不共智非凡夫共智非凡夫不共智聲聞共智聲聞不共智非聲聞共智非聲聞不共智如雹智如金剛智不定得智定得智有行勝持智無行勝持智一分修智二分修智盡智無生智法住智涅槃智界方便思惟方便非法方便除非法方便入定方便出定方便有覺智無覺智有觀智無觀智有喜智無喜智有味智有共捨智有光智無光智善智不善智無記智學智無學智非學非無學智報智報法智非報非報法智見斷智思惟斷智非見斷非思惟斷智見斷因智思惟斷因智非見斷因智非思惟斷因智卑智中智勝智麤智細智微智三明三慧三眼內身觀內身智外身觀外身智內外身觀內外身智內受觀內受智外受觀外受智內外受觀內外受智內心觀內心智外心觀外心智內外心觀內外心智內法中觀內法智外法中觀外法智內外法中觀內外法智內境界智外境界智衆生境界智色境界智非色境界智衆生境界智有爲境界智無爲境界智衆生境界智法境界智無境界智衆生境界智少智中智無量智少境界智中境界智無量

境界智少智少境界少智中境界少智無量境界中智少境界中智中境界中智無量境界無量智少境界無量智中境界無量智無量境界少住智中住智無量住智少智少住少智中住少智無量住中智少住中智中住中智無量住無量智少住無量智中住無量智無量住善道方便惡道方便善方便惡方便勤方便寂靜方便取方便捨方便過去智未來智現在智過去境界智未來境界智現在境界智非過去非未來非現在境界智欲界繫智色界繫智無色界繫智不繫智苦智集智滅智道智法智比智世智他心智法辯義辯辭辯應辯作智非離智離智非作智作離智非作非離智非取非出智有染智非離染離染智非有染有染離染智非有染非離

染智軛智非離軛離軛智非軛軛離軛智非軛非離軛智智果智非斷果斷果智非智果智果斷果智非智果非斷果智智果智非得果得果智非智果智果得果智非智果非得果智盡智非覺覺智非盡盡覺智非盡非覺智解智非射射智非解解射智非解非射智退分智住分智增長分智解分智退分智非住分住分智非退分住分退分智非退分非住分智退分智非增長分增長分智非退分退分增長分智非退分非增長分智退分智非解分解分智非退分退分解分智非退分非解分智住分智非增長分增長分智非住分住分增長分智非住分非增長分智住分智非解分解分智非住分住分解分智非住分非解分智增分智非解分解分智非增分

增分解分智非增分非解分智五智六通七方便苦法智苦比智集法智集比智滅法智滅比智道法智道比智九方便如來十力十二智性四十四智性七十七智性

云何正見見若善順不逆是名正見云何正智智若善順不逆是名正智云何正見若忍善順不逆是名正見云何正智智若善順不逆是名正智云何正見除盡智無生智若餘見善順不逆是名正見云何正智盡智無生智是名正智

云何慧根學人離結使聖心入聖道若堅信若堅法及餘趣人見行過患觀涅槃寂滅如實觀苦集滅道未得欲得未解欲解未證欲證修道離煩惱見學人若須陀洹若斯陀含若阿那含觀智具足若智地若觀解脫心即證一一沙門果若須陀洹果若斯陀含果若阿那含果無學人欲得阿羅漢未得聖法欲得修道觀智具足若智地若觀解脫心即得阿羅漢果若實人若趣若法擇重擇究竟擇擇法思惟覺了達自相他相共相思念辦觀生自在智慧智見解射方便術焰光相照曜慧眼慧根慧力擇法正覺無癡正見是名慧根云何慧力慧根是名慧力

云何擇法正覺慧力是名擇法正覺

云何解脫智於解脫中智見解脫方便心於貪欲瞋恚解脫我心解脫於貪欲瞋恚即智見彼解脫方便是名解脫智

云何覺如來若智生於一切法中無礙智見得自在自力尊自在勝貴自在知見無上正覺如來十力成就四無所畏大慈成就自在

轉法輪法是名覺

云何正智智若善順不逆是名正智云何邪智智若不善不順逆是名邪智

云何聖智智若無漏是名聖智云何非聖智智若有漏是名非聖智

云何有漏智智若有愛是名有漏智云何無漏智智若無愛是名無漏智

云何有愛智智若有求是名有愛智云何無愛智智若無求是名無愛智

云何有求智智若當取是名有求智云何無求智智若非當取是名無求智

云何當取智智若有取是名當取智云何非當取智智若無取是名非當取智

云何有取智智若有勝是名有取智云何無取智智若無勝是名無取智

云何有勝智智若有取是名有勝智云何無勝智智若無取是名無勝智云何有勝智於此智有餘智勝妙過上是名有勝智云何無勝智於此智於餘智勝妙過上是名無勝智

云何有勝智如來若生智於一切法中無礙智見得自在自由力豪尊自在勝貴自在智見無上最勝正覺如來十力成就四無所畏大慈自在成就轉法輪除彼智若餘智是名有勝智云何無勝智若前所餘智是名無勝智

云何受智智若智內是名受智云何非受智智若智外是名非受智

云何內智智若智受是名內智云何外智智若智非受是名外智

云何有報智若智報法是名有報智云何無報智若智非報非報法是名無報智

云何凡夫共智智非凡夫生得凡夫亦生得是名凡夫共智云何凡夫不共智若智非凡夫生得凡夫生不得是名凡夫不共智云何非凡夫共智若智凡夫生得非凡夫亦生得是名非凡夫共智云何非凡夫不共智若智凡夫生得非凡夫不生不得是名非凡夫不共智云何聲聞共智若智非聲聞生得聲聞亦生得是名聲聞共智云何聲聞不共智若智非聲聞生得聲聞不生不得是名聲聞不共智云何非聲聞共智若智聲聞生得非聲聞亦生得是名非聲聞共智云何非聲聞不共智若智聲聞生得非聲聞不生不得是名非聲聞不共智

云何如電智若智少少住少間住如電少少住少間住智亦如是少少住少間住是名如電智云何如金剛智若智無量無量住無量間住猶如金剛無量無量住無量間住智亦如是無量無量住無量間住是名如金剛智

復次如電智若智生斷少煩惱分猶如電雲間出照少分速滅智亦如是斷少煩惱分是名如電智復次如金剛智若智生斷一切煩惱無餘微細無不盡速斷如金剛投於珠石無不破壞摧折智亦如是若生已斷一切煩惱無有麤細不斷不盡者是名如金剛智復次如電智謂智生得須陀洹果斯陀含果阿那含果是名如電智復次如金剛智若智生得阿羅漢果是名如金剛智復次如電智謂智生得須陀洹果斯陀含果阿那含果得阿

羅漢果辟支佛是名如電智復次如金剛智如來謂智生於一切法無礙智見得自在自由力尊貴勝自在智見無上覺如來十力成就四無所畏大慈成就自在轉法輪如是智是名如金剛智

云何不定得智若智得不定得難得是名不定得智

云何定得智若智得定得不難得是名定得智云何行進護持智若智得非定得難得非自由力非尊非自在非所欲處不如所欲不盡所欲行進生難得猶如舩逆流難若得如此智非定得難得非由自力非尊非自在非所欲處不如所欲不盡所欲行進生難得是名行進護持智云何非行進護持智若智得定得非難得自由力尊自在所欲處如所欲盡所欲易行不難生得猶如舩順流不難若得如此智定智不難智自由力尊自在所欲處如所欲盡所欲行非難生得是名非行進護持智云何一分修智若智生想有光明不見色若見色不想有光明是名一分修智云何二分修智若智生想有光明亦見色是名二分修智復次一分修智若智不斷煩惱若斷煩惱非生智是名一分修智復次二分修智若智生亦斷煩惱是名二分修智復次一分修智若智是盡智生非無生智是名一分修智復次二分修智若智生盡智無生智是名二分修智云何盡智貪欲瞋恚愚癡盡已我貪欲瞋恚愚癡盡即於彼智見解脫方便是名盡智云何無生智貪欲瞋恚愚癡滅已不復生我貪欲瞋恚愚癡盡不復生即於彼

知見解脱方便是名無生智

云何法住智若智聖有爲境界是名法住智

云何涅槃智若智聖涅槃境界是名涅槃智

復次法住智除緣如爾若餘法如爾非不如爾非異非異物常法實法法住法定非緣是名法住智復次涅槃智彼涅槃寂靜是舍是護是燈是依是不没是度是不熱是不燋是無憂是無惱是無苦痛及餘行觀涅槃若智生是名涅槃智

云何方便界衆界比界觸界思惟界此色界此無色界此可見界此不可見界此有對界此無對界此聖界此非聖界此界即於彼解脱方便是名方便界云何思惟方便界若思惟衆思惟比思惟觸憶念思惟此善思惟此不善思惟此正憶念此邪憶念此憶念即於彼知見方便解脱是名思惟方便云何非法方便非法衆非法比非法觸思惟非法此輕罪此重罪此有餘罪此無餘罪此作惡此非作惡此衆罪即於彼知見解脱方便是名非法方便云何除非法方便除非法方便衆除非法方便除非法方便比除非法方便觸思惟除非法方便如是得除非法輕罪如是除重罪如此除有餘無餘罪如是除作惡罪如是除非作惡罪如是除諸罪如是除諸罪已如是勝法除罪即於彼知見解脱方便是名除非法方便云何入定方便入定衆入定比入定觸入定思惟此入想定無想定此入隨想定不隨想定此入離色定此入勝入定此入一切入定如是入諸定如是入諸定已如是勝法入定即於知見解脱方便是名入定

方便云何出定方便出定衆出定比出定觸出定思惟如是出想定無想定如是出隨想定出不隨想定如是出離色定出不離色定如是出勝入定出一切入定如是出諸定如是出諸定已如是勝法出定即於彼知見解脫方便是名出定方便

云何有覺智若智覺相應共生共住共滅是名有覺智云何無覺智若智非覺相應不共覺生不共住不共滅是名無覺智云何有觀智若智觀相應共生共住共滅是名有觀智云何無觀智若智非觀相應不共生不共住不共滅是名無觀智

云何有喜智若智喜相應共生共住共滅是名有喜智云何無喜智若智非喜相應不共生不共住不共滅是名無喜智

云何有味智若智樂受相應是名有味智

云何捨智若智不苦不樂受相應是名捨智

云何有用智若智生有境界是名有用智云何無用智若智生無境界是名無用智復次若智生斷無明是名無用智

云何善智若智修是名善智云何不善智若智斷是名不善智云何無記智若智受若智非報非報法是名無記智

云何學智若智聖非無學是名學智云何無學智若智聖非學是名無學智云何非學非無學智若智非聖是名非學非無學智云何報智若智受若智善報是名報智云何報法智若智有報是名報法智云何非報非報法智若智無記非我分攝是名非報非報法智

云何見斷智若智不善非思惟斷是名見斷

智云何思惟斷智若智不善非見斷是名思惟斷智云何非見斷非思惟斷智若智無記是名非見斷非思惟斷智
云何見斷因智若智見斷若智見斷法報是名見斷因智云何思惟斷因智若智思惟斷若智思惟斷法報是名思惟斷因智云何非見斷非思惟斷因智若智善若智善法報若智非報非報法是名非見斷非思惟斷因智
云何卑智若智不善是名卑智云何中智若智無記是名中智云何勝智若智善是名勝智復次卑智若智不善若無記是名卑智復次中智若智非聖善是名中智復次勝智若智聖無漏是名勝智
云何麤智若智欲界繫是名麤智云何細智若智色界繫若不繫是名細智云何微智若智無色界繫是名微智復次麤智若智欲界繫若色界繫是名麤智復次細智若智空處識處不用處繫若不繫是名細智復次微智若智非想非非想處繫是名微智復次麤智若智欲界繫若色界繫若空處識處不用處繫是名麤智復次細智若智不繫是名細智復次微智若智非想非非想處繫是名微智
云何三明憶念宿命證智明眾生生死證智明漏盡證智明云何憶念宿命證智明若智生憶念無量宿命憶念一生二三四五十二十三十四十五十百生千生萬生十萬生無量百生無量千生無量萬生或無量劫壞或無量劫成我本在彼如此名如此姓如此生如此食如此命如此命短如此命久住如此處苦樂從彼終生從彼於彼終復生彼如此

具足憶念若干宿命是名憶念宿命智證明云何衆生生死智證明若智生天眼清淨過於人眼見衆生生死好色惡色惡道善道卑勝智衆生如所造業此衆生身惡行成就口惡行成就意惡行成就謗聖人邪見行邪見業身壞命終生惡道地獄畜生餓鬼此衆生身善行成就口善行成就意善行成就不謗聖人正見行正見因業身壞命終生善道天上人中如此天眼清淨過人眼見是名衆生生死好色惡色善道惡道卑微智衆生如所造業是名衆生生死智證明云何漏盡智證明若智生漏盡生無漏解脫心解脫慧解脫現身自證知成就行我生已盡梵行已立名稱遠聞所作已辦更不還有是名漏盡證智明是名三明云何三慧思慧聞慧修慧云何思慧不由他聞不受他教不請他說不聽他法自思自覺自觀若智生非修行是名思慧云何聞慧從他聞受教請他說聽他法非自思非自覺非自觀若智生是名聞慧云何修慧若修根力覺禪解脫定入定若修已修若智生是名修慧是名三慧

云何三眼肉眼天眼慧眼云何肉眼若眼我分攝四大所造淨是名肉眼云何天眼若天眼我分攝是名天眼云何慧眼三慧思慧聞慧修慧是名慧眼復次肉眼除天眼我分攝若餘眼四大所造淨是名肉眼復次天眼若天眼我分攝及修天眼是名天眼復次慧眼除修天眼若餘三慧思慧聞慧修慧是名慧眼是名三眼

云何內身觀內身智一切內四大色身攝法

一處內四大色身攝法觀無常苦空無我若智生是名內身觀內身智云何外身觀外身智一切外四大色身攝法一處外四大色身攝法觀無常苦空無我若智生是名外身觀外身智云何內外身觀內外身智一切內外四大色身攝法一處內外四大色身攝法觀無常苦空無我若智生是名內外身觀內外身智云何內受觀內受智一切內受一切處內受觀無常苦空無我若智生是名內受觀內受智云何外受觀外受智一切外受一處外受觀無常苦空無我若智生是名外受觀外受智云何內外受觀內外受智一切內外受一處內外受觀無常苦空無我若智生是名內外受觀內外受智云何內心觀內心智一切內心一處內心觀無常苦空無我若智生是名內心觀內心智云何外心觀外心智一切外心一處外心觀無常苦空無我若智生是名外心觀外心智云何內外心觀內外心智一切內外心一處內外心觀無常苦空無我若智生是名內外心觀內外心智云何內法觀內法智除四大色身攝法受心餘一切內法一處內法觀無常苦空無我若智生是名內法觀內法智云何外法觀外法智除四大色身攝法受心餘一切外法一處外法彼如事觀無常苦空無我若智生是名外法觀外法智云何內外法觀內外法智除四大色身攝法受心餘一切內外法一處內外法如事觀無常苦空無我若智生是名內外法觀內外法智

云何內境界智思惟內法若智生是名內境

界智云何外境界智思惟外法智生是名外境界智云何內外境界智思惟內外法智生是名內外境界智

云何衆生境界智無衆生境界智復次衆生慈行悲喜捨行思惟智生是名衆生境界智云何色境界智思惟色法智生是名色境界智云何無色境界智思惟無色法智生是名無色境界智云何衆生境界智無衆生境界智復次衆生慈行悲喜捨行智生是名衆生境界智云何有爲境界智思惟有爲法智生是名有爲境界智云何無爲境界智思惟無爲法智生是名無爲境界智云何衆生境界智無衆生境界智復次衆生慈行悲喜捨行思惟智生是名衆生境界智云何法境界智思惟法智生是名法境界智云何無境界智無無境界智復次思惟過去未來法智生是名無境界智云何衆生境界智無衆生境界智復次衆生慈行悲喜捨行是名衆生境界智云何少智若少少住少間住是名少智云何中智若智中中住中間住是名中智云何無量智若智無量無量住無量間住是名無量智復次少智若智少住少輭少境界是名少智復次中智若智中住中輭中境界是名中智復次無量智若智無量住無量利無量境界是名無量智

云何少境界智若智一衆生若一法若一行始生除如來涅槃是名少境界智云何中境界智若智數衆生若法始生除如來涅槃是名中境界智云何無量境界智若智無量衆生若法始生若如來涅槃是名無量境界智

云何少智少境界若智少住少輭若一衆生若一法若一行始生除如來涅槃是名少智少境界云何少智中境界若智少住少輭若數衆生若法始生除如來涅槃是名少智中境界云何少智無量境界若智少住少輭若無量衆生法始生若如來涅槃是名少智無量境界云何中智少境界若智若中住中輭若一衆生若一法一行始生非如來涅槃是名中智少境界云何中智中境界若智中住中輭若數衆生若法始生非如來涅槃是名中智中境界云何中智無量境界若智中住中輭若無量衆生法始生若如來涅槃是名中智無量境界云何無量智少境界若智無量住無量利若一衆生一法一行始生除如來涅槃是名無量智少境界云何無量智中

境界若智無量住無量利若數衆生若法始生除如來涅槃是名無量智中境界云何無量智無量境界若智無量住無量利若無量衆生法始生如來涅槃是名無量智無量境界云何少住智若智少間住一彈指頃或多住聲牛頃或多是名少住智云何中住智若智中間住聲牛頃或多非七日或多是名中住智云何無量住智若智無量間住七日或多是名無量住智云何少智少住若智少境界少輭若少間住彈指頃或多非聲牛頃或多是名少智少住云何少智中住若智少境界少輭若中住聲牛頃或多是名少智中住云何少智無量住若智少境界少輭若無量間住七日或多是名少智無量住云何中智少住若智中境界中輭若少間住彈指頃或

非犛牛項或多是名中智少住云何中智中住若智中境界中輭中間住犛牛項或多非七日或多是名中智中住云何中智無量住若智中境界中輭若無量間住七日或多是名中智無量住云何無量智少住若智無量境界無量利若少間住彈指頃或多非犛牛頃或多是名無量智少住云何無量智中住若智無量境界無量利若中間住犛牛項或多非七日或多是名無量智中住云何無量智無量住若智無量境界無量利若無量間住七日或多是名無量智無量住

云何善道方便善道謂善法及人天若智見解脫方便是名善道方便云何惡道方便惡道謂不善法及地獄畜生餓鬼若智見解脫方便是名惡道方便

云何善方便此因此緣色此因此緣受想行識此因此緣入初禪定入第二第三第四禪定斷惡不善法成就善法若智見解脫方便是名善方便云何寂靜方便寂靜謂定若智見解脫方便是名寂靜方便云何取方便取謂進若智見解脫方便是名取方便云何捨方便二捨根心若智見解脫方便是名捨方便復次寂靜方便心過掉如是寂靜如相滅若智見解脫方便是名寂靜方便復次取方便若輭進當如是勤取隨緣取正取勸勉正勸勉正勸喜若智見解脫方便是名取方便復次捨方便定心如是捨貪欲瞋恚愚癡盡若智見解脫方便是名捨方便

云何過去智若智生已滅是名過去智云何未來智若智未生未出是名未來智云何現

在智若智生未滅是名現在智
云何過去境界智思惟過去法智生是名過去境界智云何未來境界智思惟未來法智生是名未來境界智云何現在境界智思惟現在法智生是名現在境界智云何非過去非未來非現在境界智思惟非過去非未來非現在法智生是名非過去非未來非現在境界智
云何欲界繫智若智欲漏有漏是名欲界繫智云何色界繫智若智色漏有漏是名色界繫智云何無色界繫智若智無色漏有漏是名無色界繫智云何不繫智若智聖無漏是名不繫智
云何苦智此苦聖諦若智見解脫方便是名苦智

云何集智此集聖諦若智見解脫方便是名集智
云何滅智此滅聖諦若智見解脫方便滅智云何道智此道聖諦若智見解脫方便是名道智復次苦智生苦老苦病苦死苦不愛會苦愛別離苦所求不得苦除愛總五受陰苦若智見解脫方便是名苦智
復次集智此愛復有欲染相續處處希望若智見解脫方便是名集智云何滅智若愛欲離滅盡捨出解脫無有依止永斷無餘若智見解脫方便是名滅智復次道智八聖道正見正覺正語正業正命正精進正念正定若智見解脫方便是名道智復次苦智一切有爲有漏苦諦所攝法若一處有爲有漏苦諦所攝法見苦見無我思惟苦若智見解脫方

便是名苦智復次集智一切苦因苦集若一處苦因苦見集見無我思惟集此因此緣成就一切苦若智見解脫方便是名集智復次滅智盡一切苦盡煩惱盡漏法若一處盡苦盡煩惱盡漏法見滅見無我思惟滅若智見解脫方便是名滅智復次道智一切聖道出要正滅苦若一處聖道出要正滅苦見道見無我思惟道此因此緣盡一切苦若智見解脫方便是名道智云何法智若智聖無漏法比類智一切相是名法智云何比智若智聖無漏比類智一切相無餘是名比智云何世智若知諸衆生若知法名字語言若知過去語未來語現在語男女非女男語一語二語三語衆語無量語一切語若智見解脫方便是名世智云何他心智若以智知他心若智見解脫方便是名他心智復次法智若有爲有漏苦諦所攝法見苦見無我思惟苦若苦因苦緒苦集見集見無我思惟集盡苦盡煩惱盡有漏見滅見無我思惟滅若聖道見無我思惟道及思惟餘法若於彼聖無漏智非比類智一切相是名法智復次比智若人已行法中生法智彼餘法中如似彼生如彼相如彼比類此如彼彼如此若聖無漏智比類智一切相是名比智復次世智若知諸衆生若知法數若知共施設語言名字若色受想行識若苦集滅道若地獄畜生餓鬼人天若智見解脫方便是名世智復次他心智若以智知他衆生他人心數及心有愛心如實知有愛心無愛心如實知無愛心有瞋恚心如實知有瞋恚心無瞋恚心如實知無瞋恚心

有愚癡心如實知有愚癡心無愚癡心如實知無愚癡心嫉心如實知嫉心亂心如實知亂心少心如實知少心實心如實知實心不定心如實知不定心定心如實知定心非解脫心如實知非解脫心解脫心如實知解脫心有勝心如實知有勝心無勝心如實知無勝心若智見解脫方便是名他心智

云何法辯法衆法比法觸若聖智無餘是名法辯云何義辯義衆義比義觸若聖智無餘是名義辯云何辭辯辭衆辭比辭觸若聖智無餘是名辭辯云何應辯應衆應比應觸若聖智無餘是名應辯復次法辯除辭辯應辯若餘聖無漏智非比類智知相無餘是名法辯復次義辯除辭辯應辯若餘聖無漏智比類智知相無餘是名義辯復次辭辯若色受想行識若苦集滅道若地獄畜生餓鬼人天若當如是說如是辭如是分別若智見解脫方便是名辭辯復次應辯應謂智以如是智知若智見解脫方便是名應辯復次法辯若色受想行識若苦集滅道非義觸非因觸非緒觸非緣觸若於聖無漏智非比類智知相無餘是名法辯復次義辯義觸因觸緒觸緣觸以此義若色受想行識若苦集滅道若於無漏智比類智知相無餘是名義辯復次辭辯以得三辯法辯義辯辭辯若言語開解無礙無纒無滯善契明了若知見解脫方便是名辭辯復次應辯以得三辯法辯義辯辭辯若隨開解無礙無纒無邊無量無盡不可思議不可計數若知見解脫方便是名應辯復次法辯法智是名法辯復次義辯比智是名

義辯復次若分别法不可思議是名法辯復次義辯若思分别思義是名義辯何謂辯辯謂智力謂勝智謂金剛智謂無餘智如此四辯成就法方便義方便經方便辭方便應方便過去方便未來方便過去未來方便若彼成就此四辯若有人欲盡此經義無有是處是名四辯

云何作智非離智若非聖有報是名作智非離智云何離智非作智若聖有報能斷煩惱是名離智非作智云何作離智無一智若作若離彼若作智非離智離智非作智是名作離智云何非作非離智除作離智若餘智是名非作非離智復次作智非離智若欲界有報是名作智非離智云何離智非作智若聖有報能斷煩惱是名離智非作智復次作離智若智生斷欲界煩惱受色界無色界有是名作離智復次非作非離智若智無報若聖有報非斷煩惱是名非作非離智有染無染有軛無軛亦如是

云何智果智非斷果智若智生已生智非斷煩惱是名智果智非斷果智云何斷果智非智果若智生斷煩惱非智生是名斷果智非智果云何智果斷果智若智生已智生斷煩惱是名智果斷果智云何非智果非斷果智除智果斷果智若餘智是名非智果非斷果智復次智果智非斷果若智生得非聖五通若非聖五通或得若一若二是名智果智非斷果復次斷果智非智果若智生得斯陀含果是名斷果智非智果復次智果斷果智若智若智生得須陀洹果斯陀含果阿那含果

阿羅漢果是名智果斷果智復次非智果非斷果智若智無報若智有報非智生非能斷煩惱是名非智果非斷果智智果得果亦如是云何盡智非覺若智生非覺智除盡覺智若餘智是名盡智非覺復次覺智非盡若智生得非聖五通或若一若二是名覺智非盡云何盡覺智若智生得須陀洹果斯陀含果阿那含果阿羅漢果是名盡覺智云何非盡非覺智若無報若智有報非能斷煩惱非生智是名非盡非覺智解射亦如是

舍利弗阿毘曇論卷第八下

音釋

軛（於革切）嫉（秦悉切嫉妬也）燋（即消切火傷也）犖（古候切取牛乳也）緒（徐吕切端也）

舍利弗阿毘曇論卷第九上

姚秦天竺三藏 曇摩堀多 共曇摩耶舍 譯

非問分智品第四之二

云何退分智若智不善是名退分智云何住分智若智無記是名住分智云何增長分智若智非聖善是名增長分智云何解分智若智聖有報能斷煩惱是名解分智云何退分智若智生退於非聖善法非住非增長是名退分智云何住分智若智生於非聖善法住不退不增長是名住分智云何增長分智若智生增長非聖善法不退不住是名增長分智云何解分智若共解解相應是名解分智云何退分智非住分智若有退非住是名退分智非住分云何住分智非退分智若有住非退是名住分智非退云何退分住分智無一智退分住分智彼若住分智非退分若退分智非住分是名退分住分智云何非退非住分智除退分住分智若餘智見名非退非住分智云何退分智非增長分智若有退非增長是名退分智非增長云何增長分智非退分智若增長非退是名增長分智非退云何退分增長分智無一智退分增長分彼若退分非增長分智增長分智非退分是名退分增長分智云何非退分非增長分智除退分增長分智若餘智是名非退分非增長分智云何住分智非解分智若有住分非解是名住分智非解云何解分智非住分智若有解非住是名解分智非住云何住分解分智無一智若住分解分若住分智非解分解分智非住分是名住分解分智云何非住分非解

分智除住分解分智若餘智是名非住分非解分智云何增長分智非解分智若有增長非解是名增長分智非解分云何解分智非增長分智若有解非增長是名解分智非增長分云何增長分解分智無一智若增長解分若增長分智非解分解分智非增長分是名增長分解分智云何非增長分非解分智除增長分解分智若餘智是名非增長分非解分智

云何五智如世尊說修無量義定心等明照比丘修此定已無量義定心等明照已内五智生何等五此定現世樂後受樂報内生智此定聖無染内生智此定聖人親近内生智此定寂靜勝妙聖心得解脱得除惡法内生智憶念入此定憶念出此定内生智修定無量無量止等明照比丘修定已無量心等明照法此五智是名五智

云何六通神足智證通天耳智證通觀心心數法智證通憶念宿命智證通衆生生死智證通滿盡智證通云何神足智證通若智生受無量神足動大地以一爲多以多爲一近處遠處牆壁山岸通達無礙如虛空結加趺坐往來空中如飛鳥入地如水履水如地身出烟焰如大火聚日月神力威德難量手能捫摸乃至梵天身得自在是名神足智證通云何天耳智證通若智生天耳過於人耳聞種種聲人非人聲是名天耳智證通云何觀心心數法智證通若智生知他衆生他人心心數若有欲心如實知有欲心無欲心如實知無欲心有恚心如實知有恚心無恚心如

實知無恚心有癡心如實知有癡心無癡心如實知無癡心疾心如實知疾心亂心如實知亂心少心如實知少心憒心如實知憒心不定心如實知不定心定心如實知定心非解脫心如實知非解脫心解脫心如實知解脫心有勝心如實知有勝心無勝心如實知無勝心是名觀心心數智證通云何憶念宿命智證通若智生憶念無量若干宿命憶念一生二三四五十二十三十四十五十百千生萬生十萬生無量十萬生無量百生無量千生無量百千萬生若劫成若劫壞若劫成壞無量劫成無量劫壞無量劫成壞我本在彼如是名如是姓如是生如是食如是命如是久壽如是短壽如是受苦樂從彼死生彼已後從死生彼從死生此如是有行成就憶念若干宿命是名宿命智證通云何衆生生死智證通若智生天眼清淨過人見衆生生死好色惡色善道惡道卑勝知衆生如所造業衆生身惡行成就口惡行成就意惡行成就謗聖人邪見行緣取見故身壞命終生惡道地獄畜生餓鬼衆生身善行口善行意善行成就不謗聖人正見行緣正見故身壞命終生善道天上人中如是天眼清淨過人是名衆生生死智證通云何漏盡智證通若智生有漏盡得無漏心解脫慧解脫現世自證知成就行我生已盡梵行已立所作已辦不復還有是名漏盡智證通是名六通

云何七方便如世尊說比丘七處方便三種觀此法中純善遠聞謂尊丈夫云何比丘有七處方便如比丘知色知色集知色滅知色

滅道知色味知色過患知色出知受知受集知受滅知受滅道知受味知受過患知受出知想知想集知想滅知想滅道知想味知想過患知想出知行知行集知行滅知行滅道知行味知行過患知行出知識知識集知識滅知識滅道知識味知識過患知識出

云何比丘知色如比丘四大四大所造如實知比丘如是知色云何比丘知色集如比丘以愛集知色集如是比丘知色集云何比丘知色滅如比丘愛滅以愛滅知色滅比丘如是知色滅云何比丘如實知色滅道如比丘如實知八聖道正見正覺正語正業正命正精進正念正定如是比丘如實知色滅道云何比丘知色味若緣色生喜樂是色味如是比丘知色味云何比丘知色過患若色無常苦變異法是色過患如是比丘知色過患云何比丘知色出若色欲染調伏欲染斷滅是出如是比丘知色出若有沙門婆羅門如是知色知色集知色滅知色滅道知色味知色過患知色出若猒色離欲滅趣道若善趣若善趣人於是法中明了及餘沙門婆羅門如是知色知色集知色滅知色滅道知色味知色過患知色出若猒色離欲證滅解脱不復生善解脱若善解脱人純善若純善人無復生處

云何比丘知受六受身眼觸受耳鼻舌身意觸受是名六受身比丘如是知受云何比丘知受集如比丘以觸集知受集如是知受集云何比丘知受滅如比丘以觸滅知受滅如是比丘知受滅云何比丘知受滅道如比丘

如實知八聖道正見正覺正語正業正命正精進正念正定如是比丘知受滅道云何比丘知受味若緣受生喜樂是受味如是比丘知受味云何比丘知受過患受無常苦變異法是受過患如是比丘知受過患云何比丘知受出受欲染調伏欲染斷滅是受出如是比丘知受出若有沙門婆羅門如是知受知受集知受滅知受滅道知受味知受過患知受出猒離欲證滅趣道善趣若善趣人於是法中明了及餘沙門婆羅門如是知受知受集知受滅知受滅道知受味知受過患知受出猒受離欲證滅解脫不復生善解脫若善解脫人純善若純善人無復生處

云何比丘知想六想身色想聲香味觸法想是名六想身如是比丘知想云何比丘知想集如比丘以觸集知想集如是比丘知想集云何比丘知想滅比丘以觸滅知想滅如是比丘知想滅云何比丘知想滅道如比丘如實知八聖道正見乃至正定如是比丘知想滅道云何比丘知想味若緣想生喜樂是想味如是比丘知想味云何比丘知想過患想無常苦變異法是想過患如是比丘知想過患云何比丘知想出若想欲染調伏欲染斷滅是想出如是比丘知想出若有沙門婆羅門如是知想知想集知想滅知想滅道知想味知想過患知想出猒想離欲證滅趣道善趣若善趣人於是法中明了及餘沙門婆羅門如是知想知想集知想滅知想滅道知想味知想過患知想出猒想離欲證滅解脫不復生善解脫若善解脫人純善若純善人無

復生處

云何比丘知行六思身色思聲香味觸法思是名六思身如是比丘知行云何比丘知行集如比丘以無明集知行集如是比丘知行集云何比丘知行滅如比丘以無明滅知行滅如是比丘知行滅云何比丘知行滅道如比丘如實知八聖道正見乃至正定如是比丘如實知行滅道云何比丘知行味若緣行生喜樂是行味如是比丘知行味云何比丘知行過患行無常苦變異法是行過患如是比丘知行過患云何比丘知行出若行欲染調伏欲染斷滅如是比丘知行出若有沙門婆羅門如是知行知行集知行滅知行滅道知行味知行過患知行出猒行離欲證滅趣道善趣若善趣人於是法中明了及餘沙門婆羅門如是知行知行集知行滅知行滅道知行味知行過患知行出猒行離欲證滅解脫不復生善解脫若善解脫人純善若純善人無復生處

云何比丘知識六識身眼識身耳鼻舌身意識身是六識身如是比丘知識云何比丘知識集如比丘以名色集知識集如是比丘知識集云何比丘知識滅如比丘以名色滅知識滅如是比丘知識滅云何比丘知識滅道如是比丘如實知八聖道正見乃至正定如是比丘知識滅道云何比丘知識味緣識生喜樂是識味如是比丘知識味云何比丘知識過患識無常苦變異法是識過患如是比丘知識過患云何比丘知識出若識欲染調伏欲染斷滅是識出如是比丘知識出若有

沙門婆羅門如是知識知識集知識滅知識滅道知識味知識過患知識出猒識離欲證滅趣道善趣若善趣人於是法中明了及餘沙門婆羅門如是知識知識集知識滅知識滅道知識味知識過患知識出猒識離欲證滅解脱不復生善解脱若善解脱人純善若純善人無復生處如是比丘七處方便云何比丘三種觀如比丘觀界觀入觀陰如是比丘三種觀七處方便三種觀比丘於是法中純善遠聞謂尊丈夫是名七處方便

云何苦法智若有爲有爲苦諦所攝法若見苦若見無我思惟苦於聖無漏智非比類智相無餘是名苦法智云何苦比智若人已行生苦法智及餘苦諦所攝法中如彼生如彼相如彼比類此如彼彼如此若於彼聖無漏智比類智相無餘是名苦比智云何集法智若苦因苦緒苦集若見集見無我思惟集於聖無漏智非比類智相無餘是名集法智云何集比智若人已行生集法智及餘集諦所攝法中如彼生如彼相如彼比類此如彼彼如此於聖無漏智比類智相無餘是名集比智云何滅法智若盡苦盡煩惱盡漏法智若見滅見無我思惟滅於聖無漏智非彼類智相無餘是名滅法智云何滅比智若人已行生滅法智及餘滅諦所攝法中如彼生如彼相如彼比類此如彼彼如此若於聖無漏智比類智相無餘是名滅比智云何道法智若聖道出要正滅苦法中見道見無我思惟道於聖無漏智非比類智相無餘是名道法智云何道比智若人已行生道法智及餘道諦

所攝法中如彼生如彼相如彼比類此如彼彼如此於聖無漏智比類智相無餘是名道比智云何九方便定定方便定入定方便定住方便出定方便定境界方便定行處方便定樂方便轉定方便順不順法善法相善思惟善解云何定方便定定衆定定名字定定觸定定思惟是有覺有觀定是無覺有觀定是無覺無觀定是空定是無相定是無願定是定若知見解射方便云何定入定方便入定衆入定名字入定觸入定思惟是有覺有觀是無覺有觀是無覺無觀定是空無相無願定入定入是定入是定已是法勝入定若知見解射方便是名定入定方便云何定住方便定住衆定住名字定住觸定住思惟是定住有覺有觀是無覺有觀是無覺無觀是空無相無願是定住是定住已是法勝定住若知見解射方便是名定住方便云何出定方便定出定衆出定名字出定觸出定思惟是出定有覺有觀是無覺有觀是無覺無觀是空是無相是無願是出定是出定已是法勝出定若知見解射方便是名出定方便云何定境界方便若思惟法定生若法是定境界若知見解射方便名定境界方便云何定行處方便定行謂四念處若知見解射方便是名定行處方便云何定樂方便定樂謂除樂衆定樂名字定樂觸定樂思惟是有覺有觀定樂是無覺有觀是無覺無觀是空是無相是無願定是定樂是法勝定樂若知見解射方便是名定樂方便云何轉定方便於初禪心起入二禪心住於初禪心起入三禪心

住於初禪心起入四禪心住於二禪心起入三禪心住於二禪心起入四禪心住於三禪心起入四禪心住若知見解射方便是名轉定方便何謂善取順不順法相善思惟善解云何非定順法若法不善是名非定順法云何定順法若法善是名定順法復次非定順法若法有勝是名非定順法復次定順法若法無勝是名定順法復次非定順法若思惟法定不生是名非定順法復次定順法若思惟法定生是名定順法善取法相善思惟善解是謂善取順不順法相善思惟善解是名九方便

云何如來十力處非處智如來力過去未來現在業受業處因報智如來力他衆生他人根勝非勝智如來力他衆生他人若干解智如來力若干界無量世界智如來力一切道至處智如來力禪解脱定入定垢淨起智如來力憶念宿命證智如來力衆生生死證智如來力有漏盡智如來力何謂處非處如來力云何處非處謂身行惡口行惡意行惡謂受愛喜適意報非處若身行惡口行惡意行惡受不喜不愛不適意報有是處非處謂身行善口行善意行善謂受不愛不喜不適意報非處若身行善口行善意行善受愛喜適意報有是處非處謂身行不善口行不善意行不善成就謗聖人邪見業以彼因緣身壞命終生善道人天中非處若身行不善口行不善意行不善成就謗聖人邪見行以彼邪見業因緣故身壞命終生惡道地獄中有是處非處若身善行口善行意善行成就

不謗聖人正見行緣正見業因緣故身壞命終生惡道地獄中非處若身善行口善行意善行成就不謗聖人正見行緣行正見業因緣故身壞命終生善道人天中有是處非處若見具足人故斷毋命無有是處是處若凡夫人故斷毋命有是處非處若見具足人故斷父命無有是處是處若凡夫人故斷父命有是處非處若見具足人故斷羅漢聲聞命無有是處是處若凡夫人故斷羅漢命有是處非處若見具足人破衆僧無有是處是處若凡夫人破衆僧有是處非處若見具足人於如來身惡心出血無有是處是處若凡夫人於如來身惡心出血有是處非處若見具足人於是法外求餘尊勝無有是處是處若凡夫人於是法外求餘尊勝有是處非處若見具足人於是法外求餘受供養者無有是處是處若凡夫人於是法外求餘受供養者有是處非處若見具足人於是法外求餘沙門婆羅門說正見無有是處是處若凡夫人於是法外求餘沙門婆羅門說正見有是處非處若見具足人於是法外若餘沙門婆羅門說法讚言此一切智一切見無有是處是處若凡夫人於是法外若餘沙門婆羅門說法讚言此一切智一切見有是處非處若見具足人若於是法外若有沙門婆羅門異緣實我世常此實餘虛妄我世非常此實餘虛妄我世常非常此實餘虛妄我世非常非無常此實餘虛妄我世有邊此實餘虛妄我世無邊此實餘虛妄我世有邊無邊此實餘虛妄我世非有邊非無邊此實餘虛妄命是身

此實餘虛妄身是命此實餘虛妄身命異此實餘虛妄無命無身此實餘虛妄有如去涅槃此實餘虛妄無如去涅槃此實餘虛妄有如去無如去涅槃此實餘虛妄非有如去非無如去涅槃此實餘虛妄異緣實爲眞實無有是處是處若凡夫人若於是法外若沙門婆羅門有異緣實我世常此實餘虛妄乃至非有如去非無如去涅槃異緣實爲眞實有是處非處若見具足人若以戒盜爲淨邪緣求吉墮地獄畜生餓鬼受第八人身無有是處是處若凡夫人以戒盜爲淨邪緣求吉墮地獄畜生餓鬼受第八人身有是處非處未曾有二轉輪聖王出世有者無是處是處曾有一轉輪聖王出世有是處非處若轉輪聖王生邊國無有是處是處若轉輪聖王生於中國有是處非處若轉輪聖王生於卑賤家若旃陀羅家及諸工師家若聾盲瘖瘂攣躄跛蹇偏枯身不具足及餘病無有是處是處若轉輪聖王生尊貴家若剎利大姓若婆羅門大姓家若長者大姓家若端正姝妙身相成就有是處非處若轉輪聖王生貧賤家多所乏少無有財產飲食衣服無有是處是處若轉輪聖王生多財家有金銀錢財玉貝珊瑚摩尼眞珠瑠璃象馬車乘僕使穀帛倉庫盈滿有是處非處未曾有二如來無所著等正覺出世無有是處是處若一如來無所著等正覺出世有是處非處若如來無所著等正覺生於邊國無有是處是處若如來無所著等正覺生於中國有是處非處若如來無所著等正覺生於卑賤家若旃陀羅家及諸

工師家聾盲瘖瘂攣躄跛蹇偏枯不具足及餘病無有是處是處若如來無所著等正覺生尊貴家若刹利大姓家婆羅門大姓家端正姝妙顔色第一身相成就有是處非處若如來無所著等正覺生貧賤家多有所乏飲食衣服無有是處是處若如來無所著等正覺生多財寶家金銀錢財玉貝珊瑚摩尼眞珠瑠璃象馬車乘僮使穀帛倉庫盈溢有是處非處若女人爲轉輪聖王無有是處是處若男子爲轉輪聖王有是處非處若女人爲如來無所著等正覺無有是處是處若男子爲如來無所著等正覺有是處非處若女人爲天帝釋爲魔王爲梵王無有是處是處若男子爲天帝釋爲魔王爲梵王有是處非處如無因如無門如無物如無希望如無有如是非處如因門物希望如有有如是是處非處如來如實知如是如來處非處如實分別如實解如是緣慧知見解射方便是名處非處智如來力何謂如來力如來此處由智力尊自在勝尊最上無勝善人大人如來如此力成就所欲處如所欲盡所欲入定出定是謂如來力

何謂過去未來現在業受業處因報智如來力云何過去業若業生已滅是名過去業何等未來業若業未生未出是名未來業何等現在業若業生未滅是名現在業何等業思業思已業故作業非故作業受業非受業少受業多受業熟業非熟業色業非色業可見業不可見業有對業無對業聖業非聖業是名業云何受業如世尊說四受業有受業現

苦後有苦報有受業現在樂後有苦報有受業現苦後有樂報有受業現樂後有樂報何等受業現苦後有苦報若有人忍憂忍苦殺生緣殺生故以種種心受憂苦忍憂忍苦竊盜邪婬妄言兩舌惡口綺語貪著瞋恚邪見緣邪見故以種種心受憂苦身壞命終生惡道地獄此受業現苦後有苦報何等受業現樂後有苦報若人忍喜忍樂殺生緣殺生故以種種心忍喜忍樂乃至邪見緣邪見故以種種心忍喜忍樂身壞命終墮惡道地獄此受業現樂後有苦報何等受業現苦後有樂報若人忍憂忍苦不殺生緣不殺生故以種種心受憂苦忍憂忍苦不竊盜不邪婬不妄語不兩舌不惡口不綺語不貪不瞋恚正見緣正見行故以種種心受憂苦身壞命終生善道天上此受業現苦後有樂報何等受業現樂後有樂報若人忍喜忍樂不殺生緣不殺生故以種種心受喜樂忍喜忍樂乃至正見緣正見故以種種心忍喜忍樂身壞命終生善道天上此受業現樂後有樂報是名受業復次以業受業殺取殺取已受報是謂過去未來現在業受業何謂處若身惡行口惡行意惡行受不愛不喜不適意報是謂處若身善行口善行意善行受愛喜適意報是謂處若身惡行口惡行意惡行成就謗聖人邪見行緣邪見業因緣故身壞命終墮惡道地獄是謂處若身善行口善行意善行成就不謗聖人正見行緣正見業因緣故身壞命終生善道天上是謂處若凡夫人故斷毋命故斷父命斷羅漢聲聞命故破衆僧故於如來

身惡心出血是謂處若凡夫人於是法外求餘尊勝求餘受供養求餘沙門婆羅門説正見讃餘沙門婆羅門言是一切智一切見是謂處若凡夫人於是法外若有沙門婆羅門異緣實我世常此實餘妄語乃至非有如去非無如去涅槃以異緣實爲眞實是爲處若凡夫人以戒盜爲淨以邪緣求吉墮地獄畜生餓鬼受第八人身是謂處若一轉輪聖王若轉輪聖王生於中國若轉輪聖王生尊貴家若刹利大姓家若婆羅門大姓家若長者大姓家若端正姝妙身相成就若轉輪聖王生多財寶金銀珂貝珊瑚摩尼眞珠瑠璃象馬車乘僮使穀帛倉庫盈滿是謂處若一如來無所著等正覺出世若如來無所著等正覺生於中國若如來無所著等正覺生尊貴家刹利大姓家婆羅門大姓家端正姝妙身相成就若如來無所著等正覺生多財寶家有金銀錢財玉貝象馬車乘僮使穀帛倉庫盈滿是謂處若男子爲轉輪聖王若男子爲如來無所著等正覺若男子爲天帝釋爲魔王爲梵王是謂處復次如來説如此時地獄中住如此時畜生中住如此時餓鬼中住如此時人中住如此時天上住是謂處何謂因若業因貪若業因恚若業因癡若業因不貪若業因不恚若業因不癡是謂因復次色有此因此方便受想行識有此因此方便入初禪定有此因此方便入第二第三第四禪定斷惡法成就善法是謂因何謂報若業受業五道中受報地獄畜生餓鬼人天色受想行識是謂報彼過去未來現在業受業處因報

如來如實知如是如來過去未來現在業處因報如實知如實分別如實解如是緣慧知見解射方便是名過去未來現在業受業處因報智如來力何謂如來力如來此處由智力尊自在勝尊最上無勝善人大人如來如此力成就所欲處如所欲盡所欲入定出定是謂如來力

舍利弗阿毗曇論卷第九上

音釋

捫摸（捫莫奔切摸慕各切）　憒（古對切心亂也）　聾（盧紅切耳無聞也）　盲（莫耕切目無童子也）　瘖瘂（瘖於金切瘂烏下切瘖瘂不能言也）　攣躄（攣呂員切手拘攣也躄必益切足不能行也）　跛蹇（跛布火切蹇居偃切跛蹇足偏廢行不正也）　姝（昌朱切美好也）

舍利弗阿毘曇論卷第九下

姚秦天竺三藏曇摩崛多共曇摩耶舍譯

非問分智品第四之三

何謂他衆生他人根勝非勝智如來力云何他衆生他人除諸佛世尊若餘衆生是名他衆生他人云何根二十二根眼根耳根鼻根舌根身根男根女根命根樂根苦根喜根憂根捨根意根信根進根念根定根慧根未知欲知根知根已知根是名根云何非勝根若根不善是名非勝根云何勝根若根善是名勝根復次非勝根若根非是聖是名非勝根復次勝根若根聖是名勝根復次非勝根若根聖輭是名非勝根復次勝根若根聖利是名勝根如來於他衆生他人根勝非勝如實知此衆生利根輭根善敬善解恐後沉没如金剛以不聞法便退當有知法者譬如優鉢羅華池波頭摩華池拘頭摩華池分陀利華池若優鉢羅華波頭摩華拘頭摩華分陀利華有優鉢羅華鉢頭摩華拘頭摩華分陀利華從泥出未出水有優鉢羅華鉢頭摩華拘頭摩華分陀利華從泥出與水等有優鉢羅華鉢頭摩華拘頭摩華分陀利華已出水空中住不著水如是如來他衆生他人根勝非勝如實知此衆生利根輭根善敬善解恐後沉没如金剛以不聞法便退當有知法者此衆生若根成就有斷母命有斷父命有斷阿羅漢聲聞命有破衆僧有於如來身惡心出血此衆生若根成就有於是法外若求餘尊勝有求餘受供養者謂餘沙門婆羅門能說正見有讚歎餘沙門婆羅門此是一切智一

切見此衆生若根成就有於是法外若有餘沙門婆羅門異縁實我世常餘虛妄乃至非有如去非無如去涅槃此實餘虛妄謂異縁實爲眞實此衆生若根成就有以戒盜爲淨邪縁求吉墮地獄畜生餓鬼受第八人身此衆生若根成就有生刹利大姓家婆羅門大姓家居士大姓家此衆生若根成就有生四天王天三十三天焰天兜率天化樂天他化自在天此衆生若根成就有生梵天梵輔天梵衆天大梵天此衆生若根成就生光天少光天無量光天光音天此衆生若根成就生淨天少淨天無量淨天徧淨天此衆生若根成就生實天少實天無量實天果實天此衆生若根成就有生無想天此衆生若根成就有生無勝天無熱天善見天妙善見天阿迦膩吒天此衆生若根成就有生空處天識處天不用處天非想非非想處天此衆生若根成就有離欲惡不善法有覺有觀離生喜樂成就初禪行此衆生若根成就有滅覺觀内正信一心無覺無觀定生喜樂成就二禪行此衆生若根成就有離喜捨行念智身受樂如諸聖人說捨念樂行成就第三禪行此衆生若根成就有斷苦樂先滅憂喜不苦不樂捨念清淨成就四禪行此衆生若根成就有離一切色想滅瞋恚想不思惟若干想成就無邊空處行此衆生若根成就有離一切空處成就無邊識處行此衆生若根成就有離一切識處成就不用處行此衆生若根成就有離一切不用處成就非想非非想處行此衆生若根成就有受無量若干神足能動大

地如以一爲多以多爲一乃至梵天身得自在此衆生若根成就有天耳清淨過人聞二種聲人聲非人聲此衆生若根成就有知他衆生他人心有欲心如實知有欲心無欲心如實知無欲心乃至知有勝心如實知有勝心無勝心如實知無勝心此衆生若根成就有憶念若干宿命念一生二生三生乃至成就此行此衆生若根成就天眼清淨過人見衆生生死好色惡色善道惡道卑勝乃至如實知衆生所造業此衆生若根成就有上正決定得須陀洹果斯陀含果阿那含果得阿羅漢果此衆生若根成就有力由有力自在成就行此衆生若根成就無有斷毋命乃至由力自在成就行如來如此他衆生他人根勝非勝如實選擇分別緣慧知見解射方便

是名他衆生他人根勝非勝智如來力何謂如來力彼如來此處由智力尊自在力勝力最勝最上無過者善人大人如來此力成就所欲處如所欲盡所欲出定入定是謂如來力

何謂他衆生他人若干解智如來力云何他衆生他人除諸佛世尊若餘衆生是名他衆生他人云何解若心向彼心至彼尊上彼解彼是名解如來他衆生他人如實知若干解此衆生有解卑有解勝衆生有解惡有解善有解生死有解涅槃衆生有解色有解聲香味觸法衆生有解利利大姓婆羅門大姓居士大家衆生有解四大天王天三十三天焰天兜率天化樂天他化自在天衆生有解梵天梵輔天梵衆天衆生有解光天少光天無

量光天光音天衆生有解淨天少淨天無量淨天徧淨天衆生有解實天少實天無量實天果實天衆生有解無想天衆生有解無勝天無熱天善見天妙善見天阿迦膩吒天衆生有解空處天識處天不用處天非想非非想處天衆生有解入初禪第二第三第四禪衆生有解入空處定識處定不用處定入非想非非想處定衆生有解神足證智有解天耳證智有解心擇證智有解憶念宿命證智有解衆生生死證智衆生有解上正決定得須陀洹果斯陀含果阿那含果阿羅漢果衆生有解由力尊自在衆生若能解見斷母命有斷父命有斷阿羅漢聲聞命有破壞於僧有於如來身惡心出血衆生若解有於是法外求餘尊勝求堪受供養者有讃餘沙門婆羅門能說正見讃餘沙門婆羅門此是一切智一切見衆生若解有於是法外有沙門婆羅門異縁實我世常此實餘虛妄乃至非有如去非無如去涅槃此實餘虛妄衆生若解有以戒盜爲淨邪縁求吉墮地獄畜生餓鬼受第八人身衆生若解有生刹利大姓家婆羅門大姓家居士大家衆生若解生四天王天三十三天焰天兜率天化樂天他化自在天衆生若解有生梵天梵輔天梵衆天大梵天衆生若解有生光天少光天無量光天光音天衆生若解有生淨天少淨天無量淨天徧淨天衆生若解有生實天少實天無量實天果實天衆生若解有生無想天衆生若解有生無勝天無熱天善見天妙善見天阿迦膩吒天衆生若解有生空處天識處天不用

處天非想非非想處天衆生若解有離欲惡不善法有覺有觀離生喜樂成就初禪行衆生若解有滅覺觀內淨信一心無覺無觀定生喜樂成就二禪行衆生若解有離喜捨行念知身受樂如諸聖人解捨念樂行成就三禪行衆生若解有斷苦樂先滅憂喜不苦不樂捨念淨成就四禪行衆生若解有離一切色想滅瞋恚想不思惟若干想成就無邊空處行有離一切空處成就無邊識處行有離一切識處成就不用處行有離一切不用處成就非想非非想處行衆生若解有獲若干神足能動大地以一爲多以多爲一乃至梵天身自在衆生若解有天耳清淨過人聞二種聲人非人聲衆生若解有他衆生他人知他衆生有欲心如實知有欲心無欲心如實知無欲心乃至有勝心如實知有勝心無勝心如實知無勝心衆生若解有憶念若干宿命憶念一身二身三身乃至此成就行衆生若解有天眼清淨過人見衆生生死好色惡色善道惡道卑勝乃至知衆生如所造業衆生若解有上正決定得須陀洹果斯陀含果阿那含果阿羅漢果衆生若解由力尊自在衆生若解無有斷毋命衆生若解無有乃至由力尊自在如是如來他衆生他人若干解如實選擇分別緣慧知見解射方便是名他衆生他人若干解智如來力何謂如來力如來此處由智力尊自在力勝力最勝最上無過者善人大人如來此力成就所欲處如所欲盡所欲出定入定是謂如來力

何謂若干界無量界及世智如來力云何若

干界色界非色界乃至十八界如界品說是名無量界云何世有二種世衆生世行世云何衆生世衆生謂五道中生地獄畜生餓鬼人天中是名衆生世云何行世行謂五受陰色受陰受想行識受陰是名行世如來於此若干無量界世如實知如是如來若干界無量界及世如實選擇分別縁慧知見解射方便是名若干界無量界世智如來力何謂如來力如來此處智由力尊自在力勝力最勝最上無有過者善人大人如來成就此力所欲處如所欲盡所欲出定入定是謂如來力何謂至一切道智如來力云何至一切道無有一衆生一法一智一道能至一切道唯有如來報法得名至一切道如來如實知至一切道若成此道行能牽至短命久命若成此道行能牽至多病少病若成此道行能牽至卑賤尊貴若成此道行能牽至醜陋姝妙若成此道行能牽至少賤多賤若成此道行牽至少威德多威德若成此道行牽至無智慧有智慧若成此道行能牽至刹利大姓婆羅門大姓居士大家若成此道行牽至四天王天三十三天焰天兜率天化樂天他化自在天多修行此道牽至於梵天梵輔天梵衆天大梵天多修行此道行牽至於光天少光天無量光天光音天多修行此道牽至於淨天少淨天無量淨天徧淨天多修行此道牽至實天少實天無量實天果實天多修行此道牽至無想天多修行此道牽至無勝天無熱天善見天妙善見天阿迦膩吒天多修行此道牽至空處天識處天不用處天非想非非

想處天多修行此道能入初禪定二禪三禪四禪定多修行此道能入空處定識處不用處非想非非想處定多修行此道得神足證智得大耳證智得心擇證智得憶命宿命證智得衆生生死證智此道苦難解此道苦速解此道樂難解此道樂速解多修行此道能上正決定得須陀洹果斯陀含果阿那含果阿羅漢果多修行此道得由力尊自在衆生若行有斷毋命有斷父命有斷阿羅漢聲聞命有破衆僧有於如來身惡心出血衆生有於是法外求餘尊勝有求餘供養者有求餘沙門婆羅門能說正見者有讃餘沙門婆羅門言是一切智一切見衆生若行有於是法外求餘沙門婆羅門異緣實我世常此實餘虛妄我世非常此實餘虛妄乃至非有如去非無如去涅槃此實餘虛妄謂異緣爲眞實衆生若行有以戒盜爲淨邪緣求吉墮地獄畜生餓鬼受第八人身衆生若行有生刹利大姓家婆羅門大姓家居士大家衆生若行有生四天王天三十三天焰天兜率天化樂天他化自在天衆生若行有生梵天梵輔天梵衆天大梵天有生光天少光天無量光天光音天衆生若行有生淨天少淨天無量淨天徧淨天衆生若行有生實天少實天無量實天果實天有生無想天此衆生若行有生無勝天無熱天善見天妙善見天阿迦膩吒天衆生若行有生空處天識處天不用處天非想非非想處天衆生若行有離欲惡不善法有覺有觀離生喜樂成就初禪行有滅覺觀内淨信一心無覺無觀定生喜樂成就二

禪行有離喜捨行念知身受樂如諸聖人解
捨念樂行成就三禪行有斷苦樂先滅憂喜
不苦不樂捨念淨成就四禪行衆生若行有
離一切色想滅瞋恚想不思惟若干想成就
無邊空處行有離一切空處成就無邊識處
行有離一切識處成就不用處行衆生若行
有離一切不用處成就非想非非想處行衆
生若行有受無量若干神足能動大地以一
爲多以多爲一乃至梵天身得自在有天耳
清淨過人聞二種聲人非人聲有知他衆生
他人心有欲心如實知有欲心無欲心如實
知無欲心乃至有勝心如實知有勝心無勝
心如實知無勝心若憶念無量若干宿命一
生二生三生乃至成就法行若天眼清淨過
人觀衆生生死好色惡色善欲惡欲卑勝乃
至知衆生如所造業衆生若行有得上正決
定得須陀洹果斯陀含果阿那含果阿羅漢
果衆生若行爲得由力尊自在衆生若行無
有斷毋命乃至無有得由力尊自在如是如
來至一切處道如實選擇分別緣慧知見解
射方便是名至一切處道智如來力何謂如
來力如來此處由智力尊自在力勝力最勝
最上無過者善人大人如來此力成就所欲
處如所欲盡所欲出定入定是謂如來力
何謂禪解脫定入垢淨起智如來力云何禪
如比丘離欲惡不善法有覺有觀離生喜樂
成就初禪行滅覺觀內淨信一心無覺無觀
定生喜樂成就二禪行離喜捨行念智身受
樂如諸聖人解捨念樂行成就三禪行斷苦
樂先滅憂喜不苦不樂捨念淨成就四禪行

是名禪云何解脫色觀色初解脫內無色想外觀色二解脫淨解脫三解脫離一切色想滅瞋恚想不思惟若干想成就無邊空處行四解脫離一切空處成就無邊識處行五解脫離一切識處成就無所有處行六解脫離一切不用處成就非想非非想處行七解脫離一切非想非非想處成就滅受想行八解脫是名解脫云何定有覺有觀定無覺有觀定無覺無觀定空定無想定無願定是名定云何入定入想定無想定隨想不隨想定不共色定共色定無勝定一切入定是名入定云何垢欲垢瞋恚垢愚癡垢煩惱垢障蓋繫縛惡行垢及餘垢法若禪解脫定入定垢不淨不起不清不妙汙染業無光明是名垢云何淨若欲盡瞋恚盡愚癡盡障蓋繫縛惡行盡及餘垢法盡若禪解脫定入定無垢淨起清妙不汙染業有光明是名淨云何起如初禪起心入二禪如初禪起心入三禪如初禪起心入四禪如二禪起心入三禪如二禪起心入四禪如三禪起心入四禪是名起復次若淨即是起若起即是淨是謂淨起彼如來於禪解脫定入定垢淨起如實知如是如來於禪解脫定入定垢淨起選擇分別緣慧知見解射方便是名禪解脫定入定垢淨起智如來力何謂如來如來力此處智力由尊自在力勝力最勝最上無過者善人大人如來此力成就所欲處如所欲盡所欲出定入定是謂如來力

何謂憶念宿命智證如來力如來憶念自及他若干宿命憶念若一生二生三生四生五

生若十二十三十四十五十百生若千生百千生無量百生無量千生若劫成若劫壞若劫成壞若無量劫成無量劫壞無量劫成壞我本在彼如是名如是姓如是生如是飲食如是命如是命長短如是受苦樂從彼終生彼從彼終生此成就行憶念若干宿命如人從自聚落至他聚落在彼聚落若行若住若坐若語若默從彼聚落至餘聚落在彼聚落若行若住若坐若語若默從彼聚落至餘聚落若行若住若坐若語若默此人後時來至自聚落憶念前一切聚落不以爲難我從自聚落至他聚落我在彼聚落如是行如是住如是坐如是語如是默我從彼聚落至餘聚落我在彼聚落如是行如是住如是坐如是語如是默我從彼聚落復至餘聚落如是行如是住如是坐如是語如是默我還至自聚落如是如來憶念自及他無量若干宿命憶念若一生二生三生乃至此成就行如是如來憶念宿命智證如實選擇分別緣慧知見解射方便是名憶命宿命智證如來力何謂如來力如來此處由智力尊自在力勝力最勝最上無過者善人大人此如來力成就所欲處如所欲盡所欲出定入定是謂如來力何謂衆生生死智證如來力如是如來以天眼清淨過人見衆生生死好色惡色善道惡道卑勝知衆生如所造業衆生身惡行口惡行意惡行成就謗聖人邪見行緣邪見業故身壞命終墮惡道地獄畜生餓鬼此衆生身善行口善行意善行成就不謗聖人正見行緣正見業故身壞命終生善道天上人中如

是天眼清淨過人見衆生生死好色惡色善道惡道卑勝知衆生如所造業如聚落城邑中有高臺清淨眼人在臺上住見東方衆生西方往來周旋見西方衆生東方往來周旋見南方衆生北方往來周旋見北方衆生南方往來周旋自見臺邊人出入往反周旋如是如來天眼清淨過人見衆生生死好色惡色善道惡道卑勝乃至知衆生如所造業如是如來衆生生死智證如實選擇分別緣慧知見解脫方便是名衆生生死智證如來力何謂如來力如來此處由智力尊自在力勝力最勝最上無過者善人大人如來此力成就所欲處如所欲盡所欲出定入定是謂如來力

何謂有漏盡智如來力何謂有漏七漏見斷漏忍斷漏親近斷漏遠離斷漏調伏斷漏戒斷漏思惟斷漏是名漏云何盡漏若漏盡緣盡調伏緣調伏離正離捨吐斷出是名漏盡如是如來身及他漏盡如實知如泉水清淨不濁彼若有沙石螺蜯黿鼉魚鱉於中遊行於泉水邊清淨眼人見彼明了若沙石螺蜯黿鼉魚鱉於中遊行彼人見此沙石螺蜯黿鼉魚鱉於中遊行如是如來自及他漏盡如實知如是如來漏盡知如實選擇分別緣慧知見解射方便是名有漏盡智如來力何謂如來力此處由智力尊自在力勝力最勝最上無過者善人大人如來此力成就行欲處如所欲盡所欲出定入定是謂如來力此是如來十力

云何十二智性 如世尊説諸比丘當説十二

智性諦聽諦聽善受善思惟我當說比丘言如是諸比丘至心聽世尊如是說何等十二智比丘此苦聖諦先未聞法我生智生眼生覺生明生術生慧生解諸比丘當知此苦聖諦先未聞法生智生眼生覺生明生術生慧生解比丘我知此苦聖諦已先未聞法生智生眼生覺生明生術生慧生解比丘此集聖諦先未聞法我生智生眼生覺生明生術生慧生解諸比丘當知此集聖諦當斷先未聞法生智生眼生覺生明生術生慧生解比丘我斷此集聖諦已先未聞法生智生眼生覺生明生術生慧生解比丘此滅聖諦先未聞法我生智生眼生覺生明生術生慧生解諸比丘當證此滅聖諦先未聞法生智生眼生覺生明生術生慧生解比丘我證此滅聖諦已先未聞法生智生眼生覺生明生術生慧生解比丘此道聖諦先未聞法我生智生眼生覺生明生術生慧生解諸比丘當修此道聖諦先未聞法生智生眼生覺生明生術生慧生解比丘我修此道聖諦已先未聞法生智生眼生覺生明生術生慧生解比丘此四聖諦三分十二行我若不如實知者不得無上正覺亦不說言得比丘此四聖諦三分十二行我如實知故今得無上正覺亦說言得是名十二智性

云何四十四智性如世尊說比丘我當說四十四智性諦聽諦聽善受善思惟我當說比丘言如是世尊諸比丘至心聽世尊如是說何等四十四智如是比丘知老死知老死集知老死滅知老死滅道生有取愛受觸六

入名色識知行知行集知行滅知行滅道云何比丘知老死云何老謂諸衆生諸衆生衰耗戰掉面皺諸根熟命促行故是名老云何死謂諸衆生諸衆生終歿死盡除壞捨陰此物變異離世是名死比丘如是知老死云何比丘知老死集如比丘以生集知老死集如是比丘知老死集云何比丘知老死滅如比丘以生滅知老死滅如是比丘知老死滅云何比丘知老死滅道如比丘如實知八聖道正見正覺正語正業正命正進正念正定如是比丘知老死滅道比丘若知老死知老死集知老死滅知老死滅道此是法智比丘於現在智明了常解以過去未來而取比類如過去沙門婆羅門已知老死已知老死集已知老死滅已知老死滅道彼一切已知如我自知如未來沙門婆羅門當知老死苦當知老死集當知老死滅當知老死滅道彼一切當知如我自知此是比智比丘若二智明了諸法智比智是謂比丘見解具足得堪忍得勝法得無畏向此法調伏知此調伏見此法調伏學知學術流向法於梵淨行必能常住於甘露門解射自在云何比丘生有取愛受觸六入名色識知行云何行三行身行口行意行是名行如是比丘知行云何比丘知行集如比丘以無明集知行集如是比丘知行集云何比丘知行滅如比丘以無明滅知行滅如是比丘知行滅云何比丘知行滅道如比丘如實知八聖道正見正覺正語正業正命正進正念正定如是比丘知行滅道比丘如是知行知行集知行滅知行滅道是謂法

智比丘於現在智明了常解以過去未來而取比類如過去沙門婆羅門已知行已知行集已知行滅已知行滅道彼一切已知如我自知如未來沙門婆羅門當知行當知行集當知行滅當知行滅道若一切當知如我自知是名比智比丘二智明了謂法智比智是謂比丘見解具足得堪忍得勝法得無畏向此法調伏知此調伏見此法調伏學知學術成就流向法於梵淨行法必能常住於甘露門解射自在是名四十四智性

云何七十七智性如世尊說諸比丘我當說七十七智性諦聽諦聽善受善思惟我當說比丘言如是世尊諸比丘至心聽世尊如是說云何七十七智無明緣行智無無明無行智如過去無明緣行智無無明無行智如未來無明緣行智無無明無行智若法住智彼亦盡法變法離欲法滅法乃至生緣老死智無生無老死智如過去生緣老死智無無生無老死智未來緣生老死智無生無老死智若彼法住智亦盡法變法離欲法滅法是名七十七智性

舍利弗阿毗曇論卷第九下

音釋

螺落戈切 蜯步項切與蚌同 䖯蚌屬 黿魚袁切 鼈并列切

舍利弗阿毗曇論卷第十

姚秦天竺三藏曇摩崛多共曇摩耶舍譯

非問分緣品第五

善緣方便善緣解有緣方便聖忍非智有緣方便聖智非忍有緣方便受問答因俱生法若因此有此若無因無此若此生有此生若此滅有此滅若無明緣行乃至生緣老死憂悲苦惱苦聚成就如是純苦具足無明滅則行滅乃至生滅則老死憂悲苦惱聚滅如是苦聚滅是緣方便成就若彼於過去緣疑惑我過去有我非過去有何姓過去有何因過去有若於未來緣疑惑我未來有乃至何因未來有若彼內緣疑惑我云何有我云何非有何因有何至處此衆生從何來去至何處若於佛疑惑是佛世尊非佛世尊世尊善說法世尊不善說法世尊聲聞衆善趣世尊聲聞衆不善趣行常行無常行苦行行非苦行我法非我法寂靜涅槃非寂靜涅槃有與無與有施無施有祀無祀有善惡業果報無善惡業果報有今世無今世有後世無後世有父母無父母有天無天衆生有化生衆生無化生世有沙門婆羅門正趣正至若今世後世自證知說世無沙門婆羅門正趣正至若今世後世自證知說若於法疑惑心不決定猶豫二心疑心不了無量疑不盡非解脫彼時無有若有沙門婆羅門異緣實我世常此實餘虛妄乃至如去不如去彼時亦無有何況聖緣方便成就終無此煩惱垢

云何緣如佛告諸比丘我當說緣緣生法云何緣無明緣行若諸佛出世若不出世住此

法界住彼法界如來正覺正解已演說開示分別顯現說無明緣行乃至生緣老死若如此法如爾非不如爾不異不異物常法實法法住法定如是緣是名緣云何緣生法老死無常有爲緣生盡法變異法離欲法滅法乃至無明無常有爲緣生法盡法變異法離欲法滅法是名緣生法云何緣方便若彼緣若此緣生法若見解射方便是名緣方便比丘齊幾名善緣方便彼緣此緣生法如實知如實見齊是名善緣方便云何無明緣不善根是名無明云何無明緣行無明緣福行非福行不動行云何非福行不善身行不善口行不善意行云何不善身行若人無慧無明不斷行殺盜婬及餘不善身行是名不善身行云何不善口行若人無慧無明未斷行妄語兩舌惡口綺語及餘不善口行是名不善口行云何不善意行若人無慧無明未斷起貪欲瞋恚邪見是名不善意行此身口意不善行名非福行無明緣現世行云何福行身善行口善行意善行云何身善行若人無慧無明未斷不殺盜婬及餘身善行是名身善行云何口善行若人無慧無明未斷不妄語兩舌惡口綺語及餘口善行是名口善行云何意善行若人無慧無明未斷無貪無恚正見是名意善行此身口意善行是名福行無明緣現世行復次若人無慧無明未斷離欲惡不善法有覺有觀離生喜樂成就初禪行彼身業無教誡法入攝意識所知口業無教誡法入攝意識所知意業由意生受想思觸思惟如是身口意善行是名福行無明緣現世

行復次若人無慧無明未斷滅覺觀內信心無覺無觀定生喜樂成就二禪行彼身業無教誡法入攝意識所知口業無教誡法入攝意識所知意業由意生受想思觸思惟如是身口意業善行是名福行無明緣現世行復次若人無慧無明未斷離喜捨行念知身受樂如諸聖人解捨念樂行成就三禪行彼身業無教誡法入攝意識所知口業無教誡法入攝意識所知意業由意生受想思觸思惟如是身口意善行是名福行無明緣現世行復次若人無慧無明未斷斷苦樂先滅憂喜不苦不樂捨念淨成就四禪行彼身業無教誡法入攝意識所知口業無教誡法入攝意識所知意業由意生受想思觸思惟如是身口意善行是名福行無明緣現世行是名福行云何不動行若人無慧無明未斷離一切色想滅瞋恚想不思惟若干想成就無邊空處行彼身業無教誡法入攝意識所知口業無教誡法入攝意識所知意業由意生受想思觸思惟如是身口意善行是名不動行無明緣現世行復次若人無慧無明未斷離一切空處成就無邊識處行彼身業無教誡法入攝意識所知口業無教誡法入攝意識所知意業由意生受想思觸思惟如是身口意善行是名不動行無明緣現世行復次若人無慧無明未斷離一切識處成就無所有處行彼身業無教誡法入攝意識所知口業無教誡法入攝意識所知意業由意生受想思觸思惟如是身口意善行是名不動行無明緣現世行復次若人無慧無明未斷離一切

無所有處成就非有想非無想處行彼身業無教識法入攝意識所知口業無教識法入攝意識所知意業由意生受想思觸思惟如是身口意善行是名不動行無明緣現世行是名不動行復次若人無慧無明未斷作不善身口意行作不善行故身壞命終墮地獄畜生餓鬼以因緒緣故墮地獄畜生餓鬼受五陰身如是緣現世行受未來行是名無明緣未來行復次若人無慧無明未斷作有漏身善行當受欲界生作有漏口善行意善行當受欲界生作善行已身壞命終若生人中欲界天上以因緒緣故人中欲界天上受五陰身如是緣現世行受未來行是名無明緣未來行復次若人無慧無明未斷作有漏身善行當受色界生作有漏口善行意善行當受色界生作善行已身壞命終生色界天上以因緒緣故色界天上受五陰身如是緣現世行受未來行是名無明緣未來行復次若人無慧無明未斷作有漏身口意善行當受無色界生作善行已身壞命終生無色界天上以因緒緣故無色界天上受四陰身如是緣現世行受未來行是名無明緣未來行如佛說阿難行有緣如是阿難問已有答何緣無明緣行此是答阿難若無無明者有行不世尊無也阿難以因緒緣故行若無明緣行如向所說以是故說

云何行緣識有緣共欲思生共欲識如是緣現在行生現在識名行緣現在識有共瞋恚有共愚癡無共欲無共瞋恚無共愚癡善不善有緣無記思有生無記識如是緣現在行

生現在識是名行緣現在識緣瞋緣色生識彼眼行色行若緣識如是緣現在行生現在識是現在行緣現在識耳鼻舌身緣意緣法生識彼意行法行若緣識如是緣現在行生現在識是名現在緣現在識復次若人無慧無明未斷起不善身行不善口行不善意行不善作不善行已身壞命終墮地獄畜生餓鬼以因緒緣故生地獄畜生餓鬼初識以業因緒集緣生眼識乃至意識及後了識如是緣現在行生未來識是爲行緣未來識復次若人無慧無明未斷作有漏身善行當受欲界生作有漏口意善行當受欲界生作善行已身壞命終若生人中若生欲界天上以因緒緣故若生人中若生欲界六天初識以業因緒集緣生眼識乃至意識及後了識如是

緣現在行生未來識是爲行緣識復次若人無慧無明未斷行有漏身善行當受色界生作有漏口意善行當受色界生作善行已身壞命終生色界天上由因緒緣故色界天上受初識業因緒集緣生眼識乃至意識及後了識如是緣現在行生未來識是名行緣未來識復次若人無慧無明未斷作有漏身善行當受無色界生作有漏口意善行當受無色界生作善行已身壞命終生無色界天上以因緒緣故無色界天上受初識業因緒集緣生意界意識界及後了識如是緣現在行生未來識是名行緣未來識復次若人無慧無明未斷作身口意惡行作惡行已身壞命終墮地獄畜生餓鬼以因緒緣故地獄畜生餓鬼有不善思共彼思識如是緣未來行受

未來識是名行緣未來識復次若人無慧無明未斷作有漏身善行當受欲界生作有漏口意善行當受欲界生作善行已身壞命終若生人中生欲界天上由因緒緣故若人中欲界天上有善思共彼思識如是緣未來行受未來識是名行緣未來識復次若人無慧無明未斷作有漏身善行當受色界生作有漏口意善行當受色界生作善行已身壞命終生色界天上以因緒緣故生色界天上有思共思識如是緣未來行生未來識是名行緣未來識復次若人無慧無明未斷作有漏身善行當受無色界生作有漏口意善行當受無色界生作善行已身壞命終生無色界天上以因緒緣故無色界天上有不動思共彼思識如是緣未來行生未來識是名行緣未來識復次若最後行未知而滅若無間行滅已識續餘道生彼行彼緣無間緣若因識續餘道生彼行緣彼識因緣若思行彼識續餘道生彼行緣彼識境界緣若彼行識續餘道生彼行緣彼識依緣若報行識續餘道生彼行緣彼識報緣若起行識續餘道生彼行緣彼識起緣若行相應識續餘道生彼行緣彼識異緣若行增上識續餘道生彼行緣彼識增上緣此最後識滅初識續餘道生最後識滅已初識即生無有中間喻如影移日續日移影續影之與日無有中間如是最後識滅初識續餘道生後識滅已即受初識無有中間若最初識若最後識相應法不至後識喻如眼識滅已生耳識耳識滅已生眼識眼識相應法不至耳識耳識相應法不至眼識

如是最後識最後識相應法不至初識初識相應法不至後識後識滅已即生初識謂此時過謂此滅彼生謂此終彼始非彼命彼身非異命異身非常非斷非去非來非變非無因非天作非此作此受非異作異受知有去來知有生死知有業相續知有說法知有緣無有從此至彼者無有從彼至此者何以故業緣相續生如佛說阿難識有緣如是阿難問已有答識有何緣行緣此是答阿難若無行者當有識不世尊無也以是阿難此因緒緣識若行緣識如向所說以此故說

云何識緣名色有緣共欲識生有欲身業生有欲口業生有欲意業生共有欲身業口業是謂色共有欲意業由意生受想思觸思惟謂名如是現在識生現在名色是名識緣現在名色共有瞋恚共有愚癡無共欲無共瞋恚無共愚癡善不善有緣無記識無記身業口業意業無記身業口業謂色無記意業由意生受想思觸思惟謂名如是緣現在識生現名色是名現在識緣現在名色復次若人無慧無明未斷行不善識彼作不善識已身壞命終墮地獄畜生餓鬼以因緒緣故生地獄畜生餓鬼名色四大四大所造色是色由意生受想思觸思惟謂名如是名緣現在識生未來名色是爲識緣未來名色復次若人無慧無明未斷作有漏善識當受欲界生作善識已身壞命終若生人中若生欲界天上以因緒緣故受人中若欲界天上名色四大四大所造色是色由意生受想思觸思惟是名如是緣現在識生未來名色復次若人無

慧無明未斷離欲惡不善法有覺有觀離生喜樂成就初禪行彼喜樂初禪尊上堪忍住喜樂初禪尊上堪忍住已識依樂取彼身壞命終生色界天上以因緒緣故生色界天上名色四大四大所造色是色由意生受想思觸思惟是名如是緣現在識生未來名色是名識緣未來名色乃至復次若人無慧無明未斷離一切無所有處成就非有想非無想處行喜樂彼非有想非無想處尊上堪忍住喜樂非有想非無想處尊上堪忍多住已識依取樂多修行身壞命終生非有想非無想處天上以因緒緣故生非想非非想處天上名由意生受想思觸思惟謂名如是緣現在識生未來名是名識緣未來名復次若人無慧無明未斷作不善身行不善口行不善意行作不善行已身壞命終生地獄畜生餓鬼以因緒緣故生地獄畜生餓鬼初識共彼識名色四大四大所造色是色由意生受想思觸思惟是名是緣未來識生未來名色是名識緣未來名色復次若人無慧無明未斷作有漏身口意善行當受欲界生作善行已身壞命終若生人中欲界天上以因緒緣故生人中若欲界天上初識彼識共名色四大四大所造色是色由意生受想思觸思惟謂名如是緣未來識生未來名色是名識緣未來名色復次若人無慧無明未斷作有漏身善行當生色界作有漏口善行意善行當生色界作善行已身壞命終生色界天上以因緒緣故生色界初識共彼識名色四大四大所造色是色由意生受想思觸思惟是名如是

緣未來識生未來名色是名識緣未來名色復次若人無慧無明未斷作有漏身善行當生無色界作有漏口善行意善行當生無色界作善行已身壞命終生無色界天上以因緒緣故生無色界天上初識共彼識名由意生受想思觸思惟是名如是緣未來識生未來名是名識緣未來名如佛說阿難名色有緣如是阿難問已有答名色何緣識緣名色此是答阿難識不入胎有名色生不世尊無也阿難識入胎不出有名色集不世尊無也阿難若嬰兒識斷壞非有彼有名色增長廣大不世尊無也阿難無一切識者有名色不世尊無也以是阿難以因緒緣名色阿難若識緣名色如向所說以是故說云何名色緣六入緣摶食現在眼根潤益增長耳鼻舌身

意根潤益增長摶食謂色由意生受想思觸思惟謂名如是緣現在名色生現在六入是名名色緣現在六入緣衣服洗浴調身現在眼根潤益增長耳鼻舌身意根潤益增長衣服洗浴調身摶食謂色由意生受想思觸思惟謂名如是緣現在名色生現在六入是名名色緣現在六入緣喜處色現在眼根潤益增長耳鼻舌身意根潤益增長喜處色謂色由意生受想思觸思惟謂名如是名色緣現在六入復次若有比丘阿羅漢諸漏已盡所作已辦捨於重擔已利其是有煩惱盡正解脫已受勝業成就彼現在眼根潤益增長耳鼻舌身意根潤益增長若實人身業口業謂色意業由意生受想思觸思惟謂名如是緣現在名色生現在六入是名名色緣現在六

入復次若有比丘大神足大威力於自身起心化作餘色身一切肢節諸根成就現在潤益增長眼根耳鼻舌身意根潤益增長若實人身業口業謂色若實人意名由意生受想思觸思惟謂名如是緣現在名色生現在六入是名名色緣現在六入復次若有比丘得神足心得自在命行住若一劫若減一劫彼現在眼根潤益增長耳鼻舌身意根潤益增長若實人身業口業謂色若實人意業由意生受想思觸思惟謂名如是緣現在名色生現在六入是名名色緣現在六入復次若人無慧無明未斷作不善身口意行不善身行口行謂色不善意行由意生受想思觸思惟謂名作不善名色已身壞命終生地獄畜生餓鬼以因緒緣故生地獄畜生餓鬼眼耳鼻舌身意根如是緣現在名色生未來六入是名名色緣未來六入復次若人無慧無明未斷作有漏身善行當受欲界生作有漏口善行意善行當受欲界生身善行口善行謂色意善行由意生受想思觸思惟謂名作善名色已身壞命終若生人中欲界天上以因緒緣故生人中欲界天上眼耳鼻舌身意根如是緣現在名色生未來六入是名名色緣未來六入復次若人無慧無明未斷離欲惡不善法有覺有觀離生喜樂成就初禪行若行人身業口業謂色若行人意業由意生受想思觸思惟謂名彼作善名色已身壞命終生色界天上以因緒緣故生色界天上眼耳身意根如是緣現在名色生未來六入是名名色緣未來六入復次若人無慧無明未斷滅

覺觀内淨信心無覺無觀定生喜樂成就二禪行若行人身口業謂色行若人意業由意生受想思觸思惟謂名彼作善名色已身壞命終生色界天上以因緒緣故生色界天上眼耳身意根如是緣現在名色生未來入是名名色緣未來入復次若人無慧無明未斷離喜捨行念智身受樂如諸聖人能捨念樂行成就三禪行若行人身業口業謂色若行人意業由意生受想思觸思惟謂名彼作善名色已因緒緣故生色界天上眼耳身意根如是緣現在名色生未來入是名名色緣未來入復次若人無慧無明未斷苦樂先滅憂喜不苦不樂捨念淨成就四禪行若人身業口業謂色若行人意業由意生受想思觸思惟謂名作善名色已身壞命終生色界天上

由因緒緣故生色界天上眼耳身意根如是緣現在名色生未來入是名名色緣未來入復次若人無慧無明未斷如是思惟想是我患是癰箭無想是寂靜妙能成就無想定行若行人身業口業謂色無想定謂名彼作善名色已身壞命終生無想天上以因緒緣故生無想天上眼耳身意根如是緣現在名色生未來入是名名色緣未來入復次若人依聖共覺離欲惡不善法有覺有觀離生喜樂成就初禪行若實人身業口業謂色若實人意業由意生受想思觸思惟謂名彼作善名色已身壞命終生淨居天上以因緒緣故生淨居天上眼耳身意根如是緣現在名色生未來入是名名色緣未來入復次若人依聖共覺滅覺觀内淨信心無覺無觀依定生喜

樂成就二禪行若實人身業口業謂色若實人意業由意生受想思觸思惟謂名彼作善名色已身壞命終生淨居天上以因緒緣故得淨居天上眼耳身根意根如是緣現在名色生未來入是名名色緣未來入復次若人依聖共覺離喜捨行念知身受樂如諸聖人能捨念樂行成就三禪行若實人身業口業謂色若實人意業由意生受想思觸思惟謂名彼作善名色已身壞命終生淨居天上以因緒緣得淨居天上眼耳身意根如是緣現在名色生未來入是名名色緣未來入復次若人依聖共覺斷苦樂先滅憂喜不苦不樂捨念淨成就四禪行若實人身業口業謂色若實人意業由意生受想思觸思惟謂名彼作善名色已身壞命終生淨居天上以因緒緣得淨居天上眼耳身意根如是緣現在名色生未來入是名名色緣未來入復次若人無慧無明未斷離一切色想滅瞋恚想不思惟若干想成就無邊空處行若行人身業口業謂色若行人意業由意生受想思觸思惟謂名彼作善名色已身壞命終生空處天上以因緒緣得空處天上意根如是緣現在名色生未來入是名名色緣未來入復次若人無慧無明未斷離一切空處成就無邊識處行若行人身業口業謂色若行人意業由意生受想思觸思惟謂名彼作善名色已身壞命終生識處天上以因緒緣得識處天上意根如是緣現在名色生未來入是名名色緣未來入復次若人無慧無明未斷離一切識處成就無所有處行若行人身業口業謂色

若行人意業由意生受想思觸思惟謂名彼作善名色已身壞命終生無所有處天上以因緒緣得無所有處天上意根如是緣現在名色生未來入是名名色緣未來入復次若人無慧無明未斷離一切無所有處成就非有想非無想處行若行人身業口業謂色若行人意業由意生受想思觸思惟謂名作善名色已身壞命終生非有想非無想處天上以因緒緣得非有想非無想處天上意根如是緣現在名色生未來入是名名色緣未來入復次若人無慧無明未斷作不善身口意行作不善行已身壞命終墮地獄畜生餓鬼以因緒緣得地獄畜生餓鬼名色四大四大所造色由意生受想思觸思惟謂名名色增長得地獄畜生餓鬼眼耳鼻舌身意根如是

緣未來名名色生未來六入是名名色緣未來六入復次若人無慧無明未斷作有漏身善行當受欲界生作有漏口善行意善行當受欲界生作善行已身壞命終若生人中若欲界天上以因緒緣得人中欲界天上名色四大四大所造色由意生受想思觸思惟謂名名色增長得人中若欲界天上眼耳鼻舌身意根如是緣未來名色生未來六入是名名色緣未來六入復次若人無慧無明未斷作有漏身善行當受色界生作有漏口善行意善行當受色界生作善行已身壞命終生色界天上以因緒緣得色界天上名色四大四大所造色由意生受想思觸思惟謂名名色增長得色界天上眼耳身意根如是緣未來名色生未來入是名名色緣未來入復次

若人無慧無明未斷作有漏身善行當受無色界生作有漏口善行意善行當受無色界生作善行已身壞命終生無色界天上以因緒緣得無色界天上名由意生受想思觸思惟謂名名色增長得無色界天上意根如是緣未來名生未來入是名名色緣未來入如佛說阿難六入有緣如是阿難問已有答六入何緣名色緣六入此是答阿難無一切名色者有六入不世尊無也如是阿難以因緒緣六入阿難名色緣六入如向所說以是故說云何六入緣觸六入緣二觸身觸心觸是名六入緣觸復次六入緣三觸樂觸苦觸不苦不樂觸是名六入緣觸復次六入緣三觸欲界繫觸色界繫觸無色界繫觸是名六入緣觸復次六入緣五觸五受根相應觸是名六入緣觸復次六入緣六觸眼觸耳鼻舌身意觸是名六入緣觸復次六入緣七觸眼識界相應觸耳鼻舌身意界意識界相應觸是名六入緣觸復次六入緣十八觸眼樂觸苦觸不苦不樂觸耳鼻舌身意樂觸苦觸不苦不樂觸是名六入緣觸如佛說阿難觸有緣如是阿難問已有答觸有何緣六入緣觸此是答阿難若無六入者有觸不世尊無也阿難以因緒緣觸阿難六入緣觸如向所說以是故說云何觸緣受觸緣二受身受心受是名觸緣受復次觸緣三受樂受苦受不苦不樂受是名觸緣受乃至觸緣十八受如上說是名觸緣受如佛說阿難受有緣阿難問已有答受有何緣觸緣受此是答阿難若無一切觸者有受不世尊無也阿難以因緒緣受

阿難觸緣受如向所説以是故説

云何受緣愛緣眼觸樂受生眼觸樂受彼觸眼觸樂受已彼眼觸樂受喜樂愛著堪忍住是名受緣愛復次緣眼觸樂受生眼觸樂受彼觸眼觸樂受已於異眼觸樂受希望若相似若勝妙是名受緣愛復次緣眼觸樂受生眼觸樂受彼觸眼觸樂受已於眼觸不苦不樂受希望是名受緣愛復次緣眼觸苦受生眼觸苦受彼觸眼觸苦受已於眼觸樂受希望是名受緣愛復次緣眼觸苦受生眼觸苦受若觸眼觸苦受已希望令我斷壞無有是名受緣愛復次緣眼觸苦受生眼觸苦受若觸眼觸苦受已於眼觸不苦不樂受希望是名受緣愛復次緣眼觸不苦不樂受生眼觸不苦不樂受彼觸眼觸不苦不樂受已於眼觸樂受喜樂愛著堪忍住是名受緣愛復次緣眼觸不苦不樂受生眼觸不苦不樂受若觸眼觸不苦不樂受已於異眼觸不苦不樂受希望若相似若勝妙是名受緣愛復次緣眼觸不苦不樂受生眼觸不苦不樂受若觸眼觸不苦不樂受已於眼觸樂受希望是名受緣愛復次耳鼻舌身意緣意觸樂受生意觸樂受彼觸意觸樂受已於意觸樂受喜樂愛著堪忍住是名受緣愛復次緣意觸樂受生意觸樂受若觸意觸樂受已於異意觸樂受希望若相似若勝妙是名受緣愛復次緣意觸樂受生意觸樂受彼觸意觸樂受已於不苦不樂受希望是名受緣愛復次緣意觸苦受生意觸苦受彼觸意觸苦受已於意觸樂受希望是名受緣愛復次緣意觸苦受生

意觸苦受彼觸意觸苦受已希望令我斷壞無有是名受緣愛復次緣意觸苦受生意觸苦受彼觸意觸苦受已於意觸不苦不樂受希望是名受緣愛復次緣意觸不苦不樂受生意觸不苦不樂受若意觸不苦不樂受已於意觸不苦不樂受希望堪忍住是名受緣愛復次緣意觸不苦不樂受生意觸不苦不樂受若意觸不苦不樂受已於意觸不苦不樂受希望若相似若勝妙是名受緣愛復次緣意觸不苦不樂受生意觸不苦不樂受若意觸不苦不樂受已於意觸樂受希望是名受緣愛如佛說阿難愛有緣阿難問已有答愛何緣受緣愛此是答阿難若無一切受者有愛不世尊無也阿難以因緒緣愛阿難受緣愛如向所說以是故說

云何愛緣取愛未斷愛欲取見取戒取我取是名愛緣取云何欲取除欲界愛初觸若餘欲界愛廣是名欲取云何見取除戒取若餘見取云何戒取戒盜是名戒取云何我取除色無色界愛初觸若餘色無色界愛廣是名我取云何欲界取除欲界愛初觸見取戒取若餘欲界煩惱是名欲取云何見取六十二見及邪見是名見取云何戒取戒淨道淨二俱淨解脫無依盡苦邊若於彼堪忍欲愛戒謂身口戒道謂邪道求吉養髮入水事火事日月牛行鹿行狗行獸行求力行求大人行種種苦行及餘求邪吉是名道若彼戒此道求覓重求覓究竟求覓齊是謂淨謂解脫謂戒淨謂我解脫謂聖謂阿羅漢謂般涅槃若於彼欲重欲究竟欲堪忍是名戒取云何我

取除色無色界初觸愛戒取見取若餘色無色界煩惱是名我取如佛說阿難取有緣如是阿難問已有答取由何緣愛緣取此是答阿難若無一切愛者有取不世尊無也阿難以因緒緣取阿難愛緣取如向所說以是故說

云何取緣有欲取見取戒取我取緣未斷若作欲行色行無色行有報身口意業是名取緣有復次取緣三有欲有色有無色有云何欲有二種欲有或欲有即業有或欲有即生有云何欲有即業有欲行未竟未知未斷若作欲行有報身口意業是名欲有即業有云何欲有即生有若作業成就已欲界天上受五種我分身色受想行識是名欲有即生有此謂受有此謂報有此謂後有如是欲行業有如是欲行生有是名欲有云何色有二種色有或色有即業有或色有即生有云何色有即業有色行未竟未知未斷若作色行有報身口意業是名色有即業有云何色有即生有若作業成就已色界天上若受五種我分色受想行識是名色有即生有此謂受有此謂報有此謂後有如是色行業有如是色行生有是名色有云何無色有二種無色有或無色有即業有或無色有即生有云何無色有即業有無色行未竟未知未斷若作無色行有報身口意業名無色有即業有云何無色有即生有若作業成就已無色界天上受四種我分身受想行識是名無色有即生有此謂受有此謂報有此謂後有如是無色行業有如是無色行生有是名無色有如佛

說阿難有有緣如是阿難問已有答有何緣取緣有此是答阿難若無一切取者有有不世尊無也阿難以因緒緣阿難取緣有如向所說以是故說

云何有緣生若諸衆生衆中生重生住胎出胎得生陰具諸入衆和合是名生如佛說阿難生有緣阿難問已有答生何緣有緣生此是答阿難若無一切有者有生不世尊無也阿難以因緒緣有緣生如向所說以是故說

云何生緣老死憂悲苦惱大苦聚云何老謂衆生衰老戰掉諸根熟命滅行故是名老云何死若諸衆生終没死盡時過陰壞捨身此陰變異衆别離是名死

云何憂衆生觸若干苦法若憂重憂究竟憂内熱内心憂是名憂云何悲憂纏逼迫憂箭具足憂惱心亂窮歎啼哭追憶苦語或自撲亂語是名悲云何苦若身覺苦眼觸苦受乃至身觸苦受是名苦云何惱若心覺苦意觸苦受是名惱云何大苦聚若衆苦若駡辱苦若心不定是名大苦聚如佛說阿難老死憂悲苦惱大苦聚有緣阿難問已有答老死憂悲苦惱大苦聚有何緣生緣老死憂悲苦惱大苦聚此是答阿難若無生有老死憂悲苦惱大苦聚不世尊無也阿難以因緒緣故老死憂悲苦惱大苦聚若生緣老死憂悲苦惱大苦聚如上說

云何如是純苦聚集謂七苦法老死憂悲苦惱大苦聚是名純苦陰復次十一苦法無明行識名色六入觸受愛取有生是名純苦陰復次亦十八苦法無明行識名色六入觸受

愛取有生老死憂悲苦惱大苦聚是名純苦陰如是純苦陰有集和合生俱生生已俱生已出俱出出已俱出已得成就是謂純苦陰集云何無明滅則行滅若無明生則行生若無明滅則行滅是謂無明滅則行滅乃至若有生則有老死若生滅則老死滅是謂生滅則老死滅云何純苦陰滅純苦陰者謂七苦法老死憂悲苦惱大苦聚是名純苦陰復次十一苦是名純苦陰復次十八苦法無明乃至大苦聚是名純苦陰如是純苦陰盡變異寂靜滅沒名純苦陰滅

舍利佛阿毗曇論卷第十

音釋

摶（度官切，捉聚也）癰箭（癰，於容切；箭，子賤切）撲（普木切，擊也）